MW01174489

LA FILLE AUTOMATE

PAOLO BACIGALUPI

LA FILLE AUTOMATE

Traduit de l'anglais (États-Unis) par Sara Doke

Titre original
THE WINDUP GIRL

CHAPITRE 1

— Non. Pas de mangoustan. (Anderson Lake se penche, l'index en avant.) Je veux celui-ci. *Kaw pollamai nee khap.* Celui à la peau rouge avec les poils verts.

La paysanne sourit, dévoilant des dents noircies par le bétel et désigne une pyramide de fruits entassés à côté d'elle.

— *Un nee chai mai kha ?*

— C'est ça. Ceux-ci. *Khap.* (Anderson hoche la tête et se force à sourire.) Comment les appelle-t-on ?

— *Ngaw.*

Elle prononce le nom lentement, par égard pour ses oreilles étrangères, et lui tend un échantillon.

Anderson prend le fruit en fronçant les sourcils.

— C'est nouveau ?

— *Kha.*

Elle opine.

Anderson fait tourner le fruit dans sa main, l'étudie. Cela ressemble plus à une anémone de mer au ton criard, ou à un poisson-globe étrangement velu, qu'à un fruit. Des vrilles grossières saillent de toutes parts, lui chatouillent la paume. La peau du fruit a la couleur de la rouille vésiculeuse mais, quand il le renifle, il ne flaire aucune odeur de pourriture. Il semble parfaitement sain, malgré son apparence.

— *Ngaw*, répète la paysanne puis, comme si elle lisait ses pensées : Nouveau. Pas rouille.

Anderson hoche distraitement la tête. Le *soi* du marché autour bruisse des chalands matinaux de Bangkok. Des montagnes de durians emplissent les allées en piles puantes tandis que les poissons à tête de serpent et les *plaa* à nageoires rouges éclaboussent les passants depuis leurs bassins. Des bâches polymères d'huile de palme ploient sous la fournaise du soleil tropical, ombrant le marché avec leurs figurations peintes à la main de sociétés maritimes ou du visage de la Reine Enfant révérée. Un homme le bouscule, des poulets carmin à la main levée haut, qui se débattent et caquettent leur outrage, en route vers l'abattoir ; une femme en *pha sin* coloré marchande en souriant avec les vendeurs, faisant baisser les prix du riz U-Tex transpiraté et de la nouvelle variante de tomates.

Rien de tout cela ne touche Anderson.

— *Ngaw*, répète la femme, cherchant à attirer son attention.

Les longues vrilles du fruit lui chatouillent la paume, le mettant au défi de reconnaître son origine. Un nouveau succès thaï dans le piratage génétique, de même que les tomates, les aubergines et les piments qui débordent des étals avoisinants. Comme si les prophéties grahamites se réalisaient. Comme si saint François lui-même se retournait dans sa tombe, agité, se préparant à traverser le monde avec le trésor des calories historiques perdues.

Et les trompettes annonceront sa venue et l'Éden sera.

Anderson fait tourner le fruit étrange dans sa main. Il ne pue pas la cibiscose. Il ne présente pas la croûte de la rouille vésiculeuse. Aucun graffiti de charançon transpiraté ne décore sa peau. Fleurs, légumes, arbres et fruits forment la géographie mentale d'Anderson Lake, pourtant, il n'y trouve nulle aide qui le mènerait à une identification.

Ngaw. Un mystère.

Il mime l'action de le goûter, la paysanne reprend le fruit. Son pouce brun ouvre facilement l'écorce velue, révélant un cœur pâle. Translucide et veiné, il ne ressemble à rien autant qu'à un oignon au vinaigre tel qu'on en utilise pour décorer les Martini dans les centres de recherche de Des Moines.

Elle lui tend le fruit à nouveau. Anderson renifle avec méfiance. Inhale la fragrance fleurie. *Ngaw*. Cela ne devrait pas exister. Hier, cela n'existait pas. Hier, pas un seul étal de Bangkok ne vendait ce fruit; à présent, ils sont entassés en pyramides autour de la femme crasseuse accroupie sur le sol à l'ombre partielle de son auvent. Autour de son cou, une amulette dorée étincelante du martyr Phra Seub lui fait un clin d'œil, c'est un talisman contre les épidémies agricoles des sociétés caloriques.

Anderson aimerait observer le fruit dans son habitat naturel, sur un arbre ou sous les feuilles d'un arbuste. Avec quelques informations supplémentaires, il pourrait deviner les gènes, la famille, il pourrait discerner un murmure du passé génétique que le royaume thaï tente de ressusciter, mais il ne voit aucun autre indice. Il glisse la boule translucide et lisse du *ngaw* dans sa bouche.

Un coup de poing de saveur, gorgé de sucre et de fertilité. La bombe florale collante recouvre sa langue. C'est comme s'il était de retour dans les champs HiGro de l'Iowa et qu'un agronome de la

Convention Midwest offrait son premier sucre d'orge au garçon de ferme pieds nus qu'il était alors. Cette commotion de saveur – de véritable saveur – après une vie entière de privations.

La chaleur s'intensifie. Les chalands se bousculent et marchandent, mais rien ne le touche. Il fait rouler le *ngaw* dans sa bouche, les yeux fermés, goûtant le passé, dégustant l'époque où ce fruit avait dû être abondant avant que la cibiscose, les charançons nippons transpiratés, la rouille vésiculeuse et la gale purulente n'aient rasé le paysage.

Dans la moiteur étouffante du soleil tropical, entre les grognements des buffles d'eau et les cris des poulets mourants, il est au paradis. S'il était grahamite, il tomberait à genoux pour remercier, extatique, la saveur du retour d'Éden.

Anderson crache le noyau noir dans sa main, souriant. Il a lu les carnets de voyages des botanistes et des explorateurs historiques, les hommes et les femmes qui ont vaincu la sauvagerie des jungles de la planète à la recherche de nouvelles espèces – leurs découvertes ne sont rien comparées à ce fruit unique.

Tous cherchaient à découvrir. Lui perçoit une résurrection.

La paysanne sourit fièrement, sûre de sa vente.

— *Ao gee kilo khat ?*

Combien ?

— Sont-ils sûrs ? demande-t-il.

Elle désigne les certificats du ministère de l'Environnement sur le sol à côté d'elle, soulignant les dates d'inspection du doigt.

— Dernière variation, dit-elle. Meilleure qualité.

Anderson étudie les sceaux étincelants. Elle a certainement payé les chemises blanches plutôt que subi l'inspection complète qui aurait garanti l'immunité à la rouille vésiculeuse de huitième génération et la résistance aux cibiscoses 111.mt7 et mt8. Le cynisme d'Anderson estime que ça n'a pas vraiment d'importance. Les sceaux compliqués qui scintillent au soleil sont moins fonctionnels que talismaniques, juste de quoi rassurer les gens dans un monde dangereux. En vérité, si la cibiscose devait ressurgir, ces certificats ne changeraient rien. Ce serait une nouvelle variation et les tests aujourd'hui en vigueur seraient inefficaces : les gens prieraient devant leurs amulettes de Phra Seub et les images du roi Rama XII, ils feraient des offrandes aux saints piliers de la cité et ils cracheraient leurs poumons, tous, quels que soient les sceaux du ministère sur leurs produits.

Anderson met le noyau dans sa poche.

— Je vais en prendre un kilo. Non. Deux. *Song*.

Il tend un sac de chanvre sans même tenter de marchander. Quoi que demande la paysanne, ce serait trop peu. Les miracles ont la valeur du monde. Un gène unique qui résiste à une épidémie calorique ou qui utilise plus efficacement l'ozone fait augmenter tous les prix. S'il avait examiné le marché à cet instant, partout cette évidence lui serait apparue. Les allées bruissent de Thaïs achetant de tout, depuis les versions piratées du riz U-Tex jusqu'aux variantes vermillon de volaille. Mais toutes ces denrées sont de vieilles améliorations, issues des manipulations d'AgriGen, de PurCal ou de Total Nutrient Holding. Les fruits d'une science ancienne, élaborée dans les entrailles des labos de recherche de la Convention Midwest.

Le *ngaw* est différent. Le *ngaw* ne vient pas du Midwest. Le royaume thaï est malin quand d'autres ne le sont pas. Il prospère tandis que des pays comme l'Inde, la Birmanie ou le Vietnam tombent comme des dominos, meurent de faim et mendient les avancées scientifiques des monopoles caloriques.

Quelques personnes s'arrêtent pour examiner les achats d'Anderson, même si lui estime leur prix dérisoire, eux le jugent trop élevé et passent leur chemin.

La femme lui tend les *ngaw* et Anderson rit presque de plaisir. Pas un seul de ces fruits velus ne devrait exister ; il pourrait tout aussi bien soupeser un sac de trilobites. Si ses soupçons sur leur origine sont exacts, ils représentent une résurrection aussi choquante qu'un tyrannosaure se baladant sur Thanon Sukhumvit. Mais on peut dire la même chose des pommes de terre, des tomates et des piments dont le marché regorge dans une abondance magnifique, une collection impressionnante de noctombres que personne n'avait vue depuis une éternité. Dans cette cité au bord de la noyade, tout semble possible. Les fruits et les légumes sortent de la tombe, les fleurs éteintes refleurissent sur les avenues et, derrière tout cela, le ministère de l'Environnement fait de la magie avec un matériel génétique perdu depuis des générations.

Son sac de fruits à la main, Anderson se glisse hors du *soi* vers l'avenue. Le trafic grouille, les navetteurs du matin ont envahi Thanon Rama IX comme le Mékong en pleine crue. Des vélos et des rickshaws, des buffles d'eau bleu-noir et d'immenses masto-dontes à la démarche traînante.

Lorsqu'il voit arriver Anderson, Lao Gu sort de l'ombre d'un immeuble de bureaux en ruines, pin-çant prudemment le mégot brûlant d'une cigarette. Noctombres encore. Elles sont partout. Nulle part ailleurs au monde, mais ici elles abondent. Lao Gu fourre le reste du tabac dans une poche de sa che-mise en loques et trottine devant Anderson vers leur rickshaw.

Le vieux Chinois n'est qu'un épouvantail vêtu de guenilles, pourtant, il a de la chance. Il est vivant quand la plupart des siens sont morts. Il a un emploi quand les autres réfugiés de Malaisie sont entassés comme des poulets en batterie dans les tours étouf-fantes de l'Expansion. Lao Gu a des muscles secs et assez d'argent pour s'offrir des cigarettes Singha. Pour le reste des réfugiés yellow cards, il a la chance d'un roi.

Il enjambe la selle du rickshaw et attend patiem-ment qu'Anderson grimpe sur le siège derrière lui.

— Au bureau, lance ce dernier. *Bai khap.* (Il passe au chinois :) *Zou ba.*

Le vieil homme se dresse sur les pédales et ils se mélangent au trafic. Irritées par leur intrusion, les sonnettes de vélo tintent comme s'ils annonçaient la cibiscose. Lao Gu les ignore et se glisse dans le flux de l'embouteillage.

Anderson tend la main vers un autre *ngaw* mais se retient. Il doit les conserver. Ils ont trop de valeur pour qu'il les gobe comme un enfant gourmand. Les Thaïs ont trouvé une nouvelle manière de déterrer le passé et tout ce dont il a envie, c'est de se gaver des preuves de leur ingéniosité. Il tambourine des doigts sur le sac de fruits, luttant pour se contrôler.

Pour se distraire, il fouille son paquet de cigarettes et en allume une. Il aspire la fumée de tabac, savoure la brûlure, se souvient de sa surprise lorsqu'il a découvert les succès du royaume thaï et l'abondance des noctombres. Il pense à Yates. Se souvient de la déception de l'homme quand ils discutaient, face à face, l'histoire ressuscitée fumant entre eux.

— Les noctombres.

L'allumette de Yates étincela dans l'ombre des bureaux de SpringLife, illuminant ses traits fleuris. Il inspira profondément. Le papier de riz crépita. Le bout incandescent brilla et Yates souffla un nuage de fumée vers le plafond où les ventilateurs peinaient à lutter contre la touffeur de la pièce.

— Aubergines. Tomates. Piments. Pommes de terre. Jasmin. Nicotiane. (Il leva sa cigarette et fronça un sourcil :) tabac.

Il aspira une nouvelle bouffée, plissant les yeux dans la fumée. Tout autour, les bureaux dans l'ombre et les ordinateurs à pédale de l'entreprise baignaient dans le silence. Dans la soirée, une fois l'usine fermée, c'était encore possible de voir ces bureaux comme autre chose que la topographie de l'échec. Les ouvriers pouvaient être rentrés chez eux, se reposer avant une autre dure journée de labeur. La poussière sur les chaises et les ordinateurs à pédale démentaient cette impression, mais, dans l'obscurité, avec les ombres drapées sur les meubles et le clair de lune filtrant à travers les persiennes d'acajou, il était facile d'imaginer ce qui aurait pu être.

Les ventilateurs à manivelle continuaient à tourner lentement, les courroies de caoutchouc laotien grinçaient en traversant le plafond, tirant un mince filet d'énergie cinétique depuis les piles à ressort principales de l'usine.

— Les Thaïs ont eu de la chance dans leurs laboratoires, dit Yates. Et maintenant, vous voici. Si j'étais superstitieux, je penserais qu'ils vous ont conjuré en même temps que leurs tomates. Pour ce que j'en sais, chaque organisme a besoin d'un prédateur.

— Vous auriez dû envoyer des rapports sur leurs progrès, lui reprocha Anderson. Cette usine n'est pas de votre seule responsabilité.

Yates fit la grimace. Son visage était une caricature d'effondrement tropical. Des vaisseaux sanguins éclatés fleurissaient sur ses joues et sur le bulbe de son nez, dessinant un territoire en dégénérescence. Ses yeux bleus mouillés cillaient en regardant Anderson, aussi brumeux que l'air étouffant d'ordures de la ville.

— J'aurais dû savoir qu'on me prendrait la place.

— Ce n'est pas personnel.

— Ce n'est que le travail d'une vie.

Il rit d'un raclement sec rappelant le premier stade de la cibiscose. Si Anderson n'avait su que Yates, comme tout le personnel d'AgriGen, était vacciné contre les nouvelles variantes, il aurait aussitôt quitté la pièce.

— J'ai passé des années à construire tout ceci, poursuivit Yates. Et vous me dites que ce n'est pas personnel ! (Il désigna la fenêtre du bureau qui donnait sur l'étage de fabrication.) J'ai des piles-AR de la taille de mon poing qui emmagasinent un giga-joule. Cela quadruple le ratio capacité-poids de tous les ressorts sur le marché. Je suis assis sur une révolution dans le stockage de l'énergie et vous allez foutre ça à la poubelle. (Il se pencha en avant.) Nous n'avons pas eu d'énergie aussi facilement transportable depuis le pétrole.

— Uniquement si nous sommes capables de la produire.

— Nous y sommes presque, insista Yates. Ce n'est qu'une question de bains d'algues. C'est le seul point d'achoppement.

Anderson ne réagit pas. Yates sembla prendre cela pour un encouragement.

— Le concept fondamental est solide. Une fois que les bains produiront en quantités suffisantes…

— Vous auriez dû nous tenir informés dès que vous avez vu les noctombres sur le marché. Les Thaïs font pousser des pommes de terre avec succès depuis au moins cinq saisons. Ils ont manifestement une banque de semences à leur disposition. Pourtant, vous n'en avez rien dit.

— Ce n'est pas ma spécialité. Je m'occupe de stockage d'énergie. Pas de production.

Anderson renifla son mépris.

— Où allez-vous trouver les calories pour remonter vos super piles-AR en cas d'épidémie ? La rouille vésiculeuse mute toutes les trois saisons à présent. Les hackers génétiques piratent nos créations pour le blé TotalNutrient et pour SoyPRO. Notre dernière variation de maïs HiGro ne combat la prédation des charançons qu'à 60 %, et on apprend que vous êtes assis sur une mine d'or génétique ! Les gens meurent de faim…

16

Yates rit.

— Ne me parlez pas de sauver des vies. J'ai vu ce qui s'est passé avec la banque de semences en Finlande.

— Nous n'avons pas fait exploser les coffres-forts. Personne ne savait que les Finlandais étaient de tels fanatiques.

— N'importe quel idiot dans la rue aurait pu l'anticiper. Les sociétés caloriques ont une certaine réputation.

— Ce n'était pas mon opération.

Yates rit à nouveau.

— C'est toujours notre excuse, n'est-ce pas ? L'entreprise s'engage sur une voie douteuse et nous, nous nous écartons en nous en lavant les mains. Nous nous comportons comme si nous n'avions aucune responsabilité. Elle retire le SoyPRO du marché birman et nous détournons la tête, à prétendre que les questions de droits intellectuels ne nous concernent pas. Mais les gens meurent de faim. (Il tira sur sa cigarette, exhala la fumée.) Je ne sais pas comment vous parvenez encore à dormir.

— C'est facile. Une petite prière à Noé et à saint François et, Dieu merci, nous conservons notre avance sur la rouille vésiculeuse.

— Alors, c'est tout ? Vous allez fermer l'usine ?

— Non, bien sûr que non. La fabrication des piles-AR va continuer.

— Oh ?

Yates se pencha en avant, plein d'espoir.

Anderson haussa les épaules.

— C'est une couverture utile.

Le bout incandescent de la cigarette atteint les doigts d'Anderson. Il laisse tomber le mégot dans le trafic, frotte son pouce et son index tandis que Lao Gu continue à pédaler dans les rues encombrées. Bangkok, la cité des êtres divins, bruisse autour d'eux.

Des moines en robes safran se promènent sur les trottoirs à l'ombre de leurs grands parapluies noirs. Des enfants courent en groupe vers les écoles des monastères, bousculent les passants et s'essaiment, rient et s'appellent à grands cris. Des vendeurs de rue tendent leurs bras drapés de guirlandes de soucis, offrandes pour le temple, proposent des amulettes scintillantes de moines révérés pour se protéger de tout, depuis la stérilité jusqu'à la gale purulente. Des étals de nourriture fument et grésillent dans l'odeur d'huile de friture et de poisson fermenté ; autour des chevilles de leurs clients, les formes tremblotantes et chatoyantes des cheshires s'enroulent en gémissant, espérant quelques restes.

Plus haut se dressent les tours de l'ancienne Expansion de Bangkok, vêtues de lierre et de moisissure, leurs fenêtres explosées depuis longtemps, et elles ressemblent à de grands os blanchis par les charognards. Sans air conditionné ni ascenseurs pour les rendre habitables, elles se contentent de cloquer au soleil. La fumée noire des feux de fumier illégaux s'échappe de leurs pores, révélant les locaux où les réfugiés malais font cuire leurs chapatis et bouillir leurs *kopis* avant que les chemises blanches n'aient le temps d'investir leur refuge dans les hauteurs et de les tabasser pour leur crime.

Au milieu des files d'embouteillage, les réfugiés de la guerre du charbon venant du nord se prosternent, mains tendues, exquisément polis dans leur posture suppliante. Les vélos, les rickshaws, les wagons tirés par les mastodontes les contournent, s'écartent comme une rivière autour d'un éboulis. Les excroissances en chou-fleur du *fa'gan* déforment nez et bouche des mendiants. La noix de bétel noircit leurs dents. Anderson fouille dans sa poche et lance une poignée de pièces à leurs pieds, hoche légèrement la tête à leurs *wai* de remerciement.

Puis les murs blanchis et les allées du district industriel des *farang* apparaissent. Des hangars et des usines serrés les uns contre les autres dans une odeur de sel et de poisson pourri. Des marchands ambulants encadrent les allées, protégés du soleil de plomb par des carrés de bâches et des couvertures. Plus loin s'élèvent les digues et les murs du roi Rama XII, comme un verrou contenant la masse écrasante de l'océan.

Il est difficile d'ignorer la présence de ce rempart et la pression de l'eau sur lui. Il est difficile de voir la cité des êtres divins autrement que comme un désastre en devenir. Mais les Thaïs sont entêtés et ils se sont battus pour protéger de la noyade leur cité sainte de Krung Thep. À l'aide de pompes alimentées au charbon, du barrage et d'une foi profonde dans la conduite visionnaire de la dynastie Chakri, ils sont jusqu'à présent parvenus à retenir ce qui a englouti New York et Rangoon, Mumbai et La Nouvelle-Orléans.

Lao Gu accélère dans une allée, donne de la sonnette avec impatience pour éloigner les coolies qui encombrent l'artère. Des caisses ToutTemps se balancent sur leurs dos bruns. Les logos des piles-AR chinoises Chaozhou, des poignées antibactériennes

Matsushita et des filtres à eau en céramique Bo Lok oscillent, hypnotiques à leur rythme lent. Des images du Bouddha et de la Reine Enfant révérée couvrent les murs des usines, luttent avec d'antiques affiches de combats de *muay thai* peintes à la main.

L'usine SpringLife s'élève au-dessus de la pression du trafic, haute forteresse ponctuée d'énormes ventilateurs tournant lentement dans les bouches d'aération des étages supérieurs. De l'autre côté du *soi*, une usine Chaozhou, fabrique de vélos, la reflète et, entre les deux, les accrétions de bernacles des commerçants ambulants qui s'agrègent toujours autour de l'entrée des manufactures pour vendre casse-croûte et déjeuners aux ouvriers.

Lao Gu freine dans la cour de SpringLife et dépose Anderson devant la porte principale de l'usine. Ce dernier descend du rickshaw, attrape son sac de *ngaw* et reste là un instant, regardant fixement les portes de huit mètres de large qui facilitent l'accès aux mastodontes. On aurait dû renommer la fabrique «La folie de Yates». L'homme était un optimiste indécrottable. Anderson l'entend encore défendre les mérites de ses algues transgéniques, fouiller les tiroirs de son bureau pour lui montrer des graphiques et des notes malgré ses protestations.

«Vous ne pouvez préjuger de mon travail simplement parce que le projet Trésor de l'Océan a été un échec. Correctement traitées, les algues apportent une amélioration exponentielle à l'absorption et au couplage. Oubliez leur potentiel calorique. Concentrez-vous sur les applications industrielles. Je peux vous offrir l'intégralité du marché du stockage de l'énergie si seulement vous m'accordez un peu de temps. Au moins, essayez un de mes ressorts de démonstration avant de prendre une décision. »

Le rugissement de la fabrique enveloppe Anderson dès son entrée dans l'usine, noie les derniers gémissements désespérés de l'optimisme de Yates.

Les mastodontes grondent contre l'axe de la roue, leurs énormes crânes baissés, leurs trompes préhensiles frottent le sol durant leurs lents cercles autour de l'engrenage producteur d'énergie. Les animaux transgéniques sont le cœur du système cinétique de l'usine, ils produisent l'énergie pour les tapis roulants de production, pour l'aération, pour les machines. Leurs harnais cliquettent en rythme dans leurs mouvements saccadés. En rouge et or, les servants du syndicat marchent à côté des mastodontes, les calment, les changent occasionnellement de place, encouragent les animaux dérivés des éléphants à travailler plus vite, plus fort.

De l'autre côté de la fabrique, la chaîne de production sécrète de nouvelles piles-AR, les envoie au contrôle de qualité puis à l'emballage où les ressorts sont entassés sur des palettes dans l'attente du moment théorique où ils seront prêts à l'export. À l'arrivée d'Anderson, les ouvriers interrompent leur travail et *wai*, pressent leurs paumes l'une contre l'autre et les portent à leur front en une vague de respect qui cascade le long de la chaîne.

Banyat, le responsable du contrôle qualité, se presse vers lui. Il *wai*.

Anderson lui dédie à son tour un *wai* machinal.

— Comment se porte la qualité ?

Banyat sourit.

— *Dee khap*. Bien. Mieux. Venez. Regardez. (Il désigne la chaîne du menton et Num, le contre-maître de jour, fait sonner la cloche annonçant l'interruption totale de la ligne. Banyat fait signe à Anderson de le suivre.) Quelque chose d'intéressant. Vous serez satisfait.

Anderson sourit sèchement, doute que quoi que lui dise Banyat le satisfasse. Il tire un *ngaw* de son sac et le tend au responsable de la qualité.

— Un progrès, vraiment?

Banyat hoche la tête et prend le fruit. Il le regarde à peine, le pèle, engouffre le cœur semi-translucide dans sa bouche. Il ne montre aucune surprise. Aucune réaction particulière. Il se contente de manger le foutu fruit sans y penser. Anderson grimace. Les *farang* sont toujours les derniers à connaître les changements dans ce pays, une réalité que Hock Seng aime à rappeler quand son esprit paranoïaque commence à soupçonner Anderson de vouloir le virer. Hock Seng connaît déjà probablement le fruit, lui aussi, ou fera semblant si on l'interroge.

Banyat jette le noyau dans la poubelle contenant la nourriture pour les mastodontes.

— Nous avons réglé le problème avec la presse de coupe, annonce-t-il.

Num fait à nouveau sonner sa cloche et les ouvriers s'éloignent de leur place, à reculons. À la troisième sonnerie, les *mahout* du syndicat frappent les mastodontes d'une badine de bambou et ceux-ci s'immobilisent maladroitement. La chaîne de production ralentit. À l'autre bout, les tambours des piles-AR grincent tandis que les roues de la fabrique les bourrent d'énergie, celle qui permettra à la chaîne de se remettre en route après l'inspection d'Anderson.

Banyat le mène le long de la chaîne silencieuse, passe devant les ouvriers qui *wai* dans leur livrée verte et blanche, et écarte le rideau de polymère d'huile de palme qui marque l'entrée de la salle d'affinage. Là, la découverte de Yates est vaporisée avec un abandon délicieux, recouvre les piles de résidus de trouvailles génétiques. Des femmes et des enfants portant des masques triplement filtrants lèvent les yeux et ôtent leur protection pour accorder leur *wai* respectueux à l'homme qui les nourrit. Leurs visages sont couverts de traînées de sueur et de poudre pâle. Seule la peau autour de leur bouche et de leur nez, protégée par les filtres, reste sombre.

Banyat et Anderson traversent la pièce et entrent dans le sauna des salles de montage. Les lampes de trempe flamboient et la puanteur des bassins d'algues génératrices alourdit l'air. Au-dessus, les empilements de tamis mis à sécher atteignent le plafond, taché de serpentins d'algues transgéniques, gouttent, se dessèchent et noircissent en pâte sous la chaleur. Les techniciens suants ne portent que des shorts, des débardeurs et des protections pour la tête. L'endroit est une fournaise malgré les ventilateurs à manivelle et les généreux systèmes d'aération. La transpiration roule lentement dans le cou d'Anderson. Sa chemise est instantanément trempée.

Banyat tend un doigt.

— Ici. Vous voyez ?

Il fait courir le doigt le long d'une barre d'assemblage démantelée, posée à côté de la chaîne principale. Anderson s'agenouille pour inspecter la surface.

— De la rouille, murmure Banyat.

— Je croyais qu'on avait fait une inspection.

— L'eau salée. (Banyat sourit inconfortablement.) L'océan est proche.

Anderson grimace en voyant les rangées d'algues qui suintent du plafond.

— Les cuves d'algues et les tamis de séchage ne changent rien. La personne qui a estimé que nous pouvions nous contenter d'utiliser la chaleur surnuméraire pour soigner tout ça est une imbécile. Efficacité énergétique, mon cul !

Banyat lui offre un autre sourire embarrassé mais ne dit rien.

— Alors, vous avez remplacé les outils de montage ?

— On a gagné 25 % en fiabilité.

— Tant que ça ?

Anderson hoche machinalement la tête. Il fait signe au responsable des outils et l'homme crie à travers la salle d'affinage pour que Num l'entende. La cloche sonne à nouveau, les presses à chaleur et les lampes de trempe recommencent à briller tandis que l'électricité s'engouffre dans le système. Anderson peste silencieusement contre l'augmentation soudaine de la moiteur déjà étouffante. Chaque fois qu'on les enclenche, les lampes et les presses coûtent quinze mille bahts en taxe carbone, une portion notable du budget carbone du Royaume que SpringLife paie lourdement. Les manipulations du système initiées par Yates sont ingénieuses, permettent à l'usine d'utiliser l'allocation carbone du pays, mais les dépenses en pots-de-vin restent faramineuses.

La roue principale reprend sa course et l'usine frissonne pendant que les moteurs en sous-sol se mettent en branle. Le plancher vibre. La puissance cinétique traverse le système comme de l'adrénaline, une impatience fourmillant d'énergie va se déverser dans la chaîne de production. Un mastodonte hurle de protestation, son servant le fouette pour ramener le silence. Le gémissement de la roue devient un mugissement avant de s'interrompre quand les joules se répandent dans le système énergétique.

Le responsable de la chaîne fait à nouveau sonner la cloche. Les ouvriers s'avancent pour aligner leurs outils de coupe. Ils produisent des piles à ressort de deux gigajoules dont la taille plus petite exige une grande prudence avec les machines. Plus loin, le processus de bobinage s'enclenche et la presse de coupe, avec ses lames de précision récemment remises en état, s'élève sur ses crics hydrauliques en sifflant.

— *Khun*, s'il vous plaît.

Banyat fait signe à Anderson de se placer derrière une cage de protection.

La cloche de Num sonne une dernière fois. La chaîne gémit en se mettant en marche. Anderson ressent un léger frisson en voyant le système s'activer. Les ouvriers s'accroupissent derrière leurs boucliers. Les filaments des piles-AR chuintent en s'échappant des brides d'alignement et traversent une série de cylindres chauffés. Une pulvérisation de réactif puant pleut sur les filaments couleur rouille, les graisse d'un film lisse qui répartira la poudre d'algue de Yates en une couche égale.

La presse descend violemment. Anderson en a mal aux dents tant le poids est écrasant. Les fils des piles claquent et le filament découpé coule à travers le rideau vers la salle d'affinage. Après trente secondes, il émerge, gris pâle et poussiéreux de poudre dérivée d'algues. Il passe à travers une nouvelle série de cylindres chauds avant d'être torturé pour atteindre sa structure finale, tordu sur lui-même en un rouleau de plus en plus serré, à l'encontre de sa structure moléculaire, pour devenir un ressort très concentré. Un hurlement assourdissant de métal tordu s'élève. Les résidus de lubrifiant et de poudre d'algues pleuvent du revêtement tandis que le ressort se ramasse sur lui-même, éclabousse les ouvriers et l'équipement, puis la pile comprimée est roulée jusqu'à l'emballage et envoyée au contrôle qualité.

Une LED jaune clignote, signifiant que tout se déroule correctement. Les ouvriers jaillissent de leur position protégée pour relancer la presse tandis qu'un nouveau torrent de métal siffle en émergeant des entrailles de la salle de trempe. Les cylindres cliquettent, tournent à vide. Les tuyères de lubrifiant laissent échapper une légère brume en s'autonettoyant avant la prochaine application. Les ouvriers terminent d'aligner les presses puis se réfugient derrière leur bouclier. Si le système venait à se casser, les filaments deviendraient des lames de haute énergie, fouettant la salle de montage de manière incontrôlée. Anderson a déjà vu les têtes s'ouvrir comme des mangues, les membres arrachés et les éclaboussures de sang à la Pollock qui résultent de l'échec des systèmes industriels.

La presse frappe à nouveau la chaîne, coupe une autre des quarante piles-AR produites chaque heure qui n'auront plus, semble-t-il, que 75 % de risques de finir dans une benne à ordures du ministère de l'Environnement. On dépense des millions pour produire des merdes qui coûteront d'autres millions pour être recyclées – une épée à double tranchant qui ne cesse jamais de tailler. Yates a foutu quelque chose en l'air, que ce soit par accident ou dans un accès rancunier de sabotage, et il aura fallu plus d'un an pour se rendre compte de l'importance du problème, pour examiner les cuves d'algues qui fournissent le revêtement révolutionnaire des piles, pour retravailler la résine de maïs qui joint les interfaces d'équipement des ressorts, pour changer les pratiques de contrôle qualité, pour comprendre ce qu'un niveau d'humidité de 100 % toute l'année impose à un processus industriel conçu pour un climat sec.

Une bouffée de poussière de filtrage entre dans la pièce quand un ouvrier titube à travers le rideau de la salle d'affinage. Son visage sombre est couvert de sueur mélangée à la poudre et à l'huile de palme. Ses collègues, nimbés d'un nuage pâle de résidus, apparaissent momentanément à travers les tentures, tels que des ombres dans une tempête de neige tandis que les filaments se recouvrent de poudre qui empêchera les ressorts de se bloquer sous la compression intense. Toute cette sueur, toutes ces calories, toute l'allocation carbone, tout cela pour offrir une couverture crédible à Anderson pendant qu'il démêle le mystère des noctombres et du *ngaw*.

Une entreprise rationnelle fermerait l'usine. Même Anderson, qui n'a qu'une compréhension limitée des processus impliqués dans cette production nouvelle génération de ressorts, le ferait. Mais ses ouvriers, le syndicat, les chemises blanches et toutes les oreilles attentives du Royaume doivent croire qu'il n'est qu'un aspirant entrepreneur, l'usine doit fonctionner, et bien.

Anderson serre la main de Banyat et le félicite pour son travail.

C'est vraiment dommage. Le potentiel de réussite est réel. Quand il voit l'un des ressorts de Yates fonctionner correctement, cela lui coupe le souffle. Yates était fou mais il n'était pas stupide. Anderson a vu les joules s'échapper des minuscules étuis des piles-AR, lentement, pendant des heures, quand d'autres ressorts n'offrent que le quart de l'énergie pour le double du poids, ou se resserrent simplement en une masse moléculaire liée à la pression énorme des joules dont on s'efforce de les gaver. Parfois, Anderson est presque séduit par le rêve de Yates.

Il inspire profondément et traverse la salle d'affinage. Il en sort de l'autre côté dans un nuage de poudre d'algue et de fumée. Il aspire l'air lourd de la pestilence des déjections piétinées des mastodontes et prend l'escalier pour rejoindre son bureau. Derrière lui, l'un des éléphants modifiés hurle à nouveau, c'est le cri d'un animal maltraité. Anderson se retourne, regarde l'usine et repère le *mahout* coupable. Roue n° 4. Un autre problème à régler sur la longue liste imposée par SpringLife. Il ouvre la porte des bureaux administratifs.

À l'intérieur, les pièces n'ont guère changé depuis la première fois qu'il les a vues. Toujours obscures, toujours caverneuses et vides, avec des tables de travail et des ordinateurs à pédale silencieux dans l'ombre. De fines lames de lumière filtrent des persiennes de tek, illuminant les offrandes fumantes aux dieux qui ne sont pas parvenues à sauver le clan chinois de Tan Hock Seng en Malaisie. De l'encens au bois de santal rend la pièce étouffante, tandis que d'autres filets soyeux de fumée s'élèvent d'un autel dressé dans un coin où une statuette dorée, souriante, est accroupie devant des plats de riz U-Tex et des mangues couvertes de mouches.

Hock Seng est déjà assis devant son ordinateur. Ses jambes osseuses poussent régulièrement la pédale pour faire fonctionner les microprocesseurs et le petit écran de douze centimètres. Dans la lumière grise de la machine, Anderson aperçoit les yeux du vieux Chinois, le regard d'un homme qui craint un massacre chaque fois qu'une porte s'ouvre. Le tressaillement du vieil homme est aussi hallucinogène qu'un cheshire – là un instant, disparu le suivant –, mais Anderson a suffisamment l'habitude des réfugiés yellow cards pour reconnaître la terreur réprimée. Il ferme la porte, faisant taire le rugissement de la fabrique, son assistant se calme.

Anderson tousse et désigne la fumée dansante de l'encens.

— Je croyais vous avoir dit de ne plus faire brûler ces trucs.

Hock Seng hausse les épaules mais n'arrête ni de pédaler, ni de taper.

— Devrais-je ouvrir les fenêtres?

Son murmure est comme un bambou grattant du sable.

— Seigneur, non! (Anderson grimace en pensant à la chaleur tropicale derrière les persiennes.)

Contentez-vous de faire brûler ça chez vous. Je n'en veux pas ici. Plus jamais.

— Oui, bien sûr.

— Je suis sérieux.

Hock Seng lève un instant les yeux avant de retourner à son écran. Ses pommettes saillantes et ses orbites creuses se détachent dans la lueur du moniteur. Ses doigts d'araignée continuent de taper sur les touches.

— C'est pour attirer la chance, chuchote-t-il avant de rire doucement. Même les diables d'étrangers ont besoin de chance. Avec tous les problèmes de l'usine, je pensais que, peut-être, vous apprécieriez l'aide du Budai.

— Pas ici. (Anderson laisse tomber les *ngaw* sur son bureau, s'enfonce dans son fauteuil, s'essuie le front.) Faites-en brûler chez vous.

Hock Seng incline légèrement la tête pour marquer son accord. Au plafond, les rangées de ventilateurs à manivelle tournent paresseusement, leurs lames de bambou haletant dans la touffeur de la pièce. Ils sont tous deux assis, abandonnés, entourés par les plans du grand dessein de Yates. Des rangées de bureaux vides accentuent le silence là où devraient travailler l'équipe de vente, les clercs spécialisés dans la logistique et le transport, les gens des RH et les secrétaires.

Anderson fouille dans le sac de *ngaw*. Il lève une de ses découvertes à poils verts pour la montrer à Hock Seng.

— Vous avez déjà vu un de ces fruits ?

Le vieux Chinois lève les yeux.

— Les Thaïs les appellent *ngaw*.

Il reprend son travail, pédalant pour regarder des tableaux à l'encre rouge qui ne serviront à rien.

— Je sais comment les appellent les Thaïs. (Anderson se lève et traverse la pièce jusqu'au bureau du vieil homme. Hock Seng frémit quand son patron pose un *ngaw* à côté de son ordinateur, il regarde le fruit comme s'il s'agissait d'un scorpion.) Les fermiers du marché ont pu me donner le nom thaï. Vous en aviez aussi en Malaisie ?

— Je… (Hock Seng commence à parler puis s'interrompt. Il lutte visiblement pour garder son sang-froid, son visage passe d'une émotion à une autre.) Je…

Il s'interrompt à nouveau.

Anderson regarde la peur modeler et remodeler le visage du vieillard. Moins de 1 % des Chinois de Malaisie ont survécu à l'Incident. Hock Seng est un homme chanceux, mais Anderson a pitié de lui. Une simple question, un fruit, et le vieux a l'air de vouloir fuir l'usine.

Hock Seng regarde le fruit, le souffle court. Finalement, il murmure :

— Aucun en Malaisie. Seuls les Thaïs sont doués avec ces choses.

Puis il reprend son travail, les yeux fixés sur l'écran, les souvenirs verrouillés dans son esprit.

Anderson attend de savoir s'il va lui révéler autre chose, mais le vieil homme ne relève plus la tête. Le mystère du *ngaw* devra attendre.

L'Américain retourne à son propre bureau et commence à trier le courrier. Des reçus et des formulaires de taxes que Hock Seng a préparés attendent sur un coin de la table de travail. Il passe la pile en revue, appose sa signature sur les chèques de salaire du syndicat des mastodontes et le sceau de Spring-Life sur des documents de recyclage. Il tire sur sa chemise, s'évente pour mieux supporter la chaleur et l'humidité qui continuent à augmenter.

Finalement, Hock Seng lève la tête.

— Banyat vous cherchait.

Anderson hoche la tête, distrait par les formulaires.

— Ils ont trouvé de la rouille sur la presse à découpe. Le remplacement a augmenté la fiabilité de 5 %.

— 25 % ?

Anderson hausse les épaules, feuillette les papiers, ajoute son sceau à une évaluation du ministère de l'Environnement.

— C'est ce qu'il dit.

Il replie le document dans son enveloppe.

— Ce n'est pas toujours une statistique profitable. Vos ressorts ne sont encore que du vent. Ils conservent les joules comme le Somdet Chaopraya s'occupe de la Reine Enfant.

Anderson grimace d'irritation mais ne prend pas la peine de défendre la qualité erratique des ressorts.

— Banyat vous a-t-il aussi parlé des cuves de nutriments ? demande Hock Seng. Pour les algues ?

— Non, juste la rouille. Pourquoi ?

— Elles ont été contaminées. Certaines algues ne fabriquent pas le… (Le Chinois hésite.) Le résidu. Ce n'est pas productif.

— Il ne m'en a pas parlé.

Une nouvelle hésitation. Puis :

— Je suis sûr qu'il a essayé.

— A-t-il dit à quel point c'était mauvais ?

Hock Seng hausse les épaules.

— Juste que le produit n'était plus aux normes.

Anderson fronce les sourcils.

— Je le vire. Je n'ai pas besoin d'un responsable qualité incapable de m'annoncer les mauvaises nouvelles.

— Peut-être ne faites-vous pas assez attention.

Anderson connaît un certain nombre de mots pour qualifier les gens qui abordent un sujet sans être capables d'aller au-delà, mais il est interrompu par un hurlement de mastodonte. Le bruit est suffisamment fort pour faire trembler les vitres. Il attend, écoute.

— C'est la roue n° 4, annonce-t-il. Ce *mahout* est incompétent.

Hock Seng ne lève pas les yeux de son ordinateur.

— C'est un Thaï. Ils sont tous incompétents.

Anderson retient un rire.

— Eh bien, celui-ci est pire. (Il retourne à son courrier.) Je veux qu'il soit remplacé. La roue n° 4. Souvenez-vous-en.

La pédale de Hock Seng perd son rythme.

— C'est difficile, je pense. Même le Seigneur du lisier doit s'incliner devant le syndicat des mastodontes. Sans le travail des animaux, on doit se contenter des joules humains. Ce n'est pas une position de négociation favorable.

— Je m'en fous. Je veux qu'il s'en aille. Nous ne pouvons nous permettre une débandade. Trouvez un moyen poli de nous en débarrasser.

Anderson tire une nouvelle pile de chèques attendant sa signature.

Hock Seng essaie à nouveau.

— *Khun*, négocier avec le syndicat n'est pas facile.

— C'est pour ça que vous êtes là. On appelle ça déléguer.

Anderson continue à feuilleter ses papiers.

— Oui, bien sûr. (Le vieil homme le regarde durement.) Merci pour vos conseils de gestion.

— Vous me répétez sans cesse que je ne comprends pas la culture locale, s'exclame Anderson. Alors, occupez-vous-en. Débarrassez-nous de celui-là. Je me fous que vous soyez poli ou que tout le monde perde la face, mais trouvez un moyen de le foutre dehors. Ce genre de type est dangereux dans son travail.

Hock Seng retrousse les lèvres mais ne proteste plus. L'Américain décide de considérer qu'il va être obéi. Il feuillette les pages d'un autre permis du ministère de l'Environnement en grimaçant. Seuls les Thaïs passent autant de temps à faire en sorte qu'un pot-de-vin ressemble à un accord de service. Ils sont polis, même quand ils vous saignent à blanc. Ou quand il y a un problème avec les cuves d'algues. Banyat…

Anderson fouille dans les formulaires sur son bureau.

— Hock Seng?

Le vieil homme ne lève pas les yeux.

— Je m'occuperai de votre *mahout*, dit-il en continuant à taper. Ce sera fait même si cela coûte cher quand le syndicat marchandera les bonus.

— Bon à savoir, mais ce n'est pas la question. (Anderson tapote son bureau.) Vous disiez que Banyat se plaint des résidus d'algues. Son problème concerne-t-il les nouvelles cuves ou les anciennes?

— Je… Il n'a pas été très clair.

— Ne m'avez-vous pas dit que nous attendions du matériel de remplacement et qu'il devait arriver de

34

l'aérogare la semaine dernière ? De nouvelles cuves, de nouvelles cultures de nutriments ?

Les doigts de Hock Seng faiblissent un instant sur le clavier. Anderson fait semblant d'être surpris tout en vérifiant ses papiers une nouvelle fois, il sait déjà que les reçus et les formulaires de quarantaine n'y figurent pas.

— Je devrais avoir une liste quelque part. Je suis sûr que vous m'avez dit que ça devait arriver. (Il lève le regard.) Plus j'y pense, plus je me dis que je ne devrais pas entendre parler de contamination. Pas si notre nouvel équipement a réellement passé la douane et a été installé.

Le vieil homme ne répond pas. Il continue à taper sur son clavier comme s'il n'avait rien entendu.

— Hock Seng ? Y a-t-il quelque chose que vous avez oublié de me signaler ?

Les yeux du vieux Chinois restent fixés sur la lueur grise de son moniteur. Anderson attend. Le grincement rythmique des ventilateurs et le tambourin des doigts de Hock Seng sur son clavier remplissent le silence.

Finalement, le vieil homme annonce :

— Il n'y a pas de manifeste. La cargaison est toujours à la douane.

— Elle était supposée sortir la semaine dernière.

— Il y a des retards.

— Vous m'avez dit que ce ne serait pas un problème, insiste Anderson. Vous en étiez certain. Vous m'avez dit que vous vous occupiez personnellement de la douane. Je vous ai donné l'argent supplémentaire pour m'en assurer.

— Les Thaïs considèrent le temps à leur propre manière. Peut-être la cargaison sera-t-elle ici cet après-midi. Peut-être demain. (Hock Seng grimace un sourire.) Ils ne sont pas comme les Chinois. Ils sont paresseux.

— Avez-vous réellement versé le bakchich ? Le ministre du Commerce devait en recevoir une part à remettre à l'inspecteur des chemises blanches apprivoisé.

— Je les ai payés.

— Assez ?

Hock Seng lève la tête, les yeux étrécis.

— J'ai payé.

— Vous n'en avez pas gardé une moitié pour vous ?

Le vieux rit nerveusement.

— Bien sûr que non, j'ai tout remis.

Anderson étudie le yellow card un instant, tente de déterminer s'il est honnête, puis abandonne et laisse tomber les papiers. Il n'est même pas sûr de la raison de son emportement, mais cela l'énerve que le vieil homme pense qu'il peut le tromper si facilement. Il jette un nouveau coup d'œil au sac de *ngaw*. Peut-être Hock Seng sent-il à quel point tout cela, l'usine elle-même, est secondaire ? Il s'efforce d'oublier cette pensée et revient à la charge.

— Demain, alors ?

Hock Seng incline la tête.

— Je pense que c'est très probable.

— J'attends avec impatience.

Le vieillard ne répond pas au sarcasme. Anderson se demande même s'il l'a compris. L'homme parle anglais avec une aisance extraordinaire mais, de temps en temps, ils se retrouvent dans une impasse linguistique davantage liée à la culture qu'au vocabulaire.

36

L'Américain retourne à ses paperasses. Ici, des formulaires de taxes. Là, des salaires à verser. Les ouvriers lui coûtent deux fois plus qu'ils ne devraient. C'est un autre problème avec le Royaume. Des ouvriers thaïs pour des emplois thaïs. Les réfugiés yellow cards de Malaisie meurent de faim dans les rues et il ne peut pas les engager. Selon la loi, Hock Seng devrait être dans la même situation que les autres survivants de l'Incident. Sans ses talents spécialisés en comptabilité et en langues, sans l'indulgence de Yates, il mourrait de faim.

Anderson s'interrompt sur une nouvelle enveloppe. Elle lui est adressée personnellement mais, comme d'habitude, le sceau a été brisé. Hock Seng a du mal à respecter l'inviolabilité du courrier d'autrui. Ils ont discuté de ce problème de nombreuses fois, mais le vieil homme commet toujours des « erreurs ».

Anderson trouve un carton d'invitation dans l'enveloppe. Raleigh lui propose une rencontre.

L'Américain tapote le carton contre son bureau en réfléchissant. Raleigh. Résidu de l'Expansion. Un vieux morceau de bois flotté abandonné par la marée, du temps où le pétrole était bon marché et où les hommes et les femmes faisaient le tour du monde en quelques heures et non en quelques semaines.

Quand le dernier Jumbo Jet s'est envolé de la piste inondée de Suvarnabhumi, Raleigh avait de l'eau de mer jusqu'aux genoux et le regardait disparaître. Il a vécu en squat avec ses petites amies, auxquelles il a survécu et qui ont été remplacées, s'est forgé une vie de citronnelle, de bahts et de bon opium. D'après ce qu'il raconte, il a survécu aux coups d'État, aux contre-coups d'État, aux épidémies caloriques et à la faim. Ces derniers temps, accroupi comme un vieux crapaud tacheté, le vieil homme tenait une « boîte » à Ploenchit, souriant d'autosatisfaction en enseignant aux arrivants étrangers les arts oubliés de la débauche d'avant les guerres caloriques.

Anderson jette le carton sur son bureau. Quelles que soient les intentions du vieux proxénète, l'invitation est suffisamment inoffensive. Raleigh n'a pas vécu aussi longtemps dans le Royaume sans développer sa propre paranoïa. Anderson sourit légèrement en levant les yeux sur Hock Seng. Ces deux formeraient une sacrée paire : deux âmes déracinées, deux hommes loin de chez eux, chacun survivant grâce à son cerveau et à sa paranoïa.

— Si vous n'avez rien d'autre à faire que de me regarder travailler, s'exclame le vieux Chinois. Le syndicat des mastodontes demande à renégocier les tarifs.

Anderson jette un œil à la pile de factures sur son bureau.

— Je doute qu'ils aient été aussi polis.

Les doigts de Hock Seng s'interrompent.

— Les Thaïs sont toujours polis. Même lorsqu'ils menacent.

Le mastodonte recommence à hurler. Anderson lance au vieil homme un regard entendu.

— J'imagine que ça vous donne un atout dans la négociation quand il sera question du *mahout* n° 4. Tenez, nous pourrions aussi refuser de les payer jusqu'à ce qu'ils nous aient débarrassés de ce connard.

— Le syndicat est puissant.

Un autre cri fait trembler l'usine, frémir Anderson.

— Et stupide. (Il tourne son regard vers la fenêtre d'observation.) Que font-ils donc à ce pauvre animal, nom de Dieu ? (Il fait signe à Hock Seng.) Allez voir.

Le yellow card semble sur le point de protester mais l'Américain le fixe d'un œil impitoyable. Le vieux Chinois se lève.

Un barrissement de protestation interrompt toute réaction de celui-ci. La vitre tremble violemment.

— Qu'est-ce que… ?

Un autre cri presque gémissant fait vibrer le bâtiment, suivi d'un hurlement mécanique : la chaîne de production d'énergie se bloque. Anderson s'arrache de son fauteuil et court vers la fenêtre, Hock Seng l'atteint avant lui. Le vieil homme fixe l'étage inférieur, bouche bée.

Des yeux jaunes grands comme des assiettes s'élèvent au niveau de la vitre. Le mastodonte est debout sur ses pattes arrière et vacille. Les quatre défenses ont été sciées par sécurité, mais c'est toujours un monstre, près de six mètres au garrot, dix tonnes de muscles et de rage en équilibre sur son arrière-train. Il tire sur les chaînes qui l'attachent à la roue. Sa trompe se dresse, dévoilant une gueule caverneuse. Anderson se colle les mains sur les oreilles.

Le barrissement du mastodonte martyrise la vitre. Anderson tombe à genoux, abasourdi.

— Seigneur ! (Ses tympans bourdonnent.) Où est le *mahout* ?

Hock Seng secoue la tête. Anderson n'est même pas sûr que son assistant l'ait entendu. Les bruits dans ses oreilles obstruées sont étouffés et lointains. Il titube jusqu'à la porte et l'ouvre violemment juste au moment où le mastodonte s'écrase sur la roue n° 4.

L'engrenage explose. Des éclats de tek fusent dans toutes les directions. L'Américain frémit quand l'une d'elles lui écorche la peau.

En bas, les *mahout* détachent leurs animaux en urgence, les éloignent du mastodonte fou, crient des encouragements, imposent leur volonté aux créatures éléphantines. Les monstrueuses bêtes transgéniques secouent la tête et grondent de protestation, tirent sur leurs chaînes, réagissent instinctivement au besoin d'aider leur semblable. Le reste des ouvriers thaïs s'enfuit vers la sécurité de la rue.

Le mastodonte enragé se lance dans une nouvelle attaque contre la roue, les rayons volent en éclats. Le *mahout* qui aurait dû contrôler le monstre n'est plus qu'une masse de sang et d'os sur le sol.

Anderson se rue dans le bureau, serpente entre les tables vides, se jette sur l'une d'elles, glisse sur le plateau pour atterrir devant le coffre-fort de l'entreprise.

Ses doigts patinent quand il entre la combinaison. La sueur lui brûle les yeux. 23 à droite. 106 à gauche… Sa main passe au cadran suivant, il prie pour ne pas se tromper dans la configuration, pour ne pas devoir recommencer. Des échardes de bois mitraillent le sol de l'usine, accompagnées des hurlements de quelqu'un qui s'est trop approché.

Hock Seng surgit à ses côtés, gênant.

Anderson fait signe au vieil homme de s'éloigner.

— Dites aux ouvriers de sortir ! Je veux que tout le monde dégage !

Hock Seng hoche la tête mais ne bouge pas tandis que l'Américain continue à batailler avec la combinaison. Il écope d'un regard furieux.

— Allez-y !

Le vieux Chinois s'incline et court vers la porte en criant, sa voix se perd dans les cris des ouvriers en fuite et du bois qui explose. Anderson fait tourner le dernier cadran, ouvre le coffre à la volée : des papiers, des tas de billets colorés, des archives confidentielles, un fusil à air comprimé, un pistolet à ressort.

Yates !

Il grimace. Le vieil emmerdeur semble être partout aujourd'hui, comme si son *phii* se promenait sur l'épaule de son successeur. Ce dernier remonte le ressort de l'engin et le fourre à sa ceinture. Il attrape le fusil à air comprimé. Vérifie qu'il est chargé tandis qu'un nouveau barrissement se répercute entre les murs. Au moins, Yates était prêt à réagir à ce genre de situation. Le vieux était peut-être naïf, mais il n'était pas stupide. Anderson prépare le fusil et se dirige vers la porte.

En bas, le sang a éclaboussé les systèmes énergétiques et la chaîne de contrôle qualité. Il est difficile de déterminer qui est mort. Plus d'un *mahout* en tout cas. La puanteur doucereuse de la charogne humaine envahit l'air. Des traînées de tripes décorent le circuit du mastodonte autour de sa roue. L'animal se dresse à nouveau, une montagne de muscles génétiquement optimisés lutte contre ses dernières chaînes.

Anderson lève son fusil. À la limite de son champ de vision, un autre mastodonte se lève sur ses pattes arrière, barrit d'encouragement. Les *mahout* sont en train de perdre le contrôle. L'Américain s'efforce d'ignorer le désordre en expansion et regarde dans l'œilleton de visée.

La mire de la lunette glisse sur un mur de chair ridée. Agrandi par l'effet grossissant, l'animal est si énorme qu'il ne peut le manquer. Anderson enclenche le tir automatique, inspire profondément, relâche son souffle et laisse le gaz comprimé se libérer.

Un brouillard de fléchettes jaillit du fusil. Des impacts orange vif mouchettent la peau du mastodonte. Les toxines concentrées, fruit de la recherche AgriGen sur le venin de guêpe, se précipitent dans le corps du monstre, vers son système nerveux central.

Anderson baisse le fusil. Sans l'agrandissement de la lunette, il peut à peine apercevoir les taches sur la peau de la bête. Dans quelques instants, elle sera morte.

Le mastodonte se retourne et braque son attention sur l'Américain, les yeux brûlant d'une rage du pléistocène. Malgré lui, l'homme est impressionné par l'intelligence de l'animal. C'est comme s'il comprenait ce qu'il subit.

Le pachyderme se reprend et tire sur ses chaînes de toutes ses forces. Les anneaux d'acier craquent et sifflent dans les airs, s'écrasant sur les tapis roulants. Un ouvrier tente de fuir et s'effondre. Anderson laisse tomber son fusil inutile et attrape le pistolet à ressort. C'est un jouet face à dix tonnes de bestiau enragé, mais c'est tout ce qui lui reste. Le mastodonte charge et l'homme tire, pressant la détente aussi rapidement que son doigt le lui permet. Les disques aiguisés rebondissent sur la peau parcheminée.

De sa trompe, l'animal le soulève, son appendice préhensile enroulé autour de ses jambes comme un python. Anderson tente de se raccrocher à la porte, donne des coups de pieds pour se libérer. La trompe se resserre. Le sang monte à la tête de l'homme. Lorsqu'il se demande si le monstre se contentera de l'écraser comme un moustique gorgé de sang, le mastodonte commence à le traîner sur le palier. Anderson essaie d'attraper la rambarde, mais il est déjà en l'air. Il s'élève, il tombe.

Les barrissements d'exultation du pachyderme se répercutent sur les murs. L'Américain vole à travers la pièce, le sol de l'usine se rapproche, il s'écrase sur le béton. Les ténèbres l'enveloppent. *Couche-toi et meurs*. Il lutte contre l'évanouissement. *Contente-toi de mourir*. Il tente de se relever, de rouler pour s'éloigner, de faire quelque chose, mais il ne peut bouger.

Des formes colorées remplissent son champ de vision, tentent de se matérialiser. Le mastodonte est proche. Il peut sentir son souffle.

Les taches de lumière convergent. Le monstre se dresse, peau rouillée et rage antique. Il lève une patte pour l'écraser. Anderson roule sur le côté, mais ne parvient pas à remuer ses jambes. Il ne peut même pas ramper. Ses mains glissent sur le béton comme des araignées sur la glace. Il n'arrive pas à bouger assez vite. *Oh, Seigneur, je ne veux pas mourir comme ça. Pas ici. Pas comme ça.* Il est comme un lézard à la queue coincée. Il ne peut se lever. Il ne peut fuir, il va finir en gelée sous le pied d'un éléphant géant.

Le mastodonte gronde. Anderson regarde par-dessus son épaule. La bête a reposé la patte. Elle vacille, saoule. Elle renifle en tous sens avec sa trompe puis, abruptement, ses pattes arrière ploient. Le monstre se redresse sur son séant, ressemblant alors tellement à un chien que c'en est ridicule.

Son expression est presque troublée, droguée, il est surpris que son corps ne lui obéisse plus.

Lentement, ses pattes avant s'étalent sous lui et il s'effondre, grognant, dans la paille et les déjections. Ses yeux enfin au niveau d'Anderson le fixent, presque humains, cillant de confusion. Sa trompe se dresse à nouveau vers lui, fouettant maladroitement l'air, un python tout en muscles et en instinct, sans plus aucune coordination. Sa bouche bée, il halète. Une chaleur de fournaise couvre l'Américain. La trompe le touche. Se balance. Ne parvient pas à trouver une prise.

Anderson rampe laborieusement hors de portée. Il se met à genoux et se contraint à se redresser. Il oscille, étourdi, parvient à planter ses pieds dans le sol, à tenir debout. L'un des yeux jaunes du pachyderme traque ses mouvements. La rage a disparu. Les paupières aux longs cils clignotent. L'homme se demande ce que pense l'animal. S'il peut sentir les ravages neuraux qui déchirent son système. S'il sait que sa fin est imminente. Ou s'il est juste épuisé.

Dressé au-dessus du monstre, Anderson ressent presque de la pitié. Les quatre ovales déchiquetés d'où saillaient les défenses sont des pièces crasseuses d'ivoire de trente centimètres de diamètre, sauvagement sciées. Des plaies ouvertes brillent sur ses genoux et des excroissances de gale tachent sa gueule. De près, mourant, les muscles paralysés et les côtes se soulevant difficilement, ce n'est plus qu'une créature maltraitée. Ce monstre n'était pas destiné à se battre.

Le mastodonte laisse échapper un dernier souffle. Son corps s'affaisse.

Les employés fourmillent autour d'Anderson, hurlent, le touchent, tentent d'aider leurs blessés et de retrouver leurs morts. Il y a des gens partout. Les couleurs rouge et or du syndicat, la livrée verte de SpringLife, les *mahout* qui grimpent sur le cadavre géant.

Une seconde, l'Américain imagine Yates à côté de lui, fumant une noctombre et jubilant de tous ces problèmes.

« Et vous disiez repartir dans un mois. »

Puis, Hock Seng apparaît près de lui, sa voix murmurée et ses yeux d'amande noire, une main osseuse qui se tend pour toucher son cou et revient couverte de sang.

— Vous saignez, chuchote-t-il.

CHAPITRE 2

— Levez, hurle Hock Seng.

Pom, Nu, Kukrit et Kanda se penchent tous sur l'axe explosé, le soulèvent de son berceau comme on arrache une écharde de la chair d'un géant, l'élèvent jusqu'à ce qu'on puisse envoyer Mai en dessous.

— Je ne vois rien, crie-t-elle.

Les muscles de Pom et Nu se tendent alors qu'ils retiennent l'axe. Hock Seng s'agenouille et glisse une lampe de poche à la jeune fille. Ses doigts frôlent les siens et l'outil à LED disparaît dans la pénombre. La lampe a plus de valeur que la fille. Il espère qu'ils ne laisseront pas retomber l'axe pendant qu'elle est dessous.

— Alors, appelle-t-il une minute plus tard. C'est fendu ?

Pas de réponse. Hock Seng espère qu'elle n'est pas coincée quelque part. Il s'installe en position accroupie pour attendre qu'elle ait achevé son inspection. Tout autour, l'usine est une ruche en activité, les travailleurs tentant de remettre les choses en place. Des hommes grouillent autour du cadavre du mastodonte, les membres du syndicat armés de machettes scintillantes et de scies à os d'un mètre de long, leurs mains sont rouges de leur travail alors qu'ils tentent de réduire une montagne de chair.

Le sang s'écoule de la bête tandis qu'on la dépèce et qu'on révèle ses muscles marbrés.

Hock Seng frémit à cette vision, se souvient de son propre peuple qu'on écorchait de la même manière, d'autres bains de sang, d'autres destructions d'usines. Des hangars détruits. Des gens disparus. Cela lui rappelle aussi le jour où les bandeaux verts sont venus avec leurs machettes, le jour où son hangar a brûlé. La toile de jute, le tamarin et les ressorts partant en fumée. Les machettes scintillant dans les flammes. Il détourne les yeux, se force à éloigner ses souvenirs. Se force à respirer.

Dès que le syndicat des mastodontes a appris que l'un des leurs était tombé, il a envoyé ses bouchers professionnels. Hock Seng a tenté de les convaincre de traîner la carcasse à l'extérieur pour finir leur travail dans la rue mais les équarrisseurs ont refusé, les mouches et la puanteur de la mort s'ajoutent donc au vacarme d'activité et de nettoyage de la fabrique.

Des os saillent du cadavre tel le corail d'un océan de viande rouge et profonde. Du sang jaillit de l'animal, rivières écarlates se jetant vers les égouts pluviaux et les pompes de contrôle d'inondation. Hock Seng regarde amèrement le torrent de sang passer. Le pachyderme en contenait des litres. Des calories innombrables s'échappent. Les bouchers sont rapides mais il leur faudra une bonne partie de la nuit pour démembrer totalement le mastodonte.

— Ça y est, elle a terminé ? hoquette Pom.

L'attention du vieux Chinois revient à son problème du moment. Pom, Nu et leurs compatriotes sont arc-boutés sous le poids de l'axe.

Le vieil homme se penche de nouveau sur le trou.

— Que vois-tu, Mai ?

Ses mots sont assourdis.

— Remonte, alors.

Il se remet sur ses talons. Essuie la sueur sur son visage. L'usine est plus chaude qu'une casserole de riz. Tous les mastodontes ramenés à l'étable, il n'y a plus rien pour faire fonctionner les câbles de l'usine ou charger les ventilateurs qui font circuler l'air dans le bâtiment. La chaleur humide et la puanteur de la mort les recouvrent comme une chape. Ils pourraient aussi bien se trouver dans l'abattoir de Khlong Toey. Hock Seng lutte contre la nausée.

Un cri s'élève du côté des bouchers du syndicat. Ils ont ouvert le ventre de la bête. Les intestins jaillissent. Les ramasseurs d'ordures – les gens du Seigneur du lisier – pataugent dans la masse et commencent à la pelleter dans leurs carrioles à main. Venant d'une source aussi propre, inespérée, les abats vont certainement nourrir les chiens des fermes périphériques du Seigneur du lisier, ou fournir la soupe populaire des yellow cards, alimenter les réfugiés chinois de Malaisie qui survivent dans les ruines des vieilles tours de l'Expansion sous la protection du même Seigneur. Ce que ni les porcs ni les yellow cards ne mangeront sera entassé sur les composteurs à méthane de la ville avec les écorces de fruit et les déjections quotidiennes pour lentement fermenter et se transformer progressivement en compost et en gaz, avant d'éclairer un jour les rues de la cité de la lueur verte du méthane légal.

Hock Seng joue avec un grain de beauté, pensif. C'est un bon monopole. L'influence du Seigneur du lisier touche tant de quartiers de la ville, c'en est presque étonnant qu'il n'ait pas été nommé Premier ministre. S'il le voulait, le parrain des parrains, le plus grand *jao por* qui ait jamais influencé le Royaume, pourrait certainement avoir tout ce qu'il veut.

Mais voudra-t-il ce que j'ai à offrir ? se demande le vieux Chinois. *Appréciera-t-il une opportunité commerciale ?*

La voix de Mai se fait enfin entendre de l'intérieur du moyeu, interrompt ses ruminations.

— C'est fêlé, annonce-t-elle en criant.

Un instant plus tard, elle se fraye un chemin à coups de griffes hors du trou, couverte de sueur et de poussière. Nu, Pom et les autres libèrent les cordes de chanvre. L'axe reprend violemment sa place dans son berceau et le sol tremble.

Mai écoute le bruit derrière elle. Hock Seng pense apercevoir de la peur dans ses yeux lorsqu'elle réalise que l'axe aurait vraiment pu l'écraser. Cette crainte est fugace. L'enfant est résiliente.

— Alors ? demande-t-il. Détaille. Est-ce le cœur qui est fêlé ?

— Oui, *Khun*. Ma main entre dans la crevasse jusque-là. (Elle désigne son poignet.) Et il y en a une autre sur le bord, aussi profonde.

— *Tamade*, jure le vieux Chinois. (Il n'est pas vraiment surpris, mais tout de même…) Et la chaîne ?

Elle secoue la tête.

— Les anneaux que j'ai pu voir étaient tordus.

Il opine.

— Va chercher Lin, Lek et Chuan.

— Chuan est mort, lui rappelle-t-elle en désignant les traînées de sang à l'endroit où le mastodonte a écrasé deux ouvriers.

Hock Seng grimace.

— Ah, oui, bien sûr.

Comme Noi et Kapiphon et l'infortuné Banyat, l'homme du contrôle qualité qui n'entendra jamais Anderson lui reprocher la contamination des bains d'algues. Encore une dépense. Mille bahts pour les familles des ouvriers et deux mille pour Banyat. Il grimace à nouveau.

— Trouve quelqu'un d'autre, alors. Quelqu'un de petit qui travaille au nettoyage, comme toi. Vous allez descendre en sous-sol. Pom, Nu et Kukrit sortez l'axe. Complètement. Nous devons inspecter la chaîne, anneau par anneau. Nous ne pouvons recommencer à travailler avant d'avoir tout vérifié.

— Quelle est l'urgence? demande Pom en riant. Il faudra longtemps avant qu'on relance le travail. Le *farang* va devoir payer des sacs et des sacs d'opium au syndicat avant que celui-ci n'accepte de lui renvoyer des *mahout*, maintenant qu'il a abattu Hapreet.

— Quand les servants reviendront, nous n'aurons plus la roue n° 4, intervient sèchement le vieil homme. Il faudra du temps pour obtenir l'approbation de la Couronne, faire couper un nouvel arbre de ce diamètre et le rapporter du nord par le fleuve, et encore, si nous avons une mousson cette année. Et, pendant ce temps, nous devrons travailler à énergie réduite. Réfléchis-y. Certains d'entre vous ne travailleront pas du tout. (Il désigne l'axe.) Ceux qui travaillent le plus dur sont ceux qui resteront.

Pom a un sourire d'excuse, cache sa colère et *wai*.

— *Khun*, j'ai parlé sans réfléchir. Je ne voulais pas vous offenser.

— Très bien, répond Hock Seng en hochant la tête.

Il se retourne. Il garde son visage amer mais, en lui-même, il est d'accord. Il faudra de l'opium, des dessous-de-table et la renégociation de leur contrat énergétique avant que les mastodontes reprennent leurs tours des roues. Un point rouge de plus sur les comptes. Sans compter le prix des moines qui devront psalmodier, ni celui des prêtres brahmin, des experts en feng shui, ou des médiums qui consulteront le *phii* pour que les ouvriers s'apaisent et reprennent le travail dans cette usine qui porte malheur.

— *Tan Xiansheng !*

Hock Seng abandonne ses calculs et lève la tête. De l'autre côté de la pièce, Anderson Lake, le *yang guizi*, est assis sur un banc à côté des casiers des ouvriers, un médecin examine ses blessures. Au début, le diable d'étranger voulait qu'elle le soigne à l'étage, mais le vieux Chinois l'a convaincu de le faire en public, pour que les ouvriers puissent le voir dans son costume tropical blanc couvert de sang, comme un *phii* sorti de la tombe mais toujours vivant. Et sans peur. Il y a beaucoup de réputation à y gagner. L'étranger n'a peur de rien.

L'homme boit du whisky Mékong à la bouteille, bouteille qu'il a envoyé Hock Seng acheter comme si ce dernier n'était qu'un garçon de course. Le vieil homme a expédié Mai qui est revenue avec du faux Mékong sous la bonne étiquette et assez de monnaie pour qu'il la remercie de quelques bahts pour son intelligence tout en la regardant dans les yeux :

— Souviens-toi que j'ai fait cela pour toi.

Dans une autre vie, lorsqu'elle lui retourne son regard, solennelle, il aurait estimé avoir acheté un peu de loyauté. Dans cette vie-ci, il se contente d'espérer qu'elle n'essaiera pas de le tuer si les Thaïs devaient se retourner contre les siens et exiler ces yellow cards dans les jungles de la rouille vésiculeuse. Peut-être vient-il de s'acheter un peu de temps. Peut-être pas.

Alors qu'il s'approche, le Dr Chan lui glisse, en mandarin :

— Ton diable d'étranger est un têtu. Il n'arrête pas de bouger.

C'est une yellow card, comme lui. Une autre réfugiée qui n'a le droit de se nourrir que grâce à son intelligence et à quelques machinations astucieuses. Si les chemises blanches venaient à découvrir qu'elle prend le riz du bol d'un médecin thaï… Il étouffe cette pensée. Cela vaut la peine d'aider quelqu'un du pays, même si ce n'est que pour un jour. Une sorte d'expiation pour tout ce qui s'est passé.

— Essaie de le garder en vie. (Hock Seng a un léger sourire.) Nous avons encore besoin de lui pour payer nos salaires.

Elle rit.

— *Ting mafan.* Je suis un peu rouillée en matière de couture mais, pour toi, je ramènerais cette laide créature de la mort.

— Si tu es aussi bonne que ça, je t'appellerai quand j'attraperai la cibiscose.

Le *yang guizi* les interrompt en anglais.

— De quoi se plaint-elle ?

Hock Seng le regarde.

— Vous bougez trop.

— Elle est sacrément maladroite. Dites-lui de se presser.

— Elle dit aussi que vous avez beaucoup de chance. Une différence d'un centimètre et l'écharde aurait sectionné votre artère. Votre sang serait sur le sol avec tout le reste.

Étonnamment, M. Lake sourit à cette nouvelle. Ses yeux se tournent vers la montagne de chair qu'on dépèce.

— Une écharde. Moi qui aurais juré que ce serait le mastodonte qui m'aurait.

— Oui. Vous avez failli mourir, déclare Hock Seng.

Et cela aurait été un désastre. Si les investisseurs de M. Lake devaient perdre courage et abandonner l'usine… Hock Seng grimace. C'est tellement plus difficile d'influencer ce *yang guizi* que M. Yates, pourtant ce diable d'étranger têtu doit être maintenu en vie, ne serait-ce que pour que la fabrique ne ferme pas.

Ce constat est irritant, avoir été aussi proche de M. Yates et se retrouver si distant de M. Lake. Pas de chance et un *yang guizi* têtu. Maintenant, il doit trouver un nouveau plan pour assurer sa vie à long terme et la renaissance de son clan.

— Vous devriez fêter votre survie, je pense, suggère Hock Seng. Faire des offrandes à Kuan Yin et au Budai pour votre bonne étoile.

M. Lake sourit, ses yeux bleu pâle posés sur le vieux Chinois.

— Vous avez sacrément raison, je vais le faire. (Il lève sa bouteille de faux Mékong déjà à moitié vide.) Je vais fêter ça toute la nuit.

— Peut-être souhaitez-vous que je vous trouve une compagne ?

Le visage du diable d'étranger devient dur comme la pierre. Il regarde son assistant avec quelque chose qui ressemble à du dégoût.

— Cela ne vous concerne pas.

Hock Seng se maudit tout en gardant le visage impassible. Il est allé trop loin et la créature est en colère de nouveau. Il *wai* rapidement pour s'excuser.

— Bien sûr. Je ne voulais pas vous insulter.

Le *yang guizi* regarde le reste de l'usine. Le plaisir de l'instant semble avoir disparu.

— Quels sont les dommages?

Hock Seng hausse les épaules.

— Vous aviez raison pour le moyeu de la roue. Il est fendu.

— Et la chaîne principale?

— Nous allons inspecter chaque anneau. Si nous avons de la chance, seule cette partie-là sera endommagée.

— Il y a peu de chance.

Le diable d'étranger lui tend la bouteille de whisky. Hock Seng tente de cacher sa répulsion et secoue la tête. M. Lake sourit d'un air entendu, avale une nouvelle gorgée, essuie ses lèvres du bras.

Un nouveau cri provient des bouchers du syndicat alors que du sang jaillit encore du mastodonte. Sa tête repose étrangement à présent, à moitié séparée du reste de son corps. La carcasse n'est plus qu'un amas de quartiers. Ce n'est plus un animal, seulement un jouet en kit, construisez vous-même votre mastodonte.

Hock Seng se demande s'il y a un moyen de contraindre le syndicat à lui donner une part des profits qu'ils tireront de la revente de la viande propre. Cela lui semble improbable vu la rapidité avec laquelle ils ont pris position, mais peut-être lors de la négociation pour les contrats énergétiques, ou quand il demandera réparation.

— Garderez-vous la tête? demande-t-il. Vous pourriez en faire un trophée.

— Non !

Le *yang guizi* semble offensé.

Le vieux Chinois se force à ne pas grimacer. Travailler avec cette créature le rend fou. Les humeurs de ce diable d'étranger sont changeantes, toujours agressives. Comme un enfant. Un instant joyeux, le suivant acerbe. Hock Seng lutte contre son irritation : M. Lake est ce qu'il est. Son karma en a fait un diable d'étranger, et celui du vieil homme les a amenés à travailler ensemble. Cela ne sert à rien de se plaindre de la qualité du U-Tex quand on meurt de faim.

M. Lake semble comprendre l'expression de son assistant et s'explique.

— Ce n'était pas une chasse. C'était de l'extermination. Une fois touché avec les fléchettes, il était déjà mort. Ce n'est en rien du sport.

— Ah. Bien sûr. Très honorable.

Hock Seng refoule sa déception. Si le diable d'étranger avait demandé la tête, il aurait pu remplacer les moignons de défense par du composite d'huile de coco et revendre l'ivoire aux médecins près de Wat Boworniwet. À présent, cet argent aussi est parti en fumée. Du gâchis. Le vieil homme se demande s'il ne devrait pas expliquer la situation à M. Lake, la valeur de la viande et des calories, celle de l'ivoire, mais il y renonce. Le diable d'étranger ne comprendrait pas et il se met trop facilement en colère.

— Les cheshires sont là, annonce M. Lake.

Hock Seng regarde dans la direction indiquée par le *yang guizi*. À la périphérie des flaques de sang, les formes tremblotantes des félins sont apparues, mélanges d'ombre et de lumière attirés par l'odeur de charogne. L'Américain grimace de dégoût, mais le Chinois a un certain respect pour les chats de l'enfer. Ils sont malins, florissants là où on les méprise, presque surnaturels dans leur ténacité. Parfois, on dirait qu'ils flairent le sang avant même qu'il ne coule. Comme s'ils entrapercevaient l'avenir et savaient d'où viendrait leur prochain repas. Les miroitements félins s'approchent furtivement des mares de sang. Un boucher en éloigne un d'un coup de pied, mais il y en a trop pour les repousser et sa réaction est sans conviction.

M. Lake avale un autre trait de whisky.

— Nous ne nous en débarrasserons jamais.

— Il y a des enfants pour les chasser, explique Hock Seng. Une prime n'est pas si coûteuse.

Le diable d'étranger grimace son mépris.

— Nous avons des primes aussi dans le Midwest. *Nos enfants sont plus motivés que les vôtres.*

Mais le vieil homme ne conteste pas les mots de l'étranger. Il proposera la prime de toute manière. Si on laisse les chats s'installer, les ouvriers lanceront des rumeurs que Phii Oun, le farceur cheshire, a causé la calamité. Les chats de l'enfer clignotent, tachetés et roux, noirs comme la nuit – ils apparaissent et disparaissent tandis que leur corps prend les couleurs de l'environnement. Dans la flaque de sang, ils sont rouges.

Il a entendu dire que les cheshires ont été créés par un cadre des calories, un homme de PurCal ou d'AgriGen sans doute, pour l'anniversaire de sa fille. Un cadeau d'anniversaire quand la petite princesse a atteint l'âge de l'Alice de Lewis Carroll.

Les invités de l'enfant sont repartis avec leurs nouveaux animaux de compagnie, qui se sont accouplés avec des félins naturels. En vingt ans, les chats de l'enfer s'étaient répandus sur tous les continents tandis que le *Felis domesticus* disparaissait de la face du monde, remplacé par une chaîne génétique dominante dans 99 % des cas. Les bandeaux verts de Malaisie haïssent autant les cheshires que les Chinois mais, d'après ce que sait le vieil homme, les chats de l'enfer y prospèrent encore.

Le *yang guizi* frémit quand le Dr Chan lui plante à nouveau son aiguille dans la peau et la regarde d'un air mauvais.

— Finissez, lui dit-il. Maintenant.

Elle *wai* prudemment, masquant sa peur.

— Il a encore bougé, murmure-t-elle à Hock Seng. L'anesthésique n'est pas bon. Pas aussi bon que ce dont j'ai l'habitude.

— Ne t'inquiète pas, lui répond son compatriote. C'est pour ça que je lui ai donné du whisky. Finis ton travail. Je m'occuperai de lui. (Il se tourne vers Lake *Xhiansheng* et dit :) Elle a presque terminé.

L'étranger fait la grimace mais ne la menace plus, et, enfin, le médecin peut terminer sa suture. Le vieux Chinois la prend à part et lui tend l'enveloppe contenant son dédommagement. Elle *wai* pour le remercier mais Hock Seng secoue la tête.

— Il y a un bonus. J'aimerais que tu livres une lettre. (Il lui tend une autre enveloppe.) J'aimerais parler au chef de ta tour.

Elle grimace de dégoût.

— L'Enculeur de chiens ?

— S'il t'entendait l'appeler comme ça, il détruirait tout ce qui peut rester de ta famille.

— C'est quelqu'un de dur.

— Contente-toi de livrer la lettre. Ce sera suffisant.

Elle prend l'enveloppe, montre des doutes.

— Tu as été bon avec notre famille. Tous les voisins parlent aussi de ta générosité. Ils prient et font des dons pour tes… pertes.

— Ce que je fais est tellement minime. (Hock Seng se force à sourire.) De toute manière, nous devons nous soutenir, nous autres Chinois. En Malaisie, nous étions peut-être Hokkien ou Hakka ou Cinquième vague, mais ici nous sommes tous des yellow cards. J'ai honte de ne pouvoir faire plus.

— C'est déjà bien plus que les autres.

Elle *wai*, copiant les manières de leur nouvelle culture et s'en va.

M. Lake la regarde partir.

— C'est une yellow card, n'est-ce pas?

Hock Seng hoche la tête.

— Oui. Un médecin de Malacca, avant l'Incident.

L'homme est calme, il semble digérer l'information.

— Était-elle moins chère qu'un médecin thaï?

Le vieil homme regarde le *yang guizi*, tentant de déterminer ce qu'il sous-entend. Finalement, il dit :

— Oui. Bien moins chère. Aussi bonne. Peut-être meilleure. Mais bien moins chère. Ils ne nous permettent pas de prendre les emplois des Thaïs ici. Elle a donc très peu de travail, sauf pour les yellow cards qui, bien sûr, n'ont pas grand-chose pour payer. Elle est heureuse de travailler.

M. Lake hoche la tête, songeur, et Hock Seng se demande ce qu'il pense. L'homme est une énigme. Parfois, son assistant pense que les *yang guizi* sont trop stupides pour avoir pu prendre le pouvoir sur le monde, et encore moins deux fois. Qu'ils aient réussi pendant l'Expansion et qu'après – même avec l'effondrement de l'énergie, quand on les a renvoyés sur leurs propres côtes – ils soient revenus, avec leurs compagnies caloriques et leurs épidémies et leurs semences brevetées… Ils semblent protégés par le surnaturel. En toute logique, M. Lake devrait être mort, transformé en déchets humains avec Banyat, Noi et le stupide servant anonyme du mastodonte qui a causé la panique. Et pourtant, le diable d'étranger est assis là, à se plaindre de la minuscule piqûre d'une aiguille, totalement indifférent au fait qu'il a détruit un animal de dix tonnes en un clin d'œil. Les *yang guizi* sont vraiment d'étranges créatures. Plus différents qu'il ne le soupçonnait, même s'il traite avec eux régulièrement.

— Il faudra payer à nouveau les *mahout*. Les corrompre pour qu'ils reviennent travailler, observe le vieil homme.

— Oui.

— Et nous devrons engager des moines pour chanter pour l'usine. Pour rendre les ouvriers heureux. Les *phii* devront être rassurés. (Il s'interrompt un instant.) Ce sera cher. Les gens diront que votre usine est habitée par de mauvais esprits. Qu'elle est mal située ou que l'espace des esprits n'est pas assez grand. Ou que vous avez coupé un arbre à *phii* quand elle a été construite. Nous devrons faire venir un médium, peut-être aussi un maître feng shui pour qu'ils croient que l'endroit est bénéfique. Et les *mahout* vont demander une prime de risque.

M. Lake l'interrompt.

— Je veux remplacer les *mahout*. Tous.

Hock Seng aspire de l'air entre ses dents.

— C'est impossible. Le syndicat des mastodontes contrôle tous les contrats énergétiques de la ville. C'est un mandat du gouvernement. Les chemises blanches attribuent le monopole énergétique. On ne peut rien faire contre le syndicat.

— Ils sont incompétents. Je ne les veux plus ici. Plus jamais.

Le vieux Chinois tente de déterminer si le *farang* plaisante. Il sourit, hésitant.

— C'est un mandat royal. On peut tout aussi bien espérer remplacer le ministère de l'Environnement.

— Quelle bonne idée! (M. Lake rit.) Je devrais m'arranger avec Carlyle & Fils et commencer à déposer plainte tous les jours contre les taxes et les lois d'allocation carbone. Forcer le ministre du Commerce Akkarat à défendre notre cause. (Son regard se braque sur Hock Seng.) Mais ce n'est pas comme ça que vous aimez opérer, n'est-ce pas? (Ses yeux deviennent soudain froids.) Vous aimez l'ombre et le marchandage. La manière douce.

Hock Seng déglutit. La peau pâle du diable d'étranger et ses yeux bleus sont vraiment horribles. Aussi étranges qu'un chat de l'enfer et tout aussi confortables qu'un pays hostile.

— Il ne serait pas sage d'irriter les chemises blanches, chuchote-t-il. Le clou qui dépasse peut encore recevoir un coup de marteau.

— C'est le discours d'un yellow card.

— Comme vous dites. Mais je suis toujours en vie quand d'autres sont morts, et le ministère de l'Environnement a toujours autant de pouvoir. Le général Pracha et ses chemises blanches ont survécu à tous les défis. Même à la tentative du 12 décembre. Si vous souhaitez déranger un cobra, préparez-vous à sa morsure.

M. Lake a l'air de vouloir débattre mais se contente de hausser les épaules.

— Je suis certain que vous savez ce qu'il faut faire.

— C'est pourquoi vous me payez.

Le *yang guizi* fixe le mastodonte mort.

— Cet animal n'aurait pas dû être capable de se débarrasser de son harnais. (Il prend une nouvelle gorgée de sa bouteille.) Les chaînes de sécurité sont rouillées, j'ai vérifié. Nous n'allons pas payer un centime en réparation. C'est décidé. C'est ma décision. S'ils avaient bien attaché l'animal, je n'aurais pas eu à le tuer.

Hock Seng incline la tête, donnant implicitement l'accord qu'il ne prononcera pas à voix haute.

— *Khun*, il n'y a pas d'autre solution.

M. Lake sourit froidement.

— Bien sûr. Ils ont le monopole. (Il grimace.) Yates a vraiment été stupide de s'installer ici.

Le vieux Chinois ressent un frisson d'anxiété. Le *yang guizi* ressemble soudain à un enfant capricieux. Les enfants sont imprudents. Les enfants font des choses pour énerver les chemises blanches ou les syndicats. Et, parfois, ils ramassent leurs jouets et rentrent chez eux. C'est une pensée vraiment dérangeante. Anderson Lake et ses investisseurs ne doivent pas repartir. Pas encore.

— Quelles sont nos pertes, jusqu'à présent? demande M. Lake.

Hock Seng hésite puis se décide à annoncer les mauvaises nouvelles.

— Avec la perte du mastodonte, et le coût à payer pour calmer le syndicat? Quatre-vingt-dix millions de bahts, peut-être?

Un cri s'élève, Mai appelle Hock Seng. Il n'a pas besoin de regarder pour savoir que ce sera une mauvaise nouvelle. Il annonce:

— Il y aura des dommages en dessous aussi, je pense. Ce sera cher à réparer. (Il s'interrompt avant d'aborder le sujet délicat.) Vos investisseurs, MM. Gregg et Yee, devront être prévenus. Il est très possible que nous n'ayons pas l'argent pour les réparations, ni pour installer et calibrer les nouveaux bains d'algues quand ils arriveront. (Il s'interrompt à nouveau.) Nous aurons besoin de nouveaux fonds.

Il attend anxieusement, se demande quelle sera la réaction du *yang guizi*. L'argent circule tellement vite dans l'entreprise, comme si c'était de l'eau, néanmoins Hock Seng sait que ce n'est pas une nouvelle agréable. Les investisseurs rechignent parfois à la dépense. Avec M. Yates, les disputes financières étaient fréquentes. Avec M. Lake, c'est moins le cas. Les investisseurs se plaignent moins depuis qu'il est arrivé, c'est pourtant une somme fantastique à dépenser pour un rêve. Si Hock Seng dirigeait l'entreprise, il l'aurait fermée plus d'un an auparavant.

Mais M. Lake ne cille même pas. Il se contente de dire :

— Encore plus d'argent. (Il se tourne vers Hock Seng.) Quand les cuves et les cultures de nutriments sortiront-elles de la douane ? Quand, vraiment ?

Le vieil homme frémit.

— C'est difficile. On ne peut pas ouvrir le rideau de bambous en un jour. Le ministère de l'Environnement aime à interférer.

— Vous m'avez dit que vous aviez payé pour éloigner les chemises blanches de nos affaires.

— Oui. (Hock Seng incline la tête.) Tous les cadeaux appropriés ont été distribués.

— Alors pourquoi Banyat se plaignait-il des bains contaminés ? Si nous avons des organismes vivants qui se reproduisent…

Hock Seng s'empresse de l'interrompre.

— Tout est encore à l'aérogare, livré depuis la semaine dernière par Carlyle & Fils… (Il prend une décision. Le *yang guizi* a besoin d'entendre de bonnes nouvelles.) Demain, le chargement quittera la douane. Le rideau de bambous s'ouvrira et votre chargement arrivera sur le dos des mastodontes. (Il se force à sourire.) À moins que vous ne souhaitiez licencier le syndicat immédiatement.

Le démon secoue la tête, sourit même à la plaisanterie. Hock Seng se sent soulagé.

— Demain alors ? C'est sûr ?

Le vieux Chinois se reprend et incline la tête pour marquer son accord, met toute sa volonté dans l'espoir que ce soit la vérité. L'étranger le fixe toujours de ses yeux bleus.

— Nous dépensons beaucoup d'argent ici. Mais il y a une chose que les investisseurs ne tolèrent pas, l'incompétence. Je ne la tolérerai pas non plus.

— Je comprends.

M. Lake hoche la tête, satisfait.

— Très bien, alors. Nous attendrons avant de discuter avec la maison mère. Quand le nouvel équipement aura passé la douane, nous les appellerons. Pour n'avoir pas que de mauvaises nouvelles à leur donner. Je ne veux pas demander de l'argent sans avoir quelque chose à montrer. (Il regarde à nouveau Hock Seng.) Nous ne voulons pas cela, n'est-ce pas ?

Hock Seng se force à opiner.

— Comme vous dites.

M. Lake avale une nouvelle goulée de whisky.

— Bien. Voyez l'étendue des dommages. Je veux un rapport demain matin.

Congédié, Hock Seng traverse l'usine vers l'équipe de la roue n° 4. Il espère avoir raison pour le chargement. Qu'il passera vraiment la douane. Que les événements lui donneront raison. C'est un pari, mais pas si dangereux. Le démon n'aurait pas aimé entendre trop de mauvaises nouvelles à la fois.

Quand il arrive à la roue, Mai est en train de s'épousseter après une nouvelle incursion dans le trou.

— À quoi ça ressemble ? demande-t-il.

L'axe est totalement désengagé du mécanisme. Il repose sur le sol, pointe de tek massive. Les fêlures sont larges et évidentes. Il appelle dans le trou.

— Beaucoup de dommages ?

Une minute plus tard, Pom rampe pour sortir, couvert de graisse.

— Ces tunnels sont vraiment étroits, halète-t-il. Je n'entre pas dans certains. (Il essuie la sueur et la graisse du bras.) C'est le sous-mécanisme, c'est certain, et nous ne saurons rien sur le reste tant que nous n'aurons pas envoyé des enfants le long de la chaîne. Et, si la chaîne principale est endommagée, il faudra ouvrir le sol.

Hock Seng observe le trou en grimaçant, il se souvient des tunnels, des rats et de la survie apeurée dans la jungle du Sud.

— On va demander à Mai de nous amener certains de ses amis.

Il observe à nouveau les dommages. Il a été propriétaire de ce genre de bâtiments, un jour. Des hangars entiers remplis de marchandises. Et, maintenant, il se voit, factotum pour un *yang guizi*. Un vieil homme dont le corps tombe en lambeaux, dont le clan a été réduit à sa seule tête. Il soupire et étouffe sa frustration.

— Je veux tout savoir sur les dommages avant de parler au *farang*. Pas de surprise.

Pom *wai*.

— Oui, *Khun*.

Hock Seng se tourne vers les bureaux, boitant légèrement durant quelques pas avant de se forcer à redresser la jambe. Avec toute cette activité, son genou lui fait mal, souvenir d'une rencontre personnelle avec les monstres qui font fonctionner l'usine. Il ne peut s'empêcher de s'arrêter en haut des marches pour étudier la carcasse du mastodonte, l'endroit où sont morts les ouvriers. Les souvenirs le tourmentent, tournoient comme des corbeaux, affamés de son esprit. Tant d'amis morts. Tant de pertes dans sa famille. Quatre ans plus tôt, il était quelqu'un d'important. Maintenant? Rien.

Il pousse la porte. Les bureaux sont silencieux. Les tables vides, les ordinateurs à pédale si onéreux, le central à roue et son minuscule écran de communication, les énormes coffres-forts de l'entreprise. Alors qu'il observe la pièce, des fanatiques religieux aux bandeaux verts jaillissent de l'ombre, machettes à la main, mais ce ne sont que des souvenirs.

Il ferme la porte derrière lui, sur le vacarme de la boucherie et des réparations. Il se force à ne pas aller à la fenêtre pour regarder encore le sang et la carcasse. À ne pas s'attarder sur les souvenirs du sang dans les caniveaux de Malacca, des têtes chinoises entassées comme des durians au marché.

Ce n'est pas la Malaisie, se rappelle-t-il. *Tu es en sécurité.*

Pourtant, les images sont toujours là. Aussi lumineuses que les photos et les feux d'artifice du festival du printemps. L'Incident a eu lieu quatre ans auparavant, mais il doit toujours en passer par des rituels pour se calmer. Quand la sensation est pesante, n'importe quel objet peut lui rappeler la menace. Il ferme les yeux, se force à respirer profondément, à se souvenir de l'océan si bleu et de sa flotte de clippers blancs sur les vagues… Il inspire encore à pleins poumons et ouvre les yeux. La pièce est à nouveau sûre. Il n'y a que des rangées de bureaux vides et des ordinateurs à pédale poussiéreux. Des persiennes bloquant la puissance du soleil tropical. Des tas de poussière et d'encens.

De l'autre côté de la pièce, dans l'ombre, les alcôves jumelles des coffres-forts de SpringLife scintillent, fer et acier, le tentent. Hock Seng possède les clés de l'un d'eux, celui qui contient la petite caisse. Mais l'autre, le grand, seul M. Lake peut l'ouvrir.

Si proche, pense-t-il.

Les plans y sont. À quelques centimètres de lui. Il les a vus. Les échantillons d'ADN des algues transpiratées, le schéma de leur génome sur des cubes de données bien solides. Les spécifications pour l'élevage et la transformation de l'écume en lubrifiant et en poudre. Les conditions requises pour la trempe des filaments de ressort pour qu'ils acceptent le nouveau revêtement. La prochaine génération de stockage d'énergie est à sa portée. Et, avec elle, l'espoir d'une résurrection pour lui-même et pour son clan.

Yates grommelait et buvait et Hock Seng remplissait son verre de *baijiu* et écoutait ses divagations, il a encouragé sa confiance et sa dépendance pendant plus d'un an. Tout cela pour rien. À présent, tout dépend d'un coffre qu'il ne peut pas ouvrir parce que Yates a été assez stupide pour soulever le courroux des investisseurs et trop incompétent pour concrétiser son rêve.

De nouveaux empires attendent d'être bâtis, si seulement Hock Seng pouvait atteindre ces documents. Il ne dispose que de copies incomplètes datant de l'époque où les plans s'étalaient sur le bureau de Yates, avant que l'idiot alcoolique n'achète le coffre-fort.

Maintenant, il y a une clé, une combinaison et un mur d'acier entre lui et les informations. Un bon coffre-fort. Hock Seng connaît bien la marque. Lui aussi bénéficiait de sa sécurité quand il était quelqu'un d'important et qu'il avait des dossiers à protéger. C'est désagréable – peut-être plus désagréable que tout le reste – que les diables d'étrangers utilisent la même marque de coffre dont il a usé pour son propre empire commercial en Malaisie, YingTie. Un outil chinois, perverti pour l'usage des étrangers. Il a passé des journées entières à fixer ce coffre. À méditer sur la connaissance qu'il contient.

Hock Seng penche la tête sur le côté, soudain songeur.

L'avez-vous fermé, Monsieur Lake ? Dans toute cette excitation, peut-être avez-vous oublié de le refermer correctement ?

Le cœur du vieil homme bat plus vite.

Avez-vous fait une erreur ?

Parfois, M. Yates en faisait.

Hock Seng tente de contrôler son excitation grandissante. Il boite jusqu'au coffre-fort. Se tient devant lui. Un autel, un objet de culte. Un monolithe d'acier trempé, imperméable à tout sauf à la patience et aux perceuses à diamant. Chaque jour, il se tient devant lui, le sent se moquer de lui.

Pourrait-ce être aussi simple que ça? Est-il possible que dans la précipitation M. Lake ait simplement oublié de le fermer?

Hock Seng tend le bras avec hésitation, pose la main sur le levier. Il retient son souffle. Il prie ses ancêtres, il prie Phra Kanet à la tête d'éléphant, le repousse-obstacles du peuple thaï, il prie tous les dieux qu'il connaît. Il s'appuie sur la poignée.

Mille *yin* d'acier lui résistent, chaque molécule refuse sa pression.

Il laisse échapper son souffle et recule, réprime sa propre déception.

Patience. Chaque coffre a une clé. Si M. Yates n'avait pas été un incompétent, s'il n'avait pas mis les investisseurs en colère, il en aurait été la clé parfaite. Désormais, cela ne peut plus être que M. Lake.

Quand M. Yates a installé le coffre-fort, il a plaisanté sur le fait qu'il devait conserver ses bijoux de famille en sécurité, il a ri. Hock Seng s'est forcé à incliner la tête, *wai*, et à sourire, mais il ne pensait qu'à la valeur des plans et à sa stupidité de ne pas les avoir copiés plus tôt, quand ils étaient facilement disponibles.

Maintenant, Yates est parti et, à sa place, il y a un nouveau démon. Un vrai démon. Des yeux bleus, des cheveux d'or et des angles là où Yates avait été mou. Cette créature dangereuse qui vérifie tout ce que fait son assistant, et plutôt deux fois qu'une, qui rend les choses plus difficiles et qu'il faut, d'une manière ou d'une autre, convaincre d'abandonner les secrets de son entreprise. Hock Seng pince les lèvres. *Patience. Tu dois être patient. Un jour, le diable d'étranger fera une erreur.*

— Hock Seng!

Il va à la porte et fait signe à M. Lake pour lui montrer qu'il a bien entendu son appel, mais, au lieu de descendre le rejoindre immédiatement, il se rend à son autel.

Il se prosterne devant l'image de Kuan Yin et la supplie d'avoir pitié de lui et de ses ancêtres. La prie de lui donner la possibilité de se racheter, de racheter sa famille. Sous le caractère doré représentant la chance, suspendu à l'envers pour qu'il puisse rejaillir sur lui, Hock Seng dépose du riz U-Tex et ouvre une orange sanguine. Le jus coule sur son bras, elle est bien mûre, exempte de contamination, et chère. On ne peut pas être radin avec les dieux, ils aiment le gras, pas le maigre. Il enflamme un bâtonnet d'encens.

Un filet de fumée s'élève dans l'air immobile, remplit à nouveau le bureau. Hock Seng prie. Il prie pour que l'usine ne ferme pas, pour que ses pots-de-vin écartent le rideau de bambous pour le nouvel équipement. Que le diable d'étranger M. Lake perde la tête et lui fasse trop confiance et que ce foutu coffre-fort s'ouvre et lui révèle ses secrets.

Hock Seng prie pour la chance. Même un vieux yellow card chinois a besoin de chance.

CHAPITRE 3

Emiko sirote du whisky, espère être saoule et attend le signal de Kannika pour son humiliation. Une part d'elle lutte encore contre, mais le reste – ce qui est assis le ventre à l'air dans son gilet minuscule et serré dans une jupe *pha sin* étroite, un verre de whisky à la main – n'a pas l'énergie de se battre.

Puis elle se demande si elle ne comprend pas les choses à l'envers, si la partie qui lutte pour maintenir son illusion d'amour-propre n'est pas celle qui souhaite sa propre destruction. Si son corps, ce ramassis de cellules et d'ADN manipulé – avec ses propres besoins plus forts et plus pratiques –, n'est pas, en fait, celui qui a la volonté de survivre.

N'est-ce pas pour cela qu'elle est assise là, à écouter le rythme des percussions et les lamentations du *pi kang*, pendant que les filles se contorsionnent sous les vers luisants et que hommes et putains hurlent leurs encouragements ? Est-ce pour cela qu'il lui manque la volonté de mourir ? Ou parce qu'elle est trop têtue pour se le permettre ?

Raleigh dit que toute chose suit un cycle, comme les vagues sur les plages de Koh Samet, ou la splendeur et la décadence de la bite d'un mec quand il prend une jolie fille. Raleigh claque le derrière nu de ses filles, rit aux blagues du *gaijin* nouvelle vague et dit à Emiko que, quoi qu'ils veuillent lui faire, l'argent reste l'argent et rien de nouveau sous le soleil. Et il a peut-être raison. Rien de ce que demande Raleigh ne l'a pas déjà été. Rien de ce que Kannika conçoit pour lui faire mal et la faire crier n'est vraiment différent. Sauf le fait qu'elle fait gémir et crier une fille automate. Cela, au moins, est une nouveauté.

Regardez! Elle est presque humaine!

Gendo-sama disait qu'elle était plus qu'humaine. Il caressait ses cheveux noirs après l'amour et disait que c'était dommage que le Nouveau Peuple ne soit pas plus respecté, et que, vraiment, il était triste que ses mouvements ne puissent jamais être fluides. Mais, en même temps, n'avait-elle pas une vue parfaite, une peau parfaite et des gènes résistant à la maladie – et au cancer – alors, pourquoi se plaindre? Au moins ses cheveux ne grisonneraient jamais, elle ne vieillirait jamais aussi vite que lui, malgré les opérations, les pilules, les herbes et les crèmes qu'il subissait pour rester jeune.

Il avait caressé ses cheveux et dit:

«Tu es belle, même si tu fais partie du Nouveau Peuple. N'aie pas honte.»

Et Emiko s'était blottie dans ses bras.

«Non. Je n'ai pas honte.»

Mais cela s'était passé à Kyoto, où le Nouveau Peuple était commun, où ses membres servaient bien et où ils étaient parfois respectés. Pas vraiment humains, soit, mais pas la menace que les gens de cette culture sauvage et élémentaire voyaient en elle. Certainement pas non plus les démons que dénonçaient les grahamites à leurs ouailles, ni les créatures sans âme sorties de l'enfer que proclamaient les moines bouddhistes de la forêt, ces êtres incapables de se trouver une âme ou une place dans le cycle des renaissances ou d'atteindre le nirvana.

Ni l'affront au Coran qu'accusaient les bandeaux verts.

Les Japonais sont un peuple pratique. Une population vieillissante a besoin de jeunes travailleurs dans toute leur variété, et si ces derniers viennent d'éprouvettes et grandissent dans des crèches, ce n'est pas un péché. Les Japonais sont un peuple pragmatique.

Et n'est-ce pas pour cela que tu te retrouves ici ? Parce que les Japonais sont si pragmatiques ? Même si tu leur ressembles, même si tu parles leur langue, même si Kyoto est le seul foyer que tu aies connu, tu n'as jamais été japonaise.

Emiko pose la tête entre ses mains. Elle se demande si elle va trouver un client ou si elle devra passer le reste de la nuit seule, elle se demande si elle sait ce qu'elle préfère.

Raleigh dit que rien n'est nouveau sous le soleil, mais, ce soir-là, quand Emiko a affirmé qu'elle faisait partie du Nouveau Peuple et qu'il n'y en avait jamais eu avant, Raleigh a ri et dit qu'elle avait raison, qu'elle était spéciale et que, peut-être, cela voulait dire que tout était possible. Puis, il lui avait claqué les fesses, il lui avait dit de monter sur scène et de montrer à quel point elle allait être spéciale.

Emiko passe ses doigts dans l'humidité des ronds sur le bar. Les bières chaudes attendent et suent des ronds, aussi glissants que les filles et les hommes, aussi glissants que sa peau quand elle l'huile pour la faire briller, pour qu'elle soit aussi lisse que du beurre quand un homme la touche. Aussi douce que peut l'être une peau, et peut-être plus, même si ses mouvements physiques sont saccadés, étrangement stroboscopiques, sa peau est plus que parfaite.

Sa vision augmentée lui permet à peine d'y trouver les pores de sa chair. Ils sont si petits. Si délicats. Si *optimisés*. Mais faits pour des Nippons, pour la climatisation d'un homme riche, pas pour ici. Ici, elle a trop chaud et ne transpire pas assez.

Elle se demande si elle aurait moins chaud sous une autre forme animale, par exemple celle d'un cheshire velu et sans cervelle. Pas seulement parce que ses pores seraient plus larges ou plus efficaces et sa peau moins désagréablement imperméable, mais parce qu'elle n'aurait pas à penser. Elle n'aurait pas à savoir qu'elle a été coincée dans cette peau parfaite et suffocante par un scientifique insupportable avec ses éprouvettes et ses mélanges de confettis d'ADN qui ont rendu son corps si lisse et ses entrailles si terriblement chaudes.

Kannika l'attrape par les cheveux.

Emiko a le souffle coupé par cette attaque soudaine. Elle cherche de l'aide, mais aucun des clients ne s'intéresse à elle. Ils regardent les filles sur scène. Les pairs d'Emiko servent les invités, les gavent de whisky khmer, pressent leurs derrières sur leurs genoux, font courir leurs doigts sur les poitrines des hommes. De toute façon, elles ne l'aiment pas. Même celles qui ont bon cœur – celles au *jai dee* qui parfois parviennent à ressentir quelque chose pour une fille automate comme elle – ne feront rien.

Raleigh parle à un autre *gaijin*, sourit, rit avec l'homme mais ses yeux d'ancien sont posés sur Emiko, attendant de voir ce qu'elle va faire.

Kannika lui tire à nouveau les cheveux.

— *Bai !*

Emiko obéit, descend de son tabouret de bar et titube à sa manière saccadée vers la scène circulaire.

Tous les hommes rient et pointent le doigt vers l'automate japonaise et ses pas artificiels et hachés. Un monstre de la nature transplanté depuis son habitat d'origine, entraîné depuis la naissance à baisser la tête et à s'incliner.

Emiko tente de prendre de la distance avec ce qui va se passer. Elle est formée à rester clinique face à ce genre de choses. La crèche dans laquelle elle a été conçue n'avait aucune illusion sur les usages possibles d'une Nouvelle Personne, même un modèle aussi sophistiqué. Le Nouveau Peuple sert et ne pose pas de questions. Elle avance vers la scène du pas prudent de la concubine raffinée, avec des mouvements stylisés et délibérés, épurés par des décennies passées à améliorer son héritage génétique, à parfaire sa beauté et sa différence. Mais, avec ce public, ce n'est que gâchis. Tout ce qu'il voit, ce sont les saccades. Une plaisanterie. Un jouet étranger. Une automate.

Ils la forcent à se déshabiller.

Kannika envoie un peu d'eau sur sa peau huilée. Emiko scintille de bijoux aquatiques. Ses tétons se durcissent. Les vers luisants se tortillent au-dessus de la scène, diffusent une lumière phosphorescente et amoureuse. Les hommes rient d'elle. Kannika frappe sa hanche et la force à s'incliner. Elle gifle son cul assez fort pour que ça brûle, lui demande de s'incliner plus profondément, de montrer son obéissance à ces petits hommes qui s'imaginent être l'avant-garde d'une nouvelle Expansion.

Les hommes rient et agitent les bras, la désignent du doigt et commandent plus de whisky. Raleigh sourit dans son coin, le gentil vieil oncle, heureux d'enseigner les manières de l'ancien monde à ces nouveaux venus – ces petits cadres hommes et femmes qui s'excitent sur leurs fantasmes de profits multinationaux. Kannika indique à Emiko qu'elle doit s'agenouiller.

Un *gaijin* à barbe noire, la peau tannée comme celle d'un marin, la regarde à quelques centimètres. Emiko accroche ses yeux. Il la fixe intensément comme on observe un insecte à la loupe : fasciné et pourtant dégoûté. Elle a envie de le frapper, d'essayer de le forcer à la voir plutôt qu'à l'évaluer comme une ordure génétique. Mais elle s'incline et claque sa tête sur la scène de tek, montre sa soumission tandis que Kannika parle en thaï et leur raconte la vie d'Emiko. Le fait qu'elle a été le jouet d'un riche Japonais. Qu'elle leur appartient à présent, un jouet pour eux, un jouet à casser si l'on veut.

Puis, elle attrape les cheveux de l'automate et la redresse d'un coup. Emiko halète alors que son corps s'arque. Elle aperçoit l'homme à la barbe, surpris par la violence du geste, par son humiliation. Une brève image du public. Le plafond couvert de cages de vers luisants. Kannika la tire encore plus en arrière, la fait plier comme un saule, la force à dresser ses seins vers la foule, à s'arquer encore plus, à écarter les cuisses en luttant pour ne pas tomber. Sa tête touche le tek de la scène. Son corps forme un arc parfait. Kannika dit quelque chose et le public rit. La douleur dans le dos et le cou d'Emiko est extrême. Elle sent les regards sur elle, c'est quelque chose de physique, un viol. Elle est totalement exposée.

Un liquide jaillit sur elle.

Elle tente de se lever, mais Kannika la repousse et verse plus de bière encore sur son visage. Emiko déglutit et crache, elle se noie. Finalement, Kannika la libère et elle se redresse d'un bond, elle tousse. Le liquide fait de la mousse sur son menton, glisse dans son cou, sur ses seins, goutte sur son sexe.

Tout le monde rit. Saeng offre déjà une nouvelle bière au barbu et il sourit, il donne un pourboire ; tout le monde rit du corps d'Emiko qui s'agite et se convulse sous la panique, qui tousse le liquide pour l'expulser de ses poumons. Elle n'est rien d'autre qu'une marionnette idiote à présent, tout en mouvements saccadés – heurtés, hachés – sans la moindre trace de la grâce stylisée que la maîtresse Mizumi-sensei lui a enseignée à la crèche. Il n'y a aucune élégance, aucune volonté dans ses mouvements, les indicateurs de son ADN sont violemment présents, tout le monde peut les voir, tout le monde peut la railler.

Emiko continue de tousser, la bière dans ses poumons lui donne des nausées. Ses membres se convulsent, s'agitent, donnent à chacun la possibilité de voir sa véritable nature. Elle retrouve finalement son souffle. Contrôle ses mouvements. Reprend son immobilité, s'agenouille, attend le prochain assaut.

Au Japon, elle était une merveille. Ici, elle n'est rien d'autre qu'une automate. Les hommes rient de ses mouvements étranges et grimacent de dégoût à son existence même. Elle est une créature interdite pour eux. Les hommes thaïs aimeraient beaucoup la jeter dans leurs cuves de compost à méthane. Entre elle et un homme d'AgriGen, il est difficile de savoir de qui ils préféreraient se débarrasser en premier. Et il y a les *gaijin*. Elle se demande combien appartiennent à l'église grahamite, dédiée à la destruction de tout ce qu'elle représente, cet affront à l'humanité et à la nature. Pourtant, ils restent assis, satisfaits d'eux-mêmes, et profitent malgré tout de son humiliation.

Kannika l'attrape à nouveau. Elle est nue à présent et a une bite de jadéite à la main. Elle pousse Emiko vers le bas, la force à se mettre sur le dos.

— Maintenez ses mains, demande-t-elle.

Et les hommes tendent les bras, avides, et agrippent ses poignets.

Kannika écarte largement ses jambes, Emiko crie tandis que la femme la pénètre. Emiko détourne la tête, attendant l'assaut, mais Kannika le voit. Elle pince le visage de l'automate d'une main et la force à montrer ses traits pour que les hommes voient les effets de ses soins.

Les hommes encouragent la Thaï. Commencent à hurler. Comptent en thaï. *Neung ! Song ! Sam ! Si !*

Kannika répond à leurs attentes avec un rythme de plus en plus rapide. Les clients transpirent, regardent et en demandent plus pour le prix qu'ils ont payé.

Des hommes supplémentaires la maintiennent, leurs mains sur ses poignets et ses chevilles, libérant Kannika pour qu'elle puisse pousser plus loin l'humiliation. Emiko se tortille, son corps tremble et s'agite, se convulse à la manière des automates, comme Kannika sait si bien le provoquer. Les hommes rient et commentent les mouvements monstrueux, saccadés, étrangement stroboscopiques.

Les doigts de Kannika rejoignent le jade entre les jambes d'Emiko, jouent avec le noyau de la Japonaise. La honte d'Emiko augmente. Elle tente encore de détourner la tête. Les clients se sont rassemblés tout autour d'elle, la fixent. Il y en a encore plus derrière le premier rang, tendus pour mieux voir. Emiko gémit. Kannika rit, un rire rauque et entendu. Elle dit quelque chose aux hommes et augmente le tempo. Ses doigts jouent avec les plis des lèvres d'Emiko. Celle-ci gémit à nouveau lorsque son corps la trahit. Elle crie. S'arque. Son corps réagit comme les chercheurs l'avaient prévu dans leurs éprouvettes. Elle ne peut pas le contrôler malgré la puissance de son dégoût, de son mépris. Les scientifiques ne lui permettent pas la moindre désobéissance. Elle jouit.

Le public rugit son approbation devant les étranges convulsions de cet orgasme provoqué par son ADN. Kannika désigne ses mouvements comme pour dire :

Vous voyez ? Regardez donc cet animal !

Puis, elle s'agenouille au-dessus du visage d'Emiko et siffle qu'elle n'est rien, qu'elle sera toujours rien et que, pour une fois, les sales Japonais ont ce qu'ils méritent.

Emiko voudrait lui dire que nul Japonais digne de ce nom ne ferait ce genre de chose. Elle voudrait lui dire que ce avec quoi Kannika s'amuse n'est qu'un jouet japonais jetable, une trivialité de l'ingéniosité japonaise comme les poignées de cellulose pour rickshaw de Matsushita, mais elle l'a déjà dit et cela n'a fait qu'empirer les vexations. Si elle reste silencieuse, l'humiliation se terminera bientôt.

Même si elle fait partie du Nouveau Peuple, il n'y a rien de nouveau sous le soleil.

Les coolies yellow cards remontent des ventilateurs de gros calibre, fournissant de l'air frais à la boîte. La sueur coule sur leur visage et dans leur dos en longues rigoles scintillantes. Ils brûlent les calories aussi vite qu'ils les consomment, pourtant le club cuit encore du souvenir du soleil de l'après-midi.

Emiko se tient à côté d'un ventilateur, s'en rafraîchit autant que possible, se repose de son travail de serveuse en espérant que Kannika ne la remarquera pas.

Chaque fois que Kannika la remarque, elle la tire par les cheveux pour que les hommes puissent l'examiner. Elle la fait marcher à la manière traditionnelle des automates japonais, met en valeur les mouvements stylisés de son type. Elle la fait tourner par-ci, par-là, et les hommes se moquent d'une voix forte, tout en réfléchissant silencieusement à leur envie de l'acheter une fois que leurs amis seront partis.

Au centre de la salle principale, les hommes invitent des jeunes filles en *pha sin* et veste courte à danser et tournent lentement sur le parquet tandis que l'orchestre joue des mixes de la Contraction, des chansons que Raleigh a pêchées dans sa mémoire et traduites pour les instruments traditionnels thaïs, étranges amalgames de mélodies mélancoliques tirées du passé, aussi exotiques que ses enfants avec leurs cheveux safran et leurs grands yeux ronds.

— Emiko !

Elle sursaute. C'est Raleigh qui lui fait signe de le rejoindre dans son bureau. Le regard des hommes suit ses mouvements saccadés pendant qu'elle traverse le bar. Kannika quitte des yeux le client qui la tripote et la serre de près. Elle sourit lorsque Emiko passe. Quand cette dernière est arrivée dans le pays, on lui a dit que les Thaïs possédaient trente sortes de sourires. Elle soupçonne que celui de Kannika n'est pas de bonne volonté.

— Viens, insiste Raleigh, impatient.

Il la mène à travers un rideau, à travers les loges où les filles se changent, à travers une autre porte.

Les souvenirs de trois vies couvrent les murs de son bureau, depuis les photos jaunies d'un Bangkok entièrement éclairé à l'électricité, jusqu'à un Raleigh vêtu de la tenue traditionnelle d'une tribu sauvage du Nord. Il invite Emiko à s'étendre sur un coussin sous le dais où il conduit ses affaires privées. Un autre homme y est déjà installé, une grande créature pâle aux yeux bleus, aux cheveux blonds, avec une vilaine cicatrice sur le cou.

L'homme sursaute quand elle entre dans la pièce.

— Jésus et Noé, tu ne m'avais pas dit que c'était une automate, s'exclame-t-il.

Raleigh sourit et s'installe sur son propre coussin.

— Je ne savais pas que tu étais grahamite.

L'homme manque sourire à cette raillerie.

— Conserver quelque chose d'aussi risqué… Tu joues avec la rouille, Raleigh. Les chemises blanches pourraient te tomber dessus.

— Le ministère s'en fout complètement tant que je crache au bassinet. Les mecs qui patrouillent dans le coin ne sont pas ceux du Tigre de Bangkok. Ils veulent juste se faire un peu de fric et dormir toute la nuit. (Il rit.) Le plus cher est de lui acheter de la glace, pas de payer le ministre de l'Environnement pour qu'il regarde ailleurs.

— De la glace ?

— Mauvaise structure des pores. Elle surchauffe. (Il fronce les sourcils.) Si je l'avais su, je ne l'aurais pas achetée.

La pièce pue l'opium et Raleigh s'occupe les mains à remplir à nouveau sa pipe. Il laisse entendre que l'opium est ce qui lui permet de rester jeune et plein de vitalité malgré les années, mais Emiko le soupçonne d'aller régulièrement à Tokyo subir les mêmes traitements anti-âge que Gendo-sama. Raleigh maintient l'opium au-dessus de son brûleur. Il chauffe et grésille, l'homme fait tourner la boule sur son aiguille, travaillant le goudron jusqu'à la bonne température, puis le roule rapidement et le fourre dans sa pipe. Il tend l'instrument sur le brûleur et inspire profondément à mesure que l'opium devient fumée. Il ferme les yeux. L'offre à l'aveuglette à l'homme pâle.

— Non, merci.

Les yeux de Raleigh s'ouvrent. Il rit.

— Tu devrais essayer. C'est une des rares choses que les épidémies n'ont pas atteintes. Une chance pour moi. Je ne supporterais pas le manque à mon âge.

L'homme ne répond pas. Ses yeux bleus préfèrent étudier Emiko. Elle a le sentiment inconfortable d'être démantelée, cellule par cellule. Ce n'est pas qu'il la déshabille du regard – de cela, elle a l'habitude quotidienne : la sensation des yeux des hommes sur sa peau, accrochant son corps, le désir et le mépris –, son étude est clinique, détachée. S'il y a du désir, il le cache bien.

— C'est elle ? demande-t-il.

Raleigh hoche la tête.

— Emiko, raconte à ce gentleman ce qui s'est passé avec notre ami, l'autre nuit.

Emiko regarde Raleigh, déconfite. Elle est à peu près certaine de n'avoir jamais vu ce *gaijin* blond au club, qu'il n'a du moins jamais assisté à une performance spéciale. Elle ne lui a jamais servi de whisky sur glace. Elle fouille sa mémoire. Non, elle s'en souviendrait. Il a un coup de soleil, visible malgré la faible lumière des bougies et du brûleur à opium. Et ses yeux sont bien trop étrangement pâles, déplaisants. Elle se souviendrait de lui.

— Allez, la presse Raleigh. Dis-lui ce que tu m'as raconté. Sur le chemise blanche. Le gamin avec qui tu es allée.

Raleigh est normalement un fanatique de l'intimité de ses invités. Il a même parlé de construire un escalier spécial pour les clients, pour qu'on ne puisse pas les voir entrer dans la tour Ploenchit ni en sortir, un accès qui leur permettrait d'entrer un pâté de maisons plus loin, sous la rue. Et, maintenant, il veut qu'elle trahisse un invité.

— Le garçon ? demande-t-elle, gagnant du temps, énervée par le désir évident de Raleigh d'exposer un chemise blanche.

Elle regarde à nouveau l'étranger, se demande qui il est, quelle sorte d'influence il a sur son papa-san.

— Allez, insiste à nouveau Raleigh, la pipe à opium coincée entre ses dents.

Il se penche à nouveau sur le brûleur.

— C'était un chemise blanche, commence Emiko. Il est venu avec un groupe d'autres officiers…

Un nouveau. Amené par ses amis. Tous riaient et l'encourageaient. Ils buvaient gratuitement, Raleigh connaît la musique, leur bonne volonté a plus de valeur que l'alcool. Le jeune était saoul. Il riait et se moquait d'elle dans le bar. Puis, furtivement, il est revenu plus tard, en privé, loin des regards indiscrets de ses collègues.

L'homme pâle grimace.

— Ils vont avec toi ? Avec ton espèce ?

— *Hai.* (Emiko hoche la tête, refuse de montrer ce qu'elle pense de son mépris.) Les chemises blanches et les grahamites.

Raleigh rit doucement.

— Le sexe et l'hypocrisie. Comme cul et chemise.

L'étranger jette un regard sec à Raleigh, et Emiko se demande si le vieil homme peut voir le dégoût dans ces yeux bleu pâle ou s'il est trop parti dans son rêve d'opium pour s'en soucier. L'homme si blanc se penche en avant, éliminant Raleigh de la conversation.

— Et que t'a dit ce chemise blanche ?

Est-il fasciné ? L'intrigue-t-elle ? Ou ne s'intéresse-t-il qu'à son histoire ?

Malgré elle, Emiko sent son besoin génétique de plaire remonter à la surface, une émotion qu'elle n'a plus ressentie depuis son abandon. Quelque chose dans cet homme lui rappelle Gendo-sama. Même si ses yeux bleus de *gaijin* sont des bains d'acide, même si son visage est aussi pâle que le kabuki, il a de la présence. Son autorité est palpable et étrangement réconfortante.

Êtes-vous un grahamite ? M'utiliseriez-vous avant de me jeter ? Elle se demande si elle s'en soucie. Il n'est pas beau. Il n'est pas japonais. Il n'est rien. Pourtant, ses horribles yeux la tiennent avec le même pouvoir que ceux de Gendo-sama.

— Que souhaitez-vous savoir ? murmure-t-elle.

— Ton chemise blanche a parlé de transgenèse, explique le *gaijin.* Tu t'en souviens ?

— *Hai*. Oui. Je pense qu'il était très fier. Il est venu avec un sac de fruits nouvellement créés. Un cadeau pour toutes les filles.

Le *gaijin* montre plus d'intérêt. Cela la réchauffe.

— Et à quoi ressemblait le fruit?

— C'était rouge, je pense. Avec des… fils. De longs fils.

— Des poils verts? De cette taille? (Il indique un centimètre entre ses doigts.) Plutôt épais.

Elle hoche la tête.

— Oui, c'est cela. Il les appelait le *ngaw*. C'est sa tante qui les a conçus. Elle va être reconnue par le protecteur de la Reine Enfant, le Somdet Chaopraya, pour sa contribution au Royaume. Il était très fier de sa tante.

— Et il est allé avec toi, l'encourage l'homme.

— Oui. Mais plus tard. Après le départ de ses amis.

L'homme pâle secoue la tête avec impatience. Il se fout des détails: des yeux nerveux du garçon, de la manière dont il a approché la mama-san, de comment Emiko a été envoyée à l'étage pour l'attendre, pour qu'il vienne plus tard, pour que personne ne puisse faire le lien.

— Qu'est-ce qu'il a dit d'autre sur sa tante?

— Juste qu'elle conçoit des produits pour le ministère.

— Rien d'autre? Même pas l'endroit où elle travaille? Rien de ce genre?

— Non.

— C'est tout? (Le *gaijin* regarde Raleigh, irrité.) C'est pour ça que tu m'as traîné ici?

Raleigh se secoue.

— Le *farang*, insiste-t-il. Parle-lui du *farang*.

Emiko ne peut s'empêcher de montrer sa confusion.

— Comment? (Elle se souvient du garçon chemise blanche qui se vantait de sa tante parce qu'elle allait recevoir un prix et une promotion pour son travail sur le *ngaw*... Mais rien de *farang*.) Je ne comprends pas.

Raleigh pose sa pipe, il fronce les sourcils.

— Tu m'as dit qu'il avait parlé d'un transgénieur *farang*.

— Non. (Elle secoue la tête.) Il n'a rien dit d'un étranger. Je suis désolée.

Le *gaijin* scarifié grimace d'irritation.

— Préviens-moi quand tu auras quelque chose qui en vaille la peine, Raleigh.

Il attrape son chapeau, s'apprête à se lever.

Raleigh regarde Emiko d'un air furieux.

— Tu as dit qu'il y avait un transgénieur *farang*!

— Non... (Emiko se frappe la tête.) Attendez! (Elle tend la main vers le *gaijin*.) Attendez, *Khun*, attendez s'il vous plaît. Je sais ce dont Raleigh-san veut parler.

Ses doigts frôlent le bras blanc. Le *gaijin* se recule brusquement. Il se met hors de portée avec un air de dégoût.

— S'il vous plaît, supplie-t-elle. Je ne comprenais pas. Le garçon n'a rien dit d'un *farang*. Mais il a utilisé un nom... ça aurait pu être *farang*. (Elle regarde Raleigh, demandant confirmation.) C'est cela que vous vouliez dire? Le nom étrange? Il aurait pu être étranger, c'est ça? Pas thaï, ni chinois, ni hokkein...

Raleigh l'interrompt.

— Dis-lui ce que tu m'as raconté, Emiko. C'est tout ce que je veux. Dis-lui tout. Chaque détail. Comme tu me racontes tout après une passe.

Et c'est ce qu'elle fait. Tandis que le *gaijin* s'installe à nouveau, écoute avec suspicion, elle dit tout. La nervosité du garçon, comme il ne pouvait pas la regarder au début, et comme il ne pouvait plus s'en empêcher après. Comme ils avaient parlé parce que son érection ne voulait pas venir. Comme il l'avait regardée se déshabiller. Comme il avait parlé de sa tante. Tenté d'avoir l'air important devant une putain, et une putain du Nouveau Peuple, en prime, et comme cela lui avait semblé étrange et idiot, et comme elle lui avait caché sa réaction. Puis elle arrive finalement à la partie qui fait sourire Raleigh de satisfaction et écarquiller les yeux de l'homme pâle.

— Le garçon a dit que l'homme, Gi Bu Sen, leur a donné les plans, qu'il les trahit plus souvent qu'il ne les aide. Mais sa tante a découvert la tricherie. Et ils ont trouvé la bonne manière de fabriquer le *ngaw*. À la fin, le travail était entièrement celui de sa tante. (Elle hoche la tête.) C'est ce qu'il a dit. Ce Gi Bu Sen triche. Mais sa tante est trop intelligente pour qu'on la trompe.

L'homme à la cicatrice l'étudie attentivement. Ses yeux bleus et froids. Sa peau si pâle qu'on dirait un cadavre.

— Gi Bu Sen, murmure-t-il. Tu es sûre de ce nom ?

— Gi Bu Sen. Je suis sûre.

L'homme hoche la tête, pensif. Le brûleur à opium de Raleigh crépite dans le silence. Loin en dessous, dans la rue, un vendeur d'eau de nuit appelle le chaland, sa voix flotte à travers les persiennes et les moustiquaires. Ce bruit semble briser la rêverie du *gaijin*. Ses yeux pâles se fixent à nouveau sur elle.

— J'aimerais être prévenu si votre ami revient pour une autre visite.

— Il avait honte, après. (Emiko touche sa joue, où elle cache les hématomes sous le maquillage.) Je crois qu'il ne reviendra pas.

Raleigh l'interrompt.

— Parfois, ils reviennent. Même s'ils se sentent coupables.

Le regard qu'il lui dédie est furieux. Elle se force à hocher la tête pour confirmer son assertion. Le garçon ne reviendra pas, mais cela peut rendre le *gaijin* heureux de le penser. Et cela rend Raleigh heureux en tout cas. Raleigh est son mécène. Elle doit acquiescer. Avec conviction.

— Parfois. (C'est tout ce qu'elle peut dire.) Parfois ils reviennent, même s'ils ont honte.

Le *gaijin* les regarde tous les deux.

— Pourquoi n'irais-tu pas lui chercher de la glace, Raleigh?

— Ce n'est pas l'heure de sa tournée. Et elle a encore un show à assurer.

— Je paierai.

Raleigh a manifestement envie de rester, mais il est assez intelligent pour ne pas protester. Il se force à sourire.

— Bien sûr. Pourquoi ne bavarderiez-vous pas ensemble?

Il regarde Emiko d'un air entendu et sort de la pièce. Elle sait que Raleigh souhaite qu'elle séduise le *gaijin*. Qu'elle l'attire avec du sexe saccadé et la promesse d'une transgression. Puis qu'elle l'écoute et lui rapporte leur conversation, comme toutes les filles le font.

Elle se penche plus près, permettant au *gaijin* de voir sa peau nue. Ses yeux courent sur sa chair, suivent la ligne de sa hanche à l'endroit où elle se glisse sous son *pha sin*, s'attardent sur la manière dont elle est serrée dans son vêtement. Il détourne le regard. Emiko cache son irritation. Est-il attiré ? Nerveux ? Dégoûté ? Elle ne peut le dire. Avec la plupart des hommes, c'est facile. Évident. Ils suivent des schémas si simples. Elle se demande s'il trouve qu'une Nouvelle Personne est trop répugnante ou s'il préfère les garçons.

— Comment survis-tu ici ? demande le *gaijin*. Les chemises blanches devraient déjà t'avoir recyclée.

— Les paiements. Tant que Raleigh-san est prêt à payer, ils continueront à m'ignorer.

— Et tu vis quelque part ? Raleigh paie pour ça aussi ? (Quand elle hoche la tête, il continue.) C'est cher, j'imagine.

Elle hausse les épaules.

— Raleigh-san garde le compte de mes dettes.

Comme si on l'avait appelé, Raleigh revient avec la glace. Le *gaijin* s'interrompt lorsque le vieil homme passe la porte, attend impatiemment qu'il pose le verre sur la longue table. Raleigh hésite et comme l'homme à la cicatrice l'ignore, il marmonne qu'ils doivent continuer à s'amuser et repart. Elle le regarde sortir, pensive, se demande d'où vient l'influence de cet homme sur Raleigh. Devant elle, le verre d'eau glacée sue, séduisant. L'homme hoche la tête, elle attrape le verre et boit. Compulsivement. Avant même qu'elle ne s'en rende compte, il est vide. Elle presse le verre glacé contre sa joue.

L'homme à la cicatrice la regarde.

— Tu n'as donc pas été créée pour les tropiques. (Il se penche en avant, l'étudie, ses yeux fouillent sa peau.) C'est intéressant de voir que tes concepteurs ont modifié la structure de tes pores.

Elle lutte contre le besoin d'échapper à son intérêt. Elle se reprend, se cuirasse. Se penche un peu plus.

— C'est pour rendre ma peau plus séduisante. Plus lisse. (Elle soulève son *pha sin* au-dessus de ses genoux, le laisse remonter sur ses hanches.) Voulez-vous toucher?

Il la regarde, interrogateur.

Elle hoche la tête.

— S'il vous plaît.

Il se penche et sa main glisse sur sa chair.

— Délicieux, murmure-t-il.

Elle sent monter la sensation de satisfaction comme sa voix s'éraille.

— Ta peau est brûlante, reprend-il.

Maintenant, il examine chaque centimètre de son corps. Ses yeux parcourent sa peau, affamés, comme si son regard lui permettait de se nourrir d'elle. Raleigh sera content.

— Je comprends. Ton modèle doit être destiné à l'élite… Ces gens disposent de l'air conditionné. (Il hoche la tête pour lui-même, continue à l'observer.) Le compromis doit leur convenir. (Il lève les yeux sur elle.) Mishimoto? Tu viens de Mishimoto? Tu ne peux pas être diplomatique. Le gouvernement n'introduirait jamais une automate dans ce pays, pas avec les positions religieuses du Palais. (Ses yeux se fixent sur les siens.) Tu as été abandonnée par Mishimoto, n'est-ce pas?

Emiko lutte contre sa honte. Elle a l'impression qu'il l'a ouverte en deux, qu'il a fouillé ses entrailles, c'est impersonnel et insultant, comme un technicien médical fait l'autopsie d'une victime de la cibiscose. Elle pose son verre, lentement.

— Êtes-vous transgénieur? Est-ce ainsi que vous en savez autant sur moi?

L'expression de l'homme change en un instant, de la fascination béate à la ruse satisfaite.

— C'est plutôt un hobby. Un dénicheur de gènes, si tu préfères.

— Vraiment? (Elle lui permet de sentir une pointe du mépris qu'elle ressent pour lui.) N'êtes-vous pas, peut-être, un homme de la Convention Midwest? Un homme des compagnies? (Elle se penche en avant.) Un homme des calories?

Ces derniers mots ont été chuchotés, mais ils ont l'effet escompté. L'homme sursaute et recule. Son sourire ne s'efface pas, figé, mais ses yeux l'évaluent comme une mangouste observe un cobra.

— Quelle pensée intéressante.

Elle accueille avec joie ce regard circonspect après son propre sentiment de honte. Si elle a de la chance, peut-être le *gaijin* va-t-il l'abattre et en finir. Au moins alors elle pourra se reposer.

Elle attend qu'il la frappe. Personne ne tolère l'impudence de la part d'une Nouvelle Personne, Mizumi-sensei s'est assurée qu'Emiko ne montre jamais la moindre trace de rébellion. Elle a appris à Emiko à obéir, à faire des courbettes, à s'incliner devant les désirs de ses supérieurs et à être fière de sa place. Malgré la honte qu'elle a ressentie quand le *gaijin* a fouillé son histoire, quand elle a perdu le contrôle, Mizumi-sensei lui aurait rappelé que ça n'excusait par son attitude. Cela n'a pas d'importance. C'est fait et Emiko se sent suffisamment morte dans l'âme pour payer joyeusement le prix qu'il exigera pour son effronterie.

Pourtant l'homme demande :

— Raconte-moi encore la nuit avec le garçon. (La colère a quitté ses yeux, remplacée par une expression aussi implacable que celle de Gendo-sama.) Raconte-moi tout. Maintenant.

Sa voix la fouette.

Elle tente de résister de toutes ses forces, mais le besoin atavique d'obéir est trop fort et le sentiment de honte pour sa propre rébellion est accablant. *Il n'est pas ton maître*, se reprend-elle. Malgré cela, l'ordre dans sa voix la fait presque uriner du besoin de lui plaire.

— Il est venu la semaine dernière...

Elle reprend tous les détails de sa nuit avec le chemise blanche. Elle déroule l'histoire, la racontant pour le plaisir du *gaijin* comme elle aurait joué du *shamisen* pour Gendo-sama, une chienne prête à tout pour plaire. Elle aimerait tant pouvoir lui dire de bouffer de la rouille vésiculeuse et de mourir, mais ce n'est pas dans sa nature. Elle parle et le *gaijin* écoute.

Il lui fait répéter des choses, pose d'autres questions. Revient sur des informations qu'elle croyait qu'il avait oubliées. Il est impitoyable, il fouille son histoire, la force à expliquer. Il est très doué pour poser des questions. Gendo-sama questionnait ses sous-fifres de cette manière, quand il voulait savoir pourquoi un clipper n'était pas prêt à temps. Il sondait les excuses comme un charançon transpiraté.

Finalement, le *gaijin* hoche la tête, satisfait.

— Bien. Très bien.

Emiko sent le compliment l'envahir de plaisir et se méprise pour cela. Le *gaijin* termine son whisky. Fouille dans sa poche et en sort un rouleau de billets, en tire plusieurs tout en se levant.

— Ceci est pour toi seule. Ne les montre pas à Raleigh. Je m'arrangerai avec lui avant de partir.

Elle imagine qu'elle devrait se sentir reconnaissante, mais elle se sent utilisée, aussi usée par cet homme, ses questions et ses mots que par tous les autres, les grahamites hypocrites et les chemises blanches du ministère de l'Environnement qui aiment la transgression que représente son étrangeté biologique, qui convoitent le plaisir de la copulation avec une créature impure.

Elle tient les billets entre ses doigts. Son entraînement lui dit d'être polie, mais la suffisance et les largesses de l'homme l'irritent.

— Que croit le gentleman que je vais faire avec ces bahts? Acheter un joli bijou? M'offrir un repas au restaurant? Je suis la propriété de quelqu'un. J'appartiens à Raleigh. (Elle jette l'argent à ses pieds.) Que je sois riche ou pauvre n'a pas d'importance. On me possède.

L'homme reste immobile, une main sur la porte glissante.

— Pourquoi ne t'enfuis-tu pas, alors?

— Pour aller où? Mon permis d'importation a expiré. (Elle sourit amèrement.) Sans le patronage de Raleigh-san, sans ses relations, les chemises blanches me détruiraient.

— Tu ne souhaites pas t'enfuir vers le nord? Rejoindre les automates?

— Quels automates?

L'homme a un léger sourire.

— Raleigh ne t'en a pas parlé ? Les enclaves automates dans les montagnes ? Les évadés de la guerre du charbon ? Ceux qu'on a libérés ?

Devant son expression déroutée, il continue.

— Il y a des villages entiers, dans le nord, dans la jungle. C'est un endroit pauvre, à moitié mort à cause des modifications génétiques, après Chiang Rai, de l'autre côté du Mékong, mais là, les automates n'ont pas de maîtres, pas de propriétaires. La guerre du charbon fait toujours rage mais, si ta situation te fait tant horreur, c'est une alternative à Raleigh.

— Est-ce vrai ? (Elle se penche en avant.) Ce village, est-ce vrai ?

L'homme sourit à peine.

— Tu peux demander à Raleigh si tu ne me crois pas. Il les a vus de ses propres yeux. (Il s'interrompt une seconde.) Mais j'imagine qu'il n'aurait aucun intérêt à t'en parler. Cela pourrait t'encourager à abandonner ta laisse.

— Vous me dites la vérité ?

L'étrange homme pâle touche son chapeau.

— Au moins aussi vrai que ce que tu m'as raconté.

Il fait coulisser la porte et se glisse à l'extérieur, laissant Emiko seule avec un cœur emballé et une brusque envie de vivre.

CHAPITRE 4

— 500, 1 000, 5 000, 7 500…

Protéger le Royaume de toutes les infections du monde naturel est comme tenter d'attraper l'océan avec un filet. On peut prendre un certain nombre de poissons, bien sûr, mais l'océan est toujours là.

— 10 000, 12 500, 15 000… 25 000…

Debout sous le dirigeable *farang* au milieu de la nuit étouffante, le capitaine Jaidee Rojjanasukchai est conscient de cela. Les turbohélices de l'aéronef tournoient au-dessus de lui. Son chargement est en désordre sur le sol, des caisses, des boîtes ouvertes dont le contenu est renversé sur le point d'ancrage, comme si un enfant avait jeté ses jouets en tous sens. Divers objets de valeur et d'autres, interdits, ont été déversés sans discernement.

— 30 000, 35 000… 50 000…

Autour du capitaine, l'aérogare récemment rénovée de Bangkok s'étire dans toutes les directions, éclairée par des lampes au méthane de haute intensité montées sur des tours miroirs. C'est un vaste espace parsemé de points d'ancrage, tacheté de ballons massifs des *farang*, flottants et maintenus par des câbles, et encadré de murs épais de bambous HiGro recouverts de barbelés supposés définir les limites internationales du champ.

— 60 000, 70 000, 80 000…

Le royaume thaï est en train de se faire dévorer. Jaidee observe négligemment le désordre causé par ses hommes, et cela semble une évidence. Ils se font dévorer par l'océan. Quasiment toutes les caisses renferment quelque chose de suspect. Mais, en fait, ces conteneurs sont symboliques. Le problème est omniprésent : on vend des bains chimiques au marché gris de Chatachuk, des hommes manœuvrent leurs bateaux sur la Chao Phraya au cœur de la nuit, leurs soutes remplies d'ananas de nouvelle génération. Le pollen flotte le long de la péninsule en vagues régulières, transportant les dernières créations génétiques d'AgriGen et de PurCal, tandis que les cheshires muent dans les garages et les *soi* et que les lézards jingjok2 vandalisent les œufs des engoulevents et des paons. Les capricornes ivoire percent les forêts de Khao Yai comme les sucres de la cibiscose, la rouille vésiculeuse et la frange *fa'gan* creusent les légumes et les groupes humains de Krung Thep.

C'est dans cet océan qu'ils nagent tous. Le milieu même de la vie.

— 90… 100 000… 110… 125…

De grands esprits comme Premwadee Srisati ou Apichat Kinikorn peuvent toujours se disputer à propos des meilleurs moyens de protection, ou débattre des mérites de la stérilisation par uv le long des frontières du Royaume par rapport à la sagesse des mutations génétiquement piratées préventives, pour Jaidee, ils restent des idéalistes. L'océan passera toujours.

— 126… 127… 128… 129…

Jaidee se penche par-dessus l'épaule du lieutenant Kanya Chirathivat et la regarde compter l'argent des pots-de-vin. Deux inspecteurs des douanes attendent sur le côté, raidis, qu'on leur rende leur autorité.

— 130… 140… 150…

La voix de Kanya est une psalmodie régulière. Un dithyrambe à la richesse, au graissage de pattes, au nouveau business dans un pays ancien. Sa voix est claire et méticuleuse. Avec elle, le compte est toujours juste.

Jaidee sourit. Il n'y a pas de mal à recevoir un petit cadeau offert de bonne volonté.

Au point d'ancrage suivant, deux cents mètres plus loin, les mastodontes barrissent, tirent le chargement du ventre d'un dirigeable et l'empilent pour le tri et la vérification douanière. Les turbohélices soufflent, stabilisent l'énorme aéronef sur son ancre. Le ballon gîte et tournoie. Les vents de sable parfumés aux bouses de mastodonte bousculent le groupe de chemises blanches de Jaidee. Kanya place sa main sur les bahts qu'elle compte. Le reste des hommes attend, impassibles, les mains sur leurs machettes dans les rafales qui les giflent.

Le sifflement des turbohélices ne s'arrête pas. Kanya continue à psalmodier.

— 160… 170… 180…

Les douaniers transpirent. Même en cette saison chaude, il n'y a aucune raison de suer autant. Jaidee ne transpire pas. Lui ne fait pas partie de ceux qui sont forcés de payer une seconde fois une protection probablement déjà onéreuse la première.

Jaidee a presque pitié d'eux. Les pauvres hommes ne savent pas que les chaînes de commande peuvent avoir changé, si les paiements ont été détournés, si Jaidee représente un nouveau pouvoir, ou une puissance rivale ; ils ne savent pas où il se place dans les rangs des couches de bureaucratie et d'influence qui constituent le ministère de l'Environnement. Alors ils paient. Il est surpris qu'ils aient réussi à rassembler l'argent aussi rapidement. Presque aussi surpris qu'ils ont dû l'être quand les chemises blanches ont forcé la porte du bureau de la douane et sécurisé les lieux.

— Deux cent mille. (Kanya lève les yeux sur lui.) Tout est là.

Jaidee sourit.

— Je t'avais dit qu'ils paieraient.

Kanya ne lui rend pas son sourire, mais cela ne gâche pas la joie de Jaidee. C'est une bonne nuit bien chaude et ils ont gagné beaucoup d'argent, regarder les douaniers suer est un bonus. Kanya a toujours du mal à accepter la chance quand elle se présente à elle. Quelque part au cours de sa jeune vie, elle a perdu l'aptitude au plaisir. La famine du nord-est. La perte de ses parents, de ses frères et sœurs. Le dur voyage vers Krung Thep. Quelque part, elle a été privée de sa capacité à ressentir la joie. Elle n'apprécie pas le *sanuk*, le jeu, même un plaisir aussi intense, un *sanuk mak* né de cette victoire sur le ministère du Commerce ou de la célébration du Songkran. Donc, lorsque Kanya prend deux cent mille bahts au ministère du Commerce et ne cille pas sauf pour se débarrasser de la poussière du point d'ancrage, et ne sourit évidemment pas, Jaidee ne laisse pas cela le blesser. Kanya n'aime pas l'amusement, c'est son *kamma*.

Pourtant, Jaidee a pitié d'elle. Même les gens les plus pauvres sourient parfois. Kanya ne le fait presque jamais. Ce n'est pas naturel. Elle ne sourit pas quand elle est embarrassée, quand elle est irritée, quand elle est en colère, ni quand elle est heureuse. Ce manque total de savoir-vivre embarrasse les autres, c'est pourquoi elle a fini dans l'unité de Jaidee. Personne d'autre ne la supporte. Ils font une paire bien étrange. Jaidee qui trouve toujours une raison de sourire et Kanya dont le visage est si froid qu'on aurait tout aussi bien pu le tailler dans le jade. Jaidee sourit à nouveau, envoyant de la bienveillance à son lieutenant.

— Vous avez outrepassé votre autorité, marmonne l'un des douaniers.

Jaidee hausse les épaules avec suffisance.

— La juridiction du ministère de l'Environnement s'étend partout où le royaume thaï est menacé. C'est la volonté de Sa Royale Majesté la Reine.

Les yeux de l'homme sont froids, même s'il se force à sourire plaisamment.

— Vous voyez ce que je veux dire.

Jaidee sourit malicieusement, ignorant la mauvaise volonté de l'autre.

— Ne soyez pas si tristes. J'aurais pu prendre deux fois plus et vous auriez payé.

Kanya commence à emballer l'argent tandis que Jaidee passe le contenu d'une caisse au crible du bout de sa machette.

— Regardez donc ce chargement si important qu'il doit être protégé. (Il retourne un paquet de kimonos probablement envoyés pour le plaisir d'une épouse de cadre japonais. Il touille de la lingerie d'une valeur sans doute plus importante que celle de son salaire mensuel.) Nous ne voudrions pas qu'un officier crasseux le crible de balles, n'est-ce pas? (Il sourit et regarde Kanya.) Il y a quelque chose qui t'intéresse là-dedans? C'est de la vraie soie. Les Japonais ont toujours des vers à soie, tu sais.

Kanya ne lève pas les yeux de son travail avec l'argent.

— Ce n'est pas ma taille. Ces épouses japonaises sont toutes grasses à force de manger des calories transpiratées AgriGen obtenues par leurs maris.

— Vous voleriez, en plus?

Le visage du douanier est un masque de colère contrôlée derrière un sourire poli mais figé.

— Apparemment pas. (Jaidee hausse les épaules.) Mon lieutenant semble avoir meilleur goût que ces Japonaises. De toute manière, vous aurez de nouveaux profits, j'en suis sûr. Ce ne sera qu'un dérangement mineur.

— Et pour les dommages? Comment pourrons-nous l'expliquer?

L'autre douanier désigne un écran pliable de type Sony à moitié déchiré.

Jaidee étudie l'objet. Il montre ce qu'il suppose être l'équivalent d'une famille de samouraï de la fin du XXIIe siècle: un cadre de la dynamique des fluides de Mishimoto surveillant d'étranges ouvriers auto-mates dans un champ... Voit-il bien dix mains sur chaque ouvrier? Jaidee frissonne devant ce blas-phème bizarre. La petite famille naturelle présente au bord du champ ne semble pas perturbée mais, bon, ce sont des Japonais: ils laissent même leurs enfants se faire divertir par des singes automates.

Jaidee grimace.

— Vous trouverez bien une excuse, j'en suis sûr. Peut-être que les mastodontes de fret se sont emballés. (Il donne une claque dans le dos d'un douanier.) N'ayez pas l'air si malheureux! Utilisez votre imagination! Vous devriez penser à cela comme une opportunité.

Kanya termine d'empaqueter les billets. Elle ferme bien l'emballage de bois et l'accroche à son épaule.

— C'est fait, annonce-t-elle.

De l'autre côté du champ, un nouveau dirigeable descend lentement, ses énormes turbines à ressort utilisent ce qui leur reste de joules pour manœuvrer la bête sur ses ancres. Des câbles serpentent hors de son ventre, alourdis par des poids. Les ouvriers du point d'ancrage attendent, les mains levées, pour attacher le monstre flottant à leur équipe de mastodontes comme s'ils priaient un dieu énorme. Jaidee observe avec intérêt.

— De toute manière, l'Association caritative des anciens officiers du ministère royal de l'Environnement apprécie. Vous avez gagné du mérite auprès d'eux, malgré tout.

Il soulève sa machette et se tourne vers ses hommes.

— *Khun*, officiers! (Il crie pour se faire entendre par-dessus le bourdonnement des turbines du dirigeable et les hurlements des mastodontes de fret.) J'ai un défi pour vous. (Il désigne de sa machette l'aéronef en descente.) J'ai deux cent mille bahts pour le premier qui fouille une caisse de ce nouveau vaisseau là-bas. Allez! Celui-là! Maintenant!

Les douaniers les fixent, abasourdis. Ils commencent à parler mais leurs voix sont noyées par le rugissement des turbines. Ils articulent leur désapprobation tout en agitant les bras pour protester.

— *Mai tum! Mai tum! Mai tawng tum!* Non, non, nononon!

Jaidee est déjà en train de courir vers le dirigeable, brandissant sa machette et hurlant vers sa proie.

Derrière lui, ses chemises blanches suivent par vagues. Ils évitent les caisses et les ouvriers, bondissent par-dessus les câbles d'ancrage, passent sous le ventre des mastodontes. Ses hommes. Ses fidèles enfants. Ses fils. Les adeptes un peu fous des idéaux et de la Reine qui se joignent à son appel, ceux qui ne peuvent être corrompus, ceux qui tiennent tout l'honneur du ministère de l'Environnement dans leur cœur.

— Celui-là! Celui-là!

Ils courent comme des tigres pâles sur le champ d'atterrissage, laissent derrière eux les carcasses des conteneurs japonais déversés comme les débris après un typhon. Les voix des hommes des douanes deviennent inaudibles. Jaidee est loin devant eux, il sent la joie de ses jambes bondissantes, le plaisir du devoir propre et honorable, il court plus vite, toujours plus vite, ses hommes derrière lui. Ils couvrent la distance qui les sépare de leur but avec l'adrénaline du guerrier, lèvent leurs machettes et leurs haches vers la machine géante qui descend dans le ciel, qui les surplombe comme le roi démon Tosacan de trente mille mètres de haut. Le mastodonte des mastodontes, et sur son flanc, dans l'alphabet des *farang*, les mots: CARLYLE & FILS.

Jaidee n'a pas conscience du cri de joie qui s'échappe de ses lèvres. Carlyle & Fils. Les *farang* si énervants qui parlent avec tant de désinvolture de changer le système de crédits de pollution; de se débarrasser des quarantaines et des inspections; d'exporter tout ce qui a gardé le Royaume vivant quand les autres pays s'effondraient; ces étrangers qui ont tant de crédit auprès du ministère du Commerce et du Somdet Chaopraya, le protecteur de la Couronne. C'est une proie qui en vaut vraiment la peine. Jaidee est tout entier dans son but. Il allonge le pas vers les câbles d'amarrage tandis que ses hommes le dépassent, plus jeunes, plus rapides et fanatiquement dévoués à la cause, tendus vers la cible.

Mais ce dirigeable est plus malin que le précédent.

À la vue des chemises blanches qui affluent sur sa position d'ancrage, le pilote change l'orientation de ses turbines. Le souffle engloutit Jaidee. Les hélices hurlent tandis que le pilote gaspille ses gigajoules dans sa tentative de s'éloigner du sol. Les câbles d'ancrage du dirigeable se rembobinent en fouettant les airs comme si une pieuvre ramenait ses membres. Les turbines font tomber Jaidee au sol en tournant à pleine puissance.

L'aéronef s'élève.

Jaidee se relève à la force des bras, plisse les yeux dans le vent chaud tandis que le dirigeable rétrécit dans les ténèbres de la nuit. Il se demande si ce monstre qui disparaît a été prévenu par les services douaniers ou si le pilote a simplement été assez malin pour se rendre compte qu'une inspection par les chemises blanches ne se ferait pas au bénéfice de ses maîtres.

Jaidee grimace. Richard Carlyle. Bien trop intelligent, celui-là. Toujours là pour les réunions avec Akkarat, présent aux soirées caritatives pour les victimes de la cibiscose, jetant l'argent par les fenêtres, fervent avocat de la libéralisation du marché. Il n'est qu'un membre des dizaines de *farang* qui ont rejoint les côtes comme des méduses après une épidémie aquatique amère, mais Carlyle parle plus fort que les autres. Son sourire est celui qui énerve le plus Jaidee.

Jaidee se redresse complètement et époussette le tissu de chanvre blanc de son uniforme. Cela n'a pas d'importance : le dirigeable reviendra. Comme l'océan revient sur la plage, il est impossible d'empêcher les *farang* de revenir. La terre et la mer doivent se rencontrer. Ces hommes qui n'ont que le profit à cœur n'ont pas le choix, ils doivent revenir, quelles qu'en soient les conséquences, et il sera là pour les accueillir.

Kamma.

Jaidee revient lentement vers le contenu éparpillé des caisses inspectées, essuyant la sueur sur son visage, haletant après sa course. Il indique à ses hommes de continuer le travail.

— Là! Ouvrez ceux-là! Je ne veux pas qu'une seule caisse échappe à notre inspection.

Les hommes des douanes l'attendent. Il fouille le contenu d'une nouvelle caisse de la pointe de sa machette alors que les deux douaniers approchent. Ils ressemblent à des chiens. On ne peut pas s'en débarrasser à moins de les nourrir. L'un d'eux tente d'empêcher Jaidee de frapper un autre conteneur de sa machette.

— Nous avons payé! Nous allons porter plainte. Il y aura une enquête. Vous êtes en territoire international.

Jaidee grimace.

— Pourquoi êtes-vous encore là?

— Nous vous avons payé un bon prix pour notre protection.

— Plus que bon. (Jaidee se fraye un chemin entre les hommes à coup d'épaule.) Mais je ne suis pas là pour débattre de ce genre de choses. Il est de votre *damma* de protester. Il est du mien de protéger nos frontières et si cela signifie que je dois envahir votre «territoire international» pour sauver notre pays, qu'il en soit ainsi.

Il fait tournoyer sa machette et une autre caisse s'ouvre dans un craquement. Le bois ToutTemps se déchire.

— Vous outrepassez vos prérogatives.

— Probablement. Mais vous devrez envoyer quelqu'un au ministère du Commerce pour l'annoncer vous-même, quelqu'un de bien plus puissant que vous. (Il fait tourner sa machette, pensif.) À moins que vous ne souhaitiez en débattre ici et maintenant, avec mes hommes?

Les deux hommes frémissent. Jaidee se dit qu'il a entraperçu un sourire sur les lèvres de Kanya. Il la regarde, surpris, mais son lieutenant a déjà retrouvé son visage de professionnalisme neutre. C'est toujours agréable de la voir sourire. Jaidee se demande brièvement s'il pourrait faire quelque chose pour encourager un nouveau sourire sur le visage sombre de sa subordonnée.

Malheureusement, les douaniers semblent reconsidérer leur position et reculent devant sa machette.

— Ne pensez pas que vous pouvez nous insulter comme ça, sans conséquence.

— Bien sûr que non. (Jaidee abaisse sa lame une nouvelle fois sur le conteneur, le détruisant totalement.) Mais j'apprécie votre donation monétaire, malgré tout. (Il lève les yeux sur eux.) Quand vous déposerez votre plainte, n'oubliez pas de dire que c'était moi, Jaidee Rojjanasukchai, qui ai fait le boulot. (Il sourit à nouveau.) Et précisez bien que vous avez tenté de corrompre le Tigre de Bangkok.

Autour de lui, ses hommes rient à sa plaisanterie. Les douaniers reculent, surpris par cette nouvelle révélation, comprenant à qui ils ont affaire.

Jaidee observe la destruction autour de lui. Des morceaux de balsa amélioré sont éparpillés partout. Les caisses sont conçues pour leur légèreté et leur contenance en termes de poids, leur structure résiste plutôt bien tant que personne n'y applique un coup de machette.

Le travail avance rapidement. Les contenus sont sortis des caisses et déposés sur le sol en rangées bien précises. Les douaniers observent, notant les noms des chemises blanches jusqu'à ce que ces derniers lèvent leur machette et les pourchassent. Les officiers battent en retraite puis s'arrêtent pour continuer à examiner de loin. La scène rappelle à Jaidee des animaux se battant pour une carcasse. Ses hommes se régalent des débris d'un pays étranger pendant que les charognards testent leur vigilance, les corbeaux, les cheshires et les chiens veulent tous une chance d'approcher le cadavre. Cette pensée le déprime un peu.

Les hommes des douanes restent loin, surveillent.

Jaidee inspecte les rangées d'objets. Kanya le suit de près. Il lui demande :

— Qu'avons-nous là, lieutenant ?

— Des solutions d'agar-agar. Des cultures de nutriments. Des espèces de cuves d'élevage. De la cannelle PurCal. Des semences de papayes que nous ne connaissons pas. Une nouvelle variété de U-Tex qui stérilisera probablement toute sorte de riz qu'elle rencontrera. (Elle hausse les épaules.) À peu près ce à quoi nous nous attendions.

Jaidee ouvre le couvercle d'un conteneur et regarde à l'intérieur. Vérifie l'adresse. Une entreprise dans le district industriel *farang*. Il tente de prononcer les lettres étrangères, puis abandonne. Il tente de se remémorer s'il a déjà vu ce logo quelque part mais ne le pense pas. Il fouille des doigts le contenu des sacs, une sorte de poudre de protéines.

— Rien de vraiment intéressant. Pas de nouvelle version de la rouille vésiculeuse dans une boîte AgriGen ou PurCal.

— Non.

— C'est dommage que nous ne soyons pas parvenus à attraper ce dirigeable. Il s'est enfui rapidement. J'aurais aimé fouiller le chargement du *Khun* Carlyle.

Kanya hausse les épaules.

— Ils reviendront.

— Comme toujours.

— Comme les chiens sur une carcasse, dit-elle.

Jaidee suit le regard de Kanya vers les douaniers qui les observent de loin. Il est attristé par le fait qu'elle voit le monde de la même manière que lui. Influence-t-il Kanya ? Ou l'influence-t-elle ? Il s'amusait tellement dans son travail avant. Mais, bon, le travail était beaucoup mieux défini. Il n'a pas l'habitude de se promener dans les paysages gris que fréquente Kanya. Mais au moins, il s'amuse, lui.

Sa rêverie est interrompue par l'arrivée de l'un de ses hommes. Somchai se présente, désinvolte, joue tranquillement avec sa machette. C'est un rapide, aussi âgé que Jaidee mais plus aiguisé par les pertes dues à la rouille qui se répand dans le Nord pour la troisième fois en une seule saison. C'est un homme bien, loyal. Et malin.

— Il y a un homme qui nous surveille, marmonne-t-il en s'approchant d'eux.

— Où?

Somchai bouge la tête avec subtilité. Jaidee laisse ses yeux se promener le long du champ d'atterrissage. À côté de lui, Kanya se raidit.

Somchai hoche la tête.

— Vous le voyez, alors?

— *Kha*, acquiesce-t-elle.

Jaidee parvient enfin à trouver l'homme qui se tient loin d'eux, observe aussi bien les chemises blanches que les douaniers. Il porte un simple sarong orange et une chemise en lin violet, comme un ouvrier. Pourtant, il ne transporte rien. Il ne fait rien. Et il semble bien nourri. On ne voit pas ses côtes, ses joues ne sont pas creuses contrairement aux ouvriers. Il observe, appuyé contre un crochet d'amarrage, nonchalant.

— Commerce? demande Jaidee.

— Armée? devine Kanya. Il a bien confiance en lui.

Comme s'il sentait les yeux de Jaidee sur sa personne, l'homme se retourne. Ses yeux fixent ceux du Tigre de Bangkok un instant.

— Merde. (Somchai fronce les sourcils.) Il nous a vus.

Kanya se joint à Jaidee dans son étude attentive de l'homme. Il semble imperturbable. Il crache un jet de bétel rouge, se retourne, et s'éloigne tranquillement, disparaissant dans l'agitation des mouvements de fret.

— Dois-je le suivre? L'interroger? demande Somchai.

Jaidee allonge le cou, tente d'apercevoir l'homme à l'endroit où il s'est laissé avaler par le désordre.

— Qu'en penses-tu, Kanya?

Elle hésite.

— N'avons-nous pas dérangé assez de cobras pour cette nuit?

Jaidee sourit légèrement.

— La voix de la sagesse et de la retenue a parlé.

Somchai acquiesce de la tête.

— Le Commerce va déjà être assez furieux comme ça.

— On peut l'espérer.

Jaidee indique à Somchai qu'il peut retourner à ses inspections. Pendant qu'ils le regardent partir, Kanya déclare:

— Nous avons peut-être outrepassé nos prérogatives, cette fois.

— Tu veux dire que *j'ai* outrepassé mes prérogatives. (Jaidee a un sourire malicieux.) Tu perds ton courage?

— Pas mon courage, non. (Son regard retourne vers l'endroit où l'observateur a disparu.) Il existe de plus gros poissons que nous, *Khun* Jaidee. Les points d'ancrage… (Kanya laisse traîner sa voix. Finalement, après avoir visiblement cherché ses mots, elle dit:) C'est un geste agressif.

— Tu es sûre que tu n'as pas peur? plaisante-t-il.

— Non!

Elle s'interrompt immédiatement, ravale son impertinence, se maîtrise.

Jaidee admire intérieurement sa capacité à parler avec sang-froid. Il n'est jamais aussi prudent avec ses mots. Il a toujours été du genre à charger comme un mastodonte avant de tenter de redresser les pousses de riz qu'il a écrasées. *Jai rawn* plutôt que *jai yen*. Le sang chaud. Kanya, par contre…

Finalement, elle annonce :

— Ce n'était peut-être pas le meilleur endroit où frapper.

— Ne sois pas pessimiste. Les points d'ancrage sont les meilleurs endroits possibles. Ces deux charançons là-bas ont craché deux cent mille bahts sans problème. C'est beaucoup trop d'argent pour quelque chose d'honnête. (Jaidee sourit.) J'aurais dû venir ici il y a longtemps pour donner une leçon à ces *heeya*. C'est mieux que de longer la rivière dans un bateau à ressort et d'arrêter des enfants qui font de la contrebande génétique. Au moins, c'est du travail honnête.

— Mais le Commerce va certainement s'en mêler. C'est son territoire selon la loi.

— Selon n'importe quelle loi saine, aucun de ces objets ne devrait être importé de toute manière. (Jaidee agite la main, dédaigneux.) Les lois sont des documents confus. Elles n'aident pas toujours la justice.

— La justice est toujours perdante quand le Commerce s'en mêle.

— Nous sommes tous deux plus que conscients de cela. Dans mon cas, c'est ma tête qui risque d'être perdante. On ne te touchera pas. Tu n'aurais pas pu m'arrêter, même si tu avais su où nous allions ce soir.

— Je n'aurais pas… commence Kanya.

— Ne t'inquiète pas de ça. Il est temps que le Commerce et ses *farang* apprivoisés se sentent un peu en danger. Ce n'est qu'une piqûre de rappel.

Ils ont été complaisants et ont besoin qu'on leur signifie qu'ils doivent exécuter un *khrab* occasionnel devant nos lois. (Jaidee s'interrompt, observant à nouveau les débris.) Il n'y a vraiment rien d'autre sur la liste noire ?

Kanya hausse les épaules.

— Rien que le riz. Tout le reste est inoffensif, du moins sur le papier. Aucun spécimen d'élevage. Aucun gène en suspension.

— Mais ?

— La plupart de ces objets seront employés abusivement. Les cultures de nutriments ne peuvent avoir d'usage bénéfique. (Kanya a repris son expression neutre et dépressive.) Devrions-nous tout remballer ?

Jaidee grimace puis secoue la tête.

— Non. On brûle tout.

— Comment ?

— On brûle tout. Nous savons tous les deux ce qui se passe ici. Donnons aux *farang* une bonne raison de faire appel à leurs compagnies d'assurances. Qu'ils sachent que leurs activités ne sont pas gratuites. (Jaidee sourit encore.) Brûlons tout. Jusqu'à la dernière caisse.

Et, pour la deuxième fois cette nuit-là, tandis que les conteneurs crépitent sous le feu et que l'huile ToutTemps nourrit, allume et envoie des étincelles dans l'air comme des prières s'élevant vers les cieux, Jaidee a la satisfaction de voir Kanya sourire à nouveau.

C'est presque le matin quand Jaidee rentre chez lui. Le *ji ji ji* des lézards jingjok2 ponctue le craquettement des cigales et le gémissement aigu des moustiques. Il enlève silencieusement ses chaussures et monte les marches, le tek craque sous ses pas quand il se faufile dans la maison sur pilotis, il sent le lissé du bois sous ses pieds, doux et poli contre sa peau.

Il ouvre la porte écran et entre, refermant prestement derrière lui. Ils sont proches du *khlong*, à quelques mètres seulement, et l'eau est saumâtre et épaisse. Les moustiques grouillent.

À l'intérieur, une bougie unique illumine Chaya, couchée sur un coussin sur le sol, endormie, qui l'attend. Il sourit tendrement et se faufile dans la salle de bains pour se déshabiller et faire couler de l'eau sur ses épaules. Il tente d'être rapide et silencieux dans son bain de fortune, mais l'eau éclabousse le bois. Il s'asperge de nouveau le dos. Même en pleine nuit, l'air est suffisamment moite pour que la froideur de la douche ne le dérange pas. Pendant la saison chaude, tout est un soulagement.

Quand il sort, un sarong noué autour de sa taille, Chaya est réveillée et lève vers lui ses yeux bruns et pensifs.

— Tu es très en retard. J'étais inquiète.

Jaidee sourit.

— Tu devrais me connaître assez pour ne pas t'inquiéter. Je suis un tigre.

Il s'approche tendrement d'elle. L'embrasse doucement.

Chaya grimace et le repousse.

— Ne crois pas tout ce que disent les journaux. Un tigre ! (Elle retrousse le nez.) Tu sens la fumée.

— Je viens de me laver.

— C'est dans tes cheveux.

Il se balance sur les talons.

— Ce fut une excellente nuit.

Elle sourit dans la pénombre, ses dents blanches bien visibles sur sa peau couleur acajou rendue mate par l'obscurité.

— As-tu frappé pour notre Reine ?

— J'ai frappé contre le Commerce.

Elle frémit.

— Ah.

Il touche son bras.

— Tu étais heureuse avant, quand je mettais les gens importants en colère.

Elle le repousse à nouveau et se lève puis redresse les coussins. Ses mouvements sont abrupts, furieux.

— C'était avant. Maintenant, je m'inquiète pour toi.

— Tu ne devrais pas. (Jaidee se déplace pour ne pas être dans son chemin alors qu'elle en termine avec les coussins.) Je suis surpris que tu m'attendes. Si j'étais toi, j'irais dormir et faire de beaux rêves. Chacun a dû abandonner l'idée de me contrôler. Je suis juste un poste de dépense pour eux, aujourd'hui, trop populaire pour qu'ils fassent quoi que ce soit. Ils me font espionner, mais ils ne font plus rien pour m'arrêter.

— Un héros du peuple et une épine dans le pied du ministère du Commerce. Je préférerais avoir le ministre du Commerce Akkarat comme ami et le peuple comme ennemi. Nous serions tous en sécurité.

— Tu ne pensais pas cela quand tu m'as épousé. Tu aimais le fait que je sois un combattant. Que j'aie tant de victoires dans le stade Lumphini. Tu t'en souviens ?

Elle ne répond pas. Elle réarrange les coussins, refuse de se retourner. Jaidee soupire et pose la main sur son épaule, l'attire à lui pour qu'elle lui fasse face, pour regarder dans ses yeux.

— De toute façon, pourquoi parles-tu de ça maintenant ? Ne suis-je pas rentré ? Et ne vais-je pas parfaitement bien ?

— Quand ils t'ont tiré dessus, tu n'allais pas bien.

— C'est le passé.

— Seulement parce qu'on t'a mis derrière un bureau et que le général Pracha a payé les réparations. (Elle lève les mains, montrant son doigt manquant.) Ne me dis pas que tu es en sécurité. J'y étais. Je sais ce qu'ils peuvent faire.

Jaidee grimace.

— Nous ne sommes de toute façon pas en sécurité. Si ce n'est le Commerce, c'est la rouille vésiculeuse, la cibiscose ou quelque chose d'autre, quelque chose de pire. Nous ne vivons plus dans un monde parfait. Nous ne sommes plus en pleine Expansion.

Elle ouvre la bouche pour parler puis la referme et se détourne. Jaidee attend, la laissant se maîtriser. Quand elle se tourne à nouveau vers lui, elle a repris le contrôle de ses émotions.

— Non. Tu as raison. Personne n'est en sécurité. J'aurais pourtant aimé.

— Pour ce que valent les souhaits, tu peux tout aussi bien courir au marché de Ta Prachan et m'acheter une amulette.

— Je l'ai fait. Celle avec Phra Seub. Mais tu ne la portes pas.

— Parce que ce n'est que de la superstition. Quoi qu'il m'arrive, c'est mon *kamma*. Une amulette magique n'y changera rien.

— Pourtant, cela ne te ferait pas de mal. (Elle s'interrompt un instant.) Je me sentirais mieux si tu la portais.

Jaidee sourit, prêt à en plaisanter, mais quelque chose dans son expression le fait changer d'avis.

— Bien. Si ça peut te faire plaisir. Je porterai ton Phra Seub.

De la chambre endormie, un son se répercute, une toux grasse. Jaidee se raidit. Chaya se tourne vers le bruit.

— C'est Surat.

— L'as-tu amené à Ratana?

— Ce n'est pas son boulot d'examiner des enfants malades. Elle a un vrai travail à faire. De vraies transpirateries pour l'inquiéter.

— Tu l'as amené ou pas?

Chaya soupire.

— Elle a dit que ce n'était pas une nouvelle version. Qu'il ne fallait pas s'inquiéter.

Jaidee tente de ne pas montrer son soulagement.

— Bien.

La toux revient. Cela lui rappelle Num, mort et enterré. Il lutte contre la tristesse.

Chaya touche son menton, attire son attention sur elle. Lui sourit.

— Alors? Qu'est-ce qui t'a laissé cette odeur de fumée, noble guerrier, défenseur de Krung Thep? Pourquoi es-tu si content de toi?

Jaidee sourit légèrement.

— Tu pourras le lire dans les feuilles à murmures, demain.

Elle pince les lèvres.

— Je suis inquiète pour toi, vraiment.

— C'est parce que tu as bon cœur. Mais tu ne devrais pas t'inquiéter. Ils en ont fini avec les grosses mesures contre moi. Ça s'est mal passé la dernière fois. Les journaux et les feuilles à murmures ont trop aimé l'histoire. Et notre très révérée Reine a donné son soutien total à ce que je fais. Ils garderont leurs distances. Ils respectent au moins Sa Majesté la Reine.

— Tu as eu de la chance qu'Elle ait entendu parler de toi.

— Même ce *heeya* de protecteur de la Couronne ne peut l'aveugler.

Chaya se raidit à ces mots.

— Jaidee, s'il te plaît, pas si fort. Le Somdet Chao-praya a des oreilles partout.

Jaidee grimace.

— Tu vois. Voilà où nous en sommes. Un protecteur de la Couronne qui passe son temps à méditer sur la manière de prendre possession des appartements intérieurs du Grand Palais. Un ministre du Commerce qui conspire avec les *farang* pour détruire nos lois sur le commerce et la quarantaine. Et, pendant ce temps, nous essayons tous de ne pas parler trop fort.

» Je suis content d'avoir été aux points d'ancrage hier soir. Tu aurais dû voir combien d'argent ces douaniers amassent, simplement en fermant les yeux et en laissant tout passer. La prochaine mutation de la cibiscose pourrait très bien attendre dans un flacon devant eux et ils tendraient la main pour un pot-de-vin. Parfois, je pense que nous vivons à nouveau les derniers jours de la bonne vieille Ayutthaya.

— Ne sois pas mélodramatique.

— L'histoire se répète. Personne ne s'est battu non plus pour protéger Ayutthaya.

— Et qu'est-ce que cela fait de toi ? Un villageois de Bang Rajan réincarné ? Retenant la vague *farang* ? Combattant jusqu'au dernier ? Ce genre de chose ?

— Au moins, ils se sont battus ! Qu'est-ce que tu préférerais être ? Le fermier qui a retenu l'armée birmane pendant un mois ou les ministres du Royaume qui se sont enfuis et ont laissé leur capitale se faire piller ? (Il grimace.) Si j'étais malin, j'irais aux points d'ancrage tous les soirs pour donner une vraie leçon aux *farang* et à Akkarat. Leur montrer que quelqu'un est encore prêt à se battre pour Krung Thep.

Il s'attend à ce que Chaya tente à nouveau de le faire taire, de calmer son sang chaud, mais elle reste silencieuse. Finalement, elle demande :

— Penses-tu que nous nous réincarnons toujours ici ? Devons-nous revenir et faire face à tout cela à nouveau, quoi qu'il arrive ?

— Je ne sais pas. C'est le genre de question que poserait Kanya.

— C'est une dure. Je devrais lui acheter une amulette à elle aussi. Quelque chose qui la ferait sourire, pour une fois.

— Elle est un peu étrange.

— Je pensais que Ratana allait la demander en mariage.

Jaidee réfléchit, pense à Kanya et à la jolie Ratana avec son masque et sa vie souterraine dans les labos de confinement biologiques du ministère.

— Je ne me mêle pas de sa vie privée.

— Elle sourirait plus si elle avait un homme.

— Si quelqu'un d'aussi bien que Ratana ne peut pas la rendre heureuse, aucun homme n'a une chance. (Jaidee sourit.) De toute façon, si elle avait un homme, il passerait son temps à être jaloux de ceux qu'elle commande dans mon unité. Tous ces hommes séduisants…

Il se penche en avant et tente d'embrasser Chaya mais elle recule trop rapidement.

— Beurk. Tu sens le whisky.

— Le whisky et la fumée. J'ai l'odeur d'un homme, un vrai.

— Va au lit. Tu vas réveiller Niwat et Surat. Et mère.

Jaidee l'attire à lui et pose ses lèvres sur son oreille.

— Elle n'aurait rien contre un nouveau petit-enfant.

Chaya le repousse en riant.

— Si tu la réveilles, si !

Ses mains glissent sur ses hanches.

— Je serai très silencieux.

Elle frappe ses mains mais ne le fait pas trop fort. Il attrape la sienne. Sent le moignon de son doigt manquant, caresse la cicatrice. Soudain, ils sont à nouveau solennels. Elle inspire difficilement.

— Nous avons trop perdu. Je ne supporterai pas de te perdre aussi.

— Tu ne me perdras pas. Je suis un tigre. Et je ne suis pas un idiot.

Elle le tient fermement contre elle.

— Je l'espère. Vraiment.

Son corps chaud se presse contre le sien. Il sent son souffle régulier, plein d'inquiétude. Elle recule et le regarde gravement, ses yeux sont sombres, pleins d'amour.

— Tout ira bien, répète-t-il.

Elle hoche la tête mais elle ne semble pas l'écouter. Elle semble plutôt l'étudier, suivant les lignes de ses sourcils, de son sourire, de ses cicatrices. L'instant semble s'étirer, ses yeux noirs sur lui qui le mémorisent, graves. Finalement, elle opine du chef comme si elle écoutait quelque chose qu'elle se disait à elle-même et son expression change. Elle sourit et l'attire à elle, pressant ses lèvres sur son oreille.

— Tu es un tigre, murmure-t-elle comme une diseuse de bonne aventure.

Et son corps se détend contre le sien, se colle au plus près. Il sent une bouffée de soulagement l'envahir alors qu'ils se rejoignent, enfin.

Il la serre encore plus fort.

— Tu m'as manqué, chuchote-t-il.

— Viens avec moi.

Elle se dégage et le prend par la main. Le mène vers leur lit. Elle ouvre la moustiquaire et se glisse sous la tente si fine. Les vêtements bruissent, tombent. Une femme d'ombre joue avec lui de l'intérieur.

— Tu sens toujours la fumée.

Jaidee ouvre le filet.

— Et le whisky. N'oublie pas le whisky.

CHAPITRE 5

Le soleil se glisse par-dessus le bord de la Terre, baignant Bangkok de son feu. Il se jette, comme fondu, sur les os des tours désolées de l'Expansion et sur les *chedis* dorés des temples de la ville, les engloutit de lumière et de chaleur. Il enflamme les hauts toits pointus du Grand Palais, où la Reine Enfant vit cloîtrée avec ses dames de compagnie, et les ornementations en filigrane du mausolée des piliers de la ville, où les moines chantent vingt-quatre heures sur vingt-quatre et sept jours sur sept pour les murs et les digues de la cité. L'océan à la chaleur de sang clignote de vagues bleu miroir tandis que le soleil se déplace, brûlant.

La lumière frappe le balcon du sixième étage d'Anderson Lake et se déverse dans son appartement. Les lianes de jasmin au bord de la véranda bruissent dans le vent chaud. Anderson lève le regard, ses yeux bleus plissés d'éblouissement. Des bijoux de sueur apparaissent et scintillent sur sa peau pâle. Au-delà de la balustrade, la ville ressemble à une mer fondue, brillant d'or aux endroits où le verre et les flèches accrochent l'explosion lumineuse.

Il est nu dans la chaleur, assis sur le sol, entouré de livres ouverts : catalogues de faune et flore, notes de voyages, une histoire détaillée de la péninsule du Sud-Est asiatique sont éparpillés sur le tek. Des ouvrages moisis, en lambeaux. Des bouts de papier.

Des journaux à moitié déchirés. Les souvenirs déterrés d'une époque où dix mille plantes jouaient du pollen, des spores et des graines. Il a passé la nuit à travailler et, pourtant, il se souvient à peine de toutes les variétés qu'il a examinées. Son esprit retourne plutôt à la chair exposée, un *pha sin* glissant le long des jambes d'une fille, les images de paon sur un tissu chatoyant de violet soulevées, des cuisses lisses ouvertes et humides.

Au loin, les tours de Ploenchit s'élèvent haut, en contre-jour. Trois doigts d'ombre tendus vers le ciel dans un brouillard jaune d'humidité. À la lumière du jour, elles ressemblent simplement à d'autres taudis de l'Expansion, sans une once des pulsations d'addiction qu'elles renferment.

Une fille automate.

Ses doigts sur sa peau. Ses yeux sombres solennels quand elle a dit :

« Vous pouvez toucher. »

Anderson inspire en tremblant, se forçant à éloigner ces souvenirs. Elle est à l'opposé des épidémies invasives qu'il combat chaque jour. Une fleur de serre, déposée dans un monde trop dur pour son héritage délicat. Il est improbable qu'elle y survive longtemps. Pas avec ce climat. Pas avec ces gens. Peut-être est-ce cette vulnérabilité qui l'a touché, sa fausse force alors qu'elle est dénuée de tout. La voir lutter pour un semblant de fierté tout en soulevant sa jupe aux ordres de Raleigh.

Est-ce pour cela que tu lui as parlé des villages ? Parce qu'elle te fait pitié ? Non parce que sa peau est aussi lisse qu'une mangue ? Non parce que tu pouvais à peine respirer quand tu l'as touchée ?

Il grimace et tourne à nouveau son attention vers les livres ouverts, se force à s'occuper de ses vrais problèmes, les questions qui lui ont fait traverser le monde sur un clipper ou dans un dirigeable : Gi Bu Sen. La fille automate a parlé de Gi Bu Sen.

Anderson feuillette ses livres et ses papiers, en tire une photographie. Un homme gras assis avec d'autres scientifiques du Midwest à une conférence, sponsorisée par AgriGen, sur les mutations de la rouille vésiculeuse. Il regarde ailleurs, il semble s'ennuyer, on voit ses doubles mentons.

Êtes-vous toujours gros ? se demande Anderson. *Les Thaïs vous nourrissent-ils aussi bien que nous ?*

Il n'y avait que trois possibilités : Bowman, Gibbons et Chaudhuri. Bowman a disparu juste avant la destruction du monopole SoyPRO. Chaudhuri est descendu d'un dirigeable avant de se volatiliser dans les propriétés indiennes, kidnappé par PurCal, fugueur ou mort. Et Gibbons. Gi Bu Sen. Le plus intelligent de tous et celui qu'il croyait le plus loyal. Mort pourtant. Son corps découvert par ses enfants dans les cendres de sa maison… Puis totalement brûlé avant que l'entreprise ne puisse demander une autopsie. Mais mort. Quand on a interrogé ses enfants avec le détecteur de mensonges et les drogues habituelles, ils n'ont pu que dire que leur père avait toujours insisté pour ne pas être autopsié. Qu'il ne supportait pas l'idée qu'on ouvre son corps, qu'on le remplisse de conservateur. Mais l'ADN correspondait. C'était lui. Tout le monde était convaincu que c'était lui.

Pourtant, il est facile de douter quand on n'a que quelques empreintes génétiques du cadavre supposé du meilleur transgénieur du monde.

Anderson fouille dans d'autres papiers, cherchant les transcriptions des derniers jours de l'homme des calories, reconstituées depuis les mécanismes d'écoute disséminés dans les labos. Rien. Aucune trace de ses plans. Puis, sa mort. Et ils étaient bien forcés de croire que c'était vrai.

De cette manière, le *ngaw* a presque du sens. Les noctombres aussi. Gibbons a toujours aimé faire étalage de son expertise. Un égotiste. Tous ses collègues l'ont dit. Gibbons adorerait jouer avec le contenu de toute une banque de semences. Un génome complet ressuscité et quelques savoirs locaux pour le plaisir. *Ngaw.* Anderson suppose que le fruit est indigène. Mais qui sait? Peut-être est-ce réellement une innovation. Un produit de l'esprit de Gibbons, comme la côte d'Adam pour engendrer Ève.

Anderson feuillette paresseusement les livres et les notes devant lui. Aucun ne mentionne le *ngaw*. Il n'a que le nom thaï et l'apparence singulière du fruit. Il ne sait pas si *ngaw* est un surnom traditionnel ou un nom totalement nouveau. Il avait espéré que Raleigh en aurait des souvenirs, mais l'homme est vieux et embrouillé par l'opium – s'il connaissait un nom *angrit* pour le fruit historique, il l'a oublié à présent. De toute manière, il n'y a aucune traduction évidente. Il faudra au moins un mois avant que Des Moines puisse examiner les échantillons. Et c'est impossible de savoir si ce fruit est quelque part dans son catalogue. S'il a été suffisamment modifié, on risque de n'avoir aucun moyen de comparer son ADN.

Une chose est sûre : le *ngaw* est nouveau. Un an plus tôt, aucun des agents d'inventaire n'a décrit quelque chose de semblable dans ses recherches sur l'écosystème. D'une année à l'autre, le *ngaw* est apparu. Comme si le terreau du Royaume avait simplement décidé de redonner naissance au passé et de le déposer sur les marchés de Bangkok.

Anderson parcourt un autre livre, il chasse. Depuis son arrivée, il s'est constitué une bibliothèque, une fenêtre historique sur la cité des êtres divins, des livres datant d'avant les guerres caloriques et les épidémies, d'avant la Contraction. Il a pillé tout ce qu'il pouvait trouver, des magasins d'antiquités aux débris des tours de l'Expansion. À l'époque, l'essentiel du papier avait déjà été brûlé ou avait pourri dans l'humidité des tropiques, mais il a découvert des poches de connaissance malgré tout, des familles pour lesquelles les livres ont une valeur autre que celle d'une matière pour allumer un feu. Le savoir accumulé couvre à présent ses murs, volume après volume d'information moisie. Cela le déprime. Cela lui rappelle Yates, ce besoin désespéré de déterrer le cadavre du passé et de le ranimer.

« Pensez-y, avait-il fanfaronné. Une nouvelle Expansion ! Des dirigeables, une nouvelle génération de ressorts, des vents équitables… »

Yates avait ses propres livres. Des tomes poussiéreux qu'il avait volés dans des bibliothèques et des universités commerciales à travers l'Amérique du Nord, le savoir négligé du passé – un pillage prudent d'Alexandrie passé totalement inaperçu car tout le monde savait que le commerce mondial était mort.

Quand Anderson était arrivé, ces livres remplissaient les bureaux de SpringLife et entouraient la table de travail de Yates en rangs serrés, *Gestion internationale en pratique ; Business interculturel ; L'Esprit asiatique ; Les Petits Tigres de l'Asie ; Fournitures et logistique ; Pop Thaï ; Considération des ratios d'échange dans la chaîne de fourniture; Les Thaïs savent ce qu'ils veulent; Concurrence et régulation internationales.* Tout ce qui pouvait relever de l'histoire de l'Expansion.

Yates les avait désignés dans ses derniers moments de désespoir et dit :

« Nous pouvons tout avoir de nouveau ! Tout ! »

Puis il avait pleuré, et Anderson avait enfin ressenti de la pitié pour cet homme. Yates avait investi sa vie dans quelque chose qui ne serait jamais.

Anderson feuillette un autre livre, examine de vieilles photos. Des piments. Des piles de piments, disposées par un photographe depuis longtemps disparu. Des aubergines. Des tomates. Toutes ces merveilleuses noctombres. Sans elles, Anderson n'aurait pas été envoyé au Royaume par la maison mère, et Yates aurait peut-être eu une chance.

Anderson tend la main vers son paquet de Singha, cigarettes roulées à la main, en allume une et s'allonge, contemplatif, il examine la fumée des anciens. Que les Thaïs, malgré la famine, aient trouvé l'énergie et le temps de ressusciter l'addiction à la nicotine l'amuse. Il se demande si la nature humaine a jamais changé.

Le soleil l'éblouit, le baigne de lumière. Il peut à peine apercevoir le district industriel au loin, à travers l'humidité et le brouillard des feux de bouse, ses structures bien espacées, si différentes des mélanges de carreaux et de rouille de la vieille ville. Et, au-delà des usines, les bords de la digue surgissent avec son énorme système d'écluses qui permet l'envoi de produits vers la mer. Le changement vient. Le retour du véritable commerce mondial. Des lignes d'approvisionnement encerclant le monde. Tout cela revient,

124

même s'il faut du temps pour réapprendre. Yates adorait les ressorts, mais il aurait encore plus aimé l'idée de l'histoire ressuscitée.

«Vous n'êtes pas AgriGen ici, vous savez. Vous n'êtes qu'un sale entrepreneur *farang* de plus qui tente de se faire de l'argent comme les chasseurs de jade et les marins des clippers. Ce n'est pas l'Inde où l'on peut se balader en montrant son badge AgriGen et réquisitionner tout ce qu'on veut. Les Thaïs ne sont pas aussi dociles. Ils vont vous massacrer et vous renvoyer d'où vous venez, comme de la viande, si jamais ils découvrent qui vous êtes.»

«Vous prenez le prochain dirigeable, avait répondu Anderson. Soyez content que la maison mère ait approuvé ça.»

Mais Yates avait sorti le pistolet à ressort.

Anderson tire sur sa cigarette, mécontent. Il se rend compte de la chaleur. Au-dessus de lui, le ventilateur à manivelle s'est arrêté. Le remonteur, qui est supposé venir chaque jour à 16 heures, n'a apparemment pas prévu assez de joules. Anderson grimace et se lève pour baisser les stores, pour bloquer la lumière. Le bâtiment est neuf, construit selon des principes thermiques qui permettent à l'air frais du sol de circuler facilement à travers l'immeuble, mais il est toujours difficile de supporter l'éclat direct du soleil tropical.

De retour dans l'ombre, Anderson revient à ses livres. Tourne les pages des tomes jaunis au dos craquelé. Le papier effrité, maltraité par l'humidité et l'âge. Il ouvre un autre livre. Il pince sa cigarette entre ses lèvres, plisse les yeux à travers la fumée et s'arrête.

Ngaw.

Des piles entières. Le petit fruit rouge avec ses étranges cheveux verts le nargue depuis une photo d'un *farang* marchandant le produit avec un fermier thaï d'un lointain passé. Tout autour d'eux, des taxis à essence colorés, mais, juste à côté, une énorme pyramide de *ngaw* le fixe depuis l'image, le raille.

Anderson a passé assez de temps à regarder des vieilles photos pour qu'elles ne l'affectent que rarement. Il peut généralement ignorer l'orgueil fou du passé – le gaspillage, l'arrogance, la richesse absurde –, mais celle-ci l'irrite : la chair flasque et grasse du *farang*, l'extraordinaire abondance de calories, de toute évidence secondaire par rapport à la couleur et à la séduction d'un marché qui présente trente espèces de fruits : mangoustans, ananas, noix de coco, certainement… Or il n'y a plus d'oranges à présent, aucune de ces choses jaunes… les *citrons*. Aucune. Tant de ces choses ont simplement disparu.

Mais les personnes sur la photographie ne le savent pas. Ces femmes et ces hommes morts n'ont pas conscience de se tenir devant un trésor ancien, d'habiter l'Éden de la bible grahamite où seules les âmes pures peuvent vivre à la droite de Dieu. Où tous les goûts du monde résident sous la surveillance attentive de Noé et de saint François, où personne ne meurt de faim.

Anderson observe l'instantané. Ces idiots orgueilleux et gras n'ont aucune idée de la mine d'or génétique qui s'étale à côté d'eux. Le livre ne prend même pas la peine de nommer le *ngaw*. Ce n'est qu'un exemple supplémentaire de la fécondité de la terre, comme si tout allait de soi dans l'abondance calorique.

Anderson aimerait, brièvement, tirer le gros *farang* et le fermier thaï hors de la photo, les attirer dans son présent pour pouvoir leur exprimer sa rage directement, avant de les jeter de son balcon comme ils ont probablement jeté des fruits à peine abîmés.

Il parcourt le livre mais ne trouve aucune autre image, aucune mention des fruits disponibles. Il se redresse, agité, et retourne sur le balcon. Il sort dans le soleil et fixe la ville. Les appels des vendeurs d'eau et les hurlements des mastodontes se répercutent. Les sonnettes des vélos traversent la cité. À midi, la ville sera en grande partie calmée, attendra que le soleil commence sa descente.

Quelque part dans cette cité, un transpirate est occupé à jouer avec les blocs de construction de la vie. Réorganise de l'ADN éteint depuis longtemps pour un environnement post-Contraction, pour survivre malgré les assauts de la rouille, des charançons nippons et de la cibiscose.

Gi Bu Sen. La fille automate était sûre du nom. Cela doit être Gibbons.

Anderson se penche sur la balustrade, plisse les yeux dans la chaleur, observe la ville enchevêtrée. Gibbons est quelque part ici, il se cache. Il fabrique son prochain triomphe. Où qu'il se cache, la banque de semences ne doit pas être loin.

CHAPITRE 6

Le problème des banques est qu'en un clin d'œil de tigre elles se retournent contre vous : ce qui est à vous devient leur, ce qui était votre sueur, votre travail et la vente de portions d'une vie, appartient alors à d'autres. Ce problème bancaire grignote le cerveau de Hock Seng, un charançon transpiraté qu'il ne peut arracher, dont il ne peut pas évacuer le pus ou les fragments d'exosquelette.

Imaginée en termes de temps – le temps passé à gagner un salaire que la banque conserve –, une banque peut posséder plus de la moitié d'un homme. Bon, au moins un tiers, même si on est un Thaï paresseux. Un homme sans un tiers de sa vie, en vérité, n'a pas de vie du tout.

Quel tiers peut perdre un homme ? Le tiers qui va de sa poitrine à son crâne chauve ? Deux jambes et un bras ? Deux bras et une tête ? Un quart d'homme, amputé, peut toujours espérer survivre, mais un tiers est trop difficile à tolérer.

C'est le problème avec une banque. Dès que l'on place son argent dans sa gueule, on découvre que le tigre a engouffré notre tête entre ses crocs. Un tiers, ou la moitié, ou simplement un crâne tacheté, cela pourrait aussi bien être la totalité d'un homme.

Mais en quoi placer sa confiance si les banques ne sont pas fiables ? Un petit verrou sur une porte ? Le grincement d'un matelas soigneusement évidé ?

Les tuiles ravagées d'un toit surélevé et l'emballage d'une feuille de bananier? Un trou dans une poutre de bambou d'un taudis, intelligemment ouverte et creusée pour contenir les gros rouleaux de billets qu'il y fourre?

Hock Seng creuse le bambou.

L'homme qui lui a loué cette chambre appelle cela un appartement et, dans un sens, c'en est un. Elle a quatre murs, ce n'est pas une tente de bâches de polymères de coco. Il y a une minuscule cour à l'arrière où se trouvent les toilettes qu'il partage – comme les murs – avec six autres huttes. Pour un réfugié yellow card, ce n'est pas un appartement, c'est un palais. Pourtant, tout autour, il entend les plaintes grincheuses de l'humanité.

Les murs de bois ToutTemps sont franchement une extravagance, même s'ils ne touchent pas exactement le sol, même si les sandales de jute de ses voisins sont visibles en dessous, et même s'ils puent les huiles qui les empêchent de pourrir dans l'humidité tropicale. Mais ils sont nécessaires, ne serait-ce que pour offrir la place pour ranger son argent ailleurs qu'au fond d'un fût d'eau, soigneusement emballé dans trois couches de peau de chien, en espérant, avec ferveur, qu'elles seront toujours imperméables après six mois d'immersion.

Hock Seng s'interrompt dans son labeur. Il écoute.

Un bruissement vient de la pièce à côté, mais rien n'indique que quelqu'un l'écoute creuser comme une souris. Il retourne à l'exercice qui consiste à déloger un panneau de bambou déguisé de ses joints, en gardant soigneusement la sciure pour plus tard.

Rien n'est certain – c'est la première leçon. Les diables d'étrangers *yang guizi* l'ont apprise lors de la Contraction, quand la perte du pétrole les a renvoyés chez eux à toute vitesse. Lui-même a fini par l'apprendre à Malacca. Rien n'est certain, rien n'est sûr. Un homme riche devient pauvre. Un clan chinois bruyant, gras et heureux pendant le Festival du printemps, bien nourri de porc grillé, de *nasi goreng* et de poulet hainan, devient un unique yellow card émacié. Rien n'est éternel. Cela les bouddhistes le comprennent, au moins.

Hock Seng sourit sans joie et continue de creuser silencieusement, suivant une ligne le long du haut du panneau, il évide un peu plus de sciure compactée. Il vit à présent dans le luxe total, avec une moustiquaire rapiécée et un petit brûleur qui peut enflammer le méthane vert deux fois par jour, s'il est prêt à payer le grand frère *pi lien* du quartier pour un branchement illégal sur les tuyaux d'approvisionnement des lampadaires de la ville. Il a sa propre collection de récipients en terre pour récolter la pluie, dans la cour, un luxe extravagant, protégée par l'honneur et la droiture de ses voisins, les pauvres désespérés qui savent qu'il doit y avoir des limites à tout, que chaque condition sordide, que chaque débauche a des limites. Il possède donc des fûts à eau de pluie tellement recouverts d'œufs de moustique gluants que personne ne serait tenté de les lui voler, même si on peut l'assassiner devant sa porte, même si la femme du voisin peut être violée par n'importe quel *nak leng*.

Hock Seng dégage un panneau minuscule de l'étançon de bambou, retient son souffle, tente de ne pas faire de bruit. Il a choisi cet endroit pour sa solive visible et les tuiles dans le plafond bas et sombre. Pour les coins et recoins, et les oppor-

tunités. Tout autour de lui, les habitants du bidonville s'éveillent, grognent et gémissent, allument
leur cigarette tandis qu'il sue de la tension d'ouvrir
sa cachette. Garder autant d'argent ici est idiot. Et
si le taudis brûlait. Et si le ToutTemps s'enflammait
à cause d'une bougie renversée ? Et si les gangs
entraient ou tentaient de l'enfermer à l'intérieur ?

Hock Seng s'interrompt, essuie la sueur sur son
front. *Je suis fou. Personne ne viendra me chercher.
Les bandeaux verts sont restés de l'autre côté de la
frontière, en Malaisie, et les armées du Royaume les
empêchent d'entrer.*

*Mais, même s'ils venaient, j'ai tout un archipel
pour me préparer à leur arrivée. Des jours de voyage
dans un train à ressort, même si les rails ont été
détruits par les généraux de l'armée de la Reine.
Vingt-quatre heures, au moins, même s'ils utilisent du
charbon pour leur attaque. Et sinon ? Des semaines
de marche. Plein de temps. Je suis en sécurité.*

Le panneau s'ouvre complètement dans sa main
tremblante, révèle l'intérieur évidé du bambou. Le
tube est imperméable, perfectionné par la nature. Il
glisse son bras maigre dans le trou, se sent aveugle.

Il pense un instant que quelqu'un l'a pris, qu'il
a été volé pendant son absence, mais ses doigts
touchent le papier et il pêche les rouleaux de billets,
un à un.

Dans la pièce à côté, Sunan et Mali discutent de
leur oncle qui veut qu'ils fassent passer des ananas
cibi.11.s.8 en contrebande, les fassent venir par
bateau de l'île quarantaine *farang* de Koh Angrit.
De l'argent facile, s'ils veulent bien prendre le risque
de faire entrer des fruits bannis en provenance des
monopoles de calories.

Hock Seng les écoute marmonner et fourre son argent dans une enveloppe qu'il glisse à l'intérieur de sa chemise. Des diamants, des bahts, du jade sont enfermés dans ces murs autour de lui mais cela fait tout de même mal de retirer cet argent. Cela va à l'encontre de son instinct de thésaurisation.

Il referme le panneau de bambou. Mélange du crachat avec le peu de sciure qui reste et presse la mixture sur les fissures visibles. Il se balance en arrière sur les talons et examine la poutre de bambou. C'est presque invisible. S'il ne savait pas qu'il faut compter quatre joints vers le haut, il ne saurait pas où regarder, ni que chercher.

Le problème avec les banques est qu'on ne peut pas leur faire confiance. Le problème avec les caches secrètes est qu'elles sont difficiles à protéger. Le problème avec une chambre dans un bidonville est que n'importe qui peut prendre l'argent pendant son absence. Il a besoin de nouvelles cachettes pour dissimuler l'opium, les gemmes et le liquide qu'il peut se procurer. Pour lui aussi et, pour cela, n'importe quel montant vaut la peine d'être dépensé.

Toute chose est éphémère. Le Bouddha le dit et Hock Seng, qui n'était pas croyant et ne se souciait pas du karma ou de la véracité du *dharma* quand il était jeune, est arrivé dans sa vieillesse à comprendre la religion de sa grand-mère et ses vérités douloureuses. La souffrance est son lot. L'attachement est la source de sa souffrance. Pourtant, il ne peut s'empêcher d'économiser, de préparer, de tout tenter pour se préserver dans cette vie qui se finit si mal.

En quoi ai-je péché pour mériter ce destin si amer? Pour voir mon clan taillé en pièces à coups de machette? Pour voir mon entreprise brûler et mes clippers couler ? Il ferme les yeux, réprime ses souvenirs. Le regret est source de souffrance.

Il inspire profondément et se lève avec raideur, fait le tour de la pièce pour s'assurer que tout est à sa place puis se retourne et ouvre sa porte, le bois racle la poussière, Hock Seng se glisse dans le couloir étroit. Il retient sa porte fermée avec un morceau de cuir. Un nœud et rien d'autre. On a déjà forcé sa chambre. Cela se reproduira. Il s'y attend. Un gros verrou attirerait les mauvaises intentions, le cuir d'un homme pauvre n'intéresse personne.

La sortie du bidonville Yaowarat est pleine d'ombres et de corps accroupis. La chaleur de la saison sèche l'étouffe, si intense qu'on dirait que personne ne peut respirer, même avec la présence monumentale des digues de la Chao Phraya. On ne peut échapper à la chaleur. Si les môles tombaient, tout le bidonville se noierait dans l'eau fraîche, mais, en attendant, Hock Seng sue et titube dans le labyrinthe de couloirs étroits, ses membres se frottent contre les murs de fer-blanc cannibalisés.

Il saute par-dessus des rigoles de merde. Trouve son équilibre sur des planches et glisse près d'une femme qui transpire sur ses casseroles fumantes de nouilles U-Tex et de poisson séché puant. Quelques cuisines ambulantes, l'un des cuisiniers a payé les chemises blanches ou les *pi lien* du coin et fait brûler de petits feux de bouse en public, étouffant les allées avec une fumée épaisse et grasse de l'huile de friture au piment.

Il se fraye un passage, à pas prudents, entre des vélos trois fois protégés. Des vêtements, des casseroles et des ordures dépassent des bâches, envahissent l'espace public. Les parois bruissent des mouvements de gens à l'intérieur, un homme au stade ultime d'un œdème pulmonaire tousse; une femme se plaint des habitudes de buveur de vin de riz *lao-lao* de son fils; une petite fille menace de frapper son jeune frère. L'intimité n'existe pas dans un bidonville de bâches, mais les murs offrent une illusion polie. Et c'est certainement mieux que l'internement des yellow cards dans les tours de l'Expansion. Pour lui, un taudis de bâches est un luxe. Et avec des Thaïs tout autour, il est couvert. C'est une meilleure protection que tout ce qu'il a vécu en Malaisie. Ici, s'il n'ouvre pas la bouche pour trahir son accent étranger, on peut le prendre pour un indigène.

Pourtant, l'endroit où sa famille et lui étaient déjà des étrangers mais où ils s'étaient forgé une vie lui manque. Les salles au sol de marbre, les piliers laqués de rouge résonnant des appels de ses enfants, de ses petits-enfants et de ses serviteurs, lui manquent. Le poulet hainan, le *laksa asam* et la douceur du *kopi* et des *roti canai* lui manquent.

Sa flotte de clippers et ses équipages – et n'est-il pas vrai qu'il employait même les gens à la peau brune dans ses équipes? Qu'il en avait même fait des capitaines? – qui les emportaient tout autour du monde, aussi loin que l'Europe, transportant du thé résistant aux charançons transpiratés et revenant avec du cognac de luxe tel qu'on n'en a plus vu depuis l'Expansion. Et ces soirées où il revenait à ses femmes, mangeait bien et ne s'inquiétait que des bêtises d'un fils ou des opportunités de mariage d'une fille.

Comme il avait été idiot et ignorant. Il se prenait pour un armateur, lui qui ne comprenait pas grand-chose aux marées.

Une jeune fille émerge d'une ouverture dans une bâche. Elle lui sourit, trop jeune pour savoir qu'il est un étranger, trop innocente pour s'en soucier. Elle est vivante, elle brûle de la vitalité qu'un vieil homme ne peut qu'envier de tous ses os douloureux. Elle lui sourit. Elle pourrait être sa fille.

La nuit malaise était noire et collante, une jungle emplie des bruits des oiseaux nocturnes et de la pulsation des insectes. Les eaux sombres du port clapotaient devant eux. Lui et sa quatrième petite-fille, cette enfant inutile, la seule qu'il avait pu préserver, se cachaient entre les débarcadères et les bateaux qui se balançaient. Quand la pénombre avait tout envahi, il l'avait guidée vers l'eau, vers l'endroit où les vagues lapaient la plage violemment et régulièrement, où les étoiles n'étaient que des petits trous d'or dans le noir.

«Regarde, Ba. De l'or», avait-elle murmuré.

Il fut un temps où il lui racontait que toutes les étoiles étaient des pépites d'or qu'elle pouvait ramasser, parce qu'elle était chinoise et qu'en travaillant dur, en s'occupant de ses ancêtres, en suivant les traditions, elle pouvait prospérer. Et là, ils se retrouvaient sous une couverture de poussière d'or, la Voie lactée étendue au-dessus d'eux comme une grande courtepointe changeante, les étoiles si proches que, s'il avait été assez grand, il aurait pu les presser et voir leur jus couler sur son bras.

De l'or, partout autour, et tout cela hors de portée.

Dans le clapotis des bateaux de pêche et des petits engins à ressort, il avait trouvé une barque qu'il avait menée vers les eaux profondes, en direction de la baie, en suivant les courants, petite tache noire sur le miroir de l'océan.

Il aurait préféré une nuit nuageuse mais, au moins, il n'y avait pas de lune, il ramait et ramait encore, donc, et tout autour d'eux, les carpes de mer à la surface montraient leur ventre pâle et gras que les gens de son clan avaient créé pour nourrir une nation en pleine famine. Il tirait sur les rames, et les carpes les entouraient, montrant des ventres gonflés à présent, épaissis par le sang et la chair de leurs créateurs.

Enfin, son petit bateau longea l'objet de sa recherche, un trimaran ancré dans les profondeurs. L'endroit où le clan aquatique de Hafiz dormait. Il grimpa à bord et se glissa, silencieux, entre les hommes et les femmes. Il les étudia tous pendant qu'ils dormaient profondément, protégés par leur religion. Sains et saufs alors qu'il n'avait plus rien.

Ses bras, ses épaules et son dos étaient douloureux des mouvements des rames. Les douleurs d'un vieil homme. Les douleurs d'un homme mou.

Il se glissa entre eux, chercha, trop vieux pour l'absurdité de la survie et pourtant incapable d'abandonner. Il pouvait encore survivre. Une de ses filles pouvait survivre. Même si ce n'était qu'une fille. Même si elle ne pouvait rien faire pour ses ancêtres, au moins elle faisait partie de son clan. Un brin d'ADN pouvait encore être sauvé. Finalement, il trouva le corps qu'il voulait et le toucha doucement, couvrit la bouche de l'homme.

— Vieil ami, murmura-t-il.

Les yeux de l'homme s'écarquillèrent comme il se réveillait.

— *Encik* Tan?

Il faillit saluer, même à moitié nu et couché sur sa natte. Puis, prenant conscience des changements dans leurs fortunes respectives, il laissa retomber sa main et s'adressa à Hock Seng comme il n'avait jamais osé le faire.

— Hock Seng ? Tu es toujours vivant ?

Le Chinois pinça les lèvres.

— Cette bouche inutile de fille et moi-même devons aller dans le Nord. J'ai besoin de ton aide.

Hafiz se redressa en se frottant les yeux. Il regarda furtivement le reste de son clan endormi. Et chuchota :

— Si je te dénonçais, je me ferais une fortune. La tête des Trois Prospérités. Je serais riche.

— Tu n'étais pas pauvre quand tu travaillais pour moi.

— Ta tête a plus de valeur que tous les crânes de Chinois entassés dans les rues de Penang. Et je serais en sécurité.

Hock Seng allait répondre avec agressivité mais Hafiz leva la main, indiquant le silence. Il emmena le Chinois vers le bord du pont, le long du bastingage. Il se pencha, proche, ses lèvres touchaient presque l'oreille de Hock Seng.

— Sais-tu le danger que tu m'apportes ? Certains des membres de ma propre famille portent des bandeaux verts. Mon propre fils ! Tu n'es pas en sécurité ici.

— Tu crois que je ne le savais pas ?

Hafiz eut la politesse de se détourner, embarrassé.

— Je ne peux pas t'aider.

Hock Seng grimaça.

— C'est ce que ma gentillesse envers toi me vaut ? Ne suis-je pas venu à ton mariage ? Ne vous ai-je pas offert de bons cadeaux à Rana et à toi ? N'ai-je pas organisé une fête de dix jours pour toi ? N'ai-je pas payé pour l'admission de Mohamed au collège à KL ?

— Tu l'as fait, et bien plus encore. J'ai de grandes dettes envers toi. (Hafiz inclina la tête.) Mais nous ne sommes plus les mêmes hommes. Les bandeaux verts sont partout parmi nous, et ceux d'entre nous qui ont aidé la peste jaune ne peuvent que souffrir. Ta tête paierait pour la sécurité de ma famille. Je suis désolé. C'est vrai. Je ne sais pas pourquoi je ne te frappe pas.

— J'ai des diamants, du jade…

Hafiz soupira et se détourna, montrant son large dos musclé.

— Si je prenais tes bijoux, je serais tout aussi vite tenté de prendre ta vie. Si nous parlons d'argent, alors ta tête gardera la plus grande valeur. Il vaut mieux ne pas discuter des tentations de la richesse.

— Alors c'est comme ça que ça se termine ?

Hafiz se retourna vers Hock Seng, désolé.

— Demain, je vais leur donner ton clipper, le *Dawn Star*, et te désavouer totalement. Si j'étais malin, je te dénoncerais aussi. Tous ceux qui ont aidé la peste jaune sont maintenant suspects. Nous, qui nous sommes engraissés de l'industrie chinoise, qui avons prospéré grâce à votre générosité, sommes aujourd'hui les plus haïs de notre nouvelle Malaisie. Le pays a changé. Les gens ont faim. Ils sont en colère. Ils nous appellent les pirates des calories, les profiteurs, les chiens jaunes. Rien ne peut les apaiser. Ton sang a déjà été versé, mais ils doivent encore décider ce qu'ils vont faire de nous. Je ne peux pas risquer ma famille pour toi.

— Tu pourrais venir avec nous dans le Nord. On voyagerait ensemble.

Hafiz soupira.

— Les bandeaux verts surveillent déjà les côtes à la recherche de réfugiés. Leur filet est grand et profond. Et ils massacrent ceux qu'ils trouvent.

— Mais nous sommes malins. Plus malins qu'eux. Nous pourrions leur échapper.

— Non, c'est impossible.

— Comment le sais-tu ?

Hafiz détourne les yeux, gêné.

— Mon fils se vante devant moi.

Hock Seng fronça amèrement les sourcils, la main de sa petite-fille dans la sienne. Hafiz annonça :

— Je suis désolé. La honte me poursuivra jusqu'à la mort.

Il se retourna abruptement et se pressa vers la coquerie. Il revint avec des mangues et des papayes parfaites. Un sac de U-Tex. Un melon cibi PurCal.

— Prends ça. Je suis désolé de ne pouvoir faire plus. Je suis désolé. Je dois penser à ma propre survie aussi.

Ensuite, il poussa Hock Seng hors de son vaisseau et dans les vagues.

Un mois plus tard, Hock Seng passait la frontière, seul, rampait dans la jungle infestée de sangsues, abandonné par les traîtres à tête de serpent qui les avaient trahis.

Hock Seng a entendu dire que ceux qui ont aidé les jaunes étaient morts en masse plus tard, précipités dans la mer depuis les falaises, qu'ils avaient été tués alors qu'ils tentaient de revenir vers les rochers du rivage. Aujourd'hui, il se demande souvent si Hafiz faisait partie des morts ou si l'offrande du dernier clipper des Trois Prospérités a été suffisante pour sauver sa famille. Si son fils le bandeau vert a parlé pour lui ou s'il a regardé froidement son père souffrir pour ses nombreux péchés.

— Grand-père ? Tu vas bien ?

La petite fille touche le poignet de Hock Seng doucement, le regarde de ses grands yeux noirs.

— Ma mère peut te donner de l'eau bouillie si tu as besoin de boire.

Hock Seng s'apprête à parler mais se contente de hocher la tête et de se détourner. S'il lui parle, elle saura qu'il est un réfugié. Il vaut mieux passer inaperçu. Il vaut mieux ne pas révéler qu'il vit parmi eux, à la merci des chemises blanches, du Seigneur du lisier et de quelques faux tampons sur sa yellow card. Il vaut mieux ne faire confiance à personne, même si certains ont l'air amicaux. Une fille peut être souriante un jour, lapider la tête d'un bébé le lendemain. C'est la seule vérité. On peut penser qu'il existe des choses comme la loyauté, la confiance et la gentillesse, mais ce sont des chats de l'enfer. À la fin, ce n'est que de la fumée qu'on ne peut attraper.

Dix minutes de plus dans le labyrinthe l'amènent aux digues où les taudis s'accrochent aux remparts imaginés par le très révéré roi Rama XII pour la survie de sa ville. Hock Seng trouve Chan le rieur, assis à côté d'une charrette à *jok*, qui mange un bol fumant de porridge U-Tex avec des morceaux non identifiables de viande dans la pâte.

Dans sa vie antérieure, Chan le rieur était contre-maître dans une plantation, perçait les troncs des hévéas pour recueillir les gouttes de latex, s'occupait d'une équipe de cent cinquante personnes. Dans cette vie-ci, son flair pour l'organisation a trouvé une nouvelle niche : il s'occupe des ouvriers qui déchargent les mastodontes ou guident les clippers le long des docks quand les Thaïs sont trop paresseux ou trop bêtes, ou trop lents. Il lui arrive de corrompre quelqu'un de plus important pour permettre à son équipe de yellow cards d'avoir du riz. Parfois, il fait d'autres choses aussi. Il transporte de l'opium et des amphétamines *yaba* du fleuve jusqu'aux tours du Seigneur du lisier. Il fait entrer clandestinement de l'AgriGen ou du Soypro depuis Koh Angrit, malgré le blocus du ministère de l'Environnement.

Il lui manque une oreille et quatre dents, mais cela ne l'empêche pas de sourire. Il reste assis, souriant comme un idiot, et montre les trous dans sa mâchoire tout en observant le trafic des piétons. Hock Seng s'assied et un autre bol de *jok* fumant apparaît devant lui, ils mangent ensemble leur gruau U-Tex avec du café qui est presque aussi bon que celui qu'ils buvaient dans le Sud et ils regardent les gens tout autour d'eux, leurs yeux suivent la femme qui les a servis, les hommes accroupis à d'autres tables de l'autre côté de l'allée, les navetteurs qui se frayent un passage avec leurs vélos. Ils sont tous deux des yellow cards, après tout. Cela fait autant partie de leur nature que la poursuite des oiseaux pour un cheshire.

— Tu es prêt ? demande Chan le rieur.

— Il faudrait attendre encore un peu. Je ne veux pas que tes hommes soient trop visibles.

— Ne t'inquiète pas. Nous parlons presque comme des Thaïs aujourd'hui. (Il sourit et laisse voir ses dents manquantes.) Nous devenons des indigènes.

— Tu connais l'Enculeur de chiens ?

Chan le rieur hoche vivement la tête et son sourire disparaît.

— Et Sukrit me connaît. Je serai au-delà de la digue, du côté village. J'ai Ah Ping et Peter Siew pour faire le guet.

— Très bien, alors.

Hock Seng termine son *jok* et paie aussi pour le repas de Chan le rieur. Avec ce dernier et ses hommes dans le coin, il se sent un peu mieux. Mais cela reste un risque. Si les choses devaient mal se passer, Chan le rieur serait trop loin pour faire autre chose que se venger. Vraiment, plus Hock Seng y pense, moins il est sûr d'avoir assez payé.

Chan le rieur part en sautillant, se glisse entre des structures de bâches. Hock Seng continue dans la chaleur stagnante vers le passage difficile et abrupt qui court le long de la digue. Il grimpe entre les taudis, son genou lui fait mal à chaque pas. Au bout d'un moment, il atteint le haut du môle de défense contre les marées.

Après la puanteur renfermée des bidonvilles, la brise marine qui le fouette et anime ses vêtements est un soulagement. L'océan bleu vif est un miroir. D'autres se tiennent sur la promenade de la digue, prennent l'air. Au loin, l'une des pompes à charbon du roi Rama XII s'élève comme un énorme crapaud sur le bord du môle. Le symbole signifiant « Korakot », le cancer, est bien visible sur ses parois de métal. La vapeur et la fumée s'en échappent en nuages réguliers.

Quelque part, loin en sous-sol, organisées par le génie du roi, les pompes envoient leurs vrilles et sucent l'eau par en dessous, afin que la cité ne se noie pas. Pendant la saison chaude, sept pompes tournent à plein régime, empêchant Bangkok de se faire engloutir. Pendant la saison des pluies, les douze signes zodiacaux fonctionnent tandis que la pluie envahit la ville et que tout le monde pagaie dans les allées, la peau trempée, soulagé que la mousson soit venue et que les murs ne soient pas tombés.

Il descend de l'autre côté, jusqu'à un quai. Un fermier avec un bateau plein de noix de coco lui en offre une, ouvre la sphère verte pour que Hock Seng puisse boire. Sur la rive opposée, les bâtiments engloutis de Thonburi dépassent légèrement des vagues. Canots aux filets de pêche et clippers se balancent dans les flots. Hock Seng inspire profondément, aspirant l'odeur du sel, du poisson, des algues au plus profond de ses poumons. La vie de l'océan.

Un clipper japonais glisse près de lui, coque de polymères d'huile de palme et grandes voiles blanches, comme une mouette. Le paquet hydrofoil est caché sous la surface mais, dès qu'il sera hors de l'eau, il utilisera son canon à ressort pour hisser les voiles hautes, et le vaisseau pourra bondir au-dessus des vagues comme un poisson.

Hock Seng se souvient s'être tenu sur le pont de son premier clipper, les voiles au vent, traversant l'océan comme le caillou d'un ricochet d'enfant, il riait quand ils brisaient les vagues alors que les éclaboussures explosaient contre lui. Il s'était alors tourné vers sa première femme pour lui dire que tout était possible, que l'avenir leur appartenait.

Il s'installe sur le rivage et boit le reste de son lait de coco vert tandis qu'un jeune mendiant le regarde. Hock Seng lui propose d'approcher. Celui-ci a l'air suffisamment malin, se dit-il. Il aime récompenser ceux qui sont malins, ceux qui ont la patience d'attendre de voir ce qu'il va faire de sa noix de coco. Il la tend au garçon. Celui-ci la prend et *wai* avant d'aller la casser sur les pierres en haut de la digue. Puis, il s'accroupit pour racler la chair tendre de l'intérieur, il meurt de faim.

Au bout d'un moment, l'Enculeur de chiens arrive. Son vrai nom est Sukrit Kamsing, mais Hock Seng a rarement entendu les yellow cards l'appeler ainsi. Trop de bile et d'histoires à conjurer. On le nomme surtout l'Enculeur de chiens, avec haine et peur. C'est un homme trapu, plein de calories et de muscles. Aussi parfait pour son travail que le sont les mastodontes pour convertir les calories en joules. Les cicatrices sur ses mains et ses bras sont pâles. Les incisions qui remplacent son nez fixent Hock Seng, deux fentes verticales de narines qui lui donnent une apparence porcine.

Les yellow cards se disputent souvent deux théories : soit l'Enculeur de chiens a laissé le *fa'gan* aller trop loin, laissé ses excroissances en chou-fleur envoyer suffisamment de vrilles à l'intérieur pour forcer les médecins à tout couper, soit le Seigneur du lisier lui a pris son nez pour lui donner une leçon.

L'Enculeur de chiens s'assied près de Hock Seng. Son regard noir est dur.

— Ton Dr Chan est venue me voir, avec une lettre.

Hock Seng hoche la tête.

— Je souhaite rencontrer votre patron.

L'Enculeur de chiens rit légèrement.

— Je lui ai brisé les doigts et baisé la tête pour avoir interrompu ma sieste.

144

Hock Seng garde le visage impassible. Peut-être l'Enculeur de chiens ment-il. Peut-être dit-il la vérité. Il est impossible de le savoir. C'est une plaisanterie, de toute manière. Pour voir si Hock Seng va réagir. Pour voir s'il va marchander. Peut-être le Dr Chan a-t-elle disparu. Un nom de plus s'ajoute au poids de son âme pour sa prochaine réincarnation. Le vieux Chinois dit finalement :

— Je pense que votre patron examinera mon offre favorablement.

L'Enculeur de chiens gratte une des incisions nasales, distraitement.

— Alors, pourquoi n'es-tu pas venu à mon bureau ?

— J'aime les grands espaces.

— Tu as des gens dans le coin ? D'autres yellow cards ? Tu penses qu'ils s'occuperont de ta sécurité ?

Hock Seng hausse les épaules. Il regarde les bateaux et leurs voiles. Il regarde le monde qui lui fait signe.

— Je veux vous offrir un accord, à vous et à votre patron. Une montagne de profits.

— Dis-moi ce que c'est.

Hock Seng secoue la tête.

— Non. Je dois lui parler en personne. À lui seul.

— Il ne parle pas aux yellow cards. Je devrais peut-être te donner à manger aux *plaa* à nageoires rouges. Comme l'ont fait les bandeaux verts avec les tiens dans le Sud.

— Vous savez qui je suis.

— Je sais ce que ta lettre a dit que tu étais. (L'Enculeur de chiens frotte le bord de son incision, il étudie Hock Seng.) Ici, tu n'es qu'un yellow card de plus.

Le vieil homme ne dit rien. Il tend le sac de jute contenant l'argent à son interlocuteur. Les yeux de celui-ci le regardent avec suspicion, il ne prend pas le paquet.

— Qu'est-ce que c'est?

— Un cadeau. Regardez.

L'Enculeur de chiens est curieux. Mais prudent aussi. C'est une bonne chose à savoir. Il n'est pas du genre à mettre sa main dans un sac pour en sortir un scorpion. Il préfère ouvrir le paquet et le vider par terre. Les rouleaux de billets tombent et roulent sur les coquillages et la poussière de la marée basse. Les yeux de l'Enculeur de chiens s'écarquillent. Hock Seng s'empêche de sourire.

— Dites au Seigneur du lisier que Tan Hock Seng, directeur de la compagnie d'import-export Trois Prospérités a une proposition commerciale. Faites-lui passer ma note et vous aurez votre part du profit.

L'Enculeur de chiens sourit.

— Je pense que je me contenterais peut-être de prendre cet argent, et que mes hommes vont sim-plement te tabasser jusqu'à ce que tu me dises où tu caches tout cet argent, espèce de yellow card paranoïaque.

Hock Seng ne dit rien. Garde le visage impassible.

— Je sais tout sur les gens de Chan le rieur dans le coin, annonce le gangster. Il devra payer ce manque de respect.

Le vieux Chinois est surpris de ne pas ressentir de peur. Il vit pourtant dans la terreur de toutes choses, mais les brutes *pi lien* comme l'Enculeur de chiens n'ont rien à voir avec ses cauchemars. À la fin, il reste un homme d'affaires. Il n'est pas un chemise blanche, gonflé de fierté nationale et affamé de respect. L'Enculeur de chiens travaille pour l'argent. Lui et Hock Seng sont des parties différentes de l'organisme économique, mais d'une certaine manière, ils sont frères. Le vieillard sourit à mesure que sa confiance augmente.

— Ce n'est qu'un cadeau, pour avoir fait l'effort de venir. Ce que je propose rapportera beaucoup plus. À nous tous. (Il sort les deux derniers objets. L'un est une lettre.) Donnez ceci à votre maître, sans l'ouvrir.

Il tend l'autre objet, c'est une petite boîte avec son axe et son remontoir familiers, un emballage de polymère d'huile de palme dans un jaune terne.

L'Enculeur de chiens le prend et le retourne.

— Une pile-AR? (Il grimace.) À quoi ça rime?

Hock Seng sourit.

— Il le saura quand il aura lu la lettre.

Il se lève et se retourne sans même attendre la réponse de son interlocuteur, il se sent plus fort, plus assuré que jamais depuis que les bandeaux verts sont venus, depuis que ses hangars sont partis en fumée, depuis que ses clippers ont coulé. À cet instant, Hock Seng se sent un homme. Il marche plus droit, il oublie son genou.

Il est impossible de savoir si les gens de l'Enculeur de chiens vont le suivre, il marche donc lentement, sachant que les hommes de Chan le rieur et ceux de son interlocuteur l'entourent, cercle flottant de surveillance tandis qu'il se fraye un passage dans une allée et coupe par le bidonville jusqu'à ce que, finalement, Chan le rejoigne ; il l'attend, souriant.

— Ils t'ont laissé partir.

Hock Seng prend un autre rouleau de billets.

— Tu t'es bien débrouillé. Par contre, il sait que c'était tes hommes. (Il donne à son compatriote un rouleau supplémentaire.) Paie-le avec ça.

Chan le rieur sourit devant cette pile d'argent.

— C'est le double de ce dont j'ai besoin pour ça. Même l'Enculeur de chiens aime se servir de nous quand il ne veut pas prendre le risque de faire passer du SoyPRO en contrebande depuis Koh Angrit.

— Prends tout.

Chan hausse les épaules et se remplit les poches.

— C'est très généreux de ta part. Avec la fermeture des points d'ancrage, nous avons besoin de quelques bahts de plus.

Hock Seng est en train de se retourner, mais ces mots l'interrompent.

— Qu'as-tu dit sur les points d'ancrage ?

— Ils sont fermés. Il y a eu un raid des chemises blanches la nuit dernière.

— Que s'est-il passé ?

Chan le rieur hausse les épaules.

— J'ai entendu dire qu'ils avaient tout brûlé. Tout est parti en fumée.

Hock Seng ne pose plus de questions, il se retourne et court aussi vite que ses vieux os le lui permettent. Il se maudit à chaque pas. Furieux d'avoir été idiot, de ne pas avoir mis son nez au vent, de s'être laissé distraire de sa survie par le désir intense de faire quelque chose de plus, d'avancer.

Chaque fois qu'il imagine un plan pour son avenir, il semble échouer. Chaque fois qu'il se tend en avant, le monde le repousse de toutes ses forces.

Sur Thanon Sukhumvit, dans la sueur du soleil, il trouve un vendeur de journaux. Il fouille dans les quotidiens et les feuilles à murmures pleines de rumeurs et faites à la main, il feuillette les pages faisant la publicité des chiffres de chance pour le jeu, et les noms des futurs champions de *muay thai*.

Il les ouvre, un à un, de plus en plus angoissé, impatient.

Tous montrent le visage souriant de Jaidee Rojjanasukchai, le Tigre incorruptible de Bangkok.

CHAPITRE 7

— Regarde! Je suis célèbre!

Jaidee tient la photo de la feuille à murmures au niveau de son visage, il sourit à Kanya. Comme elle ne fait pas de même, il remet le canard sur le présentoir avec le reste de ses images.

— Eh! Tu as raison, ce n'est même pas une bonne photo. Ils ont dû payer les responsables de nos archives. (Il soupire.) Mais j'étais jeune, à l'époque.

Kanya ne répond toujours pas, elle se contente de regarder l'eau du *khlong*, morose. Ils ont passé la journée à chasser les bateaux de contrebande de PurCal et d'AgriGen le long de la rivière, ceux qui font l'aller-retour depuis l'embouchure et Jaidee vibre encore d'excitation.

La prise de la journée est un clipper ancré juste après les quais. Officiellement, un vaisseau de commerce indien allant vers le nord depuis Bali, ils ont découvert qu'en fait il débordait d'ananas résistant à la cibiscose. Tandis que les chemises blanches de Jaidee couvraient le chargement entier de chaux, caisse après caisse, rendant les fruits stériles et immangeables, voir le maître du port et le capitaine de vaisseau déborder d'excuses a été satisfaisant. Tout ce profit de contrebande avait disparu.

Il feuillette les autres journaux attachés au présentoir, trouve d'autres images de lui. Celle-ci date de l'époque où il était un boxeur *muay thai*, après un combat au stade Lumphini. Le *Bangkok Morning Post*.

— Mes garçons vont aimer celle-ci.

Il ouvre le journal et lit l'article en diagonale. Le ministre du Commerce Akkarat est furibond. Dans les citations du ministère, Jaidee est qualifié de vandale. Il est surpris qu'on ne le traite pas simplement de terroriste. Le fait qu'ils se retiennent lui montre à quel point ils sont impuissants.

Il ne peut s'empêcher de passer le journal à Kanya en souriant.

— On leur a fait vraiment mal.

Kanya ne répond toujours pas.

Il a un truc pour ignorer ses mauvaises humeurs. La première fois que Jaidee l'a rencontrée, il a presque cru qu'elle était stupide à voir son visage si impassible, si résistant à l'amusement, comme s'il lui manquait un nez pour les odeurs, des yeux pour voir, et quelque organe que ce soit qui permet à une personne de sentir le *sanuk* quand il se trouve devant elle.

— Nous devrions rentrer au ministère, dit-elle avant de se tourner pour observer le trafic fluvial le long du *khlong*. Elle cherche un moyen de rentrer.

Jaidee paie le vendeur pour la feuille à murmures alors qu'un taxi du canal glisse vers eux.

Kanya lui fait signe et il s'arrête à côté d'eux, son volant gémit des joules accumulés, les vagues frappent le quai du *khlong*, réagissant à sa présence. D'énormes mécanismes à ressort prennent la moitié de sa coque. De riches Chinois Chaozhou se serrent sous la proue couverte du bateau comme des canards en route vers l'abattoir.

Kanya et Jaidee sautent à bord et s'installent sur le marchepied, loin des places assises. La gamine qui s'occupe des tickets ignore leur uniforme blanc, comme ils l'ignorent, elle. Elle vend un billet à trente bahts à un autre homme qui monte en même temps qu'eux. Jaidee attrape la ligne de sécurité tandis que le bateau accélère en s'éloignant du quai. Le vent caresse son visage pendant leur voyage vers le cœur de la ville. L'embarcation se déplace rapidement, dépasse les petits esquifs à pédales et les longs bateaux sur le canal. Des blocs entiers de maisons en ruines et de devantures de magasins glissent devant ses yeux, *pha sin*, blouses et sarongs pendent, multicolores dans le soleil. Des femmes baignent leurs longs cheveux dans les eaux brunes du canal. Le bateau s'arrête brusquement.

Kanya regarde vers l'avant.

— Qu'est-ce que c'est ?

Devant eux, un arbre est tombé, bloquant l'essentiel du canal. Les bateaux bouchonnent autour de lui, tentent de se frayer un passage malgré tout.

— Un arbre *bo*, explique Jaidee. (Il regarde autour de lui à la recherche d'un signe familier.) Nous allons devoir l'annoncer aux moines.

Personne d'autre ne le déplacera. Et, malgré la pénurie de bois, personne n'y touchera. Cela apporterait la malchance. Le taxi ballotte tandis que le trafic du *khlong* tente de se glisser dans le minuscule espace laissé par l'arbre sacré.

Jaidee émet un bruit d'impatience puis s'écrie en montrant son badge :

— Faites place, les amis ! Affaires du ministère ! Faites place !

La vue de son badge et de son uniforme blanc est suffisante pour que les embarcations s'écartent du passage de leur bateau. Le pilote du taxi adresse à Jaidee un regard reconnaissant. L'engin-AR se glisse dans la mêlée, bousculant un peu les autres pour avoir de l'espace.

Tandis qu'ils se frayent un passage entre les branches de l'arbre, les passagers du taxi *wai* de tout leur respect vers le tronc échoué, pressent leurs paumes l'une contre l'autre et les posent contre leur front incliné.

Jaidee y va de son propre *wai* puis tend la main pour toucher le bois, laissant ses doigts glisser dans l'eau. De petits trous de sonde creusés par des insectes la tachent. S'il enlevait l'écorce, il verrait un fin filet d'encoches décrivant la mort de l'arbre. Un arbre *bo*. Sacré. L'arbre sous lequel le Bouddha a atteint l'illumination. Cependant, ils ne peuvent rien faire pour le sauver. Nulle variété de figuier n'a survécu, malgré tous les efforts. Les capricornes ivoire étaient trop pour elles. Quand les scientifiques ont échoué, ils ont prié Phra Seub Nakhasathien dans un effort ultime mais même le martyr n'a pas pu les aider.

— Nous n'avons pas pu tout sauver, murmure Kanya comme si elle lisait dans ses pensées.

— Nous n'avons pas pu sauver quoi que ce soit. (Jaidee laisse courir ses doigts le long des encoches des capricornes.) Les *farang* doivent répondre de tant de choses, et pourtant Akkarat souhaite toujours traiter avec eux.

— Pas avec AgriGen.

Jaidee sourit amèrement et éloigne sa main de l'arbre mort.

— Non, pas avec eux. Mais leurs concurrents malgré tout. Les transpirates. Les hommes des calories. Même PurCal quand la famine se fait trop sentir. Pourquoi les laissons-nous squatter Koh Angrit, sinon ? Au cas où on aurait besoin d'eux. Au cas où on échouerait et qu'on se retrouverait à mendier leur riz, leur blé et leur soja.

— Nous avons nos propres transgénieurs maintenant.

— Grâce à la prévoyance de sa royale Majesté le roi Rama XII.

— Et au Chaopraya Gi Bu Sen.

— Chaopraya. (Jaidee grimace.) Personne d'aussi mauvais ne devrait recevoir un titre aussi respectable.

Kanya hausse les épaules mais ne répond pas. Bientôt, l'arbre *bo* est derrière eux. Au pont Sir Nakharin, ils débarquent. L'odeur de la cuisine des marchands ambulants attire Jaidee. Il fait signe à Kanya de le suivre comme il se dirige vers un *soi* minuscule.

— Somchai dit qu'il y a de bons *som tam* ici. De bonnes papayes bien propres aussi.

— Je n'ai pas faim.

— C'est pourquoi tu es toujours de mauvaise humeur.

— Jaidee… commence Kanya mais elle s'interrompt.

Jaidee tourne la tête vers elle, aperçoit son expression inquiète.

— Qu'est-ce qu'il y a ? Dis-moi.

— Je suis inquiète pour les points d'ancrage.

Jaidee hausse les épaules.

— Il ne faut pas.

Devant eux, les carrioles de nourriture et les tables flanquent le mur de l'allée, bien serrées. De petits bols de *nam plaa prik* attendent rangés au centre de tables faites de planches de récupération.

— Tu vois ? Somchai avait raison.

Il trouve le chariot à salades qu'il cherchait et examine les fruits et les épices avant de commander pour eux deux. Kanya s'approche, nuage sombre de mauvaise humeur.

— Deux cent mille bahts représentent une sacrée perte pour Akkarat, marmonne-t-elle alors que Jaidee demande à la vendeuse de *som tam* de rajouter du piment.

Jaidee hoche la tête, pensif, tandis que la femme mélange les fils de papaye verte avec la mixture d'épices.

— C'est vrai. Je n'avais pas idée qu'il y avait tant d'argent à se faire là-dedans.

Il y a assez pour financer un nouveau labo pour la recherche génétique, ou pour envoyer cinq cents chemises blanches inspecter les élevages de tilapias de Thonburi… Il secoue la tête. Ce n'était qu'un unique raid. Cela le fascine.

Il y a des moments où il pense comprendre comment le monde fonctionne puis, de temps en temps, il soulève le couvercle de quelque nouvelle partie de la cité divine et y découvre des cafards là où il n'en attendait pas. Quelque chose de nouveau, bien sûr.

Il va vers le chariot suivant qui présente des assiettes de porc aux piments avec pousses de bambou RedStar. Du *plaa* à tête de serpent frit, bien croustillant, pêché le jour même dans le fleuve Chao Phraya. Il commande plus de nourriture. Assez pour eux deux et du sato pour boire. Il s'installe à une table tandis qu'on lui apporte ses plats.

Vacillant sur un tabouret de bambou à la fin de sa journée, le ventre réchauffé par le vin de riz, Jaidee ne peut s'empêcher de sourire face à son lieutenant amer.

Kanya reste elle-même, comme d'habitude, même avec de la bonne nourriture devant elle.

— *Khun* Bhirombhakdi se plaignait de vous au siège, annonce-t-elle. Il dit qu'il va aller voir le général Pracha pour qu'on t'arrache ton sourire.

Jaidee mange ses piments avec les doigts.

— Je n'ai pas peur de lui.

— Les points d'ancrage étaient censés être son territoire. Son racket de protection, ses dessous-de-table.

— D'abord tu t'inquiètes à cause du Commerce, maintenant c'est Bhirombhakdi. Ce vieillard a peur de sa propre ombre. Il demande à sa femme de goûter tous les plats pour être sûr de ne pas attraper la rouille vésiculeuse. (Il secoue la tête.) Arrête d'être si aigre. Tiens, bois ça. (Jaidee verse du sato pour son lieutenant.) Avant, notre pays était connu comme le pays des sourires. (Il en fait la démonstration.) Et te voilà, avec ton visage triste comme si tu avais mangé des citrons verts toute la journée.

— Peut-être avions-nous plus de raisons de sourire, à l'époque.

— C'est possible. (Il pose son sato sur la table abîmée et la regarde, pensif.) Nous avons dû faire quelque chose de terrible dans nos vies antérieures pour mériter celle-ci. C'est la seule explication qui me vient à l'esprit.

Kanya soupire.

156

— Je vois parfois l'esprit de ma grand-mère se balader autour du *chedi* près de ma maison. Un jour, elle m'a dit qu'elle ne pourrait se réincarner tant qu'il n'y aura pas un meilleur endroit pour vivre.

— Un autre *phii* de la Contraction ? Comment t'a-t-elle trouvée ? Ne faisait-elle pas partie du peuple isaan, elle aussi ?

— Elle m'a trouvée, de toute manière. (Kanya hausse les épaules.) Elle est très malheureuse de ce que je suis devenue.

— Oui, bon, j'imagine que nous serions malheureux tout autant.

Jaidee a vu ces fantômes lui aussi, parfois sur les boulevards, parfois dans les arbres. Les *phii* sont partout à présent. Il y en a trop pour les compter. Il en a vu dans les cimetières et, appuyés contre les os troués des arbres *bo*, ils le regardent tous avec une certaine irritation.

Les médiums disent tous la frustration des *phii*, comme ils ne peuvent se réincarner et doivent donc s'attarder, telle une grande masse de personnes à la gare de Hualamphong espérant un train pour la plage. Ils attendent tous une réincarnation qu'ils ne peuvent obtenir car aucun d'eux ne mérite la souffrance de ce monde.

Les moines comme Ajahn Suthep disent que c'est absurde. Il vend des amulettes pour éloigner ces *phii* et dit qu'ils ne sont rien que des fantômes affamés, créés par une mort si peu naturelle, après avoir mangé des légumes atteints de la rouille. Tout le monde peut aller à son lieu de culte et faire une donation, ou aller à Erawan pour faire une offrande à Brahma – peut-être demander une petite performance aux danseurs du temple –, pour acheter l'espoir que les esprits s'éloignent vers leur prochaine réincarnation. On peut toujours espérer ce genre de choses.

Pourtant, les fantômes sont partout. Tout le monde est d'accord. Toutes les victimes d'AgriGen, de PurCal et des autres.

— Je ne le prendrais par personnellement, dit Jaidee. Pour ta grand-mère. À la pleine lune, j'ai vu des *phii* envahir les routes tout autour du ministère de l'Environnement. Plusieurs dizaines. (Il sourit tristement.) C'est impossible à réparer, je crois. Quand je pense à Niwat et à Surat qui doivent grandir avec ça… (Il inspire profondément, luttant contre des émotions qu'il ne tient pas à montrer à Kanya. Prend une nouvelle gorgée.) De toute façon, le combat est juste. J'aimerais seulement pouvoir tenir quelques cadres d'AgriGen et de PurCal pour les étrangler. Peut-être leur faire goûter la rouille vésiculeuse AG134.s. Ma vie en serait complète. Je pourrais mourir heureux.

— Tu ne te réincarneras probablement pas non plus, observe Kanya. Tu es trop bon pour finir à nouveau dans cet enfer.

— Si j'ai de la chance, je renaîtrai à Des Moines et je pourrai faire exploser leurs labos génétiques.

— Si seulement.

Jaidee lève les yeux au ton de Kanya.

— Qu'est-ce qui te dérange ? Pourquoi es-tu si triste ? Nous renaîtrons tous les deux dans un endroit magnifique, j'en suis sûr. Tous les deux. Pense à tout le mérite que nous avons gagné rien que la nuit dernière. J'ai cru que ces *heeya* des douanes allaient se chier dessus quand on a brûlé le chargement.

Kanya lui dédie un visage amer.

— Ils n'avaient probablement encore jamais rencontré un chemise blanche qu'ils ne pouvaient pas corrompre.

Et, juste comme ça, elle lui retire sa tentative d'humour. Pas étonnant que personne ne l'aime au ministère.

— Non, c'est vrai. Tout le monde prend des pots-de-vin maintenant. Les gens ne se souviennent pas des mauvais moments. Ils n'ont plus aussi peur qu'avant.

— Et maintenant tu plonges dans la gorge du cobra avec le Commerce, reprend-elle. Après le coup d'État du 12 décembre, on dirait que le général Pracha et le ministre Akkarat se tournent autour, attendant une bonne excuse pour se battre. Ils n'en finissent pas de se quereller, et là, tu fais ce qu'il faut pour attiser la colère d'Akkarat. Cela rend les choses instables.

— Ouais. J'ai toujours été trop casse-cou, *jai rawn*, pour mon propre bien. Chaya s'en plaint aussi. C'est pourquoi je te garde avec moi. Pourtant, je ne m'inquiète pas pour Akkarat. Il va cracher sa colère pendant quelque temps avant de se calmer. Il n'aime peut-être pas ça mais le général Pracha a trop d'alliés dans l'armée pour une nouvelle tentative de putsch. Avec la mort du Premier ministre Surawong, Akkarat n'a vraiment plus rien. Il est isolé. Sans les mastodontes et les chars pour soutenir sa menace, Akkarat a beau être riche, ce n'est qu'un tigre de papier. C'est une bonne leçon pour lui.

— Il est dangereux.

Jaidee la regarde sérieusement.

— Les cobras aussi. Les mastodontes aussi. Et la cibiscose. Nous sommes entourés de dangers.

Akkarat… (Jaidee hausse les épaules.) De toute manière, c'est fait. On ne peut pas revenir en arrière. Pourquoi t'inquiètes-tu maintenant ? *Mai pen rai.* Ce n'est pas grave.

— Vous devriez tout de même être prudent.

— Tu penses à cet homme aux points d'ancrage ? Celui que Somchai a vu ? Il t'a fait peur ?

Kanya hausse les épaules à son tour.

— Non.

— Je suis surpris. Il m'a fait peur. (Jaidee regarde Kanya, se demande ce qu'il pourrait dire, ce qu'il pourrait révéler de ce qu'il sait du monde autour de lui.) J'ai un très mauvais pressentiment.

— Vraiment ? (Kanya a l'air angoissée.) Vous avez peur ? D'un vieillard stupide ?

Jaidee secoue la tête.

— Non, je n'ai pas peur au point de courir me réfugier derrière le *pha sin* de Chaya. Mais je l'ai déjà vu quelque part.

— Vous ne m'avez rien dit.

— Je n'en étais pas sûr au début. Maintenant, je le suis. Je pense qu'il travaille pour le Commerce. (Il s'interrompt un instant, pensif.) Je crois qu'ils me pourchassent à nouveau. Peut-être songent-ils à un autre assassinat. Que penses-tu de ça ?

— Ils n'oseraient pas vous toucher. Sa Majesté la Reine a parlé en votre faveur.

Jaidee touche son cou à l'endroit où la vieille cicatrice de pistolet à ressort est toujours visible, pâle sur sa peau sombre.

— Même après ce que je leur ai fait aux points d'ancrage ?

Kanya se retient.

— Je prendrais un garde du corps.

Jaidee rit devant sa férocité, réchauffé et rassuré par elle.

— Tu es une bonne fille, mais je serais stupide de prendre un garde du corps. Tout le monde saurait alors que l'on peut m'effrayer. Ce ne sont pas les manières d'un tigre. Tiens, mange ça.

Il verse du *plaa* à tête de poissons dans l'assiette de Kanya.

— J'ai assez mangé.

— Ne sois pas si polie. Mange !

— Vous devriez avoir un garde du corps. S'il vous plaît.

— Je te fais confiance pour surveiller mes arrières. Tu devrais être plus que suffisante.

Kanya tressaillit. Jaidee cache un sourire provoqué par sa gêne. *Nous avons tous des choix à assumer dans la vie. J'ai fait les miens. Mais tu as ton propre kamma.* Il parle doucement.

— Allez, mange, tu as l'air maigre. Comment pourras-tu trouver un compagnon si tu n'es qu'un sac d'os ?

Kanya repousse son assiette.

— Je ne mange pas beaucoup en ce moment, on dirait.

— Les gens meurent de faim partout et tu n'arrives pas à manger ?

Kanya grimace et prend un morceau de poisson dans sa cuiller.

Jaidee secoue la tête. Il pose ses couverts.

— Qu'y a-t-il ? Tu as l'air encore plus sombre que d'habitude. J'ai l'impression que nous venons de mettre un de nos frères dans une urne funéraire. Qu'est-ce qui te dérange ?

— Ce n'est rien. Vraiment. Je n'ai pas faim, c'est tout.

— Parlez, lieutenant. Je veux des paroles franches. C'est un ordre. Tu es un bon officier. Je ne peux pas supporter ta tristesse. Je n'aime pas que mes subordonnés soient tristes, même ceux d'Isaan.

Kanya grimace. Jaidee regarde son lieutenant lutter avec ce qu'elle va dire. Il se demande s'il a jamais montré autant de tact à cette jeune femme. Il en doute. Il a toujours été trop brusque, il s'énerve trop facilement. Pas comme Kanya. Kanya la renfrognée, toujours aussi pleine de *jai yen*. Aucun *sanuk*, mais certainement du *jai yen*.

Il attend, pense qu'il aura enfin son histoire, toute son histoire dans toute son humanité douloureuse mais quand Kanya parvient enfin à parler, elle le surprend. Elle chuchote. Presque trop gênée par ses propres mots.

— Certains des hommes se plaignent que vous n'acceptez pas assez de cadeaux de bonne volonté.

— Quoi? (Jaidee se redresse et la regarde, les yeux écarquillés.) Nous ne participons pas à ce genre de choses. Nous sommes différents. Et nous en sommes fiers.

Kanya hoche vivement la tête.

— Et les journaux et les feuilles à murmures vous aiment pour cela. Et le peuple vous aime pour la même raison.

— Mais?

Elle reprend son air misérable.

— Mais vous ne recevez plus de promotion et les hommes qui vous sont loyaux ne sont pas aidés par votre patronage, ils perdent courage.

162

— Mais, regarde ce que nous avons accompli. (Jaidee tapote le paquet d'argent qu'ils ont confisqué sur le clipper.) Ils savent tous qu'ils seront aidés s'ils en ont besoin. Nous avons plus qu'assez pour les besoins de chacun.

Kanya baisse les yeux sur la table et marmonne :

— Certains disent que vous aimez garder l'argent.

— Quoi ? (Jaidee la fixe des yeux, ébahis.) Tu penses cela ?

Kanya hausse misérablement les épaules.

— Bien sûr que non.

Jaidee secoue la tête pour s'excuser.

— Non, bien sûr, pas toi. Tu es une fille bien. Tu as fait de grandes choses.

Il sourit à son lieutenant, il déborde presque de compassion pour la jeune fille qui est venue à lui, mourant de faim, qui l'idolâtrait, lui et ses années de champion, et qui voulait tellement être comme lui.

— Je fais ce que je peux pour éliminer les rumeurs, mais… (Kanya hausse à nouveau les épaules, désespérée.) Les cadets disent que travailler sous les ordres du capitaine Jaidee c'est comme de mourir des vers *akah*. On travaille, on travaille, on travaille et on devient de plus en plus maigre. Ce sont de bons garçons, mais ils ne peuvent pas s'empêcher d'avoir honte quand ils ont de vieux uniformes alors que leurs collègues en ont des neufs. Quand ils doivent être deux sur un vélo alors que leurs camarades ont des scooters à ressort.

Jaidee soupire.

— Je me souviens d'un temps où on aimait les chemises blanches.

— Tout le monde a besoin de manger.

Jaidee soupire à nouveau. Il tire le sachet d'entre ses jambes et l'envoie glisser vers Kanya.

— Prends l'argent. Divise-le équitablement entre eux. Pour leur bravoure et leur travail d'hier.

Elle le regarde, surprise.

— Vous êtes sûr ?

Jaidee hausse les épaules et sourit, cache sa propre déception, il sait que c'est la meilleure manière de faire les choses, et pourtant cela l'attriste incommensurablement.

— Pourquoi pas ? Ce sont de bons garçons, comme tu l'as dit. Et ce n'est pas comme si les *farang* et le ministère du Commerce s'étaient déjà remis du choc. Ils ont fait du bon travail.

Kanya *wai* de tout son respect, incline profondément la tête et lève ses paumes vers son front.

— Oh, arrête cette absurdité. (Jaidee verse encore du sato dans le verre de Kanya, termine la bouteille.) *Mai pen rai*. Ce n'est pas important. Ce ne sont que de petites choses. Demain, nous aurons d'autres combats à mener. Et nous aurons besoin de bons garçons loyaux pour nous suivre. Comment nous débarrasserons-nous de tous les AgriGen et PurCal du monde si nous ne nourrissons pas nos amis ?

Chapitre 8

— J'ai perdu trente mille.

— Cinquante, marmonne Otto.

Lucy Nguyen fixe le plafond.

— Cent quatre-vingt-cinq ? Six ?

— Quatre cents. (Quoile Napier pose son verre tiède de sato sur la table basse.) J'ai perdu quatre cent mille billets bleus sur ce putain de dirigeable Carlyle.

La tablée entière reste silencieuse, abasourdie.

— Seigneur ! (Lucy se redresse, engourdie par l'alcool au milieu de l'après-midi.) Qu'est-ce que tu voulais passer en contrebande ? Des semences résistantes à la cibi ?

Ils sont tous les cinq avachis dans la véranda du Sir Francis Drake, la « Phalange *farang* » comme les appelle Lucy, ils regardent tous la chaleur de la saison sèche et boivent jusqu'à la stupeur.

Anderson est installé avec eux, il écoute à peine leurs plaintes mal articulées tout en tournant le problème de l'origine du *ngaw* dans sa tête. Il a un nouveau sac de fruits entre les pieds et ne peut s'empêcher de penser que la réponse à ce puzzle est proche, si seulement il pouvait être suffisamment ingénieux pour la cerner. Il boit du whisky khmer tiède et réfléchit.

Ngaw : apparemment résistant à la rouille vésiculeuse et à la cibiscose, même lorsqu'il y est directement exposé, imperméable aux charançons japonais transpiratés et à la frisolée, sinon il n'aurait jamais pu se développer. Un produit parfait. Le fruit d'un accès à des matériaux génétiques différents de ceux qu'AgriGen et les autres compagnies caloriques ont l'habitude d'utiliser pour leurs manipulations.

Une banque de semences est cachée quelque part dans ce pays. Des milliers, peut-être des centaines de milliers de semences soigneusement préservées, un trésor de diversité biologique. Des chaînes d'ADN infinies, chacune avec ses propres usages potentiels. Et les Thaïs en extraient les réponses à leur survie. Avec un accès à cette banque de semences thaïes, Des Moines pourrait construire des codes génétiques pour des générations entières, combattre les mutations des pandémies. Survivre un peu plus longtemps.

Anderson s'agite dans son fauteuil, réprime son irritation, essuie la sueur sur son visage. Il y est presque. Les noctombres ont connu la renaissance, maintenant il y a le *ngaw*. Gibbons est quelque part en Asie du Sud-Est. Sans cette fille automate illégale, il n'aurait jamais su pour Gibbons. Le Royaume a singulièrement réussi à maintenir sa sécurité opérationnelle. S'il localisait la banque de semences, un raid serait peut-être possible… La maison mère a appris la leçon depuis la Finlande.

Au-delà de la véranda, rien d'intelligent ne bouge. Des perles de sueur taquines courent le long du cou de Lucy et trempent sa chemise. Elle se plaint de la guerre du charbon avec les Vietnamiens. Elle ne peut pas chasser le jade si l'armée tire sur tout ce qui bouge. Les favoris de Quoile sont emmêlés. Il n'y a pas de vent.

Dans les rues, les chauffeurs de rickshaws se blottissent dans de petites flaques d'ombre. Leurs os et leurs jointures saillent de leur peau trop tendue, des squelettes avec un peu de chair serrée sur leur carcasse. À cette heure de la journée, ils n'émergent de l'ombre d'un air maussade que si on les appelle, et seulement pour le double du prix.

Toute la structure délabrée du bar est encroûtée dans le mur extérieur des ruines d'une tour de l'Expansion. Une enseigne peinte à la main est posée sur l'un des escaliers menant à la véranda : SIR FRANCIS DRAKE'S. Cette enseigne est récente par rapport à la décomposition alentour, elle a été dessinée par quelque *farang* déterminé à nommer son environnement. Les idiots qui ont choisi le nom ont disparu dans le Nord depuis longtemps, avalés par la jungle et une nouvelle version de la rouille vésiculeuse ou déchiquetés sur les fronts de guerre pour le charbon ou le jade. Mais l'enseigne reste, soit parce qu'elle amuse le propriétaire, qui l'a prise comme surnom, soit parce que personne n'a l'énergie pour la repeindre. En attendant, elle pèle dans la chaleur.

Quelle que soit son origine, le Drake est parfaitement placé entre les écluses des digues et les usines. Son épave fait face au Victory Hotel pour que la Phalange *farang* puisse se saouler tout en regardant si un nouvel étranger intéressant apparaît sur le rivage.

Il y a d'autres bouges moins prestigieux pour les marins qui parviennent à passer la douane, la quarantaine et l'arrosage, mais c'est ici, entre les nappes blanches amidonnées du Victory et les taudis de bambous du Drake que les étrangers qui s'installent à Bangkok pour un certain temps finissent par s'échouer.

— Qu'est-ce que tu importais ? demande à nouveau Lucy, encourageant Quoile à détailler ses pertes.

Quoile se penche en avant et baisse la voix, les incitant tous à se réveiller.

— Du safran. D'Inde.

Un silence, puis Quoile rit.

— Bon produit à transporter par les airs. J'aurais dû y penser.

— Idéal pour un dirigeable. Poids plume. Plus profitable que l'opium pour le transport, ajoute Quoile. Le Royaume n'est toujours pas parvenu à cracker la semence et tous les politiciens et les généraux en veulent pour leur cuisine personnelle. J'avais de sacrées précommandes. J'allais être riche. Incroyablement riche.

— Tu es ruiné, alors ?

— Peut-être pas. Je suis en négociation avec Sri Ganesha Insurance, ils vont peut-être en couvrir une partie. (Quoile hausse les épaules.) Bon, 80 %. Mais tous les bakchichs pour l'entrée dans le pays ? Toutes les offrandes aux agents des douanes ? (Il grimace.) C'est une perte totale. Et pourtant je vais peut-être m'en sortir.

» D'une certaine manière, j'ai eu de la chance. Le chargement est assuré uniquement parce qu'il était encore dans le dirigeable de Carlyle. Je devrais lever mon verre au pilote qui s'est laissé couler dans l'océan. S'ils avaient déchargé l'aéroplane, et que les chemises blanches aient brûlé le chargement, on aurait qualifié ça de contrebande. Je me serais alors retrouvé à la rue avec les mendiants *fa'gan* et les yellow cards.

Otto fronce les sourcils.

— C'est à peu près tout ce qu'on peut dire de positif pour Carlyle. S'il n'avait pas été aussi intéressé par les politiciens, rien de cela ne serait arrivé.

Quoile hausse les épaules.

— Qu'en savons-nous?

— C'est foutrement certain, intervient Lucy. Carlyle dépense la moitié de son énergie à se plaindre des chemises blanches et l'autre moitié à cajoler Akkarat. C'est un message du général Pracha à Carlyle et au ministère du Commerce. Nous ne sommes que des pigeons voyageurs.

— Il n'y a plus de pigeons voyageurs, la race est éteinte.

— Tu crois qu'on va s'en sortir? Le général Pracha serait heureux de nous jeter tous dans la prison de Khlong Prem s'il pensait qu'Akkarat comprendrait le message. (Le regard de Lucy se tourne vers Anderson.) Tu es bien silencieux, Lake, tu n'as rien perdu du tout?

Anderson se reprend.

— Des matériaux pour l'usine. Des pièces de rechange pour ma chaîne. Probablement cent cinquante mille billets bleus. Mon secrétaire est encore en train d'évaluer les dommages. (Il regarde Quoile.) Nos trucs étaient au sol. Pas d'assurance.

Le souvenir de sa conversation avec Hock Seng est toujours frais. Le Chinois a commencé par jouer le déni, s'est plaint de l'incompétence aux points d'ancrage, avant de confesser, enfin, que tout était perdu et qu'il n'avait finalement pas payé l'intégralité

du pot-de-vin. Une confession atroce, presque hystérique, le vieil homme était terrifié de perdre son travail alors qu'Anderson le poussait encore et encore
dans ses retranchements, dans sa peur, l'humiliait, lui
criait dessus, le forçait à se recroqueviller, insistant
sur sa fureur. Pourtant, il ne peut s'empêcher de se
demander si la leçon a été apprise, ou si Hock Seng
essaiera encore de le tromper. Anderson grimace.
Si le vieux Chinois ne lui faisait pas gagner autant
de temps pour ses recherches nettement plus importantes, il le renverrait aux tours des yellow cards.

— Je t'avais dit que c'était le mauvais endroit
pour une usine, rappelle Lucy.

— Les Japonais y sont.

— Uniquement parce qu'ils ont des accords par-
ticuliers avec le Palais.

— Les Chinois Chaozhou se débrouillent très
bien aussi.

Lucy grimace.

— Ils sont là depuis des générations. Ils sont
pratiquement thaïs maintenant. Nous sommes plus
proches des yellow cards que des Chaozhou, si tu
veux une comparaison. Un *farang* intelligent sait
qu'il ne doit pas trop investir ici. Le sol est toujours
mouvant. Il est sacrément facile de tout perdre dans
un krach. Ou dans un nouveau coup d'État.

— Nous faisons tous avec les cartes qu'on nous
donne. (Anderson hausse les épaules.) De toute
manière, c'est Yates qui a choisi le site.

— J'ai aussi dit à Yates que c'était stupide.

Anderson se souvient de Yates, les yeux brillants
des éventualités d'une nouvelle économie globale.

— Il n'était pas stupide mais indéniablement
idéaliste.

Il termine son verre. Le propriétaire du bar est invisible. Il fait signe aux serveuses qui l'ignorent. Une d'entre elles, au moins, est endormie, debout.

— Tu n'as pas peur de te faire rappeler comme Yates ? demande Lucy.

Anderson hausse les épaules.

— Ce ne serait pas la pire chose qui pourrait arriver. Il fait sacrément chaud. (Il touche le coup de soleil sur son nez.) Je suis plus fait pour les territoires nordiques.

Nguyen et Quoile, qui ont tous les deux la peau sombre, rient, mais Otto se contente de hocher sombrement la tête, son propre nez pelé est une preuve de son incapacité à s'adapter au soleil tropical.

Lucy sort une pipe et éloigne quelques mouches avant d'installer sa boulette d'opium et ses outils de fumeuse sur la table. Les mouches s'écartent mais ne s'envolent pas. Même les insectes semblent abrutis par la chaleur. Dans une allée, près des ruines d'une vieille tour de l'Expansion, des enfants jouent à côté d'une pompe à incendie. Lucy les regarde tout en préparant sa pipe.

— Seigneur, qu'est-ce que j'aimerais être à nouveau une enfant.

Tout le monde semble avoir perdu toute énergie pour la conversation. Anderson tire le sac de *ngaw* entre ses pieds. Il en prend un et le pèle. Dégage le fruit translucide et jette la peau velue sur la table. Il glisse le fruit dans sa bouche.

Otto penche la tête de côté, curieux.

— C'est quoi ?

Anderson sort d'autres fruits de son sac et les distribue.

— Je n'en suis pas sûr. Les Thaïs appellent ça des *ngaw*.

Lucy cesse de sucer sa pipe.

— J'en ai vu. Il y en a partout sur le marché. Ils n'ont pas la rouille ?

Anderson secoue la tête.

— Non, pas jusqu'à présent. La vendeuse m'a dit qu'ils étaient propres. Elle avait les certificats.

Tout le monde rit, mais Anderson se moque de leur cynisme.

— Je les ai conservés pendant une semaine. Rien. Ils sont plus propres que l'U-Tex.

Les autres l'imitent et mangent leurs fruits. Les yeux s'écarquillent. Les sourires apparaissent. Anderson ouvre grand le sac et le pose sur la table.

— Allez-y. J'en ai déjà trop mangé comme ça.

Ils se jettent tous sur le sac. Une pile d'épluchures s'élève au centre de la table. Quoile mâche, pensif.

— Ça me fait penser au lychee.

— Ah ? (Anderson contrôle son intérêt.) Je n'en ai jamais entendu parler.

— Bien sûr. J'ai bu une boisson qui avait ce genre de goût. La dernière fois que j'étais en Inde. À Kolkata. Un commercial de PurCal m'a emmené dans l'un de ses restaurants, quand j'ai commencé à chercher du safran.

— Alors, tu penses que c'est… des leechees ?

— Possible. Lychee était le nom de la boisson. Ça pourrait ne pas du tout être le fruit.

— Si c'est un produit PurCal, je ne vois pas comment il a atterri ici, intervient Lucy. Il devrait être sur Koh Angrit, en quarantaine pendant que le ministère de l'Environnement trouve dix mille raisons différentes pour le taxer. (Elle crache le noyau dans sa paume et le jette du balcon vers la rue.) J'en vois partout. Ils doivent être indigènes. (Elle tend la main vers le sac et prend un autre fruit.) Vous savez qui pourrait être au courant… (Elle se penche en arrière et appelle vers la pénombre du bar.) Hagg! Vous êtes toujours là? Vous êtes réveillés là-dedans?

À ce nom, les autres bougent et tentent de se redresser, comme des enfants attrapés par un parent sévère. Anderson se force à ne pas frissonner.

— J'aurais préféré que tu ne fasses pas ça… marmonne-t-il.

Otto grimace.

— Je pensais qu'il était mort.

— La rouille ne prend jamais les meilleurs, tu ne le savais pas?

Tout le monde étouffe un rire alors qu'une ombre se dégage de la pénombre. Le visage de Hagg est rouge et la sueur tache son visage. Il regarde solennellement la Phalange.

— Bonjour à tous. (Il incline la tête vers Lucy.) Vous trafiquez encore avec ceux-là, alors?

Lucy hausse les épaules.

— Je me débrouille. (Elle désigne un fauteuil.) Ne reste pas debout. Prends un verre pour nous. Raconte-nous tes histoires.

Elle allume sa pipe à opium et tire dessus pendant que l'homme installe un fauteuil à côté d'elle et s'y effondre.

Hagg est un homme solide, bien en chair. Ce n'est pas la première fois qu'Anderson se dit que ce sont les prêtres grahamites et leurs ouailles qui ont le tour de taille le plus important. Hagg fait un signe pour avoir un whisky et surprend tout le monde lorsqu'un serveur apparaît quasi immédiatement à ses côtés.

— Pas de glaçons, dit ce dernier en arrivant.

— Non, pas de glaçons. Bien sûr que non. (Hagg secoue la tête avec emphase.) On ne voudrait tout de même pas dépenser des calories.

Quand le serveur revient, Hagg lui prend le verre et le vide instantanément avant de le renvoyer lui en chercher un autre.

— Ça fait du bien de rentrer de la campagne, annonce-t-il. La civilisation commençait à me manquer.

Il lève son verre vers eux et le vide aussi vite que le premier.

— Jusqu'où êtes-vous allé ? demande Lucy malgré la pipe coincée entre ses dents.

Elle commence à avoir l'air fragile de tout cet opium.

— Près de la vieille frontière birmane, la passe des Trois Pagodes. (Il les regarde tous amèrement, comme s'ils étaient coupables des péchés de ses recherches.) J'ai été voir l'étendue de l'épidémie de capricornes ivoire.

— On n'est pas très en sécurité là-haut, d'après ce que j'ai entendu, dit Otto. Qui est le *jao por* ?

— Un homme nommé Chanarong. Il ne pose aucun problème. C'est bien plus facile de travailler avec lui qu'avec le Seigneur du lisier ou n'importe quel petit *jao por* de la ville. Pas comme tous ces parrains concentrés sur leurs profits et leur pouvoir. (Hagg le regarde avec insistance.) Pour ceux d'entre nous qui ne sont pas intéressés par le pillage du charbon, du jade et de l'opium du Royaume, la campagne est assez sûre. (Il hausse les épaules.) Bon. J'ai été invité par Phra Kritipong à visiter son monastère. Pour observer les changements dans le

174

comportement des capricornes. (Il secoue la tête.)
La dévastation est extraordinaire. Des forêts entières
sans une seule feuille. Du kudzu et rien d'autre.
Toute la couverture arboricole a disparu, il y a du
bois tombé partout.

Otto le regarde avec intérêt.

— Quelque chose de récupérable?

Lucy lui dédie un regard de dégoût.

— C'est le capricorne ivoire, idiot! Personne n'en
voudrait par ici.

Anderson demande:

— Vous dites que le monastère vous a invité?
Bien que vous soyez grahamite?

— Phra Kritipong est assez éclairé pour savoir
que ni Jésus- Christ, ni les enseignements de Niche
ne sont hérétiques par rapport aux siens. Les valeurs
bouddhistes et grahamites se rencontrent dans de
nombreux domaines. Noé et le martyr Phra Seub
sont des figures parfaitement compatibles.

Anderson retient un rire.

— Si votre moine savait comment les grahamites
opèrent chez nous, il verrait sans doute les choses
différemment.

Hagg a l'air offensé.

— Je ne suis pas un de ces prêcheurs de l'incendie des champs. Je suis un scientifique.

— Je ne voulais certes pas vous blesser.
(Anderson sort un *ngaw* et l'offre à Hagg.) Ceci
pourrait vous intéresser. Nous venons de les trouver
sur le marché.

Hagg regarde le fruit, surpris.

— Sur quel marché?

— Partout, explique Lucy.

— Ils sont apparus pendant votre absence, reprend Anderson. Essayez, ils ne sont pas mauvais.

Hagg prend le fruit, l'étudie de près.

— Extraordinaire !

— Vous savez ce que c'est ? demande Otto.

Anderson pèle un autre *ngaw* pour lui-même, mais il écoute attentivement. Il ne poserait jamais la question directement à un grahamite, mais il est parfaitement d'accord pour que les autres le fassent à sa place.

— Quoile pense que c'est un leechee, dit Lucy. Il a raison ?

— Non, pas un leechee. Ça c'est sûr. (Hagg fait tourner le fruit dans sa main.) On dirait que cela pourrait être ce que les vieux textes appellent un ramboutan. (Hagg est pensif.) Mais, si je me souviens bien, ils sont de la même famille.

— Ramboutan ? (Anderson garde une expression amicale et neutre.) C'est un drôle de nom. Les Thaïs l'appellent *ngaw*.

Hagg mange le fruit, crache le noyau dans sa paume. Il examine la graine noire humide de sa salive.

— Je me demande si ça va germer.

— On pourrait le mettre dans un pot de fleur pour voir.

Hagg lui lance un regard irrité.

— Si ça ne vient pas d'une compagnie calorique, ça poussera. Les Thaïs ne stérilisent pas leurs modifications génétiques.

Anderson rit.

— Je ne pensais pas que les compagnies caloriques faisaient dans les fruits exotiques.

— Elles produisent des ananas.

— C'est vrai. J'avais oublié. (Anderson attend.) Comment en savez-vous autant sur les fruits ?

— J'ai étudié les biosystèmes et l'écologie à la nouvelle université d'Alabama.

— C'est votre fac grahamite, non ? Je pensais que vous y appreniez tous comment lancer un feu de cultures.

Les autres retiennent leur respiration devant cette provocation, mais Hagg se contente d'avoir un regard froid.

— Ne me provoquez pas. Nous ne sommes pas tous de cette sorte. Si nous voulons rétablir l'Éden, il nous faudra le savoir des siècles pour y parvenir. Avant de venir ici, j'ai passé un an en immersion dans les écosystèmes pré-Contraction de l'Asie du Sud-Est. (Il tend la main et prend un nouveau fruit.) Cela doit bien énerver les compagnies caloriques.

Lucy fouille le sac à la recherche d'un fruit.

— Vous pensez qu'on pourrait remplir un clipper de ces *ngaw* et les envoyer de l'autre côté de l'océan ? Vous savez, jouer les compagnies caloriques à l'envers ? Je parie que les gens paieraient une fortune pour ce genre de choses. Un nouveau goût et tout ça ? On pourrait le vendre comme un luxe.

Otto secoue la tête.

— Sa peau rouge risque de rendre les gens nerveux. Il faudrait les convaincre que ce n'est pas la rouille vésiculeuse.

Hagg hoche la tête, approbateur.

— Il vaut mieux ne pas suivre cette route.

— Mais les compagnies caloriques le font, précise Lucy. Elles envoient des semences et de la nourriture où elles veulent. Elles sont globales. Pourquoi ne pourrions-nous pas faire la même chose ?

— Parce que ça va à l'encontre de tous les enseignements de Niche, répond doucement Hagg. Les compagnies caloriques ont déjà gagné leur place en enfer. Il n'y a aucune raison de vouloir les y rejoindre.

Anderson rit.

— Allez, Hagg. Vous ne pouvez pas sérieusement être contre l'esprit d'entreprise. Lucy tient quelque chose, là. Nous pourrions même mettre votre visage sur le côté des caisses. (Il imite le signe de la bénédiction grahamite.) Vous voyez, «approuvé par la Sainte Église» et tout ça. Aussi sûr que SoyPRO. (Il sourit malicieusement.) Qu'en pensez-vous?

— Je ne participerai jamais à ce genre de blasphème. (Hagg fronce les sourcils.) La nourriture doit venir de son endroit d'origine et y rester. Elle ne devrait pas passer son temps à faire le tour du globe pour l'amour du profit. Nous avons déjà emprunté ce chemin et il nous a amenés à la ruine.

— Encore des enseignements de Niche. (Anderson pèle un autre fruit.) Il doit bien y avoir une niche pour l'argent dans l'orthodoxie grahamite. Vos cardinaux sont bien gras.

— Les enseignements sont bons, même si le troupeau s'égare. (Hagg se lève brusquement.) Merci pour la compagnie.

Il fronce les sourcils en regardant Anderson, mais tend la main sur la table pour prendre un dernier fruit avant de partir.

Dès qu'il a disparu, tout le monde se détend.

— Seigneur, Lucy, pourquoi as-tu fait ça? demande Otto. Ce type me fout les jetons. J'ai quitté la Convention pour échapper aux prêtres grahamites qui regardaient par-dessus mon épaule. Et tu t'es senti obligé d'en appeler un?

Quoile hoche la tête, morose.

— J'ai entendu dire qu'il y a un autre prêtre ici, à l'ambassade conjointe.

— Ils sont partout, comme des mouches. (Lucy agite les bras.) Envoie-moi un autre fruit.

Ils recommencent à se gorger. Anderson les regarde, curieux de voir si ces individus cosmopolites vont avoir d'autres idées sur sa provenance. Le ramboutan est une possibilité intéressante, en fait. Déjà, malgré les mauvaises nouvelles pour les cuves à algues et les cultures de nutriments, cette journée se passe mieux que ce qu'il en attendait. Ramboutan. Un mot à envoyer à Des Moines et aux chercheurs. Une piste pour les origines de cet objet botanique mystérieux. Quelque part, il doit y avoir un rapport historique. Il doit retourner à ses livres pour voir ce qu'il peut y trouver.

— Regardez qui est là, marmonne Otto.

Tout le monde se retourne. Richard Carlyle, dans un costume de lin parfaitement repassé monte les marches. Il enlève son chapeau en atteignant l'ombre et s'évente.

— Putain, je hais cet homme, marmonne Lucy.

Elle allume une autre pipe et aspire profondément.

— Pourquoi sourit-il ? demande Otto.

— Comment veux-tu que je le sache ? Il a perdu un dirigeable, non ?

Carlyle s'arrête à l'ombre, observe les clients dans la pièce et incline la tête vers eux.

— Plutôt chaud, dit-il.

Otto le fixe, le visage rouge et les yeux furieux, et grommelle :

— Sans sa passion pour la politique, je serais un homme riche aujourd'hui.

— Ne sois pas si théâtral. (Anderson fourre un *ngaw* dans sa bouche.) Lucy, offre donc une bouffée de ta pipe à notre ami. Je n'ai pas envie que Sir Francis nous foute dehors à cause d'une rixe.

Les yeux de Lucy sont vitreux d'opium, mais elle tend la pipe dans la direction d'Otto. Anderson la prend et la passe à Otto avant de se lever et de ramasser son verre vide.

— Quelqu'un veut quelque chose?

Ils secouent la tête sans conviction.

Carlyle sourit quand il s'approche du bar.

— Tu as calmé ce cher Otto?

Anderson se tourne vers la Phalange.

— Lucy fume du sacré opium. Je doute qu'il soit capable de marcher, et encore moins de se battre contre qui que ce soit.

— La drogue du diable.

Anderson lève son verre vide dans sa direction.

— Ça et la gnole. (Il tend la tête vers le bord du bar.) Où donc est Sir Francis?

— Je croyais que tu étais là pour répondre à cette question.

— J'imagine que non, réplique Anderson. Tu as beaucoup perdu?

— Pas mal.

— Vraiment? Ça n'a pas l'air de te déranger. (Anderson désigne le reste de la Phalange.) Tous les autres sont furieux et râlent à propos de ta manie politique de cajoler Akkarat. Mais te voilà tout souriant. Tu pourrais être thaï.

Carlyle hausse les épaules. Sir Francis, élégamment habillé, soigneusement coiffé, émerge d'une pièce arrière. Carlyle demande un whisky et Anderson montre son propre verre vide.

— Pas de glaçons, annonce Sir Francis. Les mulies veulent plus d'argent pour faire fonctionner la pompe.

— Payez-les, alors.

Sir Francis secoue la tête en prenant le verre d'Anderson.

— Si on marchande quand ils vous écrasent les couilles, ils serrent encore plus. Et je ne peux pas payer le ministère de l'Environnement pour un accès au réseau de charbon comme vous autres les *farang*.

Il se retourne, tire une bouteille de whisky khmer et verse un shot parfait. Anderson se demande si les rumeurs à son propos sont vraies.

Otto, qui est à présent incohérent, marmonne à propos des « pudains de dribgeales » et prétend que Sir Francis est un ancien Chaopraya, un haut serviteur de la Couronne, éjecté pour une question de pouvoir. Cette théorie a autant de crédit que celle qui dit que c'est un ancien serviteur du Seigneur du lisier à la retraite ou un prince khmer exilé vivant incognito depuis que le royaume thaï a avalé l'essentiel de l'Est. Tout le monde est d'accord pour dire qu'il a dû profiter d'un rang important – c'est la seule explication à son dédain pour ses clients.

— Payez, maintenant, dit-il en posant le verre sur le bar.

Carlyle rit.

— Vous savez que nous avons de l'argent.

Sir Francis secoue la tête.

— Vous avez perdu beaucoup tous les deux aux points d'ancrage. Tout le monde le sait. Payez maintenant.

Carlyle et Anderson comptent leurs pièces.

— Je pensais que nous avions une meilleure relation, se plaint Carlyle.

— C'est la politique. (Sir Francis sourit.) Peut-être serez-vous toujours là demain. Peut-être serez-vous balancé comme un vieux sac plastique de l'Expansion, sur une plage. Il y a des feuilles à murmures à tous les coins de rue qui réclament que le capitaine Jaidee devienne un conseiller Chaopraya auprès du Palais. S'il s'élève, alors, les *farang*… (Il a un geste désinvolte.) Vous devrez partir. (Il hausse les épaules.) Les stations de radio du général Pracha disent que Jaidee est un tigre et un héros, et les associations d'étudiants demandent que le ministère du Commerce tombe et soit dirigé par les chemises blanches. Le ministère du Commerce a perdu la face. Les *farang* et le Commerce sont comme cul et chemise.

— Joli.

Sir Francis hausse les épaules.

— Vous puez.

Carlyle fronce les sourcils.

— Tout le monde pue. C'est la putain de saison sèche.

Anderson intervient.

— J'imagine que le Commerce est furieux d'avoir perdu la face comme cela.

Il prend une gorgée de whisky chaud et grimace. Avant de venir ici, il aimait l'alcool chambré.

Sir Francis compte leurs pièces dans sa caisse.

— Le ministre Akkarat sourit encore, mais les Japonais veulent réparation pour leurs pertes et les chemises blanches ne seront jamais d'accord. Alors, soit Akkarat paie pour compenser ce que le Tigre de

Bangkok a fait, soit il perd la face à nouveau, devant les Japonais.

— Vous pensez que les Japonais vont partir?

Sir Francis grimace de dégoût.

— Les Japonais sont comme les compagnies caloriques, ils cherchent toujours un moyen de s'incruster. Ils ne partiront jamais.

Il va à l'autre bout du bar, les laissant seuls.

Anderson sort un *ngaw* et l'offre à Carlyle.

— Tu en veux un?

Carlyle prend le fruit et l'examine.

— Qu'est-ce que c'est?

— Un *ngaw*.

— Ça me rappelle un cafard. (Il grimace.) Tu aimes expérimenter, il faut bien le dire.

Il repousse le *ngaw* vers Anderson et s'essuie soigneusement la main sur son pantalon.

— Tu as peur?

— Ma femme aimait manger des trucs nouveaux, elle aussi. Elle ne pouvait pas s'arrêter. Elle était folle de saveurs. (Carlyle hausse les épaules.) J'attendrai de voir si vous crachez du sang la semaine prochaine.

Ils se redressent sur leurs tabourets de bar et regardent au-delà de la poussière et de la chaleur, vers la blancheur du Victory Hotel. Dans une allée, une lavandière a posé son linge dans des récipients près des ruines d'un vieux gratte-ciel. Une autre se lave le corps, se frotte soigneusement sous le sarong dont le tissu colle à sa peau. Des enfants courent, nus dans la poussière, enjambent des morceaux de béton cassé, fabriqué plus de cent ans plus tôt, pendant l'Expansion. Au loin, les digues s'élèvent, retenant la mer.

— Combien as-tu perdu, demande finalement Carlyle.

— Trop. Grâce à toi.

Carlyle ne répond pas au sarcasme. Il termine son verre et lève le bras pour en avoir un autre.

— Il n'y a vraiment pas de glaçons? demande-t-il à Sir Francis. Ou est-ce parce que vous croyez que nous ne serons plus là demain.

— Demandez-moi demain.

— Si je suis toujours là demain, aurez-vous des glaçons? insiste Carlyle.

Sir Francis sourit.

— Ça dépend si vous êtes toujours prêt à payer les mulies et les mastodontes qui déchargent votre fret. Tout le monde dit qu'on peut devenir riche en brûlant des calories pour les *farang*... Alors pas de glaçons pour Sir Francis.

— Mais, sans nous, pas de buveurs. Même si Sir Francis possède tous les glaçons du monde.

Sir Francis hausse les épaules.

— Comme vous dites.

Carlyle fronce les sourcils en regardant le dos du Thaï.

— Les syndicats des mastodontes, les chemises blanches, Sir Francis. Où qu'on se tourne, il y a toujours une main tendue.

— C'est le prix à payer pour faire des affaires, réplique Anderson. Mais, bon, à ta manière de sourire quand tu es entré, j'ai pensé que tu n'avais rien perdu.

Carlyle prend son whisky.

— J'aime juste vous voir dans la véranda avec l'air d'avoir un chien atteint de cibiscose. De toute manière, quelles que soient nos pertes, aucun d'entre nous n'est enchaîné dans une cellule sauna de Khlong Prem. C'est une bonne raison de sourire. (Il se penche vers Anderson.) Ce n'est pas la fin de l'histoire. Pas le moins du monde. Akkarat a toujours des cartes dans sa manche.

— Si on pousse assez les chemises blanches, ils mordent plus fort, prévient Anderson. Akkarat et toi faites beaucoup de bruit en parlant de tarifs et de changement des crédits de pollution. Même d'automates. Et maintenant, mon assistant me dit la même chose que Sir Francis : tous les journaux thaïs appellent notre ami Jaidee le Tigre de la Reine. Ils lui font la fête.

— Ton assistant ? Tu parles de cette araignée yellow card paranoïaque que tu gardes dans ton bureau ? (Carlyle rit.) C'est le problème avec vous. Vous restez tous assis à râler et à espérer, moi, pendant ce temps, je change les règles du jeu. Vous êtes obsédés par la Contraction.

— Ce n'est pas moi qui ai perdu un dirigeable.

— C'est le prix à payer pour faire des affaires.

— J'aurais pensé que la perte d'un cinquième de ta flotte serait plus qu'un prix à payer.

Carlyle grimace. Il se rapproche et baisse la voix.

— Allez, Anderson. Cette prise de bec avec les chemises blanches n'est pas ce qu'elle semble. Certaines personnes attendaient qu'ils aillent trop loin. (Il s'interrompt, s'assure qu'Anderson comprend ses mots.) Certains d'entre nous ont même tout fait pour ça. Je reviens juste d'une réunion avec Akkarat lui-même et je peux t'assurer que les choses vont bientôt tourner en notre faveur. (Anderson retient un rire, mais Carlyle le menace du doigt.) Te gêne pas, secoue la tête mais, avant même que j'en aie terminé, tu seras en train de m'embrasser le cul pour me remercier des nouvelles structures de tarifs et nous recevrons tous réparation sur nos comptes en banque.

— Les chemises blanches ne versent jamais de réparation. Pas quand ils brûlent une ferme, pas quand ils confisquent un chargement. Jamais.

Carlyle hausse les épaules. Il regarde la lumière chaude de la véranda et observe :

— La mousson est proche.

— Pas sûr. (Anderson dédie un regard amer à la lumière aveuglante.) Elle est déjà en retard de deux mois.

— Oh, elle arrive, c'est sûr. Peut-être pas ce mois-ci. Peut-être pas le suivant, mais elle arrive.

— Et ?

— Le ministère de l'Environnement attend des pièces de rechange pour les pompes des digues. Des équipements critiques. Pour sept pompes. (Il s'interrompt un instant.) Bon, où penses-tu que cet équipement attend ?

— Éclaire-moi.

— Loin de l'autre côté de l'océan Indien. (Le sourire de Carlyle est carnivore.) Dans un certain hangar de Kolkata qui m'appartient, comme par hasard.

L'air semble avoir quitté le bar. Anderson regarde autour de lui, s'assure que personne ne peut les entendre.

— Seigneur, espèce de fou. Tu es sérieux ?

Tout devient clair. Les vantardises de Carlyle, sa certitude. Cet homme a toujours eu le goût d'un flibustier pour les risques. Mais, avec lui, c'est difficile de différencier le bluff de la sincérité. S'il dit qu'il a l'oreille d'Akkarat, il parle peut-être de ses secrétaires. Beaucoup de bruit pour pas grand-chose. Mais là…

Anderson va poursuivre, voit arriver Sir Francis, se détourne et grimace. Les yeux de Carlyle scintillent de malice. Sir Francis pose un nouveau whisky près de sa main, mais Anderson ne se soucie plus de boire. Dès que le patron du bar s'éloigne, il se penche vers Carlyle.

— Tu tiens la ville en otage ?

— Les chemises blanches semblent avoir oublié qu'ils ont besoin des étrangers. Nous sommes en plein dans une nouvelle Expansion et chaque ficelle est connectée à une autre, pourtant ils réfléchissent toujours comme un ministère de la Contraction. Ils ne comprennent pas à quel point ils sont devenus dépendants des *farang*. (Il hausse les épaules.) Pour l'instant, ce ne sont que des pièces sur un échiquier. Ils ne savent pas qui les déplace, ils ne pourraient pas nous arrêter, même s'ils essayaient. (Il vide son verre de whisky d'un coup, grimace et claque son verre sur le bar.) Nous devrions tous envoyer des fleurs à ce connard de chemise blanche, Jaidee. Si la moitié des pompes à charbon de la ville sont déconnectées… (Il écarte les bras.) Ce qui est bien quand on travaille avec les Thaïs, c'est que c'est un peuple très sensible. Je n'ai aucun besoin de menacer. Ils s'en rendront compte par eux-mêmes et feront ce qu'il faut.

— C'est un sacré pari.

— N'est-ce pas le cas de tout ? (Carlyle offre à Anderson un sourire cynique.) Peut-être serons-nous tous morts d'une nouvelle version de la rouille vésiculeuse demain. Ou peut-être serons-nous les hommes les plus riches du Royaume. C'est toujours un pari. Les Thaïs jouent sérieusement. Nous devons faire de même.

— Je me contenterais de mettre un pistolet-AR sur ta tempe pour échanger ton cerveau contre les pompes.

— C'est bien l'esprit. (Carlyle rit.) Maintenant tu penses comme un Thaï. Mais je me suis couvert, là aussi.

— Quoi? Avec le ministère du Commerce? (Anderson grimace.) Akkarat n'a pas les muscles pour te protéger.

— Mieux que ça. Il a des généraux.

— Tu es saoul. Les amis du général Pracha contrôlent toutes les branches de l'armée. Si les chemises blanches ne gèrent pas encore tout le pays, c'est uniquement parce que le vieux roi est intervenu avant que Pracha ne puisse écraser Akkarat.

— Les temps changent. Les chemises blanches de Pracha et ses sbires en ont énervé pas mal. Les gens veulent du changement.

— Tu parles de révolution, maintenant?

— Peut-on parler de révolution quand c'est à l'instigation du Palais?

Carlyle tend négligemment la main derrière le bar pour prendre la bouteille de whisky et se sert un verre. Il retourne la bouteille et n'obtient qu'un demi-shot. Il lève un sourcil vers Anderson et reprend.

— Ah, maintenant tu fais attention. (Il désigne le verre d'Anderson) Tu vas boire ça?

— Ça va jusqu'où?

— Tu veux participer?

— Pourquoi me le proposer?

— Tu le demandes sérieusement? (Carlyle hausse les épaules.) Quand Yates a installé ton usine, il a triplé la facture de joules du syndicat des masto-dontes. Il a jeté l'argent par les fenêtres. Difficile de ne pas remarquer ce genre de fonds.

Il hoche la tête vers les autres expatriés qui jouent au poker, apathiques, et attendent que la chaleur de la journée s'éloigne pour retourner à leur travail, à leurs putes ou à leur attente passive du jour suivant.

— Tous les autres, ce sont des enfants. Des gosses dans des vêtements d'adultes. Tu es différent.

— Tu penses que nous sommes riches ?

— Oh, arrête de faire semblant. Mes dirigeables transportent tes chargements. (Il regarde Anderson droit dans les yeux.) J'ai vu d'où venait ton approvi-sionnement, avant qu'il n'arrive à Kolkata.

Anderson feint la nonchalance.

— Et alors ?

— Une sacrée partie du matériel vient de Des Moines.

— Tu penses que je vaux la mise parce que j'ai des investisseurs du Midwest ? Tout le monde n'a-t-il pas des investisseurs là où se trouve l'argent ? Et si c'était une riche veuve qui veut faire des expé-riences avec les ressorts ? Tu cherches trop à lire entre les lignes.

— Vraiment ? (Carlyle jette un œil dans la pièce et se penche vers son interlocuteur.) Les gens parlent de toi.

— Comment ?

— Ils disent que tu es très intéressé par les semences. (Il désigne des yeux la peau de *ngaw* entre eux.) Nous sommes tous des chasseurs de gènes ces temps-ci. Mais tu es le seul à payer pour des informations. Le seul qui pose des questions sur les chemises blanches et les transgénieurs.

Anderson sourit froidement.

— Toi, tu as parlé avec Raleigh.

Carlyle s'incline.

— Si ça peut te consoler, ce n'était pas facile. Il ne voulait pas parler de toi. Pas du tout.

— Il aurait dû réfléchir un peu plus.

— Il ne peut obtenir ses traitements anti-âge sans moi, explique Carlyle. Nous avons des représentants au Japon. Tu n'as pas pu lui offrir une autre décennie de vie facile.

Anderson se force à rire

— Bien sûr.

Il sourit mais, à l'intérieur, il bout. Il devra s'arranger avec Raleigh. Et peut-être avec Carlyle aussi. Il a été paresseux. Il regarde le *ngaw* avec dégoût. Il a présenté sa nouvelle source d'intérêt à tout le monde. Même les grahamites et maintenant… C'est trop facile de se laisser aller. D'oublier de se protéger. Un jour, dans un bar, quelqu'un vous fout une gifle.

Carlyle est en train de dire :

— Si je pouvais seulement parler avec certaines personnes. Discuter de certaines propositions… (Il laisse traîner, ses yeux bruns cherchent un signe dans l'expression d'Anderson.) Je me fous de savoir pour quelle société tu travailles. Si j'ai bien compris tes centres d'intérêt, nous pourrions bien découvrir que nos objectifs vont dans le même sens.

Anderson tapote le bar de ses doigts, pensif. Si Carlyle devait disparaître, cela attirerait-il l'attention ? Il pourrait peut-être même le mettre sur le dos de chemises blanches trop zélées.

— Tu penses que tu as une chance ? demande-t-il.

— Ce ne serait pas la première fois que les Thaïs changent leur gouvernement par la force. Le Victory

Hotel n'existerait pas si le Premier ministre Surawong n'avait pas perdu la tête et son manoir pendant le coup d'État du 12 décembre. L'histoire thaïe est pleine de changements d'administration.

— Je suis un peu inquiet, si tu m'en parles à moi, tu en parles à d'autres. Peut-être de trop nombreux autres.

— À qui d'autre pourrais-je parler? (Carlyle agite la tête dans la direction de la Phalange *farang*.) Ils ne sont rien. Je n'y penserais même pas une seconde. Les tiens, par contre... (Carlyle s'interrompt, pèse ses mots et se penche vers Anderson.) Regarde, Akkarat a de l'expérience avec ce genre de choses. Les chemises blanches ont beaucoup d'ennemis. Et pas seulement les *farang*. Tout ce dont notre projet a besoin c'est d'un peu d'élan. (Il prend une gorgée de whisky, s'arrête sur le goût un instant avant de reposer le verre sur le bar.) Les retombées seraient très favorables pour nous. (Il regarde Anderson dans les yeux.) Très favorables pour toi. Pour tes amis dans le Midwest.

— Qu'est-ce que tu en retires?

— Le commerce, bien sûr. (Carlyle sourit.) Si les Thaïs se tournent vers l'extérieur au lieu de vivre dans cette absurde position défensive, ma société va s'agrandir. C'est bon pour le commerce, voilà tout. Je ne peux pas imaginer que tes amis aiment attendre à Koh Angrit, en quarantaine, suppliant pour obtenir l'autorisation de vendre quelques tonnes de U-Tex ou de Soypro au Royaume quand il y a une mauvaise saison. À la place, on pourrait pratiquer le libre- échange. Je pensais que ce serait intéressant pour toi. C'est assurément un bénéfice pour moi.

Anderson étudie Carlyle, tente de déterminer à quel point il peut lui faire confiance. Pendant deux ans, ils ont bu ensemble, ont été parfois aux putes ensemble, sont parvenus à un accord pour un contrat de transport en se serrant simplement la main, mais Anderson ne sait pas grand-chose de lui. Le siège a un dossier, mais il est mince. Anderson réfléchit. La banque de semences ne doit pas être loin, elle l'attend. Avec un gouvernement plus accommodant…

— Quels généraux te soutiennent ?

Carlyle éclate de rire.

— Si je te le disais, tu me prendrais pour un imbécile incapable de garder un secret.

L'homme fait beaucoup de bruit pour pas grand-chose, se dit Anderson. Il devra s'arranger pour le faire disparaître avant que sa couverture ne tombe.

— Ça a l'air intéressant. Nous devrions peut-être parler plus longuement de nos objectifs réciproques.

Carlyle ouvre la bouche pour répondre mais s'interrompt, observe Anderson. Il sourit et secoue la tête.

— Oh, non. Tu ne me crois pas. (Il hausse les épaules.) Tu as le droit. Contente-toi d'attendre alors. Dans deux jours, je pense que tu seras plus impressionné. Nous parlerons à ce moment-là. (Il regarde Anderson dans les yeux, d'un air entendu.) Et nous parlerons dans un endroit que j'aurai choisi.

Il termine son verre.

— Pourquoi attendre ? Qu'est-ce qui va changer en deux jours ?

Carlyle remet son chapeau sur sa tête.

— Tout, mon cher *farang*, tout va changer.

CHAPITRE 9

Emiko s'éveille dans l'après-midi étouffant. Elle s'étire, respire difficilement dans le four de son cagibi.

Il existe un endroit pour les automates. Ce savoir fourmille en elle. Une raison de vivre.

Elle presse sa main contre les planches de Tout-Temps qui divisent son espace de sommeil de celui qui se trouve au-dessus. Elle touche les nœuds. Elle pense à la dernière fois où elle a été si heureuse. Elle se souvient du Japon et des luxes que lui procurait Gendo-sama : son propre appartement ; l'air conditionné qui apportait la fraîcheur dans les journées humides de l'été ; des poissons *dangan* qui scintillaient et changeaient de couleur comme les caméléons, iridescents selon leur vitesse : les bleus si lents, les rouges si rapides. Elle avait l'habitude de tapoter leur aquarium pour les regarder prendre de la vitesse, comme des traînées rouges dans les eaux sombres, révélant la brillance de leur nature automate.

Elle aussi brillait vivement. Elle avait été bien conçue. On l'avait bien entraînée. Elle connaissait les manières de la compagne d'oreiller, de la secrétaire, de la traductrice et de l'observatrice, tous ces services pour son maître dont elle s'acquittait si admirablement qu'il la choyait comme une colombe libérée dans l'arc bleu vif du soleil. Elle avait été tellement honorée.

Les nœuds du ToutTemps la fixent, ce sont les seules décorations sur la paroi qui la sépare des autres et empêche les poubelles de ses voisins de se faire tremper. La puanteur de l'huile de lin se dégage du bois, nauséabonde dans l'espace trop petit. Au Japon, il y avait des règles sur l'usage de ce genre de bois dans les habitations humaines. Ici, dans le taudis des tours, tout le monde s'en fout.

Les poumons d'Emiko la brûlent. Elle respire difficilement, écoute les grognements et les ronflements des autres. Aucun son ne provient du cagibi du dessus. Puenthai ne doit pas être rentré. Sinon, elle aurait déjà souffert, elle aurait été frappée ou baisée. Il est rare qu'elle vive une journée sans abus. Puenthai n'est pas rentré. Peut-être est-il mort. La marque du *fa'gan* sur son cou était déjà bien grosse la dernière fois qu'elle l'a vu.

Elle se tortille pour sortir de son cagibi et se redresse dans l'espace étroit entre son lit et la porte. Elle s'étire à nouveau puis tend la main et fouille à la recherche de sa bouteille en plastique, jaunie et amincie par les ans. Elle boit de l'eau à la température du sang. Elle avale convulsivement, elle rêve de glace.

Deux étages plus haut, elle ouvre une porte déglinguée et se glisse sur le toit. La lumière du soleil et la chaleur l'enveloppent. Même avec cette touffeur, il fait plus frais que dans son cagibi.

Tout autour d'elle, des cordes à linge couvertes de *pha sin* et de pantalons bruissent dans la brise venue de la mer. Le soleil descend, brille encore du haut des *wats* et des *chedis*. L'eau du *khlong* et de la

Chao Phraya scintille. Des bateaux-AR et des clippers trimarans fendent le miroir rouge.

Au nord, au loin, on voit la brume orange des feux de bouse et de l'humidité, mais, quelque part dans cette direction, si elle doit en croire le *farang* pâle à la cicatrice, des automates vivent librement. Quelque part au-delà des armées qui guerroient pour le charbon, le jade et l'opium, sa propre tribu perdue l'attend. Elle n'a jamais été japonaise, elle n'a jamais été qu'une automate. Et, maintenant, son véritable clan l'attend, si elle peut trouver le chemin qui mène à lui.

Elle fixe le nord un peu plus longtemps, affamée, puis se dirige vers le seau qu'elle a caché la nuit précédente. Il n'y a pas d'eau dans les étages supérieurs, pas assez de pression et elle ne peut prendre le risque de se laver à la pompe publique, elle grimpe donc toutes les nuits avec son seau à eau et le laisse là pour le jour suivant.

Dans l'intimité de l'espace illimité et du soleil couchant, elle se lave. C'est un rituel, un nettoyage soigneux. Le seau d'eau, un minuscule morceau de savon. Elle s'accroupit à côté du seau et verse de l'eau tiède sur son corps. C'est une chose précise, un acte aussi délibéré que le *Jo No Mai*, chaque mouvement est chorégraphié, une prière de rareté.

Elle verse une louche sur sa tête. L'eau court le long de son visage, de ses seins, de ses côtes, puis sur ses cuisses avant de s'égoutter sur le béton brûlant. Encore une louche et ses cheveux sont trempés, l'eau glisse le long de sa colonne vertébrale et sur ses fesses. Une autre qui couvre son corps comme du mercure. Puis, le savon, elle le frotte dans ses cheveux puis sur sa peau, elle se lave des insultes et des humiliations de la nuit précédente jusqu'à être couverte de mousse. Elle retourne alors au seau et à la louche, se rince aussi soigneusement qu'elle s'est mouillée.

L'eau entraîne le savon et la crasse loin de son corps, et aussi un peu de sa honte. Même si elle se frottait pendant un millier d'années, elle ne se sentirait pas propre, mais elle est trop fatiguée pour s'en soucier et elle s'est habituée aux cicatrices dont elle ne peut pas se débarrasser. La sueur, l'alcool, le sel humide du sperme, la dégradation, ça elle peut l'effacer. Cela lui suffit. Elle est trop fatiguée pour frotter plus fort. Trop fatiguée, trop chaud, toujours.

À la fin de son rinçage, elle est heureuse de découvrir qu'il reste un peu d'eau dans le seau. Elle prend une louchée et la boit, à longues gorgées. Puis, dans un geste de gaspillage luxueux, elle retourne le seau sur sa tête pour une merveilleuse douche de catharsis. À cet instant, entre la sensation de l'eau et les éclaboussures sur la flaque autour de ses orteils, elle se sent vraiment propre.

Dans les rues, elle tente de passer inaperçue au milieu de l'activité du soir. Mizumi-sensei lui a appris à marcher d'une certaine manière, pour accentuer et embellir les mouvements saccadés de son corps. Mais si Emiko fait très attention, si elle lutte contre sa nature et son entraînement, si elle porte un *pha sin* et ne balance pas ses bras, elle est presque invisible.

Le long des trottoirs, des couturières se reposent derrière leurs machines à coudre à pédale, attendent les clients du soir. Les vendeurs de snacks entassent ce qui reste de leurs produits en piles soigneuses, ils guettent le chaland de fin de journée. Les étals de nourriture du marché de nuit sont installés avec leurs tabourets et leurs tables en bambou dans la rue, l'invasion rituelle des allées signale la fin de la journée et le commencement de la vie dans une ville tropicale.

Emiko tente de ne rien fixer, cela fait longtemps qu'elle n'a pas pris le risque de sortir durant la journée. Quand Raleigh lui a acheté son cagibi, il lui a donné des instructions strictes. Il ne peut la garder dans le Ploenchit – même les putes, les maquereaux et les drogués ont leurs limites –, il l'a donc installée dans un taudis où les dessous-de-table sont moins onéreux et les voisins moins difficiles. Mais ses recommandations sont rigoureuses, ne sors que la nuit, reste dans l'ombre, rends-toi directement au club et rentre directement chez toi. Sans cela, elle a peu d'espoir de survivre.

Le jour, sa nuque la picote quand elle se fraye un passage dans la foule. La plupart des gens ne se soucient pas de sa présence. Ils sont bien trop occupés pour s'inquiéter d'une créature comme elle, même s'ils repèrent ses mouvements étranges. Dans la nuit profonde aux étincelles vertes de méthane, il y a moins d'yeux mais ceux-là sont désœuvrés, drogués au *yaba* ou au *lao-lao*, ces yeux ont le temps et l'opportunité de la poursuivre.

Une femme qui vend des bâtonnets de papaye certifiés par le ministre de l'Environnement la regarde, suspicieuse. Emiko se force à ne pas paniquer. Elle continue sa marche à pas hachés, tente de se convaincre qu'elle a l'air d'une excentrique et non d'une transgression génétique. Son cœur bat la chamade contre ses côtes.

Trop rapide. Ralentis. Tu as le temps. Pas autant que tu le voudrais, mais assez pour poser des questions. Doucement. Patiemment. Ne te trahis pas. Ne t'échauffe pas.

Ses paumes sont trempées de sueur, la seule partie de son corps qui ressent vraiment le frais. Elle les garde bien ouvertes, comme des éventails, tentant d'absorber du confort. Elle s'arrête à une pompe publique pour asperger son corps et boire un bon coup, heureuse que le Nouveau Peuple n'ait pas à craindre grand-chose en matière d'infection bactérienne ou parasitaire. Elle est un hôte inhospitalier. C'est au moins un avantage.

Si elle n'était pas une Nouvelle Personne, elle pourrait simplement entrer dans la gare de Hualamphong et acheter un ticket pour un voyage en train-AR qui l'emmènerait jusqu'au désert de Chiang Mai, elle n'aurait alors qu'à braver la jungle. Ce serait facile. Mais elle doit être maligne. Les routes seront gardées. Tout ce qui mène dans le Nord-Est et au Mékong doit être embouteillé de personnel militaire en transfert entre le front de l'Est et la capitale. Une Nouvelle Personne attirerait l'attention, particulièrement parce que les modèles militaires se battent parfois pour les Vietnamiens.

Mais il y a un autre chemin. Elle se souvient, grâce à son temps passé avec Gendo-sama, que l'essentiel du fret du Royaume passe par le fleuve.

Emiko tourne dans Thanon Mongkut vers les quais et les digues et s'arrête brusquement. Des chemises blanches. Quand deux d'entre eux passent devant elle, elle se presse contre un mur. Ils ne la regardent pas – elle passe inaperçue si elle ne bouge pas – pourtant, dès qu'ils sont hors de vue, elle ressent le besoin impérieux de retourner à sa tour. La plupart des chemises blanches ont été soudoyés. Ceux-ci… Elle frissonne.

Finalement, les hangars et les comptoirs des *gaijin* s'élèvent vers les blocs commerciaux nouvellement construits. Elle monte sur la digue. Au sommet, l'océan s'étale devant elle, bruissant des déchargements de clippers, des dockers et des coolies qui transportent le fret, des *mahout* qui titillent leurs mastodontes pour qu'ils travaillent plus fort tandis que des palettes sont extraites des clippers et sont chargées sur d'énormes wagons aux roues de caoutchouc laotien se dirigeant vers les hangars. Des souvenirs de son ancienne vie lui reviennent à l'esprit.

Une tache sur l'horizon marque la zone de quarantaine de Koh Angrit où les commerçants et les cadres agricoles *gaijin* attendent au milieu de leurs piles de calories une mauvaise récolte ou une épidémie qui leur ouvrirait les frontières du Royaume. Gendo-sama l'a un jour emmenée vers cette île flottante de radeaux de bambous et de hangars. Il s'est tenu sur le pont qui roulait doucement avec les vagues et lui a demandé de traduire pendant qu'il proposait aux étrangers des technologies avancées de transport maritime qui accéléreraient les chargements de SoyPro breveté dans le monde entier.

Emiko soupire et passe sous les lignes drapées de *saisin* qui recouvrent la digue. Les fils sacrés courent le long du mur dans les deux directions, disparaissent au loin. Tous les matins, les moines d'un temple différent bénissent le fil, ajoutant leur soutien spirituel aux défenses physiques qui retiennent la mer affamée.

Dans son ancienne vie, quand Gendo-sama lui fournissait les permis et les indulgences qui lui permettaient de se déplacer à l'intérieur de la ville en toute impunité, Emiko avait l'occasion de voir les bénédictions annuelles des digues, des pompes et des *saisin* qui connectent le tout. Alors que la pluie de la première mousson se déversait sur la foule assemblée, Emiko a vu Sa Majesté Révérée la Reine Enfant tirer les leviers qui enclenchent les pompes divines, sa silhouette délicate rapetissée par le système créé par ses ancêtres. Les moines chantaient et étiraient le *saisin* frais depuis les piliers de la ville, le cœur spirituel de Krung Thep, vers les douze pompes au charbon qui encerclent la cité, puis ils ont tous prié pour la survie de leur ville si fragile.

Maintenant, avec la saison sèche, le *saisin* a l'air abîmé et les pompes sont silencieuses. Les ponts flottants, les barges et autres canots dansent doucement sur l'eau dans la lumière rouge du soleil.

Emiko descend dans le bruissement, détaille les visages, espère trouver quelqu'un d'avenant. Elle observe les gens passer, garde son corps immobile pour ne pas trahir sa nature. Finalement, elle prend son courage à deux mains. Elle appelle un travailleur journalier :

— *Kathorh kha.* S'il vous plaît. *Khun.* Pouvez-vous me dire où je peux acheter des tickets pour le ferry vers le nord ?

L'homme, couvert de poudre et de la sueur de son travail, sourit amicalement.

— Jusqu'où au nord ?

Elle lui donne un nom au hasard, ne sachant pas si ce sera suffisamment près de l'endroit que le *gaijin* a décrit.

— Phitsanulok?

Il grimace.

— Il n'y a rien qui va aussi loin et pas grand-chose au-delà d'Ayutthaya. Les fleuves sont devenus trop lents. Certains utilisent des mulies pour les tirer vers le nord, mais c'est tout. Quelques bateaux-AR. Et la guerre… (Il hausse les épaules.) Si vous avez besoin d'aller dans le Nord, les routes devraient rester sèches pendant quelque temps encore.

Elle cache sa déception et *wai* soigneusement. Pas le fleuve, donc. La route ou rien. Si elle avait pu le faire par le fleuve, elle aurait de surcroît disposé d'un moyen de se rafraîchir. Par la route… elle imagine la longue distance à travers la chaleur de la saison sèche. Peut-être devrait-elle attendre la saison des pluies. Avec la mousson, les températures vont chuter et les fleuves gonfler…

Emiko remonte sur la digue puis redescend vers les taudis des familles des quais et des marins en goguette après la quarantaine. Par la route, donc. C'était vraiment idiot de vérifier. Pour emprunter un train-AR il fallait un permis. Beaucoup de permis rien que pour monter à bord. Mais si elle pouvait payer quelqu'un, s'embarquer clandestinement… Elle grimace. Toutes les routes mènent à Raleigh. Elle devra lui parler. Supplier le vieux corbeau de lui offrir ce qu'il n'a aucune raison de donner.

Un homme avec un tatouage de dragon sur le ventre et une balle *takraw* sur l'épaule la regarde quand elle passe.

— Tic-tac, murmure-t-il.

Emiko ne ralentit pas, ne se retourne pas, mais sa peau la picote.

L'homme la suit, réitère sa raillerie.

Elle tourne la tête. Son visage est inamical. Il lui manque une main, cela l'horrifie. Il tend son moignon et frappe son épaule. Elle recule, réaction saccadée, trahissant sa nature. Il sourit et ses dents sont noires de noix de bétel.

Emiko tourne dans un *soi*, espérant échapper à son attention. Il l'appelle :

— Tic-tac.

Emiko se glisse dans une allée, accélère le pas. Son corps s'échauffe. Ses mains dégoulinent de sueur. Elle halète pour se débarrasser du trop-plein de chaleur. L'homme la suit toujours. Il ne l'appelle plus, mais elle l'entend. Elle tourne à nouveau. Des cheshires s'égaillent devant elle, éclats de lumière en fuite comme des cafards. Si seulement elle pouvait s'évaporer avec autant de facilité, se mêler au mur et laisser cet homme passer, rester invisible.

— Où vas-tu, automate ? demande-t-il. Je veux juste te regarder.

Si elle était toujours avec Gendo-sama, elle pourrait lui faire face. Fière, protégée par les tampons d'importation et les papiers de propriété, le consulat et la menace terrible de la rétribution de son propriétaire. Elle était peut-être une possession mais elle était respectée. Elle pourrait même se plaindre à un chemise blanche ou à la police, demander protection. Avec les tampons sur un passeport, elle n'était pas une transgression contre la niche et la nature, mais un objet exquis et adulé.

L'allée s'ouvre sur une autre rue, pleine de hangars *gaijin* et de devantures. L'homme attrape son bras avant qu'elle ne puisse les atteindre. Elle a chaud. Elle rougit sous l'effet de la panique. Elle fouille la rue du regard, mais il n'y a que des baraques et des fruits secs, quelques *gaijin* qui ne l'aideront pas. Les grahamites sont les dernières personnes qu'elle souhaite rencontrer.

L'homme la tire vers l'allée.

— Où penses-tu aller, automate ?

Ses yeux sont brillants et durs. Il mâche quelques chose – un bâtonnet d'amphétamines. Le *yaba*. Les coolies l'utilisent pour travailler en brûlant les calories qui leur font défaut. Il s'accroche à son poignet, les yeux étincelants. Il la tire dans l'allée. Elle a bien trop chaud pour courir. Il n'y a de toute façon nulle part où aller.

— Tiens-toi contre le mur. Non ! (Il la retourne d'un coup sec.) Ne me regarde pas.

— S'il vous plaît !

Un couteau apparaît dans sa main valide, brillant.

— Ta gueule. Reste là.

Sa voix possède la puissance du commandement et malgré sa peur, elle obéit.

— S'il vous plaît, laissez-moi partir, murmure-t-elle.

— J'ai combattu les tiens. Dans les jungles du Nord. Il y avait des automates partout. Des soldats tic-tac.

— Je ne suis pas de ce type. Je ne suis pas un soldat.

— Ils étaient japonais, comme toi. J'ai perdu une main à cause d'eux. Et beaucoup de bons amis.

Il lui montre son moignon, le pousse contre sa joue. Son souffle réchauffe sa nuque tandis qu'il lui entoure le cou du bras, presse le couteau contre sa jugulaire. Perce la peau.

— S'il vous plaît, laissez-moi partir. (Elle se presse contre son entrejambe.) Je ferai tout ce que vous voulez.

— Tu crois que je me salirais? (Il la jette brutalement contre le mur, la fait crier.) Avec un animal comme toi? (Un silence puis:) Agenouille-toi.

Dans la rue, les rickshaws vibrent sur les pavés. Les gens s'appellent, demande le prix d'une corde de chanvre ou si quelqu'un connaît l'heure du prochain combat de *muay thai*. Le couteau s'accroche à nouveau à son cou, trouve son pouls.

— J'ai vu mes amis mourir dans les forêts à cause des automates japonais.

Elle déglutit et répète.

— Je ne suis pas de ce type.

Il rit.

— Bien sûr que non. Tu es une autre sorte de créature. Une que leurs démons aiment garder sur leurs ponts de l'autre côté du fleuve. Nous mourons de faim et les tiens volent notre riz.

La lame se presse contre sa gorge. Il va la tuer. Elle en est sûre. Sa haine est grande et malsaine. Il est drogué, furieux, dangereux, et elle n'est rien. Même Gendo-sama n'aurait pu la protéger. Elle déglutit, sent la lame contre sa pomme d'Adam.

Est-ce ainsi que tu vas mourir? Est-ce pour cela que tu as été conçue? Pour saigner comme un cochon?

Une étincelle de rage l'électrise, un antidote au désespoir.

Ne peux-tu faire le moindre effort pour survivre? Les scientifiques t'ont-ils faite si stupide que tu renonces à te battre pour ta propre vie?

Emiko ferme les yeux et prie Mizuko Jizo Bodhisattva, le *bakeneko*, et l'esprit cheshire pour faire bonne mesure. Elle inspire profondément puis, de toutes ses forces, envoie une claque sur le cou-

204

teau. La lame s'écarte de son cou, ne laisse qu'une égratignure.

— *Arai wa!* crie l'homme.

Emiko le frappe et plonge sous la lame. Derrière elle, elle entend un grognement et un bruit de chute, elle court vers la rue. Elle ne se retourne pas en y entrant, ne se préoccupe pas de ses gestes d'automate, ne se soucie pas de la surchauffe fatale qu'entraînera sa fuite. Elle court, déterminée à échapper au démon derrière elle. Elle se consumera, mais elle ne mourra pas comme un cochon à l'abattoir.

Elle vole presque, évite les pyramides de durians, enjambe les rouleaux de corde de chanvre. Cette fuite suicidaire est absurde, pourtant elle refuse de s'arrêter. Elle bouscule un *gaijin* qui marchande un sac de riz U-Tex local. Il recule, panique, crie. Elle s'éloigne.

Tout autour, le trafic semble avoir ralenti. Emiko se fraye un passage sous les parois de bambou d'un chantier de construction. Courir est étrangement facile. Les gens se déplacent comme s'ils étaient englués dans du miel. Elle seule se meut. Quand elle regarde enfin derrière elle, son poursuivant est loin. Il est bizarrement lent. Comment a-t-elle pu avoir peur de lui ? Le ridicule de ce monde en suspension la fait rire.

Elle heurte un ouvrier et l'entraîne à terre avec elle. L'homme crie :

— *Arai wa!* Regardez où vous allez !

Emiko se met lentement à genoux, ses mains égratignées n'ont plus de sensation. Elle essaie de se relever, mais le monde bascule dans la brume. Elle s'effondre. Se force encore à se redresser, comme saoule, terrassée par la chaleur qui la brûle de l'intérieur. Le sol bouge, vacille, mais elle parvient à se remettre debout. Elle s'appuie sur le mur brûlant de soleil, l'homme continue à lui crier dessus. Sa rage la laisse indifférente, elle n'a pas de sens. Emiko surchauffe.

Plus loin, entre les chariots à mulie et les vélos, elle aperçoit le visage d'un *gaijin*. Elle ferme les yeux, fait un pas, titube. Est-elle folle? Le cheshire *bake-neko* joue-t-il avec elle? Elle s'accroche à l'épaule de l'ouvrier qui crie. Dans le trafic, elle cherche ce que son cerveau en fusion a halluciné. L'ouvrier hurle et recule, mais elle s'en rend à peine compte.

Elle a un autre flash du même visage. Celui du *gaijin*, le pâle avec la cicatrice, chez Raleigh. Celui qui lui a conseillé d'aller vers le nord. Il est dans un rickshaw qui disparaît derrière un mastodonte, puis qui réapparaît, de l'autre côté, et qui regarde vers elle. Leurs yeux se rencontrent. C'est lui. Elle en est sûre.

— Attrapez-la! Ne laissez pas la tic-tac s'enfuir!

Son agresseur hurle et agite son couteau en traversant une paroi de bambou. Sa lenteur est stupéfiante, encore plus qu'elle ne l'a imaginé. Un autre handicap dû à ses blessures de guerre? Non, son allure est normale, c'est juste que tout autour d'elle est ralenti: les gens, le trafic. Étrange. Surréaliste et lent.

Les ouvriers la saisissent. Emiko les laisse l'entraîner, elle cherche le *gaijin* dans la rue. Était-ce une hallucination?

Là: encore le *gaijin*. Emiko se libère et se jette dans le trafic. Avec le peu d'énergie qui lui reste, elle plonge sous le ventre d'un mastodonte, échappe de peu à l'une de ses pattes, se retrouve de l'autre côté, s'approche du rickshaw, tend la main vers le *gaijin*, comme une mendiante.

Il l'observe de ses yeux froids et complètement détachés. Elle trébuche et accroche le rickshaw pour se redresser, elle sait qu'il va la rejeter. Elle n'est qu'une automate. Elle a été stupide d'espérer qu'il la verrait comme une personne, comme une femme, comme plus qu'un détritus.

Brusquement, il attrape sa main et la hisse à l'intérieur. Le *gaijin* ordonne à son chauffeur d'avancer – *gan cui chi che, kuai, kuai, kuai* –, d'accélérer. Il crache les mots dans des langues différentes et le rickshaw accélère, mais lentement.

Son agresseur se jette sur le véhicule et la poignarde à l'épaule. Le sang jaillit, éclabousse le siège. Des gouttes de rubis suspendues dans la lumière. L'homme relève le couteau. Elle tente de se protéger de la main, mais elle n'a plus de forces. Elle tombe d'épuisement et de chaleur. L'homme frappe encore, en hurlant.

Emiko voit le couteau s'abattre, aussi lent que du sirop trop froid. Si lent. Sa chair s'ouvre. Chaleur, confusion, épuisement, elle ne tient plus. Le poignard revient à la charge.

Soudain, le *gaijin* s'interpose. Un pistolet-AR brille dans sa main. Emiko regarde, vaguement surprise que l'homme possède une arme, mais le combat entre le *gaijin* et le drogué *yaba* est tellement petit, tellement loin. Tellement, tellement sombre... La chaleur l'avale.

CHAPITRE 10

La fille automate ne fait rien pour se défendre. Elle crie mais frémit à peine quand le couteau la frappe.

— *Bai*, s'écrie Anderson pour Lao Gu. *Kuai, kuai, kuai.*

Il donne un coup à l'attaquant tandis que le rickshaw accélère. Le Thaï s'accroche maladroitement à Anderson puis s'attaque à nouveau à la fille automate, le couteau dressé. Elle n'essaie pas de lui échapper. Le sang gicle. Anderson tire un pistolet-AR de sa chemise et le fourre sous le nez de l'homme. Les yeux du Thaï s'écarquillent.

Il lâche le rickshaw et court pour se protéger. Anderson le suit du canon, se demande s'il doit mettre un disque dans la tête de l'homme ou le laisser s'enfuir, mais ce dernier se cache derrière un mastodonte, lui vole sa décision.

— Merde! (Anderson fouille le trafic du regard pour s'assurer que l'homme a vraiment disparu puis range son pistolet sous sa chemise. Il se tourne vers la fille effondrée:) Tu es en sécurité maintenant.

La fille automate est inerte, ses vêtements déchirés, ses yeux clos, elle halète. Quand il pose la paume sur son front, elle frissonne et ses paupières frémissent. Elle est brûlante. Elle lève des yeux apathiques vers lui.

— S'il vous plaît, murmure-t-elle.

Sa température est effarante. Elle est en train de mourir. Anderson ouvre sa veste et tente de l'éventer. Elle surchauffe à cause de sa course et d'une mauvaise conception génétique. Il est absurde de faire ce genre de chose à une créature vivante, de l'entraver à ce point.

Il hurle par-dessus son épaule.

— Lao Gu ! Aux digues ! (Lao Gu se retourne, il ne comprend pas.) *Shui !* De l'eau ! *Nam !* L'océan, nom de Dieu. (Anderson désigne les murs des digues.) Vite ! *kuai kuai kuai !*

Lao Gu hoche vigoureusement la tête. Il se lève sur ses pédales et accélère encore, force le passage dans l'embouteillage, lance des avertissements, injurie les piétons ou les bêtes de somme sur son chemin. Anderson évente la fille avec son chapeau.

Au pied des digues, Anderson jette la fille sur son épaule et la porte dans l'escalier. Des gardiens *nâga* flanquent l'escalier, leur long corps ondulant de serpent le guide vers le haut. Ils le regardent, le visage impassible, tandis qu'il titube un peu. La sueur coule dans ses yeux. La fille automate est un four contre sa peau.

Au sommet, le soleil rouge lui brûle le visage, changeant Thonburi la noyée en silhouette de l'autre côté de l'eau. Le soleil est presque aussi chaud que le corps sur son épaule. Il chancelle en descendant vers les quais et jette la fille dans l'eau. Les éclaboussures le trempent.

Elle coule comme une pierre. Anderson déglutit et plonge derrière elle. *Idiot ! Mais quel idiot !* Il attrape un bras mou et le tire vers la surface. Il la soutient pour que son visage reste au-dessus des vagues, s'arc-boute pour l'empêcher de se noyer. Sa peau est brûlante. Il s'attend presque à ce que la mer bouillonne autour d'eux. Ses cheveux noirs s'étalent comme un filet dans les vagues. Elle balance entre ses bras. Lao Gu descend jusqu'à lui. Anderson lui fait signe de le rejoindre.

— Viens. Tiens-la.

Lao Gu hésite.

— Tiens-la, nom de Dieu. *Zhua ta.*

Lao Gu glisse ses mains sous les bras de la fille automate, à regret. Anderson touche le cou de la fille, cherche le pouls. Son cerveau est-il déjà cuit ? Il pourrait bien être en train de tenter de sauver un légume.

Le pouls de l'automate vrombit comme un colibri, plus rapide que ce qui devrait être possible pour une créature de sa taille. Anderson se penche pour écouter son souffle.

Ses yeux s'ouvrent d'un coup. Il a un mouvement de recul. Elle s'agite et Lao Gu perd sa prise. Elle disparaît sous l'eau.

— Non !

Anderson plonge après elle.

Elle refait surface, se débat, tousse et se tend vers lui. Sa main se referme sur la sienne, il la tire vers le rivage. Ses vêtements flottent autour d'elle comme des algues emmêlées, ses cheveux brillent comme de la soie. Elle fixe Anderson de ses yeux noirs. Sa peau est soudain merveilleusement fraîche.

— Pourquoi m'avez-vous secourue ?

Les lampes au méthane clignotent dans les rues, donnent à la ville une teinte vert éthéré. La nuit est tombée et les lampadaires sifflent dans le noir. L'humidité se reflète sur les pavés et le béton, brille sur le visage des gens qui s'approchent des chandelles dans le marché nocturne.

La fille automate insiste :

— Pourquoi ?

Anderson hausse les épaules, heureux que la pénombre masque ses expressions. Il n'a pas de réponse valable. Si l'agresseur se plaint d'un *farang* et d'une fille automate, cela déclenchera des questions et attirera l'attention des chemises blanches sur lui. Il a pris un risque d'autant plus idiot qu'il se sent déjà exposé. Anderson est bien trop facile à décrire, et la distance entre le Sir Francis et l'endroit où il a trouvé la fille trop courte, comme celle qui mène à des questions désagréables.

Il réprime sa paranoïa – du niveau de Hock Seng. Le *nak leng* était manifestement drogué au *yaba*. Il ne préviendra pas les chemises blanches. Il se terrera pour lécher ses plaies.

N'empêche que c'était parfaitement idiot.

Quand elle s'est évanouie dans le rickshaw, il était sûr qu'elle allait mourir et une part de lui s'en serait satisfaite, soulagée de pouvoir effacer le moment où il l'a reconnue et où, contre tout son entraînement, il a lié son sort au sien.

Il l'observe. Sa peau s'est défaite de sa rougeur terrifiante et de sa chaleur infernale. Elle presse les lambeaux de ses vêtements contre elle, pour rester décente. C'est pitoyable, en fait, qu'une créature si totalement possédée puisse se raccrocher à la pudeur.

— Pourquoi ? répète-t-elle.

Il hausse à nouveau les épaules.

— Tu avais besoin d'aide.

— Personne n'aide une automate. (Sa voix est monocorde.) Vous êtes idiot.

Elle écarte les cheveux mouillés de son visage. C'est un mouvement saccadé surréaliste, comme si ses gènes se remettaient en marche. Sa peau lisse brille entre les pans de sa blouse déchirée, la douce promesse de ses seins. Quelle en serait la sensation ? Sa peau scintille, douce, appétissante.

Elle remarque son regard.

— Souhaitez-vous user de moi ?

— Non. (Il détourne les yeux, mal à l'aise.) Ce n'est pas nécessaire.

— Je ne me débattrai pas.

Anderson ressent une soudaine répulsion devant sa soumission. En un autre lieu, à une autre époque, il aurait certainement profité de l'offre, ne serait-ce que par attrait de la nouveauté. Cela ne lui aurait fait ni chaud ni froid. Mais qu'elle s'attende à si peu le remplit de dégoût. Il se force à sourire.

— Merci, non.

Elle hoche rapidement la tête, regarde à nouveau la nuit humide et la lumière verte des lampadaires. Il est impossible de dire si elle est surprise ou reconnaissante, ni si cela a la moindre importance pour elle. Même si son masque a glissé avec la chaleur, la terreur et le soulagement, ses pensées sont toujours aussi contrôlées.

— Y a-t-il un endroit où je devrais t'emmener ?

Elle hausse les épaules.

— Chez Raleigh. Ici, il est le seul qui veuille bien me garder.

— Mais il n'est pas le premier, n'est-ce pas ? Tu n'as pas toujours été…

212

Il s'interrompt. Il n'existe aucun mot poli et il n'a aucune envie de l'appeler «jouet».

Elle le regarde puis détourne les yeux vers la ville. Entre deux canyons d'ombre, les lampes à gaz couvrent les rues de poches vertes de phosphore. En passant sous un lampadaire, Anderson aperçoit son visage, légèrement illuminé, avant qu'il ne disparaisse à nouveau dans la pénombre.

— Non. Je n'ai pas toujours été ça. Non… (Elle s'interrompt un instant.) Pas comme ça. (Elle reste un moment silencieuse, pensive.) Mishimoto m'employait. J'avais… (Elle hausse les épaules.) un propriétaire. Un propriétaire dans la société. J'étais à lui. Gen – mon propriétaire – a acquis une exemption temporaire commerciale pour m'amener au Royaume. Un permis de quatre-vingt-dix jours. Renouvelable par permission du Palais grâce aux relations d'amitié avec le Japon. J'étais sa secrétaire personnelle, traduction, gestion administrative et… compagne. (Un autre haussement d'épaules, à peine visible.) Mais c'est cher de retourner au Japon. Le prix d'un billet de dirigeable pour une Nouvelle Personne est le même que pour vous. Mon propriétaire en a conclu que laisser sa secrétaire à Bangkok était plus économique. Quand sa mission s'est terminée, il a décidé d'en prendre une plus moderne à Osaka.

— Jésus et Noé !

Elle hausse les épaules.

— On m'a donné mon dernier salaire aux points d'amarrage et il est parti. Loin, dans les airs.

— Et maintenant, Raleigh ?

Encore un haussement d'épaules.

— Aucun Thaï ne voudrait d'une Nouvelle Personne comme secrétaire ou interprète. Au Japon, pas de problème. C'est même assez commun. Trop peu de bébés naissent, on a besoin de beaucoup d'ouvriers. Ici... (Elle secoue la tête.) Le marché des calories est contrôlé. Tout le monde est prêt à tout pour le U-Tex. Tout le monde protège son riz. Raleigh s'en fout. Raleigh... aime la nouveauté.

Un nuage d'odeurs de poisson frit vient à leur rencontre, gras et écœurant. Un marché nocturne, plein de gens qui mangent aux chandelles, penchés sur des nouilles, des brochettes de poulpe et des assiettes de *plaa*. Anderson retient son envie de relever le toit du rickshaw et de fermer le rideau pour cacher la preuve de sa présence. Les woks reposent sur des flammes d'un vert vif, empreinte du méthane officiel et taxé du ministère de l'Environnement. La sueur brille sur les peaux brunes, légère. À leurs pieds, des cheshires tournent en rond, prêts à attraper la moindre offrande, à profiter de la moindre opportunité.

L'ombre d'un cheshire traverse la pénombre, Lao Gu fait une embardée. Il jure doucement dans sa propre langue. Emiko émet un petit rire surpris et applaudit de joie. Lao Gu lui décoche un regard furieux.

— Tu aimes les cheshires ? demande Anderson.

Emiko le regarde, surprise.

— Pas vous ?

— Chez moi, on n'arrive pas à s'en débarrasser assez vite. Même les grahamites offrent des billets bleus pour leur peau. C'est probablement leur seule action avec laquelle je suis d'accord.

— Hmm, oui. (Le front d'Emiko se plisse, elle est pensive.) Ils sont bien trop améliorés pour ce monde, je pense. Un oiseau naturel n'a plus beaucoup de chance, maintenant. Imaginez ce qui se serait passé s'ils avaient commencé par fabriquer le Nouveau Peuple.

Est-ce de la malice dans ses yeux? Ou de la mélancolie?

— Que penses-tu qu'il se serait passé? demande Anderson.

Emiko évite son regard, préfère observer les chats au milieu des convives.

— Les transgénieurs ont bien trop appris des cheshires.

Elle ne dit rien d'autre, mais Anderson devine ce qu'elle a à l'esprit. Si son espèce avait été développée en premier, avant que les manipulateurs en apprennent assez, elle n'aurait pas été stérile. Elle n'aurait pas ces mouvements saccadés qui la rendent si repérable. Elle aurait même pu être conçue aussi soigneusement que les automates militaires qui opèrent au Vietnam, mortels et intrépides. Sans la leçon des cheshires, Emiko aurait eu la possibilité de supplanter l'espèce humaine grâce à ses gènes améliorés. Aujourd'hui, elle est une voie sans issue génétique. Condamnée à un unique cycle de vie, exactement comme le SoyPRO et le blé TotalNutrient.

Une autre ombre de chat traverse la rue, scintillante, avant de disparaître dans l'ombre. Un hommage high-tech à Lewis Carroll, quelques dirigeables et clippers, et soudain une espèce animale disparaît, incapable de combattre la menace invisible.

— Nous aurions compris notre erreur, affirme Anderson.

— Oui, bien sûr. Mais peut-être trop tard. (Elle change soudain de sujet. Désigne un temple qui s'élève devant les ombres de la nuit.) C'est très joli, n'est-ce pas? Vous aimez leurs temples?

Anderson se demande si elle a détourné la conversation pour éviter un accrochage ou si elle a simplement peur qu'il réfute son fantasme. Il étudie le *chedi* et le *bot* du temple.

— C'est bien plus joli que ce que les grahamites construisent chez moi.

— Les grahamites… (Elle grimace.) Si inquiets de la niche et de la nature. Si concentrés sur leur arche de Noé, après l'inondation.

Anderson repense à Hagg, suant et malheureux à cause des ravages provoqués par les capricornes ivoire.

— S'ils le pouvaient, ils maintiendraient chacun sur son propre continent.

— Je pense que c'est impossible. Les gens aiment se propager, remplir de nouvelles niches.

Le filigrane doré du temple brille faiblement au clair de lune. Le monde est encore en train de rétrécir. Quelques voyages en dirigeables et en clippers et Anderson se balade dans les rues sombres de l'autre côté de la planète. C'est extraordinaire. À l'époque de ses grands-parents, même la navette entre une banlieue de l'Expansion et le centre-ville était impossible. Ses grands-parents lui ont raconté des histoires d'exploration de banlieues fantômes, de récupération d'objets abandonnés par tout un quartier éteint avec la Contraction du pétrole. Faire vingt kilomètres était un long voyage, et aujourd'hui…

Devant eux, des uniformes blancs se matérialisent à l'entrée d'une allée.

Emiko pâlit et se rapproche de lui.

— Tenez-moi dans vos bras.

Anderson tente de la repousser, mais elle s'accroche. Les chemises blanches se sont arrêtés, observent leur approche. L'automate s'accroche encore plus. Anderson lutte contre l'envie de la jeter du rickshaw et de s'enfuir. C'est bien la dernière chose dont il a besoin.

Elle murmure.

— Je ne devrais même pas être en quarantaine, comme les charançons japonais transpiratés. S'ils me voient bouger, ils sauront. Ils vont me détruire. (Elle se blottit contre lui, plus près.) Je suis désolée. S'il vous plaît.

Ses yeux le supplient.

Dans un accès de pitié, il l'entoure de ses bras, l'enlace, lui offre toute la protection qu'un homme des calories peut offrir à un jouet japonais illégal. Les hommes du ministère les hèlent. Ils sourient. Anderson frissonne mais leur sourit en retour et incline la tête. Les yeux des chemises blanches restent sur lui. Le sourire de l'un d'eux s'élargit, il dit quelque chose à son collègue en faisant tournoyer la matraque autour de son poignet. Emiko ne peut pas s'empêcher de trembler dans les bras d'Anderson. Son sourire est un masque contraint. Anderson resserre son étreinte.

S'il vous plaît, ne me demandez pas un dessous-de-table. Pas ce soir. S'il vous plaît.

Ils les dépassent.

Derrière eux, les chemises blanches se mettent à rire, soit à cause du *farang* et de la fille enlacés, soit à cause de quelque chose qui n'a rien à voir. Cela n'a pas d'importance, en fait, ils disparaissent au loin, Emiko et lui sont à nouveau en sécurité.

Elle s'écarte, tremblante.

— Merci, murmure-t-elle. C'était imprudent de ma part de sortir. Idiot. (Elle détourne la tête et regarde en arrière. Les hommes du ministère s'éloignent rapidement. Elle serre les poings.) Fille stupide. Tu n'es pas un cheshire qui peut disparaître à volonté. (Elle secoue la tête, furieuse, terrifiée de la leçon qu'elle vient d'apprendre.) Stupide. Stupide. Stupide.

Anderson la regarde, pétrifié. Emiko est adaptée à un autre monde, pas à cet endroit brutal et étouffant. La ville va finir par l'avaler. C'est évident.

Elle se rend compte de son regard. Partage avec lui un petit sourire mélancolique.

— Rien ne dure toujours, je pense.

— Non.

La gorge d'Anderson est serrée.

Ils se fixent des yeux. Sa blouse est retombée, ouverte une fois de plus, dévoilant la ligne de sa gorge, la courbe de ses seins. Elle ne fait rien pour se cacher, se contente de le regarder, authentique. Est-ce délibéré ? Essaie-t-elle de l'encourager ? Ou est-ce simplement dans sa nature de séduire ? Peut-être ne peut-elle pas s'en empêcher ? Une gamme d'instincts gravés dans son ADN comme l'intelligence des cheshires avec les oiseaux. Anderson se rapproche. Il n'est pas très sûr de lui.

Emiko ne le repousse pas, au contraire, elle tend son corps vers lui. Ses lèvres sont douces. Anderson fait courir sa main le long de sa hanche, ouvre sa blouse et regarde. Elle soupire et ses lèvres s'ouvrent. A-t-elle envie de ça ? Ou se soumet-elle ? Est-elle seulement capable de refuser ? Ses seins se pressent contre lui. Ses mains se glissent sur son corps. Il tremble. Il tremble comme un garçon de 16 ans. Les généticiens ont-ils mélangé son ADN avec des phéromones? Son corps est une drogue.

Oubliant la rue, Lao Gu, et tout le reste, il la tire à lui, sa main attrape un sein, touche sa chair parfaite.

Le cœur de la fille automate bat à la vitesse des ailes d'un colibri sous sa paume.

CHAPITRE 11

Jaidee a un certain respect pour les Chinois Chaozhou. Leurs usines sont grandes et bien tenues. Ils ont de profondes racines dans le Royaume et sont intensément loyaux envers Sa Majesté la Reine Enfant. Ils sont totalement différents des réfugiés chinois pitoyables qui sont arrivés en masse de Malaisie, quittant le pays en quête de secours après s'être aliénés les indigènes. Si les Chinois malais avaient été à moitié aussi malins que les Chaozhou, ils se seraient convertis à l'islam depuis des générations, ils se seraient intégrés totalement dans la tapisserie de cette société.

Au contraire, les Chinois de Malacca, de Penang et de la côte ouest, sont restés arrogants et distants, estimant que la vague montante de fondamentalisme ne les affecterait pas. Maintenant, ils viennent mendier dans le Royaume, espérant que leurs cousins Chaozhou les assisteront alors qu'ils n'ont pas été assez intelligents pour s'aider eux-mêmes.

Les Chaozhou sont malins quand les Chinois malais sont stupides. Ils sont presque thaïs. Ils parlent thaï. Ils ont pris des noms thaïs. Ils ont peut-être des racines chinoises, mais ils sont thaïs. Et ils sont loyaux. Ce qui, maintenant que Jaidee y pense, est bien plus que ce qu'on peut dire de ses semblables, d'Akkarat et des siens au ministère du Commerce.

Jaidee ressent donc une certaine sympathie envers un affairiste Chaozhou en longue chemise blanche, large pantalon de coton et sandales, qui fait les cent pas devant lui dans son usine, se plaint que sa fabrique a été fermée parce que sa ration de charbon est dépassée, alors qu'il a payé tous les chemises blanches qui ont passé sa porte et que Jaidee n'a aucun droit – *aucun droit* – de fermer toute la manufacture.

Le sentiment de Jaidee ne faiblit même pas lorsque l'homme le traite d'œuf de tortue – ce qui est pourtant une insulte terrible en chinois. Jaidee tolère la manifestation de colère du Chaozhou. Les Chinois ont un tempérament chaud qui les pousse à des explosions émotionnelles totalement étrangères aux Thaïs.

De toute manière, Jaidee a de la sympathie pour cet homme.

Par contre, il n'en ressent aucune pour un homme qui lui frappe la poitrine du doigt en jurant. C'est pourquoi, assis sur la poitrine du vindicatif – la matraque noire sur sa gorge –, il lui explique le respect dû à un chemise blanche.

— Vous semblez me prendre pour un autre homme du ministère, observe-t-il.

L'homme bredouille et tente de se libérer, mais le bâton qui lui écrase la gorge l'en empêche. Jaidee l'étudie soigneusement.

— Vous comprenez, j'en suis sûr, que nous rationnons le charbon parce que la ville est en dessous du niveau de la mer. Or, votre allocation carbone est dépassée depuis des mois.

— Ghghhaha.

Jaidee réfléchit à la réponse et secoue tristement la tête.

— Non, je ne pense pas que nous puissions permettre que cela perdure. Le roi Rama XII a déclaré – et Sa Majesté Royale la Reine Enfant le soutient – que nous n'abandonnerons jamais Krung Thep à la mer. Nous n'allons pas quitter la cité des êtres divins comme les lâches d'Ayutthaya ont fui les Birmans. L'océan n'est pas une armée en marche. Si nous acceptons l'eau, nous ne pourrons jamais nous en débarrasser. (Il regarde le Chinois en sueur.) Chacun doit donc faire un geste et nous devons tous nous battre ensemble, comme les villageois de Bang Rajan pour empêcher l'envahisseur de pénétrer dans nos rues, vous ne croyez pas?

— Ghhghghhghhhh…

— Bien, réplique Jaidee en souriant. Je suis content qu'on progresse.

Quelqu'un s'éclaircit la gorge.

Jaidee lève les yeux, bouillonnant de contrariété.

— Oui?

Un jeune agent attend respectueusement.

— *Khun* Jaidee. (Il *wai*, incline la tête sur ses mains pressées l'une contre l'autre, garde la pose.) Je suis vraiment désolé de vous interrompre.

— Oui?

— *Chao Khun* général Pracha requiert votre présence.

— Je suis occupé, répond Jaidee. Notre ami ici semble prêt à communiquer avec sang-froid et à faire preuve d'un comportement raisonnable.

Il sourit avec douceur au Chinois.

Le garçon continue:

— On m'a dit de vous dire… On m'a dit…

— Allez-y.

— De vous dire de ramener votre – je suis vraiment désolé – «cul d'arriviste» – je suis vraiment désolé – au ministère immédiatement, si pas avant. (Il frémit d'avoir dû prononcer ces mots.) Si vous n'avez pas de vélo, vous êtes censé prendre le mien.

Jaidee grimace.

— Ah! Oui. Bon. (Il se lève et fait signe à Kanya.) Lieutenant? Vous pouvez peut-être raisonner notre ami?

Kanya grimace.

— Il se passe quelque chose?

— Il semblerait que Pracha soit finalement prêt à m'agonir d'injures.

— Dois-je vous accompagner? (Kanya jette un œil au Chinois.) Ce lézard peut attendre une journée de plus.

Jaidee sourit à son inquiétude.

— Ne t'inquiète pas pour moi. Termine le travail ici. Je te ferai savoir si nous sommes exilés dans le Sud pour garder les camps de réfugiés jusqu'à la fin de nos carrières quand tu reviendras.

Tandis qu'il se dirige vers la porte, le propriétaire de l'usine marmonne avec un courage renouvelé:

— J'aurai votre tête pour ça, *heeya*!

La rencontre entre la matraque de Kanya et l'homme, suivie d'un gémissement, est le dernier bruit qu'entend Jaidee en sortant de l'usine.

Dehors, le soleil est brûlant. Jaidee sue déjà de sa rencontre avec le Chinois, la chaleur est inconfortable. Il se tient à l'ombre d'un cocotier jusqu'à ce que le messager lui apporte le vélo.

Le garçon regarde le visage transpirant de Jaidee avec inquiétude.

— Vous souhaitez vous reposer?

Jaidee rit.

— Ne t'inquiète pas pour moi. Je deviens vieux, c'est tout. Ce *heeya* était pénible et je ne suis plus le combattant que j'ai été. À la saison fraîche, je dégoulinerai moins.

— Vous avez gagné de nombreux combats.

— Quelques-uns, sourit Jaidee. Et je me suis entraîné par de plus grandes chaleurs.

— Votre lieutenant pourrait s'occuper de ce genre de choses, réplique le garçon. Vous n'avez pas besoin de travailler si dur.

Jaidee s'essuie le front et secoue la tête.

— Et que penseraient mes hommes? Que je suis paresseux?

Le garçon déglutit.

— Personne ne penserait pareille chose de vous. Jamais!

— Quand tu seras capitaine, tu comprendras. (Jaidee sourit avec indulgence.) Les hommes sont loyaux quand on les mène de front. Je refuse qu'un homme perde son temps à remonter un ventilateur mécanique pour moi, ou à agiter une feuille de palme pour m'offrir le confort de ces *heeya* du ministère du Commerce. Je les dirige peut-être, mais nous sommes tous frères. Quand tu seras capitaine, promets-moi de faire la même chose.

Les yeux du garçon brillent. Il *wai* à nouveau.

— Oui, *Khun*, je n'oublierai pas. Merci.

— Bon garçon. (Jaidee enjambe le vélo de l'agent.) Quand le lieutenant Kanya en aura terminé, elle te ramènera sur notre tandem.

Jaidee s'insère dans le trafic. Par cette fournaise, sans pluie, seuls les fous et les motivés bravent la chaleur directe, mais les arches couvertes et les allées cachent des marchés pleins de légumes, de matériel de cuisine et de vêtements.

À Thanon Na Phralan, Jaidee ôte les mains de son guidon pour saluer en passant le temple des piliers de la ville, chuchote une prière pour la sécurité du cœur spirituel de Bangkok. C'est là que le roi Rama XII a annoncé qu'ils n'abandonneraient pas la cité à la mer. Aujourd'hui, les chants des moines priant pour la survie de la ville filtrent jusqu'à la rue. Jaidee se sent en paix. Il fait partie d'un fleuve de gens qui, comme lui, lèvent tous leurs mains vers leur front trois fois.

Quinze minutes plus tard, le ministère de l'Environnement apparaît, une série de bâtiments aux tuiles rouges et aux toits pentus dépassant de buissons de bambous, de tek et raintrees. De hauts murs blancs et les images de Garuda et de Singha gardent le périmètre du ministère, tachés de coulées de pluie et flanqués de mousse et de fougères.

Jaidee a déjà vu le complexe depuis le ciel, il a fait partie des rares à survoler la ville en dirigeable lorsque Chaiyanuchit était encore à la tête du ministère et que l'influence des chemises blanches était absolue, quand les pandémies qui parcouraient le globe étaient si puissantes que personne ne savait si quoi que ce soit survivrait.

Chaiyanuchit se souvenait du début des pandémies. Peu de gens pouvaient en dire autant. Jaidee était un jeune engagé, il avait eu la chance de travailler dans les bureaux de cet homme, de lui apporter les rapports.

Chaiyanuchit comprenait ce qui était en jeu, ce qu'il fallait faire. Quand les frontières devaient être fermées, quand les ministères devaient être isolés, quand Phuket et Chiang Mai devaient être rasés, il n'hésitait pas. Quand les fleurs de jungle explosaient dans le nord, il avait brûlé, brûlé, brûlé et quand il avait pris le dirigeable de Sa Majesté le roi, Jaidee avait eu la fortune de l'accompagner.

À l'époque, ils ne faisaient que du nettoyage. AgriGen, PurCal et les autres envoyaient leurs semences résistantes aux pandémies et demandaient des prix exorbitants, les patriotes transgénieurs travaillaient déjà à craquer les codes des produits des sociétés caloriques, luttaient pour nourrir le Royaume quand les Birmans, les Vietnamiens et les Khmers tombaient. AgriGen et les autres menaçaient le pays d'embargo pour cause d'infraction au code de la propriété intellectuelle, mais le royaume thaï était encore en vie. Contre toute attente, ils avaient survécu. Pendant que d'autres se faisaient écraser sous le talon des sociétés caloriques, le Royaume restait fort.

« *Embargo !* avait ri Chaiyanuchit. C'est précisément ce que nous voulons ! Nous ne souhaitons pas interagir avec le monde extérieur. »

Les murs avaient été érigés – ceux que l'effondrement du pétrole n'avait pas encore créés, ceux qui n'avaient pas été construits contre la guerre civile et les réfugiés affamés –, une derrière série de barrières pour protéger le Royaume des assauts du monde extérieur.

Jeune conscrit, Jaidee avait été stupéfié par la ruche bourdonnante d'activités qu'était alors le ministère. Les chemises blanches se pressaient depuis les bureaux jusque dans la rue, suivaient à la trace des centaines de dangers. Aucun autre ministère n'avait éprouvé ce sens aigu de l'urgence. Les pandémies n'attendaient pas. Quand on découvrait ne serait-ce qu'un seul charançon transpiraté dans un district isolé, le délai de réaction n'excédait pas quelques heures. Les chemises blanches circulaient partout dans le pays en train-AR.

À chaque problème, la vision du ministère s'élargissait. Les pandémies n'étaient que la dernière menace en date à la survie du Royaume. D'abord, il y avait eu la montée des eaux et la nécessité de construire les digues. Puis la surveillance des contrats d'énergie, des échanges de crédits pollution et des infractions au climat. Les chemises blanches avaient retiré les autorisations de stockage et de production de méthane. Après, il avait fallu surveiller la santé des poissons et l'accumulation de toxines dans le dernier bastion de soutien calorique du Royaume. (Heureusement, les sociétés caloriques *farang* pensaient comme des paysans et ne s'en prenaient que rarement aux stocks de pêche.) Ensuite, cela avait été le tour de la santé humaine, de la traque aux virus et aux bactéries : H7V9 ; cibiscose111.b, c, d ; les fa'gans à la périphérie ; les moules d'eau douce amères ; les mutations virales qui passaient si facilement de la mer à la terre ferme ; la rouille vésiculeuse… Il n'y a pas de fin aux devoirs du ministère.

Jaidee passe devant une femme qui vend des bananes. Il ne peut s'empêcher de sauter de son vélo pour en acheter une. C'est une nouvelle variété ultrarapide de l'unité de prototypes du ministère. Elles poussent vite et sont résistantes à la mite *makmak,* dont les minuscules œufs noirs infestent les fleurs de bananier avant même qu'elles puissent espérer éclore. Il pèle le fruit et le mange avec avidité. Il aimerait avoir le temps de manger vraiment. Il jette la peau au pied d'un raintree.

Toute vie produit du gaspillage. L'acte de vivre entraîne des coûts, des dangers et des problèmes de retraitement. Le ministère s'est ainsi retrouvé au centre de toute vie, réduisant, gérant et ordonnant les déchets de chacun, tout en enquêtant sur les infractions des individus incivils, des imprévoyants, des profiteurs.

Le symbole du ministère de l'Environnement est l'œil de tortue, pour sa vue aiguisée – pour signifier que rien n'est gratuit. Et si les autres l'appellent le ministère de la tortue, si les Chinois Chaozhou traitent les chemises blanches d'œufs de tortue parce qu'ils n'ont pas le droit de vendre autant de scooters-AR qu'ils le souhaitent, si les *farang* se moquent de la tortue pour sa lenteur, qu'il en soit ainsi. Le ministère de l'Environnement s'est assuré que le Royaume survive, et Jaidee ne peut qu'admirer ses gloires passées.

Pourtant, lorsque Jaidee descend de son vélo devant le portail du ministère, un homme le regarde d'un air furieux, une femme se détourne. Même en dehors des installations – ou peut-être particulièrement à cet endroit – les gens qu'ils protègent se détournent de lui.

Jaidee grimace et pousse son vélo devant les gardes.

L'enceinte est toujours une ruche en activité, mais elle est bien différente de l'époque où il y est entré pour la première fois. Il y a de la mousse sur les murs et le revêtement craquelle sous la pression des plantes grimpantes. Un vieil arbre *bo* en putréfaction s'appuie contre un mur, symbolisant l'échec. Il pourrit depuis dix ans. L'édifice ressemble à un vestige au milieu d'une jungle reprenant le pouvoir sur ce qui a été construit grâce à elle. Si les chemins n'étaient pas dégagés des plantes qui les envahissent, le ministère disparaîtrait totalement. À une autre époque, quand le ministère était le héros du peuple, les choses étaient différentes. Les gens s'inclinaient devant ses représentants, trois *khrab* au sol, comme ils l'auraient fait pour des moines, et les uniformes blancs inspiraient le respect et l'adoration. Aujourd'hui, Jaidee voit les civils frémir à son passage. Frémir et s'enfuir.

Je suis une brute, se dit-il avec amertume. Une brute parmi les buffles d'eau et, même s'il tente de les rassembler avec gentillesse, encore et encore, il se retrouve à utiliser le fouet de la peur. Tout le ministère est à son image – du moins ceux de ses employés qui comprennent encore les dangers auxquels ils font face, qui croient encore que la ligne de démarcation doit être maintenue.

Je suis une brute.

Il soupire et gare le vélo devant les bureaux administratifs, qui ont désespérément besoin d'un rafraîchissement que le budget ne peut financer. Devant le bâtiment, Jaidee se demande si le ministère est en crise parce qu'il a visé trop haut ou parce que son succès a été phénoménal. Les gens n'ont plus peur du monde extérieur. Le budget de l'Environnement baisse d'année en année, alors que celui du Commerce augmente.

Jaidee trouve un siège devant le bureau du général. Les chemises blanches passent devant lui, prenant bien garde de l'ignorer. Attendre devant le bureau de Pracha devrait le remplir de satisfaction. Ce n'est pas tous les jours qu'un haut gradé le fait mander. Il a accompli quelque chose de bien, pour une fois. Un jeune s'approche avec hésitation :

— *Khun* Jaidee ?

Quand Jaidee hoche la tête, le jeune homme sourit largement. Ses cheveux sont coupés court et ses sourcils ne sont que des ombres, il sort à peine du monastère.

— *Khun*, j'espérais que c'était bien vous.

Il hésite puis lui tend une petite carte. Elle est peinte selon le style sukhothai et représente un jeune homme au combat, le sang sur le visage, couchant son adversaire sur le ring. Ses traits sont stylisés mais Jaidee ne peut s'empêcher de sourire.

— Où as-tu eu ça ?

— J'étais là pour le combat, *Khun*. Au village. J'étais haut comme ça – il met la main à sa taille – ou peut-être plus petit. (Il rit.) Vous m'avez donné envie de devenir un combattant. Quand Dithakar vous a mis K.-O. et que votre sang recouvrait tout, j'ai pensé que vous étiez fini. Je ne pensais pas que vous étiez assez fort pour en venir à bout. Il avait des muscles…

— Je m'en souviens. C'était un bon combat.

Le jeune homme sourit.

— Oui, *Khun*. Fabuleux. J'avais envie de devenir un combattant, moi aussi.

— Et maintenant, regarde-toi !

Le garçon passe la main dans ses cheveux courts.

— Ah. Bien. Combattre est plus difficile que je ne le pensais… mais… (Il s'interrompt un instant.) Vous voulez bien la signer ? La carte ? S'il vous plaît.

J'aimerais la donner à mon père. Il parle toujours de vos combats.

Jaidee sourit et signe.

— Dithakar n'était pas le boxeur le plus intelligent que j'aie combattu, mais il était fort. J'aimerais que tous mes combats soient aussi simples.

— Capitaine Jaidee, interrompt une voix. Si vous en avez terminé avec vos fans…

Le jeune homme *wai* et s'enfuit. Jaidee le regarde s'éloigner en pensant que la nouvelle génération n'est pas que gaspillage. Peut-être… Jaidee se retourne pour faire face au général.

— Ce n'est qu'un jeune garçon.

Pracha lui lance un regard furieux. Jaidee sourit.

— Et ce n'est pas vraiment ma faute si j'ai été un bon boxeur. Le ministère était mon sponsor à l'époque. Je pense que vous avez gagné pas mal d'argent et de recrues grâce à moi, *Khun* général.

— Ne sois pas absurde avec ton « général ». Nous nous connaissons depuis trop longtemps pour cela. Entre.

— Oui, monsieur.

Pracha grimace et pousse Jaidee dans son bureau.

— Entre.

Pracha ferme la porte et s'assoit derrière son immense bureau d'acajou. Au plafond, un ventilateur à manivelle agite l'air, sans illusion. La pièce est grande avec des fenêtres ouvertes pour laisser entrer le frais, et des persiennes fermées pour contenir la brûlure du soleil. Sinon, on pourrait voir les jardins du ministère à l'abandon. Sur un mur, il y a diverses peintures et des photos, dont une qui montre Pracha fêtant son diplôme de cadet du ministère et une autre Chaiyanuchit, le fondateur du ministère moderne. Sur une troisième, Sa Majesté Royale la Reine Enfant, assise sur son trône, a l'air minuscule et terriblement vulnérable. Dans un coin, il y a un autel dédié à Bouddha, Phra Pikanet et Seub Nakhasathien. De l'encens et des soucis drapent l'autel.

Jaidee *wai* devant l'autel et prend place dans un fauteuil en rotin face à Pracha.

— Où as-tu trouvé cette photo de classe?

— Quoi? (Pracha examine le cliché.) Ah! Nous étions jeunes à l'époque, n'est-ce pas? Je l'ai dénichée dans les affaires de ma mère. Elle l'avait rangée dans une armoire depuis des années. Qui aurait pu deviner que cette vieille dame était sentimentale?

— C'est une chose agréable à voir.

— Tu t'es surpassé aux points d'ancrage.

Jaidee tourne son attention vers Pracha. Des feuilles à murmures sont étalées sur son bureau, bruissant dans le courant d'air du ventilateur: *Thai Rath, Kom Chad Luek, Pluchatka Rai Wan*. La photo de Jaidee fait la une de nombre d'entre elles.

— Ce n'est pas ce que pensent les journaux.

Pracha fronce les sourcils. Il jette les journaux dans une poubelle à compost.

— Les journaux adorent les héros. Ça fait vendre. Ne crois pas des gens qui te traitent de tigre parce que tu combats les *farang*. Les *farang* sont la clé de notre avenir.

Jaidee hoche la tête en direction du portrait de son mentor, Chaiyanuchit, sous l'image de la Reine.

— Je ne suis pas certain qu'il serait d'accord.

— Les temps changent, mon vieil ami. Les gens veulent ta tête.

— Et tu vas la leur donner?

Pracha soupire.

— Jaidee, je te connais depuis trop longtemps pour ça. Je sais que tu es un guerrier. Et je sais que tu as le sang chaud. (Il lève la main quand son subordonné tente de protester.) Oui, tu as bon cœur aussi, comme ton nom l'indique mais bon, *jai rawn*. Pas un bout de *jai yen* en toi. Tu aimes le conflit. (Il serre les lèvres.) Donc, je sais que si je tente de te freiner, tu vas te battre, et que, si je te punis, tu vas te battre.

— Alors laisse-moi faire mon travail. Le ministère ne peut que tirer profit d'un électron libre de mon genre.

— Tu as offensé certaines personnes. Et pas seulement de stupides *farang*. Ceux qui utilisent les dirigeables pour transporteurs ne sont pas tous *farang* de nos jours. Nos intérêts vont loin. Les intérêts thaïs.

Jaidee étudie le bureau du général.

— Je ne savais pas que le ministère de l'Environnement n'inspectait les chargements qu'avec la permission de certaines personnes.

— J'essaie de te raisonner. Mes mains sont déjà pleines de tigres : la rouille vésiculeuse, les yellow cards, les quotas de serre, les poussées de *fa'gan*… Et tu as décidé d'en ajouter encore un.

Jaidee lève les yeux.

— Qui est-ce ?

— Que veux-tu dire ?

— Qui est si furieux que tu te pisses dessus ? Que tu me demandes de lever le pied. C'est le Commerce, n'est-ce pas ? Quelqu'un au ministère du Commerce te tient par les couilles.

Pracha ne dit rien pendant un moment.

— Je ne sais pas qui c'est. Et il vaut mieux que tu ne le saches pas non plus. Ce qu'on ne connaît pas, on ne peut pas le combattre. (Il fait glisser une carte sur le bureau vers Jaidee.) C'est arrivé aujourd'hui, sous ma porte. (Ses yeux retiennent ceux de son subordonné qui ne peut regarder ailleurs.) Ici, dans mon bureau. Au sein du ministère, tu comprends? Nous sommes totalement infiltrés.

Jaidee retourne la carte.

Niwat et Surat sont de bons garçons. Ils ont 4 et 6 ans. De jeunes hommes. Déjà des guerriers. Un jour, Niwat est rentré à la maison le nez en sang, les yeux brillants, et a expliqué à Jaidee qu'il avait combattu honorablement et avait été horriblement battu, mais qu'il allait s'entraîner pour avoir ce *heeya*, la prochaine fois.

Cela désespère Chaya. Elle accuse Jaidee de remplir leurs têtes d'idées impossibles. Surat suit Niwat et l'encourage, lui dit qu'il ne peut être vaincu, qu'il est un tigre. Le meilleur d'entre les meilleurs. Qu'il régnera à Krung Thep et leur apportera de l'honneur. Surat se nomme lui-même entraîneur et dit à Niwat qu'il doit frapper plus fort. Niwat n'a pas peur d'être battu. Niwat n'a peur de rien. Il a 4 ans.

C'est dans ces moments que le cœur de Jaidee se brise. Quand il était sur le ring du *muay thai*, il n'a eu peur qu'une fois. Mais, quand il travaille, il est souvent terrifié. La peur fait partie intégrante du ministère. Quoi d'autre peut fermer les frontières, brûler des villes, abattre cinquante mille poulets et les enterrer entiers sous une bonne couche de chaux. Quand le virus Thonburi a frappé, quand lui et ses hommes jetaient les corps des volailles dans d'énormes fosses, ils ne portaient que de petits masques de papier de riz qui ne les protégeaient pas vraiment, et la peur tournoyait autour d'eux comme des *phii*. Le virus pouvait-il aller si loin en si peu de temps ? Se répandrait-il encore ? Se développerait-il de plus en plus vite ? Allait-il causer leur fin ? Lui et ses hommes avaient été mis en quarantaine trente jours et, pendant qu'ils attendaient de mourir, la peur était leur seule compagne. Jaidee travaille pour un ministère qui ne peut pas vaincre toutes les menaces auxquelles il fait face. Il a peur tout le temps.

Il n'a pas peur de se battre. Il n'a pas peur de la mort. C'est l'attente, l'incertitude et le fait que Niwat ne connaisse pas cette terreur, pourtant partout présente, qui brisent le cœur de Jaidee. Il y a tant de choses qu'on ne peut combattre que par la patience. Jaidee est un homme d'action. Il s'est battu sur le ring. Il a porté l'amulette Seub bénie par Ajahn Nopadon lui-même dans le grand temple blanc, et il a continué. Avec sa seule matraque, il a réprimé l'émeute *nam* de Katchanaburi, tout seul, en se jetant dans la foule.

Pourtant, les seules batailles importantes sont celles de l'attente : quand son père et sa mère ont succombé à la cibiscose après avoir craché la chair de leurs poumons entre leurs doigts ; quand sa sœur et celle de Chaya ont vu leurs mains gonfler et s'ouvrir aux excroissances en forme de chou-fleur du *fa'gan* avant que le ministère ne vole la carte génétique aux Chinois et ne fabrique un remède partiel. Ils avaient prié Bouddha tous les jours, avaient pratiqué le détachement et espéré que leurs sœurs trouveraient une meilleure renaissance que cette vie qui avait changé leurs doigts en gourdins et avait dévoré leurs articulations. Ils avaient prié et attendu.

Le fait que Niwat ne connaisse pas la peur et que Surat l'entraîne sur ce chemin brise le cœur de Jaidee. Et il se brise parce que Jaidee se maudit de ne pas avoir la force d'intervenir. Pourquoi détruire les illusions d'invincibilité de l'enfance? Pourquoi lui? Il déteste ce rôle.

Il laisse donc ses enfants l'attaquer et rugit :

— Aaaah! Vous êtes les fils d'un tigre! Trop féroces.

Et ils sont heureux, rient et se jettent encore sur lui, et il les laisse gagner. Il leur montre des trucs qu'il a appris sur le ring, les trucs qu'un combattant de la rue doit connaître, quand le combat n'est pas ritualisé, quand même un champion a des choses à apprendre. Il leur apprend à se battre parce que c'est tout ce qu'il connaît. De toute manière, l'attente est une chose à laquelle il ne peut pas les préparer.

Ce sont les pensées de Jaidee lorsqu'il retourne la carte de Pracha, que son cœur se resserre, comme un bloc de pierre qui implose, comme si le centre de son être plongeait dans un puits, entraînant ses entrailles, le laissant vide.

Chaya.

Chaya contre un mur, les yeux bandés, les mains derrière le dos, les chevilles attachées. Sur le mur, en lettres brunes qui doivent être du sang, est griffonné «Tout notre respect pour le ministère de l'Environnement». Il y a un hématome sur la joue de Chaya. Elle porte le même *pha sin* bleu qu'elle avait quand elle lui a préparé son petit déjeuner de *gaeng kiew wan* avant de l'envoyer travailler en riant.

Il fixe la photo, ébahi.

Ses fils sont des guerriers, mais ils ne connaissent pas la guerre. Lui-même ne sait pas comment organiser une intervention de ce genre. Un ennemi sans visage qui vous atteint à la gorge, qui fait glisser une griffe de démon le long de sa mâchoire et murmure « *je peux te faire mal* » sans montrer son visage, sans se présenter comme un adversaire.

D'abord, Jaidee reste sans voix, puis il parvient à croasser :

— Est-elle en vie ?

Pracha soupire.

— Nous ne savons pas.

— Qui a fait ça ?

— Je ne sais pas.

— Tu le devrais !

— Si nous savions, nous l'aurions déjà libérée. (Pracha se frotte furieusement le visage et regarde Jaidee avec colère.) Nous avons reçu tellement de plaintes à ton encontre que nous ne savons rien ! Ce pourrait être n'importe qui.

Une nouvelle terreur envahit Jaidee.

— Et mes fils ? (Il se lève d'un bond.) Je dois…

— Assieds-toi ! (Pracha plonge de l'autre côté du bureau et l'attrape.) Nous avons envoyé des hommes à leur école. Tes hommes. Ceux qui ne sont loyaux qu'à toi. Les seuls en qui nous pouvions avoir confiance. Ils vont bien. On les amène au ministère. Tu dois garder ton sang-froid et considérer ta position. Il faut rester discrets. Nous ne voulons pas que quelqu'un prenne une décision irréfléchie. Nous voulons que Chaya nous revienne entière et vivante. Trop de bruit, et quelqu'un perdra la face, son corps nous serait retourné en morceaux sanglants.

Jaidee fixe la photo toujours sur le bureau. Il se lève et commence à tourner en rond.

— Ce doit être le Commerce.

Il repense à la nuit aux points d'ancrage, à l'homme qui les observait de l'autre côté du champ d'atterrissage. Tranquille. Méprisant. Crachant un jet de bétel comme du sang et se glissant dans les ténèbres.

— C'est le Commerce.

— Ce peut être un *farang* ou le Seigneur du lisier – il n'a jamais aimé que tu refuses de truquer les combats. Ce peut être un autre parrain, un *jao por* qui a perdu de l'argent dans une opération de contrebande.

— Aucun d'eux ne tomberait si bas. C'est le Commerce. Il y a un homme…

— Arrête! (Pracha frappe son bureau de la main.) Tout le monde aimerait se laisser tomber aussi bas! Tu t'es fait beaucoup d'ennemis, très vite. J'ai même eu un pair Chaopraya du Palais qui est venu se plaindre. Ce pourrait être n'importe qui.

— Tu crois que c'est ma faute?

Pracha soupire.

— Ça ne sert à rien de chercher à qui revient la faute. C'est arrivé. Tu t'es fait des ennemis; je te l'ai permis. (Il se met la tête dans les mains.) Nous devons présenter des excuses publiques. Quelque chose qui pourrait les apaiser.

— Je refuse.

— Tu refuses? (Pracha rit amèrement.) Mets de côté cette fierté stupide. (Il désigne la photo de Chaya.) Que vont-ils faire maintenant, d'après toi? Nous avons des *heeya* comme ça depuis la dernière Expansion. De l'argent à n'importe quel prix. La fortune à n'importe quel prix. (Il grimace.) Pour l'instant, nous pouvons peut-être la récupérer. Mais, si tu continues? (Il secoue la tête.) Ils vont certainement la tuer. Ce sont des animaux.

» Tu feras des excuses publiques pour ton action aux points d'ancrage et tu seras rétrogradé. Tu seras transféré, probablement au Sud pour t'occuper des yellow cards et des camps de réfugiés. (Il soupire et étudie à nouveau la photo.) Et si nous faisons très attention et que nous avons beaucoup de chance, peut-être pourras-tu récupérer Chaya.

» Ne me regarde pas comme ça, Jaidee. Si tu étais toujours sur le ring du *muay thai*, je placerais tous mes bahts sur toi. Mais c'est un combat différent. (Pracha se penche en avant, il supplie presque.) S'il te plaît. Fais ce que je te dis. Incline-toi devant le vent.

CHAPITRE 12

Comment Hock Seng aurait-il pu savoir que les points d'ancrage *tamade* allaient être fermés? Comment aurait-il pu savoir que tous ses dessous-de-table seraient gaspillés par le Tigre de Bangkok?

Hock Seng grimace au souvenir de sa conversation avec M. Lake. Il se souvient s'être accroupi devant le monstre pâle comme s'il était une sorte de dieu, d'avoir fait des courbettes d'obéissance tandis que la créature hurlait, jurait et le couvrait de journaux avec le visage de Jaidee Rojjanasukchai à la une. Le Tigre de Bangkok, une malédiction aussi terrible que les démons thaïs.

— *Khun*, avait tenté de protester le vieux Chinois, mais M. Lake l'avait interrompu.

— Tu m'as dit que tout était arrangé, hurlait-il. Donne-moi une bonne raison de ne pas te virer!

Hock Seng avait reculé devant l'assaut, s'était forcé à ne pas se défendre. Avait tenté d'être raisonnable.

— *Khun*, tout le monde a perdu quelque chose. C'est la faute de Carlyle & Fils. M. Carlyle est trop proche du ministre du Commerce, Akkarat. Il se moque tout le temps des chemises blanches. Il passe son temps à les insulter.

— Ne change pas de sujet! Les cuves d'algues auraient dû passer la douane la semaine dernière. Tu m'as dit que tu avais versé les pots-de-vin. Et, maintenant, je découvre que tu as gardé de l'argent. Ce n'est pas Carlyle, c'est toi ! C'est ta faute !

— *Khun*, c'était le Tigre de Bangkok. C'est un désastre naturel. Un tremblement de terre, un tsunami. Vous ne pouvez pas me rendre responsable de ce que j'ignorais...

— Je suis fatigué qu'on me mente. Tu penses que je suis stupide parce que je suis *farang* ? Tu crois que je ne sais pas comment tu te sers des comptes ? Comment tu manipules, tu mens et tu caches les choses ?

— Je ne mens pas.

— Je me fous de tes explications et de tes excuses ! Tes mots sont de la merde ! Je me fous de ce que tu dis. Je me fous de ce que tu penses, de ce que tu ressens, de ce que tu crois. L'important pour moi, c'est le résultat. Fais grimper la chaîne à 40 % de fiabilité en un mois, ou retourne aux tours des yellow cards. C'est ta seule chance. Tu as un mois avant que je vire ton cul et que je trouve un nouveau gestionnaire.

— *Khun*...

— Tu comprends ?

Hock Seng avait fixé amèrement le sol des yeux, content que la créature ne puisse voir son expression.

— Bien sûr, Lake *Xiasheng*, je comprends. Ce sera fait comme vous dites.

Avant même qu'il ait terminé sa phrase, le diable d'étranger sortait du bureau, laissant Hock Seng derrière lui. C'était suffisamment insultant pour que le vieil homme ait envie de verser de l'acide sur le vieux coffre-fort et voler les plans. Dans sa rage chauffée à blanc, il était allé jusqu'au placard avant que le bon sens ne le rattrape.

S'il arrivait malheur à l'usine ou si on volait dans le coffre, il serait le premier suspect. Et s'il a le moindre espoir de se forger une vie dans ce nouveau pays, il ne peut pas ajouter de nouvelles catastrophes à son nom. Les chemises blanches n'ont pas besoin d'excuses pour expulser un yellow card. Pour jeter dehors un mendiant chinois, de l'autre côté de la frontière, dans les bras des fondamentalistes. Il doit être patient. Il doit survivre dans cette usine *tamade* au moins un autre jour.

Alors Hock Seng pousse les employés, approuve les réparations onéreuses, utilise même sa propre réserve de liquide détourné pour graisser les pattes afin que les demandes de M. Lake n'augmentent pas, pour que le diable d'étranger *tamade* ne le détruise pas. Ils font des tests sur la chaîne, ils détruisent les vieux chaînons de conduction et fouillent la ville à la recherche de tek qui pourrait remplacer l'axe.

Il demande à Chan le rieur d'offrir une prime à tout yellow card de la ville qui rapporterait des rumeurs sur l'existence de vieux bâtiments de l'Expansion qui renfermeraient des éléments structurels valant la peine d'être récupérés. N'importe quoi pourvu que ça aide à remettre en route la chaîne de production avant que la mousson ne s'abatte sur la ville et ne rende le transport d'un nouvel axe par le fleuve impraticable.

De frustration, Hock Seng grince des dents. Il était si proche de la réussite. Et, aujourd'hui, sa survie dépend d'une chaîne qui n'a jamais fonctionné et de gens qui n'ont jamais connu le succès. C'est presque suffisant pour qu'il se risque à user de pressions. Pour dire au diable *tamade* qu'il sait des choses sur la vie privée de M. Lake grâce aux rapports de Lao Gu. Qu'il connaît chaque endroit où s'est rendu M. Lake, ses séjours à la bibliothèque et dans les vieilles maisons de Bangkok. Et qu'il parle de sa fascination pour les semences.

Et maintenant, cette information si étrange que Lao Gu l'a rapportée à Hock Seng dès qu'il a pu. Une fille automate. Une merde génétique. Une fille que M. Lake fréquente comme s'il était grisé par la transgression. Lao Gu murmure même que M. Lake met cette créature dans son lit. Souvent. Qu'il ne peut plus s'arrêter.

Étonnant. Dégoûtant.

Utile.

Mais c'est une arme à n'utiliser qu'en dernier recours, si M. Lake tente vraiment de l'éjecter de l'usine. Il vaut mieux laisser Lao Gu rassembler le plus d'informations possibles, surveiller, écouter, que de tout révéler et de se faire virer. Quand Hock Seng s'est arrangé pour que Lao Gu obtienne cet emploi, c'était justement en prévision de ce genre de situation. Il ne doit pas gaspiller ce savoir sur un coup de colère. Donc, bien qu'il ait l'impression qu'on l'a jeté à terre, le vieux Chinois sautille comme un singe pour satisfaire le diable d'étranger.

Il grimace en traversant l'usine, suivant Kit vers un nouveau problème. Des problèmes, toujours plus de problèmes.

Tout autour d'eux, la fabrique bourdonne d'activités liées aux réparations. La moitié de la chaîne énergétique a dû être arrachée du sol et réinstallée. Neuf moines bouddhistes psalmodient sans s'arrêter sur un côté du bâtiment, étendant partout le fil sacré thaï qu'ils appellent *saisin*, implorent les esprits qui infestent les lieux – dont la moitié doivent être des *phii* de la Contraction rendus furieux parce que les Thaïs travaillent pour des *farang* –, les supplient de permettre que l'usine fonctionne correctement. Hock Seng grimace à leur vue, au prix à payer pour cette mascarade.

— Quel est ce nouveau problème? demande-t-il en se glissant le long de la presse et en évitant la chaîne.

— C'est ici, *Khun*, je vais vous montrer, répond Kit.

La puanteur chaude et salée s'épaissit en un remugle humide et lourd. Kit désigne les cuves d'algues placées en rangs trempés, trente surfaces ouvertes. Les eaux sont couvertes de l'écume riche et verte de la production des algues. Une ouvrière fait passer un filet à la surface, récupère l'écume. Elle l'étale sur des tamis de la taille d'un homme qu'elle hisse avec des cordes de chanvre pour qu'ils pendent auprès de centaines d'autres tamis.

— Ce sont les cuves, explique Kit. Elles sont contaminées.

— Oui? (Hock Seng regarde les cuves, cache son dégoût.) Quelle est la difficulté?

Dans les cuves en bonne santé, l'écume a plus de quinze centimètres d'épaisseur et la couleur de la chlorophylle. L'odeur voluptueuse de l'eau de mer et de la vie s'en échappe. L'eau goutte sur les côtés, de fines rigoles qui trempent le sol et laissent des fleurs de sel en s'évaporant. Des flux d'algues vivantes glissent le long de tuyaux jusqu'aux fours et disparaissent dans la pénombre.

L'ADN de cochon et autre chose… du lin. M. Yates a toujours cru que le lin était la clé qui permettait à l'algue de produire une écume aussi utile. Mais Hock Seng a toujours aimé les protéines de porc. Les cochons portent chance. Cette algue le devrait aussi. Pourtant, malgré son potentiel, elle n'a causé que des problèmes.

Kit sourit nerveusement en montrant à Hock Seng que le volume de production d'algues a diminué dans plusieurs cuves, que l'écume est blanchâtre et dégage une puanteur de poisson, qu'elle ressemble davantage à de la pâte de crevettes qu'à l'écume verte et iodée des cuves plus actives.

— Banyat a dit qu'on ne doit pas les utiliser, qu'on doit attendre les matériaux de remplacement.

Hock Seng rit sèchement et secoue la tête.

— Nous n'aurons pas de matériaux de remplacement. Pas tant que le Tigre de Bangkok brûle tout ce qui sort des points d'ancrage. Il va falloir se débrouiller avec ce qu'on a.

— Mais elles sont contaminées. Il y a des vecteurs potentiels. Le problème pourrait se répandre dans les autres cuves.

— Tu en es certain ?

— Banyat a dit…

— Banyat s'est fait écraser par un mastodonte. Et si on ne remet pas bientôt la chaîne en fonctionnement, le *farang* nous enverra mourir de faim ailleurs.

— Mais…

— Tu ne crois pas que cinquante Thaïs seraient ravis de faire ton boulot ? Un millier de yellow cards ?

Kit ferme la bouche. Hock Seng hoche tristement la tête.

— Fais fonctionner cette chaîne.

— Si on est inspecté par les chemises blanches, ils vont découvrir que les cuves sont impures. (Kit fait courir son doigt dans la mousse grise qui recouvre le bord d'une des cuves.) Nous ne devrions pas obtenir ça. Les algues devraient être bien plus brillantes et sans bulles.

Hock Seng étudie amèrement les cuves.

— Si nous ne faisons pas fonctionner la chaîne, nous mourrons de faim.

Il va ajouter quelque chose, mais Mai entre en courant dans la pièce.

— *Khun*. Un homme vous cherche.

Hock Seng lui renvoie un regard impatient.

— Est-ce quelqu'un qui nous apporte des informations pour un nouvel axe? Un morceau de tek arraché au *bot* d'un temple, peut-être? (La bouche de Mai s'ouvre et se referme, ébahie par le blasphème, mais Hock Seng ne s'en soucie pas.) Si cet homme n'a pas d'axe, je n'ai pas de temps pour lui. (Il se tourne vers Kit.) Pouvez-vous vider et nettoyer les cuves?

Kit hausse les épaules.

— On peut essayer, *Khun*, mais Banyat disait que, sans nouvelles cultures de nutriments, nous ne pouvons redémarrer de zéro. Nous n'aurons pas d'autre choix que d'utiliser des cultures qui viennent des mêmes cuves. Il y a de fortes chances que le problème resurgisse.

— Peut-on les tamiser? Les filtrer d'une manière ou d'une autre?

— Les cuves et les cultures ne peuvent pas être nettoyées complètement. À un moment ou à un autre, cela deviendra un vecteur et les autres cuves seront contaminées.

— Un moment ou un autre? C'est tout? Un moment ou un autre? (Hock Seng fronce les sourcils.) Je me fous de «un moment ou un autre». Je m'intéresse à ce mois-ci. Si cette usine ne peut pas produire, nous n'aurons pas l'occasion de nous inquiéter de ce «un moment ou un autre». Tu seras de retour à Thonburi, à fouiller les entrailles de poulets en espérant ne pas être frappé par la grippe, et je serai dans une tour de yellow cards. Ne t'inquiète pas de demain. Inquiète-toi de savoir si M. Lake va nous mettre à la rue aujourd'hui. Sers-toi de ton imagination. Débrouille-toi pour que ces *tamade* d'algues fassent leur boulot.

Ce n'est pas la première fois qu'il regrette de travailler avec des Thaïs. Il leur manque l'esprit d'initiative auquel un Chinois recourrait.

— *Khun?*

C'est Mai qui traîne toujours là. Elle frémit sous son regard furieux.

— L'homme a dit que c'était votre dernière chance.

— Ma dernière chance? Montre-moi ce *heeya*.

Hock Seng se dirige à grandes enjambées vers la pièce principale et écarte violemment les rideaux de la salle d'affinage. Dans le hall, où les mastodontes sont penchés sur les roues, brûlant de l'argent dont ils ne disposent pas, Hock Seng s'arrête brusquement et essuie la poudre d'algue de ses mains, il se sent comme un idiot terrifié.

L'Enculeur de chiens se tient au centre de l'usine comme la cibiscose au milieu du Festival du printemps, il observe les mouvements autour de la chaîne de contrôle qualité qui est en train d'être testée. Vieux Os, Gueule de cheval et l'Enculeur de chiens. Ils attendent ensemble, sûrs d'eux. L'Enculeur de chiens avec ses excroissances *fa'gan* et son nez en moins et ses brutes, des brutes *nak leng* qui n'ont aucune pitié pour les yellow cards et aucune peur de la police.

Il a vraiment de la chance que M. Lake soit à l'étage en train de vérifier les livres de comptes, il a vraiment de la chance que la petite Mai soit venue le chercher et pas le diable d'étranger. Mai trottine devant lui, l'emmenant vers son avenir.

Hock Seng fait signe à l'Enculeur de chiens de le rejoindre, loin des fenêtres d'observation du bureau, mais ce dernier reste en place et continue à observer la chaîne et les mastodontes.

— Très impressionnant! dit-il. C'est ici qu'on fabrique tes piles fabuleuses?

Hock Seng lui lance un regard furieux et lui fait signe de sortir de l'usine.

— Nous ne devrions pas avoir cette conversation ici.

L'Enculeur de chiens l'ignore. Ses yeux sont sur le bureau et la fenêtre d'observation. Il les fixe intensément.

— Et c'est là que tu travailles? Là-haut?

— Pas pour longtemps si un certain *farang* vous voit. (Hock Seng se force à sourire poliment.) S'il vous plaît, ce serait mieux si nous sortions. Votre présence va provoquer des questions.

L'Enculeur de chiens ne bouge pas un long moment, il continue à fixer le bureau. Hock Seng a la sensation désagréable que cet homme voit à travers les murs, qu'il voit l'énorme coffre-fort d'acier qui l'attend, rempli de précieux secrets.

— S'il vous plaît, insiste Hock Seng. Les ouvriers vont assez parler comme ça.

Soudain, le gangster se retourne, fait signe à ses hommes de le suivre. Hock Seng réprime un soupir de soulagement et se presse derrière eux.

— Quelqu'un veut te voir, annonce l'Enculeur de chiens en désignant le portail.

Le Seigneur du lisier. Maintenant, pourquoi ? Hock Seng lève les yeux vers la fenêtre d'observation. M. Lake sera furieux s'il s'en va.

— Oui, bien sûr. (Hock Seng désigne le bureau.) Je vais juste mettre de l'ordre dans mes papiers.

— Maintenant, insiste l'Enculeur de chiens. Personne ne le fait attendre. (Il fait signe au vieil homme de le suivre.) Maintenant ou jamais.

Le vieux Chinois hésite, déchiré, puis fait signe à Mai. Tandis qu'il suit l'Enculeur de chiens vers les portails, Hock Seng se penche vers elle et murmure :

— Dis à *Khun* Anderson que je ne reviens pas… que j'ai une idée pour localiser un nouvel axe pour la roue. (Il hoche la tête, sèchement.) Oui, dis-lui ça. Un nouvel axe pour la roue.

Mai opine et commence à se retourner mais le vieil homme la retient.

— Souviens-toi de parler lentement, avec des mots simples. Je ne veux pas que le *farang* ne comprenne pas et me foute dehors. Si je dois partir, toi aussi. Souviens-t'en.

Mai sourit.

— *Mai pen rai.* Il sera très heureux d'entendre que vous travaillez autant.

Elle retourne à l'usine en courant.

L'Enculeur de chiens sourit par-dessus son épaule.

— Moi qui pensais que tu n'étais que le roi des yellow cards. Tu as aussi une jolie petite Thaï pour faire ce que tu lui demandes. Pas mal pour un roi des yellow cards.

Hock Seng grimace.

— Le roi des yellow cards n'est pas le titre auquel j'aspire.

— Le Seigneur du lisier non plus, rit l'Enculeur de chiens. Les noms cachent beaucoup de choses. (Il observe les alentours.) Je n'avais jamais vu une usine *farang*. C'est très impressionnant. Il y a beaucoup d'argent ici.

Hock Seng se force à sourire.

— Les *farang* sont fous avec tout ce qu'ils dépensent.

Il sent les regards des ouvriers sur sa nuque. Il se demande combien d'entre eux connaissent l'Enculeur de chiens. Pour une fois, il est content qu'il n'y ait pas plus de yellow cards chinois à l'usine. Ils reconnaîtraient en un clin d'œil avec qui il traite. Hock Seng réprime son irritation et sa peur. Il est clair que l'Enculeur de chiens souhaite le déséquilibrer. Cela fait partie du processus de marchandage.

Tu es Tan Hock Seng, directeur de la New Tri-Clipper. Ne te laisse pas désarçonner par des tactiques de gangster.

Ce mantra de confiance en soi tient jusqu'à ce qu'ils atteignent les portails extérieurs. Hock Seng s'arrête brusquement.

L'Enculeur de chiens rit en ouvrant la portière à Hock Seng.

— Qu'est-ce qui se passe ? Tu n'as jamais vu une voiture ?

Le vieil homme réprime l'envie de gifler l'homme pour sa stupidité et son arrogance.

— Vous êtes un imbécile, marmonne-t-il. Ne savez-vous pas combien ceci m'expose? Combien les gens vont parler d'une telle extravagance, juste devant cette usine.

Il se penche et entre dans la voiture. L'Enculeur de chiens monte à sa suite, il sourit toujours. Le reste de ses hommes grimpent aussi. Vieux Os fait signe au chauffeur. Le moteur de la machine ronronne. Ils commencent à rouler.

— C'est du diesel de charbon? demande Hock Seng.

Il ne peut s'empêcher de chuchoter.

L'Enculeur de chiens sourit.

— Le patron fait tellement pour la charge carbone. (Il hausse les épaules.) Ce n'est qu'un petit caprice.

— Mais, le coût…

Le coût exorbitant nécessaire à faire tourner ce béhémoth d'acier. Un gaspillage extraordinaire. Un témoignage des monopoles du Seigneur du lisier. Même quand il était très riche en Malaisie, Hock Seng n'aurait jamais envisagé une telle dépense.

Malgré la chaleur dans la voiture, il frissonne. La chose possède une solidité antique, si lourde et si massive que ce pourrait aussi bien être un char. C'est comme s'il était enfermé dans l'un des coffres-forts de SpringLife, isolé du monde. La claustrophobie l'envahit.

Hock Seng tente de maîtriser ses émotions. L'Enculeur de chiens sourit.

— J'espère que tu ne lui fais pas perdre son temps, dit-il.

Le vieux Chinois se force à le regarder dans les yeux.

— Je crois que vous préféreriez que j'échoue.

— Tu as raison. (Il hausse les épaules.) Si ça ne dépendait que de moi, nous aurions laissé les tiens mourir de l'autre côté de la frontière.

La voiture accélère, écrasant Hock Seng contre le dossier de cuir.

De l'autre côté des vitres, Krung Thep défile, totalement éloignée de lui : des foules de peaux tannées par le soleil et d'animaux de bât poussiéreux, des vélos comme des bancs de poissons. Les yeux se tournent vers la voiture qui passe. Des bouches béent, silencieuses, tandis que les gens crient et la pointent du doigt.

La vitesse de la machine est effrayante.

Les yellow cards grouillent autour des entrées de la tour, des hommes et des femmes chinois de Malaisie qui tentent d'avoir l'air plein d'espoir en attendant l'opportunité d'un travail, envolée avec la chaleur de l'après-midi. Pourtant, ils essaient encore de paraître plein de vitalité, s'efforcent de montrer que leurs membres osseux débordent de calories… si seulement quelqu'un leur permettait de les brûler.

Tout le monde écarquille les yeux lorsque arrive la voiture du Seigneur du lisier. Quand les portières s'ouvrent, les gens s'agenouillent en vagues, chacun exécute le *khrab* d'humiliation, s'incline trois fois en l'honneur de l'homme qui leur a donné un toit, le seul homme de Krung Thep qui a volontairement choisi de prendre ce fardeau sur ses épaules, qui leur fournit un semblant de sécurité, loin des machettes rouges des Malais et des matraques noires des chemises blanches.

Les yeux de Hock Seng glissent sur les dos des yellow cards, il se demande s'il connaît l'un ou l'autre, surpris de ne pas être parmi eux à exécuter son propre *khrab* d'obéissance.

L'Enculeur de chiens l'emmène dans la pénombre de la tour. Les trottinements des rats et l'odeur de promiscuité s'échappent des étages supérieurs. Devant deux cages d'ascenseur, le Thaï ouvre d'une chiquenaude un tube de cuivre terni et crie dedans avec une autorité brutale. Ils attendent en se regardant : l'Enculeur de chiens semble s'ennuyer. Hock Seng cache prudemment son anxiété. Une vibration descend le bâtiment, des mécanismes cliquettent, on entend le grincement du métal sur la pierre. Un ascenseur apparaît.

L'Enculeur de chiens tire la porte et entre. La femme qui s'occupe des commandes désengage le frein et crie dans le tube avant de fermer violemment la porte. L'Enculeur de chiens sourit à travers la grille.

— Attends ici, yellow card.

Puis il est soulevé vers la pénombre.

Une minute plus tard, les hommes du lest apparaissent dans la seconde cage d'ascenseur, se glissent en dehors et foncent vers l'escalier en troupeau. L'un d'eux aperçoit Hock Seng. Il ne comprend pas sa présence.

— Il n'y a plus de place. Il en a déjà assez.

Hock Seng secoue la tête.

— Bien sûr, marmonne-t-il.

Les hommes disparaissent déjà dans l'escalier, leurs sandales claquent tandis qu'ils grimpent pour servir à nouveau de ballast.

De l'intérieur du bâtiment, la touffeur des tropiques est un rectangle lointain tacheté de réfugiés qui regardent la rue sans rien à faire ni nulle part où aller. Quelques yellow cards traînent dans les couloirs. Des bébés pleurent, leurs petites voix se répercutent sur le béton chaud. Des grognements d'activités sexuelles résonnent un peu plus haut. Des gens qui baisent dans les couloirs comme des animaux, ils ont abandonné l'idée même d'intimité. C'est tellement familier à Hock Seng. C'est extraordinaire qu'il ait un jour vécu dans cette tour, étouffé de chaleur dans ce même clapier.

Les minutes passent. Le Seigneur du lisier a peut-être changé d'avis. L'Enculeur de chiens devrait être revenu. Hock Seng sent un mouvement à la limite de son champ de vision, il frémit mais il n'y a que des ombres.

Parfois, il rêve que les bandeaux verts sont devenus des cheshires, qu'ils peuvent se fondre et apparaître là où il les attend le moins, pendant qu'il verse de l'eau sur sa tête pour le bain, quand il mange un bol de riz ou s'accroupit sur les latrines… ils clignotent avant de se dévoiler, l'attrapent, l'éventrent et plantent sa tête sur une pique, dans la rue, un avertissement. Comme Bouton de Jade ou la sœur aînée de sa première femme. Exactement comme ses fils.

L'ascenseur grince. Un instant plus tard, l'Enculeur de chiens descend. La femme a disparu, c'est la main du gangster qui engage le frein.

— Bien, tu ne t'es pas enfui.

— Je n'ai pas peur de cet endroit.

L'Enculeur de chiens le dévisage.

— Non, bien sûr que non. Tu en es sorti, n'est-ce pas?

Il quitte l'ascenseur et fait un signe vers la pénombre de la tour. Des gardes se matérialisent à l'endroit où Hock Seng avait cru voir des ombres. Il se force à ne pas sursauter, mais l'Enculeur de chiens s'en aperçoit et sourit.

— Fouillez-le.

Des mains courent sur les côtes de Hock Seng, le long de ses jambes, poussent sur son entrejambe. Quand les gardes en ont fini, l'Enculeur de chiens fait signe au vieux Chinois d'entrer dans l'ascenseur. Il calcule leur poids et crie dans le tube.

Ils entendent, loin au-dessus, le bruit des hommes grimpant dans la cage de lest. Puis, ils s'élèvent, montant à travers les couches de l'enfer. La chaleur s'épaissit. Au cœur du bâtiment exposé au soleil brûlant des tropiques, on se croirait dans un four.

Hock Seng se souvient avoir dormi dans la cage d'escalier, avoir lutté pour respirer tandis que les corps de ses compatriotes puaient et roulaient autour de lui. Il se souvient de la manière dont son ventre se pressait contre sa colonne. Puis une foule de souvenirs se rappellent à lui, du sang sur ses paumes, chaud et vivant. Un yellow card lui tend la main, le supplie de l'aider alors même qu'il enfonce la partie coupante d'un tesson de bouteille dans la gorge de l'homme.

Hock Seng ferme les yeux, réprime ses souvenirs. *Tu mourais de faim. Tu n'avais pas le choix.*

Mais il a du mal à se convaincre.

Ils continuent à monter. Une brise le caresse. L'air se rafraîchit. Un parfum d'hibiscus et d'agrumes.

Ils passent devant un grand hall – une promenade, exposée à l'air de la ville, un jardin bien soigné, des citronniers qui bordent les balcons. Hock Seng se demande combien d'eau les hommes doivent monter, combien de calories doivent être dépensées, quel homme a accès à tant de pouvoir. C'est à la fois excitant et terrifiant. Il s'approche. Tellement près.

Ils atteignent le haut du bâtiment. Toute la ville baignée de soleil s'étend devant eux. Les flèches d'or du Grand Palais où la Reine Enfant tient sa cour, où le Somdet Chaopraya tire les ficelles ; le *chedi* du temple de Mongkut sur sa colline, la seule chose qui survivra si les digues disparaissent. Les gratte-ciel en ruines de la vieille Expansion. Et, tout autour, la mer.

— La vue est belle, n'est-ce pas, yellow card ?

De l'autre côté du grand toit, un pavillon blanc a été érigé. Il bruisse doucement dans la brise salée. Le Seigneur du lisier est allongé dans son ombre, dans un fauteuil en rotin. L'homme est gras. Plus gros que n'importe qui depuis Peal Koh, en Malaisie, qui avait accaparé le marché des durians résistant à la rouille vésiculeuse. Peut-être pas aussi gras que Ah Deng qui tenait un étal de bonbons à Penang ; pourtant, l'homme est extraordinairement gros, compte tenu des privations de l'économie calorique.

Hock Seng s'approche lentement, *wai*, baisse la tête jusqu'à ce que son menton touche sa poitrine et que ses paumes réunies soient presque au-dessus de son crâne avec tout le respect qu'il doit montrer à cet homme.

Le gros homme l'observe.

— Tu souhaites traiter avec moi ?

La gorge du vieillard se serre. Il opine du chef. L'homme attend, patient. Un serviteur apporte un café sucré et froid et le présente au Seigneur du lisier. Il avale une petite gorgée.

— As-tu soif ? demande-t-il.

Hock Seng a la présence d'esprit de secouer la tête. Le Seigneur du lisier hausse les épaules. Reprend une gorgée. Ne dit rien. Quatre serviteurs vêtus de blanc apparaissent, portant une table drapée de lin. Ils l'installent devant le parrain. Le Seigneur fait signe à Hock Seng.

— Viens, ne te soucie pas de politesse. Mange. Bois.

On lui apporte une chaise. Le Seigneur du lisier lui offre d'épaisses nouilles frites U-Tex, un crabe et une salade de papaye verte, avec du *laab mu*, du *gaeng gai* et du U-Tex à la vapeur. Ainsi qu'une assiette de papaye tranchée.

— N'aie pas peur. Le poulet est de la dernière génération de manipulations et les papayes viennent de mes plantations à l'est. Il n'y a pas eu une trace de rouille au cours des deux dernières saisons.

— Comment... ?

— Nous brûlons chaque arbre qui montre des signes de la maladie, et tous ceux qui l'entourent. Nous avons aussi étendu notre périmètre tampon jusqu'à cinq kilomètres. Avec la stérilisation UV, ça semble suffisant.

— Ah !

Le Seigneur du lisier désigne la petite pile-AR sur la table, de son menton.

— Un gigajoule ?

Hock Seng hoche la tête.

— Et tu veux les vendre ?

Hock Seng secoue la tête.

— La manière de les fabriquer.

— Qu'est-ce qui te laisse penser que je serais acheteur?

Hock Seng hausse les épaules, se force à cacher sa nervosité. Il fut un temps où ce genre de négociations lui était facile. Une seconde nature. Mais, à l'époque, il n'était pas désespéré.

— Si ça ne vous intéresse pas, il y a d'autres investisseurs.

Le Seigneur du lisier opine. Termine son café. Un serviteur lui en sert une deuxième tasse.

— Et pourquoi viens-tu me trouver?

— Parce que vous êtes riche.

Le parrain éclate de rire. Il manque cracher son café. Son ventre roule et son corps tremble. Les serviteurs s'immoblisent, attendent. Lorsque le Seigneur du lisier parvient enfin à se contrôler, il s'essuie la bouche et secoue la tête.

— Une réponse honnête, il faut bien l'admettre. (Son sourire disparaît.) Mais je suis aussi dangereux.

Hock Seng réfrène sa nervosité et parle franchement.

— Quand le reste du Royaume nous rejetait, vous nous avez protégés. Même notre propre peuple, les Chinois de Thaïlande, n'a pas été aussi généreux. Sa Majesté Royale la Reine a montré de l'indulgence en nous permettant de traverser la frontière, mais c'est vous qui nous avez offert un havre de sécurité.

Le Seigneur du lisier hausse les épaules.

— De toute façon, personne n'utilise ces tours.

— Pourtant, vous avez été le seul à nous montrer de la compassion. Dans un pays de bons bouddhistes, vous avez été le seul à nous offrir un toit au lieu de nous renvoyer de l'autre côté de la frontière. Je serais mort sans vous.

Le Seigneur du lisier étudie attentivement le vieillard.

— Mes conseillers pensaient que c'était idiot. Que cela m'opposait aux chemises blanches. Que cela me mettait en conflit avec le général Pracha. Que cela pourrait même menacer mes accords pour le méthane.

Hock Seng hoche la tête.

— Vous étiez le seul à avoir assez d'influence pour prendre ce risque.

— Et que veux-tu contre cette extravagante petite technologie ?

Hock Seng se prépare.

— Un vaisseau.

Le Seigneur du lisier lève les yeux, surpris.

— Quoi ? Pas d'argent ? Pas de jade ? Pas d'opium ?

Hock Seng secoue la tête.

— Un navire. Un clipper rapide. Un Mishimoto. Enregistré, avec l'autorisation de transporter des marchandises vers le Royaume et dans toute la mer de Chine méridionale. Sous la protection de Sa Majesté la Reine… (Il laisse passer un battement de cœur.) Et votre patronage.

— Ah. Un yellow card malin. (Le Seigneur du lisier sourit.) Moi qui pensais que tu m'étais vraiment reconnaissant.

Hock Seng hausse les épaules.

— Vous êtes la seule personne qui a suffisamment d'influence pour me fournir de tels permis et de telles garanties.

— La seule personne qui puisse réellement légitimer un yellow card, tu veux dire. Le seul qui puisse convaincre les chemises blanches de permettre à un roi du transport yellow card de prospérer.

Hock Seng ne cille pas.

— Votre syndicat illumine la ville. Votre influence est inégalable.

Contre toute attente, le Seigneur du lisier se dégage de son fauteuil et se lève.

— Oui. Bon. C'est comme ça. (Il se tourne et traverse le patio vers le bord de la terrasse en traînant des pieds, les mains derrière le dos, il observe la ville en contrebas.) Oui, j'imagine qu'il y a encore des ficelles que je peux tirer. Des ministres que je peux influencer. (Il se retourne.) Tu demandes beaucoup.

— Je donne encore plus.

— Et si tu vendais ceci à plus d'une personne ?

Hock Seng secoue la tête.

— Je n'ai pas besoin d'une flotte. Je veux juste un vaisseau.

— Tan Hock Seng cherche à restaurer son empire commercial ici, dans le royaume thaï. (Le Seigneur du lisier se retourne vivement.) Peut-être l'as-tu déjà vendu à d'autres.

— Je ne peux que jurer que ce n'est pas le cas.

— Le jurerais-tu sur tes ancêtres ? Sur tous les fantômes de ta famille qui hantent, affamés, les rues de Malaisie ?

Hock Seng passe d'un pied sur l'autre, mal à l'aise.

— Je le ferais.

— Je veux voir cette technologie.

Hock Seng lève la tête, surpris.

— Vous ne l'avez pas encore remonté ?

— Pourquoi ne m'en fais-tu pas la démonstration ?

Hock Seng sourit.

— Vous avez peur que ce soit un piège ? Une bombe à fragmentation peut-être ? (Il rit.) Je ne joue pas. Je ne suis venu que pour les affaires. (Il regarde autour de lui.) Vous avez un remonteur? Voyons tous les deux combien de joules il peut y mettre. Remontez-le et vous verrez. Mais faites bien attention. Ce n'est pas aussi résistant qu'un ressort standard, à cause de la torsion avec laquelle elle opère. On ne peut pas la laisser tomber. (Il désigne un serviteur.) Toi, là-bas, mets cette pile sur ton fuseau à remonter, voyons combien de joules tu peux y fourrer.

Le serviteur n'a pas l'air sûr. Le Seigneur du lisier hoche la tête pour confirmer l'ordre du Chinois. Une brise de mer fait bruisser le jardin sur le toit tandis que le jeune homme installe la pile-AR sur son fuseau et s'installe sur son pédalier.

Une nouvelle inquiétude s'empare soudain de Hock Seng. Il a eu la confirmation de Banyat qu'il s'agissait d'une des bonnes piles, qu'elle avait passé le contrôle qualité, contrairement à celles qui échouaient systématiquement et craquaient dès qu'on tentait de les remonter. Banyat lui a assuré qu'il devait en prendre une dans un tas précis. Mais, à présent, alors que le serviteur se prépare à appuyer sur les pédales, les doutes l'envahissent. Et s'il avait mal choisi? Si Banyat avait eu tort? À présent, Banyat est mort sous les pattes d'un mastodonte fou furieux. Hock Seng n'a pas pu obtenir de dernière confirmation. Il était sûr… mais…

Le serviteur se penche sur ses pédales. Hock Seng retient son souffle. De la sueur apparaît sur le front du domestique, il regarde Hock Seng et le Seigneur du lisier, surpris par la résistance. Il change de vitesse. Les pédales tournent, d'abord lentement, puis plus rapidement. Il appuie de plus en plus fort, passant d'une vitesse à l'autre, enfournant de plus en plus d'énergie dans la pile-AR.

Le Seigneur du lisier regarde, pensif.

— J'ai connu un homme qui travaillait dans ton usine de piles. Il y a quelques années. Il ne partageait pas sa fortune comme toi. Il n'était pas très aimé de ses compatriotes yellow cards. (Il s'interrompt un instant.) Je crois que les chemises blanches l'ont tué pour sa montre. Ils l'ont battu à mort, l'ont volé, dans la rue, tout ça parce qu'il était dehors après le couvre-feu.

Hock Seng hausse les épaules, écartant le souvenir d'un homme étalé sur les pavés, les membres déchirés et en désordre, déjà brisé, suppliant qu'on l'aide…

Les yeux du Seigneur du lisier sont pensifs.

— Et, maintenant, tu travailles pour la même entreprise. C'est une drôle de coïncidence.

Hock Seng ne dit rien.

Le Seigneur du lisier reprend.

— L'Enculeur de chiens aurait dû faire plus attention. Tu es un homme dangereux.

Hock Seng secoue la tête avec emphase.

— Je tente seulement d'entamer une nouvelle vie.

Le serviteur continue à pédaler, enfonçant des joules supplémentaires dans la pile, fourrant encore plus d'énergie dans la boîte minuscule. Le Seigneur du lisier le regarde, tente de cacher sa stupéfaction, pourtant il écarquille les yeux. Déjà, le serviteur a rempli le récipient de plus d'énergie que n'importe quelle pile de sa taille accepterait. Le vélo gémit tandis que le serviteur pédale. Hock Seng déclare :

— Il faudra toute la nuit pour qu'un homme comme lui remonte suffisamment la pile. Vous devriez amener un mastodonte.

— Comment cela fonctionne-t-il ?

Hock Seng hausse les épaules.

— Il y a une nouvelle solution de lubrification, cela permet au ressort de supporter de bien plus grandes torsions sans se briser ni s'immobiliser.

L'homme continue à alimenter la pile. Les serviteurs et les gardes du corps se rassemblent autour de lui, ils regardent émerveillés la boîte se remplir.

— Extraordinaire ! marmonne le Seigneur du lisier.

— Si vous l'enchaînez à un animal plus efficace, comme un mastodonte ou une mule, le transfert calories-joules se fait quasiment sans perte, explique Hock Seng.

Le Seigneur du lisier observe la pile tandis que l'homme continue à pédaler. Il sourit.

— Nous testerons votre ressort, Hock Seng. S'il se comporte comme il se remonte, tu auras ton vaisseau. Apporte les spécifications et les plans. Je peux faire des affaires avec des gens comme toi. (Il fait signe à un serviteur et commande de l'alcool.) Buvons. À un nouveau partenariat.

Le soulagement envahit Hock Seng. Pour la première fois depuis que le sang a couvert ses mains dans une allée, si longtemps auparavant, depuis qu'un homme l'a supplié de l'épargner sans parvenir à le fléchir, l'alcool coule dans les veines du vieux Chinois et il est satisfait.

CHAPITRE 13

Jaidee se remémore sa première rencontre avec Chaya. Il venait de terminer l'un de ses premiers combats de *muay thai*. Il ne se souvient pas de son adversaire, mais il se souvient être sorti du ring sous les congratulations. Tout le monde disait qu'il bougeait mieux que Nai Khanom Tom. Il avait bu du *lao-lao* ce soir-là et titubé dans les rues avec ses amis, ils riaient tous, tentaient de taper la balle de *takraw*, saouls, absurdes, ravis de la victoire et de la vie.

Puis il y avait eu Chaya, qui fermait le magasin de ses parents, installait les panneaux de bois qui recouvraient la devanture où ils vendaient des soucis et des fleurs de jasmin nouvellement recréées pour offrandes au temple. Quand il lui avait souri, elle leur avait retourné, à lui et à ses amis, un regard de dégoût. Mais Jaidee avait ressenti un choc, comme s'ils s'étaient connus dans une vie antérieure et se revoyaient enfin, destinés à s'aimer.

Il l'avait contemplée, abasourdi, et ses amis avaient reconnu ce regard – Suttipong, Jaiporn et les autres, tous morts lorsque l'épidémie de rayons violets avait frappé et qu'ils étaient partis brûler les villages atteints, tous disparus – mais il se souvient de chacun d'eux, de leur réaction à son coup de foudre, de leurs railleries. Chaya l'avait regardé avec un mépris étudié avant de le renvoyer.

Jaidee n'avait jamais éprouvé de difficulté pour attirer les filles, que ce soit par son *muay thai* ou par son uniforme blanc. Mais Chaya avait vu à travers lui et lui avait tourné le dos.

Il lui avait fallu un mois pour trouver le courage de revenir. Cette première fois, il s'était bien habillé, avait acheté des offrandes pour le temple, pris sa monnaie et était sorti silencieusement. Pendant des semaines, il était revenu, il avait parlé avec elle, établi le contact. Au début, il avait cru qu'elle avait reconnu en lui l'idiot saoul qui tentait de se faire pardonner mais, avec le temps, il avait compris qu'elle n'avait pas fait le lien, que cet ivrogne arrogant avait été oublié.

Jaidee ne lui a jamais dit comment ils s'étaient rencontrés, même après leur mariage. C'était trop humiliant d'admettre que l'homme qu'elle aimait était aussi cet idiot.

À présent, il se prépare à faire quelque chose de pire. Il enfile son uniforme de cérémonie pendant que Niwat et Surat le regardent. Ils sont solennels alors qu'il se prépare à s'avilir devant eux. Il s'agenouille.

— Quoi que vous voyiez aujourd'hui, ne laissez pas cela vous faire honte.

Ils hochent gravement la tête, mais il sait qu'ils ne comprennent pas. Ils sont trop jeunes pour appréhender la pression et la nécessité. Il les serre dans ses bras puis sort dans le soleil éblouissant.

Kanya l'attend dans un rickshaw, la compassion emplit ses yeux, même si elle est trop polie pour parler de ce qu'elle ressent.

Ils traversent silencieusement les rues, puis franchissent le portail du ministère. Des serviteurs, des conducteurs de rickshaws et des carrioles bloquent le passage, attendent le retour de leurs clients. Les témoins sont déjà arrivés.

Leur propre rickshaw se fraye un passage jusqu'au temple. Wat Phra Seub a été érigé à l'intérieur du ministère en l'honneur du martyr de la biodiversité. C'est l'endroit où les chemises blanches prononcent leurs vœux et sont formellement ordonnés défenseurs du Royaume, avant qu'on ne leur confie leur première mission. C'est ici qu'il a reçu son ordination et c'est ici…

Jaidee sursaute et se retient de manifester sa colère. Des *farang* attendent sur les marches du temple, des étrangers dans les installations du ministère. Des négociants, des propriétaires d'usine et des Japonais, créatures suantes, puantes, brûlées par le soleil, qui envahissent le lieu le plus sacré du ministère.

— *Jai yen yen*, marmonne Kanya. C'est Akkarat. Ça fait partie de l'accord.

Jaidee ne peut cacher son dégoût. Il y a pire : Akkarat se tient à côté du Somdet Chaopraya, lui dit quelque chose, lui raconte peut-être une blague. Ces deux-là sont devenus proches ces derniers temps. Jaidee détourne les yeux et voit le général Pracha en haut des marches du temple, le visage impassible. Autour de lui entrent les frères et les sœurs avec lesquels Jaidee a travaillé et combattu. Bhirombhakdi est là, souriant, heureux de sa vengeance.

Les gens s'aperçoivent de son arrivée. Le silence envahit la foule.

— *Jai yen yen*, murmure à nouveau Kanya avant qu'ils ne descendent du rickshaw et qu'il ne soit escorté à l'intérieur.

Des statues dorées de Bouddha et de Phra Seub baissent les yeux sur l'assemblée, sereines. Les toiles sur les murs du temple montrent des scènes de la chute de la Thaïlande : les *farang* libérant leur peste sur la Terre ; les animaux et les plantes s'effondrant quand leur nourriture disparaît ; Sa Majesté Royale le roi Rama XII rassemblant ses dernières forces humaines pitoyables, entouré par Hanuman et ses guerriers singes. Images de Krut et de Kirimukha, d'une armée de *kala* à moitié humains combattant les débordements de la mer et les épidémies. Les yeux de Jaidee courent le long des panneaux, il se souvient de sa fierté au moment de son ordination.

Aucun appareil photo n'est permis à l'intérieur du ministère, mais les scribouillards des feuilles à murmures sont là avec leurs crayons. Jaidee retire ses chaussures et entre, suivi des chacals qui s'enthousiasment de la chute de leur plus grand ennemi. Le Somdet Chaopraya s'agenouille à côté d'Akkarat.

Jaidee regarde le protecteur désigné de la Reine, se demande comment quelqu'un d'aussi divin que le dernier roi a pu être trompé au point de faire du Somdet Chaopraya le défenseur de Sa Royale Majesté la Reine Enfant. Cet homme est dénué de bonté. Jaidee frissonne à la pensée de la Reine si proche de quelqu'un d'aussi connu pour ses côtés sombres.

Il retient sa respiration. L'homme des points d'ancrage est agenouillé à côté d'Akkarat. Un long visage de rat, prudent et arrogant.

— Gardez votre sang-froid, chuchote à nouveau Kanya en le menant vers l'avant. C'est pour Chaya.

Jaidee réprime sa rage, le choc de revoir cet homme. Il se penche vers Kanya.

— C'est lui qui s'est emparé d'elle. Celui qui était sur le terrain d'atterrissage. Ici ! À côté d'Akkarat.

Kanya observe les visages.

— Même si c'est le cas, nous devons en passer par là. C'est la seule manière.

— Tu le crois vraiment ?

Kanya a le tact de baisser la tête.

— Je suis désolée, Jaidee. J'aurais aimé…

— Ne t'inquiète pas, Kanya. (Il désigne les deux hommes du menton.) Souviens-toi juste de ces deux-là. Souviens-toi qu'ils sont prêts à tout pour le pouvoir. (Il se tourne vers elle.) T'en souviendras-tu ?

— Oui.

— Tu le jures sur Phra Seub ?

Son visage est embarrassé, mais elle hoche la tête.

— Si je pouvais exécuter le triple salut devant toi, je le ferais.

Il pense voir des larmes dans ses yeux alors qu'elle se retire. La foule se tait quand le Somdet Chaopraya se lève et s'avance pour être témoin de la procédure. Quatre moines commencent à psalmodier. Pour des occasions plus joyeuses, telles que la consécration d'un mariage ou la bénédiction de la pose d'une première pierre, ils seraient sept ou neuf. Aujourd'hui, ils sont là pour témoigner d'une humiliation.

Le ministre Akkarat et le général Pracha vont se présenter devant la foule assemblée. L'encens remplit la pièce, accompagne les psalmodies des moines, un bourdonnement de Pali qui rappelle à tous que tout est éphémère, que même Phra Seub, dans son désespoir, a reconnu le caractère temporaire des choses, malgré sa compassion pour le monde naturel.

La psalmodie cesse. Le Somdet Chaopraya fait signe à Akkarat et à Pracha de s'approcher. Pour qu'ils *khrab* et montrent leur obéissance. Le Somdet Chaopraya regarde, impassible, les deux ennemis montrer leur respect à la seule chose qui les rapproche, leur révérence pour la royauté et le Palais.

Le Somdet Chaopraya est un homme grand, bien nourri, il les domine. Son visage est dur. Des rumeurs circulent à son propos, sur ses goûts, sur son côté sombre, mais il reste celui qui a été désigné pour protéger Sa Majesté la Reine Enfant jusqu'à son accession au trône. Il ne fait pas partie de la famille royale, il n'en sera jamais, et Jaidee est terrifié qu'Elle puisse vivre sous son influence. Si le destin de cet homme n'était pas aussi fortement lié à celui de la Reine, il… Jaidee réprime la pensée quasi blasphématoire à l'instant où Pracha et Akkarat s'approchent.

Jaidee s'agenouille. Autour de lui, les crayons des feuilles à murmures grattent furieusement le papier tandis qu'il exécute un *khrab* devant Akkarat. Ce dernier sourit d'aise et Jaidee se retient de se jeter sur lui. *Je me vengerai en mon temps.* Il se relève lentement.

Akkarat se penche sur lui.

— Bien, capitaine. J'ai failli croire que vous étiez vraiment désolé.

Jaidee reste impassible, se tourne pour s'adresser à la foule, aux scribouillards – son cœur se serre en voyant que ses fils sont présents, qu'ils ont été amenés pour assister à l'humiliation de leur père.

— J'ai outrepassé mon autorité.

Ses yeux se tournent vers le général Pracha qui le regarde froidement depuis le dais.

— J'ai déshonoré mon bienfaiteur, le général Pracha, et j'ai déshonoré le ministère de l'Environnement.

» Toute ma vie, le ministère a été mon foyer. J'ai honte d'avoir égoïstement utilisé son pouvoir pour mon propre bénéfice. D'avoir trompé mes collègues officiers et mes supérieurs. D'avoir moralement déçu. (Il hésite, Niwat et Surat le regardent, la main dans celle de leur grand-mère, la mère de Chaya, ils le regardent s'humilier.) Je supplie qu'on me pardonne. Je supplie qu'on m'offre la possibilité de racheter mes actes.

Le général Pracha s'approche de lui. Jaidee s'agenouille et exécute un *khrab* de soumission. Le général l'ignore, dépasse son visage incliné, ses pieds sont à quelques centimètres de la tête de Jaidee. Il parle à l'assemblée.

— Un tribunal d'enquête indépendant a déterminé que le capitaine Jaidee est coupable d'avoir accepté des pots-de-vin, d'avoir corrompu et abusé de son pouvoir. (Il baisse les yeux sur son subordonné.) Il a aussi déterminé qu'il n'est plus bon pour le service du ministère. Il deviendra moine et fera pénitence pendant neuf ans. Ses possessions seront confisquées. Ses fils seront adoptés par le ministère, mais leur nom de famille sera effacé. (Il regarde à nouveau Jaidee.) Si le Bouddha est miséricordieux, tu comprendras un jour que ton orgueil et ton avarice sont responsables de ta situation. Nous espérons que, si tu n'atteins pas cette compréhension dans cette vie, ta prochaine existence te permettra l'espoir de l'amélioration.

Il se retourne, laissant Jaidee incliné.

Akkarat parle à son tour.

— Nous acceptons les excuses du ministère de l'Environnement et les échecs du général Pracha. Nous sommes impatients de trouver une meilleure relation de travail avec lui pour l'avenir, maintenant qu'on a arraché les crocs de ce serpent.

Le Somdet Chaopraya fait signe aux deux grands pouvoirs du gouvernement de se montrer du respect. Jaidee reste agenouillé. Un soupir traverse la foule. Puis les gens sortent pour raconter ce qu'ils ont vu.

Ce n'est qu'une fois que le Somdet Chaopraya est sorti que deux moines permettent à Jaidee de se relever. Leur apparence est sérieuse, leurs têtes rasées, leurs robes safran usées et décolorées. Ils lui indiquent où ils vont l'emmener. Il leur appartient à présent. Neuf ans de pénitence, pour avoir fait ce qu'il fallait.

Akkarat s'approche de lui.

— Eh bien, *Khun* Jaidee. Il semble que tu as finalement découvert les limites. C'est bien dommage que tu n'aies pas écouté les avertissements. Tout cela est tellement inutile.

Jaidee se force à exécuter un *wai*.

— Vous avez eu ce que vous vouliez, marmonne-t-il. Maintenant, libérez Chaya.

— Vraiment désolé. Je ne sais pas de quoi vous parlez.

Jaidee fouille les yeux de l'homme, recherche le mensonge, mais il ne peut dire ce qu'il y voit.

Êtes-vous mon ennemi ? Ou est-ce quelqu'un d'autre ? Est-elle déjà morte ? Est-elle encore vivante, enfermée dans une cellule de vos amis, prisonnière anonyme ? Vivante ou morte ?

Il réprime ses inquiétudes.

— Ramenez-la ou je vous pourchasserai et vous tuerai comme la mangouste tue le cobra.

Akkarat ne réagit pas.

— Fais attention à tes menaces, Jaidee. Je détesterais te voir perdre autre chose encore.

Ses yeux se dirigent vers Niwat et Surat.

Un frisson traverse Jaidee.

— Tenez-vous loin de mes enfants.

— Tes enfants? (Akkarat rit.) Tu n'as plus d'enfants. Tu n'as plus rien. Tu as de la chance que le général Pracha soit ton ami. Si j'étais lui, j'aurais jeté tes deux garçons à la rue pour qu'ils mendient des restes de rouille vésiculeuse. Cela aurait été une véritable leçon.

CHAPITRE 14

Écraser le Tigre de Bangkok devrait être plus satisfaisant que ça. Mais, franchement, sans une carte détaillée de l'identité de toutes les personnes présentes, la cérémonie ressemble à n'importe quel événement religieux ou social thaïlandais. En fait, la rétrogradation de l'homme est étonnamment rapide.

Une vingtaine de minutes après avoir été autorisé à entrer dans le temple du ministère de l'Environnement, Anderson regarde silencieusement le célèbre Jaidee s'humilier en *khrab* devant le ministre du Commerce, Akkarat. Les statues dorées de Bouddha et de Seub Nakhasathien brillent sourdement, observant ce moment solennel. Aucun des participants ne montre la moindre émotion. Pas même un sourire de triomphe de la part d'Akkarat. Puis, quelques minutes plus tard, les moines terminent leur psalmodie bourdonnante et tout le monde se lève pour sortir.

C'est tout.

Anderson attend devant le *bot* du temple de Phra Seub qu'on l'escorte hors de l'enceinte. Après avoir enduré une série stupéfiante de vérifications de sécurité et de fouilles corporelles pour entrer sur le campus du ministère de l'Environnement, il s'était mis à fantasmer à l'idée qu'il pourrait rassembler quelque information confidentielle sur le lieu, peut-être même mieux ressentir où se trouve la fameuse banque de semences. C'était idiot et il le savait, mais, après la troisième fouille, il était presque persuadé qu'il allait rencontrer Gibbons lui-même tenant dans ses bras le nouveau *ngaw* comme un fier géniteur.

À la place, il a rencontré de sombres cordons de chemises blanches et a été emmené directement au temple par rickshaw, on lui a demandé d'enlever ses chaussures et d'attendre, pieds nus, sous une surveillance serrée avant qu'on ne lui permette d'entrer avec les autres témoins.

Autour du temple, un buisson de pithecolobium bouche la vue sur le reste de l'installation. Les survols « accidentels » des dirigeables d'AgriGen lui ont donné bien plus d'informations sur les lieux que sa présence aujourd'hui, alors qu'il se trouve en plein milieu.

— Je vois que tu as récupéré tes chaussures.

C'est Carlyle qui s'approche, souriant.

— Vu la manière dont ils les ont inspectées, j'ai pensé qu'ils allaient les mettre en quarantaine.

— C'est seulement qu'ils n'aiment pas ton odeur de *farang*.

Carlyle sort une cigarette et lui en offre une. Sous la surveillance des gardes chemises blanches, ils les allument.

— Tu as aimé la cérémonie ? demande Carlyle.

— Je pensais qu'il y aurait plus de pompe vu les circonstances.

— Ils n'en ont pas besoin. Tout le monde sait ce que ça signifie. Le général Pracha a perdu la face. (Carlyle secoue la tête.) Une seconde, j'ai cru qu'ils allaient lever les yeux et voir la statue de Phra Seub s'ouvrir en deux de honte. On sent que le Royaume change. C'est dans l'air.

Anderson pense aux quelques bâtiments qu'il a pu voir pendant qu'on l'escortait vers le temple. Ils étaient tous délabrés, tachés par l'eau et recouverts de lianes. Si la chute du Tigre ne suffit pas, les arbres abattus et les jardins abandonnés sont de bons indicateurs.

— Tu dois être très fier de ce que tu as accompli.

Carlyle tire sur sa cigarette et recrache lentement la fumée.

— Disons que c'est une avancée satisfaisante.

— Tu les as impressionnés, déclara Anderson en désignant la Phalange *farang* du menton.

Ses membres semblent déjà saouls de l'argent de la réparation. Lucy tente de convaincre Otto de chanter l'hymne pacifique sous le regard sérieux des chemises blanches armés. Le négociant aperçoit Carlyle et s'avance vers lui. Son haleine pue le *lao-lao*.

— Êtes-vous saoul ? demande Carlyle.

— Complètement. (Otto sourit rêveusement.) J'ai dû tout terminer devant le portail. Ces connards ne voulaient pas que j'emporte mes bouteilles de célébration à l'intérieur. Ils ont pris l'opium de Lucy aussi.

Il entoure l'épaule de Carlyle de son bras.

— Tu avais raison, connard. Tu avais bien raison. Regarde les expressions de ces putains de chemises blanches. Ils ont mangé du melon amer toute la journée. (Il attrape la main de Carlyle et tente de la serrer.) Putain que c'est bon de les voir rabaissés comme ça. Eux et leurs saloperies de « cadeaux de bonne volonté ». T'es un homme bien, Carlyle. Un homme bien. (Il sourit, les yeux troubles.) Je vais être riche grâce à toi. Riche ! (Il rit et tente de nouveau d'attraper la main de Carlyle.) Un homme bien, répète-t-il en accrochant la main. Un homme bien.

Lucy lui crie de revenir.

— Le rickshaw est là, connard alcoolique !

Otto s'éloigne en titubant et, avec l'aide de Lucy, tente de ramper dans le rickshaw. Les chemises blanches les observent froidement. Une femme en uniforme d'officier les étudie du haut des marches du temple, le visage impassible.

Anderson la regarde.

— Que crois-tu qu'elle pense ? demande-t-il en la désignant du menton. Tous ces *farang* saouls qui rampent dans son enceinte ? Que voit-elle ?

Carlyle tire sur sa cigarette et laisse échapper la fumée en un jet lent.

— L'aube d'une nouvelle ère.

— Le retour vers le futur, murmure Anderson.

— Comment ?

— Rien. (Anderson secoue la tête.) Quelque chose que Yates avait l'habitude de dire. Nous sommes au bon endroit. Le monde rétrécit.

Lucy et Otto parviennent enfin à grimper dans le rickshaw. Ils s'éloignent tandis qu'Otto hurle des bénédictions pour tous ces honorables chemises blanches qui l'ont rendu riche de tout cet argent de réparation. Carlyle lève un sourcil en regardant Anderson, une question silencieuse. Anderson tire sur sa cigarette en réfléchissant aux possibilités que sous-tend la question de Carlyle.

— Je veux parler directement à Akkarat.

Carlyle renifle.

— Les enfants veulent toutes sortes de choses.

— Les enfants ne jouent pas à ce jeu.

— Tu penses que tu peux l'enrouler autour de ton petit doigt ? Le transformer en un bon petit administrateur comme en Inde ?

Anderson le regarde froidement.

— Je pense plutôt à la Birmanie. (Il sourit devant l'expression accablée de Carlyle.) Ne t'inquiète pas. Nous ne sommes plus là pour briser les nations. Tout ce qui nous intéresse est le libre-échange. Je suis sûr que nous pouvons trouver au moins un intérêt commun. Mais je veux cette rencontre.

— Tu es si prudent… (Carlyle laisse tomber sa cigarette sur le sol et l'écrase de son pied.) J'aurais pensé que tu aurais un esprit plus aventureux.

Anderson rit.

— Je ne suis pas ici pour l'aventure. Ça, c'est pour tous ces alcoolos là-bas…

Il s'interrompt, surpris.

Emiko est dans la foule, avec la délégation japonaise. Il aperçoit son mouvement dans le nœud de cadres et d'officiers politiques qui se rassemblent autour d'Akkarat, parlent et sourient.

— Mon Dieu ! (Carlyle inspire brusquement.) N'est-ce pas une automate ? Dans l'enceinte ?

Anderson tente de dire quelque chose mais n'y parvient pas, sa gorge est serrée.

Non, il a tort. Ce n'est pas Emiko. Les mouvements sont les mêmes mais ce n'est pas la même fille. Celle-ci est richement vêtue, de l'or scintille autour de sa gorge. Un visage légèrement différent. Elle lève la main dans un geste saccadé, coince ses cheveux de soie noire derrière son oreille. Similaire mais différente.

Le cœur d'Anderson recommence à battre.

La fille automate sourit gracieusement à une quelconque histoire racontée par Akkarat. Elle se tourne pour faire les présentations pour un homme qu'Anderson reconnaît d'après les photos des services secrets, c'est un cadre supérieur de Mishimoto. Son propriétaire lui dit quelque chose et elle incline la tête avant de se presser vers les rickshaws, étrange et gracieuse.

Elle ressemble tellement à Emiko. Si stylisée, si posée. Tout dans l'automate lui rappelle l'autre, celle qui est terriblement désespérée. Il déglutit, se souvient d'Emiko dans son lit, petite et solitaire. Affamée d'informations à propos du village des automates. *Comment sont-ils ? Qui vit avec eux ? Vivent-ils vraiment sans maîtres ?* Si avide d'espoir. Si différente de cette automate scintillante qui louvoie élégamment entre les chemises blanches et les officiels.

— Je ne crois pas qu'on lui ait permis d'entrer dans le temple, déclare finalement Anderson. Ils n'auraient pas pu aller aussi loin. Les chemises blanches ont dû la faire attendre dehors.

— Quand bien même, ils doivent bouillonner. (Carlyle penche la tête de côté, regarde la délégation japonaise.) Tu sais, Raleigh en a une aussi. Il l'utilise pour un spectacle de monstre à l'arrière de sa boîte.

Anderson déglutit.

— Ah ? Je ne savais pas.

— Si si. Elle baiserait n'importe quoi. Tu devrais voir ça. C'est vraiment bizarre. (Carlyle rit doucement.) Regarde, elle attire l'attention. Je crois que le protecteur de la Reine est vraiment ébloui.

Le Somdet Chaopraya regarde l'automate fixement, les yeux écarquillés comme une vache frappée sur le côté de la tête avant l'abattage.

Anderson fronce les sourcils, choqué malgré lui.

— Il ne risquerait pas son statut. Pas avec une automate.

— Qui sait? L'homme n'a pas vraiment une réputation très propre. D'après ce que j'ai entendu, il est totalement débauché. Il était plus fréquentable quand le vieux roi était vivant. Il se contrôlait. Mais maintenant... (Carlyle s'interrompt un instant, incline la tête vers la fille automate.) Je ne serais pas surpris que les Japonais lui fassent un cadeau de bonne volonté dans un futur proche. Personne ne refuse quoi que ce soit au Somdet Chaopraya.

— Encore des bakchichs.

— Toujours. Mais le Somdet Chaopraya en vaudrait la peine. D'après ce que j'ai entendu, il s'est emparé de la plupart des fonctions dans le Palais. Il a accumulé énormément de pouvoir. Et cela donnerait pas mal d'assurance au prochain coup d'État, observe Carlyle. Tout le monde a l'air calme mais, sous la surface, c'est bouillant. Pracha et Akkarat ne peuvent pas continuer comme ça. Ils se regardent en chiens de faïence depuis le coup d'État du 12 décembre. (Il s'interrompt un instant.) Avec la bonne pression, on peut influencer la décision de celui qui s'en sort le mieux.

— Ça m'a l'air cher.

— Pas pour tes investisseurs. Un peu d'or et de jade. Un peu d'opium. (Il baisse la voix.) Selon tes standards, ce pourrait même être donné.

— Arrête de me vendre. Vais-je rencontrer Akkarat ou non?

Carlyle donne une claque dans le dos d'Anderson et rit.

— Seigneur! J'adore travailler avec les *farang*. Au moins, tu es direct. Ne t'inquiète pas, c'est déjà arrangé.

Il s'avance à grands pas vers la délégation japonaise et appelle Akkarat. Ce dernier regarde Anderson d'un œil brillant et le jauge. Anderson *wai* pour le saluer. Akkarat, comme il convient à son haut rang, incline vaguement la tête.

Devant le portail du ministère de l'Environnement, alors qu'Anderson fait signe à Lao Gu pour qu'il le ramène à l'usine, deux Thaïs le soulèvent, chacun d'un côté.

— Par ici, *Khun*.

Ils prennent Anderson par les coudes et le guident dans la rue. Pendant un instant, ce dernier pense qu'il se fait arrêter par les chemises blanches, mais il voit une limousine au diesel-charbon. Il lutte contre sa paranoïa tandis qu'on le guide à l'intérieur.

S'ils voulaient te tuer, ils auraient pu attendre n'importe quel meilleur moment.

La portière se referme violemment. Le ministre du Commerce est assis en face de lui.

— *Khun* Anderson. (Akkarat sourit.) Merci de vous joindre à moi.

Anderson étudie le véhicule, se demande s'il peut en sortir ou si les verrous sont contrôlés à l'avant. Le pire moment de n'importe quelle mission est celui où on se retrouve exposé, quand trop de gens connaissent soudain trop de choses. Ça s'était passé comme ça en Finlande : Peter et Lei, la corde autour du cou et les pieds frappant l'air pendant qu'on les élevait au-dessus de la foule.

— *Khun* Richard me dit que vous avez une proposition, l'encourage Akkarat.

Anderson hésite.

— J'ai cru comprendre que nous avions un intérêt commun.

— Non. (Akkarat secoue la tête.) Les vôtres ont tenté de détruire les miens pendant les cinq cents dernières années. Nous n'avons rien en commun.

Anderson tente un sourire.

— Bien sûr, nous voyons certaines choses différemment.

La voiture commence à avancer. Akkarat déclare :

— Ce n'est pas une question de perspective. Depuis que vos premiers missionnaires sont arrivés sur notre rivage, vous n'avez cessé de tenter de nous détruire. Pendant l'Expansion, les vôtres ont essayé de tout nous prendre, ont coupé les bras et les jambes de notre pays. Ce n'est que grâce à la sagesse et sous la direction du roi que nous avons évité le pire. Et pourtant vous n'en avez toujours pas fini avec nous. Avec la Contraction, votre économie globale toute puissante nous a laissés mourir de faim et sur-spécialisés. (Il regarde Anderson dans les yeux.) Puis vos épidémies caloriques sont arrivées. Vous nous avez presque retiré tout le riz de la bouche.

— Je ne savais pas que le ministre du Commerce était un théoricien du complot.

— Vous représentez qui ? (Akkarat l'observe.) AgriGen ? PurCal ? Total Nutrient Holdings ?

Anderson écarte les mains.

— J'ai cru comprendre que vous aviez besoin d'aide pour arranger un gouvernement plus stable.

J'ai des ressources à offrir si nous parvenons à un arrangement.

— Que voulez-vous ?

Anderson le regarde dans les yeux, sérieux comme un pape.

— L'accès à votre banque de semences.

Akkarat sursaute et recule.

— C'est impossible.

La voiture tourne et commence à accélérer le long de Thanon Rama XII. Les hommes d'Akkarat dégagent l'avenue devant eux, Bangkok fume dans un brouillard d'images.

— Nous ne voulons pas la posséder. (Anderson tend une main rassurante.) Nous voulons juste des échantillons.

— La banque de semences nous a permis de rester indépendants de vous. Quand la rouille vésiculeuse et les charançons transpiratés ont envahi le globe, seule la banque de semences nous a permis d'écarter le pire des épidémies, pourtant, malgré cela, des gens sont morts par milliers. Quand l'Inde, la Birmanie et le Vietnam sont tombés sous votre coupe, nous sommes restés forts. Et, maintenant, vous nous demandez notre meilleure arme ? (Akkarat rit.) J'ai peut-être envie de voir le général Pracha tondu, envoyé dans un monastère et méprisé de tous mais, sur cela au moins, nous sommes tous les deux d'accord. Aucun *farang* ne pourra toucher à notre cœur. Vous pouvez prendre un bras ou une jambe de notre patrie, mais pas la tête et certainement pas le cœur.

— Nous avons besoin de nouveaux matériaux génétiques, explique Anderson. Nous avons épuisé l'essentiel de nos options et les épidémies continuent à muter. Partager nos résultats de recherche, et même nos profits, ne serait pas un problème.

— Je suis sûr que vous avez offert la même chose aux Finlandais.

Anderson se penche en avant.

— La Finlande a été une tragédie et pas seulement pour nous. Si le monde doit continuer à manger, nous devons garder de l'avance sur la cibiscose, la rouille vésiculeuse et les charançons transpiratés nippons. C'est la seule manière.

— Vous dites que vous avez enchaîné le monde à vos céréales et vos semences brevetées, que vous nous avez joyeusement esclavagisés et que, finalement, vous vous rendez compte que vous nous menez directement en enfer.

— C'est ce que les grahamites aiment à dire. (Anderson hausse les épaules.) La réalité est que les charançons et la rouille n'attendent pas. Et nous sommes les seuls à disposer de ressources scientifiques pour nous sortir de ce bordel. Nous espérons trouver une clé quelque part dans votre banque de semences.

— Et si ce n'est pas le cas?

— Alors la puissance qui dirige le Royaume n'aura aucune importance. Nous tousserons tous du sang à la prochaine mutation de la cibiscose.

— C'est impossible. Le ministère de l'Environnement contrôle la réserve de semences.

— J'avais pourtant l'impression que nous discutions d'un changement dans l'administration.

Akkarat fronce les sourcils.

— Vous voulez des échantillons, c'est tout? Vous offrez des armes, de l'équipement, de l'argent, et c'est tout ce que vous voulez?

Anderson hoche la tête.

— Et une autre chose. Un homme. Gibbons.

Il observe Akkarat, attend une réaction.

— Gibbons? (Akkarat hausse les épaules.) Je n'ai jamais entendu parler de lui.

— Un *farang*. L'un des nôtres. Nous aimerions le récupérer. Il viole notre propriété intellectuelle.

— Et cela vous dérange beaucoup, j'en suis sûr. (Akkarat rit.) C'est très intéressant de rencontrer quelqu'un comme vous. Bien sûr, nous parlons des hommes des calories qui attendent sur Koh Angrit, accroupis comme des démons ou des *phii krasue*, se préparant à s'emparer du Royaume… (Il étudie Anderson.) Je pourrais vous faire exécuter par un mastodonte si je le voulais, écartelé et abandonné aux vautours et aux corbeaux. Personne ne lèverait le petit doigt pour vous défendre. Par le passé, le moindre murmure de la présence d'un homme des calories parmi nous était suffisant pour déclencher des manifestations et des émeutes. Et pourtant vous êtes là. Si confiant.

— Les temps ont changé.

— Pas autant que vous le pensez. Êtes-vous courageux ou tout simplement idiot?

— Je pourrais vous poser la même question, réplique Anderson. Peu de gens peuvent frapper les chemises blanches sans représailles.

Akkarat sourit.

— Si vous étiez venu me voir la semaine dernière avec votre offre d'argent et d'équipement, j'en aurais été très reconnaissant. (Il hausse les épaules.) Cette semaine, vu les circonstances et les succès récents, je vais réfléchir à votre proposition. (Il tapote la fenêtre pour que le chauffeur s'arrête.) Vous avez de la chance que je sois de bonne humeur. Un autre jour, j'aurais aimé voir un homme des calories déchiqueté et j'aurais considéré que c'était une excellente journée. (Il fait signe à Anderson de descendre.) Je vais réfléchir à votre offre.

CHAPITRE 15

Il existe un lieu pour le Nouveau Peuple.

Cet espoir traverse l'esprit d'Emiko, chaque jour, chaque minute, chaque seconde. Le souvenir d'Anderson le *gaijin* et de sa conviction qu'un tel endroit existe. Ses mains sur elle dans la pénombre, les yeux sincères alors qu'il le lui confirme.

Depuis, elle regarde Raleigh fixement tous les soirs, se demande ce que l'homme sait, et si elle va oser lui demander ce qu'il a vu dans le Nord. Lui demander le chemin vers la sécurité. Trois fois elle s'est approchée de lui et, chaque fois, sa voix l'a trahie, elle n'a pas posé la question. Chaque nuit, elle rentre chez elle, épuisée des abus de Kannika, et tombe dans les rêves d'un lieu où les Nouvelles Personnes peuvent vivre en sécurité, sans propriétaires, sans maîtres.

Emiko se souvient de Mizumi-sensei à l'atelier *kaisen* où elle enseignait aux jeunes Nouvelles Personnes agenouillées en kimono devant elle.

Qu'êtes-vous ?

Des Nouvelles Personnes.

Où est votre honneur ?

Il est de mon honneur de servir.

Qui honorez-vous ?

J'honore mon propriétaire.

Mizumi-sensei était prompte à la réprimande, elle avait 100 ans, elle était terrifiante. Elle était une des premières Nouvelles Personnes, sa peau n'avait pratiquement pas vieilli. Qui sait combien de jeunes hommes et femmes avaient suivi ses leçons ? Mizumi-sensei, toujours là, pleine de conseils. Brutale dans la colère et pourtant juste dans ses punitions. Et toujours ses instructions, la foi selon laquelle, s'ils servent bien, ils seront meilleurs.

Mizumi-sensei les a tous présentés à Mizuko Jizo Bodhisattva, dont la compassion s'étend même au Nouveau Peuple, et qui les cachera dans ses manches après leur mort et les fera sortir de l'enfer des jouets génétiquement conçus pour les mener dans le véritable cycle de la vie. Le devoir de servir, l'honneur de servir avec pour toute récompense une vie prochaine, devenir totalement humains. Servir apporterait la plus grande des récompenses.

Comme Emiko avait haï Mizumi-sensei quand Gendo-sama l'avait abandonnée.

Mais, à présent, son cœur recommence à battre à la pensée d'un nouveau maître, un homme sage, un guide vers un monde différent, un homme qui pourrait lui apporter ce dont Gendo-sama avait été incapable.

Un autre pour coucher avec toi ? Un autre pour te trahir ?

Elle se débarrasse de cette idée. C'est l'autre Emiko qui pense cela. Pas la meilleure face d'elle-même, une cheshire qui ne souhaite que se gaver, sans réfléchir à ce que pourrait être sa niche, qui se laisse aller. Ce n'est pas une pensée digne d'une Nouvelle Personne.

Mizumi-sensei enseignait que leur nature était double. Une moitié mauvaise, dirigée par les faims animales de leurs gènes, par les nombreuses modifications qui les avaient transformés. Et, équilibrant le tout, une moitié civilisée, celle qui connaissait la différence entre la niche et l'animalité. Qui comprenait où était sa place dans la hiérarchie de leur pays et de leur peuple, et appréciait le cadeau que leur offrait leur propriétaire, la vie. Noir et blanc. *In-Yo*. Les deux faces d'une pièce, les deux côtés d'une âme. Mizumi-sensei les avait aidés à avoir une âme. Les avait préparés pour l'honneur du service.

Il n'y a que les mauvais traitements de Gendo-sama qui font qu'elle pense tant de mal de lui. C'était un homme faible. Ou, peut-être, si elle est honnête, n'avait-elle pas été tout ce qu'elle pouvait être. Elle ne l'avait pas servi de son mieux. C'est une vérité bien triste. Une honte qu'elle doit accepter, même si elle rêve de vivre sans la main aimante d'un propriétaire. Mais peut-être que cet étrange *gaijin*... peut-être... Elle ne va pas laisser cet animal cynique entrer dans son esprit ce soir, elle va se permettre de rêver.

Emiko quitte son taudis dans la tour et se faufile dans la soirée rafraîchissante de Bangkok. Une sensation de carnaval emplit les rues teintées de vert, les woks cuisent les nouilles de la nuit, offrent des repas simples aux fermiers du marché avant leur retour vers leurs champs lointains. Emiko erre dans le marché nocturne, un œil surveillant la présence de chemises blanches et l'autre à la recherche d'un dîner.

Elle trouve un vendeur qui propose des calamars grillés et en prend un, trempé dans la sauce piquante. À la lumière des bougies, dans l'ombre, elle se sent protégée. Son *pha sin* cache les mouvements de ses jambes. Seuls, ses bras ont besoin de son attention et, si elle est lente, prudente, et les garde près de ses flancs, ses mouvements peuvent paraître délicats.

À une femme et sa fille, Emiko achète une feuille de banane pliée en forme d'assiette renfermant un nid de *padh seeu* frit U-Tex. La femme fait frire les nouilles sur du méthane bleu, illégal mais pas impossible à obtenir. Emiko s'installe au comptoir de fortune pour les avaler, sa bouche brûle de toutes les épices. Des clients la regardent étrangement, quelques-uns grimacent de dégoût mais ne font rien. Certains se comportent même de manière familière avec elle. Les autres ont assez de problèmes pour ne pas se mêler des histoires d'automates et de chemises blanches. Elle se dit que c'est un avantage. Les chemises blanches sont tellement méprisés que les gens ne souhaitent pas attirer leur attention à moins que ce ne soit absolument nécessaire. Elle fourre les nouilles dans sa bouche et pense à nouveau aux mots du *gaijin*.

Il existe un lieu pour le Nouveau Peuple.

Elle tente de l'imaginer. Un village de gens aux mouvements saccadés, à la peau si lisse. Elle en crève.

Mais il y a aussi un sentiment opposé. Pas de la peur, non. Quelque chose qu'elle n'a jamais prévu.

De la répulsion ?

Non, le mot est trop fort. Plutôt un frisson de répugnance, parce que tant des siens ont fui leur devoir sans honte. Vivant tous ensemble, aucun d'eux n'est aussi raffiné que Gendo-sama. Tout un village du Nouveau Peuple qui n'a personne à servir.

Emiko secoue violemment la tête. Que lui a apporté son service ? Des gens comme Raleigh. Et Kannika.

Et pourtant… toute une tribu de Nouvelles Personnes rassemblée dans la jungle? Qu'est-ce que ce serait de tenir un ouvrier de deux mètres cinquante dans ses bras? Serait-ce un amant? Ou un des monstres à tentacules des usines de Gendo-sama, dix bras comme un dieu hindou et une bouche baveuse qui ne demande rien d'autre que de la nourriture et un endroit où poser ses mains? Comment une telle créature pourrait-elle arriver au nord? Pourquoi sont-ils là, dans la jungle?

Elle réprime sa répulsion. Cela ne peut pas être pire que Kannika. On lui a enseigné à mépriser les Nouvelles Personnes, même si elle en fait partie. Si elle pense logiquement, elle sait qu'aucune d'elles ne peut être pire que ce client qui l'a baisée hier soir avant de lui cracher dessus et de partir. Coucher avec une Nouvelle Personne à la peau si lisse ne pourrait pas être pire.

Mais, quel genre de vie existe-t-il dans ce village? Manger des cafards et des fourmis, des feuilles rescapées des capricornes ivoire?

Raleigh est un survivant. Et toi?

Elle touille ses nouilles avec ses baguettes de bambou RedStar de six centimètres. Comment serait-ce de ne servir personne? Oserait-elle? Elle a la tête qui tourne, elle est presque grisée à cette idée. Que ferait-elle sans propriétaire? Deviendrait-elle une fermière? Ferait-elle pousser des pavots dans les collines? Fumerait-elle la pipe d'argent et aurait-elle les dents noircies comme les étranges dames des tribus? Elle rit d'elle-même. Peut-elle seulement l'imaginer?

Perdue dans ses pensées, elle a failli ne pas s'en rendre compte. Seule la chance – un mouvement de la part d'un homme à une table devant elle, son regard étonné avant qu'il ne baisse la tête et se concentre sur sa nourriture – la sauve. Elle s'immobilise.

Le marché nocturne est plongé dans le silence.

Puis, comme des fantômes affamés, les hommes en blanc apparaissent derrière elle, discutent en chantonnant avec la femme au wok. Cette dernière s'empresse de les servir, obséquieuse. Emiko tremble, les nouilles à mi-chemin de sa bouche, son bras mince qui frémit soudain. Elle veut poser les baguettes mais il n'y a rien à faire. Aucun moyen de se cacher si elle bouge, elle reste donc immobile tandis que les hommes parlent derrière elle.

— … finalement outrepassé son pouvoir. J'ai entendu dire que Bhirombhakdi hurlait dans les couloirs qu'il allait avoir sa tête. La tête de Jaidee sur un plateau, il a été trop loin.

— Il a donné cinq mille bahts à ses hommes, à chacun d'eux, pour ce raid.

— Ça leur fait une belle jambe maintenant qu'il a été rétrogradé.

— Quand même, cinq mille, pas étonnant que Bhirombhakdi crachait du sang. Il a bien dû perdre un demi-million.

— Et Jaidee s'est contenté de charger comme un mastodonte. Le vieux a sans doute cru que Jaidee était Torapee le Taureau mesurant les traces de pas de son père. Prêt à l'abattre.

— Plus maintenant.

Emiko tremble quand ils la bousculent. C'en est fini. Elle va faire tomber les baguettes et ils vont voir la fille automate, eux qui ne l'ont pas encore vue bien qu'ils l'entourent, bien qu'ils la heurtent de leur arrogance virile, bien que l'un d'eux touche son cou soi-disant accidentellement en se pressant contre les autres. Soudain, elle ne sera plus invisible. Elle va apparaître devant eux, parfaitement formée, une Nouvelle Personne qui ne possède rien d'autre que des papiers et des licences d'importation expirés. Elle sera recyclée aussi rapidement que le compost et la cellulose, à cause de ses mouvements saccadés qui la trahissent, qui la marquent aussi clairement que si elle était peinte avec les excréments des vers luisants.

— Je n'aurais pourtant jamais pensé le voir s'incliner en *khrab* devant Akkarat. C'était horrible. Nous avons tous perdu la face avec ça.

Ils se taisent alors. Puis l'un d'entre eux s'exclame :

— Tantine. On dirait que ton méthane n'est pas de la bonne couleur.

La femme sourit, penaude. Le sourire de sa fille reproduit cette incertitude.

— Nous avons fait une offrande au ministère la semaine dernière, dit-elle.

L'homme qui a sa main sur le cou d'Emiko prend la parole, la caressant négligemment. Elle fait de son mieux pour ne pas frissonner.

— Alors peut-être avons-nous été mal informés.

Le sourire de la femme est fébrile.

— Ma mémoire me fait peut-être défaut.

— Bien. Je serais ravi de vérifier l'état de vos comptes.

Elle prend garde à continuer à sourire.

— Pas besoin de vous déranger. Je vais envoyer ma fille tout de suite. En attendant, pourquoi ne prenez-vous pas deux poissons ? Vous n'êtes pas assez payés pour bien manger.

Elle tire deux grands tilapias de son gril et les offre aux hommes.

— C'est bien gentil de votre part, tantine. J'ai faim.

Avec les *plaa* emballés dans une feuille de bananier en main, les chemises blanches se détournent et continuent leur promenade dans le marché nocturne, sans vraiment se rendre compte de la terreur qu'ils ont semée derrière eux.

Le sourire de la femme disparaît dès qu'ils sont partis. Elle se tourne vers la fille et fourre des bahts dans sa main.

— Va à la police et assure-toi de donner l'argent au sergent Siriporn. Je ne veux pas qu'ils reviennent.

L'endroit où le chemise blanche a touché sa nuque brûle Emiko. Ils étaient trop près. Bien trop près. Étrangement, elle oublie parfois qu'elle est pourchassée. Parfois, elle se prend presque pour une humaine. Emiko enfourne le reste des nouilles. Elle ne peut plus traîner. Elle doit parler à Raleigh.

— J'aimerais quitter cet endroit.

Raleigh se tourne sur son tabouret de bar, perplexe.

— Vraiment, Emiko? Tu as un nouveau client, c'est ça?

Autour d'eux, les autres filles arrivent, bavardent et rient ensemble, s'inclinent devant la maison des esprits, quelques-unes font de petites offrandes dans l'espoir d'encourager un client gentil ou riche.

Emiko secoue la tête.

— Non. J'aimerais aller au nord. Au village où vivent les Nouvelles Personnes.

— Qui t'en a parlé?

— Ça existe, n'est-ce pas? (D'après son expression, elle sait que c'est le cas. Son cœur bat la chamade. Ce n'est pas une rumeur.) Ça existe, répète-t-elle plus fermement.

Il la regarde de haut en bas.

— C'est possible. (Il fait signe à Daeng, le barman, pour qu'il lui serve un autre verre.) Mais je devrais te prévenir, la vie est difficile, dans la jungle. Si la récolte n'est pas bonne, on mange des insectes pour survivre. Il n'y a pas grand-chose à chasser maintenant que la rouille et les charançons ont bouffé toute la végétation. (Il hausse les épaules.) Quelques oiseaux. (Il la regarde de nouveau.) Tu devrais rester plus près de l'eau. Tu surchaufferais là-bas. Fais-moi confiance. La vie est vraiment dure. Tu devrais te chercher un nouveau propriétaire si tu veux vraiment sortir d'ici.

— Les chemises blanches ont failli m'avoir ce soir. Je vais mourir ici, si je reste.

— Je les paie pour qu'ils ne te chopent pas.

— Non. C'était au marché nocturne.

Raleigh fronce les sourcils.

— Qu'est-ce que tu foutais au marché nocturne, nom de Dieu? Tu veux quelque chose à manger, tu viens ici!

— Je suis vraiment désolée. Je dois partir. Raleigh-san, vous avez de l'influence. Vous connaissez des gens qui peuvent m'aider à obtenir des permis de voyage pour me permettre de franchir les barrages.

Le verre de Raleigh arrive. Il boit une gorgée. Le vieil homme ressemble à un corbeau, tout en mort et en putrescence, assis sur son tabouret de bar à regarder ses putes arriver pour leur nuit de travail. Il la dévisage sans vraiment cacher son dégoût, comme si elle était une merde de chien collée sur sa chaussure. Il avale une nouvelle gorgée.

— La route est difficile vers le nord. C'est sacrément cher.

— Je peux travailler pour payer mon passage.

Raleigh ne répond pas. Le barman termine de polir le bar. Son assistant et lui installent un coffre de glace venant du magasin de luxe, Jai Yen, Nam Yen. Sang froid. Eau fraîche.

Raleigh tend son verre et Daeng y laisse tomber deux glaçons qui tintinnabulent. Hors du coffre isolé, ils commencent à fondre. Emiko regarde les glaçons couler dans le liquide. Daeng verse de l'eau dessus. Elle a trop chaud. Les fenêtres ouvertes de la boîte ne font rien pour rafraîchir l'atmosphère, à cette heure la touffeur du bâtiment est toujours accablante. Aucun des yellow cards responsables des ventilateurs n'est encore arrivé. La boîte irradie la chaleur des murs et du sol. Raleigh boit une gorgée de son eau fraîche.

Emiko regarde, brûlante, elle aimerait tant pouvoir transpirer.

— *Khun* Raleigh. S'il vous plaît. Vraiment désolée. S'il vous plaît. (Elle hésite.) Un verre frais.

Raleigh sirote son eau et regarde les filles entrer.

— S'occuper d'une automate revient sacrément cher.

Emiko sourit, gênée, espère l'apaiser. Finalement, Raleigh fait une grimace d'irritation.

— Bien.

Il fait un signe à Daeng. Un verre d'eau glacée glisse sur le bar. Emiko tente de ne pas plonger pour l'attraper. Elle l'approche de son visage et de son cou, elle manque suffoquer de soulagement.

Elle boit et presse le verre contre sa peau, elle s'y accroche comme à un talisman.

— Merci.

— Pourquoi devrais-je t'aider à quitter la ville ?

— Je vais mourir si je reste ici.

— Ce n'est pas bon pour les affaires. Ce n'était déjà pas bon pour mes affaires de t'engager. Et ce n'est certainement pas bon pour mes affaires de te payer le voyage vers le nord.

— S'il vous plaît. Je ferai n'importe quoi. Je paierai. Je le ferai. Vous pouvez m'utiliser.

Il rit.

— J'ai des vraies filles. (Son sourire disparaît.) Le problème, Emiko, c'est que tu n'as rien à donner. Tu bois l'argent que tu gagnes chaque nuit. Les dessous-de-table pour ta survie coûtent cher. Si je n'étais pas aussi gentil, je me contenterais de te jeter à la rue pour que les chemises blanches te recyclent. Tu n'es pas une bonne affaire.

— S'il vous plaît.

— Ne me fais pas chier. Va te préparer pour le boulot. Je veux que tu aies quitté tes vêtements de ville avant l'arrivée des premiers clients.

Ses mots montrent sa véritable autorité. Par réflexe, Emiko commence à s'incliner, à répondre à ses attentes. Elle s'interrompt. *Tu n'es pas un chien. Tu n'es pas une servante. Le service t'a seulement permis d'être abandonnée au milieu des démons dans la cité des êtres divins. Si tu te comportes comme une servante, tu mourras comme un chien.*

Elle se redresse.

— Vraiment désolée. Je dois aller au nord, Raleigh-san. Bientôt. Combien cela coûterait-il ? Je le gagnerai.

— Tu es comme un putain de cheshire. (Raleigh se lève brusquement.) Tu reviens toujours pour ramasser les charognes.

Emiko frémit. Même s'il est vieux, Raleigh est toujours un *gaijin* d'avant la Contraction. Il est grand. Elle recule d'un pas, déconcertée par cette domination soudaine. Raleigh sourit sombrement.

— C'est ça, n'oublie pas ta place. Tu iras dans le nord, c'est sûr. Mais tu le feras quand je serai prêt à te laisser partir. Et pas avant que tu aies gagné chaque baht nécessaire pour les pots-de-vin des chemises blanches.

— Combien ?

Il rougit.

— Bien plus que ce que tu m'as fait gagner jusqu'à présent.

Elle recule encore mais Raleigh l'attrape. Il l'attire violemment à lui. Sa voix est un grognement bas de whisky.

— Tu as été utile à quelqu'un, un jour, je vois maintenant comment une automate comme toi peut s'oublier. Mais ne nous faisons pas d'illusions, tu es ma propriété.

Ses mains osseuses agrippent ses seins, pincent un téton et tournent. Elle gémit de douleur et se fane sous ses doigts. Ses yeux bleu pâle la regardent comme un serpent.

— Je suis propriétaire de chaque partie de toi, murmure-t-il. Si je veux te jeter demain, tu disparais. Personne ne s'en souciera. Au Japon, tu as peut-être de la valeur, ici, tu n'es que de l'ordure. (Il pince encore. Elle halète, tente de rester debout. Il sourit.) Tu es à moi. Ne l'oublie pas.

Il la libère abruptement. Emiko chancelle et se retient au bord du bar.

Raleigh se tourne vers son verre.

— Je te ferai savoir quand tu auras gagné assez pour aller dans le nord. Mais tu devras travailler, vraiment. Tu ne fais plus la difficile. Si un homme te veut, tu vas avec lui et tu le rends assez heureux pour qu'il revienne pour la nouveauté. J'ai plein de filles naturelles qui offrent du sexe naturel. Si tu veux aller au nord, tu ferais mieux de commencer à offrir quelque chose de plus.

Il lève son verre, le vide et le frappe sur le bar pour que Daeng le remplisse.

— Maintenant, arrête de te plaindre et commence à gagner ton voyage.

CHAPITRE 16

Hock Seng fronce les sourcils devant le coffre-fort. Il est tôt dans le bureau de SpringLife et il devrait être occupé à fausser les comptes avant que M. Lake n'arrive, mais il ne parvient à se concentrer que sur le coffre. Ce dernier se moque de lui, enveloppé de la fumée des offrandes qui n'ont rien fait pour lui permettre de l'ouvrir.

Depuis l'incident des points d'ancrage, le coffre est toujours fermé et ce diable de Lake regarde toujours par-dessus son épaule, pose des questions sur les comptes, vérifie tout, s'enquiert de tout. Et le Seigneur du lisier attend. Hock Seng l'a vu deux autres fois. Chaque fois, l'homme a été patient, mais le vieux Chinois sent son irritation grandissante, un désir, peut-être, de prendre les choses en main. Sa fenêtre d'opportunité est en train de se refermer.

Hock Seng gratte les chiffres dans le livre de comptes, remplace l'argent qu'il a détourné pour l'achat d'un axe temporaire. Devrait-il simplement vider le coffre? Prendre le risque qu'on le soupçonne? Il y a des fournitures industrielles dans l'usine qui feraient fondre l'acier en quelques heures. Est-ce mieux que de faire attendre le Seigneur du lisier, de risquer que le parrain de tous les parrains agisse lui-même? Hock Seng réfléchit à ses options. Toutes représentent des risques qui lui donnent la chair de poule. Si le coffre-fort est endommagé, son visage se retrouvera bientôt sur des affiches sur les lampadaires, c'est un très mauvais moment pour être l'ennemi des diables d'étrangers. Avec l'ascension d'Akkarat, les *farang* redeviennent importants. Chaque jour apporte de nouvelles humiliations pour les chemises blanches. Le Tigre de Bangkok est à présent un moine chauve sans famille ni biens.

Et si M. Lake disparaissait? Un couteau anonyme dans le ventre pendant qu'il se promène, peut-être? Ce serait facile. Et pas cher. Pour quinze bahts, Chan le rieur le ferait avec plaisir et le diable d'étranger ne l'ennuierait plus jamais.

On frappe à la porte, il sursaute. Hock Seng se redresse et fourre le livre de comptes trafiqué sous le bureau.

— Oui?

C'est Mai, la petite maigre de la chaîne de production qui se tient sur le seuil et *wai*. Hock Seng se détend un peu.

— *Khun*. Il y a un problème.

Il utilise un chiffon pour essuyer l'encre sur ses doigts.

— Oui? De quoi s'agit-il?

Les yeux de la fille font le tour de la pièce.

— Ce serait mieux que vous veniez. Vous-même.

Elle pue la peur. Hock Seng frissonne. Elle est à peine plus qu'une enfant. Il lui a rendu de bons services. Elle a même gagné des bonus en rampant dans les passages étroits de la chaîne d'énergie pour inspecter les anneaux alors qu'ils remettaient les choses en place dans l'usine. Pourtant, quelque chose dans son attitude lui rappelle le moment où les Malais se sont retournés contre les siens. Quand ses ouvriers, si loyaux, ont soudain refusé de le regarder dans les yeux. S'il avait été malin, il aurait vu qu'il se passait quelque chose. Il aurait vu que les jours des Chinois de Malaisie étaient finis. Que même un homme de sa stature – qui donnait de l'argent aux sociétés caritatives, qui aidait les enfants de ses ouvriers comme s'ils étaient les siens –, que même sa tête était destinée à finir sur une pique.

Et maintenant, Mai, l'air agité. Est-ce ainsi qu'ils viendront pour lui? Furtivement? En envoyant une fille inoffensive? Est-ce la fin des yellow cards? Est-ce le Seigneur du lisier? Hock Seng feint la nonchalance et s'appuie sur le dossier de sa chaise en la dévisageant.

— Si tu as quelque chose à dire, dis-le maintenant. Ici.

Elle hésite. Sa peur est évidente.

— Le *farang* est dans le coin?

Hock Seng jette un coup d'œil à l'horloge sur le mur. Il est 6 heures.

— Il devrait être là dans une heure ou deux. Il vient rarement plus tôt.

— S'il vous plaît. Si vous pouviez venir.

C'est donc comme ça que ça va se passer. Il hoche vivement la tête.

— Oui, bien sûr.

Il se lève et la rejoint. Une si jolie fille. Bien sûr qu'ils enverraient une jolie fille. Elle a l'air tellement inoffensive. Il se gratte le dos, lève sa chemise et sort le couteau, le tient caché derrière lui en approchant. Il attend le dernier moment.

Il attrape ses cheveux et tire. Presse le couteau contre sa gorge.

— Qui t'a envoyée? Le Seigneur du lisier? Les chemises blanches? Qui?

Elle halète, incapable de se libérer sans qu'il lui coupe la gorge.

— Personne.

— Tu penses que je suis un idiot? (Il presse le couteau plus fort, déchire la peau.) Qui est-ce?

— Personne! Je le jure!

Elle tremble de peur, mais Hock Seng ne la libère pas.

— Y a-t-il quelque chose que tu veux dire? Un secret que tu dois garder? Dis-le-moi maintenant.

Elle suffoque sous la pression de sa lame.

— Non! *Khun!* Je le jure! Pas de secret! Mais… mais…

— Oui?

Elle s'affaisse contre lui.

— Les chemises blanches, chuchote-t-elle. Si les chemises blanches découvrent…

— Je ne suis pas un chemise blanche.

— C'est Kit. Kit est malade. Et Srimuang. Tous les deux. S'il vous plaît, je ne sais pas quoi faire. Je ne veux pas perdre mon emploi. Je ne sais pas quoi faire. S'il vous plaît, ne dites rien au *farang*. Tout le monde sait que le *farang* pourrait fermer l'usine. S'il vous plaît. Les besoins de ma famille… S'il vous plaît. S'il vous plaît.

Elle sanglote à présent, affaissée contre lui, le supplie comme s'il pouvait être son sauveur, ignore le couteau.

Hock Seng grimace et range le couteau, il se sent soudain vieux. Voilà ce que c'est de vivre dans la peur. Suspecter une fille de 13 ans, penser que les mots de ces filles cherchent sa mort. Il se sent mal. Il ne peut pas la regarder dans les yeux.

— Tu aurais dû le dire, marmonne-t-il, bourru. Fille stupide. Il ne faut pas être timide avec ce genre de choses. (Il soulève sa chemise et glisse le couteau dans son fourreau.) Montre-moi tes amis.

Elle essuie doucement ses larmes. Elle ne lui en veut pas. Elle est adaptable comme peuvent l'être les jeunes. La crise passée, elle l'emmène, obéissante.

Au rez-de-chaussée de l'usine, les ouvriers commencent à arriver. Les grandes portes grincent et le soleil se déverse dans l'immense salle. La poussière mêlée de fragments d'excréments tournoie dans la lumière. Mai le mène à travers la salle d'affinage, donne des coups de pied dans des résidus pâles, et ils entrent dans la salle de découpage.

Au-dessus d'eux, les grands tamis d'algues remplissent la pièce avec la puanteur de mer de leur séchage. Elle le conduit derrière les presses et passe sous la chaîne. De l'autre côté, les cuves sont en rangs serrés, pleines de sel et de vie. Plus de la moitié des cuves montrent des signes de réduction de production. Les algues couvrent à peine la surface, alors que l'écume devrait mesurer plus de six centimètres après une nuit sans ramassage.

— Ici, murmure Mai en pointant le doigt.

Kit et Srimuang sont allongés contre le mur. Les deux hommes lèvent leurs yeux troubles vers Hock Seng. Ce dernier s'agenouille près d'eux mais ne les touche pas.

— Ont-ils mangé ensemble?

— Je ne crois pas. Ils ne sont pas amis.

— Cela pourrait être la cibiscose? La rouille vésiculeuse? Non. (Il secoue la tête.) Je suis un vieil homme stupide. Ce n'est ni l'un ni l'autre. Il n'y a pas de sang sur leurs lèvres.

Kit gémit, tente de se redresser. Hock Seng recule, lutte contre l'envie d'essuyer ses mains sur sa chemise. L'autre homme, Srimuang, a l'air en plus mauvais état encore.

— Quelle est la responsabilité de celui-là?

Mai hésite.

— Je crois qu'il nourrit les cuves. Il verse des sacs de farine de poisson pour les algues.

Hock Seng frémit. Deux corps. Allongés près des cuves qu'il a lui-même rendues à la production maximale pour le bénéfice de M. Lake, pour le satisfaire. Est-ce une coïncidence? Il frissonne, regarde la pièce selon une nouvelle perspective. Le débordement des cuves mouille le sol et forme des flaques près des bondes rouillées. Des fleurs d'algues décorent la surface humide, se nourrissent de restes de nutriments. Des vecteurs partout si quelque chose ne va pas avec les cuves.

Instinctivement, Hock Seng commence à s'essuyer les mains puis s'arrête soudain, la chair de poule est de retour. La poudre grise de la salle d'affinage colle à ses paumes, marquant l'endroit où il a poussé le rideau en passant. Il est entouré de vecteurs possibles. Au-dessus de lui, les tamis de séchage pendent, assombrissent la pièce, couverts d'écume noircie. Une goutte d'eau tombe d'un tamis. S'écrase sur le sol à côté de son pied. Et avec cela vient la conscience d'un autre son. Il ne l'a jamais entendu quand l'usine était pleine de gens. Mais on est le matin, tôt, tout est calme et ce son est partout : le doux battement des gouttes d'eau tombant des tamis.

Hock Seng se lève abruptement, luttant contre la panique.

Ne sois pas idiot. Tu ne sais pas si ce sont les algues. La mort prend de multiples formes. Ce pourrait être n'importe quelle maladie.

Le souffle de Kit est étrangement rauque dans le silence, un halètement sourd accompagne les mouvements de sa poitrine.

— Croyez-vous que ce soit contagieux, une épidémie ? demande Mai.

Hock Seng lui jette un regard furieux.

— Ne prononce pas ces mots ! Essaies-tu d'attirer les démons sur nous ? Les chemises blanches ? Si ça sort d'ici, l'usine sera fermée. Nous mourrons de faim comme les yellow cards.

— Mais…

Dehors, dans la salle principale, les voix se répercutent.

— Chut, mon enfant.

Hock Seng lui fait signe de garder le silence, il réfléchit intensément. Une enquête des chemises blanches serait désastreuse. L'excuse parfaite pour que ce diable d'étranger de M. Lake ferme l'usine, licencie Hock Seng. Le renvoie dans les tours mourir de faim. Mourir après tant de chemin, quand il est si près du but.

D'autres salutations matinales emplissent le reste de l'usine. Un mastodonte gronde. Les portes grincent. Les roues principales gémissent en se mettant en route alors que quelqu'un teste la chaîne.

— Que devons-nous faire ? demande Mai.

Hock Seng regarde autour de lui, les cuves, les machines, la pièce encore vide.

— Tu es la seule à savoir qu'ils sont malades ?

Mai hoche la tête.

— Je les ai trouvés quand je suis arrivée.

— Tu en es sûre? Tu ne l'as dit à personne avant de venir me prévenir? Personne n'est entré ici? Personne n'est venu avec toi et n'a décidé de prendre un jour de congé en les voyant?

Mai secoue la tête.

— Non. Je suis venue seule. Je viens avec un fermier qui me prend en stop aux abords de la ville. Il m'amène sur son longue-queue, sur les *khlongs*. J'arrive toujours tôt.

Hock Seng baisse les yeux sur les deux malades puis sur la jeune fille. Ils sont quatre dans la pièce. Quatre. Il frémit à cette pensée. C'est vraiment un chiffre malchanceux, quatre. *Sz*. Quatre. *Sz*. La mort. Trois ou deux serait un meilleur chiffre…

Ou un.

Un est le chiffre idéal pour un secret. Inconsciemment, la main de Hock Seng se porte vers son couteau, il regarde la fille. Salissant. Mais quand même mieux que le chiffre quatre.

Les longs cheveux noirs de la jeune fille sont remontés en chignon sur le haut de sa tête pour ne pas s'emmêler dans la chaîne. Son cou est exposé. Ses yeux sont confiants. Hock Seng détourne le regard, évalue à nouveau les corps, calcule les chiffres défavorables. Quatre, quatre, quatre. La mort. Un est mieux. Un est ce qu'il y a de mieux. Il inspire et prend une décision. Il tend la main vers elle.

— Viens.

Elle hésite. Il fronce les sourcils et lui fait signe de s'approcher.

— Tu veux garder ton emploi?

Elle hoche lentement la tête.

— Alors viens. Ces deux-là doivent aller à l'hôpital, non? Nous ne pouvons pas les aider ici. Et
deux malades à côté des cuves ne vont pas nous
faciliter les choses. Pas si nous voulons continuer à
manger. Prends-les et rejoins-moi à la porte latérale.
Ne passe pas par la salle principale. Passe par celle
de côté. Passe sous la chaîne avec eux, par la porte
de service. Tu comprends?

Elle hoche la tête, incertaine. Il frappe des mains
pour la pousser à l'action.

— Vite, maintenant. Fais vite! Traîne-les si tu le
dois. (Il désigne les corps.) Les gens vont arriver.
Une personne est déjà de trop pour garder un secret
et nous sommes quatre. Transformons ça en secret à
deux, au moins. Tout est mieux que quatre.

La mort.

Elle inspire, effrayée, puis ses yeux s'étrécissent
de détermination. Elle s'accroupit pour lutter avec
le corps de Kit. Hock Seng regarde pour s'assurer
qu'elle fait le travail. Puis il sort.

Dans la salle principale, les ouvriers sont en
train de ranger leur déjeuner, ils rient. Personne
n'est pressé. Les Thaïs sont paresseux. S'ils étaient
des yellow cards chinois, ils seraient déjà au travail
et tout serait fichu. Pour une fois, Hock Seng est
content de travailler avec des Thaïs. Il lui reste un
peu de temps. Il sort par la porte latérale.

Dehors, l'allée est vide. Les hauts murs des usines
dominent le chemin étroit. Hock Seng trottine
jusqu'à Phosri Street et son désordre d'étals à petit
déjeuner, les nouilles fumantes et le poulet rachi-
tique. Un rickshaw passe entre eux.

— *Wei!* appelle-t-il. *Samloh! Samloh!* Attendez!
Mais il est déjà trop loin.

Il boite jusqu'au carrefour sur son mauvais genou, aperçoit un autre rickshaw. Il fait signe au chauffeur. L'homme regarde derrière lui pour vérifier s'il n'est pas menacé par la concurrence puis se dirige vers Hock Seng d'une pédale paresseuse, laissant la pente de la rue l'arrêter.

— Plus vite ! crie Hock Seng. *Kuai yidian*, Enculeur de chiens !

L'homme ignore les insultes et laisse son rickshaw s'arrêter.

— Vous m'avez appelé, *Khun* ?

Hock Seng grimpe à l'arrière et désigne l'allée.

— J'ai des passagers pour toi si tu te presses.

L'homme grogne et se dirige vers l'allée étroite. La chaîne du vélo cliquette doucement. Hock Seng serre les dents.

— Je te paie double. Plus vite. Plus vite.

L'homme se penche sur ses pédales, légèrement plus agressivement, mais il se traîne toujours comme un mastodonte. Devant eux, Mai apparaît. Hock Seng a peur un instant qu'elle soit stupide et sorte les corps avant l'arrivée du rickshaw, mais il ne voit pas Kit. Ce n'est que lorsque le taxi s'approche qu'elle se glisse à l'intérieur et tire le premier ouvrier sous le choc dans l'allée.

L'homme du rickshaw renâcle devant le corps, mais Hock Seng se penche sur son épaule et siffle.

— Je triple ta paie.

Il attrape Kit et lutte pour l'installer sur le siège du taxi avant que l'homme ne proteste. Mai disparaît à nouveau à l'intérieur.

— Il est saoul, explique Hock Seng. Lui et son ami. Si le patron les attrape, ils vont perdre leur boulot.

— Il n'a pas l'air saoul.

— Tu te trompes.

— Non. Celui-là a l'air...

Hock Seng fixe l'homme des yeux.

— Les chemises blanches vont te coincer aussi certainement que moi. Il est sur ton siège, en ta présence.

Les yeux de l'homme au rickshaw s'écarquillent. Il recule. Hock Seng hoche la tête pour confirmer, regarde l'homme dans les yeux.

— Il n'y a aucune raison de se plaindre maintenant. Je dis qu'ils sont saouls. Je te paie triple quand tu reviens.

Mai reparaît avec le deuxième ouvrier et Hock Seng l'aide à le monter sur le siège. Il pousse Mai dans le taxi avec les hommes.

— À l'hôpital ! (Il se penche vers elle.) Mais deux hôpitaux différents, hein ?

Mai hoche vivement la tête.

— Bien. Tu es maligne. (Hock Seng recule.) Allez-y maintenant. Tirez-vous.

L'homme au rickshaw démarre, pédale beaucoup plus rapidement qu'avant. Hock Seng les regarde s'éloigner, les trois têtes de passagers et le chauffeur, oscillant et tremblant sur les pavés. Il grimace. Quatre à nouveau. C'est vraiment un mauvais chiffre. Il réprime encore sa paranoïa, se demande s'il est capable de la moindre stratégie à présent. Un vieil homme qui sursaute devant les ombres.

Serait-il plus en sécurité si Mai, Kit et Srimuang nourrissaient les *plaa* à nageoires rouges dans les eaux sales du fleuve Chao Phraya ? S'ils n'étaient qu'une collection de membres anonymes flottant dans le ventre des carpes affamées, ne serait-ce pas mieux?

Quatre. *Sz*. La mort.

Si proche de la maladie, il a la chair de poule. Il frotte inconsciemment ses mains sur son pantalon. Il va devoir se laver. Se frotter avec de la javel en espérant que ce soit suffisant. L'homme au rickshaw tourne et disparaît, emportant son chargement malade. Hock Seng entre dans l'usine où la chaîne grince pendant les tests et les voix s'appellent pour se saluer.

S'il vous plaît. Que ce soit une coïncidence. S'il vous plaît, que ce ne soit pas les algues.

CHAPITRE 17

Combien de nuits sans dormir? Une? Dix? Dix mille? Jaidee ne s'en souvient plus. Les lunes ont passé, éveillé, et les soleils en rêve, tout compte, les chiffres tourbillonnent dans une accumulation de jours et d'espoirs déçus. Propitiations et offrandes n'apportent pas de réponse. Les diseurs de bonne aventure et leurs prédictions. Les généraux et leurs assurances. Trois jours, certainement. Il croit entendre le murmure doux d'une voix de femme.

Patient.

Jai Yen.

Sang-froid.

Rien.

Excuses et humiliations dans les journaux. Une autocritique de sa propre main. De nouveaux aveux d'avidité et de corruption. Deux cent mille bahts qu'il ne peut pas rembourser. Éditoriaux et condamnations dans les feuilles à murmures. Des histoires racontées par ses ennemis, il aurait dépensé tout cet argent en putes, en un stock de riz U-Tex contre la famine, qu'il a tout ramassé pour son propre profit. Le Tigre n'est plus qu'un autre chemise blanche corrompu.

Amendes infligées, biens confisqués. La maison de famille brûlée, un vrai bûcher funéraire pendant que sa belle-mère pleure et que ses fils, qui ont déjà perdu son nom, regardent, somnolents.

Il a été décidé qu'il ne servira pas sa pénitence dans un monastère proche. Il sera banni dans les forêts de Phra Kritipong où les capricornes ivoire ont transformé la terre en désert, où les nouvelles versions de rouille vésiculeuse traversent la frontière birmane. Banni dans le désert pour contempler le *damma*. Ses sourcils ont été rasés, comme sa tête. S'il revient un jour vivant de cette pénitence, il s'attend à une vie entière à surveiller les yellow cards dans leurs camps d'internement dans le Sud, le travail le plus bas pour le plus bas des chemises blanches.

Et toujours aucune nouvelle de Chaya.

Est-elle vivante? Est-elle morte? Était-ce le Commerce? Était-ce quelqu'un d'autre? Un *jao por* rendu furieux par l'audace de Jaidee? Était-ce quelqu'un à l'intérieur du ministère de l'Environnement? Bhirombhakdi irrité par le non- respect du protocole? Était-ce censé être un kidnapping ou un meurtre? Est-elle morte en combattant pour se libérer? Est-elle toujours ligotée dans cette pièce en béton où on l'a photographiée ou ailleurs dans la ville, transpirant dans une tour abandonnée, attendant qu'il vienne la sauver? Son corps nourrit-il les cheshires dans une allée? Flotte-t-elle dans la Chao Phraya, nourrissant les bodhi-carpes rev 2.3 que le ministère a élevées avec tant de succès? Il n'a que des questions et rien d'autre. Il hurle dans le puits, mais aucun écho ne lui répond.

Il attend donc dans le *kuti* nu d'un moine dans l'enceinte du temple de Wat Bowniwet, attend de savoir si le monastère de Phra Kritipong accepte de s'occuper de sa pénitence. Il porte le blanc du novice. Il ne portera jamais d'orange. Il n'est pas un moine. Il fait pénitence. Ses yeux suivent les taches de rouille sur le mur, la moisissure, la pourriture.

Un arbre *bo* est peint sur l'un des murs, le Bouddha assis dans son ombre cherche l'illumination.

Souffrance. Tout est souffrance. Jaidee fixe l'arbre *bo*. Ce n'est qu'une autre relique du passé. Le ministère en a artificiellement préservé quelques-uns, ceux qui n'ont pas explosé sous la pression des œufs que les capricornes ivoire ont déposés dans le tronc avant de s'envoler vers leur prochaine victime, et la suivante, et la suivante…

Tout est éphémère. Même les arbres *bo* ne durent pas.

Jaidee touche ses sourcils, caressant les demi-lunes pâles au-dessus de ses yeux dont on a rasé les poils. Il ne s'est pas encore habitué à son absence de pilosité. Tout change. Il lève les yeux sur l'arbre *bo* et le Bouddha.

J'étais endormi. Tout le temps. J'étais endormi et je n'ai jamais compris.

Mais là, quand il regarde l'arbre relique, quelque chose bouge.

Rien ne dure toujours. Un *kuti* est une cellule. Cette cellule est une prison. Il attend dans une prison pendant que ceux qui ont enlevé Chaya mangent et boivent, vont aux putes et rient. Rien n'est permanent. C'est l'enseignement central du Bouddha. Pas une carrière, pas une institution, pas une épouse, pas un arbre… Tout est changement, et le changement est la seule vérité.

Il tend une main vers la fresque et caresse la peinture craquelée, se demande si l'homme qui l'a peinte a utilisé un véritable arbre *bo* comme modèle, s'il a eu assez de chance pour le faire de leur vivant ou s'il s'est servi d'une photo. Une copie d'une copie.

Dans mille ans, sauront-ils seulement que l'arbre *bo* a existé? Les arrière-petits-enfants de Niwat et de Surat sauront-ils qu'il a existé d'autres figuiers aujourd'hui disparus? Sauront-ils qu'il y avait beaucoup, beaucoup d'arbres et qu'il y en avait beaucoup de sortes différentes? Pas seulement un tek Gates ou un bananier génétiquement modifié par PurCal mais bien d'autres aussi?

Comprendront-ils que nous n'avons pas été assez rapides ni assez malins pour les sauver tous? Que nous avons dû faire des choix?

Les grahamites qui prêchent dans les rues de Bangkok parlent tous de leur sainte bible et de ses histoires de sauvetage. Leur histoire de Noé Bodhisattva qui a sauvé tous les animaux, les arbres et les fleurs sur son grand radeau de bambous, et leur a fait traverser les eaux, que toutes les pièces du monde brisé s'entassaient sur son bateau pendant qu'il cherchait la terre. Mais il n'y a plus de Noé Bodhisattva. Il n'y a que Phra Seub, qui ressent la douleur de la perte mais ne peut pas faire grand-chose pour l'arrêter, et les petits bouddhas de terre du ministère de l'Environnement qui retiennent l'eau montante par chance pure.

L'arbre *bo* devient vague. Les joues de Jaidee sont trempées de larmes. Pourtant il continue de fixer l'arbre et le Bouddha dans sa méditation. Qui aurait pu penser que les sociétés caloriques s'attaqueraient aux figuiers? Qui aurait pu penser que l'arbre *bo* allait mourir lui aussi? Les *farang* n'ont aucun respect sauf celui de l'argent. Il essuie les larmes de son visage. Il est stupide de penser que quoi que ce soit puisse durer toujours. Peut-être que même le bouddhisme est éphémère ? .

Il se lève et ramène ses robes blanches à lui. Il *wai* devant la peinture écaillée du Bouddha sous son arbre disparu.

Dehors, la lune est brillante. Quelques lampes à méthane vert brûlent, éclairant à peine les sentiers entre les teks transgéniques qui mènent au portail du monastère. Il est idiot de se raccrocher à des choses qu'on ne peut plus avoir. Tout meurt. Chaya lui est déjà perdue. Tel est le changement.

Personne ne garde le portail, on se dit qu'il sera obéissant. Qu'il va attendre et prier pour le retour de Chaya. Qu'il permettra qu'on le brise. Il n'est pas même sûr que quiconque se soucie de son destin. Il a eu son utilité. Il a frappé le général Pracha, il a perdu la face pour tout le ministère de l'Environnement. Quelle importance qu'il reste ou qu'il parte ?

Il sort dans les rues de la cité des êtres divins et se dirige vers le sud, vers le fleuve, vers le Grand Palais et les lumières scintillantes de la ville, le long des rues à moitié peuplées. Vers les digues qui empêchent la cité de se noyer sous la malédiction des *farang*.

Le temple des piliers de la ville s'élève devant lui, ses toits scintillent, des images du Bouddha s'allument d'offrandes, du doux encens qu'on a déposé devant elles. C'est ici que Rama XII a déclaré que la cité de Krung Thep ne serait pas abandonnée. Ne tomberait pas sous les assauts des *farang* comme Ayutthaya est tombée face aux Birmans tant de siècles plus tôt.

Au milieu des psalmodies de neuf cent quatre-vingt-neuf moines vêtus de safran, le roi a déclaré que la cité serait sauvée, et, dès ce moment, il a chargé le ministère de l'Environnement de la défendre. Il l'a chargé de la construction des grandes digues et des bassins d'orages qui protégeraient la ville des inondations de la mousson et de la violence des typhons. Krung Thep devait survivre.

Jaidee continue à marcher, écoute la psalmodie constante des moines qui prient chaque minute du jour, appelant les pouvoirs des mondes des esprits à l'aide de Bangkok. Il fut un temps où lui-même s'agenouillait sur le marbre frais du temple, incliné devant le pilier central de la ville, suppliant l'aide du roi, des esprits et de toute force baignant la cité pour le soutenir dans son travail. Les piliers de la ville sont un talisman. Ils lui donnaient la foi.

À présent, il passe devant et ne se retourne pas.

Toute chose est éphémère.

Il continue sa marche à travers les rues, se fraye un passage dans les quartiers surpeuplés à l'arrière de Charoen Khlong. Les eaux se meuvent en silence. Personne ne plonge sa rame dans la surface sombre si tard dans la nuit. Mais sur l'un des perrons à moustiquaire, une bougie clignote. Il s'avance.

— Kanya!

Son ancien lieutenant se retourne, surprise. Elle reconstitue son visage, mais pas avant que Jaidee n'ait aperçu sa stupeur devant sa transformation: un homme oublié sans cheveux, sans sourcils, un sourire de folie sur les lèvres, au pied des marches de sa maison. Il enlève ses sandales et monte l'escalier comme un fantôme blanc. Jaidee est conscient de son apparence, il ne peut s'empêcher de trouver cela drôle en ouvrant la moustiquaire pour entrer.

— Je pensais que vous étiez déjà parti pour la forêt, explique Kanya.

Jaidee s'installe à côté d'elle, arrange ses robes. Il regarde les eaux puantes du *khlong*. Les branches d'un manguier se reflètent dans l'argent liquide sous la lune.

— Il faut du temps pour trouver un monastère prêt à se salir avec quelqu'un comme moi. Même Phra Kritipong semble avoir des réticences quand il s'agit des ennemis du Commerce.

Kanya grimace.

— Tout le monde évoque sa nouvelle domination. Akkarat parle ouvertement de permettre l'importation d'automates.

Jaidee est surpris.

— Je n'ai pas entendu parler de cela. Quelques *farang* mais…

Kanya grimace.

— Tout le monde respecte la Reine, mais les automates ne se rebellent pas. (Elle force son pouce dans la peau dure d'un mangoustan. La couche violette semble presque noire dans la pénombre et s'ouvre sous ses efforts.) Torapee mesure les traces de pas de son père.

Jaidee hausse les épaules.

— Tout change.

Kanya grimace.

— Comment peut-on combattre leur argent ? L'argent est leur pouvoir. Qui se souvient de ses maîtres ? Qui se souvient de ses obligations quand l'argent jaillit aussi fort que l'océan lui-même bat contre les digues ? (Elle grimace encore.) Nous ne combattons pas la montée des eaux. Nous combattons l'argent.

— L'argent est séduisant.

Le visage de Kanya devient amer.

— Pas pour vous. Vous étiez un moine bien avant qu'on vous envoie dans un *kuti*.

— C'est peut-être pour cela que je suis un si mauvais novice.

— Ne devriez-vous pas être dans votre *kuti*?

Jaidee sourit.

— Cela ne va pas avec mon style.

Kanya s'immobilise, regarde durement Jaidee.

— Vous n'avez pas été ordonné?

— Je suis un guerrier, pas un moine. (Il hausse les épaules.) Rester assis dans mon *kuti* et méditer ne changera rien. Je suis troublé. Perdre Chaya m'a embrouillé.

— Elle reviendra, j'en suis sûre.

Jaidee sourit tristement à sa protégée, pleine d'espoir et de foi. Il est surprenant qu'une femme qui sourit si rarement et voit tant de mélancolie dans le monde puisse croire dans cette situation – ce cas exceptionnel – que le monde prendra une direction positive.

— Non.

— Elle reviendra.

Jaidee secoue la tête.

— J'ai toujours cru que c'était toi la sceptique.

Le visage de Kanya est plein d'angoisse.

— Vous avez tout fait pour en arriver là. Vous avez perdu la face. Ils doivent la libérer.

— Ils ne le feront pas. Je pense qu'elle a été tuée le premier jour. Je ne m'accrochais à l'espoir que parce que j'étais fou d'elle.

— Vous ne pouvez pas être sûr qu'elle est morte. Ils peuvent très bien toujours la retenir.

— Comme tu l'as dit, j'ai perdu la face. Si c'était une leçon, elle serait déjà revenue. C'était un message différent de ce que je pensais. (Jaidee contemple les eaux tranquilles du *khlong*.) J'ai un service à te demander.

— Tout ce que vous voulez.

— Prête-moi un pistolet-AR.

Kanya écarquille les yeux.

— *Khun*…

— Ne t'inquiète pas, je te le rapporterai. Je n'ai même pas besoin que tu viennes avec moi. J'ai juste besoin d'une bonne arme.

— Je…

Jaidee sourit.

— Ne t'inquiète pas. Tout ira bien. Et il n'y a aucune raison de détruire deux carrières.

— Vous allez combattre le Commerce.

— Akkarat a besoin de comprendre que le tigre a encore des dents.

— Vous n'êtes même pas sûr que c'est le Commerce qui l'a enlevée.

— Qui d'autre? (Jaidee hausse les épaules.) Je me suis fait beaucoup d'ennemis mais, à la fin, il n'y en a vraiment qu'un. (Il sourit.) Il y a le Commerce et il y a moi. J'ai été idiot de laisser les gens me convaincre du contraire.

— Je viendrai avec vous.

— Non. Tu resteras ici. Tu garderas un œil sur Niwat et Surat. C'est tout ce que je te demande, lieutenant.

— S'il vous plaît, ne faites pas ça. Je supplierai Pracha, j'irai voir…

Jaidee l'interrompt avant qu'elle ne dise des bêtises. Il fut un temps où il l'aurait laissée perdre la face devant lui, où il aurait permis à ses excuses de s'échapper comme une cascade pendant la mousson, mais ce n'est plus le cas.

— Je ne demande rien d'autre, annonce-t-il. Je suis content. Je vais aller au ministère du Commerce et je les ferai payer. Tout cela est *kamma*. Je n'étais pas fait pour conserver Chaya près de moi pour toujours, je n'étais pas fait pour elle. Mais je pense qu'il y a encore des choses que nous pouvons faire si nous respectons notre *damma*. Nous avons nos devoirs, Kanya. Envers nos maîtres, envers nos hommes. (Il hausse les épaules.) J'ai eu plusieurs vies. J'ai été un enfant et un champion de *muai thai*, un père et un chemise blanche. (Il baisse les yeux sur les plis de sa robe de novice.) Même un moine. (Il sourit.) Ne t'inquiète pas pour moi. Je dois encore traverser quelques stades avant d'abandonner cette vie et rejoindre Chaya. (Il durcit la voix.) J'ai toujours des choses à faire et je ne m'arrêterai pas avant que cela soit fait.

Kanya le regarde, les yeux pleins d'angoisse.

— Vous ne pouvez pas y aller seul.

— Non, j'emmènerai Somchai.

Commerce : le ministère qui fonctionne en toute impunité, qui l'a écrasé si facilement, qui lui a volé sa femme et a laissé en lui un trou de la taille d'un durian.

Chaya.

Jaidee étudie le bâtiment. Face à toutes ces lumières aveuglantes, il se sent comme un sauvage dans la jungle, comme un docteur des esprits dans les collines qui regarde avancer une armée de mastodontes. Un instant, sa résolution faiblit.

Je devrais aller voir les garçons, se dit-il. *Je pourrais rentrer à la maison.*

Pourtant, il est là, dans la pénombre, il regarde les lumières du ministère du Commerce où on brûle l'allocation carbone comme si la Contraction n'avait jamais existé, comme si nulle digue n'était nécessaire pour retenir l'océan.

Quelque part là-dedans, un homme attend et fait des projets. L'homme qui l'a regardé aux points d'ancrage il y a si longtemps. Qui a craché son bétel avant de disparaître comme si Jaidee n'était rien d'autre qu'un cafard sous son pied. Qui est resté assis à côté d'Akkarat et a observé silencieusement l'humiliation de Jaidee. Cet homme le mènera à la tombe de Chaya. Cet homme est la clé. Quelque part derrière ces fenêtres lumineuses.

Jaidee se réfugie dans la pénombre. Somchai et lui portent des vêtements sombres sans le moindre ornement qui pourrait les trahir, pour mieux se cacher dans la nuit. Somchai est un rapide. L'un des meilleurs. Dangereux de près et silencieux. Il sait crocheter une serrure et, comme Jaidee, il est motivé.

Le visage de Somchai est sérieux alors qu'il étudie le bâtiment. Presque aussi sérieux que Kanya, si Jaidee y pense. Ce comportement semble devenir leur marque de fabrique. Semble être inhérent au boulot. Jaidee se demande si les Thaïs ont un jour souri autant qu'on le dit dans les légendes. Chaque fois qu'il a entendu ses garçons rire, c'était comme si une orchidée s'ouvrait dans la forêt.

— Ils ne sont pas très malins, murmure Somchai.

Jaidee hoche vivement la tête.

— Je me souviens de l'époque où le Commerce n'était qu'un petit portefeuille du ministère de l'Agriculture, et regarde ce qu'ils sont devenus.

— Tu accuses ton âge. Le Commerce a toujours été un grand ministère.

— Non. Seulement un petit département. Une blague.

Jaidee désigne le nouveau complexe et ses conduits à convection high-tech, ses portiques et ses auvents. C'est un nouveau monde, une fois de plus.

Comme pour le moquer, deux cheshires sautent sur une balustrade pour se laver. Ils jouent avec leur réalité, visibles ou pas, insouciants. Jaidee tire son pistolet à ressort et vise.

— Voilà ce que nous a apporté le Commerce. On devrait mettre un cheshire sur leurs badges.

— Ne faites pas ça, s'il vous plaît.

Il regarde Somchai.

— Ça ne coûte rien au niveau du karma. Ils n'ont pas d'âme.

— Ils saignent comme n'importe quel autre animal.

— On pourrait dire la même chose des capricornes ivoire.

Somchai baisse la tête et se tait. Jaidee fronce les sourcils puis range le pistolet dans son étui. Cela gâcherait des munitions. Il y en a toujours plus.

— J'ai été de corvée de poison pour les cheshires, explique finalement Somchai.

— Maintenant, c'est toi qui accuses ton âge.

Somchai hausse les épaules.

— J'avais une famille, à l'époque.

— Je ne savais pas.

— La cibiscose. 118.Aa. Ça a été rapide.

— Je m'en souviens. Mon père est mort de celle-là aussi. C'était une vilaine version.

Somchai hoche la tête.

— Ils me manquent. J'espère qu'ils ont eu une bonne réincarnation.

— J'en suis sûr.

Il hausse les épaules.

— On peut toujours espérer. Je suis devenu moine pour eux. J'ai été ordonné pour une année entière. J'ai prié. J'ai fait beaucoup d'offrandes. (Il répète :) On peut toujours espérer.

Les cheshires miaulent à nouveau.

— J'en ai tué des milliers. Des milliers. J'ai tué six hommes au cours de ma vie et je ne l'ai jamais regretté, mais j'ai tué des milliers de cheshires et je ne me suis jamais senti à l'aise. (Il s'interrompt, gratte l'arrière de son oreille, une frange de *fa'gan* interrompue.) Parfois, je me demande si la cibiscose de ma famille n'est pas un châtiment karmique pour tous ces cheshires.

— Ce n'est pas possible. Ils ne sont pas naturels.

Somchai hausse les épaules.

— Ils se reproduisent. Ils mangent. Ils vivent. Ils respirent. (Il a un léger sourire.) Si on les caresse, ils ronronnent.

Jaidee fait une grimace de dégoût.

— C'est vrai. Je les ai touchés. Ils sont réels. Autant que vous et moi.

— Ce ne sont que des vaisseaux vides. Aucune âme ne les remplit.

Somchai hausse les épaules.

— Peut-être même que toutes les monstruosités des Japonais vivent d'une certaine façon.

Je m'inquiète que Noi, Chart, Malee et Prem se soient réincarnés dans des corps d'automates. Nous ne sommes pas tous assez bons pour nous réincarner en *phii* de la Contraction. Peut-être que certains deviennent des automates dans les usines japonaises, travaillent, travaillent, travaillent, vous voyez? Nous sommes si peu par rapport au passé, où sont passées toutes ces âmes? Peut-être sont-elles allées aux Japonais? Peut-être dans les automates?

Jaidee masque son malaise.

— C'est impossible.

Somchai hausse de nouveau les épaules.

— Malgré tout, je ne supporterais plus de chasser les cheshires.

— Alors, allons chasser les hommes.

De l'autre côté de la rue, une porte s'ouvre et un fonctionnaire du ministère sort dans la rue. Jaidee est déjà en train de traverser, il court pour attraper l'homme. Leur cible s'avance vers un garage à vélos et se penche pour déverrouiller une roue. L'arme de Jaidee se libère. L'homme lève les yeux et déglutit mais Jaidee est sur lui, la matraque à la main. L'homme a le temps de lever un bras. Jaidee l'écarte, il est trop près de l'homme, il le frappe à la tête.

Somchai le rattrape.

— Vous êtes rapide pour un vieil homme.

Jaidee sourit.

— Attrape ses pieds.

Ils traînent le corps de l'autre côté de la rue, se glissent dans la pénombre entre deux lampes à méthane. Jaidee fouille ses poches. Les clés tintinnabulent. Il sourit et les lève pour montrer son trésor.

Il ligote rapidement l'homme, lui bande les yeux et le bâillonne. Un cheshire passe tout près, il les regarde, mélange d'écaille-de-tortue, d'ombre et de pierre.

— Le cheshire va-t-il le manger? demande Somchai.

— Si tu t'en souciais, tu m'aurais laissé les tuer.

Somchai réfléchit en silence. Jaidee termine de ligoter le fonctionnaire.

— Viens.

Ils traversent la rue jusqu'à la porte. La clé entre facilement dans la serrure, ils se retrouvent à l'intérieur.

Dans l'éblouissement de l'électricité, Jaidee réprime l'envie de trouver les interrupteurs et de plonger le ministère dans les ténèbres.

— C'est stupide de faire travailler les gens si tard. Ça use du carbone.

Somchai hausse les épaules.

— Notre homme peut être dans le bâtiment, malgré l'heure.

— Pas s'il a de la chance.

Mais Jaidee a eu la même idée. Il se demande s'il pourra se retenir quand il trouvera l'assassin de Chaya. Il se demande pourquoi il le devrait.

Ils traversent en silence d'autres salles illuminées. Quelques personnes sont encore dans les bureaux, mais personne ne semble les remarquer. Ils avancent tous deux avec autorité, affichent l'air de ceux qu'on doit respecter. Ils trouvent finalement la salle des archives. Somchai et Jaidee s'arrêtent devant la porte de verre. Jaidee sort sa matraque.

— Du verre, note Somchai.

— Tu veux essayer?

Somchai examine la serrure, sort ses outils et se met au travail sur l'ouverture, masse son cou. Jaidee attend impatiemment à côté de lui. Le couloir est inondé de lumière.

Somchai tripote les serrures.

— Eh, on s'en fout. (Jaidee lève sa matraque.) Écarte-toi.

Le fracas est rapide, le son se répercute et disparaît. Ils attendent des bruits de pas, mais aucun garde ne survient. Ils se glissent à l'intérieur et commencent à fouiller les armoires. Finalement, Jaidee trouve les dossiers du personnel et ils passent un long moment à examiner de mauvaises photos, à mettre de côté celles qui semblent familières, classent, filtrent.

— Il savait qui j'étais, marmonne Jaidee. Il m'a regardé droit dans les yeux.

— Tout le monde sait qui tu es, observe Somchai. Tu es célèbre.

Jaidee grimace.

— Tu penses qu'il était aux points d'ancrage pour récupérer quelque chose? Ou juste pour les inspections?

— Peut-être voulait-il ce qu'il y avait dans le chargement de Carlyle. Ou dans un autre dirigeable qui n'est pas arrivé mais a préféré se poser à Lanna l'occupée. Il y a des milliers de possibilités, non?

— Là! désigne Jaidee. C'est lui.

— Tu es sûr? Je pensais que son visage était plus étroit.

— J'en suis sûr.

Somchai fronce les sourcils en lisant le dossier par-dessus l'épaule de Jaidee.

— C'est un employé de bas niveau. Il n'est pas important du tout. Il n'a pas d'influence.

Jaidee secoue la tête.

— Non. Il a du pouvoir. J'ai vu sa manière de me regarder. Il était à la cérémonie quand j'ai été rétrogradé. (Il fronce les sourcils.) Il n'y a pas d'adresse dans son dossier. Juste Krung Thep.

Un bruit de pas se fait entendre. Deux hommes se tiennent sur le seuil de la porte brisée, leurs pistolets-AR levés.

— Ne bougez pas.

Jaidee grimace. Cache le dossier dans son dos.

— Oui ? Il y a un problème ?

Les gardes passent la porte, examinent le bureau.

— Qui êtes-vous ?

Jaidee se tourne vers Somchai.

— Je croyais que tu avais dit que j'étais célèbre.

Somchai hausse les épaules.

— Tout le monde n'aime pas le *muay thai*.

— Peut-être, mais tout le monde parie. Ils auraient dû parier sur mes combats.

Les gardes se rapprochent. Ils ordonnent à Jaidee et Somchai de s'agenouiller. Quand ils font le tour pour les attacher, Jaidee donne un coup de coude. Il en atteint un dans le ventre. Se retourne et lance son genou dans la tête de l'homme. L'autre garde tire un jet de lames avant que Somchai ne le frappe à la gorge. L'homme s'effondre, laisse tomber son pistolet, gargouille à travers sa trachée brisée.

Jaidee attrape le garde survivant et le tire vers lui.

— Tu connais cet homme ?

Il montre la photo. Le garde écarquille les yeux et secoue la tête, tente de ramper jusqu'à son pistolet. Jaidee éloigne l'arme d'un coup puis frappe l'homme aux côtes.

— Dis-moi tout ce que tu sais de lui! Il est de chez vous. Il appartient à Akkarat.

Le garde secoue la tête.

— Non.

Jaidee lui donne un coup de pied à la tête, l'homme saigne. Il s'agenouille près du blessé qui gémit.

— Parle, ou tu vas suivre ton copain.

Leurs yeux se posent sur ce dernier qui étouffe, les mains sur son cou.

— Parle, ordonne Jaidee.

— Ce ne sera pas nécessaire.

Sur le seuil se tient l'objet de la faim de Jaidee.

Des hommes le dépassent pour entrer. Jaidee sort son pistolet, mais ils tirent et les lames s'enfoncent dans son bras. Il laisse tomber l'arme. Le sang jaillit. Il se retourne pour s'échapper par la fenêtre du bureau, mais les hommes le taclent, glissent sur le sol de marbre. Tout le monde tombe dans un fouillis de membres. Quelque part, dans le lointain, Jaidee entend Somchai hurler. Ses bras sont tordus dans son dos. Des attaches de rotin enserrent ses poignets.

— Faites-lui un garrot, ordonne l'homme. Je ne veux pas qu'il saigne à mort.

Jaidee baisse les yeux. Du sang jaillit de son bras. Ses ravisseurs arrêtent le flux. Il ignore si sa tête tourne à cause de l'hémorragie ou parce que le désir de tuer son ennemi est immense. Ils le redressent violemment. Somchai le rejoint, son nez est en sang, ses yeux fermés. Les dents rouges. Derrière lui, sur le sol, deux hommes sont allongés, immobiles.

L'homme les étudie. Jaidee lui rend son regard, refuse de détourner les yeux.

— Capitaine Jaidee. Vous étiez censé être devenu moine.

Jaidee tente de hausser les épaules.

— Il n'y avait pas assez de lumière dans mon *kuti*. J'ai pensé faire pénitence ici, plutôt.

L'homme sourit légèrement.

— Nous pouvons arranger ça. (Il fait signe à ses hommes.) Emmenez-les en haut.

Les hommes les traînent dans le couloir. Ils atteignent un ascenseur. Un véritable ascenseur électrique avec des boutons qui brillent et des dessins du Ramakin sur les murs. Chaque bouton représente une petite bouche de démon et des femmes à gros seins jouant du *saw duang* et du *jakae* sur les côtés. Les portes se ferment.

— Quel est votre nom ? demande Jaidee.

L'homme hausse les épaules.

— Ça n'a pas d'importance.

— Vous êtes la créature d'Akkarat.

L'homme ne répond pas.

Les portes s'ouvrent. Ils sont sur le toit. Quinze étages au-dessus du sol. Les hommes les poussent vers le bord.

— Allez, dit l'homme. Vous attendez ici. Près du bord, là où je peux vous voir.

On pointe des pistolets-AR sur eux, ils regardent la lueur pâle des lampadaires au méthane. Jaidee envisage le saut.

Voilà donc ce que c'est de regarder la mort. Il plonge les yeux dans les profondeurs. La rue tout en bas. L'air qui l'attend.

— Qu'avez-vous fait de Chaya ? hurle-t-il.

L'homme sourit.

— Est-ce pour elle que vous êtes là? Parce que nous ne vous l'avons pas ramenée assez vite?

Jaidee sent un frisson d'espoir. Aurait-il eu tort?

— Vous pouvez faire ce que vous voulez de moi, mais laissez-la partir.

L'homme semble hésiter. Est-ce la culpabilité? Jaidee ne parvient pas à le savoir. Il est trop loin. Chaya est-elle morte?

— Laissez-la partir. Faites ce que vous voulez de moi.

L'homme ne dit rien.

Jaidee se demande s'il y a quelque chose qu'il aurait dû faire différemment. C'était imprudent de venir ici. Mais elle était déjà perdue. Et l'homme n'a fait aucune promesse, n'a rien dit pour confirmer qu'elle est vivante. A-t-il été idiot?

— Est-elle en vie?

L'homme sourit avec légèreté.

— J'imagine que c'est terrible de ne pas savoir.

— Laissez-la partir.

— Ce n'était pas personnel, Jaidee. S'il y avait eu un autre moyen...

L'homme hausse les épaules.

Elle est morte. Jaidee en est sûr. Cela faisait partie d'un plan. Il n'aurait pas dû laisser Pracha le convaincre du contraire. Il aurait dû attaquer immédiatement avec ses hommes, donner une leçon au Commerce. Il se tourne vers Somchai.

— Je suis désolé.

Somchai hausse les épaules.

— Tu as toujours été un tigre. C'est dans ta nature. Je le savais quand j'ai décidé de t'accompagner.

— Quand bien même, Somchai, si nous mourons ici...

Somchai sourit.

— Alors, tu reviendras sous la forme d'un cheshire.

Jaidee ne peut réprimer un éclat de rire et le bruit de son rire lui fait du bien. Il découvre qu'il ne peut pas s'arrêter. Le rire le remplit, l'élève. Même les gardes ricanent. Jaidee aperçoit le large sourire de Somchai et son rire redouble.

Derrière eux, des bruits de pas. Une voix.

— Quelle fête joyeuse. Tant de rires de la part d'une paire de voleurs.

Jaidee peut à peine se maîtriser. Il tente de reprendre son souffle.

— Il doit y avoir une erreur. Nous travaillons ici.

— Je ne pense pas. Tournez vous.

Jaidee se retourne. Le ministre du Commerce se tient devant lui. Akkarat en chair et en os. Et à côté de lui... L'hilarité de Jaidee le quitte comme l'hydrogène fuit d'un dirigeable. Akkarat est flanqué de gardes du corps. Des panthères noires. L'élite royale, un signe de l'estime du Palais. Le cœur de Jaidee se glace. Personne dans le ministère de l'Environnement n'a une telle protection. Pas même le général Pracha.

Akkarat sourit à la surprise de Jaidee. Il étudie Jaidee et Somchai comme s'il examinait des tilapias sur le marché, mais Jaidee s'en fout. Ses yeux sont sur l'homme anonyme derrière lui. L'homme sans prétention. Celui... Les pièces du puzzle se mettent en place.

— Vous n'êtes pas du tout du Commerce, murmure-t-il. Vous êtes du Palais.

L'homme hausse les épaules.

Akkarat dit :

— Tu n'es plus si sûr de toi, n'est-ce pas, capitaine Jaidee ?

— Tu vois, je t'avais dit que tu étais célèbre, chuchote Somchai.

Jaidee manque éclater de rire à nouveau, même si les implications de tout cela sont troublantes.

— Vous avez vraiment le soutien du Palais ?

Akkarat hausse les épaules.

— Le Commerce monte. Le Somdet Chaopraya souhaite une politique d'ouverture.

Jaidee mesure la distance qui les sépare. Trop loin.

— Je suis surpris qu'un *heeya* comme vous ose se salir.

Akkarat sourit.

— Je ne raterais cela pour rien au monde. Tu as été une épine très onéreuse.

— Avez-vous l'intention de me pousser vous-même dans le vide ? provoque Jaidee. Allez-vous tacher votre propre *kamma* avec ma mort, *heeya* ? (Il désigne tous les hommes autour d'eux.) Ou allez-vous laisser la salissure à vos hommes ? Les regarder revenir sous forme de cafards dans leur prochaine vie, se faire écraser dix mille fois avant une renaissance décente ? Le sang sur leurs mains d'un meurtre pour le profit ?

Les hommes remuent nerveusement et se regardent les uns les autres. Akkarat fronce les sourcils.

— C'est toi qui renaîtras en cafard.

Jaidee sourit.

— Venez, alors. Prouvez votre virilité. Poussez l'homme sans défense vers sa mort.

Akkarat hésite.

— N'êtes-vous qu'un tigre de papier ? le provoque encore Jaidee. Venez. Pressez-vous ! Je commence à avoir la tête qui tourne, à force d'attendre si près du bord.

Akkarat l'étudie.

— Tu es allé trop loin, chemise blanche. Cette fois, tu es allé trop loin.

Il s'approche à grands pas.

Jaidee tournoie. Son genou se lève, frappe les côtes du ministre du Commerce. Tous les hommes crient. Jaidee bondit à nouveau, se déplace aussi facilement qu'il le faisait sur le ring, comme s'il n'avait jamais quitté Lumphini, comme s'il n'avait jamais quitté les foules et les hurlements des parieurs. Son genou fracasse la jambe du ministre.

Le feu crépite dans les articulations de Jaidee qui n'ont plus l'habitude de ces contorsions mais, même les mains attachées dans le dos, ses genoux volent avec l'efficacité d'un champion. Il frappe à nouveau. Le ministre du Commerce grogne et chancelle sur le bord du bâtiment.

Jaidee lève le pied pour pousser Akkarat dans le vide, mais une douleur envahit son dos. Il manque tomber. Il y a une brume de sang dans l'air. Les disques des pistolets-AR le déchirent, le traversent. Jaidee perd le rythme. Le bord du toit est de plus en plus proche. Il aperçoit les panthères noires attraper leur maître et l'éloigner.

Jaidee frappe à nouveau des pieds, tentant un coup de chance, mais il entend le sifflement d'autres lames dans les airs, le vrombissement des tirs des pistolets-AR qui se détendent en projetant les disques dans sa peau. Les fleurs de douleur sont chaudes et profondes. Il cogne le bord du bâtiment. Tombe à genoux. Il tente de se relever mais le bruissement des pistolets est constant, les tireurs nombreux, le gémissement aigu de l'énergie libérée énorme. Ses jambes ne lui répondent pas. Akkarat essuie le sang sur son visage. Somchai lutte avec deux autres panthères.

Jaidee ne sent même pas la poussée qui le propulse dans le vide.

La chute est plus courte que ce à quoi il s'attendait.

CHAPITRE 18

La rumeur voyage comme le feu sur le bois mort d'Isaan. Le Tigre est mort. Il est clair que le Commerce monte en influence. La tension fleurit dans la ville. Les poils de la nuque de Hock Seng se dressent. L'homme qui lui vend les journaux ne sourit pas. Deux chemises blanches en patrouille froncent les sourcils à l'intention de chaque passant. Les vendeurs de légumes se font furtifs, comme s'ils dealaient de la contrebande.

Le Tigre est mort dans la honte, même si personne ne sait exactement comment. A-t-il vraiment été émasculé ? Sa tête a-t-elle vraiment été montée sur une pique devant le ministère de l'Environnement, en guise d'avertissement pour les chemises blanches ?

Hock Seng a envie de rassembler son argent et de fuir, mais les plans dans le coffre-fort l'attachent à son bureau. Il n'a pas senti une telle hostilité sous-jacente depuis l'Incident.

Il se lève, se dirige vers les persiennes, observe la rue, invisible, retourne à son ordinateur à pédale. Une minute plus tard, il va à la fenêtre d'observation de l'usine pour étudier les Thaïs sur la chaîne. C'est comme si l'air était chargé d'électricité. Un orage arrive, qui promet trombes d'eau et raz-de-marée.

Les dangers hors de l'usine et les dangers à l'intérieur.

À la mi-journée, Mai revient, les épaules basses. Un autre ouvrier malade a été conduit dans un autre hôpital, Sukhumvit, cette fois. Au cœur du système de manufacture, quelque chose attend de s'en prendre à tous.

La maladie qui fermente dans les cuves donne la chair de poule à Hock Seng. Trois est un chiffre trop élevé pour tenir de la coïncidence. Si trois personnes ont été atteintes, il y en aura d'autres, à moins qu'il ne rapporte le problème. Mais s'il déclare quoi que ce soit, les chemises blanches brûleront l'usine, les plans des piles-AR de M. Yates traverseront l'océan et tout sera perdu.

On frappe à la porte.

— *Lai.*

Mai entre, l'air effrayé et misérable. Ses cheveux noirs sont en désordre. Ses yeux sombres fouillent la pièce à la recherche du *farang*.

— Il est parti déjeuner, explique Hock Seng. As-tu livré Viyada ?

Mai hoche la tête.

— Personne ne m'a vue le déposer.

— Bien. C'est déjà ça.

Mai lui offre un *wai* misérable de reconnaissance.

— Oui ? Qu'y a-t-il ?

Elle hésite.

— Il y a des chemises blanches dans le coin. Beaucoup. Ils étaient à tous les carrefours, jusqu'à l'hôpital.

— T'ont-ils arrêtée ? T'ont-ils questionnée ?

— Non. Mais il y en a beaucoup plus que d'habitude. Et ils ont l'air en colère.

— C'est le Tigre et le Commerce. Rien d'autre. Cela ne nous concerne pas. Ils ne savent rien de nous.

Elle hoche la tête, mais elle doute et ne part pas.

— C'est difficile pour moi de travailler ici, dit-elle. C'est devenu trop dangereux. La maladie… (Elle a du mal à parler, se lance finalement :) Je suis vraiment désolée mais si je meurs… (Elle s'interrompt un instant.) Je suis vraiment désolée.

Hock Seng hoche la tête avec sympathie.

— Oui, bien sûr. Cela ne t'apporterait rien de tomber malade.

Il se demande néanmoins quelle espèce de sécurité elle espère trouver. Des cauchemars des taudis et des tours des yellow cards le réveillent encore la nuit, tremblant et reconnaissant pour ce qu'il a aujourd'hui. Les tours sont atteintes de leurs propres maladies, la pauvreté est leur propre assassin. Il grimace : entre la peur d'une maladie inconnue et la certitude d'un emploi, que choisirait-il ?

Non, cet emploi n'est pas une certitude. C'est ce genre d'illusion qui lui a fait quitter la Malaisie trop tard. Son refus d'admettre qu'un clipper puisse couler, son refus de l'abandonner tant que sa tête dépassait des vagues. Mai est sage quand lui est lent. Il hoche vivement la tête.

— Oui, bien sûr. Tu devrais partir. Tu es jeune. Tu es thaï. Tu trouveras quelque chose. (Il se force à sourire.) Quelque chose de bien.

Elle hésite.

— Oui ? demande-t-il.

— J'espérais toucher ma dernière paie.

— Bien sûr.

337

Hock Seng se dirige vers le petit coffre, l'ouvre et en tire une poignée de billets rouges. Dans une poussée de générosité impulsive qu'il ne comprend pas lui-même, il tend la liasse entière à Mai.

— Tiens, prends ça.

Elle déglutit en voyant le montant.

— *Khun*, merci. (Elle *wai*.) Merci.

— Ce n'est rien. Conserve-le. Sois prudente.

Un cri s'élève dans l'usine, puis d'autres. Hock sent la panique monter en lui. La chaîne s'immobilise. La cloche d'arrêt sonne avec retard.

Hock Seng se rue vers la porte, regarde la chaîne. Des ouvriers abandonnent leur poste, courent vers les portes. Hock Seng tend le cou, tente de comprendre.

— Que se passe-t-il ? demande Mai.

— Je ne sais pas. (Il se précipite vers les persiennes, les ouvre. Des chemises blanches marchent en rangs serrés sur l'avenue. Il retient son souffle.) Des chemises blanches.

— Ils viennent par ici ?

Hock Seng ne répond pas. Il regarde le coffre-fort par-dessus son épaule. *Avec un peu de temps…* Non. Il se comporte comme un idiot. Il a attendu trop longtemps en Malaisie, il ne fera pas deux fois la même erreur. Il va au petit coffre, en retire tout le liquide et le fourre dans un sac.

— Ils sont là à cause des malades ? demande Mai.

Hock Seng secoue la tête.

— Cela n'a pas d'importance. Viens ici.

Il l'entraîne vers une autre fenêtre et ouvre les persiennes, révélant le toit de l'usine.

338

Mai regarde les tuiles chaudes.

— Qu'est-ce que c'est?

— Une issue de secours. Les yellow cards se préparent toujours au pire. (Il sourit en la hissant.) Nous sommes paranoïaques, tu sais.

CHAPITRE 19

— Tu as bien dit à Akkarat que le temps était un facteur important dans mon offre? demande Anderson.

— De quoi te plains-tu? (Carlyle lève son verre de bière de riz chaude vers son compagnon.) Il ne t'a pas fait écarteler par des mastodontes.

— Je peux fournir des ressources. Et nous ne demandons pas grand-chose en retour. Surtout au regard de l'histoire.

— Les choses se passent bien pour lui. Il peut estimer n'avoir pas besoin de toi. Pas après l'humiliation infligée aux chemises blanches. Il n'a pas joui d'autant d'influence depuis la débâcle du 12 décembre.

Anderson grimace, irrité. Il saisit son verre et le repose. Il n'a plus envie d'alcool chaud. Entre la touffeur de la journée et le sato, son esprit est déjà embrumé. Il commence à soupçonner Sir Francis de vouloir virer les *farang*, de réduire leur nombre à coups de whisky chaud – *pas de glaçons aujourd'hui, vraiment désolé.* Autour du bar, les quelques autres clients ont l'air aussi abrutis de soleil que lui.

— Tu aurais dû te joindre à moi quand je te l'ai proposé, observe Carlyle. Tu ne serais pas aussi impatient aujourd'hui.

— Quand tu m'as fait ton offre, tu n'étais qu'un vantard qui venait de perdre un dirigeable.

Carlyle éclate de rire.

— Tu as manqué de flair sur ce coup, n'est-ce pas ?

Anderson ne répond pas à la provocation. Qu'Akkarat refuse son offre est très ennuyeux, mais, à la vérité, Anderson peut à peine se concentrer sur son boulot. Emiko remplit toutes ses pensées et tout son temps. Chaque nuit, il va la chercher au Ploenchit, la monopolise, fait pleuvoir des bahts sur elle. Malgré l'avidité de Raleigh, la compagnie de l'automate est bon marché. Dans quelques heures, le soleil se couchera et elle remontera une fois de plus sur scène. La première fois qu'il a assisté au spectacle, elle l'a surpris qui l'observait et ses yeux se sont accrochés à lui, le suppliant de la sauver de ce qui l'attendait.

« Mon corps ne m'appartient pas, lui a-t-elle dit d'une voix impassible quand il a posé des questions sur sa performance. Mes concepteurs m'ont programmée pour faire des choses que je ne peux pas contrôler. C'est comme s'ils manipulaient une marionnette de l'intérieur. (Elle serrait ses poings, les ouvrait et les fermait inconsciemment, mais sa voix restait soumise.) Ils m'ont rendue obéissante, en toutes matières. »

Puis elle a souri joliment et s'est coulée dans ses bras, comme si elle ne s'était jamais plainte.

Elle est un animal. Aussi servile qu'un chien. Pourtant, s'il prend garde de ne rien demander, s'il laisse une ouverture entre eux, une autre version de la fille automate apparaît. Aussi précieuse et rare qu'un arbre *bo* vivant. Une âme émerge des fils emmêlés de son ADN remanié.

Serait-elle aussi furieuse des abus et des souffrances qui lui sont infligés si elle était une vraie

341

personne ? C'est étrange de se retrouver avec une créature manufacturée, conçue et entraînée à servir. Elle-même admet que son âme est en conflit permanent. Qu'elle ne sait pas quelle partie lui appartient et quelle autre a été génétiquement créée. Son désir de servir, en considérant que les personnes naturelles sont plus importantes qu'elle, naît-il d'une portion canine de son ADN qui respecte la hiérarchie de la meute ? Ou a-t-il été acquis pendant l'entraînement dont elle a parlé ?

Un bruit de bottes dérange les pensées d'Anderson. Carlyle se redresse et se tord le cou pour voir quelle est la cause de ce tapage. Anderson se retourne et manque renverser son verre.

La rue déborde d'uniformes blancs. Les piétons, les vélos et les carrioles s'écartent, se pressent contre les murs, font place aux troupes du ministère de l'Environnement. Anderson se penche. Fusils-AR, matraques noires et uniformes blancs aussi loin qu'il peut voir. Un dragon déterminé est en marche. Le visage résolu d'une nation qui n'a jamais été conquise.

— Jésus et Noé ! grommelle Carlyle.

Anderson plisse les yeux.

— Ça fait beaucoup de chemises blanches.

À un signal invisible, deux chemises blanches se séparent du groupe et entrent chez Sir Francis. Ils étudient les *farang* avachis dans la chaleur avec un dégoût à peine masqué.

Sir Francis, d'habitude si absent et indifférent, sort à toutes jambes et *wai* profondément devant les hommes.

Anderson tourne vivement la tête vers la porte.

— Il est temps de partir, qu'est-ce que tu en penses?

Carlyle hoche sombrement la tête.

— Ne nous faisons pas trop remarquer.

— C'est un peu tard pour ça. Tu penses qu'ils te cherchent?

Le visage de Carlyle est tendu.

— En fait, j'espérais qu'ils te cherchaient toi.

Après avoir parlé avec les chemises blanches, Sir Francis se tourne vers ses clients.

— Vraiment désolé. Nous sommes fermés. Tout est fermé. Vous devez partir immédiatement.

Anderson et Carlyle se lèvent en chancelant.

— Je n'aurais pas dû boire autant, marmonne Carlyle.

Ils titubent vers l'extérieur avec les autres clients du bar. Tout le monde se tient sous le soleil brûlant, cille bêtement quand d'autres chemises blanches passent devant eux. Le bruit des bottes remplit l'air, se répercute sur les murs, scande une promesse de violence.

Anderson se penche à l'oreille de Carlyle.

— Je suppose que ce n'est pas une nouvelle manipulation d'Akkarat? Pas comme ton dirigeable perdu ou quelque chose dans le genre?

Carlyle ne répond pas, mais son assombrissement dit à Anderson tout ce qu'il souhaite savoir. Des centaines de chemises blanches défilent dans la rue, et d'autres arrivent encore. La rivière d'uniformes semble sans fin.

— Ils ont dû rappeler des troupes de la campagne. Impossible qu'il y ait autant de chemises blanches dans la ville.

— C'est la première ligne du ministère, pour les incendies, explique Carlyle. On les utilise quand la cibiscose ou la grippe aviaire deviennent incontrôlables. (Il va désigner quelque chose mais baisse rapidement la main, il ne veut pas attirer l'attention. Il se contente de hocher la tête.) Tu vois leur badge ? Le tigre et la torche ? C'est pratiquement une division suicide. C'est avec eux que le Tigre de Bangkok a débuté.

Anderson hoche fermement la tête. C'est une chose de se plaindre des chemises blanches, de se moquer de leur stupidité et de leur corruption avec les pots-de-vin. C'en est une autre de les voir défiler en rangs serrés. Le sol tremble du bruit de leurs bottes. La poussière s'élève. Les rues s'emplissent de leur nombre grandissant. Anderson ressent un désir presque incontrôlable de fuir. Ce sont des prédateurs. Il est une proie. Il se demande si Peter et Lei ont eu ce genre d'avertissement avant les vrais problèmes en Finlande.

— Tu as un flingue ? demande-t-il à Carlyle.

Ce dernier secoue la tête.

— Ça pose plus de problème qu'autre chose.

Anderson cherche Lao Gu dans la rue.

— Mon chauffeur de rickshaw a disparu.

— Putain de yellow card. (Carlyle rit tranquillement.) Ils savent toujours d'où vient le vent. Je parie qu'il n'y en a pas un seul dans la ville qui ne se soit pas planqué.

Anderson attrape le coude de Carlyle.

— Viens. Essaie de ne pas attirer l'attention.

— Où allons-nous ?

— Sentir le vent. Découvrir ce qui se passe.

Anderson l'entraîne dans une rue adjacente, vers le *khlong* principal, le canal qui mène à la mer. Ils tombent presque immédiatement sur un cordon de chemises blanches. Les gardes lèvent leurs fusils-AR et leur font signe de s'éloigner.

— Je pense qu'ils sont en train de sécuriser tout le district, estime Anderson. Les écluses, les usines.

— C'est une quarantaine ?

— Ils porteraient des masques s'ils étaient là pour tout brûler.

— Un coup d'État, alors ? Un autre 12 décembre ?

Anderson jette un coup d'œil à Carlyle.

— Il est un peu tôt pour ça, non ?

Carlyle regarde les chemises blanches.

— Le général Pracha a peut-être décidé de nous devancer.

Anderson le tire dans la direction opposée.

— Allons à mon usine. Hock Seng sait peut-être quelque chose.

Dans toute la rue, les chemises blanches font sortir les gens de leurs magasins, les exhortent à fermer leurs portes. Les derniers commerçants placent des panneaux de bois sur leurs devantures pour les sceller. Une autre compagnie de chemises blanches passe.

Anderson et Carlyle arrivent à l'usine SpringLife à temps pour voir les mastodontes sortir par le portail. Anderson arrête l'un des hommes du syndicat. Le *mahout* stoppe son animal qui renifle et agite les pattes avec impatience. Les ouvriers de la chaîne le contournent pour passer.

— Où est Hock Seng ? demande Anderson. Le chef yellow card, où est-il ?

L'homme secoue la tête. D'autres ouvriers se pressent de sortir.

— Les chemises blanches sont-ils venus ?

L'homme parle si vite qu'Anderson ne comprend pas. Carlyle traduit.

— Il dit que les chemises blanches viennent pour se venger. Qu'ils vont regagner leur honneur.

L'homme s'agite, Anderson s'écarte pour le laisser passer.

De l'autre côté, l'usine Chaozhou évacue elle aussi ses ouvriers. Aucun des magasins de la rue n'est ouvert. Les étals de nourriture ont tous été rentrés ou éloignés. Toutes les portes sont fermées. Quelques Thaïs observent par leurs fenêtres, mais la rue n'est remplie que d'ouvriers en fuite et de chemises blanches en marche. Les derniers ouvriers de SpringLife passent à toute vitesse, aucun d'eux ne regarde Anderson ou Carlyle.

— C'est de pire en pire, marmonne Carlyle.

Son visage est pâle malgré le soleil tropical.

Une nouvelle vague de chemises blanches surgit au coin, large de six hommes, un serpent qui s'étend dans la rue.

Les vitrines fermées donnent la chair de poule à Anderson. Comme si tout le monde se préparait à un typhon.

— Faisons comme les autochtones, entrons. (Il attrape l'une des grandes portes d'acier et la tire.) Aide-moi.

Il faut leurs forces conjuguées pour refermer le portail et installer les barres transversales. Anderson claque les verrous et s'appuie contre le métal chaud, il halète. Carlyle étudie les barres.

— Cela signifie-t-il que nous sommes en sécurité? Ou que nous sommes piégés?

— Nous ne sommes pas encore à la prison de Khlong Prem. Alors faisons comme si nous étions en train de gagner.

Mais Anderson se pose des questions. Il y a bien trop de variables en jeu et cela le rend nerveux. Il se souvient d'un temps, dans le Missouri, où les grahamites s'étaient soulevés. Il y avait eu des tensions, quelques petits discours, puis la foule avait soudain explosé et mis le feu aux champs. Personne n'avait vu venir la violence. Aucun officier des services secrets n'avait anticipé le fait que, sous la surface, le chaudron bouillait.

Anderson avait fini perché sur un silo à grains, étouffé par la fumée des champs de HiGro en flammes. Avec un fusil-AR récupéré sur un garde de sécurité trop lent, il avait tiré avec constance sur les émeutiers au sol et, pendant tout ce temps, s'était demandé comment les signes avaient pu échapper à tout le monde. À cause de leur aveuglement, ils avaient perdu une installation. Et c'est la même chose aujourd'hui à Bangkok. Une éruption soudaine et la prise de conscience effarée que le monde tel qu'il le comprend n'est pas celui dans lequel il vit.

Pracha tente-t-il de prendre le pouvoir? Ou Akkarat pose-t-il de nouveaux problèmes? À moins qu'il ne s'agisse d'une nouvelle épidémie? Cela pourrait être n'importe quoi. En regardant passer les chemises blanches, Anderson peut presque sentir la fumée des silos et des champs de HiGro en flammes.

Il entraîne Carlyle dans l'usine.

— Trouvons Hock Seng. Si quelqu'un sait ce qui se passe, c'est lui.

À l'étage, les bureaux sont vides. L'encens de Hock Seng brûle avec régularité, envoyant des filets de soie de fumée. Les papiers sont abandonnés sur son bureau, frémissants dans la brise des ventilateurs à remontoir.

Carlyle rit, un rire grave et cynique.

— Tu as perdu un assistant?

— On dirait bien.

Le petit coffre est ouvert. Anderson fouille les étagères du regard. Trente mille bahts ont disparu, au moins.

— Merde! Ce connard m'a volé.

Carlyle ouvre une persienne, révélant les tuiles qui s'étirent sur tout le toit de l'usine.

— Regarde-moi ça!

Anderson fronce les sourcils.

— Il jouait tout le temps avec les attaches de celle-ci. Je pensais qu'il voulait empêcher les gens d'entrer.

— Je crois qu'il s'en est servi pour s'enfuir, déclare Carlyle en riant. Tu aurais dû le virer quand tu en as eu la possibilité.

Le bruit de nouvelles bottes sur les pavés se répercute jusqu'à eux, c'est le seul bruit qui monte de la rue.

— Eh bien, au moins il a gagné des points de prévoyance.

— Tu sais ce que disent les Thaïs: «Quand un yellow card s'enfuit, fais attention au mastodonte derrière lui.»

Anderson observe le bureau une dernière fois, puis se penche par la fenêtre.

— Viens. Allons voir où est passé mon assistant.

— Tu es sérieux?

— Il ne voulait pas plus que nous rencontrer les chemises blanches. Et il avait manifestement un plan.

Anderson se hisse et grimpe vers le soleil. Ses mains se brûlent sur les tuiles. Il se redresse, les secoue. Il a l'impression de se tenir dans une poêle sur le feu. Il étudie le toit, il respire difficilement dans la chaleur étouffante. Plus loin, l'usine Chaozhou attire son attention. Anderson avance de quelques pas, puis se retourne.

— Ouais. Je crois qu'il est passé par là.

Carlyle le rejoint. La sueur fait briller son visage et trempe sa chemise. Ils avancent sur les tuiles rougeâtres, l'air bouillonne autour d'eux. Au bout du toit, ils se retrouvent au-dessus d'une allée cachée de Thanon Phosri par un virage. De l'autre côté, une échelle descend jusqu'au sol.

— Que je sois damné !

Ils regardent vers l'allée, trois étages plus bas.

— Ton vieux Chinois a sauté ça ? demande Carlyle.

— On dirait. Ensuite il a descendu l'échelle. (Anderson jette un œil vers le bas.) Ça fait haut. (Il ne peut s'empêcher de sourire à l'ingéniosité de Hock Seng.) Malin, le salaud !

— C'est un sacré saut.

— Pas si dur. Et si Hock Seng…

Anderson n'a pas terminé sa phrase que Carlyle s'élance, saute dans le vide, atterrit lourdement sur le toit et roule. Une seconde plus tard, il est debout, sourit et fait signe à Anderson de le rejoindre.

Anderson fronce les sourcils et prend son élan pour bondir à son tour. Ses dents s'entrechoquent à l'atterrissage. Quand il se redresse, Carlyle est déjà en train de descendre l'échelle. Anderson le suit, malgré une douleur au genou. Carlyle étudie l'allée lorsque Anderson saute à côté de lui.

— Par là, ça donne sur Thanon Phosri, donc sur nos amis, déclare Carlyle. Nous ne voulons pas y retourner.

— Hock Seng est paranoïaque, explique Anderson. Il a dû préparer un itinéraire. Et il ne passera pas par les rues principales.

Il se tourne dans la direction opposée et repère un passage entre deux usines.

Carlyle secoue la tête, admiratif.

— Pas mal.

Ils se glissent dans l'espace étroit, frôlent les murs pendant plus de cent mètres jusqu'à atteindre une porte de fer-blanc rouillée. Alors qu'ils la poussent, une grand-mère lève les yeux de sa lessive. Ils se retrouvent dans une cour intérieure. Du linge pend un peu partout, le soleil forme des arcs-en-ciel à travers le tissu humide. La vieille femme leur fait signe de continuer leur chemin.

Ils atteignent un minuscule *soi* donnant sur un véritable labyrinthe d'allées qui traversent les taudis des coolies travaillant aux écluses, transportant les marchandises des usines à la mer. Dans d'autres allées minuscules, des ouvriers sont accroupis devant leurs nouilles et leur poisson frit. Des cabanes de ToutTemps. De la sueur et la pénombre des bâches. De la fumée de piments qui brûlent, les fait tousser et les force à couvrir leurs bouches.

— Putain, où sommes-nous? demande Carlyle en chuchotant. Je suis complètement perdu.

— Cela a-t-il de l'importance?

Ils passent devant des chiens couchés dans la chaleur, des cheshires perchés sur des tas d'ordures. La sueur coule sur le visage d'Anderson. La griserie de l'alcool de l'après-midi a disparu depuis longtemps. Devant eux, de nouvelles allées ombreuses, des passages encore plus étroits, des virages dans lesquels on doit se faufiler pour éviter les vélos et les piles de métal et de plastique de coco cannibalisés.

Une ouverture, finalement. Ils sortent dans le soleil éblouissant. Anderson inspire l'air relativement frais, il est heureux de quitter l'ambiance claustrophobe des allées. Ce n'est pas une rue bien large, mais il y a quand même un certain trafic. Carlyle déclare :

— Je crois que je reconnais l'endroit. Il y a un type dans le coin qui vend du café qu'un de mes clercs adore.

— Au moins, il n'y a pas de chemises blanches.

— Il faut que je trouve un moyen de retourner au Victory. J'ai de l'argent dans le coffre-fort.

— À combien est estimée ta tête ?

Carlyle grimace.

— Ouais, tu as peut-être raison. Il faut que je me mette en contact avec Akkarat pour découvrir ce qui se passe et décider de notre prochain mouvement.

— Hock Seng et Lao Gu ont disparu tous les deux, dit Anderson. Pour l'instant, comportons-nous comme les yellow cards, ne faisons pas de vagues. Nous pouvons prendre un rickshaw pour rejoindre le Sukhumvit *khlong*, puis on pourra prendre le bateau jusque chez moi. Cela nous gardera loin des usines et des zones de commerce. Et surtout loin de ces putains de chemises blanches.

Il fait signe à un rickshaw et, sans prendre la peine de marchander, y monte avec Carlyle.

À l'écart des chemises blanches, Anderson se détend. Il se sent presque idiot d'avoir eu peur. Pour le peu qu'il sait, ils auraient pu traverser la rue sans être dérangés. Il était peut-être inutile de fuir par les toits. Peut-être. Il secoue la tête, frustré par le manque d'informations.

Hock Seng n'a pas attendu. Il s'est contenté de rassembler l'argent et de fuir. Anderson réfléchit à ce plan si bien réglé, à cette issue de secours, à ce saut… Il ne peut s'empêcher de rire.

— Qu'est-ce qu'il y a de si drôle ?

— Hock Seng. Il avait tout prévu. Il était prêt. Dès qu'un problème s'est présenté, il est passé par la fenêtre.

Carlyle sourit.

— Je ne savais pas que tu employais un vieux ninja.

— J'ai pensé…

Anderson s'interrompt. Le trafic ralentit. Devant eux, il aperçoit quelque chose de blanc et se lève pour mieux voir.

— Merde !

Le blanc éclatant du ministère de l'Environnement bloque la rue et le trafic.

Carlyle se lève à côté de lui.

— Un barrage ?

— On dirait que cela ne concerne pas seulement les usines.

Anderson regarde derrière lui, cherche une issue, mais les gens et les vélos barrent le passage.

— Tu crois qu'on doit courir ? demande Carlyle.

Anderson observe la foule. À côté, un autre chauffeur de rickshaw se tient debout sur ses pédales, étudie la scène puis se rassoit sur sa selle et fait sonner sa clochette, irrité. Leur propre chauffeur fait de même.

— Personne n'a l'air inquiet.

Dans la rue, les Thaïs marchandent au-dessus de durians empilés, de paniers de citronnelle et de bassines de poissons. Eux non plus ne semblent pas inquiets.

— Tu veux tenter de passer au bluff? demande Carlyle.

— Qu'est-ce que j'en sais? Est-ce une démonstration de pouvoir de Pracha?

— Je te le répète. On lui a arraché les dents.

— On ne dirait pas.

Anderson tente d'apercevoir ce qui se passe au niveau du barrage. Apparemment, quelqu'un se dispute à grands gestes avec les chemises blanches. Un Thaï à la peau acajou et aux bagues en or. Anderson essaie d'entendre ce qui se dit, mais les mots sont noyés dans les sonnettes des rickshaws et des vélos.

Les Thaïs semblent croire que ce n'est rien de plus qu'un embouteillage. Personne n'est effrayé, tous sont juste impatients. D'autres sonnettes de vélo tintinnabulent, les entourent de musique.

— Oh… merde! chuchote Carlyle.

Les chemises blanches arrachent l'homme de son vélo. Ses bras s'agitent en tombant. La bague de son pouce brille dans le soleil avant de disparaître sous un groupe d'uniformes blancs. Des matraques d'ébène se lèvent et retombent. Du sang les recouvre, scintillant.

Un hurlement de chien déchire la rue.

Toutes les sonnettes se taisent. Les bruits de la rue s'éteignent tandis que tout le monde tente de voir ce qui se passe. Dans le silence, les plaintes de l'homme sont facilement audibles. Autour d'eux, des centaines de corps s'agitent et respirent. Les gens regardent à droite et à gauche, soudain nerveux, comme une harde d'ongulés qui viennent de sentir la présence d'un prédateur.

Les matraques continuent à s'abattre.

Finalement, l'homme arrête de sangloter. Les chemises blanches se redressent. L'un d'eux se tourne et fait signe au trafic de reprendre. C'est un geste impatient, professionnel, comme si tout le monde avait stoppé pour regarder les fleurs ou un carnaval. Les vélos avancent avec hésitation. Le trafic se remet en mouvement. Anderson s'assied.

— Seigneur !

Leur chauffeur se dresse sur ses pédales, ils avancent. Le visage de Carlyle est rongé par l'angoisse. Ses yeux n'arrêtent pas de regarder dans tous les sens.

— C'est notre dernière chance de fuir.

Anderson ne peut détourner le regard des chemises blanches qui s'approchent.

— On se ferait remarquer.

— Nous sommes des putains de *farang*. On nous remarque déjà.

Les piétons et les vélos avancent, franchissent le barrage, dépassent le carnage.

Cinq chemises blanches se tiennent autour du corps. Les mouches bourdonnent déjà dans les rigoles rouges, se noient dans le supplément de calories. Une ombre de cheshire s'accroupit, avide, en périphérie, contenue par une barrière de jambes d'uniforme. Les poignets des officiers sont tous tachés de rouge, le baiser de l'énergie cinétique.

354

Anderson fixe le carnage des yeux. Carlyle s'éclaircit la gorge, nerveux.

Un chemise blanche lève la tête en l'entendant et leurs yeux se rencontrent. Anderson n'est pas sûr de la durée de ce regard mais la haine dans les yeux de l'officier est indubitable. Le chemise blanche hausse un sourcil, défiant. Il frappe sa matraque contre sa jambe, y laissant une tache de sang.

Un autre coup de matraque et l'officier tourne la tête, lui fait signe de regarder ailleurs.

CHAPITRE 20

La mort est un état. Une transition. Un passage dans une autre vie. Si Kanya médite assez longtemps sur cette idée, elle pourra peut-être l'assimiler, mais la vérité est que Jaidee est mort et qu'ils ne se reverront jamais. Quoi que Jaidee ait gagné pour sa prochaine vie, quels que soient l'encens, les offrandes et les prières qu'offre Kanya, Jaidee ne sera plus Jaidee, sa femme ne reviendra pas et ses deux combattants de fils comprendront que la perte et la souffrance sont partout.

La souffrance. La douleur est la seule vérité. Mais il vaut mieux que les plus jeunes rient un peu et ressentent de la douceur, et si ce désir de choyer un enfant lie le parent à la roue de l'existence, qu'il en soit ainsi. Un enfant devrait être gâté. Voici ce que pense Kanya alors qu'elle pédale vers le ministère et l'endroit où les descendants de Jaidee ont été placés : un enfant devrait être gâté.

Les rues sont pleines de chemises blanches. Des milliers de collègues qui méprisent les bijoux de la couronne du Commerce, qui contrôlent à peine la rage que tout le ministère ressent.

La chute du Tigre. L'abattage du père. La destruction du saint vivant.

C'est aussi douloureux que s'ils avaient à nouveau perdu Seub Nakhasathien. Le ministère de l'Environnement est en deuil et la ville portera le deuil aussi.

Si tout se passe selon le plan du général Pracha, le Commerce et Akkarat porteront aussi le deuil. Le Commerce a finalement outrepassé son pouvoir. Même Bhirombhakdi dit que quelqu'un doit payer pour l'insulte.

À l'entrée du ministère, elle montre son badge et pénètre dans l'enceinte. Elle pédale sur les sentiers de briques entre les teks et les bananiers, vers les quartiers d'habitation. Le foyer de Jaidee a toujours été modeste. Modeste, comme Jaidee était modeste. Mais, à présent, les dernières pousses de sa famille vivent dans quelque chose d'infiniment plus petit. Une fin amère pour un grand homme. Il méritait mieux que des baraques de béton rouillé.

La maison de Kanya est nettement plus grande que ne l'a jamais été celle de Jaidee. Et elle vit seule. Kanya pose son vélo contre un mur et regarde le baraquement. Il fait partie d'une série que le ministère a abandonnée. Devant, quelques mauvaises herbes et une balançoire cassée. Tout près, un court de *takraw* herbeux pour les hommes du ministère. À cette heure, personne ne joue et les filets pendent dans la chaleur.

Kanya regarde les enfants jouer. Aucun n'est un fils de Jaidee. Surat et Niwat sont apparemment à l'intérieur. Ils se préparent probablement pour son urne funéraire, appellent les moines pour psalmodier et faciliter le trajet vers sa prochaine incarnation. Elle inspire profondément. C'est une tâche déplaisante, vraiment.

Pourquoi moi ? se demande-t-elle. *Pourquoi moi ? Pourquoi ai-je dû travailler avec un bodhisattva ? Pourquoi ai-je été choisie ?*

Elle a toujours soupçonné que Jaidee était au courant des extras qu'elle prenait pour elle et les hommes. Mais il y avait toujours Jaidee, Jaidee le pur, Jaidee le clair. Jaidee faisait le boulot parce qu'il y croyait. Pas comme Kanya. Kanya la cynique. Kanya la colère. Et pas comme les autres, qui faisaient le boulot parce qu'il pouvait bien payer et qu'une jolie fille faisait plus facilement attention à un homme en uniforme blanc d'apparat, un homme qui possède l'autorité pour faire fermer sa carriole à *pad thaï*.

Jaidee combattait comme un tigre, il est mort comme un voleur. Démembré, éviscéré, abandonné aux chiens, aux cheshires et aux corbeaux pour qu'il n'en reste pas grand-chose. Jaidee avec sa bite dans la bouche et du sang sur le visage, un paquet livré dans l'enceinte du ministère. Une invitation à la guerre, si seulement le ministère pouvait être sûr de son ennemi. Tout le monde murmure Commerce, mais seule Kanya en est certaine. Elle a gardé la destination de la dernière mission de Jaidee pour elle-même.

Kanya brûle de honte. Elle monte les marches. Son cœur bat fort dans sa poitrine tandis qu'elle s'approche. Pourquoi Jaidee l'honorable n'a-t-il pas pu s'empêcher de plonger son nez dans le Commerce ? Pourquoi n'a-t-il pas écouté l'avertissement ? Maintenant, elle doit rendre visite à ses enfants. Elle doit dire à ces enfants guerriers que leur père a été un bon combattant, qu'il avait le cœur pur. *Et je dois récupérer son équipement. Merci beaucoup. Après tout, c'est le ministère.*

Kanya toque à la porte. Redescend les marches pour laisser le temps à la famille. L'un des garçons,

Surat pense-t-elle, ouvre la porte, *wai* profondément et annonce :

— C'est grande sœur Kanya.

Très vite, la belle-mère de Jaidee apparaît à la porte. Kanya *wai,* la vieille dame *wai* encore plus et la laisse entrer.

— Je suis désolée de vous déranger.

— Vous ne nous dérangez pas.

Ses yeux sont rouges. Les deux garçons la regardent avec solennité. Tout le monde est mal à l'aise. Finalement, la vieille dame dit :

— Vous voulez rassembler ses affaires.

Kanya est trop gênée pour répondre, mais elle parvient à hocher la tête. La belle-mère la mène jusqu'à une chambre à coucher. Le désordre est un signe de la douleur de la vieille femme. Les garçons observent. La vieille montre un petit bureau dans un coin, une boîte remplie de ses affaires. Les dossiers que Jaidee lisait.

— C'est tout ? demande Kanya.

La vieille dame hausse tristement les épaules.

— C'est ce qu'il a gardé après l'incendie de la maison. Je n'y ai pas touché. Il l'a apporté avant de partir pour le *Wat.*

Kanya sourit à sa gêne.

— *Kha.* Oui. Désolée. Bien sûr.

— Pourquoi lui ont-ils fait ça ? N'en avaient-ils pas fait assez ?

Kanya hausse les épaules, impuissante.

— Je n'en sais rien.

— Allez-vous les retrouver ? Allez-vous le venger ?

Elle hésite. Niwat et Surat la regardent avec énormément de sérieux. Leur enjouement a totalement disparu. Ils n'ont plus rien. Kanya baisse la tête, *wai.*

— Je les trouverai. Je le jure. Même si cela me prend toute la vie.

— Vous devez vraiment emporter ses affaires ?

Kanya sourit, incertaine.

— C'est le protocole. J'aurais dû venir plus tôt mais… (Elle s'interrompt.) Nous espérions que les choses changeraient. Qu'il reviendrait travailler. Si je trouve des objets ou des souvenirs privés, je vous les rendrai. Mais j'ai besoin de son équipement.

— Bien sûr, il a de la valeur.

Kanya hoche la tête. Elle s'agenouille près de la boîte en ToutTemps pleine à ras bord. C'est un désordre de dossiers, de papiers, d'enveloppes et de fournitures du ministère. Un chargeur de lames de rechange pour pistolet-AR. Une matraque. Ses menottes. Des dossiers. Tout est empilé.

Kanya imagine Jaidee remplir la boîte. Il a déjà perdu Chaya. Il va bientôt tout perdre. Pas étonnant qu'il n'ait pas été minutieux. Elle fouille. Trouve une photo de lui quand il était cadet, debout à côté de Pracha, ils ont tous les deux l'air jeunes et confiants. Elle la pose sur le bureau.

Elle lève les yeux. La vieille femme a quitté la pièce mais Niwat et Surat sont toujours là, ils la regardent comme un couple de corbeaux. Elle leur tend la photo. Finalement, Niwat la prend et la montre à son frère.

Kanya examine rapidement le contenu de la boîte. Tout le reste semble appartenir au ministère. Elle est étrangement soulagée, elle ne devra pas revenir. Une petite boîte de tek attire son attention. Elle l'ouvre. Des médailles de l'époque où Jaidee était champion de *muay thai*. Kanya les donne aux enfants silencieux. Ils se serrent autour des preuves des triomphes de leur père tandis que Kanya finit de passer les papiers en revue.

— Il y a quelque chose là-dedans, dit Niwat. (Il lui tend une enveloppe.) C'est pour vous aussi ?

— C'était avec les médailles ? (Kanya hausse les épaules et continue à fouiller la caisse.) Qu'est-ce que c'est ?

— Des photos.

Kanya lève les yeux, étonnée.

— Laissez-moi regarder.

Niwat les lui fait passer. Kanya les feuillette. Elles semblent représenter des gens qui intéressaient Jaidee, comme suspects. Akkarat est présent sur un certain nombre d'entre elles. Des *farang*. Beaucoup de photos de *farang*. Des photos souriantes d'hommes et de femmes autour du ministre, comme des fantômes, avides de son sang. Akkarat semble impassible, il leur sourit, content d'être avec eux. Kanya continue à feuilleter. Des hommes qu'elle ne reconnaît pas. Des négociants *farang*, pense-t-elle. En voici un gros, bien nourri de calories étrangères, un représentant de PurCal ou d'AgriGen venant de Koh Angrit peut-être, tentant d'obtenir la faveur d'Akkarat dans le nouveau Royaume qui s'ouvre aux étrangers, où le Commerce jouit de plus en plus des faveurs de la couronne et du peuple. Puis une autre, l'homme, Carlyle, qui a perdu son dirigeable. Kanya sourit légèrement. Celui-là a dû avoir mal. Elle arrive à la dernière photo et retient son souffle, abasourdie.

— Qu'est-ce que c'est ? demande Niwat. Qu'y a-t-il ?

— Rien, se force à répondre Kanya. Ce n'est rien.

La photo la représente, buvant avec Akkarat sur sa barge. Au téléobjectif, une mauvaise photo mais c'est bien elle.

Jaidee savait.

Kanya fixe longuement la photo, se force à respirer, médite sur le *kamma* et le devoir tandis que les fils de Jaidee la regardent, silencieux. Elle médite sur son chef qui ne lui a jamais parlé de cette photo. Elle médite sur ce qu'un homme de la stature de Jaidee peut savoir et qu'il ne révèle pas, sur ce que les secrets peuvent coûter. Elle étudie la photo, discute avec elle-même. Finalement, elle la prend et la met dans sa poche. Elle remet les autres dans l'enveloppe.

— Est-ce un indice ?

Kanya hoche lentement la tête. Les garçons font de même. Ils ne demandent rien d'autre. Ce sont de bons garçons.

Elle regarde le reste de la pièce, soigneusement, cherchant des objets qu'elle aurait oubliés mais ne trouve rien. Finalement, elle se penche pour soulever la caisse d'équipement et de dossiers. Elle est lourde, mais beaucoup moins que la photo dans sa poche, prête à se détendre comme un cobra.

Dehors, en plein air, elle se force à respirer profondément. La puanteur de la honte a envahi ses narines. Elle ne parvient pas à se retourner pour regarder les garçons sur le seuil. Des orphelins qui paient le prix de la bravoure inflexible de leur père. Ils souffrent parce que leur père a choisi un adversaire à sa mesure. Au lieu de s'attaquer aux carrioles à nouilles et aux marchés nocturnes, il s'est choisi un véritable ennemi, un ennemi implacable et impitoyable. Kanya ferme les yeux.

J'ai essayé de te le dire. Tu n'aurais pas dû y aller. J'ai essayé.

Elle attache la caisse sur son vélo et pédale dans l'enceinte. Quand elle arrive au bâtiment administratif principal, elle se sent mieux.

Le général Pracha se tient à l'ombre d'un bananier, il fume une cigarette Feuille d'Or. Elle est surprise de pouvoir le regarder dans les yeux. Elle s'approche et *wai*.

Le général hoche la tête, accepte le salut de Kanya.

— Tu as ses affaires ?

Kanya hoche la tête.

— Et tu as vu ses fils ?

Elle opine de nouveau.

Il fronce les sourcils.

— Ils ont pissé sur notre maison. Sur notre propre seuil, ils ont laissé son corps. Cela ne devrait pas être possible et pourtant, ici, au sein de notre propre ministère, ils ont lancé leur défi. (Il éteint la cigarette.) Tu as la charge de tout ça maintenant, capitaine Kanya. Les hommes de Jaidee sont les tiens. Il est temps pour nous de combattre comme le souhaitait Jaidee. De faire couler le sang du Commerce, capitaine. De regagner l'honneur.

CHAPITRE 21

Au bord du précipice, en haut de la tour en ruines, Emiko regarde vers le nord.

Elle le fait chaque jour depuis que Raleigh a confirmé l'existence du pays des automates. Depuis qu'Anderson a laissé entendre que c'est possible. Elle ne peut s'en empêcher. Même dans les bras d'Anderson-sama, même quand il l'invite parfois à rester avec lui, quand il paie ses amendes de bar pour des journées entières, elle ne peut s'empêcher de rêver de cet endroit sans maître.

Le Nord.

Elle respire profondément, inspirant les odeurs de la mer et des bouses qu'on brûle, des fleurs d'orchidée. En bas, le large delta de la Chao Phraya lèche les digues de Bangkok. Au loin, Thonburi flotte autant qu'il peut sur des radeaux de bambous et sur les bâtiments sur pilotis. Le *prang* du temple de l'Aube se dresse hors de l'eau, entouré par les débris de la ville engloutie.

Le Nord.

Des cris viennent d'en dessous, brisant sa rêverie. Il faut un moment à son cerveau pour traduire les bruits mais, quand elle passe du japonais au thaï, les sons deviennent des mots. Les mots deviennent des cris.

— *Tais-toi !*

— *Mai ao ! No ! No nonono !*

— *Baisse-toi! Map lohng dieow nee! À plat ventre!*

— *S'il te plaît, s'ilteplaîts'ilteplaît!*

— *Couche-toi!*

Elle penche la tête, écoute l'altercation. Elle a une bonne ouïe, une autre chose dont les scientifiques l'ont pourvue, avec la peau lisse et ce besoin canin d'obéir. Elle écoute. Encore des cris. Des bruits de pas et quelque chose qui se brise. Elle frissonne. Elle ne porte qu'une culotte et un haut de maillot de bain. Ses autres vêtements attendent en bas qu'elle se change pour sortir.

D'autres cris lui parviennent. Un hurlement de douleur. Une douleur primale, animale.

Des chemises blanches. Un raid. L'adrénaline explose en elle. Elle doit descendre du toit avant qu'ils n'arrivent. Emiko se tourne et court vers l'escalier, mais s'arrête juste devant la cage. Un bruit de bottes se répercute entre les murs.

— *Équipe Trois. Tout est clair!*

— *Aile, tout est clair?*

— *Sécurisé!*

Elle referme la porte et presse son dos contre le métal, elle est coincée. Ils sont déjà dans la cage d'escalier. Elle examine le toit, cherche une issue.

— *Vérifiez le toit!*

Emiko court vers le bord de la tour. Quatre-vingt-dix mètres plus bas, elle voit le premier balcon. Le balcon d'un penthouse de l'époque où la tour était censée être luxueuse. Elle fixe le minuscule promontoire des yeux, elle a le vertige. En dessous, il n'y a rien d'autre que le vide sur la rue et les gens qui la remplissent comme des fourmis noires.

Le vent souffle fort, l'attire vers le bord. Emiko chancelle, a du mal à retrouver son équilibre. C'est comme si les esprits du vent tentaient de la tuer. Elle regarde le balcon. Non, c'est impossible.

Elle se retourne et court vers la porte, cherche quelque chose pour la bloquer. Des morceaux de briques et de tuiles couvrent le toit avec le linge drapé sur sa corde, mais rien d'autre, hormis un morceau de vieux balai. Elle l'attrape et le glisse avec force contre l'encadrement de la porte.

Les gonds sont tellement rouillés que la porte se déforme sous la pression. Elle pousse un peu plus le manche à balai en grimaçant. Le ToutTemps du balai est plus résistant que le métal de la porte.

Emiko cherche une autre solution autour d'elle. Elle surchauffe déjà de sa course. Le soleil est une épaisse boule rouge qui plonge à l'horizon. De longues ombres s'étirent sur la surface délabrée du toit. Elle tourne en rond, paniquée. Ses yeux tombent sur les vêtements et les cordes à linge. Peut-être peut-elle utiliser la corde pour descendre. Elle court et tente de l'arracher, mais elle est solide et bien nouée. Elle refuse de se détacher. Elle tire à nouveau.

Derrière elle, la porte tremble. Une voix de l'autre côté jure.

— Ouvrez!

La porte tressaute sur ses gonds quand quelqu'un se jette dessus, tentant de forcer sa barre improvisée.

Inexplicablement, elle entend la voix de Gendo-sama dans sa tête, il lui dit qu'elle est parfaite. Optimale. Délicieuse. Elle grimace en écoutant la voix de ce vieux bâtard tout en tirant de plus en plus fort sur la corde. Elle le déteste, elle déteste le vieux serpent qui l'aimait et qui l'a abandonnée. La corde entaille sa main mais refuse de se détacher. Gendo-sama. Quel traître. Elle mourra parce qu'elle est optimale, mais pas assez optimale pour un billet de retour.

Je surchauffe.

Optimale.

Un autre coup sur la porte derrière elle. La porte craque. Elle abandonne la corde. Tourne en rond, cherche désespérément une solution. Il n'y a que des débris et de l'air. Elle pourrait tout aussi bien être à deux mille kilomètres du sol. À une hauteur optimale.

Un gond s'effondre, envoie gicler des morceaux de métal. La porte cède. Avec un dernier regard à la porte, Emiko court à nouveau vers le bord, espère encore trouver une solution. Un moyen de descendre.

Elle s'arrête, fait des moulinets. Le précipice s'ouvre devant elle. Le vent souffle fort. Il n'y a rien. Pas de balustrade. Aucune manière de descendre. Elle regarde à nouveau la corde à linge. Si seulement…

La porte se détache de ses gonds. Deux chemises blanches en jaillissent, titubent, agitent leurs pistolets à ressort. Ils l'aperçoivent et la chargent.

— Toi! Viens ici!

Elle regarde par-dessus le rebord. Les gens ne sont que des points tout en bas, le balcon est aussi grand qu'une enveloppe.

— *Arrête! Yoot dieow nee! Halte!*

Les chemises blanches courent vers elle à toute vitesse et soudain, étrangement, ils ont l'air lents. Aussi lents que du miel figé.

Emiko les regarde, étonnée. Ils sont au milieu du toit, si terriblement lents. Ils semblent courir dans le riz. Chacun de leur geste se traîne. Si lents. Aussi lents que l'homme qui l'a pourchassée dans l'allée et l'a poignardée. Si lents…

Emiko sourit. Optimale. Elle monte sur le rebord du toit.

Les bouches des chemises blanches s'ouvrent pour crier. Leurs pistolets-AR se lèvent, la cherchent. Emiko voit leurs canons fendus se fixer sur elle. Elle se demande si ce n'est pas elle qui est au ralenti. Si la gravité elle-même sera aussi engluée dans le temps.

Le vent tournoie autour d'elle, il l'appelle. Les esprits de l'air la tirent vers eux, projettent le filet noir de ses cheveux dans ses yeux. Elle les repousse. Sourit calmement aux chemises blanches qui courent toujours en pointant leurs pistolets à ressort sur elle, et elle fait un pas en arrière, dans le vide. Les yeux des chemises blanches s'écarquillent. Leurs pistolets brillent, rouges. Crachent des disques vers elle. Un, deux, trois… elle les compte, quatre, cinq…

La gravité l'attire vers le bas. Les hommes et leurs projectiles disparaissent. Elle s'écrase sur le balcon. Ses genoux frappent son menton. Sa cheville se tord comme le métal grince. Elle roule, s'écrase contre la balustrade. Celle-ci se brise et s'affaisse, Emiko plonge dans le vide. Elle attrape un morceau de balustrade en cuivre tout en se renversant vers l'arrière. Elle parvient à arrêter sa chute, elle oscille au-dessus de l'abîme.

Le vide béant tout autour d'elle l'appelle. Un vent chaud souffle en rafales. S'accroche à elle. Emiko se hisse sur le balcon penché, elle halète. Tout son corps tremble, couvert d'ecchymoses, mais ses membres fonctionnent encore. Elle ne s'est pas brisé un seul os. *Optimale*. Elle balance une jambe et se tracte. Le métal grince. Le balcon s'affaisse sous son poids, ses vieux boulons se libèrent. Elle surchauffe. Elle veut s'effondrer. Se laisser glisser de son promontoire précaire et tomber dans le vide…

Elle entend des cris au-dessus d'elle.

Elle lève les yeux. Les chemises blanches se penchent par-dessus le rebord, leurs pistolets à ressort sont braqués sur elle. Les disques tombent comme une pluie d'argent. Ils rebondissent, coupent sa peau, font des étincelles sur le métal. La peur lui donne de la force. Elle plonge vers la sécurité des portes-fenêtres du balcon. *Optimale*. La porte explose. Le verre coupe ses mains. Les échardes l'enveloppent. Elle a traversé, elle court, vite, terriblement vite. Les occupants la regardent, choqués, étrangement lents.

Immobiles.

Emiko traverse une autre porte et se retrouve dans le couloir. Des chemises blanches l'entourent. Elle plonge entre eux. Leurs cris de surprise sont lourds, elle les laisse sur place. Elle descend l'escalier, étage après étage, les chemises blanches sont loin derrière elle. Des cris s'élèvent loin au-dessus.

Son sang est en feu. La cage d'escalier est bouillante. Elle vacille. S'appuie sur un mur. Même la chaleur du béton est moindre que celle de sa peau. Le vertige la prend, mais elle avance en titubant. Des hommes crient toujours au-dessus, la pourchassent. Les bottes font résonner l'escalier.

Elle tourne et tourne et tourne vers le bas. Elle bouscule les gens qui surgissent devant elle, se fraye un passage entre ceux qui ont été réveillés par le raid. La chaleur de son corps la fait délirer.

De minuscules perles de sueur tachent sa peau, exsudent laborieusement de ses pores trop petits mais, dans la chaleur et la moiteur, ne la rafraîchissent pas. Elle n'a jamais ressenti d'humidité sur sa peau. Elle est toujours sèche.

Elle frôle un homme. Il recule de surprise sous la brûlure de sa peau. Elle surchauffe. Elle ne peut pas se perdre au milieu de ces gens. Ses membres se meuvent comme les pages d'un livre d'enfant animé, rapides, rapides, mais saccadés. Tout le monde la regarde.

Elle sort de la cage d'escalier, franchit une porte, titube dans un couloir, se colle contre un mur, haletante. Elle peut à peine garder les yeux ouverts tant elle surchauffe.

J'ai sauté, se dit-elle.

J'ai sauté.

L'adrénaline et le choc. Un cocktail de terreur, d'amphétamines, de vertige, elle a sauté. Elle tremble. La trouille automate. Elle bout. Elle s'affaiblit. Elle se presse contre le mur, cherche sa fraîcheur.

J'ai besoin d'eau. De glace.

Emiko tente de contrôler son souffle, de savoir d'où viennent les exterminateurs, mais son esprit est confus. À quel étage se trouve-t-elle ? Jusqu'où est-elle descendue ?

Continue. Bouge-toi.

Mais elle s'effondre.

Le sol est frais. Son souffle est douloureux. Son haut est déchiré. Le verre brisé a laissé du sang sur ses bras et sur ses mains. Elle étend ses paumes contre le carrelage, tente d'absorber sa fraîcheur. Ses yeux se ferment.

Debout!

Mais elle en est incapable. Elle tente de réfréner les battements de son cœur et d'entendre ses poursuivants, mais elle peut à peine respirer. Elle a tellement chaud, le sol est tellement frais.

Des voix tonnent. Des mains se saisissent d'elle. Et la lâchent. L'attrapent à nouveau. Puis, les chemises blanches sont tout autour d'elle, la traînent dans l'escalier. Elle leur est reconnaissante que ce soit vers le bas, vers l'air doux du soir, même s'ils hurlent et la frappent.

Leurs mots lui passent par-dessus la tête. Elle ne les comprend pas. Ce n'est que du bruit, de la chaleur sombre, vertigineuse. Ils ne parlent pas japonais, ils ne sont même pas civilisés. Aucun d'eux n'est optimal…

On l'asperge d'eau. Elle déglutit et s'étouffe. Un autre déluge, dans sa bouche, dans son nez, elle se noie.

On la secoue. On lui hurle dessus. On la gifle. On pose des questions. On exige des réponses.

Ils lui tirent les cheveux et lui enfoncent la tête dans un seau d'eau. Ils essaient de la noyer, de la punir, de la tuer, et elle ne peut penser que: *merci, merci, merci*, parce qu'un scientifique l'a rendue optimale et que, dans une minute, cette fille automate sur laquelle ils crient, qu'ils giflent, sera rafraîchie.

CHAPITRE 22

Les chemises blanches sont partout, ils inspectent les passages, rôdent dans les marchés alimentaires, confisquent le méthane. Il a fallu des heures à Hock Seng pour traverser la ville. D'après la rumeur, tous les Chinois de Malaisie ont été enfermés dans les tours des yellow cards. On dit qu'on va les renvoyer vers le sud, de l'autre côté de la frontière, à la merci des bandeaux verts. Hock Seng écoute tous les murmures en se faufilant dans les allées qui lui permettront de retrouver son argent liquide et ses pierres précieuses. Il expédie Mai l'autochtone à l'avant, utilise son accent local pour la reconnaissance.

Quand la nuit tombe, ils sont encore loin de leur destination. L'argent volé à SpringLife est une charge. De temps en temps, il craint que Mai se retourne contre lui et le dénonce aux chemises blanches en échange d'une part de l'argent qu'il transporte. À d'autres moments, il la prend pour une de ses filles et espère qu'il pourra la protéger contre ce qui est en train d'arriver.

Je deviens fou. Prendre une stupide fille thaïe pour la mienne.

Pourtant, il fait confiance à la maigrichonne, fille d'éleveurs de poissons, qui s'est montrée si obéissante par le passé quand il avait encore des bribes d'autorité… et il prie pour qu'elle ne se rebiffe pas maintenant qu'il est devenu une cible.

La nuit est noire.

— Pourquoi avez-vous si peur? demande Mai.

Hock Seng hausse les épaules. Elle ne peut pas comprendre la complexité qui les enveloppe. Pour elle, ce n'est qu'un jeu. Effrayant, c'est sûr, mais un jeu.

— En Malaisie, quand les gens à peau brune se sont retournés contre les gens à peau jaune, c'était comme ça. Tout d'un coup, tout était différent. Les fanatiques religieux sont venus avec leurs bandeaux verts et leurs machettes. (Il hausse les épaules.) Plus on est prudent, mieux c'est.

Il regarde la rue depuis leur cachette et se retire vivement. Un chemise blanche colle une autre image du Tigre de Bangkok, encadrée de noir. Jaidee Rojja-nasukchai. Lui qui a perdu la face si vite avant de se relever comme un oiseau vers la sainteté. Hock Seng grimace. C'est une leçon de politique.

Le chemise blanche passe son chemin. Hock Seng vérifie à nouveau la rue. Les gens commencent à sortir, encouragés par la fraîcheur relative du soir. Ils traversent la pénombre humide, vont faire leurs courses, trouver un repas, localiser leur carriole à *som tam* préférée. Les chemises blanches paraissent verts dans la lueur du méthane autorisé. Ils se déplacent en équipes, chassent comme des chacals. De petits autels en l'honneur de Jaidee trônent devant les vitrines et les maisons. Son effigie est entourée de bougies clignotantes et de soucis, on le supplie de protéger contre la rage des chemises blanches.

Des accusations fleurissent sur les ondes de la radio nationale. Le général Pracha parle du besoin de préserver le Royaume contre ceux – qu'on ne nomme évidemment pas – qui souhaitent le faire tomber. Sa voix crépite au-dessus de celles des gens, à peine audible dans les radios à manivelle. Des vendeurs et des femmes au foyer. Des mendiants, des enfants. Le vert des lampadaires à méthane rend les peaux scintillantes, comme pour un carnaval. Mais dans la foule, dans le bruissement des sarongs et des *pha sin*, dans le claquement des servants rouge et or des mastodontes, il y a toujours des chemises blanches, leurs yeux durs à la recherche d'une excuse pour exprimer leur rage.

— Va voir. (Hock Seng pousse Mai.) Va voir si c'est sûr.

Une minute plus tard, Mai est de retour, lui fait signe et ils reprennent leur chemin au milieu de la foule. Des nœuds de silence les préviennent quand les chemises blanches sont proches, les amoureux rieurs se taisent et les enfants courent. Les têtes se baissent sur leur passage. Hock Seng et Mai serpentent pour traverser un marché nocturne. Les yeux du vieux Chinois traînent sur les bougies, les nouilles frites, le clignotement des cheshires.

Un cri s'élève devant eux. Mai court en reconnaissance. Elle est de retour un instant plus tard, elle tire sur la main de Hock Seng.

— *Khun*. Venez vite ! Ils sont distraits.

Ils passent à côté d'un groupe de chemises blanches et de l'objet de leurs abus.

Une vieille femme est allongée à côté de sa carriole, sa fille à ses côtés qui agrippe un genou fracturé. Une foule s'est rassemblée, la fille tente de redresser sa mère.

Tout autour, les bocaux de verre qui renfermaient leurs ingrédients sont brisés. Des morceaux de verre brillent comme des diamants sous la lumière verte du méthane au milieu des pousses de haricot, de la sauce piquante et des citrons verts. Les chemises blanches fouillent les denrées avec leurs matraques.

— Allez, tantine, il doit y avoir bien plus d'argent là-dedans. Tu as cru pouvoir corrompre les chemises blanches, mais tu n'en as pas fait assez pour faire brûler du fuel non taxé.

— Pourquoi faites-vous ça? pleure la fille. Que vous avons-nous fait?

Le chemise blanche l'examine froidement.

— Vous nous avez pris pour des crétins.

Sa matraque s'écrase de nouveau sur le genou de sa mère. La femme crie, la fille recule.

Le chemise blanche appelle ses hommes.

— Mettez leur cuve à méthane avec le reste. On a encore trois rues à faire.

Il se tourne vers la foule silencieuse des curieux. Hock Seng se fige quand les yeux de l'officier passent sur lui.

Ne cours pas. Ne panique pas. Tant que tu ne parles pas, tu peux passer pour un autochtone.

Le chemise blanche sourit aux curieux.

— Dites à vos amis ce que vous avez vu ici. Nous ne sommes pas des chiens qu'on nourrit avec des restes. Nous sommes des tigres. Craignez-nous!

Il lève sa matraque et la foule se disperse. Hock Seng et Mai aussi.

Un pâté de maisons plus loin, Hock Seng s'appuie contre un mur, essoufflé. La ville est devenue monstrueuse. Chaque rue présente un danger.

Dans une allée, une radio à manivelle crachote des nouvelles. Les quais et les usines ont été fermés. L'accès au bord de mer n'est autorisé qu'à ceux qui disposent d'un permis.

Hock Seng réprime un frisson. Cela arrive de nouveau. Les murs se dressent et il est coincé dans la ville, comme un rat dans un piège. Il lutte contre la panique. Il s'est préparé à cela. Il y a des contingences, mais il doit d'abord rentrer chez lui.

Bangkok n'est pas Malacca. Cette fois-ci, tu es prêt.

Finalement, les cabanes et les odeurs du bidonville de Yaowarat les entourent. Ils se glissent dans le passage étroit. Ils dépassent des gens qui ne le connaissent pas. Il réprime un autre accès de frayeur. Si les chemises blanches ont influencé le parrain du bidonville, il peut être en danger. Il rejette cette idée, ouvre la porte de sa masure, guide Mai à l'intérieur.

— Tu t'es bien débrouillée. (Il fouille dans son sac et lui tend une liasse d'argent volé.) Si tu en veux plus, reviens me voir demain.

Elle fixe la richesse qu'il lui a si négligemment tendue.

S'il était malin, il l'étranglerait et réduirait les risques qu'elle se retourne contre lui pour lui voler le reste de ses économies. Mais il réprime cette pensée. Elle a été loyale. Il doit faire confiance à quelqu'un. Et elle est thaï, ce qui est utile quand les yellow cards se retrouvent aussi précaires que les cheshires.

Elle prend l'argent et le fourre dans une poche.

— Tu peux retrouver ton chemin ? demande-t-il.

Elle sourit.

— Je ne suis pas une yellow card. Je n'ai rien à craindre.

Hock Seng se force à sourire, il pense qu'elle ne se rend pas compte à quel point on se soucie peu de séparer le bon grain de l'ivraie quand on a juste envie d'incendier un champ.

CHAPITRE 23

— Saloperie de général Pracha et saloperies de chemises blanches!

Carlyle frappe la balustrade de l'appartement. Il n'est pas rasé, pas lavé. Il n'est pas retourné au Victory depuis une semaine à cause de la fermeture du district *farang*. Ses vêtements commencent à présenter l'usure des tropiques.

— Ils ont fermé les points d'ancrage, ils ont fermé les écluses, interdit l'accès aux quais. (Il se retourne et rentre. Se verse un verre.) Saloperies de chemises blanches.

Anderson ne peut s'empêcher de sourire devant l'irritation de Carlyle.

— Je t'avais prévenu contre les cobras.

Carlyle fronce les sourcils.

— Ce n'était pas moi. Quelqu'un au Commerce a eu une idée géniale et est allé trop loin. Putain de Jaidee. (Il enrage.) Ils auraient dû le savoir.

— C'était Akkarat?

— Il n'est pas aussi bête.

— Ça n'a pas d'importance, j'imagine. (Anderson lève son verre de whisky tiède.) Une semaine de confinement et on dirait que les chemises blanches ne font que commencer.

Carlyle lui lance un regard furieux.

— Ne prends pas cet air satisfait. Je sais que tu as autant de mal à le supporter que moi.

Anderson sirote son whisky.

— Honnêtement, je ne peux pas dire que je m'en fasse. L'usine avait son utilité. Elle n'en a plus. (Il se penche en avant.) Maintenant, je veux savoir si Akkarat a vraiment préparé le terrain comme tu l'as dit. (Il désigne la ville du menton.) Parce que, là, on dirait qu'il est dépassé.

— Et tu trouves ça drôle ?

— Je pense que, s'il est isolé, il a besoin d'amis. Je veux que tu le contactes à nouveau. Que tu lui offres notre soutien sincère durant cette crise.

— Tu as une meilleure offre que celle qui l'a fait te menacer d'être écartelé par des mastodontes ?

— Le prix est le même. Le cadeau est le même. (Anderson avale une nouvelle gorgée.) Mais peut-être Akkarat est-il à présent prêt à nous écouter.

Carlyle regarde fixement la lueur verte des lampadaires à méthane. Il grimace.

— Je perds de l'argent tous les jours.

— Je pensais que tu avais de l'influence avec tes pompes.

— Arrête de ricaner. (Carlyle fronce les sourcils.) On ne peut même pas menacer ces connards. Ils refusent les messagers.

Anderson sourit légèrement.

— Bon, je n'ai pas envie d'attendre la mousson pour que les chemises blanches se ressaisissent. Organise une réunion avec Akkarat. Nous pouvons lui offrir toute l'aide dont il a besoin.

— Tu crois qu'il suffit de nager vers Koh Angrit et d'en rapporter une révolution ? Avec quoi ? Quelques clercs et des capitaines de transport ? Peut-être un VRP qui passe son temps à boire et à espérer une famine pour que le Royaume laisse tomber l'embargo? Jolie menace.

Anderson sourit.

— Si nous le faisons, nous viendrons de Birmanie. Et personne ne le remarquera avant qu'il ne soit trop tard.

Il regarde Carlyle dans les yeux jusqu'à ce que ce dernier se détourne.

— Les mêmes termes? demande Carlyle. Tu ne changes rien?

— L'accès à la banque de semences et un homme nommé Gibbons. C'est tout.

— Et tu offres quoi?

— De quoi Akkarat a-t-il besoin? De l'argent pour la corruption? De l'or? Des diamants? Du jade? (Il s'interrompt un instant.) De troupes de choc.

— Seigneur! Tu étais sérieux avec la Birmanie!

Anderson tend son verre vers la nuit derrière la fenêtre.

— Je n'ai plus de couverture ici. Je l'accepte et je vais de l'avant, ou je fais mes bagages et je rentre à Des Moines avec la queue entre les jambes. Soyons honnêtes. AgriGen n'a jamais travaillé pour rien. Et ce depuis que Vincent Hu et Chitra D'Allessa ont lancé l'entreprise. Un peu de désordre ne nous effraie pas.

— Comme en Finlande.

Anderson sourit.

— J'espère un meilleur retour sur investissement, cette fois-ci.

Carlyle grimace.

— Seigneur! Très bien. Je vais organiser ça. Mais tu ferais mieux de ne pas m'oublier sur ce coup.

— AgriGen se souvient toujours de ses amis.

Il pousse Carlyle dehors et ferme la porte derrière lui, pensif. C'est intéressant de voir ce qu'une crise fait d'un homme. Carlyle, qui était toujours si confiant, si suffisant, est maintenant tourmenté par l'idée qu'il est aussi visible que si on l'avait peint en bleu. Par l'idée que les chemises blanches peuvent décider à tout moment d'interner les *farang* ou de les exécuter et que personne n'en prendra le deuil. D'un coup, sa confiance en lui a disparu, comme un masque filtrant usé.

Anderson va sur le balcon et regarde la pénombre, l'eau si lointaine, l'île de Koh Angrit et les puissances qui attendent patiemment au bord du Royaume.

Il est presque temps.

CHAPITRE 24

Kanya est assise à boire du café au milieu des débris des représailles des chemises blanches. Dans un coin de ce resto à nouilles, quelques clients sont accroupis d'un air maussade, ils écoutent un combat de *muay thai* à la radio. Kanya monopolise le banc et les ignore. Personne n'ose s'asseoir à côté d'elle.

Avant, ils auraient peut-être proposé leur compagnie mais, maintenant, les chemises blanches ont montré les dents et elle reste seule. Ses hommes ont continué sans elle, la bave aux lèvres comme des chacals, ils vont nettoyer les vieilles histoires et les mauvaises alliances pour une ère nouvelle.

La sueur glisse sur le menton du propriétaire qui se penche sur les bols de nouilles de riz fumants. L'eau perle sur son visage bleu par le méthane illégal. Il n'ose pas regarder Kanya et maudit certainement le jour où il a décidé d'acheter du carburant au marché noir.

Le petit crachotement de la radio et les hurlements étouffés de la foule du Lumphini se battent avec les crépitements du feu sous le wok où il fait bouillir des *sen mi* pour la soupe. Personne ne la regarde.

Kanya sirote son café et sourit sombrement. La violence, ça ils comprennent. Ils ont ignoré ou moqué un ministère de l'Environnement trop doux. Mais ce nouveau ministère a des matraques et des pistolets prêts à abattre quiconque se met sur son chemin, et leur réaction est différente.

Combien d'étals illégaux a-t-elle déjà détruits? Juste comme celui-ci? Ceux dont les pauvres propriétaires ne peuvent acheter le méthane taxé du Royaume? Des centaines, se dit-elle. Le méthane est cher. En comparaison, les dessous-de-table sont bon marché. Et s'il manque au fuel du marché noir les additifs qui rendent le méthane plus sûr et vert, c'est un risque qu'ils étaient tous prêts à courir.

Il était tellement facile de nous corrompre.

Kanya sort une cigarette et l'allume à ce foutu feu bleu sous le wok de l'homme. Il ne l'arrête pas, se comporte comme si elle n'existait pas – c'est une fiction confortable pour eux deux. Elle n'est pas une chemise blanche assise dans un resto illégal, il n'est pas un yellow card qu'elle pourrait renvoyer suer et mourir dans les tours avec ses compatriotes.

Elle tire sur sa cigarette, pensive. Même s'il ne montre pas sa peur, elle connaît ses sentiments. Elle se souvient de la fois où les chemises blanches ont débarqué dans son village. Ils ont rempli les cuves à poissons de sa tante avec de la chaux et brûlé ses volailles empilées.

Tu as de la chance, yellow card. Quand les chemises blanches sont venus chez nous, ils se foutaient de préserver quoi que ce soit. Ils sont venus avec des torches et ils ont tout brûlé. Tu auras un meilleur traitement que nous.

Le souvenir de ces hommes pâles couverts de suie, leurs yeux de démon derrière leur masque biohazard, lui donne encore envie d'aller se cacher. Ils sont venus de nuit. Il n'y a pas eu d'avertissement. Ses voisins et ses cousins se sont enfuis, nus et hurlants, devant les torches. Derrière eux, leurs maisons sur pilotis partaient en flammes, le bambou et les palmes rugissaient, orange, vivants, dans la pénombre. Les cendres tourbillonnaient autour d'eux, brûlant la peau, faisant tousser tout le monde. Elle a toujours des cicatrices de ces brûlures, de petites traces là où les braises ont atterri sur sa peau d'enfant. Comme elle a pu détester les chemises blanches. Ses cousins et elle s'étaient rassemblés, avaient regardé avec terreur le ministère de l'Environnement raser leur village, elle les avait haïs de toute son âme.

Et maintenant, elle commande à ses propres troupes de faire la même chose. Jaidee apprécierait l'ironie.

Au loin, des cris de peur s'élèvent comme la fumée, aussi noirs et huileux que les masures de fermiers en flammes. Kanya renifle. C'est nostalgique d'une certaine manière. Elle tire à nouveau sur sa cigarette, recrache la fumée. Se demande si ses hommes n'ont pas été trop loin. Un feu dans ces taudis de ToutTemps serait problématique. Les huiles qui empêchent le bois de pourrir sont aisément inflammables. Elle tire sur sa cigarette. Elle ne peut rien y faire. Peut-être n'est-ce qu'un officier qui brûle des restes illégaux. Elle attrape son café et aperçoit l'hématome sur la joue de l'homme qui la sert.

Si le ministère de l'Environnement avait quelque chose à dire, tous ces réfugiés yellow cards seraient déjà de l'autre côté de la frontière. C'est un problème malais. Le problème d'un autre État souverain. Cela ne concerne absolument pas le Royaume. Mais Sa

Royale Majesté la Reine Enfant est miséricordieuse, pleine de compassion, contrairement à Kanya.

Kanya éteint sa cigarette. C'est du bon tabac. Feuille d'Or, transpiraté localement, meilleur que quoi que ce soit d'autre dans le Royaume. Elle en tire une autre de sa boîte de cellophane naturelle, l'allume à la flamme bleue.

Le yellow card garde une expression polie quand Kanya lui fait signe de lui servir un autre café. La radio retransmet les hurlements du stade et les hommes rassemblés autour crient de joie eux aussi, oubliant momentanément la présence si proche de la chemise blanche.

Les bruits de pas sont presque silencieux, mélangés avec ceux du plaisir des auditeurs, mais l'expression du yellow card dénonce l'arrivée de l'intrus. Kanya ne lève pas les yeux. Elle fait signe à l'homme qui se tient derrière de la rejoindre.

— Tue-moi ou assieds-toi, dit-elle.

Un rire bas. L'homme s'assied.

Narong porte une chemise large et noire à haut col et un pantalon gris. Des vêtements propres. Il pourrait peut-être travailler dans un bureau. Si ce n'était ses yeux, ses yeux sont trop alertes. Et son corps est trop détendu. Il a une confiance tranquille. Une arrogance qu'il a du mal à associer à ses vêtements. Certaines personnes sont trop puissantes pour prétendre à un statut moins avantageux. On le remarque facilement, comme aux points d'ancrage. Elle réprime sa colère, attend sans rien dire.

— Tu aimes cette soie? (Il touche sa chemise.) Elle est japonaise. Ils ont encore des vers à soie.

Elle hausse les épaules.

— Je n'aime rien chez toi, Narong.

Il sourit.

— Allez, Kanya, te voilà promue capitaine et tu ne souris toujours pas?

Il fait signe au yellow card qu'il veut un café. Le liquide riche et brun remplit aussitôt un verre. Le yellow card pose un bol de soupe devant Kanya, des boulettes de poisson, de la citronnelle et du bouillon de poule. Elle commence par pêcher les nouilles U-Tex.

Narong s'assied calmement, patiemment.

— Tu as voulu cette rencontre, dit-il finalement.

— As-tu tué Chaya?

Narong se redresse.

— Tu n'as jamais eu de tact. Même après toutes ces années en ville et malgré tout l'argent que nous t'avons offert, tu ressembles encore à un éleveur de poissons du Mékong.

Kanya le regarde froidement. Pour être honnête avec elle-même, il lui fait peur, mais elle refuse de le montrer. Derrière, on entend un nouveau cri de joie à la radio.

— Vous êtes comme Pracha. Vous êtes tous dégoûtants.

— Tu ne pensais pas cela quand nous t'avons approchée, tu étais une très petite fille, très vulnérable et nous t'avons invitée à Bangkok. Tu ne pensais pas cela quand nous avons entretenu ta tante jusqu'à sa mort. Tu ne pensais pas cela quand nous t'avons offert l'opportunité de frapper le général Pracha et les chemises blanches.

— Il y a des limites. Chaya n'a rien fait.

Narong est aussi immobile qu'une araignée, il la toise. Finalement, il explique :

— Jaidee a outrepassé son pouvoir. Tu l'as prévenu toi-même. Fais attention à ne pas finir dans la gorge du cobra toi aussi.

Kanya ouvre la bouche et la referme sans rien dire. Recommence, contrôle sa voix.

— Me ferez-vous la même chose qu'à Jaidee ?

— Kanya, depuis combien de temps te connaissons-nous ? (Narong sourit.) Depuis combien de temps nous occupons-nous de ta famille ? Tu es l'une de nos filles chéries. (Il glisse une enveloppe épaisse vers elle.) Je ne te ferai jamais de mal. Nous ne sommes pas comme Pracha. (Narong s'interrompt une seconde.) Comment réagit le département à la perte de Jaidee ?

— Regarde autour de toi. (Kanya tourne la tête vers les bruits de conflit.) Le général est enragé. Jaidee était comme un frère pour lui.

— J'ai entendu dire qu'il voulait s'attaquer directement au Commerce. Peut-être même incendier le ministère.

— Bien sûr qu'il veut s'attaquer au Commerce. Sans le Commerce, nos problèmes seraient réduits de moitié.

Narong hausse les épaules. L'enveloppe attend entre eux. Cela pourrait aussi bien être la tête de Jaidee reposant sur le comptoir. Le retour sur son long investissement de vengeance.

Je suis désolée, Jaidee. J'ai essayé de te prévenir.

Elle prend l'enveloppe, en sort l'argent qu'elle fourre dans une poche de sa ceinture sous le regard de Narong. Même les sourires de cet homme sont tranchants. Ses cheveux, ramenés en arrière, sont luisants. Il est à la fois parfaitement immobile et parfaitement terrifiant.

Et c'est ce genre de type que tu fréquentes, marmonne une voix dans sa tête.

Kanya sursaute. On dirait la voix de Jaidee. Elle a les caractéristiques de Jaidee, son humour et son intransigeance. Ce soupçon de rire mélangé à son jugement. Jaidee n'a jamais perdu son sens de *sanuk*.

Je ne suis pas comme vous, pense Kanya.

De nouveau ce sourire et ce petit rire.

Je le savais.

Pourquoi ne m'avez-vous pas tuée si vous saviez ?

La voix reste silencieuse. Le son du combat de *muay thai* continue à crachoter derrière eux. Charoen et Sakda. Un bon choix. Mais, soit Charoen s'est radicalement amélioré, soit Sakda a été payé pour s'allonger. Kanya va perdre son pari. Le match pue les interférences. Le Seigneur du lisier s'est peut-être intéressé au combat. Kanya grimace son irritation.

— Mauvais match ? demande Narong.

— Je parie toujours sur le mauvais homme.

Narong rit.

— Voilà pourquoi c'est tellement plus facile quand on dispose des informations à l'avance.

Il lui donne un bout de papier.

Kanya regarde les noms sur la liste.

— Ce sont les amis de Pracha. Certains sont aussi des généraux. Il les protège comme le cobra a protégé le Bouddha.

Narong sourit.

— Ils seront très surpris quand il se retournera soudain contre eux. Quand il les frappera. Leur fera mal. Leur fera savoir qu'on ne joue pas avec le ministère de l'Environnement. Que le ministère traite toutes les infractions de manière égale. Plus de favoritisme. Plus d'amitiés et d'accord faciles. Il leur montrera que le nouveau ministère de l'Environnement est implacable.

— Vous tentez de séparer Pracha de ses alliés? De les dresser contre lui?

Narong hausse les épaules. Ne dit rien. Kanya termine ses nouilles. Comme aucune autre instruction ne semble venir, elle se lève.

— Je dois y aller. Mes hommes ne doivent pas me voir avec vous.

Narong hoche la tête, il agite la main comme pour la congédier. Kanya sort prudemment du café, suivie par les grognements de déception des auditeurs de la radio parce que Sakda se laisse intimider par la nouvelle férocité de Charoen.

Au coin de la rue, sous la lueur verte du méthane, Kanya met de l'ordre dans son uniforme. Il y a une grosse tache sur sa veste, résidu des destructions de la soirée. Elle fronce les sourcils de dégoût. La brosse. Reprend la liste que Narong lui a donnée, mémorise les noms.

Ces hommes et ces femmes sont les amis les plus proches de Pracha. Et, aujourd'hui, ils vont être contrôlés aussi vigoureusement que les yellow cards dans leurs tours. Aussi vigoureusement que le général Pracha a contrôlé un petit village du nord-est, laissant derrière lui des familles mourant de faim et des maisons en feu.

Difficile. Mais pour une fois, juste.

Kanya chiffonne la liste dans sa main.

C'est la forme de notre monde, se dit-elle. *Dent pour dent jusqu'à ce que nous soyons tous morts et que les cheshires lapent notre sang.*

Elle se demande si c'était mieux par le passé, s'il y a vraiment eu un âge d'or nourri de pétrole et de technologie. Une époque où chaque solution à un problème n'en engendrait pas un autre. Elle voudrait maudire ces *farang* du passé. Ces hommes des calories avec leurs labos et leurs nouvelles souches de semences soigneusement cultivées qui nourriraient le monde. Leurs animaux modifiés qui travailleraient plus efficacement en dépensant moins de calories. Les AgriGen et PurCal qui clamaient leur bonheur d'alimenter le monde, d'exporter leurs graines brevetées avant de trouver une nouvelle manière de le faire payer.

Ah, Jaidee, pense-t-elle. *Je suis désolée. Tellement désolée. Pour tout ce que je vous ai fait, à toi et aux tiens. Je ne voulais pas te faire de mal. Si j'avais su combien il en coûterait de trouver un équilibre avec Pracha, je ne serais jamais venue à Krung Thep.*

Au lieu de rejoindre ses hommes, elle se rend dans un temple. Il est petit, un autel de quartier plus qu'autre chose, avec seulement quelques moines. Un jeune garçon est agenouillé avec sa grand-mère devant une image scintillante du Bouddha ; à part eux, le temple est vide. Kanya achète de l'encens à un vendeur et entre. Elle l'allume, s'agenouille, lève les bâtonnets brûlants vers son front, trois fois, dans le salut de la triple gemme : *Bouddha, damma, sanga.* Elle prie.

Combien de maux a-t-elle commis ? Combien de mauvais *kamma* doit-elle expier ? Était-ce plus important d'honorer Akkarat et ses promesses de justice ? Ou d'honorer son père adoptif, Jaidee ?

Un homme débarque dans ton village avec des promesses de nourriture, d'une vie en ville, et d'argent pour la toux de ta tante et le whisky de ton oncle. Et il ne veut même pas de ton corps. Que peut-on espérer d'autre ? Comment acheter autrement la loyauté ? Tout le monde a besoin d'un maître.

Tu auras peut-être de meilleurs amis dans ta vie prochaine, combattant loyal.

Oh, Jaidee, je suis désolée.

Que j'erre comme un fantôme pendant un million d'années pour expier.

Que tu sois réincarné dans un meilleur endroit.

Elle se lève et *wai* une dernière fois devant le Bouddha avant de sortir du temple. Sur les marches, elle regarde les étoiles. Elle se demande comment son *kamma* a pu la détruire à ce point. Elle ferme les yeux, lutte contre les larmes.

Au loin, un bâtiment s'enflamme. Elle a plus de cent hommes dans ce district qui travaillent à faire savoir à tous ce qu'est le véritable respect de la loi. Les lois sont très bien sur le papier, mais elles sont douloureuses quand aucun pot-de-vin ne vient faciliter leur application. Les gens ont oublié cela. Soudain, elle se sent fatiguée. Elle se détourne du carnage. Elle a assez de sang et de suie sur les mains pour une nuit. Ses hommes connaissent leur travail. Sa maison n'est pas loin.

— Capitaine Kanya ?

Kanya ouvre les yeux pour voir la lumière de l'aube s'infiltrer dans sa maison. Un instant, elle est trop groggy pour se souvenir de quoi que ce soit : ce qui s'est produit, son grade…

— Capitaine ?

390

La voix passe à travers la moustiquaire de la fenêtre ouverte.

Kanya se force à sortir du lit et va à la porte.

— Oui ? Qu'est-ce que c'est ?

— On vous demande au ministère.

Kanya ouvre la porte, prend l'enveloppe de la main de l'homme, en brise le sceau.

— Cela vient du département Quarantaine, annonce-t-elle, surprise.

Il hoche la tête.

— Le capitaine Jaidee s'était porté volontaire pour ce devoir… (Il s'interrompt une seconde.) Comme tout le monde travaille, le général Pracha a pensé…

Il hésite.

Kanya opine du chef.

— Oui, bien sûr.

Elle a la chair de poule, se souvient des histoires de Jaidee sur la guerre contre les premières souches de cibiscose. Comment il a travaillé, le cœur au bord des lèvres, aux côtés de ses hommes, alors qu'ils se demandaient tous s'ils n'allaient pas mourir avant la fin de la semaine. Ils vivaient dans la terreur de la maladie et la sueur du travail tout en brûlant des villages entiers, des maisons, des *wats*, des images de Bouddha qui partaient en fumée tandis que les moines psalmodiaient et appelaient les esprits à leur aide, et que les gens tout autour d'eux étaient allongés sur le sol et mouraient, étouffaient des fluides qui envahissaient leurs poumons. Le département Quarantaine. Elle lit le message. Hoche vivement la tête.

— Oui, je vois.

— Vous avez une réponse ?

— Non. (Elle pose l'enveloppe sur une table, un scorpion prêt à piquer.) C'est tout ce dont j'ai besoin.

Le messager la salue et redescend les marches vers son vélo. Kanya referme la porte, pensive. L'enveloppe promet des horreurs. C'est peut-être son *kamma*. Son châtiment.

Rapidement, elle prend la direction du ministère, pédale dans les rues boisées, traverse les canaux, traverse en roue libre les boulevards prévus pour cinq voies de voitures à pétrole, empruntées à présent par des mastodontes.

Au département Quarantaine, elle subit une vérification de sécurité avant qu'on ne lui permette d'entrer dans le complexe.

Les ordinateurs et les ventilateurs ronronnent. Tout le bâtiment semble vibrer de l'énergie dépensée. Plus des trois quarts de l'allocation carbone du ministère vont à cet immeuble, le cerveau du département Quarantaine qui évalue et prédit les changements d'architecture génétiques nécessitant une réaction du ministère.

Derrière les murs de verre, les LED des serveurs clignotent vert et rouge, brûlent l'énergie, noyant Krung Thep autant qu'ils la sauvent. Elle marche dans les couloirs, passe devant une série de pièces où des scientifiques restent assis devant des ordinateurs géants à étudier des modèles génétiques sur des écrans brillamment éclairés. Kanya imagine qu'elle peut sentir l'air brûler de la combustion de toute cette énergie, de tout ce charbon dépensé pour que cet unique bâtiment continue à fonctionner.

Il y a des histoires sur les raids qui ont été nécessaires pour construire le département Quarantaine. Sur les étranges mariages qui ont rendu possible l'avancée de ces technologies. Sur les *farang* ramenés à grand renfort d'argent, ces experts étrangers utilisés pour transférer les virus de leurs connaissances, les concepts invasifs de leur criminalité génétique vers le Royaume, le savoir nécessaire pour préserver les Thaïs et les garder en sécurité malgré les épidémies.

Certaines de ces personnes sont devenues célèbres, aussi importantes dans le folklore qu'Ajahn Chanh et Chart Korbjitti ou Seub Nakhasathien. Certaines sont devenues des *bodhis*, des esprits miséricordieux dédiés au sauvetage de tout un Royaume.

Elle traverse une cour intérieure. Dans un coin, une petite maison des esprits renferme des statues miniatures de Lalji l'enseignant, qui ressemble à un petit *saddhu* ridé, et de sainte Sarah d'AgriGen. Les *bodhis* jumeaux. Mâle et femelle, le bandit des calories et le transgénieur. Le voleur et le constructeur. Il y a très peu de bâtonnets d'encens mais l'habituelle assiette de petit déjeuner et les guirlandes de soucis. Quand les épidémies sont graves, l'endroit bruisse de prières tandis que les scientifiques luttent pour trouver une solution.

Même nos prières vont aux *farang,* se dit Kanya. Un antidote *farang* pour une épidémie *farang*.

Prends n'importe quel outil. Fais-le tien, disait Jaidee par le passé, expliquant pourquoi ils fréquentaient les pires. Pourquoi ils volaient, corrompaient et encourageaient des monstres comme Gi Bu Sen.

Une machette n'accorde aucune importance à celui qui la lève, ni à celui qui la fabrique. Prends le couteau et il coupera. Prends le farang et il deviendra un outil dans ta main. Et s'il se retourne contre toi, fais-le fondre. Tu récupéreras au moins les matériaux.

Prends n'importe quel outil. Il était toujours pratique.

Mais ça fait mal. Ils chassent et supplient des bribes de savoir venues de l'étranger, cannibalisent comme des cheshires pour survivre. Tant de savoir attend dans la Convention Midwest. Quand un penseur génétique prometteur apparaît quelque part dans le monde, on lui fait peur, on lui donne de l'argent pour qu'il travaille avec les meilleurs à Des Moines ou Changsha. Il faut être un chercheur solide pour résister à PurCal, AgriGen ou RedStar. Et même si l'on refuse de travailler pour les compagnies caloriques, qu'a donc le Royaume à offrir? Même les meilleurs ordinateurs de Thaïlande sont des générations derrière ceux des compagnies caloriques.

Kanya secoue la tête, se débarrasse de cette pensée. *Nous sommes vivants. Nous sommes vivants quand des royaumes et des pays entiers ont disparu. Quand la Malaisie est un bourbier de meurtres. Quand la Chine est désunie, quand les Vietnamiens sont détruits, quand la Birmanie n'est plus qu'inanition. L'empire d'Amérique n'existe plus. L'Union des Européens est fractionnée. Pourtant, nous survivons, nous nous développons, même. Le Royaume survit. Merci au Bouddha de tendre une main compatissante et de faire que notre Reine ait assez de mérite pour attirer ces outils terribles des farang sans lesquels nous serions totalement sans défense.*

Elle atteint un dernier poste de sécurité. Supporte une autre inspection de ses papiers. Les portes s'ouvrent et elle est invitée dans un ascenseur électrique. Elle sent l'air aspiré avec elle, la pression négative, et les portes se ferment.

Kanya plonge sous la terre comme si elle tombait en enfer. Elle pense aux fantômes affamés qui peuplent cette bâtisse terrible. Les esprits des morts qui se sont sacrifiés pour enchaîner les démons de ce monde. Elle frémit.

L'ascenseur descend.

Descend.

Les portes s'ouvrent. Un couloir blanc et un sas. Elle ôte ses vêtements. Prend une douche chlorée. Sort de l'autre côté.

Un garçon lui offre des vêtements de labo et confirme à nouveau son identité sur une liste. Il l'informe qu'elle ne subira pas les procédures de confinement secondaires avant de l'emmener dans d'autres couloirs.

Ici, les scientifiques ont cet air hanté des gens qui savent qu'ils subissent un siège. Ils savent que derrière quelques portes, toutes sortes de terreurs apocalyptiques attendent de les dévorer. Si Kanya y pense, ses tripes se liquéfient. C'était la force de Jaidee. Il avait foi dans ses vies passées et futures. Et Kanya? Elle renaîtra pour mourir de cibiscose une dizaine de fois avant qu'on lui permette de progresser un peu. *Kamma.*

— Tu aurais dû penser à ça avant de me dénoncer, dit Jaidee.

Kanya chancelle en entendant sa voix. Jaidee est quelques pas derrière elle. Kanya déglutit et s'appuie contre un mur. Jaidee penche la tête de côté, il l'observe. Kanya ne peut plus respirer. Va-t-il simplement l'étrangler pour se venger de ses trahisons?

Son guide stoppe.

— Vous êtes malade?

Jaidee a disparu.

Le cœur de Kanya bat à tout rompre. Elle transpire. Si elle était plus loin dans le confinement, elle devrait demander qu'on la mette en quarantaine, supplier qu'on ne la laisse pas sortir, accepter qu'une bactérie ou un virus a fait le grand saut et qu'elle va mourir.

— Je suis…

Elle déglutit, se souvient du sang sur les marches du bâtiment administratif du général Pracha. Du corps démembré de Jaidee, un paquet brutal mais soigneux. Une mort dépenaillée.

— Vous avez besoin d'un médecin ?

Kanya tente de contrôler sa respiration. Jaidee la hante. Son *phii* la suit. Elle tente de contrôler sa peur.

— Tout va bien. (Elle hoche la tête.) Allons-y. Finissons-en.

Une minute plus tard, son guide désigne une porte et fait signe à Kanya de la traverser. Quand elle ouvre la porte, Ratana lève les yeux de ses dossiers. Lui sourit légèrement dans la lumière de son moniteur.

Ici, les ordinateurs ont de grands écrans. Certains sont des modèles qui n'existent plus depuis cinquante ans et brûlent plus d'énergie que cinq nouveaux appareils, mais ils font leur travail et, en retour, ils sont méticuleusement soignés. Pourtant l'énergie dépensée trouble Kanya au point que ses jambes se dérobent. Elle peut presque sentir l'océan s'élever en réaction. C'est une chose terrifiante à voir fonctionner.

— Merci d'être venue, dit Ratana.

— Bien sûr que je suis venue.

Aucune mention des rencontres précédentes. Aucune mention d'une histoire partagée, dépassée. Que Kanya n'ait pas pu jouer à *tom* et *dee* avec quelqu'un qu'elle trahirait inévitablement. Ç'aurait été trop d'hypocrisie, même pour Kanya. Pourtant, Ratana est toujours belle. Kanya se souvient d'avoir ri avec elle, d'avoir pris un canot sur la Chao Phraya et regardé les bateaux de papier brûler tout autour pendant Loi Katrong. Elle se souvient de la sensation de Ratana contre elle alors que les vagues ondulaient et que les milliers de petites bougies brûlaient, les espoirs et les prières de la ville recouvrant les eaux.

Ratana lui fait signe d'approcher. Lui montre une série de photos sur l'écran. Elle aperçoit les insignes de capitaine sur le col blanc de Kanya.

— Je suis désolée pour Jaidee. Il était... bon.

Kanya grimace, tente de se débarrasser du souvenir du *phii* dans le couloir.

— Il était mieux que ça. (Elle observe les corps qui brillent devant elle.) Qu'est-ce donc ?

— Deux hommes. De deux hôpitaux différents.

— Oui ?

— Ils avaient quelque chose. Quelque chose d'inquiétant. Cela ressemble à une variante de la rouille vésiculeuse.

— Oui ? Et ? Ils ont mangé quelque chose d'infecté. Ils sont morts. Et alors ?

Ratana secoue la tête.

— C'était en eux. Ça se propageait. Je n'ai jamais vu ça chez un mammifère.

Kanya regarde les dossiers des hôpitaux.

— Qui sont-ils ?

— Nous l'ignorons.

— Aucun membre de leur famille n'est venu les voir ? Personne ne les a vus arriver ? Ils n'ont rien dit ?

— L'un d'eux était incohérent quand il a été admis. L'autre était déjà dans le coma de la rouille vésiculeuse.

— Tu es sûre qu'ils n'ont pas simplement mangé un fruit infecté ?

Ratana hausse les épaules. Sa peau est lisse et pâle, signe de sa vie sous terre. Pas comme celle de Kanya, aussi foncée que celle d'un paysan. Pourtant, Kanya préfère travailler en surface, pas ici, pas dans la pénombre. Ratana est la plus courageuse. Kanya se demande quels sont les démons personnels qui l'ont poussée à travailler dans ce lieu infernal. Quand elles étaient ensemble, Ratana ne parlait jamais de son passé. De ses pertes. Mais maintenant elles sont là. Elles doivent y être, comme les rochers sous les vagues et l'écume d'un rivage. Il y a toujours des rochers.

— Non, évidemment, je ne suis pas sûre. Pas à 100 %.

— 50 % ?

Elle hausse à nouveau les épaules, mal à l'aise, retourne à ses papiers.

— Tu sais que je ne peux pas lancer des affirmations de ce genre. Néanmoins, le virus est différent, les altérations des protéines dans les échantillons sont variables. La déchirure du tissu ne correspond pas aux empreintes standard de la rouille vésiculeuse. Dans les tests, il ressemble aux rouilles que nous avons déjà vues. Les variations AgriGen et TotalNutrient, AG134.s et TN249.x.d. Les deux offrent de solides ressemblances.

Elle s'interrompt.

— Oui ?

— Mais c'était dans les poumons.

— La cibiscose alors.

— Non, c'était la rouille. (Ratana regarde Kanya.) Tu vois le problème ?

— Et nous ne savons rien de leur histoire, de leurs voyages? Étaient-ils à l'étranger? Sur un clipper? Ils pouvaient venir de Birmanie, de Chine du Sud? Peut-être venaient-ils du même village?

Ratana hausse les épaules.

— Nous n'avons aucun historique les concernant. Seule la maladie les relie. Il fut un temps où nous possédions une base de données sur la population, avec l'ADN, l'histoire familiale, l'emploi et l'habitation, mais on l'a supprimée pour faire de la place et gagner en puissance de processeur pour des recherches de prévention. De toute façon, tellement peu de personnes s'y étaient inscrites qu'elle ne servait à rien.

— Alors, nous n'avons rien. D'autres cas?

— Non.

— Tu veux dire, jusqu'à présent.

— Ça me dépasse. Nous ne les avons remarqués qu'à cause des restrictions. Les hôpitaux rapportent tout, bien plus que d'habitude, juste pour montrer qu'ils sont accommodants. C'est par accident que nous avons été prévenus, et c'en est un autre que je les aie remarqués parmi tous les autres rapports qui nous parviennent. Nous avons besoin de l'aide de Gi Bu Sen.

Kanya a la chair de poule.

— Jaidee est mort. Gi Bu Sen ne nous aidera plus.

— Parfois, il y trouve un intérêt. Pas seulement pour ses propres recherches. Avec ceci, c'est possible. (Elle lève les yeux sur Kanya, pleine d'espoir.) Tu y es allée avec Jaidee. Tu l'as vu convaincre cet homme. Peut-être te trouvera-t-il un intérêt aussi.

— J'en doute.

— Regarde ça. (Ratana feuillette ses tableaux médicaux.) Ce truc a les marqueurs d'un virus artificiel. Les changements d'ADN ne ressemblent pas à ceux qui se reproduisent dans la jungle. La rouille vésiculeuse n'a aucune raison de traverser la barrière vers le règne animal. Rien ne l'encourage, elle ne se transmet pas facilement. Les différences sont marquées. C'est comme si nous regardions dans son avenir. Ce qu'il serait après dix mille renaissances. C'est un vrai puzzle. Et c'est vraiment inquiétant.

— Si tu as raison, nous sommes tous morts. Le général Pracha devra être briefé. Il faudra l'annoncer au Palais.

— Doucement, supplie Ratana. (Elle tend la main, attrape la manche de Kanya, son visage est angoissé.) Je pourrais avoir tort.

— Tu n'as pas tort.

— Je ne sais pas s'il peut traverser la barrière ni avec quelle facilité. Je veux que tu ailles voir Gi Bu Sen. Il saura.

Kanya grimace.

— D'accord. Je vais essayer. Pendant ce temps, demande aux hôpitaux et aux cliniques de rue de rechercher les symptômes. Fais une liste. Vu que tout le monde est déjà inquiet à cause des restrictions, leur demander plus d'informations n'aura pas l'air suspect. Ils penseront que nous essayons de leur mettre la pression. Cela nous apportera au moins quelque chose.

— Si j'ai raison, il y aura des émeutes.

— Il y aura pire que ça. (Kanya se tourne vers la porte, elle se sent nauséeuse.) Quand tes tests seront terminés et que tes données seront prêtes pour son examen, j'irai voir ton démon. (Elle fait une grimace de dégoût.) Tu auras ta confirmation.

— Kanya?

Elle se retourne.

— Je suis vraiment désolée pour Jaidee. Je sais que vous étiez proches.

Kanya grimace.

— C'était un tigre.

Elle ferme la porte, laisse Ratana dans son antre démoniaque. Tout un complexe dédié à la survie du Royaume, des kilowatts d'énergie dépensés jour et nuit, sans être vraiment utiles.

Chapitre 25

Anderson-sama apparaît sans avertissement, s'assied sur un tabouret de bar à côté d'elle, commande de l'eau avec des glaçons pour elle et un whisky pour lui. Il ne lui sourit pas, il remarque à peine sa présence mais Emiko sent tout de même une bouffée de gratitude.

Ces derniers jours, elle s'est cachée dans le bar, attendant le moment où les chemises blanches viendraient la chercher pour l'éliminer. Elle n'existe que par tolérance et grâce à des pots-de-vin astronomiques. Maintenant, elle sait que Raleigh ne la laissera pas partir, il a déjà trop investi en elle pour le lui permettre.

Puis Anderson-sama apparaît et en un instant elle se sent en sécurité, elle a l'impression d'être de retour dans les bras de Gendo-sama. Elle sait que cela vient de son entraînement, mais ne peut s'en empêcher. Elle sourit quand elle le voit s'asseoir à côté d'elle sous la lumière phosphorescente des vers luisants, ses traits *gaijin* sont tellement étranges dans une mer de Thaïs et des quelques Japonais qui connaissent son existence.

Comme il se doit, il l'ignore, mais il se lève et va voir Raleigh, elle sait qu'après sa performance, elle sera en sécurité pour la nuit. Pour une fois depuis les restrictions, elle ne vivra pas dans la peur des chemises blanches.

Elle est surprise lorsque Raleigh vient immédiatement la voir.

— On dirait qu'il y a au moins une chose que tu fais bien. Le *farang* veut que tu sortes plus tôt.

— Pas de spectacle ce soir?

Raleigh hausse les épaules.

— Il a payé.

Emiko sent une bouffée de soulagement. Elle se prépare rapidement et rejoint l'escalier. Raleigh s'est arrangé pour que les chemises blanches ne viennent qu'à certaines heures, elle a donc l'assurance que, à l'intérieur du Ploenchit, elle peut faire ce qu'elle veut. Néanmoins, elle est prudente. Il y a eu trois descentes avant que le nouvel arrangement ne soit accepté. D'autres propriétaires ont dû cracher du sang avant de parvenir à un accord. Pas Raleigh. Raleigh semble avoir une compréhension surnaturelle des lois et de la bureaucratie.

Devant le Ploenchit, Anderson l'attend dans son rickshaw, il sent le whisky et le tabac, ses joues sont rugueuses de la barbe du soir. Elle se penche vers lui.

— J'espérais que vous viendriez.

— Je suis désolé que cela ait pris tant de temps. Les choses sont un peu compliquées pour moi.

— Vous m'avez manqué.

Elle est surprise de découvrir que c'est vrai.

Ils se glissent dans le trafic de la nuit, dans l'ombre impressionnante des mastodontes, le clignotement des cheshires, les bougies qui brûlent, les familles endormies. Ils croisent une patrouille de chemises blanches, mais les officiers sont trop occupés à vérifier un étal de légumes. Les illuminations vertes des lampes à gaz crachotent.

— Tout va bien? (Il désigne les chemises blanches.) Vous avez subi des raids du ministère?

— C'était dur au début. Maintenant ça va mieux.

En fait, c'était la panique pendant les premières descentes, quand les chemises blanches envahissaient les cages d'escaliers, sortaient les mama-san de leur lit, fermaient les arrivées de gaz piratées, balançaient leurs matraques. Les ladyboys hurlaient, les propriétaires couraient dans tous les sens pour trouver du liquide et s'effondraient sous les coups quand ils ne parvenaient pas à payer. Emiko se réfugiait au milieu des autres filles, aussi immobile qu'une statue, pendant que les chemises blanches fouillaient le bar, relevaient les infractions, menaçaient de les battre jusqu'à ce qu'elles ne puissent plus travailler. Ils ne montrent aucune bonne humeur, seulement la colère pour la perte de leur Tigre et le besoin d'infliger une leçon à ceux qui un jour avaient enfreint les règles des chemises blanches.

La terreur. Emiko a failli se pisser dessus, immobile au milieu des filles, certaine que Kannika la mettrait en avant et la dénoncerait, qu'elle choisirait cet instant pour l'éliminer.

Raleigh montrait prudemment son obéissance, une farce pour les bénéficiaires de ses bakchichs, dont certains la regardaient directement – Suttipong, Addilek et Thanbachai –, parfaitement conscients de sa présence et de son rôle dans la boîte, quelques-uns l'avaient même essayée et la fixaient, se demandant s'ils allaient la «découvrir». Tout le monde jouait son rôle, Emiko attendait que Kannika brise cette parodie, qu'elle force tout le monde à voir cette fille automate si lucrative.

Elle frissonne à ce souvenir.

— Ça va mieux maintenant, répète-t-elle.

Anderson-sama hoche la tête.

Leur rickshaw s'arrête devant son immeuble. Il descend le premier, vérifie qu'aucun chemise blanche n'est à portée puis la fait entrer. Les deux gardes de la sécurité ignorent scrupuleusement son existence. Quand elle partira, elle leur laissera un pourboire pour s'assurer qu'ils l'oublient totalement. Même si elle les dégoûte, ils joueront le jeu parce qu'elle leur montre du respect et qu'elle les paie. Avec les chemises blanches aux aguets, elle devra seulement payer plus.

Anderson-sama et elle entrent dans l'ascenseur, et la groom, impassible, crie le poids estimé.

À l'abri dans l'appartement, ils s'enlacent. Emiko est surprise du bonheur qu'elle ressent simplement parce qu'il se régale d'elle, qu'il fait courir ses doigts sur sa peau, qu'il a envie de la toucher. Elle a oublié ce que c'est d'avoir presque l'air humain, d'être presque respectée. Au Japon, personne n'avait tant de scrupules à la regarder. Ici, elle a toujours l'impression d'être un animal.

C'est un soulagement de se sentir aimée, même si ce n'est que physiquement.

Ses mains courent sur ses seins, sur son ventre, s'enfouissent entre ses jambes. Elle est soulagée que ce soit si facile, qu'il connaisse son plaisir. Emiko se presse contre lui, leurs bouches se trouvent et elle oublie qu'on l'appelle Automate ou Tic-Tac. Un instant, elle se sent totalement humaine et se perd dans ses caresses. Contre la peau d'Anderson-sama. Dans la sécurité du plaisir et du devoir.

Mais, après leur union, la dépression revient à l'assaut.

Anderson-sama lui apporte de l'eau fraîche, plein de sollicitude. Il se couche à côté d'elle, nu, fait attention de ne pas la toucher, de ne pas ajouter à la chaleur qui l'a envahie.

— Qu'y a-t-il ? demande-t-il.

Emiko hausse les épaules, tente de sourire comme une bonne Nouvelle Personne.

— Ce n'est rien. Rien qui puisse changer.

Il lui est presque impossible d'exprimer ses besoins. Cela va totalement à l'encontre de sa nature. Mizumi-sensei la frapperait.

Anderson-sama la regarde, ses yeux sont étonnamment tendres pour un homme couvert de cicatrices. Elle peut cataloguer ses cicatrices. Chacune est un mystère de violence sur sa peau pâle. La cicatrice plissée sur son torse provient probablement d'un tir de pistolet-AR. Celle de son épaule d'une machette, peut-être. Celles sur son dos ressemblent à des coups de fouet. La seule dont elle est certaine est celle de son cou, acquise dans son usine.

Il tend la main pour la toucher, doucement.

— Qu'y a-t-il ?

Emiko roule pour s'écarter. Elle est mal à l'aise, elle peut à peine parler.

— Les chemises blanches… ils ne me permettront pas de sortir de la ville. Et, maintenant, Raleigh-san doit verser encore plus de pots-de-vin pour me garder. Il ne me laissera jamais partir, je pense.

Anderson-sama ne répond pas. Elle peut l'entendre respirer, lentement et régulièrement, mais elle n'entend rien d'autre. La honte l'envahit.

Stupide fille automate avide. Tu devrais être reconnaissante de ce qu'il est prêt à t'offrir.

Le silence s'étend. Finalement Anderson-sama demande :

— Tu es sûr qu'on ne peut pas convaincre Raleigh ? C'est un homme d'affaires.

Emiko l'écoute respirer. Est-il en train de proposer de racheter sa liberté ? S'il était japonais, ce serait une offre formulée avec prudence. Mais, avec Anderson-sama, c'est difficile à dire.

— Je ne sais pas. Raleigh-san aime l'argent. Mais je pense aussi qu'il aime me voir souffrir.

Elle patiente, attentive au moindre indice de ses pensées. Anderson-sama ne pose pas d'autre question. Il la laisse mariner. Elle peut sentir son corps, par contre, près d'elle, la chaleur de sa peau. Écoute-t-il encore ? S'il était civilisé, elle pourrait prendre son absence de réponse comme une gifle. Mais les *gaijin* ne sont pas subtils.

Emiko se cuirasse. Elle pourrait vomir d'humiliation, en dépassant son entraînement et ses impératifs génétiques. Elle lutte pour s'empêcher de reculer comme un chien. Elle essaie encore.

— Je vis dans le bar maintenant. Raleigh-san paie les chemises blanches pour qu'ils détournent les yeux, des triples dessous-de-table désormais. Je ne sais pas combien de temps je peux encore tenir. Ma niche disparaît, je crois.

— Est-ce que tu… (Anderson-sama s'interrompt, hésitant.) Tu pourrais rester ici.

Le cœur d'Emiko rate un battement.

— Raleigh-san me suivrait, je crois.

— Il y a des moyens de traiter avec des gens comme Raleigh.

— Vous pourriez me libérer de lui?

— Je doute d'avoir assez de fonds pour te racheter.

Le cœur d'Emiko s'effondre tandis qu'Anderson-sama continue.

— Avec une telle tension dans l'air, je ne peux pas le provoquer en me contentant de t'emmener. Pas quand il peut nous envoyer les chemises blanches. Ce serait trop risqué. Mais je crois que je peux m'arranger pour que tu dormes ici, au moins. Raleigh pourrait même apprécier la discrétion.

— Mais cela ne vous créerait-il pas de problèmes? Les chemises blanches n'aiment pas les *farang*. Vous êtes dans une situation très précaire en ce moment. *(Aidez-moi à m'envoler d'ici. Aidez-moi à trouver le village du Nouveau Peuple. Aidez-moi, s'il vous plaît.)* Si je pouvais payer les amendes de Raleigh-san, je pourrais gagner le nord.

Anderson-sama la prend par l'épaule. Emiko se laisse attirer dans ses bras.

— Tes espoirs sont étriqués. (Ses doigts jouent sur son ventre. Nonchalant. Pensif.) Beaucoup de choses peuvent changer bientôt. Peut-être même pour les automates. (Il sourit mystérieusement.) Les chemises blanches et leurs règles ne seront pas toujours là.

Elle le supplie de l'aider à survivre, et il parle de fantasmes.

Emiko tente de cacher sa déception. *Tu devrais t'en contenter, fille avide. Tu devrais être reconnaissante de ce que tu as.* Mais elle ne peut éliminer l'amertume dans sa voix.

— Je suis une automate. Rien ne va changer. Nous serons toujours méprisés.

Il rit et l'attire à lui.

— N'en sois pas si sûre. (Ses lèvres frôlent son oreille, il chuchote.) Si tu pries ton dieu cheshire *bakeneko*, je pourrai peut-être t'offrir mieux qu'un village dans la jungle. Avec un peu de chance, tu pourras te trouver une ville entière.

Emiko le repousse, le regarde tristement.

— Je comprends que vous ne puissiez pas changer les choses pour les miens. Mais vous ne devriez pas vous moquer.

Anderson-sama se contente de rire, encore.

CHAPITRE 26

Hock Seng est accroupi dans une allée, en bordure du district industriel *farang*. Il fait nuit, mais les chemises blanches sont toujours partout. Où qu'il aille, il tombe sur des cordons d'uniformes. Sur les quais, les clippers sont isolés, attendent la permission de décharger leur cargaison. Dans le district industriel, les officiers du ministère se tiennent à chaque coin de rue, empêchent l'accès aussi bien aux ouvriers qu'aux propriétaires ou aux commerçants. Seules quelques personnes peuvent passer, celles qui disposent d'une carte de résident. Les autochtones.

Sa yellow card comme seule pièce d'identité, il a fallu la moitié de la soirée à Hock Seng pour traverser la ville en évitant les barrages. Mai lui manque. Ces jeunes yeux et ces jeunes oreilles lui procuraient la sensation d'être en sécurité. À l'instant, il est accroupi avec les cheshires dans la puanteur de l'urine, il surveille les chemises blanches qui vérifient l'identité d'un homme et jure contre l'impossibilité de rejoindre SpringLife. Il aurait dû être courageux. Il aurait dû forcer le coffre-fort et le vider quand il en avait la possibilité. Il aurait dû prendre le risque. Maintenant, il est trop tard. Maintenant, les chemises blanches sont propriétaires de chaque centimètre carré de la ville et leurs proies favorites sont les yellow cards. Ils aiment tester leurs matraques sur leurs crânes, ils aiment leur donner une leçon. Si le Seigneur du lisier n'avait pas autant d'influence, Hock Seng est sûr que ceux des tours auraient déjà été massacrés. Le ministre de l'Environnement considère les yellow cards comme les autres espèces invasives et les épidémies qui en découlent. S'ils avaient le choix, les chemises blanches tueraient tous les Chinois yellow cards avant d'exécuter un *khrab* d'excuse à la Reine Enfant pour leur trop-plein d'enthousiasme. Mais seulement après.

Une jeune femme montre un document, le cordon la laisse passer. Elle disparaît dans la rue, s'enfonce profondément dans le district industriel. Tout est si tentant, si proche, et pourtant inaccessible.

Objectivement, il est préférable que l'usine soit fermée. C'est plus sûr pour tout le monde. S'il ne dépendait pas à ce point du contenu du coffre-fort, Hock Seng se contenterait de dénoncer l'infection de la chaîne et serait totalement débarrassé de ce *tamade*. Mais au milieu de cet air malsain, juste au-dessus des miasmes des cuves d'algues, les plans et les spécifications l'appellent.

De frustration, Hock Seng a envie d'arracher ses derniers cheveux.

Il fixe furieusement le barrage, souhaite que les chemises blanches s'en aillent et regardent ailleurs. Il espère, il prie la déesse Kuan Yin, il supplie le gros Budai doré. Avec ces plans et le soutien du Seigneur du lisier, tant de choses seraient possibles. Tant d'avenir. Tant de vie. Des offrandes pour ses ancêtres, enfin. Peut-être une nouvelle épouse. Peut-être un fils pour porter son nom. Peut-être…

Une patrouille passe près de lui. Hock Seng s'enfonce dans la pénombre. Les officiers lui rappellent les bandeaux verts quand ils se sont mis à patrouiller la nuit. Ils ont commencé par traquer les couples qui se tenaient la main le soir, une démonstration d'immoralité.

À l'époque, il a dit à ses enfants de faire attention, les vagues de conservatisme allaient et venaient ; s'ils ne pouvaient pas vivre aussi librement et ouvertement que leurs parents, ce n'était pas vraiment grave, n'est-ce pas ? N'avaient-ils pas de la nourriture dans le ventre, une famille, des amis ? De toute manière, dans leurs enceintes protégées, ce que pensaient les bandeaux verts n'avait pas d'importance.

Une autre patrouille. Hock Seng se retourne et se coule plus profondément dans l'allée. Il n'y a aucun moyen de se glisser dans le district industriel. Les chemises blanches sont déterminées à empêcher le Commerce et à faire mal aux *farang*. Il grimace et reprend le chemin compliqué pour rentrer chez lui.

D'autres au ministère étaient corrompus, mais, en toute honnêteté, pas Jaidee. Même le *Sawatdee Krung Thep !*, la feuille à murmures qui le soutenait le plus avant de le dénigrer lors de sa disgrâce, a publié des pages et des pages d'hommage au héros du pays. Le capitaine Jaidee était trop aimé pour être découpé en morceaux, pour être traité comme une charogne jetée dans les composteurs à méthane. Quelqu'un doit être puni.

Et si le Commerce en est responsable, alors le Commerce doit être puni. Les usines sont donc fermées, de même que les points d'ancrage, les routes et les quais. Hock Seng ne peut pas s'enfuir. Il ne peut pas réserver un passage sur un clipper, il ne peut pas remonter le fleuve vers les ruines d'Ayutthaya, il ne peut pas emprunter un dirigeable vers Kolkata ou le Japon.

412

Il contourne les docks et, bien sûr, les chemises blanches sont toujours là, avec de petits nœuds d'ouvriers accroupis sur le sol, désœuvrés par le blocus. Un superbe clipper attend, ancré à cent mètres du quai, se balançant doucement dans l'eau. Plus beau encore que ceux qu'il possédait en Malaisie. Dernière génération, coque orientable et hydrofoil, polymère d'huile de palme, ailes à vent. Rapide. Capable de transporter une grosse cargaison. Il attend là, scintillant. Et Hock Seng se tient sur le quai et le fixe du regard. Il pourrait tout aussi bien être à quai en Inde.

Il aperçoit une carriole, un vendeur qui fait frire des tilapias transpiratés dans un grand wok. Hock Seng se cuirasse. Il doit s'informer, même si son accent risque de le dénoncer comme yellow card. Il est aveugle sans informations. Les chemises blanches sont de l'autre côté du quai et si l'homme les appelle, il aura encore le temps de fuir.

Hock Seng s'approche.

— Y a-t-il un moyen pour qu'un passager traverse ? murmure-t-il. (Il désigne le clipper de la tête.) Là-bas ?

— Pas de transit pour qui que ce soit, marmonne le vendeur ambulant.

— Pas même pour un homme seul ?

L'homme fronce les sourcils, du menton il désigne les hommes installés dans l'ombre, accroupis, qui fument, qui jouent aux cartes. Ils sont assemblés autour de la radio à manivelle d'un commerçant.

— Ceux-là attendent depuis la semaine dernière. Tu devras attendre, yellow card. Comme tout le monde.

Hock Seng réprime un frisson. Il se force à feindre que la situation les met à égalité, à espérer que cet homme le voit comme une personne et non comme un cheshire importun.

— Vous n'avez pas entendu parler de petits bateaux plus loin sur la côte ? Loin de la ville ? Contre de l'argent ?

Le vendeur de poisson secoue la tête.

— Personne ne va dans cette direction. Ils ont arrêté deux groupes de passagers qui tentaient de gagner le rivage depuis les vaisseaux. Les chemises blanches ne permettent même pas aux bateaux de réapprovisionnement de sortir. Nous avons parié pour savoir si les chemises blanches ouvriront les quais avant que le capitaine ne lève l'ancre.

— Quelles sont les cotes ? demande Hock Seng.

— Onze contre un que le clipper part le premier.

Hock Seng fait la grimace.

— Je ne crois pas que je prendrais le risque.

— Vingt contre un, alors ?

Quelques autres semblent les avoir écoutés. Ils rient doucement.

— Ne pariez pas à moins qu'il ne vous donne un cinquante contre un, dit l'un d'eux. Les chemises blanches ne fléchiront pas. Pas cette fois. Pas après la mort du Tigre.

Hock Seng se force à rire avec eux. Il tire une cigarette, l'allume, en offre aux autres. Petit cadeau de bonne volonté à ces Thaïs pour ce moment de fraternité. S'il n'était pas un yellow card, avec l'accent d'un yellow card, il pourrait même tenter le cadeau de bonne volonté aux chemises blanches, mais par une nuit pareille, cela ne lui rapporterait rien de plus qu'un coup de matraque sur le crâne. Il ne voit pas l'intérêt d'entendre sa tête s'écraser sur les pavés. Il fume et observe le blocus.

414

Le temps passe.

L'idée d'une ville scellée fait trembler ses mains. *Cela ne concerne pas seulement les yellow cards. Nous ne sommes pas la cause de tout cela.* La sensation qu'une corde se resserre autour de son cou est très forte. Cela ne concerne peut-être que le Commerce, pour l'instant, mais il y a trop de yellow cards dans la ville et si le commerce reste trop longtemps impossible, même ces gens amicaux remarqueront le manque d'emplois, commenceront à boire et penseront aux yellow cards dans les tours.

Le Tigre est mort. Son visage est collé sur tous les lampadaires, sur tous les bâtiments. Trois images de Jaidee en position de combat les fixent depuis le mur d'un hangar. Hock Seng fume sa cigarette et fronce les sourcils. Le héros du peuple. L'homme qu'on ne pouvait acheter, celui qui a fait face aux ministres, aux sociétés *farang* et aux hommes d'affaires avides. L'homme qui était prêt à combattre son propre ministère. Relégué derrière un bureau quand il est devenu trop gênant avant de retourner dans les rues où il l'est devenu encore plus. L'homme qui riait des menaces de mort, qui a survécu à trois tentatives d'assassinat avant que la quatrième provoque sa chute.

Hock Seng grimace. Le chiffre quatre est partout dans son esprit ces derniers temps. Le Tigre de Bangkok n'a eu que quatre chances. Combien en a-t-il usé lui-même ? Hock Seng observe les quais et les gens rassemblés, tous incapables de rejoindre leurs bateaux. Avec les sens aiguisés d'un réfugié, il sent le danger dans le vent, plus puissant que l'air de la mer qui balaie un clipper et présage un typhon.

Le Tigre est mort. Les yeux tristes du capitaine Jaidee le fixent et Hock Seng a la sensation soudaine et terrifiante que le Tigre n'est pas mort. Qu'en fait il est en chasse.

Hock Seng s'éloigne de l'affiche comme si c'était un durian atteint de rouille vésiculeuse. Il sait jusque dans ses os, aussi sûrement que son clan est mort et enterré en Malaisie, il sait que, cette fois, il est temps de partir. Qu'il est temps de se cacher des tigres qui chassent durant la nuit. Temps de plonger dans les jungles infectées de sangsues, de manger des cafards et de se glisser dans la boue de la saison des pluies. Sa destination n'a pas d'importance. La seule chose qui est importante c'est de fuir. Hock Seng regarde le clipper fixement. Il est temps de prendre des décisions difficiles. Temps, en vérité, d'abandonner l'idée de l'usine SpringLife et de ses plans. Attendre ne fera qu'empirer les choses. L'argent doit être dépensé. La survie est primordiale.

Le radeau coule.

CHAPITRE 27

Carlyle attend déjà dans le rickshaw quand Anderson sort de son immeuble. Ses yeux regardent en tous sens, cataloguent la pénombre autour de lui en une rotation nerveuse. Il a la prudence tremblante d'un lapin.

— Tu as l'air nerveux, note Anderson en montant dans le véhicule.

Carlyle grimace.

— Les chemises blanches viennent de prendre le Victory. Ils ont tout confisqué.

Anderson lève les yeux sur son appartement, il est content que le vieux Yates ait choisi de s'installer loin des autres *farang*.

— Tu as beaucoup perdu ?

— Du liquide dans le coffre-fort. Des listes de clients que je préférais garder loin du bureau. (Carlyle appelle le chauffeur de rickshaw et lui donne des instructions en thaï.) Tu ferais mieux d'avoir quelque chose à offrir à ces gens.

— Akkarat sait ce que j'ai à offrir.

Ils roulent dans la nuit humide. Des cheshires s'égaillent. Carlyle regarde derrière lui, cherche à voir s'ils sont suivis.

— Personne ne se retourne officiellement contre les *farang*, mais tu sais que nous sommes les prochains sur la liste. Je ne sais pas combien de temps il nous reste.

— Envisage les choses du bon côté. S'ils se tournent contre les *farang*, Akkarat ne sera pas loin derrière.

Ils traversent la cité dans la pénombre. Devant eux, un barrage se dresse. Carlyle essuie son front. Il sue comme un cochon. Les chemises blanches hèlent leur rickshaw, ils ralentissent.

Anderson sent une petite pointe de tension.

— Tu es sûr que ça va fonctionner ?

Carlyle essuie de nouveau son front.

— Nous le saurons bien assez tôt.

Le rickshaw s'arrête, les chemises blanches l'encerclent. Carlyle parle rapidement. Tend un morceau de papier. Les chemises blanches discutent un moment entre eux, puis ils *wai* de manière obséquieuse et font signe aux *farang* d'avancer.

— Que je sois damné !

Carlyle rit, son soulagement est évident.

— Les bons cachets sur un morceau de papier font des miracles.

— Je suis étonné qu'Akkarat ait encore de l'influence.

Carlyle secoue la tête.

— Akkarat ne pourrait pas faire ça.

Les bâtiments se transforment en taudis tandis qu'ils se rapprochent des digues. Le rickshaw évite en gîtant les morceaux de béton tombés des hauteurs d'un vieil hôtel de l'Expansion. Anderson se dit qu'il a dû être ravissant par le passé. Les étages décorés de terrasses les surplombent, à contre-jour. Aujourd'hui, masures et taudis sont partout, et les derniers morceaux de ses baies vitrées scintillent comme des dents. Deux *nâga* gardent l'escalier qui mène sur la digue. Ils guettent pendant que Carlyle paie le chauffeur.

— Viens.

Carlyle guide Anderson le long de l'escalier, sa main caresse les écailles des *nâga*. En haut, ils ont une vue dégagée sur la ville. Le Grand Palais brille au loin. De hauts murs protègent les cours intérieures de la Reine Enfant et de son entourage, mais ses *chedi* dorés s'élèvent au-dessus, brillant doucement au clair de lune. Carlyle tire sur la manche d'Anderson.

— Ne traîne pas.

Anderson hésite, fouille les ténèbres du rivage.

— Où sont les chemises blanches? Il devrait y en avoir partout.

— Ne t'inquiète pas. Ils n'ont aucune autorité ici.

Il rit à une quelconque farce secrète et passe sous le *saisin* qui longe le haut de la digue.

— Viens.

Il descend en chancelant la digue couverte de décombres, se fraye un passage vers les vagues. Anderson hésite, regarde à gauche et à droite, puis le suit.

Quand ils atteignent le rivage, un bateau à ressort surgit des ténèbres, se dirige vers eux. Anderson est prêt à faire demi-tour, craignant une patrouille de chemises blanches, mais Carlyle murmure:

— C'est un des nôtres.

Ils pataugent dans les vagues et montent à bord. Le bateau pivote vivement et s'éloigne du rivage. Le clair de lune brille sur les ondes comme une couverture d'argent. On n'entend que les vagues frappant la coque et le tic-tac du ressort qui se dévide. Devant eux, une barge les domine, sombre, à l'exception de quelques LED.

Le canot cogne le flanc de la barge. Une échelle de corde descend le long de la coque. Ils grimpent dans la pénombre. Les membres de l'équipage *wai* quand ils montent à bord. Carlyle fait signe à Anderson de rester silencieux pendant qu'on les guide sous le pont. Au bout d'un couloir, des gardes flanquent une porte. Ils crient pour annoncer l'arrivée des *farang,* la porte s'ouvre, révèle un groupe d'hommes autour d'une grande table, qui rient et qui boivent.

Akkarat est l'un d'entre eux. Anderson en reconnaît un autre, un amiral qui s'occupe des bateaux caloriques se rendant à Koh Angrit. Il pense qu'un troisième est un général du Sud. Dans un coin, un homme lisse dans un uniforme noir de l'armée se tient à l'écart et observe. Un autre…

Anderson retient sa respiration.

Carlyle chuchote :

— À terre et montre du respect.

Il est lui-même déjà à genoux en position de *khrab.* Anderson l'imite aussi vite qu'il le peut.

Le Somdet Chaopraya les regarde, impassible, lui montrer leur obéissance.

Akkarat se moque de leur déférence. Il fait le tour de la table et les relève.

— Pas de ces formalités ici, dit-il en souriant. Venez, joignez-vous à nous. Nous ne sommes qu'entre amis.

— En effet. (Le Somdet Chaopraya sourit et lève un verre.) Venez boire avec nous.

Anderson *wai* à nouveau, aussi profondément qu'il le peut. D'après Hock Seng, le Somdet Chaopraya a tué plus de gens que le ministère de l'Environnement n'a abattu de poulets. Avant d'être désigné comme le protecteur de la Reine Enfant, il était général et ses campagnes vers l'est sont l'étoffe brutale des légendes. Si ce n'était l'accident de sa naissance roturière, on dit qu'il aurait songé à supplanter la royauté. En attendant, il domine le trône et tout le monde *khrab* devant lui.

Le cœur d'Anderson bat la chamade. Avec le soutien du Somdet Chaopraya, un changement de gouvernement ou n'importe quoi d'autre est possible. Après des années de recherche et l'échec de la Finlande, une banque de semences est à portée de main. Et, avec cela, l'explication de tous les noctombres, du *ngaw* et des milliers d'autres puzzles génétiques. Cet homme aux yeux durs, qui lève son verre vers lui avec un sourire potentiellement aussi amical que dangereux, détient les clés de tout.

Un serviteur offre du vin à Anderson et Carlyle. Ils se joignent aux hommes attablés.

— Nous étions justement en train de parler de la guerre du charbon, dit Akkarat. Les Vietnamiens ont abandonné Phnom Penh.

— Bonne nouvelle.

La conversation continue, mais Anderson l'écoute à moitié. Il préfère observer furtivement le Somdet Chaopraya. La dernière fois qu'il l'a vu, c'était devant le temple à Phra Seub du ministère de l'Environnement et ils admiraient tous deux la fille automate de la délégation japonaise. Vu de près, l'homme a l'air bien plus âgé que sur les photos qui décorent la ville et le décrivent comme le défenseur loyal de la Reine Enfant. Son visage est veiné par l'alcool, ses yeux sont creusés par la débauche dont la rumeur dit qu'il est friand. Hock Seng prétend que sa réputation de brutalité sur un champ de bataille concerne aussi sa vie privée et que, même si les Thaïs *khrab* devant son effigie, il n'est pas aussi aimé que la Reine Enfant.

Le Somdet Chaopraya lève les yeux et rencontre le regard d'Anderson. Ce dernier pense savoir pourquoi.

Il a rencontré des cadres caloriques de sa trempe. Des hommes ivres de leur pouvoir et de leur influence, de leur capacité à faire plier des nations entières d'une seule menace d'embargo sur le SoyPRO. Un homme dur et brutal. Anderson se demande si la Reine Enfant jouira de l'intégralité de son pouvoir avec cet homme dans les parages. Cela lui paraît improbable.

La conversation autour de la table continue à éviter prudemment la véritable raison de ce rendez-vous de minuit. Ils parlent des récoltes dans le Nord, discutent des problèmes du Mékong maintenant que la Chine a placé de nouveaux barrages à sa source. Ils parlent des nouveaux clippers dont Mishimoto prépare la production.

— Quarante nœuds par vent favorable, annonce Carlyle joyeusement. Avec hydrofoil et quinze cents tonnes de cargaison. Je vais m'en acheter toute une flotte.

Akkarat rit.

— Je croyais que le fret par les airs était l'avenir. Les grands dirigeables.

— Avec ces clippers ? Je suis prêt à parier. Pendant l'Expansion, les options se mélangeaient. Par air ou par la mer. Je ne vois pas pourquoi ce ne serait pas la même chose aujourd'hui.

— La nouvelle Expansion est dans toutes les têtes ces derniers temps. (Le sourire d'Akkarat faiblit. Il regarde le Somdet Chaopraya qui lui fait un signe à peine visible. Le ministre du Commerce continue, s'adresse directement à Anderson.) Certains éléments du Royaume s'opposent au progrès. Des éléments ignorants, bien sûr, mais malheureusement tenaces aussi.

— Si vous avez besoin d'assistance, déclare Anderson, nous serons heureux de vous la fournir.

Un autre silence.

Les yeux d'Akkarat retournent au Somdet Chaopraya. Il s'éclaircit la gorge.

— Il y a des inquiétudes concernant la nature de votre assistance. Votre passé n'invite pas à la confiance.

— C'est un peu comme aller au lit avec un nid de scorpions, suggère le Somdet Chaopraya.

Anderson sourit.

— Il semble que vous soyez déjà encerclés par pas mal de nids. Avec votre permission, certains pourraient disparaître. À notre bénéfice mutuel.

— Le prix que vous en demandez est trop élevé, explique Akkarat.

Anderson garde une voix neutre.

— Nous ne demandons rien d'autre qu'un accès.

— Et cet homme, ce Gibbons.

— Vous avez entendu parler de lui, n'est-ce pas? (Anderson se penche en avant.) Vous savez où il se trouve?

La tablée reste silencieuse. Akkarat jette à nouveau un coup d'œil au Somdet Chaopraya. L'homme hausse les épaules, mais c'est une réponse suffisante pour Anderson. Gibbons est ici. Quelque part dans ce pays. Probablement en ville. Sans doute en train de créer un nouveau succès après le *ngaw*.

— Nous ne demandons pas le pays, commence-t-il. Le royaume thaï n'a rien à voir avec la Birmanie ou l'Inde. Il dispose de sa propre histoire, indépendante. Nous respectons absolument cela.

Les visages des hommes assemblés se ferment.

Anderson jure contre lui-même. *Idiot. Tu parles à leurs peurs*. Il change de tactique.

— Les prévisions sont très intéressantes. Une coopération bénéficierait aux deux parties. Les miens sont prêts à offrir une assistance significative au Royaume si nous arrivons à un accord. Nous pouvons vous aider sur les frontières, avec une sécurité calorique telle qu'on n'en a plus vu depuis l'Expansion. Tout cela peut être à vous. C'est une chance pour nous tous.

Anderson s'arrête. Le général hoche la tête. L'amiral fronce les sourcils. Akkarat et le Somdet Chaopraya restent impassibles. Il ne peut vraiment pas lire leurs visages.

— Excusez-nous un instant, s'il vous plaît, déclare Akkarat.

Ce n'est pas une requête. Anderson et Carlyle sortent et se retrouvent dans la coursive, entourés de quatre gardes.

Carlyle fixe le sol des yeux.

— Je ne crois pas qu'ils soient convaincus. Vois-tu une raison pour laquelle ils ne nous feraient pas confiance ?

— J'ai, prêts à atterrir, des armes et de l'argent pour graisser les pattes. S'ils peuvent ouvrir les négociations avec les généraux de Pracha, je peux les acheter et les équiper. Où est le risque ? (Anderson secoue la tête, irrité.) Ils devraient sauter sur l'occasion. C'est la meilleure offre que nous ayons jamais proposée.

— Ce n'est pas l'offre. C'est toi. Toi et AgriGen et toute votre foutue histoire. S'ils te font confiance, ça pourrait marcher, sinon…

Carlyle hausse les épaules.

La porte s'ouvre, on les invite à entrer. Akkarat annonce :

— Merci beaucoup pour votre temps. Nous allons réfléchir à votre proposition, j'en suis persuadé.

Carlyle s'affaisse, déçu par ce refus poli. Le Somdet Chaopraya sourit légèrement. Il est peut-être content de gifler les *farang*. D'autres mots polis sont échangés, mais Anderson ne les entend qu'à peine. Un rejet. Il est si proche qu'il sent déjà le goût du *ngaw* et, pourtant, ils dressent des barrières. Il doit y avoir un moyen de rouvrir la discussion. Il fixe le Somdet Chaopraya des yeux. Il a besoin d'un levier. Quelque chose pour se sortir de l'impasse.

Anderson retient un éclat de rire. Dans son esprit, les pièces se mettent en place. Carlyle marmonne toujours sa déception, mais Anderson se contente de sourire, il *wai*, cherchant un moyen de rester. Un moyen de poursuivre la conversation.

— Je comprends parfaitement vos inquiétudes. Peut-être pourrions-nous discuter de quelque chose de différent. Un projet d'amitié, par exemple. Quelque chose de moindre importance.

L'amiral grimace.

— Nous ne voulons rien de vous.

— S'il vous plaît, ne nous précipitons pas. Notre offre était de bonne foi. Et, en ce qui concerne cet autre projet, si vous changez d'avis à propos de notre assistance, que cela se produise dans une semaine, dans un an, dans dix ans, vous pourrez toujours compter sur notre soutien.

— Un bien joli discours, intervient Akkarat. (Il sourit mais lance un regard aiguisé vers l'amiral.) Je suis sûr que personne ne se sent lésé ici. Restez au moins pour un dernier verre, s'il vous plaît. Nous vous avons demandé de venir jusqu'ici, il n'y a aucune raison pour que nous ne nous séparions pas en amis.

Le jeu continue donc. Anderson sent une bouffée de soulagement.

— Exactement notre sentiment.

Rapidement, l'alcool coule à flots et Carlyle promet d'importer une cargaison de safran d'Inde dès que l'embargo sera levé. Akkarat raconte l'histoire d'un chemise blanche qui tente de prendre trois bakchichs de trois étals différents et qui perd systématiquement le compte. Pendant ce temps, Anderson regarde le Somdet Chaopraya, attend une ouverture.

Lorsque l'homme va à la fenêtre regarder l'eau, Anderson le rejoint.

— Quel dommage que votre proposition n'ait pas été acceptée, déclare l'homme le plus puissant de Thaïlande.

Anderson hausse les épaules.

— Je suis déjà content de m'en sortir vivant. Il y a quelques années, j'aurais été écartelé par des mastodontes simplement pour avoir tenté de vous rencontrer.

Le Somdet Chaopraya rit.

— Vous êtes bien sûr que nous allons vous laisser partir!

— Assez. Ce n'est pas un mauvais pari. Akkarat et vous êtes honorables, même si nous ne sommes

426

pas toujours d'accord. Je ne considère pas que ce pari soit particulièrement risqué.

— Non ? La moitié des gens présents ici ont suggéré de vous jeter aux carpes ce soir. (Il s'interrompt pour regarder Anderson de ses yeux durs et creusés.) On n'en est pas passé loin.

Anderson se force à sourire.

— Dois-je comprendre que vous n'étiez pas d'accord avec votre amiral ?

— Pas ce soir.

Anderson *wai*.

— Alors je vous en suis reconnaissant.

— Ne me remerciez pas si vite. Je peux encore décider de vous faire tuer. Vos semblables ont une très mauvaise réputation.

— Me laisseriez-vous au moins la possibilité de marchander ma vie ? demande ironiquement Anderson.

Le Somdet Chaopraya hausse les épaules.

— Ça ne vous servirait à rien. Votre vie est la chose la plus intéressante que je pourrais vous prendre.

— Je devrais alors vous offrir quelque chose d'unique.

Les yeux de l'homme se tournent vers Anderson.

— Impossible.

— Pas du tout, réplique Anderson. Je peux vous offrir quelque chose que vous n'avez jamais vu. Je pourrais même le faire ce soir. Quelque chose d'exquis. Ce n'est pas pour les prudes, mais c'est extraordinaire et unique. Cela vous empêcherait-il de me jeter aux carpes ?

Le Somdet Chaopraya lui dédie un regard contrarié.

— Il n'y a rien que vous puissiez me montrer que je n'aie déjà vu.

— Seriez-vous prêt à parier?

— Vous jouez toujours, *farang*? (L'homme éclate de rire.) N'avez-vous pas déjà pris suffisamment de risques ce soir?

— Pas du tout. J'essaie seulement de m'assurer que mes membres restent en place. Ce n'est pas vraiment un risque, vu ce que j'ai à perdre. (Il rencontre le regard du Somdet Chaopraya.) Mais je suis prêt à parier. Et vous?

L'homme le plus puissant de Thaïlande lui décoche un regard dur et appelle ses hommes.

— Notre homme des calories est joueur! Il prétend qu'il peut me montrer quelque chose que je n'ai jamais vu. Que pensez-vous de ça?

Ses hommes rient.

— Le sort semble être contre vous, observe le Somdet Chaopraya.

— Pourtant, je pense que c'est un bon pari, et je suis prêt à y investir de l'argent.

— De l'argent? (L'homme fait la grimace.) Je croyais que nous parlions de votre vie.

— Et que pensez-vous des plans de mon usine de piles-AR?

— Je pourrais me contenter de les prendre, si je le voulais. (Le Somdet Chaopraya claque des doigts, mécontent.) Juste comme ça.

— Très bien. (Anderson grimace. *C'est tout ou rien.*) Et si je vous offrais à vous et à votre Royaume la prochaine génération de riz U-Tex de ma compagnie? Cela en vaudrait-il la peine? Et pas seulement le riz, mais les semences avant qu'on les rende stériles. Votre peuple pourrait le semer et le resemer tant qu'il est résistant contre la rouille vésiculeuse. Ma vie ne doit pas valoir plus que ça.

La pièce reste silencieuse. Le Somdet Chaopraya l'observe.

— Et pour équilibrer ce risque? Que désirez-vous si vous gagnez?

— Je veux lancer le projet politique dont nous avons parlé plus tôt. Selon les mêmes conditions que celles que nous avons proposées. Des termes dont nous savons tous les deux qu'ils vous sont totalement favorables à vous et au Royaume.

Les yeux du Somdet Chaopraya s'étrécissent.

— Vous êtes tenace. Et qu'est-ce qui vous empêche de nous refuser le U-Tex si vous perdez?

Anderson sourit et désigne Carlyle.

— J'imagine que vous nous feriez écarteler par vos mastodontes, M. Carlyle et moi, si nous ne vous payions pas comme prévu. Cela serait-il satisfaisant?

Carlyle rit, sa voix est teintée d'hystérie.

— Qu'est-ce que c'est que ce pari?

Anderson ne détourne pas les yeux du Somdet Chaopraya.

— Le seul qui ait de l'importance. Je suis convaincu que son Excellence sera honnête avec moi si je parviens à le surprendre. Et nous nous placerons entre ses mains pour garantir cette confiance. C'est un pari tout à fait raisonnable. Nous sommes des hommes honorables.

Le Somdet Chaopraya sourit.

— J'accepte votre pari. (Il rit et frappe Anderson dans le dos.) Surprenez-moi, *farang*. Et bonne chance. Vous voir écartelé serait un plaisir.

Ils forment un drôle de groupe lorsqu'ils traversent la ville. La suite du Somdet Chaopraya leur ouvre tous les barrages et leur offre les exclamations des hommes de l'Environnement quand ils réalisent qui ils ont essayé d'arrêter.

Carlyle essuie son front avec un mouchoir.

— Seigneur! Tu es complètement fou. Je n'aurais jamais dû accepter de te présenter.

Maintenant que le pari est pris et que le défi est bien défini, Anderson est enclin à être d'accord. L'offre du riz U-Tex est un véritable risque. Même si ses patrons soutenaient le pari, les financiers s'y opposeraient. Un homme des calories est beaucoup plus facilement remplaçable qu'une semence fertile. Et si les Thaïs commençaient à exporter le riz, cela se répercuterait sur leurs profits pendant des années.

— Tout va bien, marmonne-t-il. Fais-moi confiance.

— Te faire confiance? (Les mains de Carlyle tremblent.) Te faire confiance pour me retrouver sous les pattes des mastodontes? (Il regarde autour de lui.) Je devrais m'enfuir.

— Ne fais pas ça. Le Somdet Chaopraya a donné des instructions à ses gardes. Si nous reculons maintenant... (Il tourne la tête vers les hommes dans le rickshaw derrière eux.) Ils te tueront dès que tu auras commencé à courir.

Quelques minutes plus tard, des tours familières s'élèvent devant eux.

— Le Ploenchit? demande Carlyle. Jésus et Noé! Tu amènes sérieusement le Somdet Chaopraya là-bas?

— Calme-toi. C'est toi qui m'en as donné l'idée.

Anderson descend de son rickshaw. Le Somdet Chaopraya et sa suite attendent devant l'entrée.

L'homme le plus puissant de Thaïlande lui adresse un regard de pitié.

— C'est le mieux que vous puissiez faire? Des filles? Du sexe?

Il secoue la tête.

— Ne jugez pas trop vite. (Anderson leur fait signe d'entrer.) S'il vous plaît. Je suis désolé que nous ayons à monter l'escalier. L'endroit n'est pas à votre mesure, mais je vous assure que l'expérience en vaut la peine.

Le Somdet Chaopraya hausse les épaules et laisse Anderson les guider. Ses gardes s'approchent dans la pénombre, nerveux. Les drogués et les putains dans l'escalier aperçoivent le Somdet Chaopraya et s'effondrent en *khrab* paniqués. L'annonce de leur arrivée remonte la cage d'escalier. Les gardes courent à l'avant, fouillent les ténèbres.

Les portes du Sol s'ouvrent. Les filles tombent à genoux. Le Somdet Chaopraya regarde autour de lui avec dégoût.

— Est-ce un endroit que les *farang* fréquentent?

— Comme je l'ai dit, ce n'est pas le meilleur endroit. J'en suis contrit. (Anderson lui fait signe.) C'est par ici.

Il traverse la pièce, ouvre le rideau et révèle la salle de spectacle.

Emiko est allongée sur scène, Kannika agenouillée sur elle. Les hommes se rassemblent autour de Kannika qui fait la démonstration des mouvements typiques de la fille automate. Son corps se tord et sursaute dans la lumière des vers luisants. Le Somdet Chaopraya s'immobilise et la fixe du regard.

— Je croyais qu'il n'y avait que les Japonais qui en possédaient, murmure-t-il.

CHAPITRE 28

— Nous en avons trouvé un autre.

Kanya sursaute. C'est Pai, sur le seuil. Kanya se frotte le visage. Elle était assise à son bureau, tentait d'écrire un nouveau rapport et attendait des nouvelles de Ratana. Maintenant, il y a de la bave sur le dos de sa main et de l'encre partout. Endormie. Elle rêvait de Jaidee qui se contentait de rester assis et de se moquer de ses justifications.

— Vous dormiez ? demande Pai.

Kanya se frotte le visage.

— Quelle heure est-il ?

— La deuxième heure du matin. Le soleil est levé depuis un moment.

Pai attend patiemment qu'elle reprenne ses esprits, c'est un homme au visage troué de cicatrices qui devrait être son supérieur, mais que Kanya a devancé. Il fait partie de la vieille garde. Un de ceux qui idolâtraient Jaidee et ses manières et qui se souviennent du ministère de l'Environnement quand il était respecté. Un homme bien. Un homme dont tous les pots-de-vin sont connus de Kanya. Pai est peut-être corrompu, mais elle sait qui le paie et donc lui fait confiance.

— Nous en avons trouvé un autre, répète-t-il.

Kanya se redresse.

— Qui d'autre le sait ?

Pai secoue la tête.

— Tu l'as annoncé à Ratana?

Il hoche la tête.

— Ce n'était pas étiqueté comme une mort suspecte. Il nous a fallu du temps pour le trouver. C'est comme chercher un vairon d'argent dans un champ de riz.

— Pas même étiqueté? (Kanya aspire de l'air, laisse échapper un sifflement d'irritation.) Ils sont tous incompétents. Personne ne se souvient de la précédente. Ils oublient si vite.

Pai hoche vigoureusement la tête, il écoute son capitaine pester. Les trous sur son visage la fixent. Une autre maladie encore. Kanya ne sait plus s'il s'agit des charançons transpiratés ou d'une variante de bactérie *phii*. Pai se contente de dire :

— Ça en fait deux, alors?

— Trois. (Kanya s'interrompt une seconde.) Un nom? Cet homme avait un nom?

Pai secoue la tête.

— Ils ont été prudents.

Kanya hoche amèrement la tête.

— Je veux que tu fasses le tour des districts pour voir si quelqu'un a déclaré une disparition. Trois personnes ont disparu. Prends des photos.

Pai hausse les épaules.

— Tu as une meilleure idée?

— Peut-être que le service scientifique trouvera quelque chose pour les relier, suggère-t-il.

— Oui. Très bien. Fais ça aussi. Où est Ratana?

— Elle a envoyé le corps au puits. Elle a demandé à vous rencontrer.

Kanya grimace.

— Bien sûr.

Elle met de l'ordre dans ses papiers et laisse Pai à ses recherches futiles.

En quittant le bâtiment administratif, elle se demande ce que Jaidee ferait dans cette situation. Il avait l'inspiration facile. Jaidee s'arrêterait au milieu de la route, soudain frappé d'illumination, et ils seraient immédiatement en mouvement, courant toute la ville à la recherche de la source de contamination et, inévitablement, il aurait vu juste. Kanya est malade à l'idée que le Royaume dépende d'elle.

Je suis corrompue, pense-t-elle. *Je suis corrompue. On m'a achetée.*

Quand elle est arrivée au ministère de l'Environnement pour la première fois, taupe d'Akkarat, elle a été surprise de découvrir que les petits privilèges du ministère étaient toujours suffisants. La prise hebdomadaire d'étals de rue qui brûlaient autre chose que du méthane légal et cher. Le plaisir d'une patrouille de nuit passée à bien dormir. C'était une existence facile. Même avec Jaidee, c'était facile. Maintenant, par malchance, elle doit travailler et son travail est crucial, et cela fait si longtemps qu'elle a deux maîtres qu'elle ne se souvient plus lequel est le plus important.

Quelqu'un d'autre aurait dû te remplacer, Jaidee. Quelqu'un de valable. Le Royaume tombe parce que nous sommes faibles. Nous ne sommes pas vertueux, nous ne suivons pas le chemin à huit branches et les maladies reviennent.

Et elle est celle qui doit s'interposer. Comme Phra Seub, mais sans la force ni la moralité.

Elle traverse les cours, hoche la tête en croisant d'autres officiers, fronce les sourcils.

Jaidee, qu'y a-t-il dans ton kamma *qui m'a placée à tes côtés pour te seconder ? Qui a placé ta vie entre mes mains infidèles ? Quel fou a fait cela ? Était-ce Phii Oun, l'esprit farceur cheshire, si heureux de voir plus de charognes dans ce monde ? Heureux de voir nos cadavres s'entasser ?*

Des hommes portant des masques saluent en la voyant ouvrir les portes du crématorium. On lui donne un masque, mais elle le laisse pendre autour de son cou. Il n'est pas bon qu'un officier montre sa peur et elle sait que le masque ne la protégera pas. Elle a davantage foi dans une amulette de Phra Seub.

Le champ de puits s'étale devant elle, de grands trous creusés dans la terre rouge, alignés pour échapper aux infiltrations de l'eau, si proche en dessous. Une terre humide dont la surface cuit pourtant au soleil. La saison sèche n'en finit jamais. La mousson viendra-t-elle un jour cette année ? Les sauvera-t-elle ou les noiera-t-elle ? Certains joueurs ne parient que sur ça, changent les cotes tous les jours. Avec un climat aussi altéré, même les modèles du ministère de l'Environnement sont incapables de prévoir la mousson d'une année sur l'autre.

Ratana se tient au bord d'un trou. Une fumée huileuse s'échappe des corps en combustion qu'il recèle. Dans le ciel, quelques corbeaux et vautours volent en cercle. Un chien rôde le long des murs, à la recherche de restes.

— Comment est-il entré ? demande Kanya.

Ratana lève les yeux et aperçoit le chien.

— La nature trouve toujours un moyen, observe-t-elle sombrement. Si nous laissons de la nourriture, elle viendra la chercher.

— Tu as trouvé un autre corps?

— Les mêmes symptômes.

Ratana a les épaules tombantes. En dessous, le feu crépite. Un vautour vole bas. Un officier en uniforme tire et l'explosion propulse le vautour vers le haut. Il vole en cercle. Ratana ferme brièvement les yeux. Des larmes menacent. Elle secoue la tête, semble se cuirasser. Kanya la regarde tristement, se demande si l'une d'entre elles sera encore vivante après cette nouvelle épidémie.

— Nous devrions prévenir tout le monde, déclare Ratana. Informer le général Pracha. Et le Palais aussi.

— Tu es sûre maintenant?

Ratana soupire.

— Il était dans un autre hôpital. De l'autre côté de la ville. Une clinique de rue. Ils ont diagnostiqué une overdose de bâtonnets de *yaba*. Pai l'a trouvé par accident. Une conversation ordinaire sur le chemin de Bangkok Mercy pour chercher des preuves.

— Par accident. (Kanya secoue la tête.) Il ne m'a pas dit ça. Combien peut-il y en avoir? Des centaines déjà? Des milliers?

— Je l'ignore. La seule bonne nouvelle, c'est que nous n'avons découvert aucun signe qu'ils soient contagieux.

— Jusqu'à présent.

— Tu dois demander conseil à Gi Bu Sen. Il est le seul à savoir de quel genre de monstre il s'agit. Ce sont ses enfants qui viennent nous tourmenter. Il les reconnaîtra. Je fais préparer de nouveaux échantillons. Avec les trois, il saura.

— Il n'y a pas d'autre solution?

— La seule alternative est de mettre la ville en quarantaine. Il y aurait des émeutes et plus rien à sauver.

Les rizières s'étendent dans toutes les directions, vert émeraude, scintillantes comme des néons dans le soleil tropical. Kanya est dans la cuvette de Krung Thep depuis si longtemps que c'est un soulagement pour elle de voir ce monde fertile. Cela lui permet d'espérer. Que les pousses de riz ne vont pas rougir à cause d'une nouvelle variante de rouille vésiculeuse. Que des spores transgéniques ne vont pas flotter depuis la Birmanie pour s'enraciner. Les champs inondés produisent toujours, les digues tiennent toujours, et les pompes de Sa Royale Majesté le roi Rama XII déplacent toujours l'eau.

Des fermiers tatoués *wai* sur le passage du vélo de Kanya. Selon les cachets sur leurs bras, la plupart ont déjà rempli leurs corvées pour l'année. Quelques autres sont marqués pour le début de la saison des pluies, quand on leur demandera de venir à la ville et de préparer les digues pour le déluge. Kanya a encore les tatouages de l'époque où elle vivait à la campagne, avant que les agents d'Akkarat ne lui demandent de creuser son trou au cœur même du ministère de l'Environnement.

Après une heure de pédalage régulier sur les chaussées surélevées, le complexe apparaît. D'abord les câbles. Puis les hommes avec leurs chiens. Puis les murs couverts d'éclats de verre, les barbelés aiguisés comme des rasoirs et les hautes piques des bambous. Kanya reste sur la route, évite les ornières. Officiellement, ce n'est que la maison d'un homme riche, perchée sur une colline artificielle de béton et de débris de tours de l'Expansion.

Vu les pertes humaines du siècle dernier, c'est impressionnant de voir des hommes concentrés sur quelque chose d'aussi stupide – quand les digues ont besoin de réparations, qu'il faut retourner les champs et que les guerres ont besoin d'hommes – qu'un homme capable d'en réquisitionner d'autres pour lui construire une colline. La retraite d'un homme riche. Autrefois, c'était celle de Rama XII et elle appartient toujours au Palais. Depuis un dirigeable, ça n'a l'air de rien. Ce n'est qu'un autre complexe. Une extravagance pour un membre de la famille royale. Pourtant un mur est un mur, une fosse à tigres reste une fosse à tigres, et les hommes avec les chiens regardent des deux côtés.

Kanya montre ses papiers aux gardes tandis que les mastiffs grognent et tirent sur leurs chaînes. Les bêtes sont plus grandes que n'importe quel chien naturel. Ce sont des automates. Affamés et tueurs, parfaitement conçus pour leur travail. Ils pèsent deux fois son poids, tout en muscles et en crocs. Les horreurs nées de l'imagination de Gi Bu Sen.

Les gardes décodent les inscriptions avec leurs déchiffreurs à remontoir. Ils portent la livrée noire des gardes de la Reine, ils sont effrayants d'efficacité et de sérieux. Finalement, ils la laissent passer devant les chiens qui montrent les crocs. Kanya pédale vers le portail, les poils de sa nuque dressés à l'idée qu'elle ne pourra jamais aller plus vite que ces chiens.

Devant le portail, de nouveaux gardes confirment son passe avant de la guider jusqu'à une terrasse carrelée et une piscine qui ressemble à un bijou bleu.

Un trio de ladyboys s'agite et sourit de l'endroit où ils se reposent, allongés à l'ombre d'un bananier. Kanya leur sourit en retour. Ils sont beaux. Et s'ils aiment un *farang*, ils sont simplement idiots.

— Je m'appelle Kip, annonce l'un d'entre eux. Le docteur se fait masser. (Elle/il désigne l'eau bleue.) Vous pouvez l'attendre à côté de la piscine.

L'odeur de l'océan est forte. Kanya marche jusqu'au bord de la terrasse. Sous elle, les vagues vont et viennent, blanches sur le sable de la plage. Une brise la frappe, propre, fraîche et extraordinairement optimiste après la puanteur claustrophobe de Bangkok derrière ses digues.

Elle inspire profondément, profite du sel et du vent. Un papillon se pose sur la balustrade de la terrasse. Il ferme ses ailes de joyau. Les ouvre doucement. Les replie encore et encore, brillant, cobalt, or et noir.

Kanya l'observe, fascinée par sa beauté, par cette preuve tapageuse d'un monde au-delà du sien. Elle se demande quelles faims l'ont poussé à voler vers ce manoir bizarre et son étrange prisonnier *farang*. De toutes les beautés, celle-ci ne peut pas être réfutée. La nature a travaillé avec frénésie.

Kanya se penche sur lui et l'observe. Une main maladroite pourrait le faire tomber et l'écraser sans même se rendre compte de ce qu'elle détruit.

Elle tend un doigt prudent. Le papillon sursaute mais se laisse attraper, marche sur sa paume. Il est venu de loin. Il doit être fatigué. Aussi fatigué qu'elle. Il a traversé les continents. Il a volé au-dessus des hautes steppes et des jungles émeraude avant de se poser ici, au milieu des hibiscus, pour que Kanya puisse le tenir dans sa main et apprécier sa beauté. Quel long voyage.

Kanya referme la main sur son bruissement. Elle l'ouvre et voit la poussière tomber sur le carrelage. Des fragments d'ailes et un corps écrasé. C'est un pollinisateur artificiel, créé sans doute dans un laboratoire de PurCal.

Les automates n'ont pas d'âme. Mais ils sont beaux.

Une grande éclaboussure derrière elle la surprend. Kip porte un maillot de bain à présent. Elle/il se glisse sous l'eau, reparaît, repousse ses longs cheveux noirs, sourit avant de se retourner et de commencer une autre longueur. Kanya la/le regarde nager un crawl gracieux de maillot bleu sur membres bruns. Une jolie fille. Une agréable créature à admirer.

Finalement, le démon arrive au bord de la piscine dans son fauteuil roulant. Il est dans un état bien pire que la dernière fois qu'elle l'a vu. Des cicatrices de *fa'gan* marquent sa gorge et s'enroulent dans son oreille. Une infection opportuniste qu'il a combattue malgré le pronostic du médecin. Son fauteuil est poussé par un assistant. Une mince couverture recouvre ses jambes trop fines.

Sa maladie progresse donc vraiment. Longtemps, Kanya a pensé que ce n'était qu'un mythe, mais elle est bien visible. L'homme est laid. Horrible à cause de sa maladie et de son intensité bouillonnante. Kanya frémit. Elle sera contente quand le démon partira enfin vers sa prochaine vie. Quand il deviendra un cadavre qu'on pourra brûler en quarantaine. Jusque-là, elle espère que les médicaments contien-

dront la contagion. C'est un vieil homme velu et gro-
gnon avec de gros sourcils, un gros nez et d'épaisses
lèvres qui s'étirent en un sourire de hyène quand il
aperçoit Kanya.

— Ah ! Ma gardienne.

— À peine.

Gibbons regarde Kip nager.

— Ce n'est pas parce que vous me donnez des
jolies filles avec de jolies bouches que je ne suis
pas prisonnier. (Il lève les yeux.) Alors, Kanya, je ne
vous ai pas vue depuis longtemps. Où est votre seigneur et maître si rigide ? Mon gardien préféré ? Où
est passé le guerrier Jaidee ? Je ne traite pas avec
les subordonnés. (Il s'interrompt, aperçoit le col et le
rang de Kanya. Ses yeux s'étrécissent.) Ah ! Je vois.
(Il se penche en arrière, l'observe.) Ce n'était qu'une
question de temps avant que quelqu'un s'en débarrasse. Félicitations pour votre promotion, capitaine.

Kanya s'efforce de rester impassible. Lors de ses
visites précédentes, c'était toujours Jaidee qui trai-
tait avec le diable. Ils allaient dans ses bureaux et
laissaient Kanya attendre au bord de la piscine avec
les créatures que le docteur avait choisies pour son
plaisir. Quand Jaidee revenait, il restait toujours
silencieux.

À une occasion, alors qu'ils quittaient le complexe,
Jaidee avait failli parler, avait failli révéler ce qui
tournait dans sa tête. Il avait ouvert la bouche et dit :

« Mais… »

Une protestation qui n'avait pas eu de suite, morte
sitôt qu'elle avait franchi ses lèvres.

Kanya avait eu l'impression qu'il continuait une
conversation, une bataille verbale, comme une partie
de *takraw*. Une guerre de mots, volant et faisant des

ricochets sur le terrain qu'était le crâne de Jaidee. À un autre moment, Jaidee avait simplement quitté le complexe en fronçant les sourcils et ces quelques mots :

« Il est bien trop dangereux pour nous. »

Kanya avait répondu, troublée :

« Mais il ne travaille plus pour AgriGen. »

Jaidee l'avait regardée, surpris, réalisant qu'il avait parlé à haute voix.

Le docteur était légendaire. Un démon pour effrayer les enfants. Quand Kanya l'avait rencontré pour la première fois, elle s'attendait à ce que l'homme soit enchaîné et non en train de manger tranquillement une papaye de Koh Angrit, heureux et souriant, le jus du fruit coulant sur son menton.

Kanya n'avait jamais été sûre que c'était le sens de la responsabilité ou une autre force étrange qui avaient amené le docteur au Royaume. Si c'était l'appât des ladyboys et sa mort prochaine qui avaient causé sa défection. Si une dispute avec ses collègues l'avait poussé à émigrer. Le docteur ne semblait pas avoir le moindre regret. Aucune inquiétude concernant les dommages qu'il avait infligés au monde. Il s'amusait d'avoir déjoué Ravisa et Domingo. D'avoir détruit dix ans de travail du Dr Michael Ping.

Un cheshire traverse le patio, brisant les courants de pensée de Kanya. Il bondit sur les genoux du docteur. Kanya fait un pas en arrière, dégoûtée, tandis que l'homme gratte le chat derrière les oreilles. Il mue, ses pattes et son corps changent de couleur, prennent celles de la couverture du vieil homme.

Le docteur sourit.

— Ne vous accrochez pas trop à ce qui est naturel, capitaine. Tenez, regardez. (Il se penche vers le cheshire en roucoulant. Le chat cesse de changer et se tourne vers son visage en miaulant. Son pelage écaille-de-tortue scintille. Il lèche doucement le menton du vieillard.) Un petit animal affamé. C'est une bonne chose. S'il a suffisamment faim, il nous succédera totalement, à moins que nous ne concevions un meilleur prédateur. Quelque chose qui ait envie de le manger, à son tour.

— Nous avons fait des analyses à ce propos, explique Kanya. La chaîne alimentaire se contente de se défaire de manière plus complète. Un autre super-prédateur ne résoudra pas les dommages existants.

Gibbons renifle.

— L'écosystème se défait depuis que l'homme a commencé à voyager sur la mer. Quand nous avons allumé les premiers feux dans les grandes savanes d'Afrique. Nous n'avons fait qu'accélérer le phénomène. La chaîne alimentaire dont vous parlez n'est que nostalgie, rien de plus. La nature. (Il fait une grimace de dégoût.) Nous faisons *partie* de la nature. Chacun de nos gestes fait partie de la nature, chacune de nos luttes biologiques. Nous sommes ce que nous sommes et le monde nous appartient. Nous en sommes les dieux. Votre seule difficulté est votre refus de déchaîner votre potentiel réel.

— Comme AgriGen? Comme U-Texas? Comme RedStar et HiGro? (Kanya secoue la tête.) Combien d'entre nous sont morts à cause de leur potentiel déchaîné? Vos maîtres caloriques nous ont montré ce que ça donnait. Les gens en sont morts.

— Tout le monde meurt. (Le docteur a un geste d'impatience.) Mais on meurt maintenant parce qu'on s'accroche au passé. Nous devrions tous être des automates. Il est plus facile de concevoir une personne résistant à la rouille vésiculeuse que de protéger une version plus ancienne de la créature humaine. Dans une génération, nous pourrions être parfaitement en adéquation avec notre nouvel environnement. Vos enfants pourraient en être les bénéficiaires. Pourtant, vous refusez de vous adapter. Vous vous accrochez à une idée de l'humanité qui aurait évolué avec votre environnement pendant des millénaires, pourtant vous refusez aujourd'hui ce même environnement.

» La rouille vésiculeuse est notre environnement. La cibiscose. Le charançon transpiraté. Les cheshires. Ils se sont adaptés. Chicanez tant que vous voulez sur leur évolution, qu'elle soit naturelle ou non. Si nous souhaitons rester en haut de la chaîne alimentaire, nous devrons évoluer. Ou nous refuserons et finirons comme les dinosaures et le *Felis domesticus*. Évoluer ou mourir. C'est depuis toujours le principe de la nature. Pourtant, vos chemises blanches tentent de se mettre sur le chemin du changement inévitable. (Il se penche en avant.) Parfois, j'ai envie de vous secouer. Si vous l'acceptiez, je pourrais être votre dieu et vous transformer pour l'Éden qui nous appelle.

— Je suis bouddhiste.

— Et nous savons tous que les automates n'ont pas d'âme. (Gibbons sourit.) Pas de renaissance pour eux. Ils devront se trouver leurs propres dieux pour les protéger. Leurs propres dieux pour prier pour leurs morts. (Son sourire s'élargit.) Peut-être serai-je celui-là, et vos enfants automates me prieront pour leur sauvegarde. (Ses yeux brillent.) J'aimerais un peu plus de fidèles, je dois l'admettre. Jaidee était comme vous. Toujours à douter. Pas aussi terrible que les grahamites, mais pas particulièrement satisfaisant pour un dieu.

Kanya grimace.

— Quand vous mourrez, nous brûlerons votre corps et nous enterrerons vos cendres sous du chlore et de la chaux, personne ne se souviendra de vous.

Le docteur hausse les épaules.

— Tous les dieux doivent souffrir. (Il s'appuie contre le dossier de son fauteuil, sourit sournoisement.) Alors, vous souhaitez me brûler maintenant ? Ou préférez-vous vous prosterner devant moi et adorer une fois de plus mon intelligence ?

Kanya cache son dégoût, sort la liasse de papiers et la lui tend. Le docteur la prend mais ne fait rien d'autre. Ne l'ouvre pas. La regarde à peine.

— Oui ?

— Tout est là-dedans.

— Vous ne vous êtes pas encore agenouillée. Vous montrez plus de respect à votre père, j'en suis sûr. Aux piliers de la ville, certainement.

— Mon père est mort.

— Et Bangkok va se noyer. Cela ne veut pas dire que vous ne devez pas me montrer du respect.

Kanya lutte contre le désir de sortir sa matraque pour le frapper.

Gibbons sourit de sa résistance.

— Devrions-nous bavarder d'abord ? Jaidee aimait bavarder. Non ? Je peux voir à votre expression que vous me méprisez. Vous me prenez pour un meurtrier, peut-être ? Un assassin d'enfants ? Vous refusez de partager le pain avec un être tel que moi ?

— Vous *êtes* un meurtrier.

— Votre meurtrier. Votre outil. Qu'est-ce que cela fait de vous ?

Il la regarde, amusé. Kanya a l'impression que l'homme la dissèque des yeux, ouvre son corps et en extrait chaque organe pour les observer un à un : les poumons, l'estomac, le foie, le cœur…

Gibbons sourit.

— Vous voulez ma mort. (Son sourire s'élargit sur son visage pâle et abîmé, ses yeux sont fous, intenses.) Vous devriez m'abattre si vous me haïssez à ce point. (Comme Kanya ne réagit pas, il lève les bras de dégoût.) Merde, vous êtes tous si timorés ! Kip est la seule d'entre vous qui ait de la valeur. (Il tourne son regard vers la ladyboy qui nage, la regarde, fasciné un instant.) Allez-y, tuez-moi. Je serais heureux de mourir. Je ne suis vivant que parce que vous m'y contraignez.

— Plus pour très longtemps.

Le docteur regarde ses jambes paralysées et rit.

— Non, plus pour très longtemps. Et alors, que ferez-vous quand AgriGen et les autres lanceront un nouvel assaut ? Quand les spores viendront de Birmanie ? Quand elles apparaîtront sur les plages, en provenance d'Inde ? Allez-vous mourir de faim comme l'ont fait les Indiens ? Votre chair pourrira-t-elle comme celle des Birmans ? Votre pays ne reste en avance sur les épidémies que grâce à moi et à mon esprit pourrissant. (Il désigne ses jambes d'un grand geste.) Allez-vous pourrir avec moi ? (Il écarte la couverture et montre les plaies et les croûtes sur ses jambes maigres, pâles de la perte de sang et zébrées de chair suppurante.) Voulez-vous mourir comme ça ?

Il sourit férocement.

Kanya détourne les yeux.

— Vous le méritez. C'est votre *kamma*. Votre mort sera douloureuse.

— Karma? Vous avez dit karma? (Le docteur se penche en avant, ses yeux bruns roulent, sa langue pend.) Et quel genre de karma lie votre pays tout entier à moi, à mon corps brisé et pourrissant? Quel genre de karma vous force à me maintenir, moi, vivant? (Il sourit.) Je pense beaucoup à votre karma. Peut-être est-ce votre fierté, votre hubris qui vous punit, qui vous force à laper les semences dans ma main. Ou peut-être êtes-vous le véhicule de mon illumination et de mon salut. Qui sait? Peut-être vais-je renaître à la droite de votre Bouddha grâce aux gentillesses que je vous offre.

— Ça ne fonctionne pas comme ça.

Le docteur hausse les épaules.

— Je m'en fous. Donnez-moi juste une autre Kip à baiser. Envoyez-moi une autre de vos âmes perdues. Envoyez-moi une automate. Je m'en fous. Je prendrai la chair que vous m'offrirez. Simplement, ne me dérangez pas. Je ne me soucie plus de votre pays pourrissant.

Il jette les papiers dans la piscine. Ils s'égaillent dans l'eau. Kanya déglutit, horrifiée et manque plonger derrière eux avant de se verrouiller et de se forcer à reculer. Elle ne permettra pas à Gibbons de la provoquer. C'est la manière des hommes des calories. Toujours manipuler. Toujours tester. Elle se force à détourner les yeux des documents qui se trempent lentement dans la piscine et le regarde.

Gibbons sourit.

— Eh bien? Allez-vous plonger pour les récupérer? (Il fait signe à Kip.) Ma petite nymphe vous

447

aidera. J'adorerais vous regarder, deux petites nymphes s'amuser dans l'eau.

Kanya secoue la tête.

— Sortez-les vous-même.

— J'adore quand quelqu'un d'intègre comme vous vient me voir. Une femme de convictions. (Il se penche en avant, les yeux étrécis) Quelqu'un qui possède les vraies qualifications pour juger de mon travail.

— Vous avez été meurtrier.

— J'ai fait avancer mon domaine. Ce qu'ils faisaient de mes recherches n'était pas mon problème. Vous avez un pistolet-AR. Ce n'est pas la faute du fabricant si vous n'êtes pas toujours digne de confiance, si vous pouvez à tout moment abattre la mauvaise personne. Si les gens les utilisent pour leurs propres besoins, c'est leur karma, pas le mien.

— AgriGen vous a bien payé pour le penser.

— AgriGen m'a bien payé pour faire sa fortune. Mes pensées m'appartiennent. (Il étudie Kanya.) J'imagine que vous avez la conscience tranquille. Vous êtes un de ces officiers droits du ministère. Aussi pure que votre uniforme. Aussi propre qu'un stérilisateur peut vous transformer. (Il se penche en avant.) Dites-moi, vous acceptez des dessous-de-table?

Kanya ouvre la bouche pour rétorquer, mais les mots lui manquent. Elle peut presque sentir la présence de Jaidee. Qui l'écoute. Elle a la chair de poule. Elle se force à ne pas regarder derrière elle.

Gibbons sourit.

— Bien sûr que oui. Vous êtes tous pareils. Corrompus de haut en bas.

La main de Kanya glisse vers son pistolet. Le docteur la regarde, souriant.

— Quoi? Vous menacez de me tirer dessus? Vous voulez aussi un pot-de-vin de ma part? Voulez-vous que je vous suce la chatte? Que je vous offre ma presque fille? (Il fixe Kanya de ses yeux durs.) Vous avez déjà pris mon argent. Ma vie est déjà raccourcie et pleine de douleur. Que voulez-vous d'autre? Pourquoi ne pas prendre cette fille?

Kip les regarde depuis la piscine, attentive, battant des pieds dans l'eau. Son corps scintille dans les vaguelettes. Kanya détourne les yeux. Le docteur éclate de rire.

— Désolé, Kip. Nous ne disposons pas des bakchichs que celle-ci aime. (Il pianote sur sa chaise.) Et que diriez-vous d'un jeune garçon? J'en ai un ravissant, 12 ans, qui travaille dans ma cuisine. Il serait heureux de vous servir. Le plaisir d'une chemise blanche passe avant tout.

Kanya le regarde d'un air furieux.

— Je pourrais vous briser les os.

— Faites-le alors. Et faites vite. Je veux une bonne raison de ne pas vous aider.

— Pourquoi avez-vous aidé AgriGen pendant si longtemps?

Les yeux de Gibbons s'étrécissent.

— Pour la même raison que vous qui courez comme un chien pour *vos* maîtres. Ils me payaient dans la monnaie que je préférais.

Le bruit de la gifle qu'elle lui assène se répercute dans l'eau. Les gardes s'avancent, mais Kanya recule déjà, secouant sa main, elle leur fait signe.

— Tout va bien. Aucun problème.

Les gardes restent immobiles, ne savent plus très bien où vont leur devoir et leur loyauté. Le docteur touche sa lèvre ouverte, examine le sang, pensif.

— Tiens, une faiblesse… À quel point vous êtes-vous déjà vendue? (Il sourit, dévoile des dents bordées de sang.) Êtes-vous d'AgriGen alors? Complice? (Il regarde Kanya dans les yeux.) Êtes-vous là pour me tuer? Pour en terminer avec mon épine dans leur flanc? (Il l'observe, ses yeux pénètrent son âme, inquisiteurs, curieux.) Ce n'est qu'une question de temps. Ils doivent savoir que je suis ici. Que je vous appartiens. Le Royaume ne s'en serait pas aussi bien tiré ni aussi longtemps sans moi. N'aurait pas pu sortir les noctombres et le *ngaw* sans mon aide. Nous savons tous qu'ils sont en chasse. Êtes-vous mon chasseur? Êtes-vous ma destinée?

Kanya fronce les sourcils.

— Pas vraiment. Nous n'en avons pas encore fini avec vous.

Gibbons s'affaisse.

— Ah, bien sûr que non. Mais alors, ce ne sera jamais le cas. C'est dans la nature de nos bêtes et de nos épidémies. Ce ne sont pas des machines stupides qu'on peut diriger. Elles ont leurs propres besoins et leur propre faim. Leurs propres demandes en matière d'évolution. Elles doivent muter et s'adapter et vous n'en aurez donc jamais fini avec moi, mais quand je ne serai plus là, que ferez-vous? Nous avons libéré des démons sur ce monde, et vos murs ne sont qu'à la mesure de mon intellect. La nature est devenue quelque chose de nouveau. Elle nous appartient à présent, faites-moi confiance. Et si nos créations nous dévorent, ce sera poétique, non?

— *Kamma*, chuchote-t-elle.

— Précisément. (Gibbons se repose contre le dossier de sa chaise, sourit.) Kip. Ramasse les papiers.

Voyons si nous pouvons déchiffrer ce puzzle. (Il pianote sur ses jambes mortes, pensif, sourit à Kanya avec suffisance.) Voyons à quel point votre précieux Royaume est proche de la mort.

Kip nage pour récupérer les pages, fait des vagues en les approchant, les sort de l'eau, trempées. Un sourire clignote sur les lèvres de Gibbons qui la regarde nager.

— Vous avez de la chance que j'aime bien Kip. Sinon, je vous aurais laissés succomber il y a bien longtemps. (Il fait un signe à ses gardes.) Le capitaine doit avoir des échantillons sur son vélo. Allez les chercher. Nous allons les descendre dans le labo.

Kip émerge finalement de la piscine et pose le tas de papiers trempés sur les genoux du docteur. Il lui fait signe et elle le pousse vers la porte de la villa. Il signifie à Kanya de les suivre.

— Venez alors. Cela ne prendra pas longtemps.

Le docteur plisse les yeux devant un des échantillons.

— Je suis surpris que vous pensiez que c'est une mutation inerte.

— Il n'y a que trois cas.

Gibbons lève les yeux.

— Pour l'instant. (Il sourit.) La vie est algorithmique. Deux deviennent quatre qui deviennent dix mille, qui deviennent une épidémie. C'est peut-être déjà partout dans la population et nous n'avons encore rien remarqué. Peut-être est-ce le stade final. Un stade terminal sans symptômes, comme cette pauvre Kip.

Kanya regarde le ladyboy. Kip lui adresse un sourire doux. Rien n'est visible sur sa peau. Rien n'est visible sur son corps. Mais elle meurt de la maladie de Gibbons. Et pourtant… Kanya s'éloigne involontairement.

Le docteur sourit malicieusement.

— N'ayez pas l'air aussi inquiète. Vous avez la même maladie. La vie est, après tout, inévitablement fatale. (Il regarde dans le microscope.) Ce n'est pas un transpiratage indépendant. C'est quelque chose d'autre. Pas la rouille vésiculeuse. Aucun des marqueurs d'AgriGen. (Soudain, il fait une grimace de dégoût.) Il n'y a là rien d'intéressant pour moi. C'est juste une erreur stupide de la part d'un idiot. Ça n'a pas de valeur pour mon intellect.

— C'est bien, alors ?

— Une épidémie accidentelle tue aussi sûrement.

— Y a-t-il un moyen de l'arrêter ?

Le docteur ramasse un croûton de pain. Une moisissure verdâtre le recouvre. Il le regarde.

— Tant de choses qui poussent nous sont bénéfiques. Et tant d'autres nous sont mortelles. (Il offre un morceau de pain à Kanya.) Essayez ça.

Kanya recule. Gibbons sourit, en prend une bouchée, l'offre à nouveau.

— Faites-moi confiance.

Kanya secoue la tête, se force à ne pas prononcer de prières superstitieuses à Phra Seub pour la chance et la propreté. Elle regarde en elle-même l'homme révéré, assis en position du lotus, se force à ne pas répondre aux provocations du docteur, touche ses amulettes.

Gibbons prend une autre bouchée, sourit alors que des miettes tombent sur son menton.

— Si vous en prenez une bouchée, je vous garantis une réponse.

— Je ne prendrai rien de votre main.

Il éclate de rire.

— Mais vous l'avez déjà fait! Chaque injection que vous avez reçue enfant. Chaque inoculation. Chaque piqûre de rappel depuis. (Il lui offre à nouveau le pain.) Ce n'est que plus direct. Vous serez heureuse de l'avoir fait.

Kanya hoche la tête en direction du microscope.

— Qu'est-ce que cette chose? Avez-vous besoin de nouveaux tests?

Gibbons secoue la tête.

— Ça? Ce n'est rien. Une mutation stupide. Un résultat standard. On voyait ça dans nos labos. Ce n'est que de la merde.

— Alors, pourquoi ne l'avons-nous pas vu avant?

Gibbons grimace d'impatience.

— Vous ne cultivez pas la mort comme nous. Vous ne jouez pas avec les blocs de construction de la nature. (L'intérêt et la passion passent brièvement dans les yeux du vieil homme. De la malice et de l'intérêt prédateur.) Vous n'avez aucune idée de ce que nous sommes parvenus à créer dans nos labos. Ce truc vaut à peine le temps que je passe à le regarder. J'espérais que vous m'apportiez un défi. Quelque chose qui viendrait des Drs Ping et Raymond. Ou peut-être de Mahmoud Sonthalia. Ceux-là sont des défis. (Un instant, ses yeux perdent leur cynisme.) Ah… Ce sont vraiment des adversaires de valeur.

Nous sommes entre les mains d'un joueur.

Dans une intuition soudaine, Kanya comprend totalement le docteur. Un intellect féroce. Un homme qui a atteint le sommet de son art. Un homme jaloux et compétitif. Un homme qui a découvert que ses rivaux n'avaient aucune valeur à ses yeux, qui a donc changé de côté et s'est installé dans le royaume thaï pour la stimulation que cela pouvait lui apporter. Un exercice intellectuel pour lui. Comme si Jaidee avait décidé de participer à un combat de *muay thai* les mains liées dans le dos pour voir s'il pouvait vaincre uniquement avec des coups de pied.

Nous sommes entre les mains d'un dieu volage. Il ne joue pour nous que pour son propre divertissement, et il fermera les yeux et dormira si nous ne lui fournissons pas de quoi défier son intellect.

C'est une pensée horrible. L'homme n'existe que pour la compétition, le jeu d'échecs de l'évolution à une échelle mondiale. Un exercice d'ego, un géant parant les attaques de dizaines d'autres, un géant qui les écrase depuis le ciel et rit. Mais tous les géants finissent par tomber et, alors, à quoi le Royaume devra-t-il s'attendre? Ces pensées font transpirer Kanya.

Gibbons la regarde.

— Vous avez d'autres questions pour moi?

Kanya réprime sa terreur.

— Vous êtes sûr de cela? Vous savez vraiment ce que nous devons faire? Vous pouvez le savoir rien qu'en regardant?

Le docteur hausse les épaules.

— Si vous ne me croyez pas, retournez chez vous et suivez vos méthodes habituelles. Suivez les livres jusqu'à la mort. Vous pouvez aussi brûler votre district industriel pour déraciner le problème. (Il sourit malicieusement.) Voilà une solution simple pour vos chemises blanches. Le ministère de l'Environnement a toujours adoré ce genre de choses. (Il agite la main.) Cette connerie n'est pas encore particulièrement viable. Elle mute rapidement, c'est sûr, mais elle est fragile et l'hôte humain n'est pas idéal pour elle. On doit le frotter contre les muqueuses, dans les narines, les yeux, l'anus, quelque chose proche de la vie et du sang. Quelque part où elle peut se reproduire.

— Alors nous sommes saufs. Ce n'est pas plus grave que l'hépatite ou le *fa'gan*.

— Mais il lui est bien plus facile de muter. (Il regarde à nouveau Kanya.) Vous devriez savoir une autre chose : l'usine que vous devez chercher doit utiliser des bains chimiques. Un endroit où on peut cultiver des produits biologiques. Une usine HiGro. Un complexe AgriGen. Une manufacture à automates. Quelque chose comme ça.

Kanya regarde les mastiffs.

— Les automates pourraient être porteurs ?

Il tend la main et caresse l'un des chiens de garde, la provoque.

— Si c'est une volaille ou un mammifère, c'est possible. Une installation avec des cuves devrait être votre première cible. Si nous étions au Japon, une crèche à automates serait ma première idée, mais quiconque est impliqué dans les produits biologiques pourrait être la source.

— Quel genre d'automates ?

Gibbons soupire avec exaspération.

— Ce n'est pas un *genre*, c'est une question d'*exposition*. S'ils étaient cultivés dans des bains contaminés, ils pourraient être porteurs. Mais, je le répète, si vous laissez cette merde muter, elle s'attaquera bientôt aux gens. Et la question de sa source n'aura plus d'importance.

— Combien de temps avons-nous?

Gibbons hausse les épaules.

— Il n'est pas question de la dégradation de l'uranium ni de la vitesse d'un clipper. On ne peut pas le prévoir. Nourrissez bien les bêtes et ils apprendront à se gorger. Cultivez-les dans une ville humide et surpeuplée et ils prospéreront. Décidez par vous-même à quel point vous devriez être inquiets.

Kanya se retourne, dégoûtée, et se dirige vers la porte.

Gibbons l'arrête:

— Bonne chance! Je serais intéressé de savoir lequel de vos nombreux ennemis vous tuera le premier.

Kanya ignore la provocation et se presse vers l'air frais de l'extérieur.

Kip s'approche d'elle, elle essuie ses cheveux.

— Le docteur a pu vous aider?

— Il m'en a donné assez.

Kip rit, un doux gazouillis.

— C'est ce que je pensais avant. Mais j'ai appris qu'il ne dit pas tout la première fois. Il garde des choses pour lui. Des choses vitales. Il aime la compagnie. (Elle touche le bras de Kanya qui doit se forcer à ne pas sursauter. Kip voit son geste mais se contente de sourire gentiment.) Il vous aime bien. Il souhaite déjà que vous reveniez.

Kanya frissonne.

— Il sera déçu alors.

Kip la regarde de ses grands yeux liquides.

— J'espère que vous ne mourrez pas trop vite. Je vous aime bien aussi.

En quittant le complexe, Kanya aperçoit Jaidee au bord de l'océan, il regarde les vagues. Comme s'il avait senti son regard, il se tourne vers elle et sourit, avant de disparaître dans le néant. Encore un esprit avec nulle part où aller. Elle se demande si Jaidee trouvera jamais le moyen de se réincarner ou s'il continuera à la hanter. Si le docteur a raison, il attend peut-être de revenir dans quelque chose qui ne craindra pas les épidémies, une créature qui n'a pas encore été conçue. Peut-être que le seul espoir de réincarnation de Jaidee est de trouver une nouvelle vie dans un corps automate.

Kanya réprime cette pensée. C'est une idée monstrueuse. Elle espère au contraire que Jaidee se réincarnera dans une sorte de paradis où les automates et la rouille vésiculeuse ne peuvent pas pénétrer, que même s'il n'atteint jamais le *nibbana*, s'il ne termine jamais son devoir de moine, s'il ne rejoint jamais sa forme bouddha, il sera au moins sauvé de l'angoisse de voir le monde qu'il a défendu avec tant d'honneur débarrassé de sa chair par les masses esclavagistes des nouveaux succès de la nature, ces créatures automates qui fument tout autour d'eux.

Jaidee est mort. Mais peut-être est-ce la seule chose qu'on puisse espérer. Peut-être serait-elle plus heureuse si elle se mettait un pistolet dans la bouche et tirait. Peut-être, si elle n'avait pas de grande maison ni de *kamma* de trahison…

Kanya secoue la tête. Une seule chose est certaine, elle doit faire son devoir. Sa propre âme sera certainement renvoyée dans ce monde, au mieux sous forme humaine, au pire sous une autre forme, un chien ou un cafard. Quel que soit le désordre qu'elle laisse derrière elle, elle devra sans aucun doute y faire face encore et encore. Ses trahisons le garantissent. Elle doit combattre jusqu'à ce que son *kamma* soit finalement lavé. S'enfuir maintenant par le suicide ne serait qu'y faire face d'une manière encore plus laide dans l'avenir. Il n'y a pas d'échappatoire pour quelqu'un comme elle.

Chapitre 29

Malgré le couvre-feu et les chemises blanches, Anderson-sama paraît presque insouciant. Comme s'il voulait se faire pardonner. Mais, lorsque Emiko lui répète ses inquiétudes à propos de Raleigh, il se contente de lui dédier un sourire secret et lui dit qu'elle n'a pas à s'en faire. Tout coule dans le flux.

— Les miens arrivent. Tout sera tout à fait différent très bientôt. Plus de chemises blanches.

— Ça a l'air très beau.

— Ça le sera. Je serai absent pendant quelques jours, j'ai des arrangements à mettre en place. Quand je rentrerai, tout sera différent.

Puis il disparaît, la laisse avec l'avertissement qu'elle ne devrait rien changer à ses habitudes et qu'elle ne doit rien dire à Raleigh. Il lui donne une clé de son appartement.

Alors Emiko se réveille entre des draps propres dans une pièce fraîche le soir, avec un ventilateur qui tourne lentement au plafond. Elle peut à peine se souvenir de la dernière fois où elle a dormi sans douleur et sans peur, et cela la grise. Les pièces sont sombres, uniquement éclairées par les lampadaires à gaz qui s'allument en clignotant comme des lucioles.

Elle a faim. Vraiment faim. Elle trouve la cuisine d'Anderson-sama et fouille dans les boîtes scellées à la recherche de biscuits, de snacks, de gâteaux, n'importe quoi. Anderson-sama n'a pas de légumes frais, mais il a du riz, de la sauce soja et poisson. Elle fait chauffer de l'eau sur un brûleur, s'étonnant de la bonbonne de méthane qu'il conserve sans protection. Il lui est difficile de se souvenir quand elle a considéré ce genre de choses comme normales. Quand Gendo-sama la logeait dans un appartement deux fois plus luxueux au dernier étage d'un immeuble de Kyoto avec une vue sur le temple de Toji et sur les mouvements lents des vieillards qui s'occupaient de l'autel dans leurs robes noires.

Ce passé ne ressemble plus qu'à un rêve. Ce ciel automnal avec son bleu à vous couper le souffle. Elle se souvient du plaisir qu'elle prenait à regarder les enfants du Nouveau Peuple dans leurs crèches, nourrissant les canards ou apprenant la cérémonie du thé avec une attention à la fois totale et sans espoir de rédemption.

Elle se souvient de son propre entraînement.

En frissonnant, elle s'aperçoit qu'elle a été préparée à l'excellence, au service éternel d'un maître. Elle se souvient du moment où Gendo-sama l'a prise et l'a couverte d'affection avant de s'en débarrasser comme d'une épluchure de tarin. C'était son destin. Ce n'était pas un accident.

Ses yeux s'étrécissent. Elle regarde l'eau bouillir dans la casserole, la quantité de riz qu'elle a parfaitement évaluée, à l'œil, sans une tasse à mesure, juste avec un bol, sachant précisément ce dont elle a besoin, avant de l'étaler parfaitement, tel un jardin de pierres, comme si elle se préparait au *zazen* de la méditation sur ses grains, comme si elle allait le ratisser et le ratisser encore parce que sa vie dépendrait d'un simple bol de riz.

Brusquement, elle le fouette de la main. Le bol de riz s'écrase, ses morceaux partent dans toutes les directions, la casserole d'eau s'envole, ses gemmes brillent, brûlantes.

Emiko se tient au milieu de ce tourbillon, elle regarde les gouttes voler, les grains de riz suspendus dans les airs, au ralenti, comme si les grains et l'eau étaient des automates, volant en saccades comme elle-même est forcée de tituber, animal enrayé dans le monde, étrange et surnaturel aux yeux des naturels. Aux yeux de ceux qu'elle désire désespérément servir.

Regarde ce que le service t'a apporté !

La casserole frappe le mur. Les grains de riz se répandent sur le marbre. L'eau trempe tout. Ce soir, elle va connaître la localisation de ce village du Nouveau Peuple. L'endroit où les siens vivent sans maîtres. Où les Nouvelles Personnes ne servent qu'elles-mêmes. Anderson-sama peut dire que les siens arrivent mais, au bout du compte, il sera toujours un naturel et elle fera toujours partie du Nouveau Peuple, elle servira toujours.

Elle réprime l'envie de nettoyer le riz, de tout ranger pour le retour d'Anderson-sama. Au contraire, elle regarde le désordre qu'elle a causé et reconnaît qu'elle n'est plus une esclave. S'il veut que le riz disparaisse de son sol, d'autres sont là pour faire le sale boulot. Elle est autre chose. Quelque chose de différent. Optimale à sa manière. Si un jour elle a été un faucon attaché, Gendo-sama a fait une chose pour laquelle elle doit être reconnaissante. Il a coupé ses liens. Elle peut voler, libre.

Il est presque trop facile de se glisser dans la pénombre. Emiko surnage dans les foules, une nouvelle couleur vive sur les lèvres, les yeux assombris, des anneaux d'argent scintillant à ses lobes.

Elle fait partie du Nouveau Peuple, elle se déplace avec tant de fluidité dans la cohue que les gens ne savent pas qu'elle est là. Elle rit d'eux. Rit et se glisse entre eux. Il y a quelque chose de suicidaire dans sa nature d'automate. Elle se cache en pleine lumière. Elle ne se précipite pas. Le destin l'a prise dans sa main protectrice.

Elle se glisse dans la multitude, les gens s'éloignent d'elle, surpris par cet automate parmi eux, par cette transgression qui a l'effronterie de tacher leurs trottoirs, comme si leur pays était moitié aussi immaculé que les îles qui l'ont éjectée. Elle plisse le nez. Même les effluents nippons sont trop doux pour cet endroit puant et tapageur. Ils sont incapables de reconnaître combien elle les honore. Elle rit pour elle-même et se rend compte que les autres la regardent comme si elle avait ri tout haut.

Des chemises blanches se trouvent devant elle. Elle perçoit des flashs de leur présence entre les mastodontes et les carrioles à main. Elle s'arrête au bord du pont du *khlong*, regarde l'eau, attend que la menace soit passée. Elle voit son reflet dans le canal et la lueur verte des lampadaires, comme à contre-jour. Elle sent que, d'une certaine manière, elle pourrait devenir eau si elle regardait la lueur assez longtemps. Elle serait une dame de l'eau. Ne fait-elle pas déjà partie d'un monde flottant ? N'a-t-elle pas mérité de flotter, de couler lentement ? Elle réprime cette pensée. C'est l'ancienne Emiko. Celle qui n'a jamais appris à voler.

Un homme s'approche d'elle et se penche sur le rebord. Elle ne lève pas les yeux, regarde son reflet dans l'eau.

— J'aime bien regarder les enfants faire la course avec leurs bateaux sur le canal, dit-il.

Elle hoche légèrement la tête, elle ne se fait pas assez confiance pour parler.

— Voyez-vous quelque chose dans l'eau? Que vous la regardiez si longuement?

Elle secoue la tête. Son uniforme blanc est teinté de vert. Il est si proche qu'il pourrait la toucher. Elle se demande à quoi ressembleraient ses yeux pleins de gentillesse si sa main touchait la chaleur excessive de sa peau.

— Vous ne devez pas avoir peur de moi. Ce n'est qu'un uniforme. Vous n'avez rien fait de mal.

— Non, murmure-t-elle. Je n'ai pas peur.

— C'est bien. Une jolie fille comme vous ne le devrait pas. (Il s'interrompt un instant.) Votre accent est étrange. Quand je vous ai vue, j'ai pensé que vous pouviez être Chaozhou...

Elle secoue la tête, légèrement, un sursaut.

— Désolée, vraiment. Japonaise.

— Pour les usines?

Elle hausse les épaules. Ses yeux restent sur elle. Elle se force à tourner la tête – lentement, si lentement, en douceur, sans la moindre saccade, sans le moindre sursaut – et le regarde, lui rend son regard. Il est plus âgé qu'elle ne l'avait pensé. La quarantaine. Ou pas. Peut-être est-il jeune, mais vieilli prématurément par les diableries de son travail. Elle réprime l'envie de lui montrer de la pitié, lutte contre son besoin génétique de le servir alors qu'il préférerait la voir démembrée. Lentement, lentement, elle tourne ses yeux vers l'eau.

— Comment vous appelez-vous ?

Elle hésite.

— Emiko.

— Un joli nom. Cela veut dire quelque chose ?

Elle secoue la tête.

— Rien d'important.

— Si modeste pour une femme aussi belle.

Elle secoue la tête.

— Non, non. Je suis laide…

Elle ne peut pas s'en empêcher, il la regarde fixement, elle se rend compte qu'elle s'est oubliée. Ses mouvements l'ont trahie. Les yeux de l'homme sont exorbités, surpris. Elle recule, oubliant tout semblant d'humanité.

Ses yeux se durcissent.

— Tic-tac, souffle-t-il.

Elle sourit.

— Ce n'était qu'une erreur honnête.

— Montrez-moi votre permis d'importation.

Elle sourit toujours.

— Bien sûr. Je suis convaincue qu'il est là. Bien sûr.

Elle recule, ses mouvements stroboscopiques trahissent son ADN. Il tend la main vers elle, mais elle retire son bras d'un geste rapide puis se retourne, se met à courir, se fond dans le trafic. Lui hurle :

— Arrêtez-la ! Arrêtez ! Affaires du ministère ! Arrêtez cette automate !

Toute son essence réclame qu'elle s'arrête et se laisse prendre, qu'elle suive son commandement. Elle se force à continuer à courir, à repousser les punitions de Mizumi-sensei quand elle osait désobéir, l'aiguillon désapprobateur de la langue de Mizumi quand elle osait refuser le désir d'autrui.

L'ordre se répercute derrière elle et Emiko brûle de honte, mais la foule l'a avalée et le trafic des mastodontes l'entoure, et il est bien trop lent pour découvrir quelle allée la cache tandis qu'elle reprend son souffle.

Il faut plus de temps pour éviter les chemises blanches, mais c'est un jeu. Emiko peut jouer maintenant. Si elle est rapide et prudente, et s'offre du temps entre ses poussées soudaines, elle les évite facilement. À pleine vitesse, elle s'émerveille des mouvements de son corps et de son étonnante fluidité, comme si elle respectait enfin sa véritable nature. Comme si tous les enseignements et les punitions de Mizumi-sensei avaient été conçus pour tenir ce savoir hors de sa portée.

Elle arrive finalement au Ploenchit et monte dans la tour. Raleigh l'attend au bar, comme toujours, impatient. Il lève les yeux.

— Tu es en retard. Tu auras une amende pour cela.

Emiko se force à ne pas ressentir de culpabilité, même lorsqu'elle s'excuse.

— Vraiment désolée, Raleigh-san.

— Presse-toi et va te changer. Tu as des invités VIP ce soir. Ils sont importants et seront bientôt là.

— J'aimerais te poser des questions sur le village.

— Quel village ?

Elle garde un visage souriant. A-t-il menti à ce sujet ? Est-ce un mensonge depuis le début ?

— Celui du Nouveau Peuple.

— Tu t'inquiètes toujours de ça? (Il secoue la tête.) Je te l'ai dit. Gagne-moi de l'argent et je m'arrangerai pour que tu y arrives, si c'est ce que tu veux. (Il lui désigne les loges.) Maintenant, va t'habiller.

Emiko voudrait le presser un peu plus, mais elle se contente de hocher la tête. Après. Quand il sera saoul. Quand il sera malléable, elle lui arrachera des informations.

Dans les loges, Kannika est déjà en train de s'habiller pour le spectacle. Elle grimace en voyant Emiko, mais ne dit rien. Cette dernière se change et sort pour prendre son premier verre d'eau fraîche de la soirée. Elle boit soigneusement, savourant la fraîcheur et le bien-être qui l'envahit, même ici, dans la touffeur de la tour. Derrière les fenêtres délimitées par des cordes, la ville scintille. À cette hauteur, elle est magnifique. Sans les personnes naturelles, elle pense même qu'elle pourrait s'y sentir bien. Elle boit un peu plus d'eau.

Un bruissement d'avertissement et, surprise, les femmes tombent à genoux et pressent leur front sur le sol en *khrab*. Emiko se joint à elles. L'homme est de retour, encore. L'homme dur. Celui qui est venu avec Anderson-sama. Elle le cherche, espérant qu'il sera là aussi, mais non, aucun signe de lui. Le Somdet Chaopraya et ses amis sont déjà rouges d'alcool.

Raleigh se précipite vers eux et les pilote jusqu'à la salle VIP.

Kannika se glisse derrière Emiko.

— Termine ton eau, tic-tac. Tu as du travail.

Emiko réprime l'envie de la frapper. Ce serait fou de sa part. Mais elle regarde Kannika et prie pour que, lorsqu'elle connaîtra la localisation du village, elle ait l'opportunité de se venger de cette femme et de tous les abus qu'elle lui a infligés.

La salle VIP est bourrée d'hommes. Des fenêtres donnent sur l'extérieur mais, porte fermée, il n'y a pas beaucoup d'air. Et le spectacle est pire que lorsqu'il est donné sur scène. Sur scène, Kannika a des habitudes dans ses sévices. Ici, elle lui fait faire le tour, la présente aux hommes, les encourage à la toucher, à sentir la chaleur de sa peau, et dit des choses comme :

— Vous l'aimez bien ? Vous pensez qu'elle est un méchant chien ? Regardez. Vous verrez un sacré spectacle ce soir.

L'homme de pouvoir, ses gardes du corps et amis rient et font des commentaires égrillards en la regardant, en la touchant. Ils lui pincent le cul, tirent sur ses seins, font courir leurs doigts entre ses cuisses. Ils sont tous un peu nerveux devant la nouveauté de ce divertissement.

Kannika désigne la table.

— Monte.

Emiko grimpe maladroitement sur la surface noire et brillante. Kannika la gifle, la force à marcher, à s'incliner. Elle la fait trottiner d'avant en arrière dans ses étranges mouvements d'automate pendant que l'alcool coule à flots. Puis d'autres filles entrent et s'assoient avec les hommes, rient et se moquent tandis qu'Emiko est exhibée, puis, comme toujours, Kannika la prend.

Elle force Emiko à s'allonger sur la table. Les hommes se rassemblent autour d'elles quand Kannika commence. Lentement, elle se joue d'elle. D'abord, elle s'amuse avec ses tétons, puis elle glisse la bite de jadéite entre ses jambes, encourage des réactions conçues pour son ADN et qu'Emiko ne peut contrôler, contre lesquelles elle ne peut lutter.

Les hommes applaudissent l'humiliation d'Emiko, encouragent l'escalade dans les abus, et Kannika, rouge d'excitation, invente de nouvelles tortures. Elle s'accroupit sur Emiko, ouvre ses fesses et encourage Emiko à sonder ses profondeurs. Les hommes rient lorsque Emiko obéit et Kannika raconte.

— Ah, oui, je peux sentir sa langue.

Puis :

— Tu aimes avoir ta langue là ? Hein, sale automate ?

Aux hommes :

— Elle aime ça. Ces sales automates aiment ça.

Encore des rires.

— Encore, vilaine fille. Encore.

Alors, elle la pousse vers le bas, l'encourage à redoubler d'efforts tandis que son humiliation empire, l'encourage à en faire plus pour plaire. Les mains de Kannika se joignent à la langue d'Emiko, jouent, prennent plaisir à la soumission d'Emiko.

Elle entend Kannika parler à nouveau.

— Vous voulez la voir ? Allez-y.

Des mains sur les cuisses d'Emiko, les écartant pour qu'elle soit totalement exposée. Des doigts jouent avec ses plis, la pénètrent. Kannika rit.

— Vous voulez la baiser ? Baiser la fille automate ? Allez, donnez-moi ses jambes.

Ses mains se referment sur les chevilles d'Emiko et les lèvent, l'exposant encore plus.

— Non, murmure Emiko.

Mais Kannika est implacable. Elle ouvre les jambes d'Emiko en grand.

— Sois une bonne petite tic-tac.

Puis Kannika s'installe à nouveau sur l'automate, racontant sa dégradation aux hommes assemblés.

— Elle mangera tout ce que vous mettrez dans sa bouche, dit-elle en faisant rire les hommes.

Puis, Kannika pousse sur sa tête si fort qu'Emiko ne peut plus rien voir, ne peut qu'entendre Kannika la traiter de salope, de chienne, de vilain jouet automate, lui expliquer qu'elle n'est pas mieux qu'un vibromasseur.

Ensuite, le silence.

Emiko tente de bouger, mais Kannika la garde dans la même position qui l'étouffe.

— Reste là!

Puis:

— Non, utilisez ceci.

Emiko sent les hommes lui prendre les bras, l'écraser contre la table. Des doigts la poussent, l'envahissent, se glissent en elle.

— Huilez-le, murmure Kannika excitée.

Ses mains se serrent sur les chevilles d'Emiko.

De l'humidité sur son anus, glissante, puis une pression, une pression froide.

Emiko gémit pour protester. La pression faiblit un instant, mais Kannika intervient.

— Vous vous dites des hommes? Baisez-la! Regardez-la sursauter. Regardez ses bras et ses jambes quand vous poussez! Faites-la danser la danse du tic-tac.

La pression revient et les hommes la maintiennent plus fortement. Elle ne peut pas se redresser et la chose froide pousse encore et encore contre son cul, la pénètre, l'écartèle, l'ouvre en deux, la remplit et elle ne peut s'empêcher de crier.

Kannika rit.

— C'est ça, automate, gagne ton riz. Tu pourras te lever quand tu m'auras fait jouir.

Emiko recommence à lécher, bave et lape comme un chien, désespérée, tandis que la bouteille de champagne la pénètre à nouveau, se retire puis s'enfonce profondément en elle, brûlante.

Les hommes rient.

— Regardez comme elle bouge!

Ses larmes deviennent des bijoux dans ses yeux. Kannika l'encourage à redoubler d'effort et le faucon en elle, si jamais il y a eu un faucon, est mort. Il n'a pas été conçu pour vivre, voler, s'échapper. Il n'a été conçu que pour servir, se soumettre. Emiko apprend de nouveau sa place dans ce monde.

Toute la nuit, Kannika lui enseigne les mérites de l'obéissance et Emiko promet d'obéir, pour arrêter la douleur et le viol, supplie de servir, de faire tout ce qu'on veut, n'importe quoi pour survivre un peu plus longtemps et Kannika rit, rit, rit…

Lorsque Kannika en a fini avec elle, il est tard. Emiko est assise contre un mur, épuisée et brisée. Son mascara a coulé. À l'intérieur, elle est morte. Il vaut mieux être morte qu'automate, se dit-elle. Elle regarde un homme nettoyer le sol de la boîte, d'un air déprimé. De l'autre côté du bar, Raleigh boit son whisky et rit.

L'homme au balai s'approche lentement. Emiko se demande s'il va la balayer aussi avec le reste de la saleté. S'il va la sortir et la jeter sur les ordures, la laisser au Seigneur du lisier. Elle peut seulement rester là et attendre qu'on se débarrasse d'elle.

Comme Gendo-sama aurait dû le faire. L'homme pousse sa serpillière autour d'elle.

— Pourquoi ne me jetez-vous pas? croasse-t-elle. (L'homme la regarde, incertain, puis retourne à son travail. Il continue à nettoyer.) Répondez-moi, hurle-t-elle. Pourquoi ne me jetez-vous pas?

Ses mots se répercutent sur les murs de la salle.

Raleigh lève les yeux et fronce les sourcils. Elle se rend compte qu'elle parlait japonais. Elle répète en thaï.

— Jetez-moi, pourquoi pas? Je fais partie de l'ordure, moi aussi. Jetez-moi!

L'homme à la serpillière frémit et recule, son sourire est incertain.

Raleigh s'approche. S'agenouille à côté d'elle.

— Emiko. Lève-toi. Tu fais peur à mon homme de ménage.

Emiko grimace.

— Je m'en fous.

— Bien sûr. (Il désigne de la tête la salle privée où les hommes se reposent en buvant, parlent après avoir abusé d'elle.) J'ai un bonus pour toi. Ces types donnent de bons pourboires.

Emiko lève les yeux sur lui.

— Ils ont aussi donné un pourboire à Kannika?

Raleigh l'observe.

— Cela ne te regarde pas.

— Ils l'ont payée triple? Donnez-moi cinquante bahts!

Ses yeux s'étrécissent.

— Non.

— Ou quoi? Ou vous allez jeter Emiko dans un composteur à méthane? Me jeter aux chemises blanches?

— Ne me pousse pas. C'est une mauvaise idée de me mettre en colère. (Il se lève.) Viens chercher ton argent quand tu en auras marre de gémir.

Emiko le regarde faiblement retourner à son tabouret de bar, se servir un verre. Il se retourne pour lui jeter un œil, dit quelque chose à Daeng qui sourit consciencieusement et sert un verre d'eau avec des glaçons. Raleigh envoie le serveur vers elle. Pose le verre sur un tas de bahts violets. Il retourne à son whisky, l'ignore ostensiblement.

Qu'arrive-t-il aux filles automates cassées? Elle n'a jamais connu une fille automate morte. Parfois, un vieux maître meurt. Mais la fille automate a survécu. Ses amies ont survécu. Elles ont tenu plus longtemps. C'est une question qu'elle n'a jamais posée à Mizumi-sensei. Emiko titube jusqu'au bar, chancelle. S'y appuie. Boit l'eau fraîche. Raleigh pousse l'argent vers elle.

Elle termine son verre. Avale les glaçons. Sent le froid glisser en elle.

— Vous avez déjà demandé?

— Quoi?

Il joue au solitaire sur le bar.

— Le trajet vers le nord.

Il lève les yeux sur elle puis tire une autre série de cartes. Il reste calme une seconde.

— C'est dur. Ce n'est pas quelque chose qu'on organise en une journée.

— Avez-vous déjà demandé?

Il la regarde.

— Ouais. J'ai demandé. Et personne ne va nulle part tant que les chemises blanches sont furieux à cause du massacre de Jaidee. Je te ferai savoir quand la situation aura changé.

— Je veux aller dans le Nord.

— Tu me l'as déjà dit. Gagne de l'argent et cela arrivera.

— J'en gagne beaucoup. Je veux y aller maintenant.

La gifle de Raleigh est rapide, mais elle la voit venir. C'est vif pour lui, mais pas pour elle. Elle regarde sa main s'approcher de son visage avec le genre de gratitude servile qu'elle ressentait lorsque Gendo-sama l'emmenait dans un restaurant chic. Sa joue brûle puis perd toute sensation. Elle la touche, savoure la blessure.

Raleigh la regarde froidement.

— Tu iras quand ce sera possible, putain !

Emiko incline légèrement la tête, permet à la leçon bien méritée d'entrer en elle.

— Vous n'allez pas m'aider, n'est-ce pas ?

Raleigh hausse les épaules, retourne à ses cartes.

— Est-ce que ça existe, au moins ?

Raleigh la regarde.

— Bien sûr. Si ça peut te rendre heureuse. C'est là-haut. Mais si tu continues à me harceler avec cette histoire, ça n'existera pas. Maintenant, tire-toi et laisse-moi tranquille.

Le faucon se balance, mort. Elle est morte. De l'ordure pour les composteurs. De la viande pour la ville, de la pourriture pour les lampes à gaz. Emiko fixe Raleigh. Le faucon est mort.

Puis elle pense que certaines choses sont pires que la mort. Certaines choses ne doivent jamais être supportées.

Son poing est très rapide. La gorge de Raleigh-san est molle.

Le vieil homme tombe en arrière, les mains sur sa gorge, les yeux écarquillés. Tout est au ralenti : Daeng qui se tourne en entendant le tabouret claquer sur le sol ; la chute de Raleigh, sa bouche qui tente d'aspirer de l'air ; l'homme de ménage qui laisse tomber son balai et sa serpillière ; Noi et Saeng de l'autre côté du bar avec leurs hommes qui attendent de les ramener à la maison, ils se tournent tous vers le bruit, et ils sont tous lents.

Au moment où Raleigh s'écrase sur le sol, Emiko traverse déjà la pièce en courant, vers la porte VIP et l'homme qui lui a fait le plus mal. L'homme assis qui rit avec ses amis et ne pense rien de la douleur qu'il lui a infligée.

Elle franchit la porte. Les hommes lèvent les yeux de surprise. Les têtes se tournent, les bouches s'ouvrent pour crier. Les gardes du corps attrapent leurs pistolets-AR, mais ils se déplacent tous trop lentement.

Aucun d'eux ne fait partie du Nouveau Peuple.

CHAPITRE 30

Pai rampe pour rejoindre Kanya et fixe l'ombre du village en contrebas.

— C'est ça?

Kanya hoche la tête et regarde le reste de sa brigade qui s'est dispersé pour couvrir leur approche de la ferme où on élève des crevettes amères résistantes à l'eau pour le marché aux poissons de Krung Thep.

Toutes les maisons reposent sur des radeaux de bambous qui sont actuellement au sol mais, quand viendra l'inondation, elles flotteront, s'élèveront avec l'eau qui recouvrira leurs rizières et leurs bassins. La famille de Kanya vivait de manière similaire sur le Mékong des années auparavant, avant l'arrivée du général Pracha.

— C'était une bonne piste, murmure-t-elle.

Ratana avait été presque extatique. Une piste, un indice: des acariens de poisson entre les orteils du troisième cadavre.

Et s'il y a des acariens de poisson, cela signifie élevage de crevettes, et si on parle d'élevage de crevettes, alors on cherche les seuls qui envoient un ouvrier à Bangkok. Et cela signifie un élevage de crevettes qui a subi des pertes. Ce qui les a amenés à cette colonie à moitié flottante de Thonburi avec tous ses hommes au bord de la digue, prêts à la prendre dans la pénombre.

En contrebas, quelques bougies clignotent dans les maisons de bambous. Un chien aboie. Ils portent tous leurs vêtements de protection. Ratana a insisté, le risque est mince mais il vaut mieux rester prudent. Un moustique gémit à l'oreille de Kanya. Elle le frappe et remonte la capuche bien serrée. Elle commence à suer sérieusement.

Un rire traverse les bassins à poissons. Une famille rassemblée dans la chaleur de sa hutte. Même aujourd'hui, avec toutes leurs difficultés, les gens arrivent encore à rire. Pas Kanya, non. Quelque chose en elle est brisé.

Jaidee a toujours dit que le Royaume était un endroit joyeux, cette vieille histoire du pays des sourires. Mais Kanya ne se souvient pas avoir vu des sourires aussi larges que sur les photographies d'avant la Contraction qu'on peut voir au musée. Elle se demande parfois si ces gens faisaient semblant, si le musée n'est pas là pour la déprimer ou s'il est vrai qu'il a existé une période où les gens souriaient si totalement, sans peur.

Kanya met son masque.

— Envoie-les.

Pai fait signe aux hommes et ses troupes se lèvent, passent par-dessus bord et descendent sur le village, l'encerclant comme on le fait toujours avant de mettre le feu.

Quand ils sont arrivés dans son propre village, les chemises blanches sont apparues entre deux huttes en l'espace d'une minute, les torches à la main, crépitantes et sifflantes. Ici, c'est différent. Pas de mégaphone hurlant. Pas d'officier pataugeant dans l'eau jusqu'aux chevilles et traînant des gens terrifiés hors de leurs maisons tandis que le bambou et le Tout-Temps explosent en flammes orange.

Le général Pracha exige la discrétion. En signant les papiers de quarantaine, il a dit :

— Jaidee en aurait fait une urgence, mais nous n'avons pas les ressources pour éveiller le nid de cobras du Commerce tout en nous occupant de ça. On pourrait même l'utiliser contre nous. Chargez-vous-en discrètement.

— Bien sûr, discrètement.

Le chien commence à aboyer furieusement, vite rejoint par ses semblables à leur approche. Quelques villageois sortent sur leur perron et fouillent les ténèbres. Aperçoivent un scintillement blanc dans la nuit. Ils hurlent des avertissements à leurs familles alors que les chemises blanches de Kanya se mettent à courir.

Jaidee s'agenouille près d'elle et regarde l'action.

— Pracha parle de moi comme si j'étais une espèce de mastodonte qui écrase les pousses de riz, dit-il.

Elle l'ignore, mais Jaidee ne se tait pas.

— Tu aurais dû le voir quand nous étions des cadets tous les deux. Il manquait de se pisser dessus chaque fois que nous allions sur le terrain.

Kanya le regarde.

— Arrête ! Ce n'est pas parce que tu es mort que tu dois te montrer irrespectueux envers lui.

Les lampes à LED de ses hommes illuminent le village d'une manière amère. Les familles courent en tous sens comme des poulets, tentent de cacher nourriture et animaux. Quelqu'un essaie de franchir le cordon de chemises blanches, entre dans l'eau, plonge dans un bassin et nage maladroitement vers l'autre côté… quand une autre partie du filet de Kanya apparaît. L'homme patauge au centre du bassin à crevettes boueux, il est coincé.

Jaidee demande :

— Comment peux-tu l'appeler ton chef quand nous savons tous deux où va ta véritable loyauté ?

— Ferme-la.

— Est-ce difficile de porter deux maîtres à la fois sur son dos comme un cheval ? Les deux te chevauchant comme…

— Ferme-la !

Pai sursaute.

— Quoi ?

— Désolée. (Kanya secoue la tête.) C'est ma faute, je réfléchissais.

Pai désigne les villageois du menton.

— On dirait qu'ils sont prêts pour vous.

Kanya se lève et Pai et Jaidee – de son propre chef, un sourire ravi aux lèvres – descendent avec elle. Elle a une photo du mort, un truc en noir et blanc développé dans le labo avec des doigts bruns maladroits. Elle le montre aux fermiers sous le faisceau de sa lampe à LED qu'elle fait passer de la photo aux visages, tente de repérer une réaction, un frisson de reconnaissance.

Avec certaines personnes, un uniforme blanc ouvre les portes mais, avec les éleveurs de poissons, c'est toujours un problème. Elle les connaît bien, elle lit les cals sur leurs mains, sent la puanteur de leurs succès et de leurs échecs à l'odeur des bassins. Elle se voit à travers leurs yeux et sait qu'elle pourrait aussi bien être une représentante des compagnies caloriques à la recherche d'un signe de transpiratage. Quand bien même, la farce continue, ils secouent tous la tête. La lampe de Kanya passe sur les yeux de chacun. Un à un, ils détournent la tête.

Finalement, elle trouve un homme et agite la photo sous son nez.

— Vous le connaissez ? Sa famille n'est-elle pas à sa recherche ?

L'homme regarde l'image puis l'uniforme de Kanya.

— Il n'a pas de famille.

Kanya sursaute de surprise.

— Vous le connaissez ? Qui était-il ?

— Il est mort, alors ?

— N'a-t-il pas l'air mort ?

Ils étudient tous les deux la photo exsangue, le visage ravagé.

— Je lui avais dit qu'il y avait mieux à faire que de travailler dans une usine. Il ne m'a pas écouté.

— Vous dites qu'il travaillait à la ville ?

— C'est exact.

— Savez-vous où ?

L'homme secoue la tête.

— Où vivait-il ?

L'homme désigne l'ombre noire d'une maison sur pilotis. Kanya fait signe à ses hommes.

— Mettez cette maison en quarantaine.

Elle resserre son masque et entre, balayant l'espace de sa lampe. C'est sinistre. Brisé, étrange et vide. La poussière scintille dans le faisceau des LED. Savoir que son propriétaire est déjà mort lui semble de mauvais augure. L'esprit de l'homme pourrait être là. Son fantôme affamé rôdant et furieux qu'il ne soit plus de ce monde, qu'il soit tombé malade. Qu'il ait peut-être été assassiné. Elle passe ses doigts sur ses quelques effets et regarde partout. Il n'y a rien. Elle sort. Au lointain, la ville se réveille dans un halo vert, l'endroit où s'est enfui le mort quand l'élevage de poissons est devenu instable. Elle retourne voir l'homme.

— Vous êtes sûr de ne pas savoir quoi que ce soit sur l'endroit où il travaillait ?

L'homme secoue la tête.

— Vraiment rien ? Même pas un nom ? N'importe quoi ?

Elle tente de ne pas montrer son désespoir. Il secoue à nouveau la tête. Frustrée, elle se détourne et observe le village dans la pénombre. Les crickets stridulent, les capricornes ivoire craquettent. Ils sont au bon endroit. Elle est si proche. Où est cette usine ? Gi Bu Sen avait raison. Elle devrait se contenter de brûler tout le district industriel. Dans le temps, quand les chemises blanches étaient puissants, cela aurait été facile.

— Tu veux tout brûler ? (Jaidee ricane.) Tu penses comme moi maintenant ?

Elle ignore sa provocation. Tout près, une jeune fille l'observe intensément. Quand Kanya le remarque, elle détourne les yeux. Kanya touche l'épaule de Pai.

— Celle-ci.

— La fille ?

Il est surpris mais Kanya s'approche déjà d'elle. La fille a l'air de vouloir s'enfuir. Kanya s'agenouille à distance. Fait signe à la fille de s'approcher.

— Toi. Quel est ton nom ?

La fille est déchirée entre deux émotions. Elle a envie de s'enfuir, mais Kanya a une autorité qui ne peut être niée.

— Viens ici. Donne-moi ton nom.

Elle répète son signe et cette fois, la fille se permet de s'approcher.

— Mai, murmure-t-elle.

Kanya lui montre la photo.

— Tu sais où cet homme travaillait, n'est-ce pas?

Mai secoue la tête, mais Kanya sait qu'elle ment. Les enfants sont de très mauvais menteurs. Kanya a été une très mauvaise menteuse. Quand les chemises blanches lui ont demandé où sa famille cachait leur élevage de carpes, elle leur a répondu au sud et ils sont allés vers le nord avec des sourires entendus d'adultes.

Elle offre la photo à la fille.

— Tu comprends à quel point c'est dangereux, non?

La fille hésite.

— Allez-vous brûler le village?

Kanya tente de cacher les émotions qui la traversent.

— Bien sûr que non. (Elle sourit à nouveau, parle doucement.) Ne t'inquiète pas, Mai. Je sais ce que c'est d'avoir peur. J'ai grandi dans un village comme celui-ci. Je sais à quel point c'est difficile. Mais tu dois m'aider à trouver la source de cette maladie, ou d'autres vont mourir.

— On m'a dit de ne pas parler.

— Et c'est très bien de respecter nos aînés. (Kanya attend un instant avant de continuer.) Mais nous sommes tous loyaux à Sa Royale Majesté la Reine et elle aimerait que nous soyons tous en sécurité. La Reine voudrait que tu nous aides.

Mai hésite encore mais dit:

— Trois autres travaillaient à l'usine.

Kanya se penche en avant, tentant de cacher son avidité.

— Laquelle?

Mai hésite et Kanya se rapproche.

— Combien de *phii* te rendront responsable si tu les autorises à mourir avant que leur *kamma* le leur permette?

Mai hésite encore.

Pai propose:

— Si nous lui brisons les doigts, elle parlera.

La fille est effrayée. Kanya lève une main rassurante.

— Ne t'inquiète pas. Il ne fera rien. C'est un tigre, mais je tiens sa laisse. S'il te plaît. Aide-nous juste à sauver la ville. Permets-nous de sauver Krung Thep.

La fille détourne les yeux, vers les ruines scintillantes de Bangkok de l'autre côté de l'eau.

— L'usine est fermée maintenant. Vous l'avez fermée.

— C'est très bien alors. Mais nous devons nous assurer que la maladie n'aille pas plus loin. Quel est le nom de cette usine?

La réponse vient à regret.

— SpringLife.

Kanya fronce les sourcils, tente de se souvenir du nom.

— Une manufacture de piles-AR? L'une des Chaozhou?

Mai secoue la tête.

— Un *farang*. Un très riche *farang*.

Kanya s'installe à côté d'elle.

— Raconte.

CHAPITRE 31

Anderson trouve Emiko recroquevillée devant sa porte et, soudain, une bonne nuit devient incertaine.

Pendant les derniers jours, il a travaillé comme un fou à préparer l'invasion, handicapé qu'il est d'être déconnecté de son usine. Il a perdu des jours entiers à cause de son insouciance avant de parvenir à SpringLife malgré la pléthore de patrouilles de chemises blanches qui enfermaient le district industriel. Sans la découverte de l'issue de secours de Hock Seng, il serait encore dehors à rôder dans les allées, à chercher une méthode d'approche.

Ainsi, Anderson s'est glissé par les persiennes du bureau de SpringLife, le visage noirci et un grappin roulé sur son épaule tout en remerciant le vieux fou qui, quelques jours plus tôt, lui a volé tous les salaires.

L'usine puait. Les cuves d'algues pourrissaient mais rien ne bougeait dans la pénombre, il en a été reconnaissant. Si les chemises blanches avaient posté des gardes à l'intérieur… Anderson gardait une main sur la bouche en se glissant dans la salle principale puis le long de la chaîne de fabrication. La puanteur de la pourriture et des bouses de mastodontes s'était épaissie.

À l'ombre des tamis à algues et de la presse à couper, il a examiné le sol. Si près des cuves, l'odeur était immonde, comme si une vache y était morte et s'y était décomposée. La puanteur du dernier stade du plan optimiste de Yates pour un nouvel avenir énergétique.

Anderson s'est agenouillé et a dégagé les algues en décomposition autour d'une des bondes. Il a passé ses doigts sur les bords, pour chercher un appui. Il a tiré. La grille d'acier s'est élevée en gémissant. Aussi silencieusement que possible, Anderson a roulé le lourd couvercle sur le côté et l'a posé sur le béton. Allongé sur le sol, il a prié pour ne pas surprendre un serpent ou un scorpion et plongé son bras dans le trou. Ses doigts ont cherché à tâtons dans le noir, se sont enfoncés plus profondément dans l'obscurité humide.

Un instant, il a eu peur que cela se soit détaché, que cela ait flotté jusqu'aux égouts des pompes du roi Rama, mais ses doigts ont touché la peau huilée. Il l'a sortie du trou en souriant. Un livre de codes. Pour les urgences qu'il n'aurait jamais imaginé rencontrer.

Dans le clair-obscur des bureaux, il a composé des numéros et alerté des opérateurs en Birmanie et en Inde, envoyé des secrétaires chercher des fils de codes inutilisés depuis la Finlande.

Deux jours plus tard, sur l'île flottante de Koh Angrit, il arrangeait les derniers détails avec les chefs des équipes de frappe dans le complexe AgriGen. Les armes devaient arriver le lendemain, les équipes d'invasion se rassembler. Et l'argent avait déjà été envoyé, l'or et le jade qui allaient aider les généraux à changer de loyauté et à se retourner contre leur vieil ami le général Pracha.

Maintenant, toutes ses préparations effectuées, il revient à la ville pour trouver Emiko recroquevillée devant sa porte, malheureuse et couverte de sang. Dès qu'elle le voit, elle plonge dans ses bras en sanglotant.

— Qu'est-ce que tu fais ici ? murmure-t-il.

Il la berce contre lui en déverrouillant sa porte et la fait entrer. Sa peau est brûlante. Il y a du sang partout. Des entailles marquent son visage et couvrent ses bras de cicatrices. Il ferme rapidement la porte.

— Que t'est-il arrivé ?

Il l'écarte et tente de l'inspecter. Elle est un chaudron de sang mais les blessures sur son visage et ses bras n'expliquent pas tout le sang qui la recouvre.

— À qui est ce sang ?

Elle secoue la tête. Recommence à sangloter.

— Occupons-nous de te laver.

Il l'emmène dans la salle de bains, ouvre la douche d'eau fraîche et la pousse dessous. Elle tremble à présent, elle regarde autour d'elle, les yeux brillants de fièvre et de terreur. Elle a l'air à moitié folle. Il tente de lui retirer sa veste courte pour la débarrasser de ses vêtements ensanglantés mais son visage se tord, enragé.

— Non !

Elle le gifle. Il recule, la main sur la joue.

— Qu'est-ce qui se passe ? (Il la fixe des yeux, choqué. Seigneur, qu'elle a été rapide !) Qu'est-ce qui t'arrive, merde ?

La lueur d'animal paniqué quitte ses yeux. Elle a le regard vide puis elle se reprend, redevient humaine.

— Je suis désolée, murmure-t-elle. Vraiment désolée. (Elle s'affaisse, se roule en boule sous l'eau.) Tellement désolée. Tellement désolée.

Elle est revenue au japonais.

Anderson s'accroupit à côté d'elle, ses propres vêtements trempés par le jet d'eau.

— Ne t'inquiète pas. (Sa voix est douce.) Pourquoi n'enlèves-tu pas ces vêtements ? On te trouvera quelque chose d'autre. D'accord ? Tu peux faire ça ?

Elle hoche mollement la tête. Retire sa veste. Dénoue son *pha sin*. Se recroqueville, nue, sous l'eau fraîche. Il la laisse sous le jet. Prend ses vêtements ensanglantés, les emballe dans un drap et les descend dehors. Il y a des gens partout. Il les ignore, marche rapidement dans l'ombre, emporte les vêtements jusqu'au *khlong*. Il les jette à l'eau où les poissons à tête de serpent et les carpes bodhi les mangeront avec une détermination obsessionnelle. L'eau grouille, bouillonne quand ils commencent à déchiqueter les vêtements ensanglantés.

Quand il retourne à son appartement, Emiko est sortie de la douche, ses cheveux noirs collent à son visage, elle ressemble à une pauvre petite créature effrayée. Il ouvre sa boîte de médicaments. Il verse de l'alcool sur les coupures, y fait pénétrer de l'antiviral. Elle ne fait pas un bruit. Ses ongles sont cassés, ravagés. Elle a des bleus partout sur le corps. Mais, malgré tout le sang qui la recouvrait, elle semble miraculeusement peu touchée.

— Que s'est-il passé ? demande-t-il gentiment.

Elle se recroqueville contre lui.

— Je suis seule. Il n'y a pas de lieu pour le Nouveau Peuple.

Elle tremble de plus en plus fort.

Il la serre contre lui, sent la chaleur de sa peau.

— Tout va bien. Tout va changer bientôt. Ce sera différent.

Elle secoue la tête.

— Non, je ne pense pas.

Un instant plus tard, elle est endormie, elle respire avec régularité, son corps relâche finalement ses tensions dans l'inconscience.

Anderson se réveille en sursaut. Le ventilateur à manivelle s'est arrêté par manque de joules. Il est couvert de sueur. À côté de lui, Emiko gémit et s'agite, elle est bouillante. Il roule, s'éloigne, s'assied.

Une légère brise venue de la mer traverse l'appartement, c'est un soulagement. Il regarde la ville dans le noir à travers la moustiquaire. Le méthane a été coupé pour la nuit. Il peut voir quelques lueurs au loin sur la communauté flottante de Thonburi où les élevages piscicoles échappent aux transgenèses grâce à un effort permanent de recherche.

On frappe à sa porte. Fort et de manière insistante.

Les yeux d'Emiko s'ouvrent soudain. Elle s'assied.

— Qu'est-ce que c'est ?

— Quelqu'un à la porte.

Il s'apprête à quitter le lit, mais elle le retient, ses ongles déchiquetés s'enfoncent dans son bras.

— N'ouvre pas. (Sa peau est très pâle dans le clair de lune, ses yeux énormes et effrayés.) S'il te plaît.

Les coups sur la porte s'intensifient. Insistants.

— Pourquoi pas ?

— Je… (Elle s'interrompt.) Ce sont les chemises blanches.

— Quoi ? (Le cœur d'Anderson manque un battement.) Ils t'ont suivie ici ? Pourquoi ? Que t'est-il arrivé ?

Elle secoue la tête, malheureuse. Il la fixe des yeux, se demande quelle sorte d'animal a envahi sa vie.

— Que s'est-il vraiment passé cette nuit?

Elle ne répond pas. Ses yeux restent fixés sur la porte contre laquelle on continue à tambouriner. Anderson sort du lit, se dirige rapidement vers la porte, crie:

— Une seconde. Je m'habille.

— Anderson! (C'est la voix de Carlyle.) Ouvre. C'est important.

Anderson se tourne et regarde Emiko.

— Ce ne sont pas les chemises blanches. Va te cacher maintenant.

— Non? (Un instant, le soulagement détend les traits d'Emiko. Mais il disparaît tout aussi rapidement. Elle secoue la tête.) Tu te trompes.

Anderson lui jette un regard furieux.

— C'est avec les chemises blanches que tu t'es battue? C'est comme ça que tu as écopé de toutes ces entailles?

Elle secoue la tête d'un air malheureux, se contente de se recroqueviller en une petite boule défensive.

— Jésus et Noé!

Anderson sort des vêtements de l'armoire, les jette sur elle, des cadeaux qu'il lui a achetés pour montrer son intoxication.

— Tu es peut-être prête à ce que tout le monde nous voie ensemble, mais je ne tiens pas à ruiner ma réputation. Habille-toi. Cache-toi dans l'armoire.

Elle secoue encore la tête. Anderson s'efforce de contrôler sa voix, de rester mesuré. C'est comme s'il parlait à une bûche. Il s'agenouille, prend son menton dans ses mains, la force à le regarder.

— C'est un de mes associés. Cela ne te concerne pas. Mais j'ai quand même besoin que tu te caches jusqu'à ce qu'il parte. Tu comprends? Tu dois juste te cacher un moment. Je ne veux pas qu'il nous voie ensemble. Cela lui donnerait un avantage sur moi.

Elle semble retrouver la vue. La lueur de fatalisme hypnotique quitte son regard. Carlyle tambourine encore. Les yeux d'Emiko se tournent vers la porte, puis vers Anderson.

— Ce sont des chemises blanches, chuchote-t-elle. Ils sont nombreux. Je peux les entendre. (Soudain, elle se reprend.) Ce sera les chemises blanches, ça ne sert à rien de se cacher.

Anderson lutte contre son envie de crier.

— Ce ne sont pas les chemises blanches.

Carlyle continue à frapper sur la porte.

— Ouvre, putain, Anderson!

Il répond.

— Une seconde. (Il enfile un pantalon et la regarde avec fureur.) Ce ne sont pas ces putains de chemises blanches. Carlyle se trancherait la gorge plutôt que d'entrer dans leur lit.

La voix de Carlyle résonne dans l'appartement.

— Presse-toi, nom de Dieu!

— J'arrive. (Il se retourne vers elle, lui ordonne:) Cache-toi. *Maintenant!*

Ce n'est plus une demande, mais un ordre destiné à son héritage génétique et à son entraînement.

Son corps s'anime. Elle hoche la tête.

— Je ferai ce que vous voulez.

Elle s'habille. Ses gestes saccadés sont rapides, presque brumeux. Sa peau scintille. Elle enfile une blouse et un pantalon large. Elle est extraordinairement rapide. Ses mouvements sont étrangement fluides et soudain gracieux.

— Se cacher ne servira à rien, annonce-t-elle.

Elle se retourne et court vers le balcon.

— Qu'est-ce que tu fais ?

Elle se tourne vers lui et lui sourit, elle semble vouloir dire quelque chose mais se contente de plonger par-dessus la balustrade et de disparaître dans le noir.

— Emiko !

Anderson court jusqu'au balcon.

Dans le noir, il n'y a rien. Ni personne, ni cri, ni bruit de chute, ni plainte. Rien. Rien que le vide. Comme si la nuit l'avait avalée. Les coups sur la porte reprennent.

Le cœur d'Anderson bat trop fort dans sa poitrine. Où est-elle ? Comment a-t-elle réalisé ça ? Ce n'est pas naturel. Elle était si rapide, si déterminée. Une seconde sur le balcon et, la suivante, disparue, par-dessus bord. Anderson fouille la pénombre. Il est impossible qu'elle ait sauté vers un autre balcon, pourtant… Est-elle tombée ? Est-elle morte ?

La porte explose, enfoncée. Anderson se retourne vivement. Carlyle titube dans l'appartement.

— Qu'est-ce que… ?

Des panthères noires suivent Carlyle, l'écartent de leur chemin. Leurs armures de combat brillent dans le noir, ce sont des ombres militaires. L'un des soldats attrape Anderson et le plaque face contre mur. Des mains fouillent son corps. Il se débat, on écrase son visage sur la paroi. D'autres hommes entrent. Toutes les portes sont défoncées, des éclats volent en tous sens. Des bottes claquent partout autour de lui. Une avalanche d'hommes. Le verre se brise. Les plats dans la cuisine s'écrasent par terre.

Anderson se tord le cou pour voir ce qui se passe. Une main l'agrippe par les cheveux et lui cogne le

visage contre le mur. La douleur et le sang envahissent sa bouche. Il s'est mordu la langue.

— Qu'est-ce que vous faites, bordel ? Savez-vous
qui je suis ?

Il étouffe presque quand on jette Carlyle au sol à
côté de lui, attaché. Son visage est couvert d'ecchymoses. Il a un œil gonflé, fermé, et des traces noires
sur l'arcade sourcilière. Ses cheveux bruns sont
ensanglantés.

— Seigneur !

Les soldats attachent les mains d'Anderson dans
son dos, l'attrapent par les cheveux, le traînent.
L'un d'eux lui crie dessus, si rapidement qu'il ne
comprend rien. Les yeux écarquillés, le visage
couvert de bave, enragé. Finalement, Anderson
comprend un mot : *tic-tac*.

— *Où est l'automate ? Où le caches-tu ? Où ? Où ?*

Les panthères saccagent son appartement, explo-
sant les serrures et les verrous à coups de crosse
de fusil. D'énormes mastiffs automates surgissent,
aboient, bavent, reniflent partout, hurlent quand ils
flairent l'odeur d'Emiko. Un homme recommence à
lui crier dessus, une sorte de capitaine.

— Que se passe-t-il ? redemande Anderson. J'ai
des amis…

— Pas beaucoup.

Akkarat passe la porte.

— Akkarat ! (Anderson tente de se retourner mais
les panthères le repoussent contre le mur.) Que se
passe-t-il ?

— Je vous retourne la question.

Akkarat hurle des ordres. Anderson ferme les
yeux, désespérément reconnaissant que la fille
automate ne se soit pas cachée dans une armoire

comme il l'avait suggéré. Qu'on la trouve avec lui, qu'on les surprenne ensemble…

L'un des panthères revient, le pistolet à ressort d'Anderson à la main.

Akkarat grimace de dégoût.

— Avez-vous un permis de port d'armes?

— Nous sommes en train de fomenter une révolution et vous me demandez si j'ai un permis?

Akkarat fait signe à ses hommes. Anderson est de nouveau projeté contre le mur. La douleur explose dans son crâne. La pièce s'assombrit, ses genoux se dérobent. Il chancelle, flageole sur ses jambes.

— Qu'est-ce qui se passe, bordel?

Akkarat demande le pistolet. Le saisit. Le remonte avec nonchalance, l'arme paraît énorme entre ses mains.

— Où est la fille automate?

Anderson crache du sang.

— Qu'est-ce que ça peut vous faire? Vous n'êtes pas un chemise blanche ni un grahamite.

Le panthère cogne à nouveau Anderson contre la paroi. Des points colorés dansent devant les yeux de Lake.

— D'où venait cette fille automate? demande Akkarat.

— Elle est japonaise! De Kyoto, je crois!

Le ministre pose le canon du pistolet sur la tête d'Anderson.

— Comment l'avez-vous fait entrer dans le pays?

— *Quoi?*

Akkarat le frappe avec la crosse. Le monde s'assombrit.

On lui jette de l'eau sur la figure. Anderson toussote. Il est assis par terre. Le ministre presse le canon du pistolet sur sa gorge, le force à se relever, à se mettre sur la pointe des pieds. Anderson déglutit.

— Comment avez-vous fait entrer cette automate dans le pays? répète Akkarat.

La sueur et le sang piquent les yeux d'Anderson. Il cille et secoue la tête.

— Je ne l'ai pas fait entrer. (Il crache du sang.) Elle a été abandonnée par les Japonais. Comment pourrais-je trouver un automate?

Akkarat sourit, dit quelque chose à ses hommes.

— Un automate militaire aurait été rejeté par les Japonais? (Il secoue la tête.) Je ne pense pas.

Il frappe Anderson aux côtes avec la crosse. Une fois. Deux fois. De chaque côté. Lake hurle et se plie en deux, il tousse et tente de s'écarter. Akkarat le redresse.

— Pourquoi une automate militaire se retrouverait-elle dans la cité des êtres divins?

— Ce n'est pas une automate soldat, proteste Anderson. Ce n'est qu'une secrétaire… c'était juste…

L'expression du ministre ne change pas. Il fait pivoter Anderson, lui cogne la tête contre le mur, écrase les os. Anderson pense que sa mâchoire est cassée. Les mains d'Akkarat lui écartent les doigts. Anderson essaie de refermer son poing, gémit, il sait ce qui l'attend, mais les mains du ministre sont fortes, ouvrent les siennes. Lake ressent un picotement, il est sans défense.

Ses doigts se tordent. Se brisent.

Il hurle.

Quand il en a fini de gémir et de trembler, Akkarat l'attrape par les cheveux et lui tire la tête en arrière pour le regarder dans les yeux. Sa voix est très calme.

— C'est un soldat et une tueuse, et tu es celui qui l'a présentée au Somdet Chaopraya. Où est-elle ?

— Une tueuse ? (Anderson secoue la tête, s'efforce d'éclaircir ses pensées.) Elle n'est rien. Un reste de Mishimoto. De l'ordure japonaise.

— Le ministère de l'Environnement a raison sur un point. On ne peut pas se fier aux animaux d'AgriGen. Vous évoquez une automate comme un jouet de plaisir et vous présentez un assassin au protecteur de la Reine. (Il approche encore son visage enragé de celui d'Anderson.) Tu aurais aussi bien pu tuer un membre de la famille royale.

— C'est impossible ! (Anderson n'essaie même pas de cacher l'hystérie dans sa voix. Ses doigts brisés tremblent, il a du sang plein la bouche.) C'est de la camelote. Elle ne peut pas faire ce genre de truc. Vous devez me croire.

— Elle a tué trois hommes et leurs gardes du corps. Huit personnes. C'est une preuve indiscutable.

Anderson se souvient d'Emiko recroquevillée devant sa porte, couverte de sang. *Huit hommes ?* Il se remémore son plongeon du balcon vers la pénombre, comme un fantôme. *Et s'ils avaient raison ?*

— Il y a forcément une autre explication. Ce n'est qu'une putain d'automate. Ils ne savent qu'obéir.

Emiko au lit, recroquevillée, sanglotante. Son corps déchiré et égratigné.

Anderson inspire profondément, tente de contrôler sa voix.

— S'il vous plaît. Vous devez me croire. Nous ne compromettrions pas tout ça. AgriGen n'a aucun intérêt à la mort du Somdet Chaopraya. Personne ne peut en profiter. Cela donne plutôt un avantage au ministère de l'Environnement. Nous avons tant à gagner d'une bonne relation.

— Pourtant, vous lui avez présenté son assassin.

— C'est complètement délirant. Comment quelqu'un pourrait-il introduire une automate militaire dans ce pays et la cacher? Cette automate est ici depuis des années. Demandez autour de vous. Vous verrez. Elle a payé les chemises blanches pour se protéger et son papa-san produisait son spectacle depuis une éternité.

Il bafouille mais, cette fois, Akkarat l'écoute. La rage froide a quitté les yeux du ministre, remplacée par du respect. Anderson crache du sang et fixe le regard d'Akkarat.

— Oui, j'ai présenté cette créature. Parce que c'était une nouveauté, uniquement. Tout le monde connaît sa réputation. (Il frémit en voyant un nouvel accès de colère déformer le visage d'Akkarat.) S'il vous plaît, écoutez-moi. Faites une enquête. Si vous enquêtez, vous verrez que ce n'était pas nous. Il doit y avoir une autre explication. Nous n'avons pas idée… (Il s'interrompt, épuisé.) Faites des recherches.

— Impossible. C'est le ministère de l'Environnement qui s'occupe de l'affaire.

— *Quoi ?* (Anderson ne peut retenir sa stupéfaction.) À quel titre ?

— L'automate est un objet invasif, il est de leur compétence.

— Et vous croyez que je suis derrière tout ça? Alors que ce sont ces salauds qui contrôlent l'enquête ?

Anderson envisage des implications, des explications, des excuses, n'importe quoi pour gagner du temps.

— Vous ne pouvez pas leur faire confiance. Pracha et ses hommes… (Il s'interrompt.) Pracha pourrait facilement nous coincer. Il ne lui faudrait qu'une seconde. Peut-être a-t-il eu vent de nos plans ? Peut-être se prépare-t-il à nous balayer dès maintenant, en utilisant cette affaire comme un prétexte. S'il savait que le Somdet Chaopraya était contre lui…

— Nos plans étaient secrets, l'interrompt Akkarat.

— Rien n'est secret. Pas à l'échelle à laquelle nous travaillons. Un général peut avoir laissé échapper une allusion à un vieil ami. Réfléchissez, il a assassiné trois des nôtres et nous nous accusons les uns les autres.

Akkarat réfléchit. Anderson attend en retenant son souffle.

Finalement, le ministre secoue la tête.

— Non. Pracha ne s'en serait jamais pris à l'autorité royale. C'est une ordure, mais il reste thaï.

— Ce n'était pas moi non plus. (Anderson baisse les yeux sur Carlyle.) Ce n'était pas nous. Il doit y avoir une autre explication.

Il panique et se met à tousser, une toux qui se transforme en spasme incontrôlé. Finalement, il se calme. Il a mal aux côtes. Il crache du sang et se demande si un coup ou un autre ne lui a pas percé un poumon.

Il lève les yeux sur Akkarat, s'efforce de contrôler ses mots. Pour qu'ils comptent. Pour paraître raisonnable.

— Il doit y avoir un moyen de découvrir ce qui est véritablement arrivé au Somdet Chaopraya. Un lien, quelque chose.

Un panthère s'approche et murmure à l'oreille d'Akkarat. Anderson pense l'avoir rencontré pendant la fête sur la barge. L'un des hommes du Somdet Chaopraya. Le dur avec un visage sauvage et des yeux immobiles. Il murmure encore quelques mots. Akkarat hoche vivement la tête.

— *Khap*.

Il fait signe à ses hommes de pousser Anderson et Carlyle dans l'autre pièce.

— Très bien, *Khun* Anderson. Nous allons voir ce que nous pouvons découvrir. (On le pousse sur le sol à côté de Carlyle.) Installez-vous confortablement. J'ai donné douze heures à mes hommes pour enquêter. Vous feriez mieux de prier votre dieu grahamite que votre histoire soit confirmée.

Anderson sent une bouffée d'espoir.

— Trouvez tout ce que vous pouvez. Vous verrez que ce n'était pas nous. (Il suce sa lèvre ensanglantée.) Que cette automate n'est rien d'autre qu'un jouet japonais. Quelqu'un d'autre est responsable de ça. Les chemises blanches essaient seulement de nous monter les uns contre les autres. Dix contre un que ce sont les chemises blanches.

— Nous verrons.

Anderson laisse sa tête rouler contre le mur, l'adrénaline et l'énergie nerveuse brûlent sous sa peau. Ses mains vibrent. Le doigt cassé pend, inutile. Le temps. Il a gagné du temps. Maintenant, il suffit d'attendre. De trouver une autre prise pour survivre. Il tousse, réveillant la douleur dans ses côtes.

À côté de lui, Carlyle gémit mais ne se ranime pas. Anderson tousse encore et fixe le mur, il se prépare pour le prochain affrontement avec Akkarat. Pendant qu'il examine l'affaire sous différents angles et tâche de comprendre ce qui a pu provoquer un tel bouleversement, les images qui s'imposent à lui sont celles de la fille automate courant vers le balcon et plongeant dans le noir, plus véloce que tout ce qu'il a déjà vu. Un spectre tout en grâce sauvage. Rapide et fluide. Et, avec la vitesse, effroyablement belle.

CHAPITRE 32

La fumée se répand autour de Kanya. Quatre corps découverts, en plus de ceux qu'ils ont déjà trouvés dans les hôpitaux. L'épidémie mute plus rapidement que ce à quoi elle s'attendait. Gi Bu Sen a laissé entendre que c'était possible, mais le compte des cadavres la remplit d'angoisse.

Pai se déplace sur les berges du bassin à poissons. Ils y ont déversé du chlore et de la chaux en énormes quantités. Des nuages de puanteur acide font tousser tout le monde. L'odeur de la peur.

Elle se souvient d'autres bassins traités, d'autres personnes rassemblées pendant que les chemises blanches faisaient le tour du village, brûlant tout sur leur passage. Elle ferme les yeux. Comme elle a pu haïr les chemises blanches à cette époque. C'est grâce à cette haine, à son intelligence et à son tempérament décidé que le *jao por* local l'a envoyée à la capitale avec pour instruction de se porter volontaire pour les chemises blanches, d'opérer avec eux, de se faire apprécier. Un parrain de la campagne, travaillant de concert avec les ennemis des chemises blanches, cherchant vengeance contre les responsables de l'usurpation de son pouvoir.

Des dizaines d'autres enfants sont allés supplier devant la porte du ministère, tous avec les mêmes instructions. De ceux avec lesquels elle est arrivée, elle a été la seule à grimper si haut, mais il y en a d'autres, elle le sait, d'autres comme elle, implantés partout. D'autres enfants loyaux et amers.

— Je te pardonne, murmure Jaidee.

Kanya secoue la tête et l'ignore. Fait signe à Pai que les bassins sont prêts à être comblés et ensevelis. S'ils ont de la chance, le village cessera totalement d'exister. Ses hommes travaillent vite, pressés de partir. Ils portent tous des masques et des costumes de protection mais, avec la chaleur, ces boucliers sont plus une torture qu'autre chose.

Encore des nuages de fumée acide. Les villageois pleurent. La fille, Mai, fixe Kanya d'un air impassible. C'est un moment formateur pour un enfant. Ce souvenir restera comme une arête dans sa gorge, elle ne s'en libérera jamais.

Le cœur de Kanya se serre. *Si seulement tu pouvais comprendre.* Mais il est impossible à quelqu'un d'aussi jeune d'appréhender les brutalités de la vie.

Si seulement j'avais pu comprendre.

— Capitaine Kanya!

Elle se retourne. Un homme dévale les digues, patauge dans la boue des rizières, au milieu des pousses de riz. Pai lève les yeux, intéressé, Kanya lui fait signe de s'éloigner. Le messager la rejoint, haletant.

— Le sourire du Bouddha sur vous et votre ministère.

Il attend.

— Maintenant? (Kanya le fixe des yeux, jette un regard vers le village en feu.) Vous voulez que je vienne maintenant?

Le jeune garçon regarde nerveusement autour de lui, surpris de sa réponse. Kanya écarte les bras d'impatience.

— Répétez le message. Maintenant ?

— Le sourire du Bouddha sur vous et votre ministère. Toutes les routes commencent au cœur de Krung Thep. Toutes les routes.

Kanya grimace et appelle son lieutenant.

— Pai ! Je dois y aller.

— Maintenant ?

Il maîtrise sa surprise et s'approche de Kanya. Elle hoche la tête.

— C'est inévitable. (Elle désigne les maisons de bambous en flammes.) Terminez le boulot.

— Et les villageois ?

— Laissez-les ici, attachés. Envoyez de la nourriture. Si personne ne tombe malade cette semaine, nous en aurons terminé.

— Vous pensez que nous pourrions avoir autant de chance ?

Kanya se force à sourire, il ne lui est pas naturel de rassurer quelqu'un de l'expérience de Pai.

— On peut l'espérer. (Elle fait signe au garçon.) Je vous suis. (Elle se tourne vers Pai.) Retrouvez-moi au ministère quand vous en aurez terminé. Nous avons un autre endroit à brûler.

— L'usine *farang* ?

Kanya sourit presque à son empressement.

— Nous ne pouvons pas ne pas nettoyer la source. N'est-ce pas notre travail ?

— Vous êtes un nouveau Tigre, s'exclame Pai.

Il la frappe dans le dos avant de se souvenir de son rang, de lui dédier un *wai* d'excuse et de retourner à la destruction du village.

— Un nouveau Tigre, marmonne Jaidee en elle. Excellent pour toi.

— C'est de ta faute. Tu leur as appris à avoir besoin de quelqu'un de radical.

— Alors ils t'ont choisie ?

Kanya soupire.

— Il suffit apparemment d'avoir une torche en main.

Jaidee rit.

Un scooter-AR l'attend de l'autre côté des digues. Le garçon grimpe dessus, elle s'installe derrière lui. Ils traversent les rues de la ville, serpentent autour des mastodontes et des vélos. Le petit klaxon leur dégage le chemin. La ville devient brume autour d'eux. Des vendeurs de poisson, des marchands de vêtements, des hommes aux amulettes avec leur Phra Seub dont Jaidee se moquait si souvent et que Kanya garde précieusement près de son cœur sur une fine chaîne.

— Tu demandes la faveur de bien trop de dieux, a observé Jaidee quand elle l'a touché avant de quitter le village.

Mais elle l'a ignoré et murmuré une prière à Phra Seub, espérant une protection qu'elle sait ne pas mériter.

Le scooter ralentit, s'arrête, elle en saute. Le filigrane d'or du temple du pilier de la cité brille dans l'aube. Tout autour, les femmes vendent des soucis pour faire des offrandes. La psalmodie des moines et la musique des danses *khon* se répercutent sur les murs blanchis. Le garçon disparaît avant qu'elle n'ait la possibilité de le remercier. Ce n'est qu'une des nombreuses personnes qui doivent un service à Akkarat. Le scooter est probablement un cadeau pour s'assurer de sa loyauté.

— Et toi, tu gagnes quoi, chère Kanya? demande Jaidee.

— Tu le sais, marmonne-t-elle. J'obtiens ce que j'ai juré d'obtenir.

— Et tu le désires toujours?

Elle ne lui répond pas, franchit la barrière qui garde le temple. Même à l'aube, il est rempli de fidèles, inclinés devant les statues du Bouddha et l'autel à Phra Seub, presque aussi important que celui du ministère. Le temple bruisse de gens déposant leurs offrandes de fleurs et de fruits, agitant les bâtonnets de fortune pour connaître leur avenir – et par-dessus tout ce bruit, les moines psalmodient, veillent sur la cité avec leurs prières, leurs amulettes et le *saisin* qui s'étend du temple aux digues et aux pompes. Le fil sacré oscille dans la lumière grise, maintenu par des pylônes aux endroits où il croise la voie publique, s'étirant sur des kilomètres avant d'encercler les digues. La psalmodie des moines est un bourdonnement constant qui protège la cité des êtres divins des vagues qui menacent de l'engloutir.

Kanya achète de l'encens et des offrandes de nourriture, les emporte dans les confins plus frais du temple, descend les marches de marbre. Elle s'agenouille devant le vieux pilier d'Ayutthaya la ravagée et celui, plus grand, de Bangkok. Le lieu où sont inscrits tous les chemins. Le cœur de Krung Thep, et le foyer des esprits qui le protègent. Si elle se tenait sur le seuil du temple et regardait vers les digues, elle pourrait les voir s'élever au-dessus de la ville. Ils se trouvent dans les profondeurs d'une cuvette. Ils sont exposés de tous côtés. Ce temple… elle allume l'encens et montre son respect.

— Ne te sens-tu pas hypocrite de venir ici par la seule volonté du Commerce ?

— La ferme, Jaidee.

Il s'agenouille à côté d'elle.

— Au moins, tu offres de bons fruits.

— La ferme !

Elle veut prier mais, avec Jaidee qui l'importune, elle n'y parvient pas. Une minute plus tard, elle abandonne et ressort vers la lumière du matin et la chaleur. Narong est là, appuyé contre un pylône, il observe les danses *khon*. Les battements des tambours et les danseurs tournent de manière stylisée, leurs voix s'élèvent, haut perchées, austères, combattent le bourdonnement des moines de haut rang de l'autre côté de la cour. Kanya se joint à lui.

Narong lève une main.

— Attends que ce soit fini.

Elle maîtrise son irritation et trouve un siège, regarde se dérouler l'histoire de Rama. Finalement, Narong hoche la tête, satisfait.

— C'est bien, n'est-ce pas ? (Il penche la tête vers l'autel de la ville.) As-tu fait tes offrandes ?

— Tu t'en soucies ?

D'autres chemises blanches se rassemblent dans le complexe, font leurs propres offrandes. Ils demandent des promotions, des missions qui paient mieux. Ils demandent le succès dans leurs enquêtes. Ils demandent protection contre les maladies dont ils croisent chaque jour les effluves. Par nature, c'est un autel du ministère de l'Environnement, presque aussi important que le temple de Phra Seub, leur martyr de la biodiversité. Cela la rend nerveuse de discuter avec Narong devant eux, mais lui semble totalement indifférent.

— Nous aimons tous la cité, dit-il. Même Akkarat fera tout pour la défendre.

Kanya grimace.

— Que voulez-vous de moi?

— Que tu es impatiente! Viens, marchons.

Elle fronce les sourcils. Narong ne semble pas pressé, pourtant, il l'a appelée comme s'il s'agissait d'une urgence. Elle réprime sa fureur et maugrée:

— Sais-tu ce que tu as interrompu?

— Raconte pendant que nous marchons.

— J'ai un village avec cinq morts et nous n'en avons toujours pas isolé la cause.

Il la regarde du coin de l'œil.

— Une nouvelle cibiscose?

Ils sortent du complexe, dépassent les vendeuses de soucis et continuent.

— Nous ne savons pas. (Elle maîtrise sa frustration.) Mais vous m'empêchez de travailler, cela vous amuse peut-être de me faire courir comme un chien mais...

— Nous avons un problème, la coupe Narong. Et, même si tu penses que ton village est important, ce n'est rien en comparaison. Quelqu'un est mort. Quelqu'un de très haut placé. Nous avons besoin de ton aide pour l'enquête.

Elle rit.

— Je ne suis pas de la police...

— Ce n'est pas une affaire de police. Une automate est impliquée.

Elle s'arrête, surprise.

— Une quoi?

— L'assassin. Nous pensons que c'est un objet invasif. Un automate militaire. Tic-tac.

— Comment est-ce possible ?

— C'est quelque chose que nous essayons aussi de comprendre. (Narong la regarde, sérieux.) Et nous ne pouvons pas poser de questions parce que le général Pracha a pris le contrôle de l'enquête, il estime que c'est de sa juridiction puisque l'automate est une créature interdite. Comme s'il s'agissait d'un cheshire ou d'un yellow card. (Il rit amèrement.) Nous sommes complètement coincés. Tu vas enquêter pour nous.

— C'est difficile. Ce n'est pas mon enquête. Pracha ne va pas…

— Il a confiance en toi.

— Me faire confiance pour accomplir mon boulot est une chose, me permettre de participer à une investigation en est une autre. (Elle hausse les épaules et se détourne.) C'est impossible.

— Non ! (Narong l'attrape et la tire vers lui.) C'est vital ! Nous devons connaître tous les détails.

Kanya se retourne, se dégage.

— Pourquoi ? Qu'y a-t-il d'aussi important ? Des gens meurent tous les jours partout dans Bangkok. Nous trouvons des cadavres plus vite que nous ne pouvons les empiler dans les composteurs à méthane. En quoi cette unique mort est-elle si importante que je devrais passer au-dessus du général ?

Narong la tire plus près.

— C'est le Somdet Chaopraya. Nous avons perdu le protecteur de Sa Royale Majesté.

Les jambes de Kanya se dérobent sous elle. Narong la soutient et continue, férocement insistant.

— La politique est devenue très laide depuis que j'ai commencé ce jeu. (Malgré son sourire, Kanya voit la rage qu'il contient.) Tu es une fille bien, Kanya. Nous avons toujours respecté notre partie de l'accord. Mais c'est pour ça que tu es là. Je sais que c'est difficile. Tu ressens de la loyauté envers tes supérieurs au ministère de l'Environnement aussi. Tu pries Phra Seub. C'est bien. C'est bon pour toi. Mais nous avons besoin de ton aide. Même si tu n'aimes plus vraiment Akkarat, le Palais te le demande.

— Que voulez-vous?

— Pracha s'est très vite emparé de l'enquête. Nous *devons* savoir si c'est lui qui a dirigé le couteau. Ton patronage et le Palais en dépendent. Il est possible que Pracha veuille cacher quelque chose. Ce pourrait être un de ces éléments du 12 décembre qui s'en prend à nous.

— Ce n'est pas possible.

— Nous avons été totalement écartés de l'enquête parce que l'assassin est un automate. C'est trop pratique. (La voix de Narong change d'intensité.) Nous *devons* savoir si l'automate a été envoyé par ton ministère. (Il lui remet une liasse de liquide. Kanya en évalue le montant, choquée.) Corromps tous ceux qui se mettent sur ta route.

Elle se secoue, prend l'argent et le fourre dans ses poches. Il la touche doucement.

— Je suis vraiment désolé, Kanya. Tu es tout ce que j'ai. Je dépends de toi pour trouver nos ennemis et les punir.

En milieu de journée, la chaleur de la tour du Ploenchit est étouffante. Les enquêteurs se pressent dans les pièces miteuses de la boîte, ajoutent à la touffeur. C'est un sale endroit pour mourir. Un lieu de faim et de désespoir, d'appétits insatisfaits. Les représentants du Palais attendent dans le couloir. Ils observent, confèrent entre eux, se préparent à récupérer le corps du Somdet Chaopraya pour qu'on le place dans son urne funéraire. Les hommes de Pracha enquêtent. L'angoisse et la colère planent dans l'air, une politesse aiguisée avec un tranchant exquis dans ce moment des plus humiliants et des plus effrayants. Dans une pénombre étrange, chargée d'électricité, les pièces donnent la sensation que la mousson va éclater.

Le premier corps est allongé sur le sol à l'extérieur, un vieux *farang* surréaliste et étrange. Il présente peu de dommages physiques à part l'hématome qui marque l'endroit où sa gorge a été écrasée, la torture livide de sa trachée. Il est étalé à côté du bar avec l'apparence tachetée d'un corps sorti du fleuve. Un gangster pour attirer les poissons. Le vieil homme la fixe de ses grands yeux bleus, deux mers mortes. Kanya étudie les dommages puis permet à la secrétaire du général Pracha de la guider vers les pièces intérieures.

Elle a un hoquet.

De grands tourbillons de sang couvrent les murs et le sol, partout. Les corps sont entassés les uns sur les autres. Parmi eux se trouve le Somdet Chaopraya dont la gorge n'a pas été écrasée mais littéralement arrachée, comme si un tigre s'en était nourri. Ses gardes du corps sont morts, l'un d'eux a une lame de pistolet-AR dans une orbite, l'autre, déchiqueté par les lames, s'accroche encore à son propre pistolet.

— *Kot rai*, murmure Kanya.

Elle hésite, ne sait pas trop quoi faire en présence de cette mort sordide. Des capricornes ivoire s'enchevêtrent dans la mousse de sang, laissant des traces bien visibles dans la coagulation.

Pracha est dans la pièce, il discute avec ses subordonnés. Il lève les yeux en l'entendant hoqueter. Les autres aussi sont choqués, l'angoisse et la gêne déforment leurs traits. La pensée que Pracha ait pu arranger une telle tuerie donne la nausée à Kanya. Le Somdet Chaopraya n'était pas un ami du ministère de l'Environnement, mais l'énormité de l'acte la rend malade. C'est une chose de préparer des coups et des contre-coups d'État, c'en est une autre de s'attaquer au Palais. Elle se sent comme une feuille de bambou qui se noie dans une inondation.

Ainsi nous partons tous, se dit-elle. *Même les plus riches et les plus puissants ne sont, à la fin, que de la viande à cheshire. Nous ne sommes que des cadavres ambulants, l'oublier est une folie. Médite sur la nature des cadavres et tu le verras.*

Pourtant, elle est troublée, presque paniquée par le constat de la mortalité d'un quasi-dieu. *Qu'avez-vous fait, général ?* L'idée est trop horrible. Les courants d'inondation menacent de l'avaler.

— Kanya ?

Pracha lui fait signe d'approcher. Elle observe le visage du général à la recherche de signes de culpabilité, mais il a juste l'air troublé.

— Que fais-tu ici ?

— Je…

Elle a préparé ses mots. Des excuses. Mais ils la trahissent parce que le protecteur de la Couronne et sa suite sont étalés dans la pièce. Les yeux de Pracha suivent son regard vers le corps du protecteur. Sa voix s'adoucit. Il touche doucement son bras.

— Viens. C'est trop.

Il la guide vers l'extérieur.

— Je…

Pracha secoue la tête.

— Tu es déjà au courant. (Il soupire.) D'ici la fin de la journée, la nouvelle aura fait le tour de la ville.

Kanya retrouve sa voix, prononce son mensonge, se présente pour le rôle que lui a donné Narong.

— Je ne pensais pas que c'était vrai.

— Il y a pire. (Pracha secoue lugubrement la tête.) C'est une automate qui a fait cela.

Kanya se force à la surprise. Elle désigne le bain de sang.

— Une automate ? Une seule ?

Ses yeux courent sur les lames de pistolet-AR enfoncées dans un mur. Elle reconnaît un autre corps, un officier du ministre du Commerce, le fils d'un patriarche secondaire. Et un autre, qui vient d'un clan Chaozhou, un homme qui s'est élevé dans le rang des industriels. Tous des visages de feuilles à murmures. Tous de grands tigres.

— C'est horrible.

— Ça semble impossible, n'est-ce pas ? Six gardes du corps. Trois dignitaires. Et seulement un automate, s'il faut en croire les témoins. (Pracha secoue la tête.) Même la cibiscose tue plus proprement.

Le cou de son Éminence le Somdet Chaopraya a été arraché, brisé, tordu et étiré de telle façon que la colonne semble y être encore attachée mais n'est plus qu'une charnière.

— On dirait qu'un démon l'a éventré.

510

— Un animal sauvage. C'est le genre de choses qu'un transpiratage militaire ferait. J'ai déjà vu ça dans le Nord, où opèrent les Vietnamiens. Ils utilisent les automates japonais comme éclaireurs et comme équipes de choc. Nous avons de la chance qu'ils n'en aient pas beaucoup. (Il regarde Kanya d'un air sérieux.) Ce sera dur pour nous. Le Commerce va dire que nous avons échoué dans notre fonction en permettant l'entrée de cet animal dans le pays. Ils vont tenter de prendre l'avantage. En faire un prétexte pour accroître leur pouvoir. (Son expression devient sombre.) Nous devons découvrir pourquoi cet automate était ici. Si Akkarat nous a piégés, a utilisé le protecteur comme un pion pour s'emparer du pouvoir.

— Il ne ferait jamais...

Pracha grimace.

— La politique est quelque chose de laid. Ne doute jamais de ce que les petits hommes sont prêts à faire pour le pouvoir. Nous pensons qu'Akkarat est venu ici avant nous. Certains des membres du personnel semblent reconnaître son visage, semblent se souvenir... (Il hausse les épaules.) Bien sûr, tout le monde a peur. Personne ne veut trop en dire. Il semble néanmoins qu'Akkarat et l'un de ses amis négociants *farang* aient livré le Somdet Chaopraya à ce tic-tac.

Est-ce qu'il se joue de moi ? Sait-il que je travaille pour Akkarat ? (Kanya réprime sa peur.) *S'il savait, il ne m'aurait jamais promue au rang de Jaidee.*

Jaidee chuchote à son oreille.

— On ne sait jamais. Un serpent dans son nid est plus efficace qu'un serpent qui se glisse dans la jungle. Il sait toujours exactement où tu te trouves.

— J'ai besoin que tu te rendes au département des archives, dit Pracha. Nous ne voulons pas que les informations disparaissent inopinément, tu comprends? Le Commerce a ses propres agents parmi nous. Prends tout ce que tu trouves et rapporte-le-moi. Découvre comment elle vivait parmi nous, comment elle survivait. Dès que ce sera annoncé, ce sera étouffé. Des gens vont mentir. Des archives vont disparaître. Quelqu'un permettait à l'automate d'exister contre toutes nos lois. Le ministère est vulnérable pour l'instant. Quelqu'un s'est fait payer pour ne rien dire. Quelqu'un a permis à l'automate de vivre ici. Je veux savoir qui et je veux savoir si ces personnes sont payées par Akkarat.

— Pourquoi moi?

Pracha sourit tristement.

— Jaidee était le seul en qui j'avais confiance.

— Il te piège, commente Jaidee. S'il veut rendre le Commerce responsable, tu es l'outil parfait. La taupe dans le ministère.

Il n'y a aucune fourberie sur le visage de Pracha, mais c'est un homme malin. *Que sait-il?*

— Trouve l'information pour moi, continue le ministre. Apporte-la-moi. Et n'en parle à personne.

— Je vais m'en occuper.

Kanya se demande s'il existe encore des archives. Il y a tant de manières d'en tirer profit. Si on voulait étouffer l'affaire, ce serait déjà fait. S'il s'agit vraiment d'un complot contre le protecteur, les dessous-de-table toucheront tous les niveaux. Elle frissonne. Qui ferait une chose pareille? Les assassinats politiques ne sont pas rares, mais atteindre le Palais de cette manière… La rage et la frustration menacent de l'envahir. Elle se force au calme.

— Que savons-nous sur l'automate ?

— Elle prétendait avoir été abandonnée par un Japonais. Les filles disent qu'elle est là depuis des années.

Kanya a une grimace de dégoût.

— Difficile de croire que quelqu'un puisse accepter de se salir… (Elle s'interrompt, découvrant qu'elle allait insulter le Somdet Chaopraya. La confusion et la tristesse la terrassent. Elle masque son malaise en posant une autre question.) Comment le protecteur est-il venu ici ?

— Tout ce que nous savons, c'est qu'il était accompagné d'hommes d'Akkarat.

— Allez-vous interroger Akkarat ?

— Si on le trouve.

— Il a disparu ?

— Ça te surprend ? Akkarat a toujours été très doué pour se protéger. C'est comme ça qu'il s'en est toujours tiré. (Pracha grimace.) Il pourrait tout aussi bien être un cheshire. Rien ne le touche jamais. (Il la regarde sérieusement.) Nous devons trouver qui a permis à cette créature automate de vivre ici si longtemps. Comment elle est entrée dans la ville. Comment l'assassinat a été préparé. Nous sommes aveugles et, quand nous sommes aveugles, nous sommes vulnérables. Cette nouvelle va provoquer une instabilité.

Kanya *wai*.

— Je vais faire tout ce que je peux. (Même si Jaidee regarde par-dessus son épaule et se rit d'elle.) J'aurai peut-être besoin de plus d'informations. Pour traquer le responsable.

— Tu en as assez pour commencer. Découvre d'où venait cette automate. Qui a été payé. J'ai besoin de savoir.

— Et Akkarat et ces *farang* qui ont présenté l'automate au protecteur ?

Pracha sourit doucement.

— Je vais m'en occuper.

— Mais…

— Kanya, je comprends très bien que tu veuilles participer davantage. Nous nous soucions tous du bien-être du Palais et du Royaume. Mais nous devons obtenir et protéger les informations dont nous disposons sur cette créature.

Kanya surveille sa réponse.

— Oui. Bien sûr. Je vais localiser les informations sur les pots-de-vin. (Elle s'interrompt délicatement.) Faudra-t-il quelqu'un pour présenter ses regrets aussi ?

Pracha grimace.

— Un petit bakchich, c'est sans importance, ce n'est pas une année riche pour le ministère. Mais ceci ?

Il secoue la tête.

— Je me souviens du temps où nous étions respectés.

Pracha l'étudie.

— Vraiment ? Je pensais que c'était déjà terminé quand tu nous as rejoints. (Il soupire.) Ne t'inquiète pas. Ce ne sera pas étouffé. Il y aura des excuses. Je m'en assurerai personnellement. Ne doute pas de mon engagement auprès du Royaume et de Sa Royale Majesté la Reine. Le coupable sera puni.

Kanya observe le corps du protecteur et la pièce miteuse où il a trouvé la mort. Une automate. Une putain et une automate. Elle tente de réprimer sa nausée. Une automate. Que quelqu'un ait pu tenter de… Elle secoue la tête. Une affaire bien laide.

Un geste déstabilisant. Et maintenant des jeunes gens vont devoir payer pour cela. Quiconque a accepté des pots-de-vin du Ploenchit, peut-être d'autres.

Dans la rue, Kanya hèle un rickshaw. Du coin de l'œil, elle aperçoit les panthères du Palais en rang devant la porte. Une foule se rassemble, observe avec intérêt. Dans quelques heures, les rumeurs et les nouvelles auront atteint tous les quartiers de la ville.

— Le ministère de l'Environnement. Aussi vite que possible.

Elle montre l'argent d'Akkarat au chauffeur pour l'encourager, mais en le faisant, elle se demande pour qui elle le fait.

CHAPITRE 33

À midi, un camion militaire arrive. C'est un véhicule énorme, qui rejette du gaz, fait un bruit monstrueux, comme s'il datait de l'ancienne Expansion.
Elle l'entend à un pâté de maisons mais, malgré
cet avertissement, elle sursaute quand elle le voit
arriver. Il est si rapide. Si terriblement bruyant.
Emiko a déjà vu un véhicule similaire au Japon.
Gendo-sama lui a expliqué qu'il fonctionnait au
charbon liquéfié. C'est effroyablement sale et terrible pour les allocations carbone, mais sa puissance est presque magique. C'est comme si une
dizaine de mastodontes étaient enchaînés à l'intérieur. Parfait pour les applications militaires, les
civils ne pourraient justifier ni de sa puissance, ni
des taxes qu'il engendre.

Un nuage bleu de CO_2 tourbillonne autour du
véhicule lorsqu'il s'arrête. Une petite flotte de scooters-AR arrive derrière lui, portant le noir des panthères du Palais et le vert de l'armée. Des hommes
sortent de l'énorme camion et chargent vers l'entrée
de l'immeuble d'Anderson-sama.

Emiko s'accroupit plus bas encore dans sa
cachette au fond de l'allée. Au début, elle a pensé
à fuir mais, après quelques dizaines de mètres,
elle s'est rappelée qu'elle n'avait nulle part où aller.
Anderson-sama était le seul radeau qu'il lui restait
dans cet océan furieux.

Elle reste donc près de chez lui, observe la fourmilière qu'est devenue la tour d'Anderson-sama. Elle est toujours sidérée que les gens qui ont défoncé la porte ne soient pas des chemises blanches. Ils auraient dû l'être. À Kyoto, les chiens renifleurs de la police l'auraient déjà trouvée et on l'aurait abattue avec compassion. Elle n'a jamais entendu parler d'une Nouvelle Personne qui échouait autant à obéir et encore moins qui commettait quelque chose d'aussi sanglant. Elle brûle de honte et de haine simultanément. Elle ne peut pas rester. Pourtant, malgré l'invasion, l'appartement du *gaijin* est son dernier refuge. La ville autour d'elle n'est pas son amie.

D'autres hommes sortent du camion militaire. Emiko s'enfouit plus profondément dans l'allée, elle s'attend à ce qu'ils élargissent leurs recherches, elle se prépare à s'enfuir dans une bouffée de chaleur. En courant, elle pourrait rejoindre le *khlong* et se rafraîchir avant de se remettre en mouvement.

Les hommes se contentent de se poster le long des axes principaux et ne semblent pas s'occuper de la rechercher.

Une nouvelle agitation, des panthères traînent deux hommes aux têtes couvertes de sacs de toile et aux mains pâles. Des *gaijin*, certainement. Elle pense que l'un d'eux doit être Anderson-sama. Il porte ses vêtements. Ils le poussent, le font tituber. Il s'écrase sur l'arrière du camion.

Deux des panthères le tirent dans le véhicule en jurant. Ils le menottent à côté de l'autre *gaijin*. D'autres troupes se pressent à l'intérieur, les encerclent.

Une limousine prend le virage, ronronne de son propre moteur au charbon-diesel. Elle est étrange et silencieuse, comparativement au rugissement du transport de troupes. Le véhicule d'un homme riche. Il est presque inimaginable que quelqu'un puisse être aussi riche.

Emiko sursaute. C'est Akkarat, le ministre du Commerce, que ses gardes du corps amènent à sa voiture. Les badauds s'arrêtent. Emiko reste bouche bée avec eux. Puis la limousine s'éloigne ainsi que le transport de troupes dont le moteur massif rugit. Suivis par des nuages de fumée, les deux véhicules disparaissent après le virage.

Le silence s'engouffre dans ce vide, presque palpable après le grondement du camion. Elle entend les gens murmurer :

« Politique… Akkarat… *farang ?*… Général Pracha… »

Même avec son acuité auditive, cela n'a pas de sens. Elle regarde l'endroit où le camion a disparu. Avec un peu de détermination, elle pourrait le suivre. Elle abandonne l'idée. C'est impossible. Où qu'on conduise Anderson-sama, elle ne peut pas s'en mêler. Quel que soit le problème politique dans lequel il s'est empêtré, cela se terminera dans la laideur de ce genre de conflits.

Emiko pourrait tout simplement se glisser dans l'appartement maintenant que tout le monde l'a quitté. Près de l'entrée de l'immeuble, deux hommes distribuent des prospectus. Deux autres passent sur un tricycle dont le coffre est rempli d'autres prospectus. L'un des hommes en saute, colle une affichette sur un pylône et remonte sur le vélo qui avance lentement.

Emiko pourrait héler un tricycle pour avoir un prospectus, mais la paranoïa l'arrête. Elle les laisse passer avant de s'approcher discrètement du lampa-daire pour lire ce qu'ils y ont collé. Elle se déplace lentement, toute son énergie concentrée sur le contrôle de ses mouvements, elle ne veut pas attirer l'attention. Elle se fraye doucement un passage dans la foule assemblée, se cogne, tend le cou pour voir au-dessus de cette mer de cheveux noirs et de corps tendus.

Un murmure furieux s'élève. Quelqu'un sanglote. Un homme détourne les yeux, pleins de tristesse et de terreur. Il la frôle en passant. Emiko avance lente-ment dans la foule. Le murmure se fait plus puissant. Emiko se rapproche, prudemment, lentement. Elle retient son souffle.

Le Somdet Chaopraya, le protecteur de Sa Majesté la Reine. Et des mots. Elle force son cerveau à tra-vailler, à traduire le thaï en japonais et à mesure qu'elle le fait, elle devient de plus en plus consciente des gens autour d'elle, des gens qui la pressent de tous côtés, qui lisent tous l'histoire d'une fille auto-mate qui a abattu le protecteur de la Reine, un agent du ministère de l'Environnement, une créature au pouvoir mortel.

Les gens se bousculent autour d'elle en essayant de lire, ils se poussent pour s'approcher, se glissent, ils pensent tous qu'elle est l'une d'entre eux. Ils lui permettent tous de vivre uniquement parce qu'ils ne la voient pas telle qu'elle est.

CHAPITRE 34

— Vas-tu t'asseoir ? Tu me rends nerveux.

Hock Seng interrompt ses déambulations dans son taudis pour lancer un regard furieux à Chan le rieur.

— Je paie pour *tes* calories, pas le contraire !

Chan le rieur hausse les épaules et retourne à ses cartes. Ils sont coincés dans cette pièce depuis quelques jours. Chan le rieur est un compagnon agréable, comme Pak Eng et Peter Kuok. Mais même avec la compagnie la plus agréable…

Hock Seng secoue la tête. Cela n'a pas d'importance. L'orage arrive. Le bain de sang et la panique sont à l'horizon. C'est la même sensation qu'avant l'Incident, avant qu'on ne décapite ses fils, qu'on ne viole ses filles. Il est resté assis au milieu de cet orage, obstinément ignorant, il disait à qui voulait l'entendre que les hommes de KL ne laisseraient pas ce qui s'était passé à Jakarta arriver aux bons Chinois de la capitale. Après tout, n'étaient-ils pas loyaux ? Ne contribuaient-ils pas à la société ? N'avaient-ils pas des amis au plus haut niveau du gouvernement qui les assuraient que les bandeaux verts n'étaient qu'une pose politique ?

L'orage battait son plein tout autour de lui et il avait refusé de le voir, mais pas cette fois. Cette fois, il est prêt. L'air est électrique de ce qui va arriver. Depuis que les chemises blanches ont fermé les usines, c'est prévisible. Maintenant, ça va éclater. Et il est prêt. Hock Seng sourit intérieurement, examine son petit bunker et songe à ses cachettes, d'argent, de pierres précieuses, de nourriture.

— Y a-t-il eu des nouvelles à la radio ? demande-t-il.

Les trois hommes échangent des regards. Chan le rieur hoche la tête vers Pak Eng.

— C'est ton tour de la remonter.

Pak Eng fronce les sourcils et va chercher la radio. C'est un appareil onéreux que Hock Seng regrette d'avoir acheté. Il y a d'autres radios dans le bidonville, mais traîner près d'elles attire l'attention, il a donc dépensé de l'argent pour celle-ci. Il n'était pas sûr que cela lui apporterait plus que des rumeurs, mais il était incapable de se refuser une source d'informations.

Pak Eng s'agenouille près de la machine et commence à la remonter. Les enceintes crachotent, à peine assez puissantes pour couvrir le gémissement du remontoir.

— Tu sais, si tu branchais ça sur un matériel décent, ce serait beaucoup plus efficace.

Tout le monde l'ignore, leur attention est concentrée sur le petit haut-parleur : musique, *saw duang*…

Hock Seng s'accroupit près de la radio, l'écoute avec intensité. Change de fréquence. Pak Eng commence à transpirer. Il remonte encore trente secondes et s'arrête, haletant.

— Voilà, ça devrait tenir un certain temps.

Hock Seng passe d'une fréquence à l'autre, écoute les grésillements des ondes radio, passe sur certaines stations. Rien que des divertissements. De la musique.

Chan le rieur lève la tête.

— Quelle heure est-il ?

Hock Seng hausse les épaules.

— 4 heures, peut-être.

— Il doit y avoir un combat de *muay thai*. Ils devraient en être aux rituels d'ouverture, là.

Ils échangent des regards. Hock Seng passe d'une station à une autre. Que de la musique. Pas d'informations. Rien. Puis une voix. Qui s'impose sur toutes les stations, une seule voix. Ils s'accroupissent autour de l'appareil, tendent l'oreille.

— Je crois que c'est Akkarat. (Hock Seng attend une seconde.) Le Somdet Chaopraya est mort. Akkarat dit que ce sont les chemises blanches. (Il les regarde.) Ça commence.

Pak Eng, Chan le rieur et Peter regardent tous Hock Seng avec respect.

— Tu avais raison.

Hock Seng hoche la tête avec impatience.

— J'apprends.

L'orage se prépare. Les mastodontes doivent aller à la bataille. C'est leur destin. Le partage du pouvoir après le dernier coup d'État ne pouvait pas tenir. Les bêtes doivent s'affronter et l'une d'elles établira sa domination. Hock Seng murmure une prière à ses ancêtres, il souhaite sortir vivant de ce maelström.

Chan le rieur se lève.

— J'imagine que nous allons vraiment devoir faire le boulot pour lequel on est payés, servir de gardes du corps.

Hock Seng hoche sérieusement la tête.

— Ce ne sera pas joli, en tout cas pour ceux qui n'y sont pas préparés.

Pak Eng commence à remonter son pistolet-AR.

— Cela me rappelle Penang.

— Pas cette fois, dit Hock Seng. Cette fois, nous sommes prêts. (Il fait de grands gestes dans leur direction.) Venez, il est temps de nous occuper de ce que nous pouvons faire.

On tambourine à la porte. Ils se redressent tous.

— Hock Seng! Hock Seng! crie une voix hystérique en frappant plus fort.

— C'est Lao Gu.

Hock Seng ouvre la porte. C'est bien Lao Gu qui titube à l'intérieur.

— Ils ont pris M. Lake. Le diable d'étranger et tous ses amis.

Hock Seng fixe le chauffeur de rickshaw.

— Les chemises blanches se sont retournées contre lui?

— Non. Le ministère du Commerce. J'ai vu Akkarat lui-même.

Hock Seng fronce les sourcils.

— Cela n'a aucun sens.

Lao Gu lui met un prospectus dans la main.

— C'est l'automate. Celle qu'il ramenait toujours à son appartement. C'est elle qui a tué le Somdet Chaopraya.

Hock Seng lit rapidement. Hoche la tête.

— Tu es sûr à propos de cette créature automate? Notre diable d'étranger travaillait avec un assassin?

— Je sais juste ce qu'il y a dans les feuilles à murmures, mais c'est bien la tic-tac, selon leur description. Il l'a ramenée du Ploenchit de nombreuses fois. Il la laissait même dormir chez lui.

— Est-ce un problème? demande Chan le rieur.

— Non. (Hock Seng secoue la tête, se permet un sourire. Il sort un porte-clés de sous son matelas.) C'est une chance. Bien meilleure que ce à quoi je m'attendais. (Il se tourne vers eux.) Nous n'allons finalement pas nous cacher.

— Non ?

Hock Seng sourit.

— On doit aller à un dernier endroit avant de quitter la ville. Une dernière chose à récupérer. Quelque chose de mon ancien bureau. Rassemblez les armes.

Chan le rieur ne dit rien. Il se contente de hocher la tête et de ranger ses pistolets, de glisser une machette dans son dos. Les autres font de même. Ensemble ils sortent. Hock Seng ferme la porte derrière eux.

Il remonte l'allée derrière les siens, les clés de l'usine tintinnabulent dans sa main. Pour la première fois depuis longtemps, le destin est en sa faveur. Il n'a plus besoin que d'un peu de chance et d'un peu de temps.

Devant eux, les gens crient en parlant des chemises blanches et de la mort du protecteur de la Reine. Des voix en colère, prêtes à l'émeute. L'orage se prépare. Les pièces de la bataille sont alignées. Une petite fille les dépasse, déposant des feuilles à murmures dans leurs mains avant de disparaître. Les partis politiques sont déjà au travail. Bientôt, le parrain du bidonville fera descendre ses hommes dans les allées pour provoquer la violence.

Ils se frayent un passage dans l'étroit couloir et se retrouvent dans la rue. Rien ne bouge. Même les chauffeurs de rickshaw indépendants se sont cachés. Un groupe de commerçants s'est constitué autour d'une radio à manivelle. Hock Seng fait signe à ses hommes d'attendre et s'approche des auditeurs.

— Quelles nouvelles ?

Une femme lève les yeux.

— La radio nationale dit que le protecteur…

— Oui, je sais ça. Que dit-elle d'autre ?

— Le ministre Akkarat a accusé le général Pracha.

Cela va encore plus vite qu'il ne le pensait. Hock Seng se redresse et appelle Chan le rieur et les autres.

— Venez. Pressons-nous, nous n'avons pas beaucoup de temps.

Un énorme camion prend alors le virage dans leur direction, le moteur rugissant. C'est effroyablement bruyant. La fumée qu'il dégage ressemble à un feu de fumier illégal. Des dizaines de soldats à l'air dur sont assis à l'arrière. Hock Seng et ses hommes se cachent dans une allée, ils toussent. Chan le rieur jette un coup d'œil vers le camion.

— Il fonctionne au charbon-diesel, explique-t-il, pensif. C'est l'armée.

Hock Seng se demande s'il s'agit des loyalistes du 12 décembre, les éléments des généraux du Nord-Est venus à l'aide du général Pracha pour reprendre la tour de la radio nationale. Ou peut-être des alliés d'Akkarat pressés de rejoindre les digues, les quais ou les points d'ancrage. Ils peuvent être aussi de simples opportunistes qui s'apprêtent à profiter du chaos à venir. Hock Seng regarde le camion disparaître dans le virage suivant. Annonciateur de l'orage, quoi qu'il arrive.

Les derniers piétons disparaissent dans leurs maisons. Les commerçants barrent leurs vitrines de l'intérieur. Le bruit des verrous remplit la rue. La ville sait ce qui va se passer.

Les souvenirs tourbillonnent dans la tête de Hock Seng. Des allées glissantes de sang. L'odeur du

bambou vert qui fume et qui brûle. Il touche son pistolet-AR et sa machette pour se rassurer. La ville est
peut-être une jungle pleine de tigres mais, cette fois,
il n'est pas une proie facile s'enfuyant de Malaisie.
Finalement, il a compris la leçon. Il est possible de
se préparer au chaos.

Il fait signe à ses hommes.

— Venez, c'est le moment.

CHAPITRE 35

— Ce n'était pas Pracha! Il n'est pas impliqué dans cette histoire.

Kanya hurle dans le téléphone à manivelle, elle pourrait tout aussi bien délirer derrière les barreaux d'une prison vu l'effet que ses cris peuvent avoir. Narong ne semble pas l'écouter. La ligne crachote de voix mélangées et du craquement de la machine, et Narong parle apparemment à quelqu'un d'autre, ses mots ne sont pas intelligibles.

Soudain, la voix de Narong grésille plus fort, couvrant les bruits de fond.

— Désolé, nous avons nos propres informations.

Kanya fronce les sourcils devant les feuilles à murmures sur son bureau, celles que Pai a apportées avec un sourire sinistre. Certaines parlent de la chute du Somdet Chaopraya, d'autres du général Pracha. Toutes parlent de l'automate assassin. Des éditions spéciales du *Sawatdee Krung Thep*! envahissent déjà la ville. Kanya scanne les mots. Les articles ne sont que plaintes passionnées contre les chemises blanches qui ont fermé le port et les points d'ancrage mais sont incapables de protéger le Somdet Chaopraya d'une seule créature invasive.

— Ces feuilles à murmures vous appartiennent, alors? demande-t-elle.

Le silence de Narong est déjà une réponse.

— Pourquoi me demander d'enquêter? (Elle ne

peut pas s'empêcher d'être amère et cela se sent dans sa voix.) Vous saviez déjà où cela allait.

La voix glaciale de Narong crachote sur la ligne.

— Tu n'as pas à nous questionner.

Son ton l'arrête soudain.

— Est-ce Akkarat qui l'a fait? murmure-t-elle apeurée. Est-il responsable? Pracha dit qu'Akkarat est impliqué d'une manière ou d'une autre. C'est lui?

Silence. Est-il pensif? Elle ne peut le deviner. Finalement, Narong répond.

— Non. Je le jure. Nous n'avons rien à voir avec ça.

— Alors vous vous dites que c'était Pracha? (Elle feuillette les permis et les licences sur son bureau.) Je vous dis que ce n'est pas lui. J'ai toutes les archives sur l'automate ici. Pracha lui-même m'a demandé d'enquêter. De retrouver les traces de la fille. J'ai ses papiers d'entrée dans le pays avec les gens de Mishimoto. J'ai les papiers d'enlèvement. J'ai les visas, tout.

— Qui a signé les papiers d'enlèvement?

Elle lutte contre sa frustration.

— Je ne peux pas lire la signature. J'ai besoin de temps pour vérifier qui était de garde à cette époque.

— Et quand tu les auras trouvés, ils seront inévitablement morts.

— Alors, pourquoi Pracha m'a-t-il demandé de retrouver ces informations? Cela n'a pas de sens! J'ai parlé aux officiers qui acceptaient des dessous-de-table au bar. Ce ne sont que des imbéciles qui se faisaient un peu d'argent.

— Il est malin. Il a couvert ses traces.

— Pourquoi détestez-vous autant Pracha?

— Pourquoi l'aimes-tu? N'a-t-il pas ordonné de raser ton village?

— Ses intentions étaient bonnes.

— Ah bon? N'a-t-il pas vendu des permis de pêche à un autre village la saison suivante? Ne les a-t-il pas vendus pour son propre profit?

Elle reste silencieuse. Narong modère son ton.

— Je suis désolé, Kanya. Il n'y a rien que nous puissions faire. Nous sommes certains de son crime. Nous avons les autorisations du Palais pour résoudre cette affaire.

— Avec les émeutes? (Elle écarte les feuilles à murmures de son bureau.) Avec l'incendie de la ville? S'il te plaît. Je peux arrêter ça. Ce n'est pas nécessaire. Je peux trouver la preuve dont nous avons besoin. Je peux prouver que cette automate n'appartient pas à Pracha. Je peux le prouver.

— Tu es trop impliquée. Tes loyautés sont divisées.

— Je suis loyale à notre Reine. Donne-moi juste une chance d'arrêter cette folie.

Un autre silence.

— Je peux te donner trois heures. Si tu n'as rien au coucher du soleil, je ne pourrais plus faire quoi que ce soit.

— Mais tu attendras jusque-là?

Elle peut presque entendre le sourire de l'autre côté de la ligne.

— Oui.

Puis la ligne est déconnectée.

Jaidee s'installe sur son bureau.

— Je suis curieux. Comment vas-tu prouver l'innocence de Pracha? Il est clair que c'est lui qui l'a placée.

— Pourquoi ne me laisses-tu pas tranquille ? demande Kanya.

Jaidee sourit.

— Parce que c'est *sanuk*. C'est amusant de te regarder te débattre dans tous les sens et tenter de rester loyale à deux maîtres. (Il l'étudie.) Pourquoi te soucies-tu de ce qui arrive au général Pracha ? Il n'est pas ton véritable patron.

Kanya le regarde avec haine. Elle agite les feuilles à murmures qui jonchent son bureau.

— C'est exactement comme il y a cinq ans.

— Avec Pracha et le Premier ministre Surawong. Avec le rassemblement du coup d'État du 12 décembre. (Jaidee étudie les feuilles à murmures.) Mais c'est à nous que s'attaque Akkarat cette fois. Ce n'est pas tout à fait pareil.

Derrière la fenêtre de son bureau, un mastodonte hurle. Jaidee sourit.

— Tu entends ça ? Nous nous armons. Tu es incapable d'empêcher ces deux taureaux de se battre. Je ne sais même pas pourquoi tu essaies. Pracha et Akkarat se préparent à ça depuis des années. Il est l'heure du grand combat.

— Ce n'est pas du *muay thai*, Jaidee.

— Non, là tu as raison.

Un instant, son sourire devient triste.

Kanya fixe les feuilles à murmures, les documents sur l'importation de l'automate. L'automate a disparu. Cela étant, elle a été importée par les Japonais. Kanya étudie les notes : elle a été amenée par dirigeable depuis le Japon. Une assistante de direction.

— Et une tueuse, intervient Jaidee.

— Ferme-la, je réfléchis.

Une automate japonaise. Un morceau abandonné de la nation îlienne. Kanya se lève soudain, attrape son pistolet-AR et le fourre dans son étui tout en rassemblant les papiers.

— Où vas-tu ? demande Jaidee.

Elle lui offre un mince sourire.

— Si je te le disais, cela gâcherait ton *sanuk*.

Le *phii* de Jaidee sourit.

— Enfin tu comprends l'esprit de la chose.

CHAPITRE 36

La foule autour d'Emiko grandit. Les gens la bousculent. Elle n'a nulle part où aller. Elle est là, à découvert, attendant qu'on la démasque.

Sa première envie est de se frayer un passage à coups de couteau, de se battre pour sa survie, même s'il n'y a aucun espoir d'échapper à cette foule avant de surchauffer. *Je refuse de mourir comme un animal. Je vais me battre. Ils vont saigner.*

Elle réprime cette panique avec force. Tente de réfléchir. D'autres gens se pressent autour d'elle, essaient de se rapprocher du papier sur le lampadaire. Elle est coincée, mais personne ne l'a encore remarquée. Tant qu'elle ne bouge pas…

La pression de la foule est presque un avantage. Elle peut à peine trembler, encore moins montrer les gestes saccadés qui la trahiraient.

Lentement. Doucement.

Emiko se permet de s'appuyer sur les gens, de pousser légèrement, la tête baissée, fait semblant d'être une femme que la nouvelle a mise en pleurs. Elle fixe ses pieds, se glisse dans la foule, se faufile soigneusement jusqu'à s'en extraire. Les gens se rassemblent par groupes, ils pleurent, sont assis sur le sol, fixent la rue, abasourdis. Emiko ressent une certaine pitié pour eux. Elle se souvient d'avoir regardé Gendo-sama monter dans son dirigeable après lui avoir dit qu'il lui faisait un cadeau, tout en l'abandonnant aux rues de Krung Thep.

Concentre-toi, se dit-elle avec colère. Elle doit partir. Elle doit atteindre une allée où personne ne la remarquera. Attendre dans le noir.

Ta description est partout, sur les lampadaires, dans les rues, les foules marchent dessus. Tu n'as nulle part où aller. Elle réprime cette pensée. L'allée est suffisante. D'abord l'allée. Puis un plan. Elle garde les yeux baissés. Elle serre ses bras contre elle et mime les sanglots. S'approche de l'allée. Lentement. Lentement.

— Vous! Venez ici!

Emiko s'immobilise. Se force à lever lentement les yeux. Un homme lui fait signe d'approcher, furieux. Elle s'apprête à protester, mais quelqu'un derrière elle demande :

— Tu as quelque chose à me dire, *heeya*?

Un jeune homme l'écarte, il porte un bandeau jaune et une poignée de prospectus.

— Qu'est-ce que tu as là?

D'autres s'approchent pour assister à la dispute. Les deux hommes se mettent à crier, changent de position pour tenter d'établir leur domination. D'autres choisissent leur camp. Lancent des encouragements. Enhardi, le plus âgé gifle le plus jeune et tente de lui arracher son bandeau jaune.

— Tu n'es pas pour la Reine, tu es un traître.

Il prend les prospectus de la main du gamin et les jette sur le sol, les piétine.

— Tire-toi et emporte les mensonges de ce *heeya* de Pracha avec toi.

Les papiers volent dans la foule, Emiko aperçoit une caricature d'Akkarat, souriant, qui tente de dévorer le Grand Palais.

Le jeune homme essaie de rattraper ses affichettes.

— Ce ne sont pas des mensonges! Akkarat veut déposer la Reine. C'est évident!

Les gens dans la foule le huent. Mais d'autres l'encouragent. Le gamin se détourne de l'homme, parle à la foule.

— Akkarat a faim de pouvoir. Il a toujours voulu…

L'homme lui donne un coup de pied au cul. Le garçon virevolte pour lui faire face, enragé, et se jette sur lui. Emiko retient son souffle. Le gamin est un bagarreur. Il pratique manifestement le *muay thai*. Son coude s'écrase contre la tête de l'homme qui s'effondre. Le garçon se tient au-dessus de lui, crie des insultes, mais sa voix est noyée par les hurlements de la foule, puis d'autres s'avancent, l'enveloppent d'un nuage de poings.

Emiko se retourne et se faufile dans la bagarre, elle ne fait plus attention à ses mouvements. Les gens la bousculent, s'agitent pour défendre ou aider, elle se fraye un passage aussi vite qu'elle le peut. À cet instant, elle n'est rien pour eux. Elle sort de l'émeute et se réfugie dans l'ombre de l'allée.

La bagarre s'étend dans la rue. Emiko ramasse les ordures pour s'en recouvrir. Derrière elle, du verre se brise. Quelqu'un hurle. Elle se recroqueville contre une caisse démantelée de ToutTemps, assemblant des détritus autour d'elle, des pelures de durian, le chanvre arraché d'un panier, des feuilles de bananier, n'importe quoi pour la cacher. Elle s'immobilise et se baisse quand les émeutiers pénètrent dans l'allée en hurlant. Partout où elle regarde, elle ne voit que des visages déformés par la haine.

CHAPITRE 37

Les principales installations de Mishimoto & Co. se situent de l'autre côté de l'eau, à Thonburi. Le bateau glisse sur le *khlong*, la main de Kanya est prudente sur le gouvernail. Même ici, en dehors de Bangkok, les feuilles à murmures se plaignent de Pracha et de l'assassin automate.

— Tu penses vraiment que c'est une bonne idée d'y aller seule ? demande Jaidee.

— Tu es là. C'est une compagnie suffisante.

— Dans cet état, je ne suis plus aussi bon en *muay thai*.

— Quel dommage !

Le portail et le débarcadère de l'entreprise jaillissent au-dessus des vagues. Le soleil de la fin d'après-midi est brûlant. Un vendeur ambulant pagaie tout près mais, même si Kanya a faim, elle n'ose pas perdre de temps. Le soleil semble déjà s'échapper du ciel. Son bateau cogne le débarcadère et elle enroule son amarre autour d'une bitte.

— Je ne pense pas qu'ils te laisseront entrer, déclare Jaidee.

Kanya ne prend pas la peine de répondre. C'est étrange qu'il soit resté avec elle dans le bateau. Son *phii* n'aurait dû s'intéresser à elle qu'un court laps de temps avant de passer à d'autres choses et à d'autres personnes. Peut-être est-il allé voir ses enfants. S'excuser auprès de la mère de Chaya. À présent, il ne la quitte plus.

Il continue :

— Ton uniforme blanc ne va pas les impressionner. Ils ont beaucoup trop d'influence auprès du ministère du Commerce et de la police.

Kanya ne répond pas mais, comme il fallait s'y attendre, un détachement de la police de Thonburi garde le portail principal du complexe. Tout autour, la mer et les *khlongs* lapent la terre. Les Japonais regardent vers l'avenir, ils ont donc construit entièrement sur l'eau, sur des radeaux de bambous qu'on dit mesurer presque quinze mètres d'épaisseur, créant ainsi une installation imperméable aux inondations et aux marées du fleuve Chao Phraya.

— Je dois parler avec M. Yashimoto.

— Il n'est pas disponible.

— Cela concerne un chargement qui lui appartient et qui a été endommagé pendant le raid sur les points d'ancrage. De la paperasse pour la réparation.

Le garde sourit, incertain, passe la tête à l'intérieur.

Jaidee ricane.

— Malin !

Kanya lui fait une grimace

— Tu es utile, pour une fois.

— Même si je suis mort.

Un instant plus tard, on les guide dans les couloirs du complexe. Ce n'est pas très loin. De hauts murs cachent toute preuve d'activité industrielle. Le syndicat des mastodontes se plaint que rien ne puisse se faire sans une source d'énergie, mais les Japonais n'importent pas leurs propres mastodontes ni n'engagent ceux du syndicat. Tout cela pue la technologie illégale. Néanmoins, ils ont fourni beaucoup d'assistance technique au Royaume. Contre les semences améliorées des Thaïs, les Japonais offrent le meilleur de leurs technologies maritimes. Tout le monde fait donc très attention à ne pas poser trop de questions sur la construction d'une coque ou sur la légalité de leurs procédures de développement.

Une porte s'ouvre. Une jolie fille sourit et s'incline. Kanya manque tirer son pistolet-AR. La créature devant elle est une automate. La fille ne remarque pas le malaise de Kanya. De ses mouvements saccadés, elle lui fait simplement signe d'entrer. La pièce est soigneusement décorée de tatamis et de peintures sumi-e. Un homme que Kanya pense être M. Yashimoto est agenouillé, il peint. L'automate mène Kanya à un siège.

Jaidee admire les tableaux sur les murs.

— Il les a tous peints, tu sais.

— Comment peux-tu le savoir?

— Juste après ma mort, je suis venu voir s'ils ont vraiment des dix-mains dans leur usine.

— Et c'est le cas?

Jaidee hausse les épaules.

— Va voir par toi-même.

M. Yashimoto trempe son pinceau et, dans un mouvement rapide et exquis, termine sa peinture. Il se lève et s'incline devant Kanya. Il commence à parler en japonais. La voix de la fille automate suit une seconde plus tard avec une traduction en thaï.

— Je suis honoré de votre visite.

Il reste silencieux un moment, imité par la fille automate. Elle est très belle, se dit Kanya. Sa veste courte est ouverte au col, montrant le creux de sa gorge, et sa jupe pâle moule joliment ses hanches. Elle serait belle si elle n'était pas aussi perverse.

— Vous savez pourquoi je suis là ?

Il hoche vivement la tête.

— Nous avons entendu des rumeurs d'un accident regrettable. Nous avons vu notre pays critiqué dans vos journaux et feuilles à murmures. (Il la regarde avec insistance.) De nombreuses voix se sont élevées contre nous. La plupart sont des affirmations fausses et injustes.

Kanya hoche la tête.

— Nous avons des questions…

— J'aimerais vous assurer que nous sommes des amis des Thaïs. Depuis de nombreuses années, nous avons coopéré, depuis la grande guerre jusqu'à aujourd'hui, nous avons toujours été amis des Thaïs.

— Je voudrais savoir comment…

Yashimoto l'interrompt à nouveau.

— Du thé ?

Kanya se force à rester polie.

— Vous êtes très accueillant.

Yashimoto fait signe à la fille automate qui se lève et quitte la pièce. Inconsciemment, Kanya se détend. La créature est… troublante. Pourtant, en son absence, le silence s'étire entre eux. Kanya sent les secondes passer, les minutes perdues. Le temps s'écoule. Les nuages de l'orage se rassemblent et elle attend du thé.

La fille automate revient, s'agenouille à côté d'eux devant la table basse. Kanya se force à ne pas parler, à ne pas interrompre les gestes précis de la fille, mais c'est un effort. La fille automate verse le thé. Alors, en étudiant les étranges mouvements de la créature, Kanya voit un peu de ce que les Japonais désiraient quand ils ont conçu ces serviteurs. La fille est parfaite, aussi précise qu'une horloge, et, dans le contexte de la cérémonie du thé, tous ses gestes deviennent un rituel gracieux.

L'automate fait attention à ne pas regarder Kanya en retour. Ne dit rien sur le fait qu'elle est une chemise blanche. N'exprime pas le fait que, dans un autre contexte, Kanya serait heureuse de la détruire. Elle ignore totalement l'uniforme du ministère de l'Environnement. Elle est exquise et polie.

Yashimoto attend que Kanya avale une gorgée de thé avant de boire le sien. Il pose délibérément sa tasse sur la table.

— Nos pays ont toujours été amis, dit-il. Depuis le jour où notre Empereur a fait cadeau du tilapia au Royaume, sous le règne de votre grand roi scientifique, Bhumibol. Nous avons toujours été loyaux. (Il regarde Kanya dans les yeux.) J'espère que nous pourrons vous aider dans cette affaire, mais je souhaite insister sur le fait que nous sommes les amis de votre pays.

— Parlez-moi des automates, demande Kanya.

Yashimoto hoche la tête.

— Que souhaitez-vous savoir? (Il sourit, désigne la fille agenouillée près d'eux.) Celle-ci, vous pouvez la voir par vous-même.

Kanya garde une expression impassible. C'est difficile. La créature est belle. Sa peau est lisse, ses mouvements étrangement élégants. Et elle lui donne la chair de poule.

— Dites-moi pourquoi vous les avez conçus.

Yashimoto hausse les épaules.

— Nos sommes une vieille nation, nos jeunes sont rares. De bonnes filles comme Hiroko remplissent ce vide. Nous ne sommes pas comme les Thaïs. Nous avons les calories, mais personne pour effectuer le travail. Nous avons besoin d'assistantes de direction. D'ouvriers.

Kanya fait attention à ne pas montrer son dégoût.

— Oui. Vous les Japonais êtes très différents. Et, à part pour votre pays, nous n'avons jamais autorisé ce genre de niche…

— Crime, propose Jaidee.

— D'exemption, termine-t-elle. Personne d'autre n'a le droit d'amener des créatures comme celle-ci. (Elle désigne, à contrecœur, l'interprète, tentant de déguiser le dégoût dans sa voix.) Pas d'autre pays. Pas d'autres usines.

— Nous sommes conscients de ce privilège.

— Pourtant vous en avez abusé en amenant un automate soldat…

Les mots d'Hiroko l'interrompent au moment où Kanya va continuer à parler. Hiroko traduit prestement la réponse indignée de son propriétaire.

— Non! C'est impossible. Nous n'avons pas de contacts avec cette technologie. Aucun!

Le visage de Yashimoto est rouge de rage, et Kanya se demande d'où lui vient cette colère soudaine. Quel genre d'insulte culturelle a-t-elle maladroitement laissé échapper? La fille automate poursuit sa traduction, sans la moindre trace d'émotion sur son visage, elle parle avec la voix de son propriétaire.

— Nous travaillons avec de Nouveaux Japonais comme Hiroko. Elle est loyale, attentionnée et qualifiée. C'est un outil nécessaire. Elle est aussi nécessaire qu'une houe pour un fermier ou une épée pour un samouraï.

— Il est étrange que vous mentionniez l'épée.

— Hiroko n'est pas une créature militaire. Nous ne possédons pas cette technologie.

Kanya fouille sa poche et pose violemment une photo de la tueuse automate sur la table basse.

— Pourtant, l'une des vôtres, importée par vous, enregistrée comme membre de votre personnel, a assassiné le Somdet Chaopraya et huit autres personnes avant de disparaître comme si elle était un *phii* enragé. Vous êtes devant moi et vous me dites qu'il est impossible qu'un automate soldat soit ici?

Sa voix est devenue un cri et la traduction de l'automate se termine avec une intensité similaire.

Les traits de Yashimoto s'immobilisent. Il prend la photo et l'étudie.

— Nous allons devoir vérifier nos archives.

Il fait signe à Hiroko. Elle prend la photo et disparaît derrière la porte. Kanya observe Yashimoto à la recherche de signes d'angoisse ou de nervosité, mais il n'y en a pas. De l'irritation soit, mais aucune crainte. Elle regrette de ne pas pouvoir lui parler directement. En écoutant ses propres mots traduits en japonais, elle s'est demandé ce qu'on pouvait lui cacher dans la traduction. Comment Hiroko le prépare au choc.

Ils attendent. Il lui offre silencieusement du thé. Elle refuse. Il n'en boit pas non plus. La tension dans la pièce est si forte que Kanya s'attend presque à ce qu'il bondisse sur ses pieds pour la couper en deux avec l'épée ancienne qui décore le mur derrière lui.

Quelques minutes plus tard, Hiroko revient. Elle tend la photo à Kanya en s'inclinant. Puis elle parle à Yashimoto. Aucun d'entre eux ne trahit la moindre émotion. Hiroko s'agenouille à nouveau entre eux. Yashimoto désigne la photo du menton.

— Vous êtes sûre que c'était celle-ci ?

Kanya hoche la tête.

— Il n'y a pas de doute.

— Et cet assassinat explique l'intensité grandissante de la rage dans la ville. Il y a des foules qui se rassemblent devant l'usine. Sur des bateaux. La police les a renvoyés, mais ils venaient avec des torches.

Kanya réprime sa nervosité devant cette frénésie grandissante. Tout va trop vite. Bientôt, Akkarat et Pracha ne pourront plus reculer sans perdre la face et tout sera perdu.

— Les gens sont très en colère, explique-t-elle.

— Cette colère est déplacée. Elle n'est pas une automate militaire. (Comme Kanya tente de le défier, il lui offre un regard féroce et elle s'incline.) Mishimoto ne sait *rien* des automates militaires. Rien. De telles créatures sont contrôlées d'une manière très stricte. Elles ne sont utilisées que par notre ministère de la Défense. Je ne pourrai jamais en posséder une. (Il la regarde dans les yeux.) Jamais.

— Et pourtant…

Il continue à parler, Hiroko traduit.

— Je connais l'automate dont vous parlez. Elle a rempli ses devoirs…

La voix de la fille automate se brise alors même que le vieil homme continue à parler. Elle se redresse et ses yeux se posent sur Yashimoto. Il fronce les sourcils face à ce défi. Il lui dit quelque chose. Elle baisse la tête.

— *Hai*.

Le silence revient.

Il lui fait signe de continuer. Elle se reprend et termine de traduire.

— Elle a été détruite selon nos exigences plutôt que d'être rapatriée.

Les yeux sombres de l'automate se posent sur Kanya, ils ne cillent pas, ils ne trahissent rien de la surprise qu'elle a montrée un instant plus tôt.

Kanya regarde la fille et le vieil homme, deux personnes étrangères.

— Et pourtant, apparemment, elle a survécu, annonce-t-elle finalement.

— Je n'étais pas le gestionnaire à cette époque, continue Yashimoto. Je ne peux parler que de ce qu'il y a dans nos archives.

— À l'évidence, vos archives mentent.

— Vous avez raison. Pour cela, il n'y a pas d'excuse. J'ai honte de ce que d'autres ont fait, mais je n'en avais pas connaissance.

Kanya se penche en avant.

— Si vous ne pouvez pas me dire comment elle a survécu, alors, s'il vous plaît, dites-moi comment il est possible que cette fille, capable de tuer tant d'hommes en l'espace d'un battement de cœur, ait pu entrer dans ce pays. Vous me dites qu'elle n'est pas militaire mais, pour être franche, j'ai des difficultés à y croire. C'est une sacrée violation des accords entre nos deux pays.

Contre toute attente, les yeux de l'homme se plissent en un sourire. Il prend sa tasse de thé, sirote un instant, réfléchit à la question, mais le rire ne quitte pas ses yeux, même lorsqu'il termine son thé.

— À cela, je peux répondre.

Sans prévenir, il jette sa tasse au visage d'Hiroko. Kanya sursaute et retient un cri. La main de la fille automate devient brume. La tasse frappe sa paume.

La fille regarde fixement la tasse dans sa main, aussi surprise, apparemment, que Kanya.

L'homme japonais resserre les plis de son kimono autour de lui.

— Tous les Nouveaux Japonais sont rapides. Vous vous êtes trompée de question. La manière dont ils utilisent leurs qualités innées est une question d'entraînement et non de capacités physiques. On a enseigné à Hiroko depuis sa naissance à ralentir ses mouvements, à agir avec décorum. (Il désigne sa peau.) Elle a été conçue pour avoir une peau de porcelaine et des pores réduits, ce qui veut malheureusement dire qu'elle a tendance à surchauffer. Un automate militaire ne surchaufferait pas, ils sont construits pour dépenser une énergie considérable sans impact. La pauvre Hiroko mourrait si elle faisait de tels efforts pendant un certain temps. Mais tous les automates sont potentiellement rapides, c'est dans leurs gènes. (Son ton devient sérieux.) Il est surprenant, par contre, que cette automate ait dépassé son entraînement. C'est une mauvaise nouvelle. Les Nouvelles Personnes nous servent. Cela ne devrait pas arriver.

— Alors, votre Hiroko pourrait faire la même chose ? Tuer huit hommes ? Armés ?

Hiroko sursaute et regarde Yashimoto, ses yeux sombres s'écarquillent. Il hoche la tête. Dit quelque chose. Son ton est doux.

— *Hai.* (Elle oublie de traduire puis retrouve ses mots.) Oui, c'est possible. Improbable mais possible. (Elle continue.) Mais il faudrait un stimulus extraordinaire pour en arriver là. Le Nouveau Peuple accorde de la valeur à la discipline. L'ordre. L'obéissance.

Nous avons un dicton au Japon : « Les Nouvelles Personnes sont plus japonaises que les Japonais. »

Yashimoto pose la main sur l'épaule d'Hiroko et reprend.

— Il faudrait des circonstances extraordinaires pour que Hiroko devienne une tueuse. (Il sourit avec confiance.) Celle dont vous parlez est tombée bien loin de sa place normale. Vous devriez la détruire avant qu'elle ne cause d'autres dommages. Nous pouvons vous offrir notre assistance. (Il s'interrompt un instant.) Hiroko pourrait vous aider.

Kanya tente de ne pas reculer, mais son visage la trahit.

— Capitaine Kanya, je crois bien que tu souris.

Le *phii* de Jaidee est toujours avec elle, perché à la proue du bateau qui traverse l'embouchure de la Chao Phraya sous une brise violente. Les éclaboussures traversent sa silhouette, il n'en est pas affecté bien que Kanya s'attende à ce qu'il en soit trempé. Elle lui sourit, permettant à son bien-être de l'atteindre.

— Aujourd'hui, j'ai fait quelque chose de bien.

Jaidee a un sourire malicieux.

— J'ai écouté des deux côtés de la conversation. Tu as vraiment impressionné Akkarat et Narong.

Kanya le regarde attentivement.

— Tu étais avec eux aussi ?

Il hausse les épaules.

— Il semble que je peux aller presque partout.

— Sauf dans ta prochaine vie.

Il hausse de nouveau les épaules et sourit.

— J'ai encore du travail ici.

— À me harceler, tu veux dire.

Mais ses mots n'ont aucun venin. Dans la lumière chaude du soleil couchant, avec la cité qui s'ouvre devant elle, et les vagues qui frappent la coque de son bateau, Kanya est reconnaissante que la conversation se soit si bien passée. Tandis qu'elle parlait à Narong, des ordres partaient pour faire marche arrière. Elle a entendu l'annonce à la radio. Ils vont rencontrer les loyalistes du 12 décembre. C'est le commencement d'un remaniement. Si les Japonais n'avaient pas accepté la responsabilité de leur franctireur automate, les choses auraient pu être différentes. Mais on offre déjà réparations et Pracha est disculpé par tous les documents présentés par les Japonais, tout se passe bien.

Kanya ne peut s'empêcher de ressentir de la fierté. Porter le joug de deux commanditaires a finalement payé. Elle se demande si c'est le *kamma* qui lui permet de combler le vide entre le général Pracha et le ministre Akkarat pour le bien de Krung Thep. Il est certain que personne d'autre n'aurait pu briser ces barrières d'orgueil et de fierté que ces deux hommes et leurs factions ont érigées.

Jaidee lui sourit toujours.

— Imagine ce que pourrait faire notre pays si nous n'étions pas toujours en train de nous battre entre nous !

Dans une bouffée d'optimisme, Kanya réplique :

— Peut-être que tout est possible.

Jaidee éclate de rire.

— Tu as toujours un automate à attraper.

Involontairement, les yeux de Kanya vont vers sa propre fille automate. Hiroko a croisé les jambes sous elle et regarde la ville s'approcher rapidement, de ses yeux curieux, elle observe les manœuvres de Kanya pour se faufiler entre les clippers, les bateaux à voiles et les canots-AR de patrouille. Comme si elle sentait le regard de Kanya, elle se retourne. Leurs yeux se rencontrent. Kanya refuse de baisser les siens.

— Pourquoi haïssez-vous le Nouveau Peuple? demande l'automate.

Jaidee éclate de rire.

— Peux-tu la sermonner sur la niche et la nature?

Kanya détourne le regard, jette un coup d'œil aux usines flottantes derrière elle, à Thonburi la noyée. Le *prang* de Wat Arun se découpe dans le ciel couleur sang.

La question revient à nouveau.

— Pourquoi détestez-vous les miens?

Kanya regarde la femme.

— Ne serez-vous pas détruite lorsque Yashimoto-sama retournera au Japon?

Hiroko baisse les yeux. Kanya se sent étrangement embarrassée d'avoir blessé l'automate, puis rejette son sentiment de culpabilité. Ce n'est qu'une automate. Elle singe les mouvements de l'humanité, mais ce n'est qu'une expérience dangereuse à qui on a permis d'aller trop loin. Une automate. Mouvements saccadés et sursauts caractéristiques d'un animal génétiquement créé. Intelligent. Et dangereux si on le pousse trop loin, apparemment. Kanya regarde l'eau en guidant son bateau à travers les vagues, mais elle ne quitte pas vraiment l'automate du coin de l'œil, viscéralement consciente que cette chose possède la même vitesse effroyable que l'autre. Que tous ces automates ont le potentiel de devenir meurtriers.

Hiroko parle à nouveau.

— Nous ne sommes pas tous comme celle que vous cherchez.

Kanya pose son regard sur l'automate.

— Vous n'êtes pas naturels, autant que vous êtes. Vous poussez dans des éprouvettes. Vous allez contre la niche. Vous n'avez pas d'âme et pas de *kamma*. Et maintenant, l'une d'entre vous a… (elle s'interrompt, dépassée par l'énormité) détruit le protecteur de notre Reine. Vous êtes bien assez similaires pour moi.

Les yeux d'Hiroko se durcissent.

— Alors renvoyez-moi à Mishimoto.

Kanya secoue la tête.

— Non. Vous avez votre utilité. Vous êtes une bonne preuve que tous les automates sont dangereux, ne serait-ce que ça. Et que celle que nous cherchons n'est pas une créature militaire. Pour cela vous allez être utile.

— Nous ne sommes pas tous dangereux, insiste à nouveau la Japonaise.

Kanya hausse les épaules.

— M. Yashimoto dit que vous pouvez nous aider à trouver notre tueuse. Si c'est vrai, vous allez nous être utile. Sinon, je préférerais vous composter avec le reste des détritus de la journée. Votre maître affirme avec force que vous pouvez être utile, mais je ne vois pas en quoi.

Hiroko regarde ailleurs, vers les usines de l'autre côté.

— Je crois que tu l'as blessée, murmure Jaidee.

— Leurs sentiments sont-ils aussi réels que leurs âmes?

Kanya s'appuie contre le gouvernail, fait pencher le petit esquif vers les quais. Il y a encore tant de choses à faire.

Soudain, Hiroko dit :

— Elle va chercher un nouveau maître.

Kanya se retourne, surprise.

— Que voulez-vous dire ?

— Elle a perdu son propriétaire japonais. Elle a maintenant perdu l'homme qui tenait le bar où elle travaillait.

— Elle l'a tué.

Hiroko hausse les épaules.

— C'est la même chose. Elle a perdu son maître. Elle doit en trouver un autre.

— Comment le savez-vous ?

Hiroko la regarde froidement.

— C'est dans nos gènes. Nous cherchons à obéir. Cela nous est nécessaire. Aussi important que l'eau pour un poisson. C'est l'eau dans laquelle nous nageons. Yashimoto-sama a raison. Nous sommes plus japonais que les Japonais. Nous devons servir au sein d'une hiérarchie. Elle doit trouver un nouveau maître.

— Et si elle était différente ? Si celle-ci n'en voulait pas ?

— Elle le fera. Elle n'a pas le choix.

— Comme vous ?

Les yeux sombres de Hiroko se posent sur elle de nouveau.

— Exactement.

S'agit-il d'une bouffée de rage ou de désespoir qui traverse ces yeux ? Ou Kanya l'imagine-t-elle ? C'est quelque chose d'anthropomorphique, en tout cas, que Kanya imagine rôder à l'intérieur de quelque chose qui n'est pas et ne sera jamais humain ? Un joli puzzle. Kanya reporte son attention sur l'eau et sur leur arrivée imminente, vérifie autour d'elle que d'autres bateaux ne vont pas lui couper le passage. Elle fronce les sourcils.

— Je ne connais pas ces barges.

Hiroko lève les yeux.

— Vous surveillez les eaux aussi bien que ça ?

Kanya secoue la tête.

— J'ai travaillé sur les docks quand j'ai commencé. Des descentes rapides pour vérifier les importations. On se faisait de l'argent. (Elle étudie les barges.) Celles-ci sont construites pour des chargements lourds. Plus que du riz. Je n'ai plus vu…

Elle laisse traîner sa pensée, son cœur commence à battre la chamade à mesure qu'elle regarde les barges s'avancer comme de grandes bêtes noires, implacables.

— Qu'y a-t-il ? demande Hiroko.

— Leur propulsion n'est pas à ressort.

— Oui ?

Kanya tire sur sa voile, laissant les brises du delta manœuvrer le petit bateau pour éviter le vaisseau qui approche.

— Elles sont militaires. Toutes.

CHAPITRE 38

Anderson peut à peine respirer sous la cagoule. Le noir est total, chaud de son propre souffle et de sa peur réprimée. Personne ne lui a expliqué pourquoi il a été encagoulé et sorti de son appartement. Carlyle s'est réveillé à ce moment mais, quand il a tenté de protester contre le traitement qu'on leur infligeait, un panthère lui a frappé l'oreille de la crosse de son fusil, faisant couler le sang. Ils sont donc restés silencieux et se sont laissé encagouler. Une heure plus tard, on leur a donné des coups de pied pour qu'ils se lèvent et on les a emmenés dans un véhicule qui rugissait et produisait de la fumée. L'armée, s'est dit Anderson, alors qu'on le poussait à l'intérieur.

Son doigt brisé pend derrière son dos. S'il tente de plier la main, la douleur devient extrême. Il ralentit sa respiration sous la cagoule, contrôle sa peur et ses spéculations. Le tissu poussiéreux et serré le fait tousser et, quand il tousse, ses côtes envoient des piques de douleur. Il respire difficilement.

Vont-ils l'exécuter pour faire un exemple?

Il n'a pas entendu la voix d'Akkarat depuis longtemps. Il n'a rien entendu. Il voudrait chuchoter avec Carlyle pour voir s'ils sont enfermés au même endroit, mais il a peur qu'un éventuel garde l'assomme à nouveau.

Quand on les a descendus du véhicule et traînés vers un bâtiment, il n'était déjà pas sûr que Carlyle soit avec lui. Puis ils ont pris un ascenseur. Il pense qu'ils sont descendus dans une sorte de bunker, mais il fait horriblement chaud dans cet endroit où on l'a bourré de coups de pied jusqu'à ce qu'il tombe. L'endroit est étouffant. Le tissu de la cagoule démange. Plus que toute chose, il aimerait pouvoir se gratter le nez où la transpiration goutte et trempe le tissu, le rendant encore plus désagréable. Il tente de bouger la tête, tente d'éloigner le tissu de son nez et de sa bouche. S'il pouvait seulement respirer de l'air frais…

Une porte cliquette. Des pas. Anderson se fige. Des voix étouffées au-dessus de lui. Soudain, des mains l'attrapent et le mettent debout. Il déglutit quand on heurte ses côtes cassées. On l'entraîne, on le guide. Après une série de virages et de pauses, une brise caresse ses bras, plus fraîche, sans doute un conduit d'aération. Il aspire une bouffée d'air marin. Des voix thaïes marmonnent autour de lui. Des pas. Des gens qui bougent. Il a l'impression qu'on le traîne dans un couloir. Les voix thaïes vont et viennent. Quand il chancelle, ses ravisseurs le tirent vers le haut et le poussent vers l'avant.

Finalement, ils s'arrêtent. L'air est plus frais. Il sent le souffle des systèmes d'aération, il entend le cliquetis des pédales, le gémissement des volants. Une sorte de centre de traitement. Ses ravisseurs le poussent pour qu'il se redresse. Il se demande si c'est comme ça qu'ils vont l'exécuter. S'il va mourir sans revoir la lumière du jour.

La fille automate. Cette putain de fille automate. Il se souvient de la manière dont elle s'est envolée du balcon, plongeant dans la pénombre. Ça ne ressemblait pas à un suicide, plus il y pense plus il est convaincu qu'elle avait l'air totalement sûre d'elle. A-t-elle vraiment tué le protecteur de la Reine Enfant ? Mais, si elle est la tueuse, comment a-t-elle pu avoir aussi peur ? Cela n'a pas de sens. Et, maintenant, tout est fichu. Seigneur, comme son nez le démange. Il éternue, inspire de l'air poussiéreux et recommence à tousser.

Il se plie en deux, tousse, fait hurler ses côtes.

On lui arrache la cagoule.

Anderson cille quand la lumière transperce ses yeux. Il aspire l'air frais avec reconnaissance, comme un luxe. Il se redresse lentement. Il est dans une grande pièce pleine d'hommes et de femmes en uniforme de l'armée. Des ordinateurs à pédale et des tambours à ressort dans le même endroit. Même un écran à LED sur le mur avec des vues de la ville, comme il y en a dans les centres de traitements d'AgriGen.

Et une vue. Il avait tort. Il n'est pas descendu. Il est monté. Bien au-dessus de la ville. Anderson réoriente ses perceptions confuses. Ils sont dans une tour quelque part, une tour de l'Expansion. À travers les fenêtres ouvertes, il voit toute la ville. Le soleil couchant donne à l'air et au bâtiment un rouge terne.

Carlyle est là aussi, il a l'air étourdi.

— Seigneur, vous puez tous les deux.

Akkarat, qui sourit avec un humour rusé. Les Thaïs sont connus pour avoir treize sortes de sourires. Anderson se demande lequel il voit.

— Il va vous falloir une douche, reprend Akkarat.

Anderson voudrait parler, mais une autre crise de toux le terrasse. Il inspire douloureusement, tente de contrôler ses poumons, et continue à tousser.

Les menottes entrent dans ses poignets tandis qu'il se convulse. Ses côtes ne sont que douleur. Carlyle garde le silence. Il a du sang sur le front. Anderson ne peut dire s'il a lutté contre ses ravisseurs ou s'il a été torturé.

— Allez lui chercher un verre d'eau, ordonne Akkarat.

Le garde d'Anderson le pousse contre un mur et l'assoit par terre. Cette fois, il évite de justesse de heurter son doigt cassé. L'eau arrive. Le garde tient la tasse devant les lèvres d'Anderson, le laisse boire. L'eau est fraîche. Anderson avale, absurdement reconnaissant. Sa toux se calme. Il se force à lever les yeux vers Akkarat.

— Merci.

— Oui. Bon. Il semblerait que nous ayons un problème, réplique Akkarat. Ton histoire s'est vérifiée. Ton automate est un franc-tireur. (Il s'accroupit à côté d'Anderson.) Nous avons tous été victimes de malchance. Dans l'armée, on dit qu'un bon plan de bataille ne tient que cinq minutes durant le combat. Après, tout dépend de la chance du général. Ici, c'est de la malchance. Nous devons tous nous ajuster. Et maintenant, bien sûr, j'ai plein de nouveaux problèmes à gérer. (Il désigne Carlyle.) Vous êtes tous les deux furieux du traitement que vous avez subi. (Il grimace.) Je pourrais vous offrir mes excuses, mais je ne suis pas sûr que ce serait suffisant.

Anderson reste impassible en regardant Akkarat dans les yeux.

— Si vous nous faites du mal, vous allez le payer.

— AgriGen nous punira. (Anderson hoche la tête.) Oui. C'est un problème. Mais AgriGen est toujours furieux contre nous.

— Détachez-moi et nous oublierons tout.

— Tu veux dire vous faire confiance. Je ne crois pas que ce soit sage.

— Les révolutions sont toujours dures, je ne vous en veux pas. (Anderson sourit, féroce, il veut que l'homme le croie.) Pas de mal, pas de souillure. Nous voulons toujours les mêmes choses. Rien de ce qui a été fait ne peut être défait.

Akkarat penche la tête, pensif. Anderson se demande s'il ne va pas lui enfoncer un couteau entre les côtes.

Soudain, le ministre sourit.

— Tu es un homme dur.

Anderson réprime une bouffée d'espoir.

— Juste pratique. Nos intérêts sont toujours complémentaires. Personne n'en bénéficiera si nous mourons. Ce n'est encore qu'un léger malentendu que nous pouvons défaire.

Akkarat réfléchit. Se tourne vers l'un des gardes et lui demande un couteau. Anderson retient son souffle quand il s'approche, mais la lame tranche ses liens, le libère. Ses bras fourmillent sous l'afflux du sang. Il les bouge prudemment. On dirait des blocs de bois. La douleur suit.

— Seigneur!

— Il faudra un moment pour que ta circulation redevienne normale. Réjouis-toi que nous ayons été gentils avec toi.

Akkarat aperçoit la manière qu'à Anderson de bercer sa main blessée. Il sourit d'embarras et d'excuses. Il appelle un médecin avant de passer à Carlyle.

— Où sommes-nous? demande Anderson.

— Un centre de commandement d'urgence. Quand nous avons déterminé que les chemises blanches étaient impliqués, j'ai déplacé nos opérations ici, pour plus de sécurité. (Akkarat désigne les tambours-ar.) Nous avons des équipes de mastodontes à la cave qui envoient l'énergie. Personne ne doit savoir que nous avons équipé ce centre.

— Je ne savais pas que vous disposiez de quelque chose de ce genre.

Akkarat sourit.

— Nous sommes partenaires, pas amants. Je ne partage pas tous mes secrets avec tout le monde.

— Avez-vous déjà attrapé la fille automate ?

— Ce n'est qu'une question de temps. Sa photo est collée partout. La ville ne lui permettra pas de vivre parmi nous. C'est une chose de corrompre les chemises blanches. C'en est une autre de s'attaquer au Palais.

Anderson repense à Emiko, à sa peur recroquevillée.

— Je n'arrive toujours pas à croire qu'un automate ait pu faire une chose pareille.

Akkarat lève les yeux.

— Ça a été confirmé par les témoins et par les Japonais qui l'ont construite. L'automate est une tueuse. Nous allons la trouver et l'exécuter à l'ancienne, et nous serons débarrassés d'elle. Et les Japonais seront forcés de payer des réparations inimaginables pour leur insouciance criminelle. (Il sourit.) Là-dessus, au moins, les chemises blanches et moi sommes d'accord.

Les mains de Carlyle sont libérées. Akkarat est appelé par un officier de l'armée.

Carlyle retire son bâillon.

— Nous sommes à nouveau amis ?

Anderson hausse les épaules, regarde l'activité autour d'eux.

— Autant qu'on peut l'être pendant une révolution.

— Comment vas-tu ?

Anderson touche doucement sa poitrine.

— Des côtes cassées. (Il désigne sa main dont le docteur plâtre un doigt.) Un doigt brisé. Je crois que la mâchoire va bien. (Il hausse les épaules.) Et toi ?

— Mieux que ça. Je crois que mon épaule est luxée. Mais ce n'est pas moi qui ai présenté le franctireur automate.

Anderson tousse et frémit.

— Ouais. Bon. Tu as eu de la chance.

L'une des personnes de l'armée remonte un radiotéléphone dans un cliquetis. Akkarat prend l'appel.

— Oui ?

Il hoche la tête, parle en thaï.

Anderson ne comprend que quelques mots, mais les yeux de Carlyle s'écarquillent.

— Ils prennent les stations de radio, murmure-t-il.

— Quoi ?

Anderson se lève, frémit, pousse le médecin qui travaille encore sur son doigt. Des gardes s'interposent, le séparent d'Akkarat. Tandis qu'ils le repoussent vers le mur, Anderson lance :

— Vous avez commencé ? Maintenant ?

Akkarat lève les yeux, termine sa conversation calmement et tend le récepteur à l'officier de communication. L'homme du remontoir s'enfonce dans sa chaise, attend l'appel suivant. Le bourdonnement du volant se ralentit.

— L'assassinat du Somdet Chaopraya a soulevé beaucoup d'hostilité contre les chemises blanches, dit Akkarat. Il y a des manifestations devant le ministère de l'Environnement. Même le syndicat des mastodontes s'en mêle. Les gens étaient déjà furieux à cause des restrictions du ministère, j'ai décidé d'en profiter.

— Mais tous nos atouts ne sont pas en place, proteste Anderson. Vos unités armées ne sont pas encore revenues du Nord-Est et mes forces de frappe ne sont pas supposées arriver avant une semaine.

Akkarat hausse les épaules et sourit.

— Les révolutions sont toujours désordonnées. Il vaut mieux saisir les opportunités quand elles se présentent. Mais je crois que vous serez agréablement surpris.

Il se tourne vers son radio-téléphone et parle à ses subordonnés.

Anderson regarde le dos du ministre. L'homme, autrefois si obséquieux en présence du Somdet Chaopraya, fait maintenant office de commandant. Il donne des ordres à la chaîne. De temps en temps, le téléphone vibre pour attirer son attention.

— C'est fou, murmure Carlyle. Sommes-nous toujours dans le coup ?

— Difficile à dire.

Akkarat les regarde, il a l'air de vouloir dire quelque chose, mais se contente de porter un doigt à une oreille.

— Écoutez !

Sa voix est révérencieuse.

Un grondement traverse la ville. À travers les fenêtres ouvertes du centre de commandement, des lumières apparaissent brièvement, comme les éclairs d'un orage. Akkarat sourit.

— Ça commence.

CHAPITRE 39

Quand Kanya surgit dans son bureau, Pai l'y attend.

— Où sont les hommes? demande-t-elle en haletant.

— Ils se sont rassemblés dans les logements des célibataires. (Il hausse les épaules.) Nous étions revenus du village quand nous avons entendu…

— Ils y sont toujours?

— Peut-être quelques-uns. J'ai entendu dire qu'Akkarat et Pracha allaient négocier.

— Non! (Elle secoue la tête.) Allez les chercher. (Elle se presse dans la pièce, attrape des chargeurs de rechange pour pistolets à ressort.) Mettez-les en rangs et qu'ils soient armés. Nous n'avons pas beaucoup de temps.

Pai fixe Hiroko des yeux.

— C'est l'automate?

— Ne t'inquiète pas d'elle. Sais-tu où se trouve le général Pracha?

Il hausse les épaules.

— J'ai entendu dire qu'il inspectait nos murs, puis qu'il allait parler au syndicat des mastodontes à propos des manifestations…

Elle grimace.

— Rassemble les hommes. Nous ne pouvons plus attendre.

— Vous êtes folle…

Une explosion fait trembler le bâtiment. Dehors, les arbres craquent en s'effondrant sur le sol. Pai bondit sur ses pieds, il a l'air choqué. Il court vers la fenêtre et regarde à l'extérieur. Une sirène d'alarme se met à hurler.

— C'est le Commerce, dit Kanya. Ils sont déjà là.

Elle attrape son pistolet-AR. Hiroko est immobile, surnaturelle, la tête penchée comme un chien, elle écoute. Puis elle se tourne légèrement, attentive, elle tente d'anticiper. Une autre série d'explosions fait trembler le complexe. Tout le bâtiment frémit. Du plâtre tombe du plafond.

Kanya sort en courant de son bureau. D'autres chemises blanches la suivent, les rares qui sont de service du soir et qui n'ont pas encore été assignés à une patrouille de confinement des quais et des points d'ancrage. Elle fonce dans le couloir, suivie de près par Hiroko et Pai, et jaillit dehors.

La nuit a le parfum des fleurs de jasmin, doux et fort, mais aussi celui de la fumée, et l'acidité de quelque chose d'autre, quelque chose qu'elle n'a pas senti depuis que les convois militaires ont traversé l'ancien pont de l'amitié au-dessus du Mékong vers les insurgés du Vietnam.

Un char traverse le mur extérieur.

C'est un monstre de métal, plus haut que deux hommes, camouflé pour la jungle, qui crache de la fumée. Ses canons principaux tirent. Un éclair et le char recule. La tourelle pivote, le matériel cliquette, il choisit une autre cible. De la maçonnerie et du marbre frappent Kanya. Elle plonge à couvert.

Derrière le char, des mastodontes de guerre franchissent le mur. Leurs défenses brillent dans la nuit, leurs cavaliers sont tout en noir. Les quelques chemises blanches qui sont sortis pour défendre le complexe se détachent dans la pénombre, on dirait des fantômes, ils font des cibles faciles. Les ressorts à haute capacité gémissent sur les mastodontes, puis le cliquetis des disques frappe tout autour de Kanya. Le béton pleut. La joue de Kanya s'ouvre. Elle est soudain allongée sur le sol, enterrée sous le poids de Hiroko, alors que d'autres lames de fusils-AR mordent l'air et s'enfoncent dans les murs derrière elle.

Une autre explosion lui déchire les tympans. Elle se rend compte qu'elle gémit. Le son se fait soudain distant. Elle tremble de peur.

Le char gronde jusqu'au centre de la cour. Tourne. D'autres mastodontes apparaissent, leurs pattes emmêlées dans une vague de troupes de choc qui traversent la brèche dans le mur. Cela se passe trop loin pour deviner quel général a décidé de trahir Pracha. Des armes de petit calibre crachent depuis les étages supérieurs des bâtiments du ministère. Des cris se répercutent. Les employés du ministère meurent. Kanya sort son pistolet, vise. À côté d'elle, un homme des archives se prend un disque et tombe. Kanya tient prudemment son pistolet et tire. Ne peut dire si elle touche sa cible ou pas. Tire à nouveau. Le voit tomber. La masse des troupes en approche ressemble à un tsunami.

Jaidee apparaît à ses côtés.

— Et tes hommes ? demande-t-il. Vas-tu te laisser prendre et négliger ces garçons qui dépendent de toi ?

Kanya tire à nouveau. Elle voit à peine. Elle pleure. Des hommes s'alignent dans la cour, des équipes sautillent sous le feu qui les couvre.

— S'il vous plaît, capitaine Kanya, supplie Hiroko. Nous devons partir.

— Tire-toi, la presse Jaidee. Il est trop tard pour se battre.

Kanya enlève son doigt de la détente. Des disques cliquettent autour d'elle. Elle roule et titube vers la porte, plonge dans la sécurité relative du bâtiment. Se lève et court vers la sortie de l'autre côté de la bâtisse. De nouveaux obus frappent. L'immeuble tremble. Elle se demande s'il va s'effondrer avant qu'elle n'atteigne son but.

Elle suit Hiroko et Pai. Quand elle enjambe des corps ensanglantés, des souvenirs de son enfance l'envahissent. Des souvenirs de destruction et d'horreurs. Des chars à charbon rugissant dans le village, hurlant sur les dernières routes pavées de la province en longues colonnes avant de traverser les rizières. Des chars pressés d'atteindre le Mékong, leurs chenilles déchirant la terre tandis qu'ils s'en vont défendre le Royaume contre les premières intrusions des Vietnamiens. De la fumée noire tournoie derrière eux. Et maintenant, les monstres sont là.

Elle sort de l'autre côté du ministère sous un orage de feu. Les arbres brûlent. Une frappe au napalm. La fumée tourbillonne autour d'elle. Un autre char détruit un portail au loin, plus rapide que les mastodontes. Ils sont comme des tigres qui déchirent le complexe. Des hommes tirent pour se défendre, mais ils ne font pas le poids face aux obus des chars, leurs armes ne sont pas faites pour la guerre. Le bruit des coups de feu crépite au milieu des flashs de lumière. Des disques argentés s'égaillent dans tous les sens, rebondissent et percent. Des chemises blanches courent à couvert, mais ils n'ont nulle part où aller. Le rouge fleurit sur le blanc. Des hommes sont démembrés par les explosions. D'autres chars arrivent.

— Qui sont-ils ? hurle Pai.

Kanya secoue faiblement la tête. La division armée fait des ravages dans les arbres des jardins du ministère de l'Environnement. De nouvelles troupes surgissent.

— Ils doivent venir du Nord-Est. C'est Akkarat. Pracha a été trahi.

Elle tire Pai, désigne un petit monticule et l'ombre d'arbres qui ne brûlent pas, le temple de Phra Seub semble être encore debout. Ils peuvent peut-être s'échapper. Pai ne bouge pas. Kanya le tire de nouveau, ils traversent le complexe en courant. Des palmiers s'écrasent sur leur chemin, crépitant de flammes. Des noix de coco vertes pleuvent sous les explosions de shrapnels. Les hurlements d'hommes et de femmes déchiquetés par la machine militaire bien huilée remplissent l'air.

— Où, maintenant ? hurle Pai.

Kanya n'a pas de réponse. Des éclats de bois la frappent, elle baisse la tête et plonge derrière un palmier effondré et en feu.

Jaidee apparaît à côté d'elle, sourit, il ne transpire même pas. Il regarde par-dessus l'arbre puis tourne les yeux vers Kanya.

— Alors, qui vas-tu combattre, maintenant, capitaine ?

Chapitre 40

Le char les surprend. Ils sont répartis dans deux rickshaws dans une rue presque vide, un rugissement déchire le silence et un char jaillit du carrefour devant eux. Il dispose d'un mégaphone qui crachote quelque chose, peut-être un avertissement, puis sa tourelle se tourne dans leur direction.

— Cachez-vous! hurle Hock Seng.

Ils tentent tous de s'enfuir, de descendre des véhicules.

Le canon du char rugit. Hock Seng se laisse tomber au sol. La façade d'un bâtiment s'effondre, les couvre de ses débris. Des nuages de poussière grise s'élèvent autour de lui. Hock Seng tousse et tente de se redresser, de ramper, mais un fusil cliquette et il se plaque à nouveau sur le sol. Il ne voit rien dans la poussière. Des petits calibres répondent depuis une bâtisse assez proche, puis le char tire une nouvelle fois. La fumée s'effiloche.

De l'allée, Chan le rieur fait signe à Hock Seng. Ses cheveux sont poudrés de gris et son visage couvert de poussière. Sa bouche articule mais aucun son n'en sort. Hock Seng tire le bras de Pak Eng, ils titubent tous deux pour le rejoindre. L'écoutille du char s'ouvre, un artilleur en armure apparaît, tire avec un fusil-AR. Pak Eng tombe, une fleur rouge s'ouvre sur sa poitrine. Hock Seng aperçoit Peter Kuok plonger dans une allée et courir. Le vieux

Chinois se jette à terre et rampe dans les débris. Le char tire encore, recule sur ses chenilles. D'autres petits calibres lui répondent. L'homme de la tourelle bascule, mort. Son fusil roule le long du blindé. Le char embraie, pivote en cliquetant. Des détritus et des prospectus s'envolent tout autour. Il s'avance vers Hock Seng et accélère. Le vieil homme s'écarte quand le blindé passe près de lui, le noyant sous les débris.

Chan le rieur regarde le véhicule battre en retraite. Il dit quelque chose, mais les oreilles de Hock Seng sifflent toujours. Chan le rieur fait signe au vieillard de le rejoindre. Hock Seng se redresse, chancelle et titube jusqu'à la sécurité relative du *soi*. Chan le rieur met ses mains autour de l'oreille de l'autre Chinois. Son cri est comme un chuchotis.

— C'est rapide. Encore plus rapide qu'un mastodonte.

Hock Seng hoche la tête. Il tremble. La chose est apparue si soudainement. La plus rapide qu'il ait jamais vue. Une technologie de l'Expansion. Et ceux qui la pilotaient semblaient fous. Le vieil homme regarde les décombres autour de lui.

— Je ne sais même pas ce qu'ils faisaient ici. Il n'y a rien à sécuriser.

Chan le rieur éclate soudain de rire. Ses mots semblent venir de loin mais parviennent aux oreilles sifflantes de son ami.

— Ils sont peut-être perdus !

Et ils rient tous deux. Hock Seng est presque hystérique de soulagement. Ils s'assoient dans l'allée pour se reposer et tenter de reprendre leur souffle tout en riant. Lentement, l'ouïe du vieillard revient.

— C'est pire que les bandeaux verts, s'exclame Chan le rieur en regardant les dévastations. Au moins, avec eux, c'était personnel. (Il grimace.) On pouvait les combattre. Ceux-là sont trop rapides. Et trop fous. Tous *fengle*!

Hock Seng est plutôt d'accord.

— Mais bon, mort c'est mort. Je préférerais ne pas devoir faire face à l'un ou à l'autre.

— Nous allons devoir être prudents. (Il désigne le corps de Pak Eng.) Que devrions-nous faire de lui?

— Tu es prêt à le porter jusqu'aux tours? demande Hock Seng.

Chan secoue la tête, grimaçant. Une autre explosion se fait entendre, à quelques pâtés de maisons.

Hock Seng lève les yeux.

— Encore le char?

— N'attendons pas de le savoir.

Ils s'engagent dans la rue, restant près des portes. Quelques personnes sont sorties et tournent la tête vers les explosions. Tous essaient de situer les bruits, de comprendre ce qui se passe. Le vieux Chinois se souvient s'être tenu dans une rue similaire, quelques années auparavant, dans l'odeur de la mer et la promesse de la mousson, le jour où les bandeaux verts ont commencé leur nettoyage. Ce jour-là, les gens ressemblaient aussi à des pigeons, les têtes dirigées vers les bruits de l'abattage, soudain conscients d'être en danger.

Devant eux, ils entendent le cliquetis caractéristique des armes à ressort. Hock Seng fait signe à Chan le rieur et ils s'engouffrent dans une allée. Il est trop vieux pour ces idioties. Il devrait être installé sur un canapé, à fumer une boulette d'opium tandis qu'une jolie cinquième épouse lui masserait les chevilles. Derrière eux, les gens dans la rue restent à découvert, les yeux toujours tournés vers les bruits de la bataille. Les Thaïs ne savent pas quoi faire. Pas encore. Ils n'ont aucune expérience de la véritable boucherie. Leurs réflexes sont mauvais. Hock Seng entre dans un bâtiment abandonné.

— Qu'est-ce que tu fais ? demande Chan le rieur.

— Je veux voir. J'ai besoin de savoir ce qui se passe.

Il grimpe, un palier, deux, trois, quatre. Il halète. Cinq. Six. Puis un couloir. Des portes cassées, étouffantes de chaleur, l'odeur des excréments. Une autre explosion au loin.

Par une fenêtre ouverte, des sillons de feu traversent le ciel qui s'assombrit et explosent au loin. Des petits calibres crépitent dans la rue comme les feux d'artifice du Festival du printemps. Des piliers de fumée s'élèvent d'une dizaine de quartiers. Des *nâga* enroulés, noirs dans le coucher de soleil. Les points d'ancrage, les écluses, le district industriel, le ministère de l'Environnement...

Chan attrape le bras de Hock Seng et pointe le doigt.

Le vieillard a un sursaut. Le bidonville de Yaowarat brûle, les parois de ToutTemps explosent en rideaux de flammes qui s'étirent.

— *Wode tian*, murmure Chan le rieur. Nous n'y retournerons pas.

Hock Seng regarde les taudis brûler, voit avec horreur tout son liquide et ses pierres précieuses se transformer en cendres. Le destin est volage. Il rit avec lassitude.

— Et tu pensais que je n'avais pas de chance. Nous serions rôtis comme des cochons si nous étions restés.

Chan a un *wai* moqueur.

— Je suivrais le seigneur des Trois Prospérités jusqu'aux neuf cercles de l'enfer. (Il s'interrompt.) Et, maintenant, qu'est-ce qu'on fait ?

Hock Seng désigne un chemin du doigt :

— Suivons Thanon Rama XII puis…

Il ne voit pas le missile frapper. Trop rapide pour des yeux humains. Peut-être qu'un automate militaire aurait eu le temps de se préparer, mais lui et Chan tombent sous l'onde de choc. Un bâtiment s'effondre de l'autre côté de la rue.

— Ça n'a pas d'importance. (Chan le rieur attrape Hock Seng et le traîne vers la sécurité de la cage d'escalier.) On verra bien. Je ne veux pas perdre ma tête à cause de ta jolie vue.

Rendus prudents, ils se glissent dans les rues sombres, vers le district industriel. Les rues se désertifient au fur et à mesure que les familles thaïes découvrent qu'elles ne sont pas en sécurité à découvert.

— Qu'est-ce que c'est que ça ? demande Chan dans un murmure.

Hock Seng plisse les yeux dans la pénombre. Un trio d'hommes est accroupi autour d'une radio à manivelle. L'un d'eux a une antenne à la main qu'il dresse au-dessus de sa tête pour augmenter la réception. Le vieillard ralentit et fait signe à Chan le rieur de le suivre de l'autre côté de la rue, vers eux.

— Quelles sont les nouvelles ? souffle-t-il.

— Vous avez vu ce missile ? demande l'un d'eux. (Il lève les yeux et murmure :) yellow cards.

Ses compagnons échangent des regards en apercevant la machette de Chan le rieur, ils sourient nerveusement et commencent à reculer.

Hock Seng *wai* maladroitement.

— Nous voulons juste connaître les nouvelles.

L'un des membres du trio crache du jus de bétel, les regarde toujours avec suspicion mais dit :

— C'est Akkarat à la radio.

Il leur fait signe d'écouter. Son ami soulève à nouveau son antenne, provoque des grésillements.

— ... *Restez chez vous. Ne sortez pas. Le général Pracha et ses hommes ont tenté de renverser Sa Royale Majesté la Reine elle-même. Il est de notre devoir de défendre le Royaume...*

La voix crachote et l'homme joue avec les boutons pour retrouver la fréquence.

L'un d'eux secoue la tête.

— C'est un mensonge.

Celui qui s'occupe de la fréquence murmure son désaccord.

— Mais... le Somdet Chaopraya...

— Akkarat tuerait Rama lui-même s'il y voyait un bénéfice.

Leur ami abaisse l'antenne. La radio siffle, la transmission a totalement disparu.

— J'ai eu un chemise blanche dans mon magasin l'autre jour, il voulait ramener ma fille chez lui. Un « cadeau de bonne volonté », disait-il. Ce sont tous des varans. Un peu de corruption est une chose, mais ces *heeya* vont...

Une autre explosion fait trembler le sol. Tout le monde se retourne, Thaïs et yellow cards, ils tentent de la localiser.

Nous sommes comme de petits singes qui essaient de comprendre une énorme jungle.

Cette pensée effraye Hock Seng. Ils tentent d'assembler les pièces mais n'ont rien du contexte. Quoi qu'ils apprennent, ce ne sera jamais suffisant. Ils ne peuvent que réagir aux événements à l'instant où ils se déroulent et espérer avoir de la chance.

Il tire sur la manche de Chan.

— Allons-y.

Les Thaïs s'empressent de ramasser la radio et de retourner dans leurs magasins. Quand Hock Seng se retourne, le coin de la rue est totalement vide, comme si cet instant de conversation politique n'avait jamais existé.

Les combats empirent quand ils approchent du district industriel. Le ministère de l'Environnement et l'armée semblent être partout, en guerre. Et, pour chaque unité professionnelle, il y en a d'autres, les volontaires, les associations d'étudiants, les civils, les loyalistes mobilisés par des factions politiques. Hock Seng se repose sous une porte cochère, il halète dans les échos des explosions et des coups de feu.

— Je ne peux pas les différencier, marmonne Chan le rieur devant un groupe d'universitaires à machettes et bandeaux jaunes qui passent, en route vers un char occupé à frapper une tour de l'Expansion. Ils portent tous du jaune.

— Tout le monde clame sa loyauté à la Reine.

— Existe-t-elle seulement ?

Hock Seng hausse les épaules. Les lames du pistolet d'un étudiant rebondissent sur le blindage du char. La chose est énorme. Hock Seng ne peut s'empêcher d'être impressionné par le nombre de blindés que l'armée a pu introduire dans la ville. La marine a forcément apporté son assistance. Ce qui veut dire que le général Pracha et ses chemises blanches n'ont plus d'alliés.

— Ils sont tous fous, marmonne-t-il. Ce qui ne fait plus aucune différence. (Il observe la rue. Son genou est douloureux, ses vieilles blessures le ralentissent.) J'aimerais trouver un vélo. Ma jambe…

Il grimace.

— Sur un vélo, tu ferais une cible facile, comme une grand-mère dans une véranda.

Hock Seng se frotte le genou.

— Quand bien même. Je suis trop vieux pour tout ça.

Des débris dévalent d'une autre explosion. Chan le rieur brosse la poussière de ses cheveux.

— J'espère que ça en vaut la peine.

— Tu pourrais être dans le bidonville à rôtir vivant.

— C'est vrai, acquiesce Chan. Pressons-nous. Je ne veux pas trop tenter la chance.

D'autres carrefours sombres. Encore plus de violence. Des rumeurs qui courent les rues. Des exécutions au Parlement. Le ministère du Commerce en flammes. Les étudiants de l'université Thammasat se rassemblant au nom de la Reine. Puis un autre message à la radio. Une nouvelle fréquence, d'après les gens qui se rassemblent autour de petits haut-parleurs. La présentatrice a l'air secouée. Hock Seng se demande si elle n'a pas un pistolet sur la tempe. *Khun* Supawati. Elle a toujours été populaire. Elle a toujours présenté des pièces radiophoniques intéressantes. Mais sa voix tremble aujourd'hui, alors qu'elle supplie ses concitoyens de rester calmes pendant que les chars traversent la ville pour la sécuriser, des points d'ancrage aux quais. Les haut-parleurs retransmettent le bruit des obus. Quelques secondes plus tard, une explosion éclate au loin, comme un coup de tonnerre assourdi, écho parfait à celle de la radio.

— Elle est plus proche des combats que nous, déclare Chan le rieur.

— C'est un bon ou un mauvais signe? demande Hock Seng.

Chan va répondre mais le cri de rage d'un mastodonte l'interrompt, suivi par le gémissement des fusils-AR. Tout le monde regarde la rue.

— Ça a l'air terrible.

— Cachons-nous, propose Hock Seng.

— Trop tard.

Des vagues de gens surgissent en courant et en hurlant. Un trio de mastodontes caparaçonnés de carbone tonne derrière eux. Les têtes massives sont basses, tranchant d'un côté à l'autre, leurs défenses enfoncent leurs lames de faux dans les fuyards. Des corps s'ouvrent comme des oranges et s'envolent comme des feuilles.

Sur les mastodontes, des mitrailleurs blindés ouvrent le feu. Des torrents de lames argentées se déversent sur la foule. Hock Seng et Chan s'accroupissent sur le seuil d'une maison tandis que les gens s'enfuient devant eux. Les chemises blanches dans la foule tirent avec leurs propres pistolets-AR et leurs fusils à un coup, mais leurs disques sont totalement inefficaces contre les mastodontes. Le ministère de l'Environnement n'est pas équipé pour la guerre. Les munitions rebondissent autour d'eux dans le crépitement des mitrailleuses. Des gens s'effondrent en amas sanglants et frémissants, hurlant d'agonie tandis que les mastodontes les piétinent. La poussière et la fumée étouffent la rue. Un homme, balancé sur le côté par un mastodonte, cogne Hock Seng. Du sang goutte de sa bouche, mais il est déjà mort.

Hock Seng se dégage du cadavre en rampant. D'autres personnes se positionnent en rangées pour tirer sur les mastodontes. Des étudiants, se dit Hock Seng, peut-être de Thammasat, mais il est impossible de savoir à qui va leur loyauté et le vieil homme se demande s'ils savent eux-mêmes qui ils combattent.

Les mastodontes chargent. Pour leur échapper, des gens s'entassent contre Hock Seng. Leur masse l'écrase. Il ne peut pas respirer. Il tente de crier, de se faire de la place mais ils sont trop nombreux. Il hurle. Le poids de gens désespérés, en fuite, le presse contre le sol, il n'a plus d'air. Un mastodonte les balaie. Il recule et charge à nouveau, déchiquette la foule, balance ses défenses armées. Des étudiants jettent des bouteilles d'huile sur les mastodontes puis des torches, font tourbillonner la lumière et le feu.

D'autres disques aiguisés comme des rasoirs pleuvent. Hock Seng recule en rampant tandis que les fusils s'approchent, crachent des projectiles argentés. Un garçon le fixe dans les yeux, son bandeau jaune a glissé sur son visage. La douleur envahit la jambe du vieux Chinois. Il ne peut dire si son genou est cassé ou s'il a reçu un disque. Il hurle de frustration et de peur. Le poids des corps l'écrase contre le sol. Il va mourir. Étouffé sous les cadavres. Au bout du compte, il aura échoué à comprendre le caractère capricieux de la guerre. Dans son arrogance, il avait cru pouvoir se préparer. Quel idiot!

Le silence est soudain. Ses oreilles sifflent, mais il n'y a plus ni tirs ni mastodontes barrissant. Il inspire en tremblant sous le poids des corps. Tout autour de lui, il n'entend que gémissements et sanglots.

— Ah, Chan? appelle-t-il.

Pas de réponse.

Hock Seng se dégage à coup de griffes. D'autres s'extirpent du tas de cadavres, eux aussi. Ils aident les blessés. Le vieillard peut à peine se tenir debout. Sa jambe n'est plus que douleur. Il est couvert de sang. Il fouille les corps des yeux, essaie de repérer Chan le rieur mais si celui-ci est dans le tas, il est tellement couvert de sang, il y a bien trop de corps et il fait trop noir pour le trouver.

Hock Seng l'appelle à nouveau. Dans la rue, une lampe à méthane brûle vivement, fracassée, son col crache du gaz vers le haut. Hock Seng se dit qu'elle pourrait exploser à n'importe quel moment, déchirer les tuyaux de méthane de la ville, mais il ne parvient pas à rassembler assez d'énergie pour s'en soucier.

Il regarde les corps. La plupart sont des étudiants, semble-t-il. Des enfants insouciants. Tenter de se battre contre des mastodontes. Imbéciles! Il réprime les souvenirs de ses propres enfants, morts et empilés. Les massacres de Malaisie se renouvellent sur le pavé thaï. Il dégage un pistolet-AR de la main d'un chemise blanche mort, vérifie son chargement. Il ne reste que quelques disques. Il remonte le ressort, ajoute de l'énergie. Le fourre dans sa poche. Des enfants qui jouent à la guerre. Des enfants qui ne méritent pas de mourir mais qui sont trop stupides pour vivre.

Au loin, la bataille se poursuit, déplacée vers d'autres avenues et d'autres victimes. Hock Seng boitille en s'éloignant. Il y a des corps partout. Il atteint un carrefour et le traverse, trop fatigué pour se soucier d'être découvert. De l'autre côté, un homme est allongé contre un mur, son vélo à côté de lui. Le sang détrempe son ventre.

Hock Seng ramasse le vélo.

— C'est à moi, dit l'homme.

Hock Seng s'arrête, étudie l'homme. Il peut à peine garder les yeux ouverts, pourtant il se raccroche à la normalité, à l'idée qu'on peut être propriétaire d'un vélo. Hock Seng se retourne et entraîne le vélo. L'homme appelle à nouveau.

— C'est à moi !

Mais il ne se relève pas ni ne fait quoi que ce soit pour empêcher le vieux Chinois d'enjamber le vélo et de poser les pieds sur les pédales.

S'il se plaint encore, Hock Seng ne l'entend pas.

CHAPITRE 41

— Je croyais qu'on ne bougerait pas avant deux semaines, proteste Anderson. Rien n'est en place.

— Les plans doivent avoir une certaine souplesse. Vos armes et vos fonds nous seront encore très utiles. (Akkarat hausse les épaules.) De toute manière, des troupes *farang* dans les rues ne faciliteraient pas la transition. Cette anticipation pourrait s'avérer préférable.

Des explosions se répercutent dans toute la ville. Un feu de méthane vert jaunit en dévorant du bambou sec et d'autres matériaux. Akkarat étudie l'incendie, fait signe à l'homme au radiotéléphone. Le soldat remonte l'appareil pendant que le ministre parle tranquillement, donne des ordres pour envoyer des équipes de pompiers vers les lieux. Il regarde Anderson et explique :

— Si on ne contrôle pas ces feux, nous n'aurons plus de ville à défendre.

Anderson observe le feu qui se propage, le scintillement du *chedi* du palais, le temple du Bouddha émeraude.

— Ce feu est bien trop proche du pilier de la ville.

— *Khap.* Nous ne pouvons pas permettre au pilier de brûler. Ce serait un mauvais présage pour le nouveau régime, qui est censé être fort et orienté vers l'avenir.

Anderson se déplace et se penche sur la balustrade du balcon. Sa main à présent plâtrée tremble toujours, mais, maintenant que l'os a été remis en place, c'est moins désagréable qu'une heure plus tôt. Une enveloppe de morphine calme la douleur.

Un autre arc de feu déchire la nuit, un missile qui s'enterre au loin, quelque part dans le complexe du ministère de l'Environnement. Les forces qu'Akkarat a rassemblées pour son ascension sont incroyables. L'homme disposait de beaucoup plus de pouvoir qu'Anderson ne l'estimait. Anderson feint la nonchalance :

— J'imagine que cette anticipation n'affecte pas les conditions de notre accord.

— AgriGen reste un partenaire privilégié pour la nouvelle ère. (Anderson se détend à ces mots formulés pour le calmer. Mais la phrase suivante le fait sursauter.) Bien sûr, la situation a changé. Après tout, vous avez été incapables de fournir certaines des ressources promises.

Anderson le regarde durement.

— Nous avions un agenda. Les troupes promises sont en route, ainsi que des armes supplémentaires et des fonds.

Akkarat sourit légèrement.

— N'aie pas l'air si inquiet. Je suis sûr qu'on arrivera à un arrangement.

— Nous voulons toujours la banque de semences.

Akkarat hausse les épaules.

— Je comprends ta position.

— N'oubliez pas que Carlyle dispose aussi des pompes dont vous aurez besoin pour la saison des pluies.

Akkarat regarde Carlyle.

— Je suis sûr qu'on peut parvenir à des accords séparés.

— Non !

Carlyle sourit, son regard passe de l'un à l'autre, puis il lève les mains en reculant.

— Trouvez un accord, ce n'est pas mon problème.

— Exactement.

Akkarat retourne au commandement de la bataille.

Anderson plisse les yeux. Ils ont toujours un moyen d'influencer cet homme. Des semences fertiles de dernière génération. Du riz qui résiste à la rouille vésiculeuse pour encore dix saisons. Il réfléchit à la façon de manipuler Akkarat pour le remettre à sa place, mais la morphine et l'épuisement des dernières vingt-quatre heures l'en empêchent.

La fumée les entoure, tout le monde tousse avant que le vent ne change à nouveau. D'autres tirs traçants et d'autres arcs d'obus sillonnent la ville, suivis par le tonnerre distant des explosions.

— Qu'est-ce que c'était que ça ?

— Probablement la compagnie Krut de l'armée. Leur commandant a décliné notre offre. Il tire sur les points d'ancrage pour Pracha. Les chemises blanches refusent de nous laisser l'accès au ravitaillement. Ils vont aussi s'attaquer aux digues si on les laisse faire.

— Mais la ville va être noyée.

— Et ce serait notre faute. (Akkarat grimace.) Pendant le coup d'État du 12 décembre, les digues ont à peine été protégées. Si Pracha envisage la défaite, et ce doit déjà être le cas, les chemises blanches peuvent tenter de prendre la ville en otage pour signer une capitulation plus favorable. (Il hausse les

épaules.) Dommage que nous n'ayons pas encore vos pompes au charbon.

— Dès que les tirs s'arrêteront, réplique Carlyle. Je contacterai Kolkata pour qu'on les expédie.

— Je n'en attendais pas moins.

Les dents d'Akkarat brillent. Anderson lutte pour ne pas froncer les sourcils. Il n'aime pas ce marchandage qui fait de Carlyle et d'Akkarat de vieux amis et qui nie leur captivité. Il n'aime pas non plus la manière dont Akkarat a séparé ses intérêts de ceux de Carlyle.

Anderson étudie le paysage, réfléchit à ses options. S'il connaissait la localisation de la banque de semences, il pourrait ordonner à une équipe de frappe de la prendre en profitant de la confusion de cette guerre urbaine.

Des cris jaillissent d'en bas. Des gens se rassemblent dans les rues, tous regardent les ravages, curieux de ce que cette guerre leur prépare. Il suit le regard de cette multitude perplexe. Les vieilles tours de l'Expansion sont noires sur fond de feu, les quelques fenêtres survivantes brillent des flammes qui les entourent. Au-delà de la ville et des feux, l'océan ondule dans l'obscurité. De leur hauteur, les digues semblent curieusement fragiles. Un anneau de lumières au gaz et le noir, affamé.

— Ils peuvent vraiment ouvrir les digues? demande-t-il.

Akkarat hausse les épaules.

— Il y a des points faibles. Nous avons prévu de les défendre avec la marine venue du Sud et je crois que nous pouvons tenir.

— Sinon?

— L'homme qui provoquera la noyade de la ville ne sera jamais pardonné, déclame Akkarat. C'est inacceptable. Nous nous battrons pour les digues comme si nous étions des villageois de Bang Rajan.

Anderson regarde les incendies et l'océan. Carlyle vient se pencher sur la balustrade à côté de lui. Son visage scintille dans la lumière. Il a le sourire satisfait de l'homme qui ne peut pas perdre. Anderson se tourne vers lui.

— Akkarat a peut-être de l'influence ici, mais AgriGen est partout ailleurs. (Il regarde le négociant dans les yeux.) Souviens-t'en.

Il est ravi de voir Carlyle frémir.

D'autres échanges de tir illuminent le paysage. D'aussi haut, la bataille manque de puissance viscérale. C'est une guerre de fourmis pour des tas de sable. Comme si quelqu'un avait donné des coups de pied dans deux fourmilières pour tester le clash des civilisations. Le mortier gronde. Les feux brillent et s'étendent.

Au loin, une ombre descend de l'obscurité. Un dirigeable qui plonge vers la ville en flammes. Il flotte bas au-dessus des feux et, soudain, une portion de l'incendie s'éteint sous le déluge d'eau de mer qui se déverse du ventre de l'aéronef.

Akkarat contemple, sourire aux lèvres.

— C'est un des nôtres, explique-t-il.

Alors, comme si le feu n'avait pas été étouffé mais s'était envolé, le dirigeable explose. Des flammes rugissent tout autour de lui, des fragments de son enveloppe brûlent et flottent dans l'air tandis que la bête plonge vers la ville et s'écrase en morceaux sur les bâtiments.

— Seigneur, s'exclame Anderson. Vous êtes sûr que vous n'avez pas besoin de renforts?

Le visage d'Akkarat reste impassible.

— Je ne croyais pas qu'ils auraient le temps de déployer des missiles.

Une explosion massive fait trembler toute la cité, le gaz vert brûle, s'élève à l'horizon. Un nuage de flammes grandit et s'étire. Des quantités inimaginables de gaz compressé forment un champignon vert rugissant.

— La réserve stratégique du ministère de l'Environnement, je pense, commente Akkarat.

— Magnifique, murmure Carlyle. Putain, que c'est beau!

CHAPITRE 42

Les chars et les camions roulent le long de Thanon Phosri. Hock Seng a trouvé refuge dans une allée. Il frémit à l'idée de tout ce fuel brûlé, qui doit représenter une bonne part des réserves du Royaume, et tout cela disparaît dans une orgie de violence. Quand les chars passent, la fumée de carbone empuantit l'air. Hock Seng est accroupi dans les détritus. Tout ce qu'il a planifié s'est délité avec la crise. Au lieu d'attendre pour se rendre vers le nord, il a abandonné sa fortune pour prendre un risque improbable.

Arrête de te plaindre, vieil idiot. Si tu n'étais pas parti à temps, tu aurais rôti avec tes bahts violets et tes amis yellow cards.

Il aurait néanmoins pu emporter une partie de ces assurances soigneusement détournées. Il se demande si son karma est tellement brisé qu'il ne peut jamais réussir.

Il jette un coup d'œil à la rue. Les bureaux de SpringLife sont en vue. Mieux encore. Il n'y a aucun garde. Hock Seng se permet de sourire. Les chemises blanches ont leurs propres problèmes. Il traverse la rue, le vélo à la main, l'utilise comme une béquille pour se tenir droit.

Il semble y avoir eu combat au sein même du complexe. Trois corps sont allongés contre un mur, comme exécutés. Leurs brassards jaunes ont été arrachés et jetés dans la poussière. D'autres enfants stupides qui jouent avec la politique.

Du mouvement derrière lui.

Hock Seng se retourne et enfonce son pistolet à ressort dans son suiveur. Mai sursaute quand le canon heurte son ventre. Elle vagit de peur, les yeux écarquillés.

— Que fais-tu ici? murmure Hock Seng.

Mai recule pour s'éloigner du pistolet.

— Je suis venue vous voir. Les chemises blanches ont trouvé notre village. Les gens y sont malades. (Elle sanglote.) Votre maison a brûlé.

Il remarque alors la suie et les coupures sur son corps.

— Tu étais à Yaowarat? Dans le bidonville? demande-t-il, choqué.

Elle hoche la tête.

— J'ai eu de la chance.

Elle lutte contre les sanglots.

Hock Seng secoue la tête.

— Pourquoi es-tu venue ici?

— Je ne voyais pas d'autre endroit…

— Et d'autres gens sont malades?

Elle hoche la tête, effrayée.

— Les chemises blanches nous ont interrogés. Je ne savais pas quoi faire. J'ai parlé.

— Ne t'inquiète pas. (Hock Seng pose une main rassurante sur son épaule.) Les chemises blanches ne nous embêteront plus. Ils ont leurs propres problèmes.

— Avez-vous… (Elle s'interrompt. Finalement, elle dit:) Ils ont brûlé le village. Ils ont tout brûlé.

C'est une créature pathétique. Si petite. Si vulnérable. Il l'imagine fuir sa maison détruite, cherchant refuge dans le seul endroit qui lui reste. Pour se retrouver au cœur d'une guerre. Il aimerait se débarrasser du fardeau qu'elle représente, mais trop de gens sont morts autour de lui et il est étrangement content de sa compagnie. Il secoue la tête.

— Petite sotte. (Il lui fait signe d'entrer dans l'usine.) Viens avec moi.

Une puanteur épouvantable les enveloppe quand ils entrent dans la salle principale. Ils se couvrent tous deux le visage, respirent par la bouche.

— Les bains d'algues, murmure Hock Seng. Il n'y a plus d'énergie pour les ventilateurs, plus d'aération.

Il monte les marches vers le bureau, pousse la porte. La pièce est chaude et, après de longues journées sans air, pue aussi terriblement que la manufacture. Il ouvre les persiennes, laisse entrer la brise nocturne et la fumée des incendies. Sur les toits, les flammes dansent, étincellent dans la nuit comme des prières s'élevant vers le ciel.

Mai se place à côté de lui, son visage est illuminé par un lampadaire à gaz brisé qui brûle librement dans la rue. Les autres doivent brûler dans toute la ville. Hock Seng est surpris que personne n'ait pensé à couper le gaz. Quelqu'un aurait dû le faire pourtant. Il se rend compte qu'elle est jolie. Mince et belle. Une innocente piégée au milieu des animaux en guerre.

Il se détourne de la fenêtre et va s'accroupir devant le coffre-fort. Il étudie son cadran et ses lourdes serrures, sa combinaison et son levier. Un objet d'acier aussi grand doit être onéreux. Quand il avait sa propre entreprise, quand le Tri-Clipper régnait sur la mer de Chine et l'océan Indien, il en avait un comme ça dans son bureau, un héritage, trouvé dans une vieille banque quand elle avait perdu toutes ses liquidités, transporté jusqu'à la Compagnie des Trois Prospérités avec l'aide de deux mastodontes. Celui-ci le défie. Il doit le forcer au niveau des gonds. Cela prendra du temps.

— Viens avec moi.

Mai recule quand il veut entrer dans la salle d'affinage. Il lui tend un masque utilisé par les travailleurs de la chaîne.

— Ce doit être suffisant.

— Vous en êtes sûr?

Il hausse les épaules.

— Reste, alors.

Elle préfère le suivre, vers l'endroit où on stocke l'acide. Ils marchent prudemment. Hock Seng utilise un chiffon pour écarter les rideaux de la salle d'affinage, il fait attention à ne rien toucher. Son souffle est bruyant sous le masque, rauque. Les salles de la manufacture sont en désordre. Les chemises blanches sont venues inspecter. La puanteur des bains d'algues pourrissantes est intense, même à travers le masque. Il respire doucement, se force à ne pas déglutir. Devant lui, les tamis de séchage sont noirs d'algues mortes. Quelques-unes pendent comme des tentacules émaciés. Hock Seng lutte contre l'envie de s'enfuir.

— Qu'est-ce que vous faites? demande Mai en haletant.

— Je cherche un avenir.

Il lui offre un petit sourire avant de réaliser qu'elle ne peut pas le voir sous son masque. Il trouve des gants dans une armoire, lui en tend une paire. Lui donne un tablier aussi.

— Aide-moi avec ça, dit-il en désignant un sac de poudre. Nous travaillons pour nous maintenant. Plus d'influence étrangère, d'accord? (Il l'arrête quand elle tend la main vers le sac.) N'en mets pas sur ta peau. Et ne laisse pas ta sueur tomber dessus.

Il la guide vers le bureau.

— Qu'est-ce que c'est?

— Tu vas voir, mon enfant.

— Oui, mais…

— C'est magique. Maintenant, va chercher de l'eau au *khlong*.

Quand elle revient, il prend un couteau et ouvre prudemment le sac.

— Apporte-moi l'eau.

Elle pousse le seau vers lui. Il trempe le couteau dans l'eau puis le plonge dans la poudre. La poudre siffle et se met à bouillonner. Quand il retire le couteau, il est à moitié fondu et il siffle toujours.

Les yeux de Mai s'écarquillent. Un liquide visqueux goutte du couteau.

— Qu'est-ce que c'est?

— Une bactérie spécialisée. Quelque chose que les *farang* ont créé.

— Pas de l'acide, donc?

— Non. C'est vivant. D'une certaine manière.

Il prend le couteau et le frotte contre le coffre-fort. Le couteau se désintègre totalement. Hock Seng grimace.

— J'ai besoin d'autre chose pour l'étaler.

— Mettez de l'eau sur le coffre, suggère Mai. Puis versez la poudre.

Il rit.

— Tu es vraiment maligne.

Le coffre-fort est rapidement trempé. Il prépare un entonnoir de papier et laisse la poudre glisser en cascade minuscule. Dès qu'elle touche le métal, elle se met à bouillir. Hock Seng recule, horrifié par la vitesse de la réaction. Il lutte contre l'envie de se frotter les mains.

— N'en laisse pas un grain toucher ta peau, marmonne-t-il. Il fixe ses gants. S'il y a la moindre trace de poudre dessus et qu'ils sont mouillés…

Il a la chair de poule. Mai s'est déjà réfugiée de l'autre côté du bureau, le regard terrifié.

Le métal fond, rongé, pelé en couches, et les couches se détachent comme si le vent les soufflait. Les feuilles de métal en fusion tombent sur le tek. Elles sifflent et s'étalent. Les flocons continuent à brûler, créent une dentelle dans le bois.

— Ça ne s'arrête pas, dit Mai, admirative.

Hock Seng ressent un malaise grandissant, se demande si la poudre va grignoter le sol et faire tomber le coffre à l'étage inférieur, dans la chaîne de production. Il retrouve sa voix.

— C'est vivant. Ça devrait perdre sa capacité de digestion assez rapidement.

— Voilà ce que font les *farang*.

La voix de Mai est apeurée et admirative.

— Notre peuple possédait des produits de ce genre aussi. (Hock Seng secoue la tête.) Ne pense pas que les *farang* nous sont supérieurs.

Le coffre-fort continue à se désintégrer. Si Hock Seng avait été plus courageux, il aurait pu faire ça avant la guerre civile. Il aimerait remonter le temps, retrouver cet Hock Seng paralysé par la peur et la paranoïa, terrorisé par l'idée de la déportation, par la colère des diables d'étrangers, effrayé pour sa réputation, et lui murmurer à l'oreille qu'il n'y a aucun espoir, qu'il doit agir, vider le coffre et s'enfuir avant qu'il ne soit trop tard.

Une voix interrompt ses pensées.

— Tiens, tiens. Tan Hock Seng. Qu'il est agréable de te voir ici.

Hock Seng se retourne. L'Enculeur de chiens, Vieux Os et six autres se tiennent sur le seuil, tous armés de pistolets-AR. Ils sont égratignés et couverts de suie, mais ils sourient, confiants.

— Il semble que nous ayons tous pensé à la même chose, observe l'Enculeur de chiens.

Une explosion éclaire le ciel, projette une lumière orange dans le bureau. Le grondement de la destruction tremble sous les semelles de Hock Seng. Il est difficile de dire à quelle distance les obus tombent. Si une intelligence les guide, ce n'est pas à eux de la comprendre. Un autre grondement, plus près. Les chemises blanches défendent probablement les digues. Hock Seng lutte contre l'envie de fuir. Les crépitements de la bactérie digestive continuent. Le métal s'effeuille.

— Je suis content de vous voir. Venez m'aider.

Vieux Os sourit.

— Je ne crois pas.

Ils le bousculent. Tous sont plus larges que lui, tous armés. Ils ne se soucient pas de sa présence ni de celle de Mai. Hock Seng chancelle quand ils le frappent.

— Mais c'est à moi ! proteste-t-il. Vous ne pouvez pas les prendre ! C'est moi qui vous en ai révélé l'emplacement !

Ils l'ignorent.

— Vous ne pouvez pas me le prendre !

Hock Seng cherche son arme. Soudain, il sent un pistolet sur sa tempe. C'est Vieux Os, souriant.

L'Enculeur de chiens le regarde avec intérêt.

— Un autre meurtre ne fera aucune différence pour ma renaissance. Ne me tente pas.

Le vieux Chinois peut à peine contrôler sa rage. Une partie de lui a une envie irrésistible de tirer, d'effacer l'expression suffisante sur le visage de l'Enculeur de chiens. Le métal du coffre continue à faire des bulles et à siffler, il se désagrège, révèle lentement son dernier espoir. Les *nak leng* observent tous Hock Seng et Vieux Os. Ils sourient. Ils n'ont pas peur. Ils n'ont même pas levé leurs pistolets. Ils se contentent de regarder avec intérêt Hock Seng pointer son arme sur eux.

L'Enculeur de chiens sourit.

— Tire-toi, yellow card. Avant que je ne change d'avis.

Mai tire sur la main de Hock Seng.

— Quoi qu'il en soit, cela ne vaut pas votre vie.

— Elle a raison, yellow card, dit Vieux Os. Ce n'est pas un combat que tu peux gagner.

Le vieillard baisse son arme et laisse Mai le tirer en arrière. Ils reculent vers la porte. Les hommes du Seigneur du lisier les toisent en souriant, puis Hock Seng et la jeune fille descendent les marches et sortent de l'usine pour rejoindre les rues encombrées de débris.

Au loin, un mastodonte hurle de douleur. Le vent se lève, porte les cendres, les pamphlets politiques et l'odeur du ToutTemps qui brûle. Hock Seng se sent vieux. Trop vieux pour se battre contre un destin qui ne cherche qu'à le détruire. Une autre feuille à murmures passe près de lui. La une évoque une fille automate et des meurtres. C'est étonnant que l'automate de M. Lake ait pu causer autant de dégâts. Et, maintenant, tout le monde est à sa recherche. Il retient un sourire. Même si elle n'est pas une yellow card, il n'est pas aussi désemparé que cette pauvre créature. Il lui doit probablement des remerciements. Sans elle et les nouvelles de l'arrestation de M. Lake, il serait mort, brûlé dans le bidonville avec tout son jade, son liquide et ses diamants.

Je devrais être reconnaissant.

Au contraire, il sent le poids de ses ancêtres s'alourdir sur ses épaules, l'écraser de leur jugement. Il a pris ce que son père et son grand-père avaient construit en Malaisie et l'a transformé en cendres.

L'échec est accablant.

Une autre feuille à murmures se colle sur le mur de l'usine. La fille automate encore, et les accusations contre le général Pracha. M. Lake était obsédé par elle. Ne pouvait s'empêcher de la baiser. Ne pouvait résister à l'envie de la ramener dans son lit. Hock Seng ramasse la feuille à murmures, pensif.

— Qu'est-ce que c'est ? demande Mai.

Je suis trop vieux pour ça.

Pourtant, Hock Seng sent son cœur battre plus vite.

— J'ai une idée, annonce-t-il. Une possibilité.

Une nouvelle étincelle d'espoir absurde. Il ne peut s'en empêcher. Même s'il n'a plus rien, il doit lutter.

CHAPITRE 43

Un obus explose. La poussière et les débris de bois retombent sur la tête de Kanya. Ils ont abandonné les bâtiments du ministère de l'Environnement, cédé du terrain comme elle dit, mais, en vérité, c'est une fuite, ils courent aussi vite que possible pour échapper aux chars et aux mastodontes.

Ils ne doivent leur vie qu'à la volonté de l'armée de sécuriser le campus principal du ministère, sur lequel ses forces stationnent. Quand bien même, ils ont rencontré trois unités de commandos qui franchissaient le mur sud du complexe et qui ont coupé la section de Kanya en deux. Maintenant, alors qu'ils s'apprêtent à fuir par une sortie secondaire, c'est un autre char qui traverse le portail et leur bloque l'issue.

Elle a guidé ses hommes dans la forêt, près du temple de Phra Seub. Les arbres sont en pagaille. Les jardins si soignés ont été piétinés par des mastodontes de guerre. Les colonnes principales ont été brûlées par une attaque à la bombe incendiaire qui a englouti les arbres morts comme un démon enragé, hurlant et grondant, et ils se retrouvent au milieu des cendres, des souches et de la fumée.

Un autre obus tombe sur leur position sur la colline. D'autres commandos se glissent, contournent le blindé, se séparent en équipes et s'égaillent dans le complexe. Ils se dirigent vers les laboratoires biologiques. Kanya se demande si Ratana travaille, si elle sait seulement que la guerre fait rage à la surface. Un arbre explose à côté d'elle.

— Ils savent que nous sommes là, même s'ils ne peuvent nous voir, dit Pai.

Comme pour confirmer ses dires, une pluie de disques les survole et va s'enfoncer dans les troncs des arbres incendiés, ils scintillent d'argent dans le bois noir. Kanya fait signe à ses hommes de reculer. Les autres chemises blanches dont les uniformes ont été soigneusement recouverts de suie et de cendres s'enfoncent plus profondément dans la forêt.

Un autre obus s'écrase en dessous d'eux. Des éclats de tek en feu gémissent dans les airs.

— C'est bien trop près.

Kanya se lève et court, Pai la suit. Hiroko les dépasse et se réfugie derrière le tronc d'un arbre tombé, elle attend qu'ils la rattrapent.

— Pouvez-vous imaginer combattre ça ? demande Pai en déglutissant.

Kanya secoue la tête. L'automate les a déjà sauvés deux fois. La première en apercevant le mouvement d'un commando qui les approchait, la deuxième en précipitant Kanya à terre avant qu'une pluie de disques ne transperce l'air. Les yeux de l'automate sont plus précis que ceux de Kanya, et elle est terriblement rapide. Pourtant elle est déjà rouge, sa peau est sèche et bouillante. Hiroko n'est pas conçue pour la guerre tropicale et, même s'ils l'arrosent et tentent de la garder au frais, elle fatigue.

Quand Kanya la rattrape, Hiroko lève des yeux fiévreux sur elle.

— Il va falloir bientôt que je boive quelque chose. Glacé.

— Nous n'avons rien.

— Le fleuve alors. N'importe quoi. Je dois revenir à Yashimoto-sama.

— Il y a des combats partout le long du fleuve.

Kanya croit savoir que le général Pracha se trouve aux digues, qu'il tente d'empêcher les bateaux de la marine d'aborder. Il combat son vieil allié, l'amiral Noi.

Hiroko lui touche le bras de sa main bouillante.

— Je ne tiendrai plus très longtemps.

Kanya regarde autour d'elle, à la recherche d'une solution. Il y a des corps partout. C'est pire qu'une épidémie, ces hommes et ces femmes déchiquetés par des explosifs. Le carnage est immense. Bras, jambes, pieds séparés, projetés sur une branche d'arbre. Des corps empilés qui brûlent. Le napalm qui siffle. Les grondements des chars, la brûlure des gaz d'échappement.

— J'ai besoin de la radio, annonce-t-elle.

— C'est Pichai qui l'avait en dernier.

Mais Pichai est mort et personne n'est sûr pour la radio.

Nous n'avons pas été formés pour ce genre de bataille. Nous sommes supposés combattre la rouille vésiculeuse et la grippe, pas des chars et des mastodontes.

Quand elle trouve enfin la radio, elle doit l'arracher à la main d'un mort. Elle remonte le casque. Teste les codes que le ministère utilise pour les épidémies, pas les guerres. Rien. Finalement, elle ouvre la fréquence normale.

— Ici le capitaine Kanya. Y a-t-il quelqu'un d'autre ici ? À vous.

Un long silence. Un crachotement. Elle répète. À nouveau. Rien.

Puis :

— Capitaine ? C'est le lieutenant Apichart.

Elle reconnaît la voix de l'assistant.

— Oui ? Où est le général Pracha ?

Nouveau silence.

— Nous ne savons pas.

— Vous n'êtes pas avec lui ?

Encore un silence.

— Nous pensons qu'il est mort. (Il tousse.) Ils ont utilisé un gaz.

— Qui est notre officier supérieur ?

Encore un long silence.

— Je crois que c'est vous, madame.

Elle s'interrompt, effarée.

— Ce n'est pas possible. Et le cinquième ?

— Nous n'avons pas de nouvelles.

— Le général Som ?

— On l'a trouvé assassiné chez lui. Comme Karmatha et Phailin.

— Ce n'est pas possible.

— C'est une rumeur. Mais ils n'ont été vus nulle part et le général Pracha y a cru quand nous avons reçu la nouvelle.

— Pas d'autres capitaines ?

— Bhirombhakdi était aux points d'ancrage, mais nous n'y voyons que des incendies.

— Où êtes-vous ?

— Une tour de l'Expansion. Près de Phraram Road.

— Combien d'hommes avez-vous ?

— Peut-être trente.

Elle observe les siens avec angoisse. Des hommes et des femmes blessés. Hiroko appuyée contre un bananier mort, le visage rouge comme une lanterne chinoise, les yeux fermés. Peut-être déjà morte. Elle se demande rapidement si elle se soucie de la créature ou... Ses hommes sont autour d'elle, ils la regardent. Kanya étudie leurs munitions pathétiques. Leurs blessures. Il en reste si peu.

La radio crachote.

— Que devons-nous faire, capitaine ? demande le lieutenant Apichart. Nos fusils ne peuvent rien contre les chars. Il n'y a aucun moyen d'utiliser...

Le canal crachote à nouveau.

Une explosion gronde du côté du fleuve.

Le soldat Sarawut descend d'un arbre.

— Ils ont arrêté de tirer sur les quais.

— Nous sommes seuls, murmure Pai.

CHAPITRE 44

C'est le silence qui la réveille. Emiko a passé la nuit affalée dans une sorte de brume, des périodes de sommeil brisées par le grondement des explosions et le gémissement des armes-AR. Les chars cliquettent, brûlent du charbon, mais c'est loin, les batailles ont lieu dans d'autres districts. Dans les rues, des corps ont été abandonnés, victimes des émeutes maintenant oubliées par les proportions du conflit.

Un étrange silence s'est installé sur la ville. Quelques bougies clignotent aux fenêtres où les gens surveillent la cité ravagée, mais rien d'autre n'est allumé. Aucune lumière à gaz, ni dans les bâtiments ni dans les rues. Le noir total. Il semble que le méthane de la ville ait été épuisé ou que quelqu'un ait finalement fermé les vannes.

Emiko s'extrait du tas de détritus où elle était cachée, fronce le nez de dégoût devant les pelures de bananes et de melons. Dans le ciel orange flamme, elle distingue quelques colonnes de fumée mais rien d'autre. Les rues sont vides. C'est le meilleur moment pour ce qu'elle a en tête.

Elle tourne son attention vers la tour. Six étages plus haut, l'appartement d'Anderson-sama l'attend. Si elle peut y arriver. Elle a envisagé de traverser l'entrée à toute vitesse et de se frayer un chemin dans les étages, mais les portes sont verrouillées et les gardes patrouillent à l'intérieur. Elle est maintenant trop connue pour tenter une approche directe. Mais elle a une alternative.

Elle a chaud. Terriblement chaud. La noix de coco verte qu'elle a trouvée et éclatée plus tôt dans la nuit n'est plus qu'un souvenir. Elle compte à nouveau les balcons au-dessus d'elle, l'un après l'autre. Il y a de l'eau là-haut. De la fraîcheur. La survie et une cachette temporaire, si elle peut y parvenir.

Elle entend un grondement au loin, puis un crépitement comme une rafale de pétards. Elle écoute. Il vaut mieux ne pas attendre plus longtemps. Elle grimpe difficilement vers le premier balcon. Il est encadré de barreaux d'acier, comme le suivant. Elle se hisse sur la façade du premier puis du deuxième, s'agrippant aux barreaux.

Au troisième, le balcon n'est pas grillagé. Elle halète. La chaleur qui se cumule en elle lui fait tourner la tête. En dessous, l'allée l'appelle. Elle lève les yeux vers le balcon du quatrième étage. Elle se prépare, bondit, est récompensée par une bonne prise. Elle se hisse, se perche sur la balustrade, lève les yeux vers le cinquième. L'épuisement dû à l'élévation de sa température augmente. Elle inspire profondément et saute. Ses doigts trouvent une prise. Elle pend. Elle regarde vers le bas et le regrette immédiatement. L'allée est loin à présent. Emiko se tracte lentement, haletante.

L'appartement est plongé dans le noir. Personne ne bouge. Emiko teste la grille mais elle est verrouillée. Elle donnerait n'importe quoi pour un verre d'eau, pour le renverser sur son visage et sur son corps. Elle étudie la grille de sécurité mais ne voit pas comment la forcer.

Encore un saut.

Ses mains sont les seules parties de son corps qui semblent transpirer comme celles d'une créature normale, à présent elles sont glissantes de sueur. Elle les essuie encore et encore, tente de les sécher. L'excès de chaleur la menace. Elle grimpe sur la balustrade, trouve un équilibre. Sa tête tourne. Elle s'accroupit, se stabilise.

Elle bondit.

Ses doigts cherchent une prise sur le balcon supérieur, glissent. Elle retombe, s'écrase sur le précédent. Ses côtes explosent de douleur lorsqu'elle se retourne et retombe contre les lianes de jasmin. Une autre fleur de douleur éclot au niveau de son coude.

Elle reste allongée, gémissante au milieu des poteries cassées et du parfum nocturne du jasmin. Le sang brille noir sur ses mains. Elle ne peut s'empêcher de geindre. Tout son corps tremble. Elle surchauffe.

Elle se relève maladroitement, berce son bras endommagé, s'attend à ce qu'on vienne la chercher. Mais l'appartement de l'autre côté du grillage reste obscur.

Emiko titube un peu, s'appuie contre la balustrade, observe son objectif.

Idiote ! Pourquoi tentes-tu si fort de survivre ? Pourquoi ne sautes-tu pas vers la mort ? Ce serait tellement plus simple.

Elle jette un coup d'œil vers l'allée sombre. Elle n'a pas de réponse. C'est quelque chose dans ses gènes, aussi profondément ancré que son besoin de plaire.

Elle se hisse à nouveau sur la balustrade, se stabilise maladroitement, berce son bras qui l'élance. Elle regarde vers le haut, prie Mizuko Jizo, le bodhisattva des automates pour qu'il lui accorde sa miséricorde.

Elle saute, se propulse vers le salut.

Sa main valide se referme sur une prise, se remet à glisser.

Emiko accroche la prise de son autre main. Les ligaments de son coude se déchirent. Elle glapit en sentant les os se séparer, s'écarter. Sanglotante, la respiration sifflante, elle grimpe vers la balustrade, la saisit de sa bonne main, laisse pendre son bras cassé.

Emiko se balance sur une main bien au-dessus des rues. Son bras n'est plus que flammes. Elle gémit doucement, se prépare à se blesser une fois de plus. Elle laisse échapper un sanglot déchirant puis tend à nouveau son bras fracturé. Ses mains se referment sur la balustrade.

S'il vous plaît. S'il vous plaît. Juste un peu plus.

Elle se laisse peser sur ses bras, chauffée à blanc par la douleur. Son souffle lui scie la gorge. Elle lève une jambe, envoie son pied fouiller la façade à la recherche d'une prise pour un orteil, il se referme finalement sur le métal. Elle se hisse, dents serrées, sanglotant, refusant d'abandonner.

Encore un tout petit peu.

Le canon d'un pistolet-AR se presse contre son front.

Emiko ouvre les yeux. Une jeune fille tient l'arme de ses mains tremblantes. Elle fixe Emiko, terrorisée.

— Vous aviez raison, dit-elle.

Un vieux Chinois la domine, dans l'ombre. Ils regardent le précipice sous le balcon, ils regardent Emiko se balancer. La main de l'automate glisse. La douleur est insupportable.

— S'il vous plaît, murmure-t-elle. Aidez-moi.

Chapitre 45

Les lampes à gaz du centre d'opérations d'Akkarat s'éteignent. Anderson se redresse dans la pénombre soudaine, surpris. Les combats ont été un temps décousus mais, dans toute la ville, c'est la même chose. Les lampes à gaz de Krung Thep crachotent, les points verts s'éteignent le long des rues, un par un. Quelques zones de combat clignotent toujours du jaune et de l'orange du ToutTemps qui brûle, mais tout le vert a disparu de la cité. Une chape noire recouvre tout, presque aussi sombre que l'océan derrière les digues.

— Que se passe-t-il ? demande Anderson.

La faible lumière des écrans d'ordinateur est tout ce qui éclaire encore la pièce. Akkarat revient du balcon. La salle des opérations bourdonne d'activités. Des lanternes LED à manivelle s'allument, projettent la lumière dans la pièce, illuminent le visage souriant d'Akkarat.

— Nous avons pris les réserves de méthane, annonce-t-il. Le pays est à nous.

— Vous êtes sûr ?

— Les points d'ancrage et les quais sont sécurisés. Les chemises blanches capitulent. Nous avons reçu la reddition de leur officier de commandement. Ils vont déposer les armes et se rendre sans conditions. On l'entend sur toutes leurs radios codées pour l'instant. Quelques-uns continueront à se battre mais nous tenons la ville.

Anderson se frotte les côtes cassées.

— Cela signifie-t-il que nous pouvons partir ?

Akkarat hoche la tête.

— Bien entendu. Je vous fournirai une escorte pour vous raccompagner jusque chez vous d'ici un moment. Les rues ne sont pas encore sûres. (Il sourit.) Je crois que vous allez être très heureux de la nouvelle gestion de notre Royaume.

Quelques heures plus tard, on les fait entrer dans un ascenseur.

Ils plongent vers le rez-de-chaussée où les attend la limousine personnelle d'Akkarat. Dehors, le ciel commence à peine à s'éclairer.

Carlyle s'immobilise avant de monter dans la voiture, il regarde l'avenue vers le soleil levant.

— Voilà quelque chose que je ne m'attendais pas à voir.

— Je pensais que nous étions morts.

— Tu avais l'air tranquille, pourtant.

Anderson hausse précautionneusement les épaules.

— La Finlande était pire.

Mais lorsqu'il grimpe dans le véhicule, il a une nouvelle quinte de toux. Elle dure trente secondes et le laisse épuisé. Il essuie du sang sur ses lèvres sous le regard de Carlyle.

— Ça va ? demande celui-ci.

Anderson hoche la tête en refermant doucement la porte.

— Je crois que j'ai une hémorragie interne. Akkarat s'est servi de la crosse de son pistolet sur mes côtes.

Carlyle l'étudie.

— Tu es sûr que tu n'as pas attrapé quelque chose?

— Tu plaisantes? (Anderson rit, ses côtes se rappellent à lui.) Je travaille pour AgriGen, j'ai été vacciné contre des maladies qui ne sont pas encore apparues.

La voiture accélère, s'éloigne, escortée par des scooters-AR. Anderson s'installe plus confortablement sur la banquette, regarde la ville défiler derrière les fenêtres.

Carlyle tapote un accoudoir de cuir, pensif.

— Il va falloir que je m'en trouve une. Une fois que le Commerce recommencera à fonctionner, j'aurai beaucoup d'argent à dépenser.

Anderson hoche la tête.

— Nous allons devoir faire venir des calories immédiatement. Des secours pour la famine. Je veux réserver l'un de tes dirigeables pour servir de palliatif. Nous importerons du U-Tex d'Inde. Histoire de donner quelque chose à grignoter à Akkarat. Cela profitera au libre-échange. On aura bonne presse dans les feuilles à murmures. Il faut cimenter les accords.

— Ne peux-tu pas simplement profiter de l'instant? (Carlyle éclate de rire.) Ce n'est pas souvent qu'on échappe à une cagoule noire, Anderson. La première chose à faire est de dénicher du whisky, de s'installer sur un toit et de regarder le jour se lever sur le pays que nous venons d'acheter. Le reste peut attendre demain.

La limousine s'engage dans Phraram Ier Road et leur escorte les dépasse, progressant à toute vitesse dans la ville qui s'éveille. Ils quittent une voie aérienne et descendent vers une vieille tour de l'Expansion qui a été totalement détruite durant les combats. Quelques personnes fouillent les décombres, personne n'est armé.

— C'est fini, murmure Anderson. Juste comme ça.

Il se sent fatigué. Deux corps de chemises blanches sont allongés au carrefour, comme des poupées de chiffon. Un vautour se tient près d'eux, se rapproche. Anderson touche ses côtes prudemment, soudain heureux de vivre.

— Tu sais où acheter ce fameux whisky ?

CHAPITRE 46

Le vieux Chinois et la jeune fille sont accroupis et la regardent prudemment pendant qu'elle se gorge d'eau. Emiko a été surprise quand le vieil homme a permis à la fille de l'aider à monter sur le balcon. Mais, maintenant qu'elle est en sécurité, il garde son pistolet-AR braqué sur elle, et Emiko comprend que ce n'est pas la charité qui le motive.

— Les avez-vous vraiment tués ? demande-t-il.

Emiko lève délicatement son verre et recommence à boire. Si elle n'avait pas aussi mal, elle pourrait presque profiter de leur peur. Malgré son bras gauche gonflé sur les genoux, l'eau la régénère. Elle pose le verre sur le sol et berce son coude. La douleur la fait respirer avec difficulté.

— Alors ? demande-t-il de nouveau.

Elle hausse légèrement les épaules.

— J'étais rapide. Ils étaient lents.

Ils parlent en mandarin, une langue qu'elle n'a pas utilisée depuis l'époque de Gendo-sama. Anglais, thaï, français, mandarin, comptabilité, protocole politique, cuisine et hospitalité… Tant de talents qu'elle n'utilise plus. Il n'a fallu que quelques minutes à sa mémoire pour que la langue refasse surface mais elle était là, comme un membre atrophié par négligence et miraculeusement retrouvé. Elle se demande si son bras cassé se réparera avec autant de facilité, si son corps lui réserve encore des surprises.

— Vous êtes le yellow card de l'usine, dit-elle. Hock Seng, c'est ça ? Anderson-sama m'a dit que vous aviez fui quand les chemises blanches sont arrivés.

Le vieil homme hausse les épaules.

— J'y suis retourné.

— Pourquoi ?

Il sourit sans humour.

— Nous nous accrochons à ce que nous avons.

Dehors, une explosion gronde. Ils tournent tous la tête.

— Je crois que ça se termine, murmure la fille. C'est la première depuis plus d'une heure.

Si elle parvenait à les distraire, Emiko pourrait les tuer, même avec son bras en charpie. Mais elle est tellement fatiguée. Fatiguée de la destruction. Fatiguée de tuer. Dehors, la cité fume dans le ciel qui s'éclaire. Toute une ville déchiquetée pour… quoi ? Une fille automate qui n'a pas su rester à sa place.

Emiko ferme les yeux de honte. Elle peut presque voir Mizumi-sensei froncer les sourcils de désapprobation. Elle est surprise que cette femme ait encore du pouvoir sur elle. Peut-être ne sera-t-elle jamais libérée de sa vieille enseignante. Mizumi fait partie d'elle, autant que sa mauvaise structure cutanée.

— Vous voulez la prime pour ma capture ? demande-t-elle. Vous voulez faire du profit sur une tueuse ?

— Les Thaïs vous veulent vraiment.

Le verrou de l'appartement cliquette. Ils lèvent les yeux pour voir Anderson-sama et un autre *gaijin* passer la porte en titubant. De sombres hématomes décorent le visage des étrangers, mais ils sourient et rient. Ils s'immobilisent en même temps, surpris. Les yeux d'Anderson-sama passent d'Emiko au vieil homme, au pistolet qui est maintenant braqué sur lui.

— Hock Seng?

L'autre *gaijin* recule et se place derrière Anderson-sama.

— C'est quoi, cette merde?

— Bonne question.

Anderson-sama étudie la scène, ses yeux bleu clair l'évaluent.

La fille, Mai, *wai* par réflexe devant le *gaijin*. Emiko retient un sourire. Elle aussi connaît ce besoin de montrer son respect.

— Que faites-vous ici, Hock Seng? demande Anderson-sama.

Hock Seng lui accorde un mince sourire.

— Vous n'êtes pas content de capturer l'assassin du Somdet Chaopraya?

Anderson-sama ne répond pas, se contente de passer de Hock Seng à Emiko et retour. Finalement, il demande :

— Comment êtes-vous entrés?

Hock Seng hausse les épaules.

— Après tout, c'est moi qui ai trouvé l'appartement pour M. Yates. Je lui ai donné les clés moi-même.

Anderson-sama hoche la tête.

— C'était un idiot, n'est-ce pas?

Hock Seng incline la tête.

Frissonnante, Emiko comprend que la confrontation ne peut que se retourner contre elle. Elle est la seule personne non indispensable. En usant de sa vitesse, elle peut arracher le pistolet des mains du vieil homme. Comme elle a pris ceux de ces gardes du corps trop lents. Cela sera douloureux, mais c'est possible. Le vieil homme ne pourra pas résister.

L'autre *gaijin* sort de l'appartement sans un mot, mais Emiko est surprise de voir qu'Anderson-sama ne recule pas. Au contraire, il avance dans la pièce, les mains levées, les paumes en vue. L'une de ses mains est bandée. Sa voix est calme, rassurante.

— Que veux-tu, Hock Seng?

Le vieillard recule, gardant ses distances avec le *gaijin*.

— Rien. (Il hausse légèrement les épaules.) Que l'assassin du Somdet Chaopraya soit puni. C'est tout.

Anderson-sama éclate de rire.

— Bien.

Il se retourne et s'installe prudemment dans un canapé. Il grogne en se penchant en arrière. Sourit à nouveau.

— Maintenant, que veux-tu vraiment?

Les lèvres du vieil homme se soulèvent, partagent la plaisanterie.

— Ce que j'ai toujours voulu. Un avenir.

Anderson-sama hoche la tête, pensif.

— Et tu penses que cette fille peut t'y aider? Te rapporter une bonne prime?

— La capture d'un assassin royal me vaudra certainement de quoi reconstruire ma famille.

Anderson-sama se contente de fixer Hock Seng de ses yeux froids. Son regard se tourne vers Emiko.

— L'as-tu tué? Vraiment?

Elle a envie de mentir. Elle voit dans ses yeux qu'il souhaite ce mensonge, mais elle ne peut pas.

— Je suis désolée, Anderson-sama.

— Et tous les gardes du corps aussi ?

— Ils m'ont fait mal.

Il secoue la tête.

— Je n'y croyais pas. Je pensais qu'Akkarat avait tout organisé. Mais tu as sauté du balcon. (Ses yeux troublants continuent à la regarder.) Es-tu entraînée à tuer ?

— Non ! (Elle a un mouvement de recul. S'empresse de répondre.) Je ne savais pas. Ils m'ont fait mal. J'étais en colère. Je ne savais pas.

Elle a une furieuse envie de s'incliner devant lui. De le convaincre de sa loyauté. Elle lutte contre son instinct, reconnaît son besoin génétique de rouler au sol pour montrer son ventre.

— Tu n'es donc pas un assassin professionnel ? demande-t-il. Une automate militaire ?

— Non. Pas militaire. S'il vous plaît, croyez-moi.

— Mais tout de même dangereuse. Tu as arraché la tête du Somdet Chaopraya à mains nues.

Emiko veut protester, dire qu'elle n'est pas cette créature, que ce n'était pas elle, mais les mots refusent de sortir. Tout ce qu'elle peut faire, c'est murmurer :

— Je ne lui ai pas arraché la tête.

— Tu pourrais nous tuer si tu le souhaitais, par contre. Avant même qu'on ne sache ce qui arrive. Avant même que Hock Seng ne lève son pistolet.

À ces mots, Hock Seng braque à nouveau l'arme sur elle. Pitoyablement lent.

Emiko secoue la tête.

— Je ne le souhaite pas. Je veux juste partir. Aller au nord. C'est tout.

— Quand bien même, tu restes une créature dangereuse, déclare Anderson-sama. Dangereuse pour moi. Pour d'autres gens. Si quelqu'un me voyait avec toi maintenant… (Il secoue la tête et grimace.) Tu as beaucoup plus de valeur morte que vivante.

Emiko se prépare pour la douleur insupportable qui l'attend. D'abord le Chinois, puis Anderson-sama. Peut-être pas la fille.

— Je suis désolé, Hock Seng, dit soudain Anderson-sama. Tu ne peux pas l'avoir.

Emiko fixe le *gaijin*, stupéfaite.

Le Chinois rit.

— Vous allez m'arrêter ?

Anderson-sama secoue la tête.

— Les temps changent, Hock Seng. Les miens arrivent. En force. Tous nos destins changent. Ce ne sera plus seulement l'usine. Ce sera des contrats pour des calories, du transport de fret, des centres de recherche, des négociations commerciales… À partir d'aujourd'hui, tout change.

— Et cette nouvelle vague va soulever mon bateau ?

Anderson-sama rit, puis frémit en se touchant les côtes.

— Plus que jamais, Hock Seng. Nous aurons plus que jamais besoin de gens comme toi.

Le vieil homme passe d'Anderson-sama à Emiko.

— Et Mai ?

Anderson-sama tousse.

— Arrête de t'inquiéter pour de petites choses, Hock Seng. Tu vas avoir un compte quasiment illimité. Engage-la. Épouse-la. Je m'en fous. Fais ce que tu veux. Seigneur, je suis sûr que Carlyle pourrait lui trouver une place, si tu ne veux pas l'engager. (Il s'adosse au canapé et crie vers le couloir.) Je sais que tu es toujours là, espèce de lâche. Entre !

Le *gaijin* Carlyle répond.

— Tu vas vraiment protéger cette automate?

Il jette un coup d'œil à l'appartement, prudent.

Anderson-sama hausse les épaules.

— Sans elle, nous n'aurions même pas disposé d'une excuse pour le coup d'État. (Il lui envoie un sourire torve.) Ça doit bien valoir quelque chose.

Il se tourne à nouveau vers Hock Seng.

— Alors? Qu'est-ce que tu en penses?

— Vous le jurez? demande le vieil homme.

— Si je manque à ma parole, tu pourras toujours la dénoncer plus tard. Elle ne va nulle part. Pas tant que tout le monde recherche un assassin automate. Nous en bénéficierons tous si nous arrivons à un accord. Allez, Hock Seng. C'est facile. Tout le monde gagne pour une fois.

Hock Seng hésite puis hoche vivement la tête et baisse son pistolet. Emiko sent une soudaine bouffée de soulagement. Anderson sourit. Il se tourne vers elle et son expression s'adoucit.

— Beaucoup de choses sont en train de changer. Mais nous ne pouvons permettre à personne de te voir. Trop de gens ne te pardonneront jamais. Tu comprends?

— Oui. On ne me verra pas.

— Bien. Une fois que les choses se seront calmées, on verra comment te faire sortir. Pour l'instant, tu restes ici. Nous allons mettre une attelle à ce bras. Je ferai venir une caisse de glaçons. Tu aimerais ça?

Le soulagement est écrasant.

— Oui. Merci. Vous êtes bon.

Anderson-sama sourit.

— Où est ce whisky, Carlyle ? Nous devons lever nos verres !

Il se lève en grimaçant et revient avec un assortiment de verres et une bouteille.

Il dépose le tout sur la table basse, il tousse.

— Putain d'Akkarat ! marmonne-t-il avant de recommencer à tousser, sa toux est rauque.

Soudain, il se plie en deux. Une nouvelle toux le déchire, suivie d'une série, plus grasse. Anderson-sama tente de se redresser avec l'aide d'une main mais chancelle sur la table qu'il renverse.

Emiko regarde les verres et le whisky glisser vers le bord de la table, couler. Ils tombent très lentement, scintillent dans la lumière du soleil levant. C'est très joli, se dit-elle. Si propre, si brillant.

Ils s'écrasent sur le sol. Les spasmes de toux d'Anderson-sama continuent. Il tombe à genoux au milieu des morceaux de verre. Tente de se lever mais un autre spasme le prend. Il se roule sur le côté.

Quand la toux le libère enfin, il regarde Emiko, ses yeux bleus sont entourés de cernes noirs.

— Akkarat m'a vraiment bien eu, dit-il d'une voix rauque.

Hock Seng et Mai reculent. Carlyle se plaque une main sur la bouche, ses yeux effrayés regardent par-dessus son coude.

— C'est comme à l'usine, murmure Mai.

Emiko s'accroupit à côté du *gaijin*.

Soudain, il semble petit et fragile. Il tend la main vers elle, maladroit, et elle la saisit. Du sang tache ses lèvres.

CHAPITRE 47

La capitulation officielle a lieu sur le terrain de manœuvres devant le Grand Palais. Akkarat est là pour accueillir Kanya et accepter son *khrab* de soumission. Les bateaux d'AgriGen sont à quai, déchargent du riz U-Tex et du Soypro. Les semences stériles des monopoles caloriques – certaines pour nourrir les gens dès aujourd'hui, d'autres pour les fermiers thaïs à la prochaine saison. De là où elle se tient, Kanya peut voir les voiles de l'entreprise avec leur couronne de blé rouge qui flottent au-dessus des digues.

Une rumeur a prétendu que la Reine Enfant serait présente pour superviser la cérémonie et cimenter le nouveau gouvernement sous la direction d'Akkarat. Mais, au dernier moment, on a entendu dire qu'elle ne viendrait pas. Ils se tiennent tous dans la chaleur de la saison sèche bien trop longue, transpirants et étouffants, tandis qu'Akkarat monte sous le dais accompagné par les psalmodies des moines. Il prête serment, en tant que nouveau Somdet Chaopraya, de protéger le Royaume durant cette époque troublée de loi martiale, puis se tourne pour faire face à l'armée, aux civils et aux chemises blanches survivants sous la direction de Kanya, tous bien en rang devant lui.

La sueur perle sur les tempes de Kanya mais elle refuse de bouger. Même si elle a déposé le ministère de l'Environnement entre les mains d'Akkarat, elle souhaite toujours le représenter de manière disciplinée et stoïque. Elle maintient donc son salut, en sueur, avec Pai, au premier rang à côté d'elle, immobile, le visage impassible.

Narong observe la cérémonie un peu en retrait, derrière Akkarat. Il incline la tête vers elle. Elle doit se contenir pour ne pas lui hurler que tout est de sa faute. Ce serait gratuit et inutile. Kanya serre les dents, sue et enfonce sa haine dans le front de Narong. C'est stupide. La personne qu'elle déteste est elle-même. Elle va formellement capituler devant Akkarat au nom de ses troupes et assister à la dissolution des chemises blanches.

Jaidee se tient à côté d'elle, pensif.

— Tu veux dire quelque chose ? marmonne-t-elle.

Jaidee hausse les épaules.

— Ils ont eu le reste de ma famille. Pendant les combats.

Kanya retient son souffle.

— Je suis désolée.

Elle aimerait tendre la main, le toucher.

Jaidee sourit tristement.

— C'est la guerre. J'ai toujours essayé de te l'expliquer.

Elle voudrait répondre, mais Akkarat lui fait signe d'avancer. C'est l'heure de son humiliation. Elle déteste tellement cet homme. Comment est-il possible que la rage de sa jeunesse ait pu disparaître à ce point ? Enfant, elle a juré de détruire les chemises blanches, pourtant sa victoire a la puanteur des incendies du ministère. Kanya monte les marches et *khrab*. Akkarat la laisse prostrée un long moment. Au-dessus d'elle, elle l'entend parler.

— Il est naturel de regretter quelqu'un comme le général Pracha, déclare-t-il aux multitudes. Même s'il n'était pas loyal, il était passionné et, pour cela, nous lui devons du respect. Nous devons nous souvenir que son comportement n'a pas toujours été celui de ses derniers jours. Il a travaillé d'arrache-pied pour le Royaume durant des années. Il a travaillé à préserver notre peuple à une époque de grande incertitude. Je ne dirai jamais de mal de son travail même si, à la fin, il s'est égaré. (Il s'interrompt une seconde, puis reprend.) Nous, en tant que Royaume, devons guérir. (Il les regarde tous.) Dans cet esprit de bonne volonté, je suis heureux d'annoncer que, à ma demande, la Reine a accepté que tous ceux qui ont combattu pour le général Pracha soient amnistiés. Sans condition. Pour ceux qui souhaitent encore travailler pour le ministère de l'Environnement, j'espère que vous continuerez à le faire avec fierté. Nous sommes confrontés à beaucoup de difficultés et nous ne pouvons savoir ce que sera notre avenir.

Il fait signe à Kanya de se lever et s'avance vers elle.

— Capitaine Kanya, même si vous avez combattu contre le Royaume et le Palais, je vous offre le pardon et quelque chose de plus. (Un silence.) Nous devons nous réconcilier. Notre Royaume, notre nation doit se réconcilier. Nous devons tendre la main les uns aux autres.

Le ventre de Kanya se serre, elle est nauséeuse de dégoût. Akkarat continue :

— Comme vous êtes la plus haut gradée du ministère de l'Environnement, je vous nomme à sa tête.

Votre devoir est ce qu'il était. Protégez le Royaume et Sa Royale Majesté la Reine.

Kanya fixe Akkarat. Derrière lui, Narong a un petit sourire. Il incline la tête, lui montre son respect. Kanya est muette. Elle *wai*, profondément abasourdie. Akkarat sourit.

— Vous pouvez libérer vos hommes, général. Demain, nous allons attaquer la reconstruction.

Toujours muette, elle *wai* à nouveau puis se retourne. Sa première tentative d'ordre est un croassement. Elle déglutit et répète son ordre, sa voix est rauque. Des regards, aussi surpris et incertains que le sien, se braquent sur elle. Un instant, elle a peur qu'ils connaissent son imposture, qu'ils désobéissent. Puis les rangs de chemises blanches pivotent comme un seul homme. Ils s'éloignent au pas, leurs uniformes brillant dans le soleil. Jaidee marche avec eux. Mais avant, il *wai* vers elle comme si elle était vraiment général et cela lui fait plus mal que tout ce qui l'attend.

CHAPITRE 48

— Ils s'en vont. C'est fini.

Anderson laisse sa tête retomber sur l'oreiller.

— Nous avons gagné, alors.

Emiko ne répond pas, elle regarde toujours le terrain de manœuvre au loin.

La lumière du matin brille par la fenêtre. Anderson tremble. Il a froid, il est reconnaissant de cette chaleur. La sueur le trempe. Emiko pose une main sur son front et il est surpris de la trouver fraîche.

Il lève les yeux sur elle à travers la brume de la fièvre et de la maladie.

— Hock Seng est déjà là ?

Elle secoue la tête tristement.

— Les tiens ne sont pas loyaux.

Anderson étouffe un éclat de rire. Il tire sur les couvertures, inutilement. Elle l'aide à s'en débarrasser.

— Non, tu as raison. (Il tourne à nouveau son visage vers le soleil, le laisse le baigner de sa chaleur et de sa lumière.) Mais je le savais.

Il rirait, s'il n'était pas aussi fatigué. Si son corps ne lui donnait pas l'impression de l'abandonner.

— Veux-tu davantage d'eau ?

La pensée n'est pas attirante. Il n'a pas soif. Hier soir, il avait soif. Quand le médecin est venu sur ordre d'Akkarat, il aurait pu boire l'océan mais, là, non.

Après l'avoir examiné, le médecin est parti, la peur dans les yeux, il a dit qu'il allait envoyer des gens. Que le ministère de l'Environnement devait être prévenu. Que les chemises blanches allaient venir pratiquer une magie noire de confinement sur lui. Pendant tout ce temps, Emiko est restée cachée et, après le départ du médecin, ils ont attendu ensemble durant des jours et des nuits.

Au moins, il se souvient d'elle de temps en temps. Il a rêvé. Halluciné. Yates est resté avec lui un temps. Il s'est moqué de lui. Lui a démontré la futilité de sa vie. Fouillé ses yeux et demandé s'il comprenait. Et Anderson a tenté de répondre, mais sa gorge était sèche. Aucun mot n'en est sorti. Et Yates en a ri aussi et lui a demandé ce qu'il pensait du nouveau représentant de commerce d'AgriGen, récemment arrivé et qui vient lui prendre sa niche. Si Anderson aimait être remplacé autant que lui l'a été. Puis Emiko est venue avec une serviette fraîche et il a été reconnaissant, désespérément reconnaissant de ses attentions, de sa présence humaine… et il a ri faiblement de l'ironie de la chose.

À présent, il regarde Emiko à travers la brume, pense à ses dettes, se demande s'il vivra assez longtemps pour les rembourser.

— Nous allons te faire sortir, murmure-t-il.

Une nouvelle vague de frissons le secoue. Toute la nuit, il a eu chaud et, maintenant, il a froid, comme s'il était de retour dans le Midwest avec ses hivers glaciaux, comme s'il regardait la neige. Il a froid, il n'a pas du tout soif et même les doigts d'une fille automate lui semblent glacés sur son visage.

Il repousse faiblement sa main.

— Hock Seng est arrivé ?

— Tu es bouillant !

Le visage d'Emiko est inquiet.

— Est-il arrivé ? demande encore Anderson.

Il est intensément important que cet homme vienne. Que Hock Seng soit là, dans la pièce avec lui. Il se souvient pourtant à peine pourquoi. C'est important.

— Je crois qu'il ne viendra pas, dit-elle. Il a eu toutes les lettres dont il avait besoin. Les recommandations. Il est déjà occupé avec les tiens. Avec le nouveau représentant. Cette femme Boudry.

Un cheshire apparaît sur le balcon. Il miaule bas et se glisse à l'intérieur. Emiko ne fait pas attention à lui. Après tout, ils sont de la même famille. Des créatures sympathiques conçues par les mêmes dieux imparfaits.

Anderson regarde mollement le chat traverser sa chambre et passer la porte. S'il n'était pas si faible, il lui jetterait quelque chose. Il soupire. Il a dépassé tout ça maintenant. Trop fatigué pour se plaindre de la présence d'un chat. Il laisse son regard se perdre sur le plafond et la rotation lente du ventilateur.

Il aimerait être encore en colère. Mais même cela a disparu. Au début, quand il a découvert qu'il était malade, quand Hock Seng et la fille ont reculé, effrayés, il a pensé qu'ils étaient fous. Qu'il n'avait pas été exposé au moindre vecteur, mais, en les regardant, en lisant leur peur et leur incertitude, il a compris.

— L'usine ? a-t-il murmuré, répétant les mots de Mai, et Hock Seng a hoché la tête en gardant une main devant sa bouche.

— Les salles d'affinage ou les bains d'algues ? a-t-il murmuré.

Anderson a voulu se mettre en colère à ce moment, mais la maladie avait déjà sapé ses forces. Il n'a pu ressentir qu'une rage émoussée qui a rapidement disparu.

— Est-ce que quelqu'un a survécu ?

— Une personne, a murmuré la fille.

Il a hoché la tête, ils sont partis. Hock Seng. Toujours avec ses secrets. Toujours avec ses détours et ses projets. Toujours à attendre…

— Est-ce qu'il vient ?

Il lui est vraiment difficile de parler.

— Il ne viendra pas, murmure Emiko.

— Tu es là.

Elle hausse les épaules.

— Je suis une Nouvelle Personne. Ta maladie ne me fait pas peur. Celui-là ne viendra pas. L'homme Carlyle non plus.

— Au moins, ils te laissent tranquille. Ils tiennent parole.

— Peut-être, répond-elle mais elle manque de conviction.

Anderson se demande si elle a raison. Se demande s'il a tort avec Hock Seng, comme il a eu tort avec tant de choses. Se demande si sa compréhension du pays était erronée. Il réprime la peur de toutes ses forces.

— Il tiendra parole. C'est un homme d'affaires.

Emiko ne répond pas. Le cheshire saute sur le lit. Elle le chasse mais il revient, il doit sentir la proche nourriture qu'Anderson représente.

Anderson tente de lever une main.

— Non, croasse-t-il. Qu'il reste.

CHAPITRE 49

Les gens d'AgriGen quittent les quais. Kanya et ses hommes restent au garde-à-vous, une garde d'honneur pour les démons. Les *farang* plissent tous les yeux dans la lumière tropicale, regardent le pays qu'ils n'ont jamais vu. Ils pointent le doigt vers les jeunes filles dans les rues, sans la moindre politesse, ils parlent et rient bruyamment. C'est une race grossière. Si sûre d'elle.

— Ils sont tous très satisfaits, marmonne Pai.

Kanya est surprise d'entendre ses propres pensées dans la bouche de son subordonné, mais se tait. Elle se contente d'attendre tandis qu'Akkarat accueille ces créatures. Une femme blonde, les sourcils froncés, appelée Elizabeth Boudry est à leur tête, c'est une créature typique d'AgriGen.

Elle a un long manteau noir comme d'autres représentants d'AgriGen, avec le logo de couronne de blé rouge qui brille au soleil. Le seul plaisir que Kanya prend à voir ces gens dans leur uniforme détesté est que la chaleur tropicale doit leur être insupportable. Leurs visages brillent de sueur.

Akkarat dit à Kanya :

— Ce sont ceux qui vont se rendre à la banque de semences.

— Vous êtes sûr de cela ? demande-t-elle.

Il hausse les épaules.

— Ils ne veulent que des échantillons. La diversité génétique pour leurs transgénieurs. Le Royaume en bénéficiera aussi.

Kanya étudie ceux qu'on appelait les démons des calories et qui maintenant se promènent effrontément dans Krung Thep, la cité des êtres divins. Des caisses de semences sont déchargées du vaisseau et entassées sur des wagons tirés par des mastodontes, le logo d'AgriGen est bien visible sur chacune d'entre elles.

Comme s'il percevait ses pensées, Akkarat dit :

— Nous avons dépassé le temps où nous pouvions nous cacher derrière nos digues et espérer survivre. Nous devons rencontrer le monde extérieur.

— Mais la banque de semences, proteste doucement Kanya. L'héritage du roi Rama.

Akkarat hoche vivement la tête.

— Ils ne prendront que des échantillons. Ne t'inquiète pas.

Il se tourne vers un nouveau *farang* et lui serre la main à la manière des étrangers. Il parle avec lui dans la langue *angrit* et le renvoie.

— Richard Carlyle, commente Akkarat quand il revient aux côtés de Kanya. Nous aurons nos pompes, finalement. Il envoie un dirigeable cet après-midi. Avec de la chance, nous pourrons nous battre contre la saison des pluies. (Il la regarde intensément.) Tu comprends tout cela ? Tu comprends ce que je fais ? Il vaut mieux perdre un petit morceau du Royaume que la totalité. Il y a un moment pour le combat et un moment pour la négociation. Nous ne pourrons pas survivre si nous sommes totalement isolés. L'histoire nous dit que nous devons travailler avec le monde extérieur.

Kanya hoche la tête avec brusquerie.

Jaidee se penche sur son épaule.

— Au moins, ils n'ont jamais eu Gi Bu Sen.

— J'aurais préféré leur donner Gi Bu Sen que la banque de semences, marmonne-t-elle.

— Soit, mais je pense que le fait de perdre cet homme a été encore plus irritant pour eux. (Il désigne la femme Boudry.) Elle était enragée. Elle a même crié. Perdu la face. Elle a marché de long en large en agitant les bras.

Il lui en fait la démonstration.

Kanya grimace.

— Akkarat aussi était en colère. Il m'a poursuivie toute la journée, demandant à savoir comment nous avions pu permettre au vieil homme de s'enfuir.

— Un homme malin, celui-là.

Kanya rit.

— Akkarat ?

— Le transgénieur.

Avant que Kanya puisse sonder un peu plus les pensées de Jaidee, la femme Boudry et ses spécialistes des semences s'approchent d'elle. Un vieux yellow card chinois l'accompagne. Il se tient parfaitement droit et incline la tête devant Kanya.

— Je traduirai pour *Khun* Elizabeth Boudry.

Kanya se force à sourire poliment en étudiant les gens devant elle. Voilà à quoi on en est arrivé. Des yellow cards et des *farang*.

— Tout est changement, soupire Jaidee. Ce serait bien que tu t'en souviennes. S'accrocher au passé, s'inquiéter de l'avenir… (Il hausse les épaules.) Ce n'est que souffrance.

Les *farang* l'attendent, impatients. Elle les guide dans les rues endommagées par la guerre. Quelque part, au loin, près des points d'ancrage, un tank tonne. Peut-être une cellule de résistance étudiante? Des gens qui ne sont pas sous son contrôle. Des gens qui croient en une autre sorte d'honneur. Elle fait signe à deux de ses nouveaux subordonnés, Malivalaya et Yuthakon, si elle s'en souvient correctement.

— Général, commence l'un d'entre eux, mais Kanya fronce les sourcils.

— Je vous l'ai dit, pas de général. C'est fini ces absurdités. Je suis un capitaine. Si capitaine suffisait à Jaidee, je ne me donnerai pas d'autre titre.

Malivalaya *wai* ses excuses. Kanya ordonne qu'on installe les *farang* dans le confort d'une voiture au diesel charbon et ils traversent les rues dans un murmure. C'est un luxe qu'elle n'a jamais connu, mais elle se force à ne pas critiquer la richesse soudain exposée d'Akkarat. La voiture glisse dans les rues vides, se dirige vers le temple des piliers de la ville.

Quinze minutes plus tard, ils émergent de la voiture dans le soleil brûlant. Les moines baissent la tête par politesse envers elle, reconnaissent son autorité. Elle incline la tête en retour, nauséeuse. Le roi Rama XII a placé le ministère de l'Environnement au-dessus des moines.

Ils ouvrent le portail et la guident avec le reste de sa suite loin en dessous, loin dans les profondeurs fraîches. Des sas s'élèvent, l'air filtré sous pression négative s'échappe. De l'air parfaitement humide, froid. Elle se force à ne pas serrer ses bras contre elle alors que la température baisse. D'autres sas s'ouvrent, révélant des couloirs intérieurs éclairés par des systèmes au charbon, triplement infaillibles.

Des moines couleur safran les attendent poliment, s'écartent pour s'assurer qu'elle n'entre pas en contact avec eux. Elle se tourne vers la femme Boudry.

— Ne touchez pas les moines. Ils ont fait vœu de ne pas avoir de contact avec les femmes.

Le yellow card traduit dans la langue criarde des *farang*. Kanya entend un éclat de rire derrière elle, mais se force à ne pas réagir. La femme Boudry et ses scientifiques transgénieurs bavardent avec excitation en avançant vers la banque de semences. L'interprète yellow card ne se fatigue pas à traduire leurs étranges exclamations, mais Kanya peut en deviner le contenu d'après leurs expressions ravies.

Elle les mène plus profondément dans les chambres fortes, vers les salles de catalogage, sans cesser de penser à la nature de la loyauté. Il vaut mieux abandonner un membre que la tête. Le Royaume survit quand d'autres pays sont tombés, grâce à la nature pragmatique des Thaïs.

Kanya jette un coup d'œil aux *farang*. Leurs yeux pâles et avides étudient les étagères, les compartiments scellés sous vide contenant des milliers de graines, chacune une ligne de défense potentielle contre les leurs. Le véritable trésor du Royaume étalé devant eux. Les dépouilles de la guerre.

Quand les Birmans ont fait tomber Ayutthaya, la ville s'est rendue sans combattre. De nouveau, c'est la même chose. Après tout le sang, la sueur, les morts et le labeur, après les luttes des saints des semences et des martyrs comme Phra Seub, après la vente de filles comme Kip à Gi Bu Sen et tout le reste, tout se résume à ça. Des *farang* triomphants au cœur d'un Royaume trahi une fois de plus par des ministres qui ne se soucient pas de la Couronne.

— Ne le prends pas si mal. (Jaidee touche son épaule.) Nous devons tous accepter nos échecs, Kanya.

— Je suis désolée. Pour tout.

— Je t'ai pardonnée il y a bien longtemps. Nous avons tous nos patrons et nos loyautés. C'est le *kamma* qui t'a amenée à Akkarat avant que tu ne viennes à moi.

— Je n'ai jamais pensé que cela finirait comme ça.

— C'est une grande perte, acquiesce Jaidee. (Puis, il hausse les épaules.) Mais même aujourd'hui, cela ne doit pas obligatoirement se passer ainsi.

Kanya regarde les *farang*. L'un des scientifiques accroche son regard et dit quelque chose à la femme. Kanya ne peut savoir si c'est une moquerie ou une attention. Leur logo scintille dans la lumière électrique.

Jaidee lève un sourcil.

— Il y a toujours Sa Majesté la Reine, non ?

— Et que peut-elle accomplir ?

— Ne préférerais-tu pas qu'on se souvienne de toi comme de l'un des villageois de Bang Rajan qui s'est battu quand tout était perdu, et a arrêté les Birmans un certain temps, plutôt qu'un de ces lâches courtisans d'Ayutthaya qui ont sacrifié un Royaume ?

— Ce n'est que de l'ego.

— Peut-être. (Jaidee hausse les épaules.) Je vais te dire la vérité : Ayutthaya n'est rien dans notre histoire. Les Thaïs n'ont-ils pas survécu à son pillage ? N'avons-nous pas survécu aux Birmans ? Aux Khmers ? Aux Français ? Aux Japonais ? Aux Américains ? Aux Chinois ? Aux compagnies caloriques ? Ne les avons-nous pas contenus quand les autres sont tombés ? C'est notre peuple qui porte le sang vital de ce pays, pas cette ville. Notre peuple arbore les noms que lui ont donnés les Chakri et notre peuple est tout. Et c'est cette banque de semences qui nous soutient.

— Mais Sa Majesté a déclaré qu'on devrait toujours la protéger.

— Le roi Rama ne se souciait pas le moins du monde de Krung Thep, il se souciait de nous. Alors il nous a offert un symbole à protéger. Mais ce n'est pas la ville, c'est le peuple qui compte. Quelle est la valeur d'une ville si son peuple est esclave ?

Le souffle de Kanya est devenu rapide. L'air glacial lui brûle les bronches. La femme Boudry dit quelque chose. Les transgénieurs aboient dans leur langue atroce. Kanya se tourne vers Pai.

— Suis-moi.

Elle sort son pistolet à ressort et tire à bout portant dans la tête de la femme *farang*.

CHAPITRE 50

La tête d'Elizabeth Boudry part en arrière. Le sang éclabousse Hock Seng d'une fine bruine, tachant sa peau et ses nouveaux vêtements. Le général chemise blanche se tourne et le vieux Chinois tombe immédiatement à genoux, exécute un *khrab* d'obéissance à côté du corps affalé de la diable d'étrangère.

Alors qu'il se prosterne, les yeux surpris de la créature blonde le fixent. Des disques de pistolet à ressort frappent les murs, des gens hurlent. Soudain, le silence emplit la pièce.

Le général chemise blanche relève Hock Seng et pose son pistolet sur son visage.

— S'il vous plaît, murmure Hock Seng en thaï. Je ne suis pas comme eux.

Les yeux durs du général l'étudient. Elle hoche vivement la tête et l'écarte. Il se recroqueville contre un mur quand elle commence à aboyer des ordres à ses hommes. Ils traînent rapidement les corps des représentants d'AgriGen sur le côté et se rassemblent autour d'elle. Hock Seng est surpris par la vitesse à laquelle cette femme qui ne sourit pas maîtrise ses troupes. Elle approche les moines de la banque de semences. Même si elle exécute son propre *khrab* devant leur autorité spirituelle, il n'y a aucun doute qu'elle est la maîtresse des lieux.

Les yeux de Hock Seng s'écarquillent lorsqu'il entend son Plan. C'est terrifiant. Un acte de destruction qui ne peut être permis… pourtant, les moines hochent la tête et sortent rapidement de la banque de semences. Le général et ses hommes ouvrent des portes à la volée, révèlent des rangées et des rangées d'armes. Elle désigne des équipes : le Grand Palais, la pompe de Korakot, l'écluse de Khlong Toey…

Le général jette un coup d'œil à Hock Seng en terminant de donner ses ordres. Les moines sont déjà en train de sortir les boîtes de semences de leurs étagères. Hock Seng a un mouvement de recul sous son attention. Après ce qu'il a entendu, elle ne peut pas le laisser en vie. Le bourdonnement d'activités augmente. De plus en plus de moines apparaissent. Ils entassent soigneusement les caisses de semences. Rangée après rangée, les graines descendent des étagères. Des semences vieilles de plus d'un siècle, des graines qui de temps en temps sont cultivées dans les chambres d'isolation avant d'être rapportées dans cette chambre forte souterraine pour conservation. L'héritage de millénaires repose dans ces boîtes, l'héritage du monde.

Puis les moines ressortent de la banque de semences, emportant les boîtes sur leurs épaules, un fleuve d'hommes au crâne rasé et à la robe safran transportant le trésor de leur nation. Hock Seng regarde, muet à la vue de tant de matériel génétique disparaissant vers la jungle. Quelque part dehors, il pense entendre un moine psalmodier, bénir ce projet de renouveau et de destruction, puis le général chemise blanche le regarde à nouveau. Il se force à ne pas baisser la tête. À ne pas ramper. Elle va le tuer. Elle le doit. Il refuse de ramper ou de se pisser dessus. Au moins il mourra avec dignité.

Le général pince les lèvres puis se contente de tourner vivement la tête vers la porte ouverte.

— Cours, yellow card. Cette ville n'est plus un refuge pour toi.

Il la fixe, surpris. Elle tourne à nouveau la tête et l'ombre d'un sourire effleure ses lèvres. Hock Seng *wai* rapidement et se redresse pour se lever. Il se presse dans les tunnels vers l'extérieur, le fleuve d'hommes en robe safran est partout autour de lui. Au niveau du temple, les moines se dispersent en empruntant diverses portes, se séparent en groupes de plus en plus petits, une diaspora à destination d'un lieu précis, sans doute prévu à cet effet. Un lieu secret, hors d'atteinte des compagnies caloriques, protégé par Phra Seub et tous les esprits de la nation.

Hock Seng regarde encore un moment les moines se déverser hors de la banque de semences, puis il court vers la rue.

Un chauffeur de rickshaw le voit et ralentit pour s'arrêter près de lui. Hock Seng s'y engouffre.

— Où ? demande l'homme.

Hock Seng hésite, réfléchit furieusement. Les points d'ancrage. C'est la seule issue pour échapper au chaos qui se prépare. Le *yang guizi* Richard Carlyle y est probablement encore. L'homme et son dirigeable qui s'apprêtent à rejoindre Kolkata pour chercher les pompes à charbon pour le Royaume. En l'air, il sera en sécurité. Mais seulement si Hock Seng est assez rapide pour rattraper le diable d'étranger avant qu'il ne lâche les dernières amarres.

— Où ?

Mai.

Hock Seng secoue la tête. Pourquoi le tourmente-t-elle ainsi ? Il ne lui doit rien. Elle n'est rien, en vérité. Juste une petite pêcheuse. Pourtant, il lui a permis de rester avec lui, lui a dit qu'il allait l'engager comme servante ou quelque chose du même genre. Qu'il la garderait en sécurité. C'était le moins qu'il pouvait faire… Mais c'était avant. Il allait être riche grâce aux compagnies caloriques. C'était une promesse différente. Elle lui pardonnera.

— Les points d'ancrage, dit-il finalement. Vite. Je n'ai pas beaucoup de temps.

Le chauffeur du rickshaw hoche la tête et accélère.

Mai.

Hock Seng se maudit. Il est qu'un idiot. Pourquoi ne se concentre-t-il jamais sur le but le plus important ? Il est toujours distrait par autre chose. Il échoue toujours à accomplir ce qui lui permettra de survivre en sécurité.

Il se penche en avant, furieux contre lui-même. Furieux contre Mai.

— Non. Attendez. J'ai une autre adresse. D'abord au pont de Krung Thon puis aux points d'ancrage.

— C'est à l'opposé de la ville.

Hock Seng grimace.

— Et vous pensez que je ne le sais pas ?

Le chauffeur hoche la tête et ralentit. Il fait pivoter son vélo. La ville se dévoile sur leur passage, colorée et pleine d'activités de nettoyage. Une cité totalement inconsciente de sa fin prochaine. Le rickshaw se fraye un passage sous le soleil, passe d'une vitesse à l'autre avec fluidité, de plus en plus rapide, vers la fille.

S'il a beaucoup de chance, il aura assez de temps. Hock Seng prie pour avoir de la chance. Prie pour avoir le temps de récupérer Mai et d'atteindre le dirigeable malgré tout. S'il était intelligent, il se serait simplement enfui.

À la place, il prie pour avoir de la chance.

ÉPILOGUE

Il faut six jours aux écluses détruites et aux pompes sabotées pour assassiner la cité des êtres divins. Emiko regarde l'eau envahir la ville depuis le balcon d'un des meilleurs immeubles d'habitation de Bangkok. Anderson-sama n'est plus qu'une carcasse. Emiko a pressé de l'eau entre ses lèvres avec un mouchoir et il a sucé comme un bébé avant d'expirer, finalement, murmurant des excuses à des fantômes qu'il était seul à voir.

Quand elle a entendu les explosions colossales en bordure de la ville, elle n'a pas tout de suite deviné ce qui se passait, mais, avec les explosions qui ont suivi et les douze colonnes de fumées s'élevant comme des *nâga* sur les digues, il est devenu clair que les grandes pompes à eau de Rama XII avaient été détruites et que la ville était à nouveau assiégée.

Trois jours durant, Emiko a regardé la lutte pour sauver la cité, puis la mousson est arrivée et les dernières tentatives pour retenir l'océan ont été abandonnées. La pluie s'est déversée, un déluge a balayé la poussière et les débris, envoyé le reste de la ville tourbillonner et s'élever avec l'eau. Les gens ont quitté leurs logements, leurs affaires sur la tête. La ville s'est lentement remplie, est devenue un immense lac qui lape les fenêtres des deuxièmes étages.

Le sixième jour, Sa Royale Majesté la Reine a annoncé l'abandon de la cité divine. Il n'y a plus de Somdet Chaopraya. Uniquement la Reine et son peuple qui s'est rallié à elle.

Les chemises blanches, méprisés et disgraciés quelques jours auparavant, sont partout, ils guident les gens vers le nord sous le commandement d'un nouveau Tigre, une étrange femme qui ne sourit pas, dont on dit qu'elle est possédée par les esprits, qui pousse ses chemises blanches à lutter et à sauver le plus de gens de Krung Thep possible. Emiko doit se cacher quand un jeune volontaire en uniforme blanc fouille les couloirs de l'immeuble, offrant assistance à tous ceux qui ont besoin de nourriture ou d'eau propre. Tandis que la cité se meurt, le ministère de l'Environnement est réhabilité.

Lentement, la ville se vide. Le bruit des vagues et les miaulements des cheshires remplacent les appels des vendeurs de durians et les sonnettes des vélos. Parfois, Emiko a l'impression d'être la seule personne vivante dans la cité. Quand elle remonte la radio, elle entend que la capitale a décampé au nord, jusqu'à Ayutthaya, pour se retrouver à nouveau au-dessus du niveau de la mer. Elle entend dire qu'Akkarat s'est rasé la tête et est devenu moine pour expier son échec à protéger la ville. Mais tout cela est bien lointain.

Avec la saison des pluies, la vie d'Emiko devient supportable. La métropole inondée signifie qu'il y aura toujours de l'eau à portée, même s'il s'agit d'une cuvette stagnante des déchets de millions de personnes. Emiko localise un petit esquif et l'utilise pour se promener dans la ville revenue à l'état sauvage. La pluie tombe tous les jours et Emiko la laisse la baigner, nettoyer tout ce qui arrive avant.

Elle vit de chasse et de récupération. Elle mange du cheshire ou attrape du poisson à mains nues. Elle est très rapide. Ses doigts s'abattent comme une lance sur les carpes. Elle mange bien, dort facilement et, grâce à l'eau qui l'entoure, n'a plus peur de surchauffer. Si ce n'est pas le refuge du Nouveau Peuple dont elle a rêvé, c'est toujours une niche.

Elle décore son appartement. Elle traverse l'immense embouchure de la Chao Phraya pour fouiller l'usine Mishimoto où elle a autrefois été employée. Tout est détruit, mais elle trouve des vestiges de son passé et les ramasse. Des calligraphies déchirées et abandonnées, des bols *chawan* en raku.

Quelquefois, elle rencontre des gens. La plupart sont trop pris par leurs propres problèmes de survie pour s'inquiéter plus d'une seconde d'une créature tic-tac qu'on aperçoit à peine, mais quelques-uns tentent de profiter de la faiblesse imaginaire d'une fille isolée. Elle s'en occupe rapidement, avec autant de miséricorde que possible.

Les jours passent. Elle s'habitue au confort de son univers d'eau et de chasse. Elle s'y habitue tellement, en fait, que lorsque le *gaijin* et la fille la trouvent en train de nettoyer son linge sur la balustrade d'un appartement du deuxième étage, ils la surprennent totalement.

— Qui est là? demande une voix.

Emiko recule, surprise, et manque tomber de son perchoir. Elle saute et fuit en pataugeant vers la sécurité de l'appartement abandonné.

Le bateau du *gaijin* cogne la balustrade.

— *Sawatdi khrap?* appelle-t-il. Bonjour?

Il est vieux, sa peau est tachetée et ses yeux sont intelligents. La fille est fine et brune avec un sourire doux. Ils se penchent tous deux sur la balustrade, tentant de l'apercevoir dans la pénombre.

— Ne t'enfuis pas, petite chose, dit le vieil homme. Nous sommes inoffensifs. Je ne peux pas marcher et Kip est une âme douce.

Emiko attend. Ils n'abandonnent pas facilement mais continuent à essayer de la voir.

— S'il vous plaît? appelle la fille.

Tout en pensant que c'est une erreur, Emiko se montre, avance prudemment dans l'eau qui monte jusqu'à ses chevilles. Cela fait longtemps qu'elle n'a pas parlé à quelqu'un.

— Tic-tac, souffle la fille.

Le vieux *gaijin* sourit.

— Ils se nomment eux-mêmes le Nouveau Peuple. (Son regard ne montre aucun jugement. Il lève deux cheshires morts.) Voulez-vous dîner avec nous, jeune dame?

Emiko désigne la balustrade du balcon où pend sa propre prise de la journée, dans l'eau.

— Je n'ai pas besoin de votre aide.

L'homme baisse les yeux sur les poissons, puis les relève vers elle avec respect.

— J'imagine que non. Pas si votre espèce fait partie de celles que je connais. (Il l'invite à s'approcher.) Vous habitez près d'ici.

Elle pointe le doigt vers les étages.

— Merveilleux. Peut-être pourrions-nous dîner avec vous ce soir? Si vous n'avez pas de goût pour le cheshire, nous apprécierons certainement le poisson.

Emiko hausse les épaules, mais elle se sent seule et l'homme et la fille semblent inoffensifs. À la tombée de la nuit, ils allument un feu avec des morceaux de meubles sur son balcon et grillent le poisson. Malgré les nuages, il y a des étoiles dans le ciel. La ville s'étend devant eux, noire et confuse. Quand ils ont fini de manger, le vieux *gaijin* traîne son corps brisé plus près du feu où la jeune fille s'occupe de lui.

— Dites-moi ce qu'une fille automate fait ici?

Emiko hausse les épaules.

— On m'a abandonnée.

— Nous aussi. (Le vieil homme échange un sourire avec son amie.) Mais je pense que nos vacances seront bientôt terminées. Il semble que nous devions retourner aux plaisirs de la détente calorique et de la guerre génétique. Je pense que les chemises blanches vont de nouveau me trouver une utilité.

Il rit.

— Êtes-vous un transgénieur? demande Emiko.

— Plus que cela, je l'espère.

— Vous avez dit connaître mon… génome?

L'homme sourit. Il fait signe à la fille de l'approcher et fait courir nonchalamment ses doigts le long de sa jambe en étudiant Emiko. Cette dernière remarque que la fille n'est pas entièrement ce à quoi elle ressemble : elle est garçon et fille, en même temps. La fille lui sourit, semble percevoir ses pensées.

— J'ai lu des choses à propos de ton espèce, dit le vieil homme. À propos de tes gènes. Ton entraînement…

» Lève-toi! aboie-t-il.

Emiko se retrouve debout avant même de le savoir. Elle est debout et elle tremble de peur et du besoin d'obéir.

L'homme secoue la tête.

— C'est terrible ce qu'ils t'ont fait.

Emiko écume de rage.

— Ils m'ont aussi rendue forte. Je peux vous faire du mal.

— Oui. C'est vrai. (Il hoche la tête.) Ils ont pris des raccourcis. Ton entraînement le masque, mais les raccourcis existent. Ton obéissance… je ne sais pas où ils ont trouvé ça. Un labrador quelconque, je dirais. (Il hausse les épaules.) Pourtant, tu es meilleure que les humains de bien des manières. Plus rapide, plus intelligente, tu as une meilleure vue, une meilleure ouïe. Tu es obéissante mais tu n'attrapes pas les maladies comme la mienne. (Il indique ses jambes scarifiées et purulentes.) Tu as eu de la chance.

Emiko le fixe.

— Vous êtes l'un des scientifiques qui m'ont conçue?

— Pas la même spécialité, mais presque. (Il sourit.) Je connais tes secrets, comme je connais les secrets des mastodontes et du blé TotalNutrient. (Il désigne un cheshire mort.) Je sais tout de ces félins aussi. Si j'en avais envie, je serais capable de concevoir une bombe génétique qui leur enlèverait leur camouflage et, après quelques générations, les transformerait en une version moins efficace.

— Vous feriez cela?

Il rit et secoue la tête.

— Je les préfère comme ça.

— Je déteste les vôtres.

— Parce que quelqu'un comme moi t'a conçue? (Il rit à nouveau.) Je suis surpris que tu ne sois pas plus heureuse de me voir. C'est comme si tu rencontrais Dieu. Tu n'as pas de questions pour Dieu?

Emiko fronce les sourcils, désigne les cheshires.

— Si vous étiez mon Dieu, vous auriez commencé par le Nouveau Peuple.

Le vieux *gaijin* éclate de rire.

— Ç'aurait été excitant.

— Nous vous aurions battus, comme les cheshires.

— Tu le peux encore. (Il hausse les épaules.) Tu n'as pas peur de la cibiscose ou de la rouille vésiculeuse ?

— Non. (Emiko secoue la tête.) Nous ne pouvons pas nous reproduire. Nous dépendons de vous pour ça. (Elle bouge la main. Son geste est saccadé, caractéristique.) Je suis marquée. Nous sommes toujours marqués. Aussi évidents que les dix-mains et les mastodontes.

Il agite la main, dédaigneux.

— Le mouvement automate n'est pas un trait nécessaire. Il n'y a aucune raison pour qu'on ne puisse pas l'éliminer. La stérilité… (Il hausse les épaules.) Les limitations peuvent être levées. Ces sécurités n'existent qu'à cause de certaines leçons, mais elles ne sont pas obligatoires, certaines d'entre elles compliquent d'ailleurs ta conception. Rien n'est inévitable en toi. (Il sourit.) Un jour, peut-être, tous les gens feront partie du Nouveau Peuple et vous nous regarderez de haut, comme nous regardons ces pauvres néanderthaliens.

Emiko reste silencieuse. Le feu crépite. Finalement, elle dit :

— Vous savez comment le faire ? Pouvez-vous me rendre fertile comme les cheshires ?

Le vieil homme échange un regard avec la ladyboy.

— Pouvez-vous le faire ? répète Emiko.

Il soupire.

— Je ne peux changer les mécanismes de ce que tu es déjà. Tu n'as pas d'ovaires. Je ne peux pas te rendre fertile et tes pores ne peuvent pas être remplacés.

Emiko est abattue.

L'homme rit.

— Ne prends pas cet air sinistre. De toute façon, je n'ai jamais vraiment aimé le fait que la source génétique se trouve dans les œufs d'une femme. (Il sourit.) Une mèche de tes cheveux serait suffisante. Tu ne peux pas être transformée mais tes enfants – en termes génétiques sinon physiquement – peuvent être fertiles et faire partie du monde naturel.

Emiko sent son cœur battre plus vite.

— Vous pouvez vraiment faire ça ?

— Oh, oui, je peux faire ça pour toi. (Les yeux de l'homme sont lointains, il réfléchit. Un sourire clignote au bord de ses lèvres.) Je peux faire ça pour toi, et bien plus.

10364

Composition
PCA à Rezé

Achevé d'imprimer en Slovaquie
par Novoprint SLK
le 2 avril 2013.

Dépôt légal avril 2013.
EAN 9782290032664
OTP L21EPGN000333N001

ÉDITIONS J'AI LU
87, quai Panhard-et-Levassor, 75013 Paris

Diffusion France et étranger : Flammarion